ELIZABETH GEORGE

Née aux États-Unis dans l'Ohio, Elizabeth George est diplômée de littérature anglaise et de psychopédagogie. Elle a enseigné l'anglais pendant treize ans avant de publier *Enquête dans le brouillard*, qui obtient le grand prix de Littérature policière en 1988 et l'impose d'emblée comme un grand nom du roman "à l'anglaise". Intronisé dans ce premier livre, le duo explosif composé de l'éminent membre de Scotland Yard, Thomas Lynley, et de sa très peu féminine acolyte, Barbara Havers, évolue au fil d'une dizaine d'ouvrages ultérieurs, parmi lesquels *Le lieu du crime* (1992), *Pour solde de tout compte* (1994), *Le visage de l'ennemi* (1996), *Une patience d'ange* (1999) et *Un petit reconstituant* (recueil de trois nouvelles paru en 2000). Fidèles à la tradition britannique, dont Elizabeth George est imprégnée depuis son adolescence, ils déploient une véritable fresque romanesque où l'atmosphère, les décors, les intrigues secondaires et les ressorts psychologiques prennent un relief saisissant. L'incontestable talent de cette écrivain qui refuse de voir une différence entre "le roman à énigme" et le "vrai roman" lui a valu un succès mondial, notamment en Angleterre, où elle compte parmi les auteurs les plus vendus.
Elizabeth George vit à Huntington Beach, près de Los Angeles, où elle anime des ateliers d'écriture.

LE MEURTRE
DE LA FALAISE

DU MÊME AUTEUR
CHEZ POCKET

CÉRÉMONIES BARBARES
ENQUÊTE DANS LE BROUILLARD
LE LIEU DU CRIME
POUR SOLDE DE TOUT COMPTE
UNE DOUCE VENGEANCE
MAL D'ENFANT
LE VISAGE DE L'ENNEMI
UN GOÛT DE CENDRES
UN PETIT RECONSTITUANT
UNE PATIENCE D'ANGE
MÉMOIRE INFIDÈLE
TROUBLES DE VOISINAGE
UN NID DE MENSONGES
(à paraître en juin 2005)

ELIZABETH GEORGE

LE MEURTRE
DE LA FALAISE

*Traduit de l'américain
par Philippe Loubat-Delranc*

PRESSES DE LA CITÉ

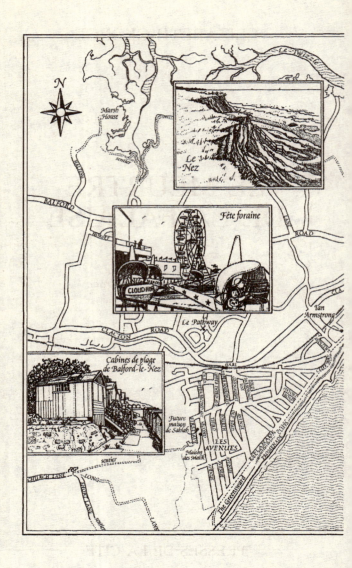

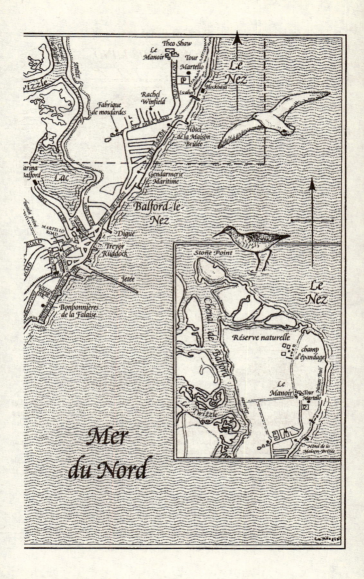

Titre original :

DECEPTION OF HIS MIND

Le Code de la propriété intellectuelle n'autorisant aux termes de l'article L. 122-5, 2ᵉ et 3ᵉ a), d'une part, que les « copies ou reproductions strictement réservées à l'usage privé du copiste et non destinées à une utilisation collective » et, d'autre part, que les analyses et les courtes citations dans un but d'exemple ou d'illustration, « toute représentation ou reproduction intégrale ou partielle faite sans le consentement de l'auteur ou de ses ayants droit ou ayants cause est illicite (art. L. 122-4).
Cette représentation ou reproduction, par quelque procédé que ce soit, constituerait donc une contrefaçon sanctionnée par les articles L. 335-2 et suivants du Code de la propriété intellectuelle.

© Susan Elizabeth George, 1997.
© Presses de la Cité, 1997, pour la traduction française

ISBN : 2-266-15387-0

PROLOGUE

Pour Ian Armstrong, la vie allait à vau-l'eau depuis le jour de son licenciement. Il avait toujours su que c'était un emploi temporaire — la petite annonce à laquelle il avait répondu le spécifiait clairement et on ne lui avait jamais parlé d'embauche définitive. Pourtant, au bout de deux ans, il s'était imprudemment laissé aller à espérer — ce qui n'avait pas été une très bonne chose.

Son avant-dernière mère nourricière aurait accueilli la nouvelle en disant, tout en grignotant un sablé : « Bah, on ne peut pas changer la direction du vent, mon garçon. Alors, quand il apporte une odeur de bouse, l'homme sensé se bouche le nez ! » Elle se serait servi un thé à moitié froid dans un verre — elle ne le buvait jamais dans une tasse —, l'aurait avalé d'un trait, aurait ajouté : « Choisis un cheval déjà sellé, mon garçon », et se serait remise à feuilleter *Hello,* admirant les photos d'aristos sur leur trente et un qui menaient la belle vie dans de somptueux appartements londoniens et de sublimes maisons de campagne.

Ç'aurait été sa façon à elle de lui faire

9

comprendre qu'il devait accepter son destin, de lui dire sans ambages que la belle vie n'était pas pour lui. Mais Ian n'avait jamais aspiré à mener la belle vie. Tout ce qu'il avait souhaité, c'était être compris et accepté, et il avait poursuivi ce but avec toute la fougue d'un enfant non adoptable et non adopté. Il voulait une chose très simple : une femme, une famille, et la certitude rassurante qu'il avait devant lui un avenir meilleur.

Ces objectifs lui avaient semblé à portée de main. Il était travailleur. Il était arrivé en avance tous les jours. Il avait fait des heures supplémentaires non payées. Il avait appris le prénom de tous ses collègues. Il était même allé jusqu'à retenir ceux de leurs épouses et de leurs enfants, ce qui n'avait pas été une mince affaire. Et en remerciement de tous ces efforts, il avait eu droit à un pot d'adieu arrosé à la citronnade tiédasse, et à une boîte de mouchoirs bon marché.

Ian avait fait tout son possible pour retarder l'inévitable, rappelant les services qu'il avait rendus, les heures supplémentaires qu'il avait faites et les sacrifices qu'il avait consentis en ne cherchant pas un autre travail pendant qu'il avait cet emploi temporaire. Il avait tenté de trouver un compromis en proposant de continuer à travailler pour un salaire plus bas, et avait fini par supplier qu'on le garde.

Ian ne s'était pas senti humilié de ramper de la sorte devant son supérieur pour sauver son emploi. Travailler, cela signifiait pouvoir continuer à rembourser l'emprunt de sa nouvelle maison. Une fois cela assuré, Anita et lui pourraient réessayer de donner un petit frère ou une petite sœur à Mikey, et Ian ne serait plus jamais obligé de demander à sa femme de retourner travailler. Et, surtout, il n'aurait pas lu le mépris dans ses yeux quand il lui avait annoncé qu'il était au chômage.

— C'est cette crise pourrie, ma chérie, lui avait-il dit. Où ça s'arrêtera ? Nos parents ont connu la Seconde Guerre mondiale. Nous, c'est cette crise...

Le regard dédaigneux qu'elle lui avait décoché signifiait clairement : « Épargne-moi ce genre de considérations, Ian. Tes parents, tu ne les connais même pas », mais elle avait simplement dit, avec une gentillesse incongrue et de mauvais augure :

— Donc, je suppose que je n'ai plus qu'à retourner travailler à la bibliothèque. Même si je ne vois pas trop en quoi ça nous sortira d'affaire une fois que j'aurai payé la personne qui gardera Mikey. Ou as-tu l'intention de le garder toi-même au lieu de chercher un emploi ?

Elle l'avait gratifié d'un sourire forcé.

— Je n'ai pas encore réfléchi à...

— C'est bien ça qui ne va pas chez toi, Ian. Tu ne réfléchis jamais. Tu ne prévois jamais rien. On est passés d'un petit problème à une situation critique, et maintenant on se retrouve au bord de la catastrophe. On a une maison neuve qu'on ne peut plus payer, un bébé à nourrir, et pourtant tu n'as pas encore réfléchi... Si tu ne vivais pas au jour le jour, si tu avais consolidé ta position, si tu avais menacé de partir, il y a dix-huit mois, au moment de la réorganisation de la fabrique, quand tu étais le *seul* dans tout l'Essex à pouvoir le faire...

— Ce n'était pas tout à fait le cas, Anita.

— Ah! Tu vois, qu'est-ce que je te disais?

— Quoi?

— Tu es trop modeste. Si tu t'étais mis en avant, tu aurais un contrat aujourd'hui. Si tu avais *réfléchi* un tant soit peu, tu en aurais exigé un au moment où ils avaient le plus besoin de toi.

Il ne servait à rien de parler travail avec Anita quand elle était dans cet état. Et Ian ne pouvait guère lui en vouloir. En six ans de mariage, il avait perdu trois emplois. Elle l'avait bien aidé les deux premières fois, mais il faut dire qu'ils vivaient chez ses beaux-parents à l'époque et n'avaient pas les soucis financiers qui pesaient sur eux aujourd'hui. Si seulement il s'était trouvé un boulot sûr. Mais s'éterniser dans le monde nébuleux des *si* ne résoudrait pas leurs problèmes.

Ainsi, Anita avait repris son travail minable et mal payé à la bibliothèque municipale, où elle remettait les livres dans les rayonnages et aidait les retraités à trouver les revues qu'ils cherchaient. Et Ian s'était lancé dans les démarches humiliantes pour trouver un emploi dans une région qui subissait la crise de plein fouet.

Tous les matins, il s'habillait avec soin et partait avant sa femme. Au nord, il était allé jusqu'à Ipswich; à l'ouest, jusqu'à Colchester; au sud, jusqu'à Clacton, et il avait même poussé jusqu'à Southend-on-Sea. Il avait fait tout son possible, mais sans résultat jusqu'à présent. Le soir, il retrouvait le mépris silencieux et grandissant de sa femme. Le week-end, il cherchait un moyen d'évasion.

Ses balades le lui procuraient. Ces dernières

semaines, il en était venu à connaître comme sa poche toute la péninsule de Tendring. Son coin préféré n'était pas loin de la ville. En prenant à droite après Brick Barn Farm, il arrivait au sentier qui traversait le Wade. Il garait sa Morris à l'entrée du chemin et, à marée basse, enfilait ses bottes et pataugeait dans la boue jusqu'à la langue de terre appelée Horsey Island. Là, il regardait les oiseaux de mer et cherchait des coquillages. La nature lui apportait la paix que lui refusait la vie. Et au petit matin la nature était une splendeur.

Ce samedi matin-là, la marée étant haute, Ian décida d'aller se promener sur le Nez, impressionnant promontoire couvert d'ajoncs qui se dressait à cinquante mètres au-dessus de la mer du Nord, isolant une zone marécageuse appelée les Salants. Tout comme les villes bordant cette côte, le Nez menait un vaillant combat contre les assauts de la mer. Mais, contrairement à elles, aucune digue ne l'en protégeait et aucun rempart de béton ne lui servait de bouclier contre les tirs groupés de l'argile, des galets et de la terre qui faisaient s'effriter ses parois sur la plage.

Ian décida de commencer sa promenade au sud-est du promontoire, de faire le tour de la pointe et de redescendre du côté ouest, où des échassiers, surtout des gambettes et des chevaliers, venaient nicher et se nourrir dans les marécages peu profonds. De la voiture, il fit un énergique au revoir de la main à Anita, qui le lui rendit mollement, s'engagea sur la route sinueuse et sortit du lotissement. Presque aussitôt, il débouchait sur la route de Balford-le-Nez ; et cinq minutes plus tard, il roulait dans la grand-rue de Balford où, au Dairy Den, on servait les petits déjeuners tandis qu'au Kemp's Market on disposait les étalages de légumes.

Il traversa la ville et prit sur la gauche la route côtière. Il sentait déjà que ce serait une nouvelle journée de canicule. Il baissa la vitre pour respirer l'air embaumé et salé, et s'abandonna aux délices de cette belle matinée en s'efforçant d'oublier ses ennuis. Un court instant, il éprouva un semblant de paix intérieure. Ses rancœurs s'évanouirent. Il s'autorisa à faire comme si tout allait bien.

C'est dans cet état d'esprit que Ian tourna dans Nez Park Road, en direction du parking. La guérite du gardien était vide à cette heure matinale : personne ne lui réclamerait soixante pence pour avoir le droit de faire une balade le long de la falaise. Ian s'engagea sur la route cahotante qui dominait la mer.

C'est alors qu'il vit le coupé Nissan, seul dans la lumière du petit matin, à quelques mètres des piquets qui délimitaient le pourtour du parking. Ian s'en approcha en évitant de son mieux les ornières. Il ne pensait qu'à sa promenade, ne prêtant pas attention à la voiture, jusqu'au moment où il remarqua que l'une des portières était ouverte et que la rosée qui recouvrait le capot et le toit ne s'était pas encore évaporée dans la chaleur montante.

Intrigué, il pianota sur son volant en songeant au rapport malencontreux qu'il pouvait y avoir entre une falaise à pic et une voiture abandonnée, portière grande ouverte. Vu la direction que prenaient ses pensées, il se dit qu'il ferait peut-être mieux de rebrousser chemin et de rentrer chez lui. Mais la curiosité fut la plus forte. Il continua de rouler au pas et alla se garer à côté de la Nissan.

— Bonjour ! Besoin d'un coup de main ? lança-t-il joyeusement par sa vitre baissée, pour le cas où quelqu'un aurait été en train de faire un somme sur la banquette arrière.

Il remarqua alors la boîte à gants ouverte et son contenu répandu par terre. Il en conclut immédiatement que quelqu'un l'avait fouillée. Il descendit de voiture et se pencha à l'intérieur de la Nissan pour y regarder de plus près.

De fait, la fouille avait été on ne peut plus complète. Les sièges avant avaient été lacérés à la lame de rasoir, et la banquette arrière non seulement éventrée mais relevée, comme si on s'était attendu à trouver quelque chose caché derrière. L'intérieur des portières avait été arraché et remis à la hâte ; le boîtier entre les sièges avant béait ; la doublure du toit pendait.

Ian révisa promptement ses premières déductions. La drogue, songea-t-il. Les ports de Parkeston et de Harwich n'étaient pas bien loin. Des dizaines de camions, de voitures et de gros conteneurs arrivaient chaque jour par bateaux de Suède, de Hollande et d'Allemagne, et le trafiquant prudent qui avait réussi à franchir la douane serait bien avisé de rouler jusqu'à un endroit isolé — comme le Nez, par exemple — avant de sortir sa marchandise. Cette voiture avait été abandonnée après avoir rempli son office, conclut Ian. Il allait donc faire sa promenade comme prévu puis téléphonerait à la police, qui prendrait en charge le véhicule.

15

Il éprouva une joie enfantine devant sa perspicacité. Amusé par ses premières conclusions, il prit ses bottes dans le coffre de la Morris et, tout en se contorsionnant pour les enfiler, pouffa de rire à la pensée d'une âme désespérée venant ici pour mettre fin à ses tourments. Tout le monde savait que les bords de cette falaise étaient dangereusement friables, et un candidat au suicide désireux de se jeter dans le vide avait toutes les chances de se retrouver les quatre fers en l'air, glissant jusqu'à la plage dans le nuage de terre, de gravier et de limon soulevé par le bloc de roche qui aurait cédé sous son poids. Il en serait sans doute quitte pour une jambe cassée. Mais mourir ? Peu de chances. Personne ne risquait de se tuer sur le Nez.

Ian referma le coffre de sa voiture d'un coup sec. Il verrouilla la portière et tapota le toit.

— Bonne vieille guimbarde, dit-il, affable. Merci pour tout.

Le fait que le moteur démarre encore le matin était à ses yeux un miracle que son caractère superstitieux lui dictait d'encourager.

Il ramassa cinq feuilles de papier qui traînaient par terre à côté de la Nissan et les mit dans la boîte à gants d'où elles étaient sans doute tombées. Il ferma la portière du coupé en se disant : Pas la peine de laisser traîner tout ça. Puis il se dirigea vers les vieilles marches en béton qui descendaient jusqu'à la plage.

Ian s'immobilisa en haut de l'escalier. A cette heure, le ciel était d'un bleu étincelant, pas encore troublé par la présence de nuages ; la mer du Nord était d'une tranquillité tout estivale. Une écharpe de

16

brume s'enroulait à l'horizon, servant de toile de fond à un bateau de pêche qui, à environ huit cents mètres de la côte, avançait poussivement en direction de Clacton. Une nuée de mouettes tournait autour comme des mouches autour d'un fruit. Ian vit que d'autres frôlaient la ligne de rivage à hauteur du sommet de la falaise. Elles venaient du nord, de Harwich, de l'autre côté de la baie de Pennyhole, où, même de si loin, il apercevait des grues.

Ian décida de voir dans ces mouettes un comité d'accueil, tant elles semblaient venir à sa rencontre. De fait, elles approchèrent avec une détermination si aveugle qu'il craignit un instant de subir le même sort que Tippi Hedren dans le film d'Alfred Hitchcock d'après Daphné Du Maurier. Il envisageait de battre en retraite — ou, pour le moins, de se protéger la tête avec les bras — quand, telle une escadrille, les oiseaux virèrent en arc de cercle et plongèrent droit sur une construction sur la plage. C'étaient les ruines d'un ancien blockhaus datant de la Seconde Guerre mondiale d'où les troupes anglaises surveillaient la mer, dans l'attente d'une tentative d'invasion nazie. Autrefois, il se dressait sur une pointe rocheuse, mais avec l'érosion due au temps et à la mer, il s'était retrouvé sur le sable.

Ian vit que d'autres mouettes faisaient déjà leur numéro de claquettes sur le toit du blockhaus où, par une ouverture hexagonale — ancien emplacement d'une mitrailleuse, sans doute —, elles entraient et sortaient à loisir. Elles piaillaient, criaillaient comme si elles échangeaient des informations de première importance, et l'on aurait dit que, par une mystérieuse télépathie, leurs messages étaient captés par les oiseaux du large car ceux-ci s'éloignèrent du bateau de pêche et commencèrent à venir vers le rivage.

Leur détermination rappela à Ian une scène dont il avait été témoin sur une plage quand il était petit. Un énorme molosse avait été pourchassé par une bande de mouettes en colère. Le chien s'amusait à essayer de les attraper, mais elles ne s'en étaient pas laissé conter ; l'encerclant, elles l'avaient forcé à entrer dans l'eau et le pauvre animal s'était bientôt retrouvé à cinq cents mètres au large. On avait eu beau l'appeler, lui ordonner de revenir, rien n'y avait fait. Et personne n'avait pu chasser les oiseaux. S'il n'avait pas vu les mouettes donner des coups de bec au chien à bout de forces — volant tout autour de lui, se mettant hors de sa portée, revenant à la charge en criaillant —, Ian n'aurait jamais songé à envisager sérieusement que les oiseaux puissent avoir un instinct meurtrier. Mais, depuis ce jour-là, il en était fermement convaincu. Et il préférait garder ses distances avec eux.

En repensant à ce pauvre chien, il se dit qu'il devait sûrement y avoir quelque chose qui attirait les mouettes dans ce vieux bunker. Il devait intervenir.

Il descendit les marches.

— Holà ! Ouste ! cria-t-il en agitant les bras.

Peine perdue. Les mouettes continuèrent à se poser sur le toit en béton et à battre des ailes d'un air mauvais. Mais Ian n'était pas décidé à se laisser intimider. Naguère, les mouettes de Douvres avaient eu la peau du chien, mais celles de Balford n'auraient pas le dessus sur lui.

Il courut dans leur direction. Le blockhaus se trouvait à une trentaine de mètres de l'escalier, ce qui lui laissa le temps de prendre de la vitesse. Il fonça sur les oiseaux, faisant de grands moulinets avec les bras en criant, et il eut la satisfaction de voir ses efforts récompensés. Les mouettes s'envolèrent, laissant Ian seul face au blockhaus.

L'entrée était une ouverture de moins d'un mètre de hauteur — idéale pour un bébé phoque qui aurait pu vouloir y chercher refuge. Et c'est un petit phoque que Ian s'attendait à trouver quand il s'accroupit et franchit le court tunnel qui menait à l'intérieur du blockhaus.

Il se releva prudemment. Sa tête frôla le plafond humide. Une odeur pénétrante d'algues et de crustacés morts montait du sol et suintait des murs généreusement ornés de graffiti qui, à première vue, semblaient à connotation exclusivement sexuelle.

La lumière qui filtrait par les embrasures permit à Ian de remarquer que le blockhaus — qu'il n'avait jamais exploré jusqu'à ce jour, malgré ses nombreuses balades au Nez — était en fait constitué de deux enceintes concentriques. On aurait dit un beignet géant. Une ouverture dans le mur de séparation permettait d'accéder en son centre. C'était là que les mouettes étaient attirées. Ne voyant rien de particulier par terre, Ian se dirigea vers cette ouverture et cria : « Holà ! Y a quelqu'un ? », oubliant qu'aucun animal — blessé ou pas — ne pourrait lui répondre.

L'air était confiné. Au-dehors, les cris des mouettes se rapprochaient et s'éloignaient. En atteignant l'ouverture, Ian entendit des battements d'ailes et le martèlement précipité de pattes tandis que les oiseaux les plus intrépides revenaient à la charge. Ah non ! songea Ian. C'était lui l'être humain, après tout ; lui le maître de la planète, le roi de tous les royaumes du monde. Il n'était pas question qu'une bande de hooligans à plumes puisse avoir le dernier mot.

— Ouste ! Fichez-moi le camp ! Du balai ! criat-il en se précipitant dans la partie centrale du blockhaus, qui était à ciel ouvert.

Les oiseaux s'envolèrent.

— J'aime mieux ça, dit Ian, les suivant des yeux.

Il retroussa les manches de sa veste de jogging, prêt à s'occuper de l'objet de la convoitise des mouettes. Ce n'était pas un bébé phoque, et les oiseaux n'avaient pas tout à fait terminé leur curée. Quand il s'en rendit compte, il eut un haut-le-cœur qui lui coupa le souffle.

Un jeune homme était assis, dos droit, contre l'ancien emplacement de la mitrailleuse. Le fait qu'il soit mort était attesté par deux mouettes retardataires qui lui mangeaient les yeux.

Glacé d'horreur, Ian fit un pas vers le corps. Quand il put de nouveau respirer librement, il ne trouva à murmurer que trois mots :

— Jésus Marie Joseph !

1

Ceux qui disent qu'avril est le mois le plus cruel de l'année n'ont jamais mis les pieds à Londres, au début de l'été, lors d'une vague de chaleur. Avec la pollution atmosphérique qui habille le ciel d'un voile brunâtre, les camions diesel qui drapent l'extérieur des immeubles — et l'intérieur du nez — de noir, et les feuilles des arbres qui se couvrent d'une résille de poussière du dernier chic, juin à Londres est bien le plus cruel de tous les mois. Surtout la deuxième quinzaine : un véritable enfer. Tel était le jugement sans merci que portait Barbara Havers sur la capitale de son pays tandis qu'elle la traversait au volant de sa pétaradante Mini, en route vers chez elle.

Elle était légèrement — et agréablement — éméchée. Pas ivre au point de représenter un danger pour elle-même ou pour les autres, mais tout de même assez pompette pour revoir les événements de la journée à travers le prisme pétillant d'un champagne grand cru.

Elle revenait d'un mariage. Loin d'avoir été l'événement mondain de la décennie qu'on aurait

21

espéré des noces d'un comte et de son éternelle fiancée, il s'était réduit à une simple formalité dans le bureau de l'état civil de la mairie la plus proche du domicile dudit comte dans Belgravia. Et en guise d'aristos triés sur le volet, il n'y avait eu pour invités que les amis intimes du marié et quelques-uns de ses collègues de Scotland Yard. Barbara Havers comptait parmi ces derniers. Par moments, elle aimait à penser qu'elle appartenait aussi au premier cercle.

Réflexion faite, elle aurait dû se douter que le mariage de l'inspecteur Thomas Lynley et de lady Helen Clyde serait une cérémonie discrète. Depuis qu'elle connaissait Lynley, elle l'avait toujours vu s'efforcer de faire oublier son titre de lord Asherton. Une cérémonie nuptiale en grande pompe en présence du gratin de la noblesse britannique aurait été la dernière chose à attendre de lui. Ainsi donc, seize invités résolument roturiers s'étaient réunis pour assister au plongeon de Lynley et Helen dans la conjugalité, après quoi toute la bande était allée chez « la Tante Claire », à Chelsea, où les attendaient petits-fours, champagne, déjeuner et recham-pagne.

Une fois les toasts portés et le couple parti vers une lune de miel dont ils s'étaient refusés en riant à révéler la destination, les convives s'étaient disper-sés. Barbara s'était attardée sur le trottoir brûlant de la Royal Hospital Road pour échanger quelques mots avec d'autres invités, dont le témoin de Lyn-ley, l'expert légiste Simon Saint James. En bons Britanniques, ils avaient commencé par échanger des considérations sur le temps. Selon le degré de tolérance de chacun à la chaleur, à l'humidité, au smog, aux gaz d'échappement, à la poussière et à la luminosité, il avait été qualifié de sublime, horrible, radieux, de chien, de rêve, délicieux, détestable, divin, à-ne-pas-mettre-le-nez-dehors. Il avait été unanimement décrété que la mariée était très belle, le marié fort beau, la nourriture délicieuse. Suite à quoi il y avait eu un silence général durant lequel le groupe avait hésité entre deux possibilités : poursuivre la conversation au-delà des banalités d'usage ou se dire gentiment au revoir.

Il avait choisi de se séparer, et Barbara était restée en compagnie de Saint James et de son épouse, Deborah, qui flétrissaient à vue d'œil sous le soleil impitoyable. Saint James s'épongeait le front avec un mouchoir blanc, et Deborah s'éventait vaillamment avec un vieux programme de théâtre qu'elle avait pêché dans son grand panier d'osier.

« Vous voulez passer à la maison, Barbara ? lui avait-elle proposé. On s'installera dans le jardin jusqu'à ce soir et je dirai à Papa de régler le tuyau d'arrosage sur nous.

— Ce serait génial ! s'était exclamée Barbara, s'essuyant le cou là où la sueur avait taché son col.

— C'est réglé, alors.

— Mais je ne peux pas. Pour tout vous dire, je suis vannée.

— C'est parfaitement compréhensible, avait dit Saint James. Cela fait combien de temps ?

— Oh, que je suis bête, s'était empressée d'ajouter Deborah. Excusez-moi, Barbara. J'avais complètement oublié. »

Barbara en doutait. Son pansement sur le nez et

23

son visage couvert d'ecchymoses — sans parler de sa dent ébréchée — rendaient peu probable qu'il puisse échapper à quiconque qu'elle sortait de l'hôpital. Deborah était tout simplement trop bien élevée pour y faire allusion.

« Deux semaines, avait répondu Barbara à Saint James.

— Comment va votre poumon ?

— Il fonctionne, merci.

— Et les côtes ?

— Quand je ne ris pas, ça va. »

Saint James avait eu un petit sourire.

« Vous prenez des congés ?

— Contrainte et forcée. Je ne peux pas reprendre le travail sans l'autorisation du médecin.

— Je suis navré pour tout ça, avait dit Saint James. Quelle poisse.

— Bah, oui », avait répondu Barbara avec un haussement d'épaules.

En chapeautant pour la première fois une partie d'une enquête criminelle, elle avait été blessée. Ce n'était pas une chose dont elle avait envie de parler. Son orgueil avait été autant amoché que son corps.

« Alors, qu'allez-vous faire ? avait poursuivi Saint James.

— Fuyez cette chaleur, lui avait conseillé Deborah. Allez dans les Highlands. Allez du côté des lacs. Allez au bord de la mer. Je regrette qu'on ne puisse pas en faire autant. »

Tout en remontant Sloane Street, Barbara tournait et retournait les suggestions de Deborah dans sa tête. Une fois l'enquête bouclée, l'inspecteur Lynley lui avait donné l'ordre de prendre de vraies vacances, et il le lui avait réitéré quand ils s'étaient retrouvés en tête à tête après la cérémonie.

« J'étais sérieux, sergent, lui avait-il dit. Vous avez des jours de congé à rattraper et je veux que vous les preniez. Je suis assez clair ?

— Très clair, inspecteur. »

Mais ce qui l'était moins, c'est ce qu'elle était censée faire pendant ces vacances forcées. Elle avait accueilli l'idée de ces congés avec le sentiment d'horreur d'une femme qui réglait ses problèmes de vie privée, de blessures du moi et d'émotivité à fleur de peau en s'arrangeant pour ne pas avoir le temps d'y penser. Par le passé, elle avait consacré ses vacances à s'occuper de son père dont l'état de santé déclinait. Après son décès, elle avait consacré ses heures de loisir à faire face à la déficience mentale de sa mère, à la rénovation et à la vente de la maison familiale, et à son emménagement dans son appartement actuel. Elle n'aimait pas avoir du temps devant elle. A la seule idée de minutes se muant en heures pour s'étirer en jours et durer toute une semaine, voire deux... ses mains devenaient moites de sueur, une douleur l'aiguillonnait aux coudes, chaque millimètre carré de sa petite et ronde personne se mettait à hurler d'une seule voix : « Vingt-deux, v'là l'angoisse ! »

Elle se faufila dans la circulation sous l'air brûlant, et cligna des paupières à cause d'une poussière qu'elle avait reçue dans l'œil par la vitre baissée. Elle avait l'impression d'être une femme au bord d'un abîme sans fond signalé par un panneau indicateur incliné vers le bas et sur lequel serait écrit TEMPS LIBRE. Que faire ? Où aller ? A quoi

occuper ces heures interminables ? A lire des
romans roses ? A nettoyer les trois seules vitres de
son petit chez-soi ? A apprendre à repasser, à cuisiner, à coudre ? Et si elle se laissait fondre sous la
chaleur ? Cette foutue chaleur, cette satanée chaleur, cette chaleur accablante, écrasante, cette chaleur de meeeerde...

Du cran, Barbara, se dit-elle. Du cran ! C'est en
vacances forcées qu'on te met, pas à l'isolement.

En haut de Sloane Street, elle attendit patiemment de pouvoir tourner dans Knightsbridge Road.
Elle avait regardé les journaux télévisés tous les
jours dans sa chambre d'hôpital, aussi savait-elle
que cette exceptionnelle vague de chaleur avait
attiré à Londres un flot de touristes encore plus
important que d'habitude. Mais là, elle les avait
devant les yeux. Des hordes de lécheurs de vitrines
armés de bouteilles d'eau minérale se bousculaient
sur le trottoir. D'autres bataillons surgissaient de la
station de métro de Knightsbridge et partaient dans
tous les azimuts, fonçant droit sur les boutiques. Et
cinq minutes plus tard, quand Barbara eut réussi à
atteindre le haut de Park Lane, elle en vit davantage
encore qui, mêlés à ses compatriotes, exposaient
leurs corps pâlichons aux traits d'Apollon sur les
pelouses desséchées de Hyde Park. Sous le soleil
implacable, des autobus à impériale roulaient lourdement, bondés de gens qui écoutaient, tout ouïe,
des guides qui hurlaient dans leurs micros. Des cars
de tourisme déversaient leurs chargements d'Alle-
mands, de Coréens, de Japonais et d'Américains
devant tous les hôtels qu'elle voyait.

Et tout ce petit monde respirait le même air,

songea-t-elle. Cet air torride, pollué, laminé. Un dépaysement serait peut-être le bienvenu, finalement.

Elle évita l'embouteillage monstre d'Oxford Street en obliquant vers le nord-ouest par Edgware Road. La multitude de touristes cédait le terrain à une multitude d'immigrés : femmes au teint bistre en saris, tchadors et hijabs ; hommes basanés en un peu tout, du jean à la tunique. Tout en roulant au pas dans la circulation toujours dense, Barbara regardait ces ex-étrangers entrer et sortir des boutiques, l'air affairé. Elle songea aux changements que Londres avait connus depuis trente-trois ans qu'elle y était née. La bouffe s'était nettement améliorée, en conclut-elle. En tant que membre des forces de police, elle savait aussi que cette société multiculturelle avait engendré bien des problèmes raciaux.

Elle fit un détour pour éviter la foule qui ne manquait jamais de se rassembler autour de Camden Lock. Dix minutes plus tard, elle remontait enfin Eton Villas en priant l'ange gardien des conducteurs de Mini de lui dénicher une place juste devant ses pénates.

L'ange coupa la poire en deux : une place oui, mais au coin de la rue, à une cinquantaine de mètres. Grâce à un créneau qui ne manquait pas de génie, Barbara réussit à coincer sa Mini dans un espace fait pour une moto. Elle revint sur ses pas d'une démarche traînante et poussa le portillon du jardinet de la maison jaune début du siècle derrière laquelle se trouvait son petit pavillon.

Durant sa traversée de la ville, les agréables

27

effets du champagne avaient subi la même métamorphose que ceux de toute boisson alcoolisée, et elle crevait de soif. Elle visa le sentier qui, sur le côté de la maison, menait au jardinet au fond duquel son petit pavillon paraissait frais et hospitalier à l'ombre d'un faux acacia.

Il faut se garder de juger à la mine, c'est bien connu. Barbara ouvrit sa porte, fit un pas à l'intérieur et fut happée par un tourbillon d'air chaud. Elle avait laissé les trois fenêtres ouvertes dans l'espoir de créer un courant d'air, mais il n'y avait pas le moindre souffle de brise et l'air lourd lui tomba sur les poumons comme la pauvreté sur le monde.

— Fais chier ! bougonna-t-elle.

Elle jeta son sac à bandoulière sur la table et fonça sur son réfrigérateur. Un litre de Vittel se dressait telle une tour parmi ses compagnons : cartons et sachets contenant les restes de plats et de repas à emporter. Barbara s'empara de la bouteille, but cinq gorgées au goulot et, penchant sa tête au-dessus de l'évier, elle se versa la moitié de l'eau qui restait sur la nuque et sur ses cheveux coupés court. A cette soudaine averse d'eau froide sur sa peau, ses paupières papillotèrent. Quel pied !

— La béatitude, murmura Barbara. Dieu existe, je viens de le rencontrer.

— Tu te laves ? demanda une voix d'enfant dans son dos. Tu veux que je revienne plus tard ?

Barbara se tourna vers la porte. Elle l'avait laissée entrouverte sans penser que cela puisse être interprété comme une invite à une visite à l'improviste. Elle n'avait vu aucun de ses voisins depuis sa sortie du Wiltshire Hospital où elle était restée plus d'une semaine. Afin de réduire au minimum les risques d'une rencontre intempestive, elle avait réglé ses entrées et ses sorties sur les heures où elle savait que les locataires de la maison principale étaient absents.

Mais voilà qu'elle en avait un devant elle. La petite fille fit un pas en avant à cloche-pied, et ses grands yeux marron s'arrondirent de surprise.

— Haaaan, fit-elle, mais qu'est-ce qui t'est arrivé à la figure, Barbara ? T'as eu un accident de voiture ? Ce que t'es moche !

— Je te remercie, Hadiyyah.

— Ça te fait mal ? Qu'est-ce qui s'est passé ? T'étais où ? Je me suis vachement inquiétée, moi. Je t'ai même téléphoné deux fois aujourd'hui. Regarde, ton répondeur clignote. Tu veux que je te le fasse écouter ? Je sais comment ça marche. Tu m'as expliqué, tu t'souviens ?

Hadiyyah sautilla gaiement à travers la pièce et se laissa tomber sur le canapé convertible. Le répondeur était posé sur une étagère à côté de la minuscule cheminée. Avec assurance, elle appuya sur une des touches et regarda Barbara avec un grand sourire en entendant sa propre voix résonner dans le haut-parleur :

« Bonjour, c'est Khalidah Hadiyyah, ta voisine de la maison de devant, de l'appartement du rez-de-chaussée. »

— P'pa, l'dit que je dois toujours me présenter quand je téléphone à quelqu'un, confia Hadiyyah. L'dit que c'est la moindre des politesses.

— C'est une bonne habitude, admit Barbara. Au

moins, tu es sûre que ton correspondant sait à qui il a affaire.

Elle décrocha un torchon et s'essuya les cheveux et la nuque.

« Il fait vachement chaud, hein ? poursuivait le message. T'es passée où ? Je t'appelle pour te demander si tu voulais aller acheter une glace ? J'ai assez économisé pour en avoir deux et P'pa m'a dit que je pouvais inviter qui je voulais, alors je t'invite toi. Rappelle-moi vite. Mais ne t'en fais pas, j'inviterai personne d'autre entre-temps. 'Voir. »

Puis, quelques instants plus tard, après un bip et la mention de l'heure d'appel, son deuxième message.

« Bonjour, c'est Khalidah Hadiyyah, ta voisine de la maison de devant, de l'appartement du rez-de-chaussée. J'ai toujours envie d'aller acheter une glace. Pas toi ? Rappelle-moi, s'il te plaît. Si tu peux, bien sûr. Je t'invite. Je peux payer parce que j'ai économisé. »

— Tu as compris que c'était moi ? demanda Hadiyyah. Est-ce que j'en ai dit assez pour que tu comprennes que c'était moi ? Je savais pas si je devais en dire plus, mais ça me paraissait suffisant.

— C'était parfait, dit Barbara. Surtout de préciser que tu habites au rez-de-chaussée. Comme ça, je sais où trouver ta tirelire pour la voler si j'ai envie d'aller m'acheter des clopes.

Hadiyyah pouffa.

— Tu ferais pas ça, Barbara !

— Ne mets jamais ma parole en doute, ma petite.

30

Barbara s'approcha de la table et piocha son paquet de Players dans son sac. Elle en alluma une et tira une bouffée, grimaçant au picotement douloureux qu'elle ressentit dans son poumon.

— C'est mauvais pour la santé, lui fit remarquer Hadiyyah.

— Tu me l'as déjà dit, répondit Barbara, posant sa cigarette sur le bord d'un cendrier au fond duquel gisaient les mégots de huit de ses consœurs. Il faut que je me change, Hadiyyah, si ça ne t'ennuie pas. Je crève de chaud.

Hadiyyah ne parut pas recevoir le message. Elle hocha la tête et dit :

— Ah ben oui, tu dois avoir très chaud, t'es toute rouge.

Et elle se tortilla sur le canapé pour être plus à l'aise.

— Bah, on est entre filles, soupira Barbara.

Elle se campa devant le buffet et ôta sa robe par la tête d'un geste vif, exposant sa poitrine généreusement bandée.

— T'as eu un accident ? demanda Hadiyyah.

— Un genre, oui.

— Tu t'es cassé quelque chose ? C'est pour ça que t'as tous ces pansements ?

— Mon nez et trois côtes.

— Ça a dû te faire vachement mal. T'as toujours mal ? Tu veux que je t'aide à t'habiller ?

— Je te remercie, je peux me débrouiller.

D'un coup de pied, Barbara envoya ses ballerines dans la penderie et retira ses bas. Sous un ciré noir, elle dénicha un genre de sarouel violet retenu par un cordon à la taille. Juste ce qu'il me faut, songea-t-elle. Elle l'enfila et passa un tee-shirt rose et froissé, « Cock Robin ne l'a pas volé » imprimé en grosses lettres sur la poitrine. Ainsi harnachée, elle se retourna vers la petite fille qui feuilletait avec curiosité un livre de poche qu'elle avait pris sur la table de chevet. La veille au soir, Barbara en était arrivée au passage où l'herculéen sauvage éponyme du roman était poussé aux confins de la résistance humaine par la vision des fesses fermes, galbées — et opportunément dénudées — de la jeune héroïne qui entrait délicatement dans la rivière pour s'y baigner. Barbara estima qu'il n'était pas indispensable que Khalidah Hadiyyah apprenne la suite pour le moment. Elle traversa la pièce et lui prit le livre des mains.

— C'est quoi, un « membre décalotté » ? s'enquit Hadiyyah, intriguée.

— Demande ça à ton père, lui répondit Barbara. Non ! Tout bien réfléchi, ne lui demande pas.

Elle imaginait mal cet homme si solennel répondre au pied levé et sans se démonter à une question pareille.

— C'est un membre d'une société secrète qui ne porte pas de calotte, expliqua-t-elle. Certains en portent, d'autres non.

Hadiyyah hocha la tête, pensive.

— Mais dans le livre, c'est écrit : « Elle toucha son... »

— Bon, et cette glace ? lança Barbara avec enthousiasme. Tu me permets de sauter sur ta proposition ? A la fraise, ça me dirait bien. Et toi ?

— Ben, justement, c'est pour ça que je suis venue te voir...

Hadiyyah se leva et joignit les mains derrière le dos, l'air grave.

— Je suis obligée d'annuler mon invitation, reprit-elle, s'empressant d'ajouter : Mais pas pour toujours. Juste pour le moment.

— Oh, fit Barbara, étonnée de ressentir une pointe de tristesse à cette nouvelle, étant donné que manger une glace avec une gamine de huit ans était loin de constituer un événement à marquer d'une pierre blanche sur son carnet mondain.

— P'pa et moi, on doit s'en aller pendant quelques jours, reprit Hadiyyah. On part maintenant. Mais comme je t'avais téléphoné pour t'offrir une glace, j'ai pensé que je devais te dire qu'on ne pouvait pas tout de suite. Au cas où tu m'aurais téléphoné, tu vois. C'est pour ça que je suis venue.

— Ah oui, bien sûr.

Barbara reprit sa cigarette dans le cendrier et s'assit sur une des deux chaises de cuisine. Elle n'avait pas encore ouvert son courrier de la veille qu'elle avait posé négligemment sur le *Daily Mail* du matin, et elle vit l'inscription sur l'enveloppe qui se trouvait sur le haut de la pile : « Tu cherches le grand amour ? » Qui ne le cherche pas, songea-t-elle, sarcastique, tout en fichant sa cigarette entre ses lèvres.

— J'ai bien fait, dis ? demanda Hadiyyah, l'air inquiet, en faisant un pas timide vers elle. Papa m'a dit que c'était bien que je vienne te prévenir. Je ne voulais pas que tu penses que je t'avais invitée et puis que tu ne me trouves pas quand tu aurais voulu y aller. Ç'aurait pas été gentil, ça, hein ?

Une petite ride verticale barrait le front

d'Hadiyyah entre ses sourcils très fournis. Barbara vit le poids de l'inquiétude peser sur les frêles épaules de la fillette, et elle songea à la façon dont la vie coule les gens dans un certain moule. Aucune petite fille de huit ans ne devrait s'inquiéter autant de la réaction des autres.

— Tu as très bien fait, lui dit Barbara. Mais compte sur moi pour te rappeler ton invitation. Quand il y a une glace à la fraise en jeu, je ne renonce jamais !

Le visage d'Hadiyyah s'illumina.

— On ira dès que je reviendrai, dit-elle, sautillant sur un pied. Je pars pas longtemps, juste quelques jours. Avec Papa. Rien que lui et moi. Je te l'ai déjà dit ?

— Oui.

— Je ne savais pas qu'on allait partir quand je t'ai téléphoné, tu vois. Mais Papa a reçu un coup de téléphone et il a dit : « Quoi ? Quoi ? C'est arrivé quand ? », et tout de suite après, il a dit qu'on allait au bord de la mer. Tu te rends compte, Barbara ? (Elle joignit les mains devant sa poitrine plate.) C'est la première fois que j'irai à la mer. Tu y es déjà allée, toi ?

La mer... songea Barbara. Oh, oui ! Des cabines de plage moisies et des crèmes solaires. Des maillots de bain mouillés qui vous irritent la peau à l'entrecuisse. Quand elle était petite, elle y avait passé toutes ses vacances d'été, à la mer, faisant tout pour bronzer et n'y gagnant que des taches de rousseur et une peau qui pèle.

— Pas récemment, lui répondit-elle.

Hadiyyah vint vers elle en sautillant.

— Et si tu venais avec nous ? Avec Papa et moi ? Oh oui, viens, on s'amuserait bien !

— Je ne pense pas que...

— Oh si, si ! On pourrait construire des châteaux de sable, nager, jouer au ballon, faire la course, et même jouer au cerf-volant !

— Hadiyyah ? Tu as dit ce que tu avais à dire ?

Hadiyyah se tut immédiatement et se tourna vers la porte où se tenait son père qui la regardait, l'air grave.

— Tu m'avais dit que tu n'en aurais que pour une minute, lui rappela-t-il. Et il arrive un moment où une visite à un ami devient inopportune et où l'on abuse de son hospitalité.

— Elle ne m'ennuie pas du tout, dit Barbara.

Taymullah Azhar la regarda alors, pour la première fois, sembla-t-il, car un léger sursaut trahit sa surprise.

— Que vous est-il arrivé, Barbara ? lui demanda-t-il de sa voix tranquille. Vous avez eu un accident ?

— Elle s'est cassé le nez, expliqua Hadiyyah, venant se placer à côté de son père qui la prit par les épaules. Et trois côtes. Elle a des pansements partout, Papa. Je lui ai dit qu'elle devrait venir avec nous à la mer. Ça lui ferait du bien. Tu crois pas ?

Le visage d'Azhar se ferma à cette suggestion.

— Merci pour l'invitation, Hadiyyah, s'empressa de dire Barbara. Mais j'ai épuisé mon quota de journées à la plage. (Elle se tourna vers Azhar.) Un voyage inattendu ? s'enquit-elle.

— On lui a téléphoné, dit Hadiyyah.

— Tu as dit au revoir à ton amie ? lui demanda son père.

— Je lui ai raconté que je ne savais pas qu'on partait avant...

Barbara vit la main d'Azhar se crisper sur l'épaule de sa fille.

— Tu as laissé ta valise ouverte sur ton lit, lui dit-il. Va la chercher et mets-la dans la voiture.

Hadiyyah fit oui de la tête, en petite fille modèle.

— Au revoir, Barbara, dit-elle.

Elle fila. Son père adressa un signe de tête à Barbara et s'apprêta à suivre le même chemin.

— Azhar ? l'appela Barbara.

Il s'arrêta et se retourna vers elle.

— Une cigarette pour la route ?

Elle lui tendit le paquet et croisa son regard. Elle le vit qui hésitait à rester quelques minutes de plus, pesant le pour et le contre. Ne l'eût-elle vu si désireux de faire taire sa fille au sujet de leur voyage qu'elle n'aurait pas tenté de le retenir. Sa curiosité avait été piquée au vif et elle cherchait un moyen de la satisfaire. Voyant qu'il ne répondait pas, elle se dit qu'elle devrait peut-être lui forcer la main.

— Des nouvelles du Canada ? demanda-t-elle, regrettant tout de suite ses paroles.

La mère d'Hadiyyah était en vacances dans l'Ontario depuis les deux mois que Barbara connaissait la fillette et son père. Et tous les jours, Hadiyyah épluchait le courrier en quête d'une carte postale, d'une lettre, d'un cadeau d'anniversaire qui n'arrivait jamais.

— Excusez-moi, dit Barbara. Au temps pour moi.

Le visage d'Azhar était toujours aussi impénétrable. C'était l'homme le plus secret que Barbara connaisse, et il n'éprouvait aucune gêne à laisser le silence s'éterniser entre eux. Barbara, n'y tenant plus, finit par dire :

— Excusez-moi, Azhar. Je pose trop de questions. Comme d'habitude. C'est ce que je fais de mieux, d'ailleurs. Allez, prenez une clope. Ne vous en faites pas, même si vous partez cinq minutes plus tard que prévu, la mer vous attendra.

Azhar se laissa fléchir, mais c'est toujours sur la défensive qu'il prit le paquet que Barbara lui tendait, en fit jaillir une cigarette d'une chiquenaude et l'alluma. De son pied nu, Barbara poussa l'autre chaise loin de la table, mais il ne s'assit pas.

— Des ennuis ? lui demanda-t-elle.

— Pourquoi vous dites ça ?

— Oh. Un coup de téléphone, un changement brusque d'emploi du temps. Dans mon job, cela ne peut vouloir dire qu'une chose : mauvaise nouvelle.

— Dans votre job, peut-être.

— Et dans le vôtre ?

Il porta la cigarette à sa bouche et parla tout en tirant une bouffée :

— Petit problème parmi mes proches.

— Vos proches ?

Il ne parlait jamais de sa famille. Ni de rien de personnel. C'était l'homme le plus méfiant que Barbara ait rencontré en dehors de la gent criminelle.

— J'ignorais que vous aviez de la famille dans le pays, Azhar.

— Une famille nombreuse, en fait.

— Mais pour l'anniversaire d'Hadiyyah, personne...

— Hadiyyah et moi, on ne les fréquente pas.

— Ah. Je comprends.

Sauf qu'elle ne comprenait pas du tout. Il partait sans délai à cause d'un petit problème concernant une famille nombreuse qu'il ne fréquentait pas ?

— Et... vous pensez être absent longtemps ? demanda-t-elle. Je peux faire quelque chose ? Arroser vos plantes ? Prendre votre courrier ?

Il parut réfléchir à cela bien plus longtemps que la proposition ne l'imposait.

— Non, répondit-il enfin. Je ne crois pas. Ce n'est qu'une petite histoire de famille. Un cousin à moi m'a téléphoné pour m'en faire part, et je vais les voir pour les faire profiter de mon expérience dans ce domaine. Ce n'est qu'une question de jours. Les... (Il sourit. Il avait le sourire rare mais éblouissant. Ses dents parfaitement alignées brillaient contre sa peau mate.) Les plantes et le courrier peuvent attendre, si je puis dire.

— Vous allez où ?

— A l'est.

— Dans l'Essex ?

Il acquiesça.

— Vous en avez de la chance de pouvoir échapper à cette canicule, dit Barbara. Je suis à moitié décidée à vous suivre et à passer la semaine qui vient à ne pas décoller mes fesses de notre bonne vieille mer du Nord.

— J'ai bien peur qu'Hadiyyah et moi n'ayons pas trop le temps d'aller nous baigner cette fois-ci, répondit Azhar pour tout commentaire.

— Ce n'est pas ce qu'elle croit. Elle va être déçue.

— Elle doit savoir que la déception fait partie de la vie, Barbara.

— Vraiment ? Elle me paraît un peu jeune pour avoir un avant-goût de la cruauté de l'existence, vous ne croyez pas ?

Azhar s'approcha de la table et écrasa sa cigarette dans le cendrier. Il portait une chemisette en coton et, comme il se penchait, Barbara sentit l'odeur de propre de son vêtement et vit la pilosité brune sous ses aisselles. Comme sa fille, il avait une ossature fine, mais sa peau était plus sombre.

— Malheureusement, nous ne pouvons décider de l'âge auquel la vie va nous apprendre à quel point elle peut nous décevoir, dit-il.

— C'est ce qui s'est passé pour vous ?

— Merci pour la cigarette, dit-il.

Il partit avant qu'elle ait eu le temps de revenir à la charge. Et Barbara se demanda pourquoi elle en avait envie. Elle se dit que c'était pour Hadiyyah : quelqu'un devait défendre les intérêts de cette gamine. Mais à la vérité, le mutisme à toute épreuve d'Azhar avait piqué sa curiosité, aiguillonnait son désir d'en savoir plus. Qui était cet homme, bon sang ? Pourquoi cette solennité ? Et d'où tirait-il cette indifférence au monde ?

Elle poussa un soupir. Ce n'est certainement pas en restant avachie à sa table, clope au bec, qu'elle trouverait les réponses à ses questions, non ? Laisse tomber, songea-t-elle. Il faisait vraiment trop chaud pour réfléchir à quoi que ce soit, et encore moins pour essayer de trouver des raisons plausibles au comportement de ses semblables. Qu'ils aillent au diable, se dit-elle. Par cette chaleur, que le monde entier aille au diable. Elle prit le petit tas d'enveloppes sur la table.

« Tu cherches le grand amour ? » lui faisait les yeux doux. La question était en surimpression sur un cœur. Barbara arracha le rabat de l'enveloppe et sortit un questionnaire d'une page. « Marre des premières rencontres ratées ? » s'enquérait-on d'emblée. « Prête à prendre le pari que trouver l'âme sœur est une question d'informatique et non de hasard ? » Suivaient les questions sur l'âge, les loisirs, le travail, les revenus et les études. Barbara envisagea d'y répondre juste pour rigoler, mais après avoir réfléchi à ce qu'elle écrirait dans la case « loisirs », elle se rendit compte qu'elle n'en avait aucun qui valait le coup d'être mentionné — qui donc pourrait avoir envie d'être uni par ordinateur à une femme qui lisait *Volupté sauvage* pour s'endormir ? —, roula le questionnaire en boule et réussit un panier dans la poubelle de sa kitchenette. Elle se concentra sur le restant de son courrier : une facture, une pub pour une mutuelle, et l'offre de huit jours de croisière grand luxe pour deux sur un paquebot décrit comme un paradis flottant — petits soins et grands plaisirs assurés.

Elle ne dirait pas non à une croisière, songeat-elle. Elle ne dirait pas non à une semaine de petits soins et de luxe, avec ou sans grands plaisirs. Mais un regard à la brochure jointe lui révéla des minettes jeunes et bronzées perchées sur des tabourets de bar ou alanguies sur des transats au bord d'une piscine, les ongles peints, la bouche boudeuse et luisante, servies par des hommes au torse velu. Barbara s'imagina un instant jouant les coquettes parmi tout ce beau monde. Elle ricana. Ça faisait des lustres qu'elle ne s'était pas mise en maillot de bain, en étant venue à penser qu'il valait mieux que certaines choses soient laissées aux bons soins des étoffes, des voiles et de l'imagination.

La brochure publicitaire suivit le même chemin que le questionnaire. Barbara écrasa sa cigarette en soupirant et regarda autour d'elle en quête d'une activité. Rien. Elle se leva et se traîna jusqu'au canapé. Elle se laissa tomber dessus et chercha la télécommande, ayant décidé de passer son après-midi à surfer sur les chaînes. Elle appuya sur le premier bouton et tomba sur la princesse royale, nettement moins chevaline que d'habitude, en train de visiter un hôpital pour les enfants défavorisés aux Caraïbes. Mortel. Puis un documentaire sur Nelson Mandela. Soporifique. Elle prit de la vitesse et surfa sur un film d'Orson Welles, un Prince Vaillant en dessin animé, deux bla-bla shows et un tournoi de golf.

Soudain, son attention fut attirée par l'image d'un cordon de police coupant la route à une foule de manifestants à la peau basanée. Sur un bandeau rouge au bas de l'écran s'inscrivit le mot DIRECT. Un flash info ! Sa curiosité fut aussitôt en éveil. Elle se faisait l'effet d'être un archevêque devant l'annonce télévisée d'un scandale à la cathédrale de Canterbury. Elle était flic, bordel ! N'empêche, tout en regardant avidement le reportage, elle éprouvait un petit pincement de culpabilité : elle était censée être en vacances, non ?

Le mot *Essex* apparut au bas de l'écran. Ce fut alors qu'elle comprit que les manifestants à la peau mate étaient des Pakistanais. Elle augmenta le volume de son téléviseur.

« ... son corps aurait été découvert ce matin dans un ancien blockhaus sur la plage », disait la journaliste qui, apparemment, n'était pas trop dans son élément : tout en parlant, elle lissait ses cheveux blonds impeccablement coiffés et jetait des regards anxieux en direction des gens agglutinés derrière elle, comme si elle craignait qu'il ne leur prenne l'envie de venir lui refaire son brushing. Elle porta une main à son oreille pour étouffer le vacarme ambiant.

« Justice-tout-de-suite ! Justice-tout-de-suite ! » scandaient les manifestants. Sur leurs pancartes, on lisait, écrits à la va-vite, « Justice tout de suite ! », « Action ! », « La vraie vérité ! »...

« Le conseil municipal qui s'était réuni pour discuter des questions de réaménagement de la ville a dégénéré en la manifestation que vous apercevez derrière moi, hurlait la poupée Barbie dans son micro. J'ai pu entrer en contact avec leur meneur et... »

Barbie fut poussée de côté par un policier costaud. L'image tangua dangereusement : apparemment, le cameraman venait lui aussi de se faire bousculer. Des voix se mirent à crier avec colère. Une bouteille fendit l'air, suivie d'un pavé. Les policiers se protégèrent derrière leurs boucliers en plexiglas.

— Putain, mais c'est quoi, ce boxon ? murmura Barbara.

42

La journaliste et son cameraman reprirent pied. Barbie tira dans le champ un Pakistanais musculeux d'une vingtaine d'années, ses longs cheveux coiffés en catogan, une manche de sa chemise déchirée. Il cria à quelqu'un par-dessus son épaule : « Lâchez-le, bordel ! », puis il se tourna vers la journaliste.

« J'ai avec moi Muhannad Malik, qui... commença-t-elle.

— Je vous dis tout de suite qu'on n'a pas l'intention de se contenter de réponses vagues, déformées, ou de mensonges ! l'interrompit le jeune homme. Le moment est venu pour nous d'exiger que la loi soit égale pour tous. Si la police ne prend pas cette mort pour ce qu'elle est, à savoir un crime raciste, un meurtre crapuleux, alors nous avons l'intention de faire justice nous-mêmes. Nous en avons le pouvoir et les moyens... »

Il s'écarta du micro, se retourna et cria dans un mégaphone à l'adresse de la foule : « Nous avons le pouvoir ! Nous avons les moyens ! » La foule rugit, s'avança. L'image tangua de nouveau.

« Peter, dit la journaliste, je crois qu'il vaut mieux que nous allions en terrain plus sûr... »

Retour au studio de la chaîne.

Barbara reconnut le visage grave du présentateur. Peter quelque-chose. Elle n'avait jamais pu le sacquer. Elle ne supportait pas les hommes aux cheveux crantés.

« Bien, pour résumer ce qui se passe en Essex... »

Il se lança tandis que Barbara allumait une autre cigarette. Le cadavre d'un homme, expliqua Peter,

avait été découvert tôt dans la matinée par un promeneur dans un ancien blockhaus sur une plage de
Balford-le-Nez. La victime avait pu être identifiée.
Il s'agissait d'un certain Haytham Querashi arrivé
depuis peu de Karachi, Pakistan, pour épouser la
fille d'un homme d'affaires local très prospère. La
communauté pakistanaise, de plus en plus nombreuse dans cette ville, avait immédiatement crié au
crime raciste bien que rien ne permette de l'affirmer jusqu'à présent. On attendait toujours les commentaires de la police, notamment sur le type
d'enquête qu'elle comptait mener.

Des *Pakistanais,* songea Barbara. Et elle réen-
tendit la voix d'Azhar : « Un petit problème parmi
mes proches. » Mais oui, bien sûr, il voulait parler
de ses compatriotes. Bordel de merde !

Elle regardait l'écran de sa télévision, mais sans
plus écouter Peter qui continuait à soliloquer d'une
voix monotone. Les pensées se bousculaient dans
sa tête. Elle se disait qu'une communauté pakistanaise installée dans la province anglaise était déjà
en soi assez surprenant, et que l'existence de deux
de ces communautés sur la côte de l'Essex serait
très improbable. En repensant au fait qu'Azhar
allait dans l'Essex, à son départ précipité juste
avant ce flash spécial sur ce qui n'était autre qu'une
manifestation tournant à l'émeute, au fait qu'il partait pour régler une « histoire de famille »... Barbara croyait aux coïncidences, mais tout de même !
C'était à Balford-le-Nez que se rendait Taymullah
Azhar.

Son intention, lui avait-il dit, était de faire profiter les siens de son « expérience ». Laquelle ? Lan-

cer de pavés ? Organisation de manifs ? Ou bien comptait-il s'impliquer dans l'enquête de la police locale ? Espérait-il avoir accès au labo médico-légal ? Ou bien, plus inquiétant, comptait-il participer à un mouvement activiste tel celui qu'elle venait de voir à l'œuvre à la télé et qui, immanquablement, conduisait à des actes d'extrême violence, des arrestations en masse, et à un séjour plus ou moins long en taule ?

— Oh, merde, murmura Barbara.

A quoi pensait ce type, nom de nom ! Et qu'est-ce qui lui avait pris d'emmener sa fillette de huit ans ?

Barbara tourna le regard vers la porte, vers la direction qu'avaient prise Hadiyyah et son père. Elle revit le sourire éclatant de la petite fille, ses nattes qui tressautaient tandis qu'elle sautillait, pleine de vie, dans la pièce.

Elle écrasa sa cigarette au milieu des autres mégots, ouvrit sa penderie et prit son sac à dos.

2

Rachel Winfield ferma le magasin avec dix minutes d'avance sans une once de culpabilité. Sa mère était partie à trois heures et demie (c'était le jour de sa « séance » hebdomadaire au salon Mer et Soleil-Visagistes Unisexe) en la rappelant fermement au devoir de tenir la boutique. Mais pas un client, pas même un curieux n'avait montré le bout de son nez depuis une demi-heure.

Or Rachel avait des choses plus importantes à faire que de regarder la grande aiguille de l'horloge murale accomplir son lent tour de cadran. Après avoir cadenassé les vitrines, elle verrouilla la porte, retourna le petit écriteau, de OUVERT sur FERMÉ, et passa dans la réserve. De derrière les poubelles, elle sortit le paquet-cadeau qu'elle avait caché là pour que sa mère ne le voie pas. Le coinçant sous son bras, elle sortit dans l'impasse où elle laissait sa bicyclette. Elle mit le paquet dans la sacoche avec moult précautions, puis, poussant son vélo devant elle, elle tourna dans la rue et vérifia que la porte du magasin était bien fermée.

Elle le paierait cher si on la surprenait à partir si

46

tôt ; et elle serait vouée aux feux de l'enfer et à la damnation éternelle si, par-dessus le marché, elle partait en ayant mal fermé. Parfois, le vieux verrou ne s'enclenchait pas tout à fait dans la gâche. Parfait, songea Rachel, constatant que la porte résistait. Tout était en ordre.

La journée se finissait, mais il faisait toujours aussi chaud. Le vent de la mer du Nord qui malmenait tant Balford au cœur de l'hiver ne soufflait pas depuis deux semaines. Pas la moindre brise pour agiter les banderoles accrochées, tristounettes, au-dessus de la grand-rue. Sous les fanions rouge et bleu porteurs d'une gaieté surfaite, Rachel pédalait avec détermination vers le sud, en direction des beaux quartiers de la ville. Elle ne rentrait pas chez elle, car alors, c'est la direction opposée qu'elle aurait prise : elle aurait longé le bord de mer jusqu'aux trois impasses aux maisons à étages, après la zone industrielle, où elle vivait avec sa mère dans une relative bonne entente. En fait, elle se rendait chez sa seule et unique amie d'enfance frappée de plein fouet par la récente tragédie.

Me montrer compatissante, se remémora-t-elle tout en pédalant. Ne *pas* parler des Bonbonnières de la Falaise avant d'avoir dit à quel point je m'en voulais. Même si je ne m'en veux pas autant que je le devrais, d'ailleurs. C'est comme si une porte était grande ouverte et que j'avais envie de m'y engouffrer.

Rachel remonta sa jupe au-dessus du genou pour pédaler plus facilement tout en évitant que le tissu vaporeux se déchire ou se tache de cambouis. C'est ce matin, en s'habillant, qu'elle avait décidé d'aller voir Sahlah Malik : elle aurait dû choisir un vêtement plus approprié à un long trajet à bicyclette, mais la longueur de la robe qu'elle portait avantageait ce qu'il y avait de plus beau chez elle, ses chevilles, et Rachel, en jeune fille pas vraiment gâtée par la nature, savait qu'elle devait tirer le meilleur parti de ses points forts. Aussi choisissait-elle toujours des jupes et des chaussures qui mettaient ses chevilles en valeur dans l'espoir que les regards qui, par hasard, tomberaient sur elle ne s'arrêtent pas à son visage pour le moins ingrat.

Elle avait tout entendu en vingt ans : *mocharde, gueule de raie, boudin, tas* furent les qualificatifs les plus courants ; *grosse vache, jument, truie,* les métaphores de prédilection. Pendant toute sa scolarité, elle avait été le souffre-douleur de ses camarades et elle avait appris très tôt que, pour les gens comme elle, la vie n'offrait que trois possibilités : pleurer, s'enfuir, ou faire front. Elle avait choisi la dernière solution et c'est son courage dans l'adversité qui lui avait gagné l'amitié de Sahlah Malik.

Ma meilleure amie, songea Rachel. Contre vents et marées. Depuis l'âge de neuf ans, les vents avaient été cléments ; depuis deux mois, elles essuyaient des tempêtes. Mais les choses allaient changer. Rachel en était convaincue.

Elle gravit avec peine la montée de Church Road, passa devant le cimetière Saint-Jean où les fleurs se flétrissaient sous un soleil de plomb. Elle tourna, longea la façade crasseuse de la gare et se lança, tout essoufflée, à l'assaut de la côte raide qui menait aux vastes pelouses et aux rues bordées d'arbres du quartier chic Les Avenues. La famille de Sahlah Malik habitait dans la Deuxième Avenue, à cinq minutes à pied de Greensward — étendue d'herbe soyeuse au-dessous de laquelle deux rangées de cabines de plage bordaient la mer.

La maison des Malik était une des plus vastes du quartier, avec ses pelouses, ses jardins et son petit verger de poiriers. Là, Rachel et Sahlah avaient partagé leurs secrets d'enfants. Typiquement anglaise : toit en tuiles, colombages, fenêtres en vitraux d'un autre siècle. De gros clous en fer ornaient sa porte d'entrée usée, les nombreuses cheminées rappelaient Hampton Court, et son garage indépendant — caché au fond de la propriété — ressemblait à un fortin médiéval. Personne ne se serait douté qu'il datait de moins de dix ans. Et si l'on devinait aisément que les propriétaires des lieux comptaient parmi les plus riches habitants de la ville, personne ne se serait douté non plus qu'ils venaient d'Asie, d'un pays de moudjahidin, de mosquées et de *figh*.

Rachel, en nage, monta sur le trottoir et entrouvrit le portail. Elle poussa un soupir d'aise en passant dans l'ombre fraîche et odoriférante d'un saule pleureur. Elle s'y arrêta un petit moment comme pour reprendre souffle tout en sachant qu'en fait, c'était pour se préparer. C'était la première fois de sa vie qu'elle rendait visite à une famille endeuillée dans des circonstances aussi dramatiques. Elle devait réfléchir à ce qu'elle allait dire et faire. Elle ne voulait surtout pas commettre un impair.

Elle cala sa bicyclette contre une vasque de géraniums en fleur, prit le paquet dans sa sacoche et s'avança sur le perron, envisageant les meilleures entrées en matière possibles. *C'est horrible... Je suis venue dès que j'ai pu... Je n'ai pas voulu téléphoner, j'ai préféré te voir... Ça bouleverse tout... Je sais à quel point tu l'aimais...*

Sauf que c'était faux : Sahlah Malik n'avait jamais été amoureuse de son futur époux.

De toute façon, cela n'avait plus d'importance. Les morts ne revenaient pas demander des comptes aux vivants, et il ne servait à rien de s'appesantir sur l'absence de sentiment de son amie envers un inconnu avec qui on avait voulu la marier de force. Son paquet coincé sous le bras, Rachel frappa à la porte.

Elle s'ouvrit. Une musique de film couvrait les échos d'une conversation en langue étrangère qui s'échappaient du salon. De l'urdu, supposa Rachel. Et le film était sans doute une des cassettes vidéo achetées par correspondance par la belle-sœur de Sahlah qui, comme d'habitude, devait être assise sur un coussin devant la télévision, un bol d'eau savonneuse sur les genoux, dans lequel baignaient une dizaine de ses colliers en or.

Rachel n'était pas trop loin de la vérité.

— Sahlah ? appela-t-elle.

Elle alla au salon et trouva Yumn, la jeune épouse du frère de Sahlah, en train non pas d'astiquer ses précieux bijoux, mais de racommoder un de ses nombreux *dupattās*. Yumn s'escrimait à refaire l'ourlet du foulard, sabotant son bel effort par son inexpérience.

Rachel se racla la gorge. Yumn poussa un cri de surprise et lâcha aiguille, fil et foulard, qui tombèrent chacun de leur côté. Bizarrement, elle portait un dé à coudre à chaque doigt de la main gauche.

— Oh, tu m'as fait une de ces peurs ! s'écriat-elle, d'une voix suraiguë. Oh, Seigneur, Seigneur, Rachel Winfield ! Et justement aujourd'hui ! Quand rien ne devrait venir me contrarier. Le cycle féminin est une période délicate. Tu ne le sais donc pas ?

Sahlah avait toujours dit que sa belle-sœur était une actrice-née qui en faisait trop. Ce n'était pas tout à fait faux. Rachel avait fait une arrivée discrète, mais Yumn semblait décidée à l'exploiter à fond, braquant sur elle le feu faiblard du projecteur de son petit théâtre intérieur. Pour souligner son « cycle féminin », comme elle disait, elle porta ses deux mains à son ventre, sans doute au cas où Rachel n'aurait pas fait le rapprochement. Pas de danger. Rachel ne l'avait jamais entendue parler d'autre chose que de son intention de se trouver enceinte pour la troisième fois — avant son trenteseptième mois de mariage et avant que son deuxième fils ait dix-huit mois.

— Excuse-moi, dit Rachel. Je ne voulais pas t'effrayer.

— Encore heureux !

Yumn chercha son nécessaire à couture de son œil sain en plaquant une main sur son œil gauche — dont elle dissimulait habituellement le va-etvient rebelle à l'ombre des replis d'un *dupattā*. Elle se remit au travail, paraissant bien décidée à ignorer la présence de Rachel.

— Yumn ? fit celle-ci au bout d'un moment. Sahlah est ici ?

— Où veux-tu qu'elle soit ? répondit Yumn avec un haussement d'épaules. Bien sûr qu'elle est ici, mais quand je l'appelle, elle fait la sourde oreille. Ce qu'il lui faudrait, c'est une bonne correction, mais personne ne semble décidé à la lui donner.

— Où est-elle ?

— « La pauvre petite », qu'ils disent. « Laisse-la tranquille. Laisse-la à son chagrin. » Son *chagrin* ? Pff ! Ils se moquent de qui ?

Cette réflexion inquiéta Rachel mais, par égard pour son amie, elle n'en laissa rien paraître.

— Où est-elle, Yumn ? répéta-t-elle, s'armant de patience.

— En haut.

Au moment où Rachel allait sortir du salon, Yumn ajouta, avec un petit rire narquois :

— En train de pleurer toutes les larmes de son corps, sans doute.

Rachel trouva Sahlah dans la chambre de devant, aménagée pour les deux petits garçons de Yumn. Elle pliait des couches fraîchement repassées. Ses neveux, un bambin de vingt-sept mois et son frère cadet, étaient couchés dans le même petit lit près de la fenêtre ouverte et dormaient à poings fermés.

Elles s'étaient quittées quinze jours plus tôt en mauvais termes. Aussi, malgré l'entrée en matière qu'elle avait préparée, Rachel n'était pas très à l'aise. Pas seulement à cause de leur désaccord, ni du fait qu'en entrant chez les Malik elle sentait toujours qu'elle pénétrait dans une autre culture, mais aussi de la sensation cuisante qu'elle éprouvait toujours dès qu'elle se trouvait face à son amie et qu'elle comparait leur physique.

52

Sahlah était très jolie. Par respect pour sa religion et pour ses parents, elle portait le modeste *shalwār-qamīs*; mais ni l'ample pantalon ni la longue tunique qui gommait sa taille ne réussissaient à cacher sa beauté. Elle avait une peau muscade, des yeux cacao aux cils longs et soyeux; elle coiffait ses cheveux de jais en une large tresse qui lui descendait jusqu'aux reins et, lorsqu'elle tourna la tête en entendant Rachel l'appeler, de petites mèches bouclées, aussi fines que des fils de la Vierge, lui tombèrent autour du visage. Sa seule imperfection était une fraise sur sa pommette, tel un tatouage, qui devint nettement plus foncée quand son regard croisa celui de Rachel.

Celle-ci sursauta en voyant l'expression de son amie. Elle avait l'air si mal qu'elle en oublia l'entrée en matière qu'elle avait préparée.

— C'est pour toi, dit-elle, tendant spontanément le paquet qu'elle avait dans la main. C'est un cadeau.

Elle se sentit toute bête.

D'un geste lent, Sahlah plia une couche en deux, en ajustant les coins avec une extrême application.

— Je ne pensais pas ce que je disais l'autre jour, reprit Rachel. Qu'est-ce que je connais à l'amour, de toute façon? Hein? Alors, j'en sais encore moins sur le mariage. Et je suis mal placée pour en parler. C'est vrai, quoi, ma mère n'a été mariée qu'une fois pendant une dizaine de minutes. Et c'était un mariage d'amour, selon elle. Alors tu vois!

Sahlah finit de plier la couche et la posa sur la pile à une extrémité de la planche à repasser. Elle s'approcha de la fenêtre et jeta un coup d'œil aux bébés. Précaution inutile, songea Rachel. Ils dormaient comme des morts. Elle tiqua à cette comparaison. Elle devait absolument éviter de prononcer ce mot — de le penser, même — tout le temps qu'elle resterait dans cette maison.

— Tu m'en veux pas, Sahlah ? dit-elle.

— Tu n'avais pas besoin de me faire un cadeau, murmura Sahlah.

— Je t'en prie, dis-moi que tu me pardonnes. Sinon, je ne le supporterai pas.

— Tu n'as pas à t'excuser, Rachel.

— Autrement dit, tu ne me pardonnes pas, c'est ça ?

Sahlah hocha la tête, et ses fines boucles d'oreilles en ivoire s'entrechoquèrent. Mais elle ne répondit pas.

— Tu acceptes mon cadeau ? demanda Rachel. Quand je l'ai vu, je me suis tout de suite dit que c'était pour toi. Ouvre-le. S'il te plaît.

Elle voulait tant effacer leur dernière conversation, faire oublier l'aigreur de ses propos et ses reproches. Elle craignait tant de perdre son amie.

Après quelques secondes de réflexion, Sahlah poussa un petit soupir et prit la boîte que Rachel lui tendait. A la vue du papier cadeau — orné de chatons qui batifolaient avec des pelotes de laine —, elle ne put réprimer un sourire. Elle en effleura un du bout d'un doigt, puis défit le nœud et arracha le scotch. Elle ôta le couvercle de la boîte, sortit le vêtement et caressa les fils d'or de la trame.

En choisissant son cadeau, Rachel savait qu'elle ne se trompait pas. Ce *sherwani,* long manteau au col fermé, était parfaitement adapté à la culture et à la religion de Sahlah. Porté avec un pantalon, il la recouvrirait complètement. Ses parents — dont la bonne grâce et la compréhension étaient essentielles aux projets de Rachel — ne pourraient y trouver à redire. En même temps, il exprimait la valeur que Rachel accordait à leur amitié. Il était en soie tramée d'or. On voyait que c'était un vêtement de prix. Rachel avait sérieusement ponctionné ses économies, mais quelle importance si cela devait lui ramener Sahlah.

— C'est la couleur qui m'a plu, dit Rachel. Cette terre de Sienne ira parfaitement à ton teint. Essaie-le.

Un petit rire forcé lui échappa tandis qu'elle regardait Sahlah hésiter à faire sauter le premier bouton. En corne véritable, ces boutons, songea Rachel. Elle faillit le dire, mais n'osa pas. Elle avait trop peur.

— Ne sois pas timide, Sahlah. Essaie-le. Il ne te plaît pas ?

Sahlah posa le manteau sur la planche à repasser et en plia les bras, avec autant de soin que les couches. Elle serra dans sa main un des ornements qui pendaient au bout de son collier en perles d'ambre, comme elle l'aurait fait d'un talisman.

— C'est trop, Rachel, dit-elle enfin. Je ne peux pas l'accepter. Excuse-moi.

Rachel sentit les larmes lui monter aux yeux.

— Mais on est toujours... On est amies. Non ?

— Oui.

— Alors...

55

— Je ne peux pas te rendre la pareille. Je n'ai pas d'argent, et même si j'en avais...

Sahlah laissa sa phrase en suspens et finit de plier le vêtement. Rachel la connaissait assez pour deviner ce qu'elle pensait.

— Tu devrais aider tes parents, pas dépenser pour moi, c'est ça, dit-elle.

— Oui...

C'est ce qu'on fait en général, aurait-elle pu ajouter comme elle le lui avait si souvent dit au cours de leurs onze années d'amitié — et répété depuis qu'elle lui avait fait part de son intention d'épouser un Pakistanais qu'elle n'avait jamais vu et que ses parents avaient choisi pour elle.

Rachel n'avait pas envisagé que sa visite puisse rendre son amie plus malheureuse qu'elle ne l'était depuis quinze jours. L'avenir se résumait à une équation des plus simples : le fiancé de Sahlah était mort ; Sahlah était vivante, donc libre de reprendre sa place de meilleure amie et compagne privilégiée de Rachel. Or, apparemment, telle n'était pas son intention.

Rachel sentit une boule se former dans sa gorge. La tête lui tourna. Après tout ce qu'elle avait fait pour Sahlah, tous les secrets qu'elle avait loyalement gardés, parce que c'était bien là le devoir d'une amie, non ?...

— Je veux que tu l'acceptes, insista Rachel, s'efforçant d'adopter le ton de circonstance lorsqu'on vient en visite dans une maison où la mort vous a précédé. Je tenais à te dire que je compatissais à... heu, à ta... peine.

— Rachel, dit Sahlah d'une voix posée. Je t'en prie.

— Je comprends ton sentiment de perte. Même si tu ne l'as connu que très peu de temps, je suis sûre que tu avais commencé à l'aimer. Parce que... (elle se rendit compte qu'elle durcissait le ton) parce que je sais bien que tu n'aurais jamais épousé un homme que tu n'aimais pas. C'est ce que tu m'as toujours dit, Sahlah, tu te souviens ? Alors, forcément, la première fois que tu as vu Haytham, tu as dû avoir le coup de foudre. Et quand il a posé sa main moite sur ton bras, tu as tout de suite su que c'était lui. C'est comme ça que ça s'est passé, hein ? Et c'est pour ça que tu es si malheureuse maintenant ?

— Je sais que c'est difficile à comprendre pour toi.

— Sauf que tu ne m'as pas l'air très malheureuse. En tout cas, pas à cause d'Haytham. Je me demande bien pourquoi, alors. Est-ce que ton cher papa se demande pourquoi ?

Ses paroles dépassaient sa pensée. C'était comme si sa voix avait une vie autonome et incontrôlable.

— Tu ne sais pas ce que je ressens, déclara Sahlah froidement, d'un air presque farouche. Tu me juges d'après tes critères, qui sont très différents des miens.

— Et je suis différente de toi, ajouta Rachel, d'un ton amer. C'est ça ?

— Nous sommes amies, lui rappela Sahlah d'une voix douce. Et nous le resterons toujours.

Cette déclaration blessa Rachel plus que ne

l'aurait fait une répudiation, car, si sincère soit-elle, elle n'augurait rien de bon.

Rachel plongea la main dans la poche-poitrine de son chemisier et en sortit la brochure froissée qu'elle gardait depuis plus de deux mois. Elle l'avait feuilletée si souvent qu'elle connaissait par cœur les photos des Bonbonnières de la Falaise et le baratin publicitaire vantant ces trois petits immeubles oblongs, en brique, divisés en deux appartements de trois pièces. Ainsi que leur nom le suggérait, ils surplombaient la mer sur la Promenade Sud. Ils étaient dotés soit d'un balcon soit d'une terrasse, mais ils offraient tous une vue imprenable : la jetée de Balford au nord, ou la mer gris-vert à l'est.

— Voilà les appartements, dit Rachel, dépliant la brochure sans la tendre à Sahlah (elle savait qu'elle ne la prendrait pas). J'ai économisé assez pour payer la caution.

— Rachel, et si tu essayais de voir les choses telles qu'elles sont dans mon milieu ?

— Je *veux* qu'on le fasse, insista Rachel. Je demanderai que le bail soit à nos deux noms. Tu n'auras à payer par mois que...

— Ce n'est pas possible.

— Mais si ! C'est uniquement ton éducation qui t'en empêche. Mais tu n'es pas obligée de vivre comme ça jusqu'à la fin de tes jours. Tout le monde peut changer de mode de vie.

L'aîné des enfants remua et gémit dans son sommeil. Sahlah revint près du lit. Aucun des deux petits n'était couvert — il faisait bien trop chaud dans la pièce. Sahlah, d'une main légère, caressa le front du bébé. Sans se réveiller, il se retourna, les fesses en l'air.

— Rachel, dit Sahlah sans quitter son neveu des yeux, Haytham est mort, mais ça ne veut pas dire que je n'ai plus de devoirs envers ma famille. Si mon père me choisit un autre époux demain, je me marierai avec lui. Je le dois.

— Tu le *dois* ? Mais c'est dingue ! Tu ne connaissais même pas Haytham. Tu ne connaîtras pas plus le suivant ?

— Non. Mais c'est ce que je veux faire.

Elle parlait d'une voix tranquille et ferme, mais Rachel ne s'y trompait pas. Elle sous-entendait : *le passé est mort.* Seulement, elle oubliait une chose : Haytham Querashi était mort, lui aussi.

Rachel s'approcha de la planche à repasser et finit de plier le manteau. Elle aligna l'ourlet et les épaules, tendit le tissu sur les côtés, le pinça à la taille. Sahlah l'observait depuis le petit lit.

Rachel remit le manteau dans sa boîte, la coiffa de son couvercle et se tourna vers son amie.

— On se racontait toujours comment ce serait, lui dit-elle.

— On était petites. C'est facile d'avoir des rêves quand on est gosse.

— Tu pensais que je les avais oubliés ?

— Non, mais que tu les avais dépassés.

Cette remarque porta plus que Sahlah ne l'aurait voulu. Elle montrait à quel point elle avait changé, à quel point sa situation avait barre sur elle. Et aussi à quel point Rachel était restée la même.

— Parce que tu les as dépassés, toi ? lui

demanda Rachel en la regardant droit dans les yeux.

Sahlah détourna la tête. Elle tendit la main vers un des barreaux du petit lit et le serra.

— Tu peux me croire, Rachel, dit-elle. C'est ce que je dois faire.

Rachel avait l'impression que Sahlah voulait en dire plus, mais elle ne se sentait pas le droit de lui forcer la main. Elle la dévisageait, essayant vainement de comprendre quel sentiment animait son amie et quel sens elle devait donner à ses paroles.

— Mais pourquoi ? lui dit-elle. Parce que c'est ta conviction ? Parce que ton père t'y oblige ? Parce que tu seras chassée de ta famille si tu ne fais pas ce qu'on te dit de faire ?

— Tout cela à la fois.

— Mais il y a autre chose, n'est-ce pas ? Hein ?

Voyant que Sahlah ne répondait pas, elle insista :

— Ce n'est pas grave si ta famille te jette à la rue. Je m'occuperai de toi. On sera toutes les deux. Je te protégerai, il ne t'arrivera rien de mal.

Sahlah eut un rire amusé. Elle se tourna vers la fenêtre et regarda au-dehors. Le soleil de l'après-midi tapait impitoyablement sur le jardin, brûlant la terre, desséchant la pelouse, gâchant la vie des fleurs.

— Il m'est déjà arrivé quelque chose de mal, dit-elle. Et où étais-tu ? Qu'est-ce que tu as fait pour m'en protéger ?

Ces questions glacèrent Rachel plus qu'aucun blizzard ne l'aurait fait. Elles donnaient à penser que Sahlah avait mesuré jusqu'où Rachel pouvait aller au nom de leur amitié. Rachel se mordit la lèvre. Son courage l'abandonnait. Elle ne pouvait se résoudre à partir sans connaître la vérité, mais elle n'avait pas non plus envie de la regarder en face tant elle avait peur de découvrir que ses craintes étaient fondées, que c'était sa faute si leur amitié était morte. Mais elle ne voyait pas comment l'éviter. Elle s'était imposée en indésirable, et maintenant elle allait en connaître le prix.

— Sahlah, dit-elle, est-ce que... Haytham...

Elle s'interrompit. Comment poser cette question sans dévoiler à Sahlah qu'elle avait été sur le point de trahir leur amitié ?

— Quoi, Haytham ? fit Sahlah.

— Est-ce qu'il... t'a parlé de moi ?

L'ahurissement de Sahlah répondit amplement à sa question. Rachel éprouva un immense soulagement qu'elle dégusta comme une douceur. Elle comprit qu'Haytham Querashi était mort sans avoir parlé.

Pour le moment du moins, Rachel Winfield ne risquait rien.

De la fenêtre, Sahlah regarda son amie s'éloigner à bicyclette en direction du boulingrin. Elle allait donc rentrer chez elle par le bord de mer. Son itinéraire la ferait passer devant les Bonbonnières de la Falaise, objets de ses rêves malgré tout ce que Sahlah avait pu dire et faire pour lui montrer que leurs routes s'étaient séparées.

Au fond, Rachel était restée la petite fille que Sahlah avait connue à l'école primaire. Elle avait eu recours à la chirurgie esthétique pour améliorer les traits disgracieux dont l'avait affublée la nature, mais son nouveau visage servait de masque à la même enfant à la tête toujours aussi pleine d'espoirs, de passions et de châteaux en Espagne.

Sahlah s'était efforcée de faire comprendre à Rachel que leur projet d'acheter un appartement et de le partager toute leur vie ne pourrait pas voir le jour. Son père ne lui permettrait jamais d'aller habiter avec une autre femme. Et même si, dans une crise de démence, il lui donnait la permission d'adopter un mode de vie aussi non conformiste, elle-même ne le pourrait plus. Il était trop tard. Beaucoup trop tard. La mort d'Haytham était un peu la sienne. S'il avait vécu, rien n'aurait d'importance. Alors que maintenant...

Elle joignit les mains sous son menton, ferma les yeux, espérant qu'un souffle de brise marine viendrait la rafraîchir et apaiser son esprit enfiévré. Elle avait lu dans un roman — qu'elle cachait soigneusement — l'expression « son esprit battait la campagne », qui qualifiait l'état de désespoir de l'héroïne, et elle n'avait pas compris comment l'esprit pouvait réaliser cet exploit. C'était chose faite. Depuis la mort d'Haytham, son esprit à elle battait la campagne comme un troupeau de gazelles fuyant à travers la savane. Elle avait passé en revue toutes les possibilités : que faire, où aller, qui voir, comment se comporter et que dire. Du coup, elle était complètement paralysée. Qu'attendait-elle, au juste ? Elle ne le savait pas elle-même. Du secours, peut-être. Ou un retour à la prière, chose qu'elle faisait autrefois cinq fois par jour avec une ferveur qu'elle avait perdue désormais.

— La « trollesse » est partie ?

Sahlah tourna la tête vers Yumn qui se tenait

dans l'encadrement de la porte, appuyée contre le chambranle.

— C'est à Rachel que tu fais allusion ? lui demanda-t-elle.

Yumn s'avança dans la pièce, leva les bras avec langueur et se fit un ersatz de tresse, à peine plus grosse que son auriculaire. La peau de son crâne apparaissait par endroits, d'une façon peu ragoûtante.

— « C'est à Rachel que tu fais allusion ? » la singea Yumn. Tu peux me dire pourquoi tu parles toujours comme si tu avais un balai dans le cul ?

Elle éclata de rire. Pour une fois, elle ne portait pas son *dupattā*, et ses cheveux tirés en arrière dévoilaient qu'elle avait une coquetterie dans l'œil.

— Masse-moi le dos, lui ordonna-t-elle. Je veux être parfaitement détendue pour ton frère ce soir.

Elle s'approcha du lit où son fils aîné sommeillait. Elle ôta ses sandales et s'affala sur la courte-pointe bleu azur.

— Tu es sourde ou quoi ? Je viens de te dire de me masser le dos.

— Je t'interdis d'appeler Rachel « trollesse ». Ce n'est pas plus sa faute que...

Elle s'arrêta juste à temps. Le « que la tienne » aurait été rapporté à Muhannad, c'est sûr, avec toute l'hystérie de circonstance. Et le frère de Sahlah aurait veillé à ce qu'elle paie cette insulte faite à la mère de ses enfants.

Yumn l'observait avec un sourire en coin. Elle aurait tellement aimé que Sahlah termine sa phrase. Rien ne la mettrait plus en joie que d'entendre la paume de la main de Muhannad s'abattre sur la joue de sa jeune sœur. Mais Sahlah lui refusa ce plaisir. Elle s'approcha d'elle et la regarda retirer le haut de ses vêtements.

— Mets de l'huile parfumée à l'eucalyptus, lui dit Yumn. Et réchauffe-la d'abord dans tes mains. Je ne supporte pas quand elle est froide.

Sahlah alla docilement la chercher tandis que Yumn se couchait sur le flanc. Son corps portait les stigmates de ses deux maternités si rapprochées. Elle n'avait que vingt-quatre ans, mais déjà ses seins tombaient. Sa deuxième grossesse avait fripé sa peau et alourdi sa silhouette déjà robuste. D'ici cinq ans, si, comme elle en avait l'intention, elle offrait un rejeton par an au frère de Sahlah, il y avait de fortes chances qu'elle finisse aussi large que grande.

Elle enroula sa tresse sur le haut du crâne et la fixa avec une épingle à cheveux qu'elle avait prise sur la table de chevet.

— Tu peux y aller, dit-elle.

Sahlah versa d'abord l'huile dans le creux de sa main puis se frotta les paumes pour la réchauffer. L'idée de toucher la peau de sa belle-sœur lui répugnait, mais Yumn, en sa qualité d'épouse du fils aîné, pouvait commander Sahlah, qui devait lui obéir sans protester.

Le mariage de Sahlah aurait mis un terme à cette suzeraineté de Yumn, non en lui-même mais parce qu'il lui aurait permis de quitter la maison paternelle et d'échapper à la tyrannie de sa belle-sœur. Contrairement à Yumn qui, malgré son caractère dominateur, était tenue de se soumettre à l'autorité d'une belle-mère avec qui elle ne s'entendait pas,

Sahlah et Haytham auraient vécu seuls — du moins jusqu'au jour où il aurait fait venir sa famille du Pakistan. Rien de tout cela n'allait arriver. Elle était prisonnière. Tous les membres de sa famille, hormis ses deux petits neveux, étaient ses geôliers.

— Ce que c'est agréable... dit Yumn. Je veux avoir la peau brillante. Ton frère aime ça, Sahlah. Ça l'excite. Et quand il est excité... (elle gloussa)... les hommes sont de vrais gosses. Ils font de ces caprices ! Ils ont de ces désirs ! Et ce qu'ils peuvent nous rendre malheureuses, hein ? Ils nous engrossent en un clin d'œil. On leur donne un fils et, avant qu'il ait six mois, le père revient à la charge et en veut un autre. Comme tu as de la chance d'avoir échappé à ce triste destin, *bahin* !

Ses lèvres frémirent, comme si quelque chose connu d'elle seule l'amusait.

Sahlah voyait bien que Yumn — contrairement à ce qu'elle prétendait — n'était pas mécontente de son destin. En réalité, elle était fière de ses capacités reproductrices et de la façon dont elle s'en servait pour obtenir ce qu'elle voulait, faire ce que bon lui semblait, manipuler, cajoler, câliner, exiger. Comment mes parents ont-ils pu choisir une telle épouse pour leur fils unique ? songea Sahlah. Bien sûr, le père de Yumn était très riche et la généreuse dot de sa fille avait permis de financer de nombreuses modernisations dans l'entreprise des Malik, mais il devait bien y avoir eu d'autres bons partis pour Muhannad. Et comment son frère pouvait-il toucher cette femme à la peau flasque, à l'odeur aigre ?

— Dis-moi, Sahlah, murmura Yumn, fermant

les yeux de plaisir sous les massages, est-ce que tu es contente, au moins ? Tu peux me dire la vérité. Je ne répéterai rien à Muhannad.

— Si je suis contente de quoi ? demanda Sahlah, reversant de l'huile dans sa main.

— D'avoir échappé à l'obligation de faire ton devoir d'épouse, de donner des enfants à ton mari et des petits-enfants à tes parents.

— Côté petits-enfants, mes parents sont bien lotis avec toi.

Yumn pouffa.

— Je n'arrive pas à croire que j'aie pu tenir trois mois depuis la naissance de Bishr sans en avoir mis un autre en route ! En général, il suffit que Muhannad me touche pour que je tombe enceinte. Et quels fils nous avons, ton frère et moi ! Et quel homme, ce Muhannad !

Yumn roula sur le dos. Elle prit ses seins lourds dans ses mains et les souleva. Ses mamelons étaient larges comme des soucoupes et aussi sombres que le gypse qu'on trouvait au Nez.

— Regarde ce que la grossesse fait subir au corps de la femme, *bahin*. Comme tu as de la chance d'être mince et vierge, d'avoir échappé à tout ça ! Regarde-toi... (elle fit un vague geste de la main)... pas de varices, pas de vergetures, pas de gonflements, pas de douleurs. Tu es encore pure, Sahlah. Tu es adorable, et je me demande si tu avais vraiment envie de te marier. A mon avis, non. Tu ne voulais pas d'Haytham Querashi. Je n'ai pas raison ?

Sahlah soutint le regard provocateur de sa belle-sœur, mais son cœur battait la chamade.

— Tu veux que je continue à te masser, ou c'est suffisant ? demanda-t-elle.

Yumn esquissa un sourire.

— Suffisant ? fit-elle. Oh non, *bahin,* ce n'est jamais suffisant.

De la fenêtre de la bibliothèque, Agatha Shaw regardait son petit-fils descendre de sa BMW. Elle consulta sa montre. Il avait une demi-heure de retard. Un homme d'affaires se devait d'être ponctuel. Qui plus est, Theo. S'il voulait être pris au sérieux à Balford-le-Nez en tant que descendant d'Agatha et de Lewis Shaw — autrement dit, en tant que notable —, alors, il allait lui falloir apprendre à porter une montre à son poignet plutôt que ce truc de sauvage dont il s'était entiché. Quelle horreur, ce colifichet ! De son temps, si un homme de vingt-six ans avait arboré un bracelet, il se serait retrouvé sur le banc des accusés et le terme « sodomite » aurait résonné plus d'une fois dans le prétoire.

Agatha s'écarta de la fenêtre et laissa le pan du rideau retomber devant elle, mais elle continua d'observer Theo qui approchait. Il y avait des jours, comme aujourd'hui, où son petit-fils la mettait au supplice. Il ressemblait tellement à sa mère : mêmes cheveux blonds, même peau laiteuse qui se couvrait de taches de rousseur en été, même silhouette athlétique. Quant à cette garce scandinave, elle reposait, Dieu merci, au lieu réservé aux idiots qui perdent le contrôle de leur véhicule et provoquent leur mort et celle de leur époux. Par sa présence même, Theo rappelait perpétuellement à sa grand-mère qu'elle avait perdu le plus jeune et le préféré de ses fils deux fois : la première lors d'un mariage qui l'avait déshérité ; la deuxième dans un accident de voiture qui avait fait d'elle la tutrice de deux petits garçons turbulents de moins de dix ans.

Tandis que Theo s'approchait de la porte, Agatha recensait tout ce qu'elle désapprouvait chez lui. Sa mise, par exemple, ne convenait absolument pas à la position qu'il occupait. Il affectionnait les vêtements en lin de coupe ample : vestes à épaulettes, chemises col Mao, pantalons à pli. Et toujours dans les tons pastel, fauves, ou chamois. Il préférait porter des sandales plutôt que des chaussures. Et encore pouvait-elle s'estimer heureuse quand il daignait mettre des chaussettes. Et comme si tout cela n'était pas suffisant pour faire fuir les investisseurs, il portait au cou, depuis l'accident, une abominable chaîne en or au bout de laquelle pendillait un tout petit corps crucifié, macabre babiole catholique qui avait appartenu à sa mère. Tout à fait ce qu'il fallait mettre sous les yeux d'un entrepreneur pendant qu'on essaie de le convaincre de placer ses capitaux dans la restauration, la modernisation, la « renaissance » de Balford-le-Nez.

Mais il était inutile de s'entêter à conseiller Theo sur la façon de s'habiller, de se comporter et de s'exprimer quand il présentait leur projet de réaménagement de la ville. « Soit le projet est convaincant, soit il ne l'est pas, Mamie », répondait-il invariablement à ses suggestions. Le simple fait qu'elle ait à en prodiguer la crispait au plus haut degré. C'était son projet à elle. Son rêve à elle. Elle avait siégé au conseil municipal de Balford pendant quatre mandats consécutifs grâce aux projets d'avenir qu'elle avait pour la ville, et il lui était insupportable d'avoir été obligée — à cause d'une maudite attaque cérébrale — de céder sa place, le temps de sa convalescence, à son doucereux et tête en l'air de petit-fils. Il valait mieux ne pas y songer.

La porte d'entrée s'ouvrit. Le parquet grinça sous les sandales de Theo jusqu'à ce que ses pas l'aient porté jusqu'au premier tapis persan. Il parla à quelqu'un dans l'entrée — Mary Ellis, la femme de ménage, sans doute, dont l'incompétence pathologique faisait regretter à Agatha de n'être pas née à une époque où l'on pouvait bazarder sa domesticité sans autre forme de procès. Elle entendit Theo dire « Dans la bibliothèque ? », et s'en approcher.

Agatha veilla à se tenir droite pour accueillir son petit-fils. Le service à thé trônait sur la table — elle n'avait touché ni aux sandwichs au pain de mie, dont les coins commençaient à rebiquer, ni au thé, dont la surface se recouvrait d'une pellicule fine et terne — reproches muets renvoyant au fait que Theo était une fois de plus en retard. Agatha serra le pommeau de sa canne de ses deux mains et la plaça devant elle pour prendre équilibre. Ses bras tremblèrent sous l'effort qu'elle faisait pour paraître maîtresse de ses forces, et elle fut ravie d'avoir mis un cardigan malgré la chaleur. Au moins ses tremblements étaient-ils camouflés par la fine épaisseur de laine.

Theo s'immobilisa dans l'embrasure de la porte. Il avait le visage luisant de sueur, et sa chemise en lin lui collait à la peau, accentuant sa sveltesse. Sans un mot, il se dirigea vers le plateau à thé et le plat de sandwichs posé à côté. Il en prit trois à la salade et aux œufs et les mangea gloutonnement sans se soucier de leur manque de fraîcheur. Il ne parut même pas remarquer que le thé dans lequel il laissa choir un morceau de sucre était froid depuis une vingtaine de minutes.

— Si l'été continue comme ça, on est bien partis pour faire une bonne saison à la Rotonde, dit-il du bout des lèvres, comme s'il pensait à autre chose.

La curiosité d'Agatha fut tout de suite en éveil, mais elle ne dit rien.

— C'est vraiment dommage que le restaurant ne puisse pas ouvrir avant août, reprit Theo. On commencerait à faire des bénéfices en un rien de temps. J'ai parlé à Gerry De Vitt de la date d'achèvement des travaux, mais à son avis il n'y a guère de chances d'accélérer le mouvement. Vous le connaissez. Quand il travaille, il veut que tout soit nickel. Pas moyen de faire plus vite avec lui, ni, bien sûr, de faire moins cher.

Il prit un autre sandwich. Au concombre, cette fois.

— C'est la raison de ton retard ? demanda Agatha.

Il fallait qu'elle s'assoie. Ses jambes commençaient à trembler elles aussi, mais Agatha refusait de laisser son corps décider pour elle.

Theo secoua la tête. Il s'approcha d'elle, sa tasse de thé froid à la main, et l'embrassa sèchement sur la joue.

— Bonjour, lui dit-il. Excusez mon impolitesse, mais je n'ai pas déjeuné. Vous n'avez pas trop chaud en cardigan ? Vous voulez un thé, Mamie ?

— Cesse d'être aux petits soins. Je n'ai pas encore un pied dans la tombe. Navrée de te décevoir.

— Oh, voyons, ne soyez pas bête. Tenez, asseyez-vous, Mamie. Vous êtes moite et vous tremblez. Vous ne le sentez pas ? Asseyez-vous.

— Et cesse de te comporter comme si j'étais sénile, dit-elle, le repoussant. Je m'assiérai quand j'en aurai envie. Pourquoi agis-tu si bizarrement ? Que s'est-il passé au conseil municipal ?

C'était elle qui aurait dû y aller ; et elle y serait allée, qu'il ait fait chaud ou non, si un petit vaisseau n'avait pas eu le toupet de faire des siennes dans son cerveau ! Et elle aurait imposé ses vues à cette bande de misogynes myopes comme des taupes. Il lui avait fallu une éternité pour les convaincre d'organiser une réunion extraordinaire afin d'examiner ses plans de réaménagement du front de mer ; et c'était Theo, épaulé par leur architecte et un urbaniste américain de Newport, dans le Rhode Island, qui avait défendu le projet à sa place.

Theo s'assit, tenant sa tasse sur les genoux. Il fit tournoyer le thé, l'avala d'un trait et reposa la tasse sur la table à côté de lui.

— Vous n'êtes pas au courant, alors ? demanda-t-il.

— Au courant de quoi ?

— Je suis allé au conseil. Avec les deux autres, comme vous le vouliez.

— C'est encore heureux.

— Mais la réunion a divergé et... on n'a pas eu le temps de parler du projet de réaménagement.

Agatha commanda à ses jambes de faire sans fai-

71

blir les quelques pas qui la séparaient de son petit-fils. Elle se campa devant lui.

— Pas le temps ? répéta-t-elle. Comment ça ? C'était la seule raison de cette fichue réunion !

— Oui, je sais, mais il y a eu une... un impondérable...

Theo se mit à frotter du pouce sa chevalière — celle de son père. Il avait l'air angoissé, et Agatha craignit le pire. Theo n'aimait pas les conflits, et son attitude donnait à penser qu'il avait échoué. Qu'il aille au diable et qu'il y reste ! Tout ce qu'elle lui avait demandé, c'était de faire une simple présentation du projet aux élus locaux et il s'était arrangé pour échouer lamentablement, comme d'habitude !

— Ils sont contre ? demanda-t-elle. Un des membres du conseil a mis son veto ? Qui ? Malik ? Oui, c'est lui, j'en suis sûre ! Cette tête de mule de parvenu fait don à notre ville d'un carré de pelouse qu'il ose appeler un parc — auquel il donne le nom d'un de ses parents païens ! —, et voilà qu'il se prend pour un visionnaire. C'est Akram Malik, n'est-ce pas ? Et le conseil le soutient, plutôt que de tomber à genoux et de remercier Dieu que j'aie l'argent, les relations et le désir de faire figurer Balford sur la carte !

— Ce n'est pas Akram, dit Theo. Et il ne s'agit pas du projet de réaménagement.

Il détourna la tête puis, brusquement, la regarda dans les yeux, comme s'il rassemblait son courage pour continuer.

— Je n'arrive pas à croire que vous ne soyez pas au courant de ce qui s'est passé, dit-il. Toute la

ville en parle. Il s'agit de l'autre problème, Mamie.
Celui qui concerne le Nez.

— Oh, ces balivernes !

Il y avait *toujours* eu des problèmes avec le Nez,
notamment au sujet de la fermeture au public d'une
partie de la côte, de plus en plus friable. Mais ces
questions-là faisaient régulièrement partie de
l'ordre du jour du conseil municipal, alors pourquoi
avait-il fallu qu'un de ces écologistes aux cheveux
longs choisisse justement la réunion sur le réaménagement de la côte — *sa* réunion, n'en déplaise à
certains — pour venir dégoiser sur tel ou tel vola-
tile à plumage moucheté qui allait couver dans les
ajoncs ou telle ou telle forme de vie sauvage plus
ou moins rare ? Cela dépassait son entendement !
Cette réunion était prévue depuis des mois.
L'architecte avait pris deux jours pour pouvoir y
assister, et l'urbaniste américain était venu par
avion aux frais d'Agatha. La présentation qu'ils
devaient faire avait été conçue, calculée, orches-
trée, illustrée dans les moindres détails, et à la pensée qu'elle ait pu être court-circuitée par un défenseur de la nature qui aurait pu choisir un autre
moment, un autre lieu et une autre heure pour venir
exprimer ses inquiétudes pour un promontoire qui
tombait en morceaux, Agatha sentit que ses tremblements redoublaient d'intensité. Elle gagna le
canapé à pas chancelants et s'y assit doucement.

— Comment as-tu pu laisser faire ça ? demanda-
t-elle à son petit-fils. Tu n'as donc pas protesté ?

— Je ne pouvais pas. Les circonstances...

— Quelles circonstances ? Le Nez sera toujours
là dans huit jours, dans un mois, dans un an ! Je suis

navrée, Theo, mais je ne vois pas pourquoi une discussion sur le Nez était d'une actualité brûlante justement aujourd'hui !

— Ce n'est pas ça, rétorqua Theo. C'est au sujet de ce mort qu'on y a trouvé. Une délégation de Pakistanais a interrompu la réunion. Ils ont exigé d'être reçus. Quand le conseil a essayé de s'en débarrasser une deuxième fois...

— Reçus ? Et pourquoi ?

— Au sujet de cet homme qu'on a retrouvé mort au Nez. Voyons, Mamie, l'histoire a fait la une du *Standard*. Vous avez dû la lire. Et je suis sûr que Mary Ellis s'est chargée de colporter quelques ragots...

— J'ai autre chose à faire que d'écouter les ragots.

Theo s'approcha de la table à thé et se servit une autre tasse de Darjeeling froid.

— Quoi qu'il en soit, dit-il avec un air qui donnait à penser qu'il ne la croyait pas une seconde, quand le conseil a tenté de renvoyer la délégation, ils ont envahi le hall de la mairie.

— Qui ça, « ils » ?

— Les Pakistanais, Mamie. Il y en avait d'autres à l'extérieur, qui n'attendaient que ça. Au signal, ils ont commencé à mettre la pression, à crier, jeter des pierres. Ça a vite dégénéré. Il a fallu faire intervenir la police.

— Mais c'était *notre* conseil !

— C'est vrai. C'était. Mais les événements en ont décidé autrement. On n'y peut rien. Il faudra prévoir une nouvelle réunion quand les choses se seront calmées.

— Cesse d'être aussi indécrottablement raisonnable, je t'en prie ! dit Agatha en frappant le tapis de sa canne. (Le bruit mou qu'il rendit ne fit que l'exaspérer davantage. C'était d'un bruit de vaisselle cassée qu'elle avait envie !) « Prévoir une nouvelle réunion », tu dis ? Où crois-tu qu'un tel état d'esprit va te mener, Theodore ? Cette séance avait été minutieusement préparée pour répondre à *nos* besoins. C'est nous qui l'avions demandée. Nous avons bien dû prendre notre mal en patience avant d'être reçus ! Et maintenant, tu m'annonces qu'une bande de basanés sans instruction, qui, soit dit en passant, ne se sont sans doute même pas donné la peine de prendre un bain avant de se présenter...

— Mamie ! s'écria Theo, piquant un fard. Les Pakistanais prennent des bains aussi souvent que nous. Et de toute façon, je ne vous parle pas d'un problème d'hygiène.

— Tu me parles de quoi, au juste ?

Theo retourna s'asseoir en face de sa grand-mère. Sa tasse de thé raclait contre la soucoupe à un point qui donnait à Agatha envie de hurler. Quand donc apprendrait-il à se tenir comme un Shaw, pour l'amour du ciel ?

— Cet homme... Haytham Querashi...

— Oui, je sais, je sais !

— Ah ? fit Theo, haussant le sourcil. (Il posa doucement sa tasse sur la table et garda le regard rivé sur elle.) Alors, vous savez sans doute aussi qu'il devait épouser la fille d'Akram Malik la semaine prochaine. Evidemment, la communauté pakistanaise estime que la police ne fait pas tout ce qui est en son pouvoir pour découvrir ce qui est arrivé à Querashi. Ils sont venus à la mairie exposer leurs griefs. Ils ont été particulièrement durs à l'égard d'Akram, qui essayait de calmer le jeu. Ils l'ont pris à parti. Il s'est senti plutôt humilié. Il m'était difficile de prendre date pour une autre réunion, vu les circonstances.

Même si cet événement chamboulait ses projets, Agatha écouta ces informations non sans déplaisir. Outre le fait que cet Akram Malik avait provoqué sa colère en se mêlant de son rêve le plus cher — le réaménagement de Balford —, elle ne lui avait jamais pardonné d'avoir pris sa place au conseil municipal. Il ne s'était pas réellement présenté contre elle, mais n'avait pas dit non quand on lui avait proposé de siéger jusqu'aux élections suivantes. Et lorsque celles-ci avaient eu lieu, alors qu'Agatha n'était pas encore remise, Malik n'avait pas hésité à se présenter, faisant campagne avec autant d'ardeur que s'il briguait un siège à la Chambre des communes. Le fait qu'il ait été pris à parti par les membres de sa propre communauté la mettait en joie.

— Voilà qui a dû lui rester en travers de la gorge, dit-elle. Ses chers petits Pakis se payant sa tête en public! Ah, je regrette de n'avoir pas été là!...

Elle remarqua que Theo tiquait. Monsieur Compassion! Il fallait toujours qu'il joue au bon Samaritain, celui-là.

— Ne me dis pas que tu n'es pas d'accord avec moi, mon jeune ami. Tu es un Shaw et tu le sais. Nous avons notre façon de vivre, ils ont la leur, et le monde tournerait plus rond si chacun restait à sa place.

Elle tambourina sur la table pour attirer son attention.

— Ose prétendre le contraire, reprit-elle. Tu t'es bagarré plus d'une fois avec des gamins de couleur à l'école.

— Mamie...

Que percevait-elle dans sa voix ? De l'impatience ? De l'onctuosité ? De la condescendance ? Elle le dévisagea.

— Quoi ? fit-elle.

Il ne lui répondit pas tout de suite. Il effleura le bord de sa tasse, plongé dans ses pensées.

— Ce n'est pas tout, dit-il. J'ai fait un crochet par la jetée. Après la réunion, je me suis dit que ce serait une bonne idée d'aller vérifier que tout se passait bien aux attractions. C'est ce qui m'a retardé, d'ailleurs.

— Et ?

— Et j'ai bien fait d'y aller. Cinq types se bagarraient juste devant la Rotonde.

— Eh bien, j'espère que tu les as fait déguerpir. Si la jetée devient le lieu où les hooligans du coin viennent agresser les touristes, autant oublier nos projets de réaménagement !

— Ce n'étaient pas des hooligans, dit Theo. Ni des touristes.

— Qui, alors ?

Elle s'énervait, de nouveau. Elle sentait le sang lui affluer aux oreilles, ce qui était mauvais signe. Si sa tension montait, elle en serait quitte pour six mois supplémentaires de repos forcé la prochaine

77

fois qu'elle verrait son médecin. Elle n'y survivrait pas !

— Des ados, dit Theo. Des jeunes d'ici. Des Pakistanais et des Anglais. Deux d'entre eux avaient des couteaux.

— Qu'est-ce que je te disais ! Si chacun restait à sa place, il n'y aurait pas de problèmes. Quand on autorise l'immigration d'une culture qui ne respecte pas la vie humaine, on ne doit pas s'étonner que des représentants de cette culture se pavanent avec un couteau à la main. Franchement, Theo, tu as eu de la chance que ces barbares ne soient pas armés de cimeterres !

Theo se leva brusquement. Il alla prendre un sandwich, puis le reposa. Il redressa les épaules.

— Mamie, c'étaient les Anglais qui étaient armés.

Agatha ne fut désarçonnée qu'un instant, puis dit, un peu acerbe :

— Eh bien, j'espère que tu les as désarmés.

— Oui. Mais ce n'est pas ça, le problème...

— En ce cas, Theo, aurais-tu l'extrême obligeance de m'expliquer *quel* est le problème ?

— Les choses s'enveniment. Cela ne va pas être facile. Balford-le-Nez se prépare des jours difficiles.

3

Prendre ou ne pas prendre le bon itinéraire pour se rendre en Essex, telle était la question pour Barbara. Elle avait le choix entre affronter les affres des embouteillages londoniens ou les vicissitudes du trafic de la M25 qui contournait la mégapole et qui, dans le meilleur des cas, exigeait de ses usagers qu'ils renoncent provisoirement à tout espoir d'arriver en temps et en heure. De toute façon, elle en serait quitte pour une bonne suée. La tombée du jour n'avait pas entraîné la plus petite chute de température.

Elle opta pour la M25. Ainsi, après avoir jeté son sac à dos sur la banquette arrière, pris une bouteille de Vittel fraîche, un paquet de chips, une pêche et une réserve de Players, elle partit vers la destination de ses vacances sur ordonnance. Et tant pis si ce n'étaient pas de vraies vacances ! A son retour, elle pourrait au moins répondre, d'un ton léger, « Je suis allée au bord de la mer » à ses collègues de New Scotland Yard qui lui demanderaient ce qu'elle avait fait pendant son absence.

Elle entra dans Balford-le-Nez et passa devant

79

l'église Saint-Jean au moment où huit heures sonnaient au clocher. Elle trouva que cette petite station balnéaire n'avait guère changé depuis l'époque où elle y venait en vacances avec ses parents et un couple de leurs amis, les corpulents et odorants Mr et Mrs Jenkins — Bernie et Bette — qui, chaque été, dans leur Renault compulsivement astiquée, suivaient la Vauxhall rouillée des Havers depuis Acton, le quartier de Londres où ils habitaient, jusqu'à cette partie de la côte est de l'Angleterre.

Les environs de Balford-le-Nez étaient toujours les mêmes que dans son souvenir. Au nord de Balford Road, les champs de blé de la péninsule de Tendring s'effaçaient devant le Wade, un marais dans lequel se jetaient le chenal de Balford et un étroit estuaire appelé le Twizzle. A marée haute, les eaux du Wade transformaient des centaines d'excroissances de terrain en petits îlots tourbeux. En se retirant, elles laissaient des pans de boue et de sable sur lesquels des algues étiraient leurs longs bras verts et visqueux. Au sud de Balford Road se dressaient encore, sur des terrains dénudés, de petites enclaves de maisons basses aux façades plâtrées — résidences secondaires de familles qui, comme les Havers autrefois, venaient là pour fuir la canicule estivale de Londres. Cette année, pourtant, pas moyen d'y échapper. Le vent qui s'engouffrait par la vitre baissée de la Mini, ébouriffant les cheveux mal coupés de Barbara, était presque aussi chaud que celui qui soufflait dans la capitale.

A l'intersection de Balford Road et de la grand-rue, Barbara stoppa pour réfléchir à ce qu'elle devait faire. Elle n'avait pas de point de chute et devait donc trouver un hôtel. Elle avait l'estomac dans les talons et devait donc d'urgence dénicher un restau. Elle ne savait pas quel type d'enquête était en cours sur la mort du jeune Pakistanais, et devait donc partir à la chasse aux infos. Contrairement à son supérieur qui, lui semblait-il, ne prenait jamais le temps de faire un repas complet, Barbara n'était pas du genre à frustrer son estomac. Elle décida de tourner à gauche et s'engagea dans la grand-rue, qui descendait en pente douce vers la mer.

Il y avait toujours autant de restaurants. Apparemment, ils n'avaient pas changé de propriétaires; leurs devantures étaient les mêmes. Elle opta pour le Brise-Lames, situé — clin d'œil de mauvais augure? — à côté de D.K. Corney, un magasin qui combinait les services d'entrepreneur de pompes funèbres, de maçon, de décorateur et de chauffagiste. Une boutique multi-services, en quelque sorte, songea Barbara. Elle se gara en mordant sur le trottoir et alla voir ce que le Brise-Lames proposait au menu.

Pas grand-chose, en l'occurrence. Un fait qui devait être de notoriété publique, car elle était la seule cliente du restaurant. Elle choisit une table près de la porte pour être aux premières loges au cas où une brise marine prendrait l'heureuse initiative de se lever, et piocha la carte plastifiée calée à la verticale contre un vase d'œillets artificiels. Après s'être éventée avec, elle la parcourut et décida de ne pas craquer pour le menu gastronomique malgré son excellent rapport quantité/prix (saucisse, bacon, tomate, œufs, champignons, steak, rognons, hamburger, côtelettes d'agneau *et* frites : 5£50). Elle se rabattit sur la spécialité de la maison, le croque-chasseur, et passa la commande à une adolescente qui arborait une impressionnante tache de naissance au beau milieu du menton.

Un tabloïd était posé à côté de la caisse. Barbara alla le chercher en s'efforçant d'ignorer les bruits de succion de ses chaussures de sport sur le sol collant. Les mots *Tendring Standard* barraient le haut de la première page en lettres bleues, accompagnés d'un lion rampant et de la légende « Le journal de l'Essex ». Barbara le prit et retourna s'asseoir. Elle l'étala sur la toile cirée aux petites fleurs blanches maculées par les éclaboussures tenaces de joyeuses bombances.

Le journal, aux pages écornées, était daté de la veille, et Barbara n'eut même pas à tourner la première page : le décès d'Haytham Querashi était apparemment la seule « mort suspecte » survenue sur la péninsule de Tendring depuis plus de cinq ans — ce qui expliquait que la presse locale lui déroule le tapis rouge.

Une photographie du mort et une de l'endroit où le corps avait été retrouvé se partageaient la une. Barbara les regarda avec intérêt. Vivant, Haytham Querashi paraissait plutôt inoffensif. Il avait des traits réguliers mais passe-partout. La légende précisait qu'il était âgé de vingt-cinq ans. Il faisait plus. Son expression taciturne et son front dégarni y étaient sans doute pour quelque chose. Imberbe. Visage lunaire. Le genre de physique qui s'empâte avec l'âge, songea Barbara.

Le deuxième cliché montrait les restes d'un blockhaus sur une plage, au pied d'une falaise. Il était en béton, de forme hexagonale et doté d'une entrée basse. Barbara se souvint d'être passée devant, des années auparavant, en se promenant avec son petit frère, un jour de mauvais temps. Ils avaient remarqué un jeune couple qui, après avoir jeté des regards furtifs alentour, s'était faufilé à l'intérieur. Barbara avait fait la réflexion qu'une invasion était sur le point d'avoir lieu et avait entraîné Tony loin du blockhaus. « Je pourrais leur faire le bruit des mitrailleuses », avait-il suggéré. Elle lui avait assuré qu'ils n'auraient besoin de personne pour la bande-son.

La serveuse réapparut et disposa devant elle les couverts — pas très nets — et le plat. En prenant la commande, elle avait mis un point d'honneur à éviter de dévisager Barbara avec trop d'insistance mais, cette fois, elle la considéra d'un air inspiré et lui dit :

— Ça vous ennuie pas si... si je vous demande...

— Une citronnade, fit Barbara en guise de réponse. Avec des glaçons. Et je suppose que vous n'avez pas de ventilateur ? J'ai l'impression que je vais fondre.

— Il est en panne depuis hier, dit la fille, qui caressa sa tache de naissance d'une façon un peu trop insistante au goût de Barbara. C'est juste que j'envisageais de le faire moi aussi... quand j'aurai assez économisé. Alors, je voulais vous demander : ça fait mal ?

— Quoi ?

— Le nez. Vous vous l'êtes pas fait refaire ?

C'est pas pour ça que vous avez tous ces pansements ?

Elle souleva le distributeur de serviettes en papier à hauteur de son visage et examina son reflet dans sa paroi chromée.

— Moi, j'en veux un retroussé, dit-elle. Ma mère me dit que je devrais remercier Dieu pour celui qu'Il m'a donné, mais la chirurgie esthétique, c'est pas fait pour les chiens, merde ! Je voudrais aussi me faire rehausser les pommettes. Mais, bon, d'abord le nez.

— Ce n'est pas une opération, dit Barbara. Il est cassé.

— Quelle chance ! Comme ça, vous en avez un tout neuf remboursé par la Sécu ! Tiens, je me demande si...

Apparemment, elle envisageait de foncer dans une porte, trompe la première.

— Oui, sauf qu'on ne vous demande pas comment vous voulez qu'on vous le rafistole, dit Barbara. Si on m'avait posé la question, j'en aurais demandé un à la Michael Jackson. J'ai toujours eu un faible pour ses trous de nez.

Elle fit intentionnellement bruisser son journal. La serveuse — Suzi, signalait son badge — appuya une main sur la table, lorgna l'article que Barbara était en train de lire, et dit, sur le ton de la confidence :

— Il vaudrait mieux qu'ils ne viennent pas par ici. Voilà ce qui arrive quand ils vont là où on ne veut pas d'eux.

Barbara posa le journal et piqua un bout d'œuf avec sa fourchette.

— Qui ça ? fit-elle.

— Ces basanés, dit Suzi, avec un petit signe de tête en direction du tabloïd. Qu'est-ce qu'ils viennent faire ici, de toute façon ? A part foutre le bordel comme cet après-midi, hein ?

— Ils essaient d'améliorer leur sort, je suppose.

— Pff ! Ils n'ont qu'à essayer d'aller l'améliorer ailleurs. Ma mère pense qu'on va finir par avoir de gros problèmes si on les laisse s'installer par ici, et regardez ce qui vient d'arriver : un des leurs fait une overdose sur la plage et tous les autres crient au meurtre !...

— Cette mort est liée à une affaire de drogue ? fit Barbara, parcourant l'article en quête de précisions.

— Quoi d'autre ? Tout le monde sait qu'ils avalent des sachets d'opium dans leur pays, et Dieu sait quoi d'autre ! Ils les font passer en Angleterre dans leur estomac. Et quand ils arrivent ici, ils restent enfermés dans une maison jusqu'à ce qu'ils les expulsent. Vous le saviez pas ? J'ai entendu ça à la télé, figurez-vous.

Barbara se remémora le portrait d'Haytham Querashi qu'elle avait entendu dresser au journal télévisé. Effectivement, le présentateur avait dit qu'il venait d'arriver du Pakistan. Elle se demanda pour la première fois depuis son départ de Londres si elle n'avait pas mis la charrue avant les bœufs en partant comme une flèche pour l'Essex à cause d'un reportage sur une manifestation et du comportement mystérieux de son voisin.

— Sauf que là, poursuivait Suzi, un des sachets lui aura pété dans le bide et il est allé mourir dans le blockhaus pour ne pas porter tort à sa race. Ils sont très doués pour *ça* aussi, vous savez.

Barbara reporta son attention sur l'article et commença à le lire de près.

— Les résultats de l'autopsie ont été publiés ? demanda-t-elle à Suzi, qui semblait si sûre de son fait.

— Pas besoin d'une autopsie pour savoir ce qui s'est passé ! Mais allez dire ça à ces basanés ! Quand on saura qu'il est mort d'une overdose, ils s'arrangeront encore pour dire que c'est de notre faute. Vous verrez !

Elle tourna les talons et s'éloigna vers la cuisine.

— Et ma citronnade ? lui cria Barbara, comme la porte se refermait derrière elle.

Enfin seule, Barbara put se plonger dans la lecture de l'article. Le mort était directeur de production d'une petite entreprise locale, Moutardes et Condiments Malik, qui appartenait à un certain Akram Malik qui, dixit l'article, faisait partie du conseil municipal. Sa mort, selon la police, remontait au vendredi soir, soit quarante-huit heures avant l'arrivée de Barbara à Balford. Mr Querashi devait épouser la fille de Malik dans les huit jours. C'était son futur beau-frère, Muhannad Malik — militant politique sur le plan local —, qui avait exigé l'ouverture d'une enquête. Et bien que celle-ci ait été immédiatement confiée à la police judiciaire, la cause du décès n'avait pas encore été annoncée. Du coup, Muhannad Malik promettait que d'autres membres importants de la communauté indienne se joindraient à lui pour harceler les enquêteurs. « On n'est pas idiots au point de ne pas

86

savoir ce que "tout mettre en œuvre pour découvrir la vérité" veut dire quand cela concerne un Pakistanais », avait déclaré Malik dans l'après-midi du samedi.

Barbara posa le journal de côté comme Suzi revenait avec un verre de citronnade dans lequel surnageait un glaçon solitaire à l'air prometteur. Barbara la remercia d'un signe de tête et replongea le nez dans l'article pour couper court à tout autre commentaire. Elle devait réfléchir.

Il ne faisait aucun doute pour elle que Taymullah Azhar était l'un des « importants membres de la communauté indienne » auxquels Muhannad Malik avait fait allusion. Son départ de Londres au lendemain de cette histoire ne pouvait être une coïncidence. Il était venu ici et Barbara n'allait sans doute pas tarder à le rencontrer.

Elle se demandait comment il prendrait son intention de servir de tampon entre la police locale et lui. Pour la première fois, elle se rendit compte à quel point elle était présomptueuse de penser qu'Azhar aurait besoin de son intercession. C'était un type intelligent — un prof de fac, merde ! —, il devait bien savoir ce qu'il faisait !

Barbara fit glisser son doigt le long de son verre de citronnade embué et réfléchit à la question. Elle ne connaissait Taymullah Azhar que par les conversations qu'elle avait eues avec sa fille. Quand Hadiyyah lui avait dit : « P'pa a un cours tard ce soir », elle avait d'abord cru qu'il était étudiant. Non qu'elle ait des idées préconçues, mais Taymullah faisait si jeune ! Et lorsqu'elle avait découvert qu'en réalité il était professeur de microbiologie, son étonnement avait davantage été provoqué par son âge que par le démenti que sa position apportait à un cliché xénophobe. Il avait trente-cinq ans — soit deux ans de plus qu'elle — et en faisait dix de moins. Dingue !

D'un autre côté, Barbara savait qu'une certaine naïveté allait souvent de pair avec le métier d'enseignant, qui enfermait les gens dans une tour d'ivoire, loin des contingences de la vie quotidienne. Les problèmes que Taymullah devait résoudre étaient liés à la réalisation d'expériences en laboratoire, à la tenue de conférences et à la rédaction d'articles jargonneux pour des revues scientifiques. Les subtilités du métier de policier lui seraient aussi inconnues qu'une bactérie vue à travers un microscope le serait à Barbara. Le milieu universitaire — que Barbara avait connu de loin en travaillant sur une affaire à Cambridge l'automne précédent — n'avait rien à voir avec celui de la police. Une liste de publications, de colloques et de diplômes — si impressionnante soit-elle — ne faisait pas le poids face à une expérience de terrain et une mentalité de criminologue. Azhar s'en rendrait certainement compte dès les premiers mots qu'il échangerait avec l'inspecteur chargé de l'enquête, si son intention était bien de le rencontrer.

A la pensée de cet inspecteur, Barbara reporta son attention sur le journal. Si elle comptait brandir à tout va sa carte de police, dans l'idée de donner un coup de main à Taymullah Azhar, il lui serait utile de savoir qui tirait les ficelles. Elle parcourut la fin de l'article et en commença un autre en page 3, consacré à la même affaire. Le nom qu'elle cherchait était cité dès les premières lignes de l'encadré consacré à l'inspecteur chargé de l'enquête car non seulement cet événement était « la seule mort suspecte survenue sur la péninsule de Tendring depuis plus de cinq ans », mais c'était aussi la première fois qu'une femme menait l'enquête : Emily Barlow, récemment promue inspecteur-chef.

— Putain, c'est génial ! murmura Barbara, avec un sourire ravi à la vue du nom d'une de ses ex-camarades du centre de formation de Maidstone.

Sûrement un signe du destin, en conclut-elle, un message divin tracé en lettres de feu sur le mur de son avenir. Le fait qu'elle connaisse Emily Barlow lui offrait non seulement une facilité d'accès à l'enquête, mais aussi l'occasion de bénéficier d'un entraînement hors pair sur le terrain, susceptible de donner un coup de fouet à sa carrière. Il n'existait pas de femme plus compétente, plus indiquée et plus douée pour les enquêtes criminelles qu'Emily Barlow. Barbara savait que travailler à ses côtés, ne serait-ce qu'une semaine, valait cent fois tous les ouvrages de criminologie du monde.

Pendant la formation qu'elles avaient suivie ensemble, Emily avait été surnommée « Barlow-la-Bête ». Dans un monde où les hommes accédaient aux postes du pouvoir par le simple fait d'appartenir au sexe fort, Emily avait gravi les échelons de la hiérarchie de la police judiciaire quatre à quatre en se montrant en tous points leur égale. Un soir, Barbara l'avait branchée sur le thème du sexisme. « Le problème ne se pose pas », avait-elle rétorqué tout en continuant à s'escrimer sur son rameur d'appartement. « Une fois que les mecs ont compris que tu leur voleras dans les plumes s'ils dépassent les bornes, ils s'écrasent. » Et elle avait continué son petit bonhomme de chemin avec un seul objectif en tête : finir préfet de police. Étant donné qu'Emily Barlow était déjà inspecteur-chef à trente-sept ans, Barbara savait qu'elle n'aurait aucun problème pour atteindre son but.

Elle engloutit le reste de son dîner et paya, laissant un généreux pourboire à Suzi. Le cœur léger, elle regagna sa Mini, qu'elle fit démarrer en trombe. Elle savait maintenant qu'elle pourrait garder l'œil sur Hadiyyah et s'assurer que Taymullah Azhar ne dépasse pas les bornes à ses risques et périls. Sans compter qu'elle aurait la primeur de voir Barlow-la-Bête au travail ! Elle se prit à espérer qu'un peu de l'étoffe dont l'inspecteur-chef était faite retomberait sur les épaules du simple sergent qu'elle était.

— Dois-je vous envoyer Presley, inspecteur ?

Emily Barlow perçut immédiatement le sous-entendu dans la question de son supérieur : « Avez-vous réussi à calmer les Pakis, parce que, sinon, j'ai un autre inspecteur qui saura s'en charger à votre place... » Donald Ferguson, sur le point d'être promu sous-préfet de police, ne tenait pas à ce que des questions politiques viennent entraver la voie royale de son ascension professionnelle.

— Je n'ai pas besoin d'aide, Don. Je contrôle parfaitement la situation.

Ferguson éclata de rire.

— J'ai deux de mes hommes à l'hôpital et une

bande de Pakis prêts à péter les plombs, alors ne me dites pas que vous contrôlez la situation, Barlow ! Comment ça se passe ?

— Je leur ai dit la vérité.

— Voilà une idée qu'elle est géniale, dit Ferguson, en rajoutant dans le sarcasme.

Emily se demanda pourquoi son supérieur était encore à son bureau si tard dans la soirée alors que les manifestants s'étaient dispersés depuis belle lurette et qu'il n'avait jamais été du genre à faire des heures supplémentaires. Elle avait eu vite fait d'apprendre par cœur le numéro de sa ligne directe quand elle avait compris qu'accuser réception des visitations téléphoniques du Très-Haut ferait désormais partie de son travail.

— Génialissime, Barlow, surenchérit Ferguson. Puis-je me permettre de vous demander combien de temps il leur faudra, selon vous, pour redescendre dans la rue ?

— Si vous me donniez plus d'effectifs, nous n'aurions pas à nous inquiéter de ça.

— Vous avez le maximum que je puisse vous affecter. A moins que vous ne vouliez Presley ?

Un autre inspecteur-chef ? Jamais de la vie, songea-t-elle.

— C'est inutile, dit-elle. Ce qu'il me faut, c'est une présence policière plus importante dans les rues. Plus d'effectifs !

— Ce qu'il vous faut, c'est prendre un Paki pour taper sur l'autre. Si vous ne pouvez pas...

— Je n'ai pas pour mission de maîtriser la foule, le coupa Emily. Nous enquêtons sur un meurtre, et la famille de la victime...

91

— Je vous rappelle que Querashi ne fait pas partie de la famille Malik, même si tous ces gens échangent leurs pyjamas.

Emily épongea son front mouillé de sueur. Elle avait toujours pensé que Donald Ferguson était un âne déguisé en poulet, et chacune de ses remarques la confortait dans son jugement. Il voulait qu'elle saute. Il mourait d'envie de la faire remplacer. Au moindre faux pas, elle pourrait dire adieu à sa carrière.

— Il allait rentrer dans leur famille en épousant la fille Malik, répondit-elle, s'armant de patience.

— Ils ont provoqué une émeute cet après-midi, et vous ne trouvez rien de mieux à faire que de leur balancer la vérité ?

— Ça ne sert à rien de la leur cacher, étant donné qu'ils sont les premières personnes que je compte interroger. Eclairez ma lanterne : comment voulez-vous que je mène une enquête criminelle sans dire qu'un meurtre a été commis ?

— Je vous conseille de prendre un autre ton avec moi, inspecteur Barlow. Qu'a fait Malik jusqu'à présent, à part organiser une émeute ? Et pourquoi diable n'a-t-il pas été arrêté ?

Emily ne se donna pas la peine de répliquer à Ferguson ce qui tombait sous le sens : la foule s'était dispersée dès que la télévision avait cessé de filmer, et personne n'avait pu choper le moindre lanceur de pierres.

— Il a fait exactement ce qu'il avait annoncé qu'il ferait, dit-elle. Muhannad Malik n'a jamais parlé dans le vide, et je ne pense pas que nous devions attendre de lui qu'il le fasse pour nos beaux yeux.

— Merci pour ce profil psychologique. Maintenant, je vous prie de répondre à ma question.

— Il a fait venir quelqu'un de Londres ainsi qu'il l'avait dit. Un expert de ce qu'il appelle la « politique de l'immigration ».

— Dieu nous protège, marmonna Ferguson. Et qu'est-ce que vous lui avez dit ?

— Vous voulez mes propos exacts ou l'idée générale ?

— Est-ce que vous allez jouer au chat et à la souris à chacune de mes questions ? Si vous avez quelque chose à me dire, allez-y et qu'on en finisse !

Emily aurait eu beaucoup à dire, mais ce n'était pas le moment. Elle plissa les yeux contre la lumière aveuglante.

— Il se fait tard, Don. Je suis vannée. Il doit faire trente degrés dans ce bureau, et j'aimerais bien rentrer chez moi avant l'aube.

— Ça peut encore se faire... dit Ferguson.

Fait chier, ce tyran au petit pied ! Comme il aimait jouer de son autorité ! Comme ça le faisait jouir ! Emily l'imaginait sans peine baissant son pantalon devant elle pour lui prouver qu'il était un homme.

— J'ai dit à Malik que nous avions fait appel aux services d'un expert médico-légal du ministère de l'Intérieur qui procédera à l'autopsie demain dans la matinée, répondit-elle. Et qu'il semblerait que la mort de Mr Querashi soit bien ce que Malik avait pensé dès le départ : un meurtre. Et que le

93

Standard a été tuyauté sur l'affaire et qu'il en fera sans doute sa une de demain. Ça vous va ?

— Bravo pour le « il semblerait », dit Ferguson. Cela nous laisse la possibilité de ne pas tout dévoiler. Et c'est ce que je vous demande de faire pour le moment.

Il raccrocha à sa façon cavalière : sans préavis. Emily écarta le combiné de son oreille, brandit son majeur devant l'écouteur, puis devant le micro, et raccrocha à son tour.

Il n'y avait pas d'air dans son bureau. Elle prit un mouchoir en papier et s'essuya le visage. Elle aurait donné son gros orteil pour un ventilateur. Son pied pour une clim ! Pour lutter contre la chaleur accablante de la journée, elle ne disposait en tout et pour tout que d'une boîte de jus de tomate tiédasse. Mais, bon, c'était toujours mieux que rien. Elle s'en empara et la décapsula à l'aide d'un crayon à papier. Elle but une gorgée et se massa la nuque. J'aurais besoin d'aller à la gym, songea-t-elle. Une fois encore, elle se dit que l'un des inconvénients de son métier — en dehors d'avoir à supporter des connards dans le genre de Ferguson — était d'avoir dû arrêter le sport. Si ça n'avait tenu qu'à elle, cela ferait une heure qu'elle serait en train de faire du rameur au lieu de se plier au règlement qui lui imposait, chaque soir, d'accuser réception des coups de fil de la journée.

Elle jeta la dernière de ses demandes de rappel à la poubelle, où elles furent rejointes par la boîte de jus de tomate. Elle était en train d'entasser une pile de dossiers dans son fourre-tout en toile quand un des agents féminins affectés à l'enquête Querashi apparut sur le seuil, traînant un fax de plusieurs pages dans son sillage.

— Voici les antécédents de Muhannad Malik, dit Belinda Warner. L'unité de renseignements de Clacton vient de nous les envoyer. Vous les voulez tout de suite ou je vous les mets au frais pour demain matin ?

— Ça nous apprend quelque chose de nouveau ? demanda Emily en tendant la main.

— Si vous voulez mon avis, fit Belinda avec un haussement d'épaules, il n'est pas un ange, mais il n'y a pas de quoi fouetter un chat...

Emily s'y était attendue. D'un signe de tête, elle remercia l'agent, qui disposa. Quelques instants plus tard, ses pas résonnaient dans l'escalier du bâtiment mal ventilé qui faisait office de poste de police à Balford-le-Nez.

Emily parcourut rapidement le fax comme elle faisait toujours avant de se plonger dans une lecture scrupuleuse. Une question l'obsédait, outre les menaces implicites et le carriérisme de son supérieur : la ville n'avait pas besoin d'un affrontement racial — ce à quoi ce meurtre risquait de mener tout droit. Le mois de juin marquait le début de la saison touristique, et cette vague de chaleur qui chassait les citadins vers la mer avait remonté le moral des habitants. Ils espéraient que la longue période de récession allait enfin céder le pas à des jours plus lucratifs. Mais comment Balford pouvait-il avoir un afflux de visiteurs si des tensions raciales poussaient différents groupes à s'affronter dans les rues ? La ville ne pouvait pas s'offrir ce luxe. Tous les commerçants de Balford le savaient.

Mener une enquête criminelle tout en évitant l'explosion d'un conflit ethnique était la tâche éminemment délicate qui l'attendait. Et pas plus tard qu'aujourd'hui Emily avait eu la confirmation éclatante que Balford était à deux doigts d'un conflit anglo-pakistanais.

Muhannad Malik, à la tête des protestataires, s'était chargé de lui mettre les points sur les i. Dès son entrée dans la police, Emily avait entendu parler de ce jeune Pakistanais, encore adolescent à l'époque. Ayant grandi dans le sud de Londres, elle savait quelle attitude adopter dans des conflits multiraciaux et s'était forgé une carapace contre les attaques ayant à voir avec la couleur de sa peau. Aussi, jeune agent de police, elle n'avait eu que peu de patience à l'égard de ceux qui lui balançaient systématiquement l'argument racial à la figure. Et Muhannad Malik, dès seize ans, avait été de ceux-là.

Elle avait appris à ne pas ajouter foi à ses paroles, à ne pas tomber dans le piège de croire que toutes les difficultés de relations entre les hommes se résumaient à des problèmes de race. Mais aujourd'hui, il s'agissait du meurtre d'un jeune Pakistanais, futur beau-frère de Muhannad Malik, et il lui paraissait impossible que ce dernier ne voie pas en ce drame une preuve du racisme qui, selon lui, régnait partout. Les craintes de Donald Ferguson risquaient fort de devenir réalité : Balford-le-Nez connaîtrait l'été d'affrontements, d'échauffourées et de violence généralisée promis par les manifestants de l'après-midi.

Suite à ce qui s'était passé au conseil municipal

et dans les rues de la ville, les téléphones du poste de police n'avaient pas arrêté de sonner. Les habitants de Balford, paniqués, avaient fait l'amalgame entre les banderoles et les jets de pierres de la manifestation et les actes extrémistes qui avaient eu lieu sporadiquement ces dernières années. Entre autres appels, il y avait eu celui de madame le maire, qui avait demandé que lui soient communiqués les antécédents des immigrés les plus susceptibles d'outrepasser la loi. Les pages qu'Emily avait entre les mains représentaient le matériel que le Fichier central avait rassemblé sur Muhannad Malik ces dix dernières années.

Il n'y avait rien là que de très inoffensif. Muhannad Malik, vingt-six ans, n'était plus — en dépit de son comportement de l'après-midi même — l'adolescent tête brûlée qui s'était fait remarquer des services de police à l'époque. Emily avait sous les yeux ses résultats scolaires, la date d'obtention de son diplôme de fin d'études secondaires, son cursus universitaire et son parcours professionnel. Il était le fils respectueux d'un membre du conseil municipal, un mari fidèle depuis trois ans, le père dévoué de deux petits enfants et un directeur compétent au sein de l'entreprise familiale. L'un dans l'autre, à part une petite erreur de jeunesse, il était devenu un citoyen modèle.

Mais Emily estimait que les erreurs de jeunesse portaient souvent en germe des fautes plus graves. Elle poursuivit sa lecture. Malik était le fondateur de la Jum'a, une association exclusivement masculine de jeunes Pakistanais, dont le but avoué était de renforcer les liens au sein de la communauté pakistanaise tout en valorisant les multiples différences culturelles entre eux, musulmans, et les Occidentaux. Par deux fois l'année précédente, l'association avait été soupçonnée d'être derrière des affrontements qui avaient éclaté entre jeunes des deux communautés. Le premier, une altercation entre deux automobilistes, avait dégénéré en pugilat ; et le deuxième avait vu trois écoliers jeter des bouteilles remplies de sang de vache sur une de leurs petites camarades pakistanaises. Des agressions avaient eu lieu suite à ces deux incidents, mais personne n'avait porté plainte contre la Jum'a, et son implication n'avait pu être établie. Mais le militantisme ardent de Muhannad Malik — qu'Emily avait vu à l'œuvre l'après-midi même — n'était pas fait pour la rassurer. Ni rien de ce qu'elle venait de lire dans ce rapport.

Elle l'avait rencontré quelques heures après la manifestation. Il était accompagné d'un homme qu'il lui avait présenté comme étant son cousin Taymullah Azhar, « expert en politique de l'immigration », à qui il avait laissé la parole tout en s'arrangeant pour ne pas se faire oublier. Muhannad exsudait l'antipathie. Il avait refusé de s'asseoir, préférant rester adossé au mur, les bras croisés, le regard rivé sur Emily. Son air de méfiance et de mépris semblait la mettre au défi d'essayer de mentir sur les circonstances exactes de la mort de Querashi. Telle n'avait pas été son intention. Du moins sur l'essentiel.

Dans le double but d'éviter tout éclat de la part de Muhannad et de souligner subtilement que la manifestation n'était pour rien dans le fait qu'elle ait accepté de les rencontrer, Emily avait pris soin de s'adresser exclusivement au cousin de Muhannad. Contrairement à lui, Azhar dégageait une certaine sérénité, même si, appartenant à la même *khāndān* que Muhannad, il partageait sans doute son point de vue. Aussi avait-elle choisi ses mots avec circonspection :

« Nous sommes partis du fait que la mort de Mr Querashi nous a paru suspecte, lui avait-elle dit. Nous avons donc demandé au ministère de l'Intérieur de nous envoyer un médecin légiste qui devrait arriver demain pour procéder à l'autopsie.

— Anglais, le toubib ? » avait demandé Muhannad.

Le sous-entendu coulait de source : un médecin anglais servirait les intérêts de la communauté britannique ; un médecin anglais ne risquait pas de prendre au sérieux la mort d'un homme de couleur.

« Je n'ai pas la moindre idée de son origine ethnique. Nous n'avons pas la possibilité de choisir.

— Et où en est l'enquête ? »

Taymullah Azhar s'exprimait de façon étrange, avec courtoisie mais sans déférence. Emily s'était demandé comment il s'y prenait. Et aussi ce que cachait cette impassibilité de façade.

« L'heure du décès nous a paru sujette à caution, le site non.

— De quel site s'agit-il ?

— Le blockhaus au pied de la falaise du Nez.

— A-t-il été établi formellement qu'il est mort à cet endroit ? »

Emily ne put s'empêcher d'être admirative devant la finesse d'esprit d'Azhar.

99

« Rien n'a encore été établi avec certitude, à part le fait qu'il soit mort et...

— Et il leur a fallu six heures pour parvenir à cette conclusion, intervint Muhannad. Imagine comment les poulets se seraient magné le cul si la victime avait été un Blanc !...

— ... et, ainsi que votre communauté l'avait soupçonné, il semblerait qu'il y ait eu homicide », avait achevé Emily.

Elle s'était attendue à la réaction de Muhannad Malik. Il n'avait cessé de crier au meurtre depuis la découverte du corps, trente-six heures plus tôt. Elle le laissa savourer sa victoire.

Il ne s'en priva pas.

« Comme je l'ai dit dès le début, assena-t-il. Et si je ne vous tannais pas depuis hier matin, je suis sûr que vous diriez encore qu'il s'agit d'un "malheureux accident"... »

Emily s'arma de patience. Muhannad cherchait à jeter de l'huile sur le feu. Une altercation avec l'inspecteur chargé de l'enquête lui serait bien plus utile pour rassembler ses troupes qu'un simple exposé des faits. Elle choisit d'ignorer son intervention et se tourna vers son cousin.

« L'équipe médico-légale a passé le site au peigne fin, hier, pendant près de huit heures. Ils ont collecté des indices qui ont été transmis au labo pour analyse.

— Quand aurez-vous les résultats ?

— Nous les leur avons demandés en priorité absolue.

— Comment est mort Haytham ? intervint Muhannad.

100

— Mr Malik, j'ai essayé de vous expliquer par téléphone à deux reprises que...

— Vous n'espérez pas me faire avaler que vous ne savez pas encore *comment* il a été tué ? Votre toubib a vu le corps, non ? Au téléphone, vous m'avez dit que vous l'aviez vu aussi !...

— Oui. Mais ça ne suffit pas pour connaître les causes du décès. Votre père vous dirait la même chose que moi. C'est lui qui a identifié le corps, et je peux vous assurer qu'il n'est pas plus avancé que nous.

— Pouvons-nous en conclure qu'il n'a été tué ni par balle, ni au couteau, ni par strangulation ? demanda Azhar d'une voix calme. Car, évidemment, dans ce cas-là, il aurait des marques sur le corps.

— Mon père m'a dit qu'il n'avait vu qu'un côté du visage d'Haytham, le coupa Muhannad. Ou plutôt qu'on ne lui avait *permis* de n'en voir qu'un côté. En dix secondes, le corps a été recouvert d'un drap jusqu'au menton. Un point, c'est tout. Que nous cachez-vous sur ce meurtre, inspecteur ? »

Emily prit un pichet sur la table derrière son bureau et se servit un verre d'eau. Elle en proposa aux deux hommes qui, l'un comme l'autre, refusèrent — ce qui était aussi bien, étant donné qu'elle avait fini le pichet et n'avait pas trop envie d'en envoyer chercher un autre. Elle but avidement, mais l'eau avait un arrière-goût métallique qui lui laissa une saveur désagréable au palais.

Elle expliqua à ses interlocuteurs qu'elle ne leur cachait rien car il n'y avait rien à cacher en ce début d'enquête. L'heure de la mort, leur dit-elle,

101

avait été située entre vingt-deux heures trente et minuit et demi dans la nuit de vendredi à samedi. On n'était pas encore tout à fait certain qu'il s'agisse d'un meurtre. Le médecin avait d'ores et déjà établi que le décès de Mr Querashi n'était dû ni à un suicide ni à des causes naturelles. Mais ce n'étaient là que des...

« Foutaises ! avait jeté Muhannad. Si vous êtes sûrs que ce n'est ni un suicide ni une mort naturelle, comment pouvez-vous dire que vous n'êtes pas "certains" que ce soit un meurtre ? Vous croyez vraiment qu'on va gober que vous ne savez pas comment il a été tué ? »

Emily avait éludé cette remarque et, ne s'adressant qu'à Taymullah Azhar, précisé que toutes les personnes qui résidaient aux environs du Nez étaient interrogées par une équipe de policiers pour savoir si elles avaient vu ou entendu quoi que ce soit le soir de la mort de Mr Querashi. De plus, on avait procédé au quadrillage du site, des morceaux de vêtements avaient été collectés dans des sachets de mise sous scellés, des prélèvements de tissus seraient effectués sur le mort pour être analysés, des échantillons de sang et d'urine seraient envoyés en toxicologie pour...

« Gagner du temps, Azhar ! »

Emily devait reconnaître que Muhannad n'avait pas tout à fait tort. Lui non plus ne manquait pas de jugeote.

« Elle ne veut pas qu'on sache ce qui s'est vraiment passé, reprit-il. Parce que si on le savait, on redescendrait dans la rue jusqu'à ce qu'on ait les réponses à nos questions et qu'on obtienne justice.

Et, tu peux me croire, ils n'ont pas du tout envie de ça au début de leur saison touristique... »

Azhar, d'un geste, avait fait taire son cousin.

« Et les photographies ? demanda-t-il posément à Emily. Vous en avez pris, je suppose ?

— On commence toujours par là. Le site entier a été photographié, pas seulement le corps.

— Pouvons-nous les voir, s'il vous plaît ?

— Je crains que non.

— Pourquoi ?

— Parce qu'étant donné qu'il s'agit peut-être d'un homicide, nous ne pouvons rendre public aucun élément de l'enquête.

— Pourtant, il est fréquent que les informations soient distillées aux médias lors de ce genre d'enquête, fit remarquer Azhar.

— Oui, dit Emily, mais sûrement pas par l'inspecteur chargé de l'enquête... »

Azhar la considérait de son regard plein d'intelligence. N'eût-il régné cette chaleur d'étuve dans la pièce qu'Emily aurait rougi sous ce regard scrutateur ; mais la température ambiante lui servait d'alibi : tout le monde était en nage dans ces locaux, et les deux hommes ne s'étonnaient pas de la voir écarlate.

« Qu'est-ce que vous comptez faire maintenant ? avait-il demandé au bout d'un moment.

— Nous attendons d'avoir reçu tous les rapports, et nous considérons comme suspects tous les proches de Mr Querashi. Nous commencerons par interroger...

— Tous ses proches *mats de peau,* intervint Muhannad.

— Je n'ai pas dit cela, Mr Malik.

— C'était inutile de le préciser, *inspecteur,* rétorqua-t-il, faisant un sort à son grade pour bien marquer son mépris. Vous n'avez pas l'intention de pousser votre enquête parmi les Blancs. Je parie que si vous pouviez vous le permettre, vous n'ouvririez même pas d'enquête. Et ne vous donnez pas la peine de me contredire, je sais par expérience comment la police traite les crimes perpétrés contre mon peuple... »

Emily ne mordit pas à cet hameçon et Taymullah Azhar fit comme s'il n'avait pas entendu.

« Étant donné que je ne connaissais pas Mr Querashi, dit-il, puis-je avoir accès aux photographies du corps ? Cela rassérénerait ma famille de savoir que la police ne nous cache rien.

— Non, je suis navrée », lui répondit Emily.

Muhannad avait secoué la tête, d'un air de dire qu'il s'était attendu à cette réponse.

« Partons, dit-il à son cousin. Nous perdons notre temps.

— Peut-être pas.

— Allez, viens. Tout ça, c'est des conneries. Ce n'est pas elle qui va nous aider. »

Azhar considéra Emily, l'air songeur.

« Êtes-vous prête à prendre nos demandes en considération, inspecteur ?

— Comment cela ? demanda Emily, tout de suite sur ses gardes.

— En trouvant un compromis.

— Un compromis ? répéta Muhannad. Non. Pas question, Azhar. Si on transige, on va finir par accepter que le meurtre d'Haytham soit balayé sous le tapis...

— Cousin ! » fit Azhar, le fusillant du regard.

Emily nota que c'était la première fois qu'il le regardait. Il se retourna vers elle.

« Inspecteur ? dit-il.

— Il ne peut y avoir de compromis dans une enquête criminelle, Mr Azhar. J'avoue que je ne vois pas trop où vous voulez en venir.

— Je ne fais que suggérer un moyen de calmer les esprits au sein de ma communauté. »

Emily décida de comprendre la formule d'un point de vue pratique : Azhar voulait peut-être dire un moyen de maintenir la discipline dans les rangs des Pakistanais.

« Je reconnais que mon principal souci reste la communauté pakistanaise, dit-elle, prudente, attendant de voir où il voulait en venir.

— En ce cas, je vous propose d'organiser des rencontres régulières entre ma famille et vous. Cela calmera les inquiétudes, et des proches de la victime, et de l'ensemble de la communauté, sur la façon dont l'enquête est menée. Vous êtes d'accord ? »

Il attendait sa réponse, l'expression toujours aussi insondable. Il agissait comme si rien — et surtout pas la tranquillité de Balford-le-Nez — ne dépendait de la bonne volonté qu'Emily mettrait à coopérer. Elle se rendit compte alors qu'il avait aiguillé la conversation de façon à en arriver à lui faire cette proposition comme si celle-ci était la conséquence logique de ce qu'*elle* avait dit. Les deux hommes l'avaient roulée dans la farine. Ils lui avaient fait un numéro de duettistes façon Jean-qui-rit/Jean-qui-grogne, et elle était tombée dans le panneau.

« Je souhaite coopérer le plus possible, dit-elle en choisissant ses mots pour éviter de trop s'engager. Mais vous comprendrez qu'en pleine enquête il m'est difficile de vous assurer que je serai disponible à tout moment...

— Elle ménage la chèvre et le chou, fit Muhannad. Et si on arrêtait cette mascarade, Azhar ?

— J'ai l'impression que vous vous acharnez à vouloir me faire dire des choses que je ne dis pas... remarqua Emily.

— Pas du tout. Je comprends très bien ce que vous dites : ceux qui lèvent la main sur nous peuvent s'en tirer, même quand il y a eu meurtre.

— Muhannad, dit Azhar d'une voix tranquille. Donnons à l'inspecteur l'occasion de nous prouver sa bonne volonté en acceptant notre proposition. »

Mais Emily n'avait pas l'intention de l'accepter. Il n'était pas question qu'elle s'engage à avoir des réunions pendant son enquête où elle passerait son temps à être sur ses gardes, à surveiller ses paroles et à s'efforcer de garder son calme. Elle n'avait ni l'envie ni le temps de jouer à ce petit jeu-là. Et Taymullah Azhar, sans le vouloir, venait de lui tendre une perche pour se tirer de là.

« La famille est-elle prête à accepter un médiateur ? avait-elle demandé.

— C'est-à-dire ?

— Quelqu'un qui fera la liaison entre vous et les services de police ? Êtes-vous prêts à accepter cela ? »

Et à nous foutre la paix, songeait-elle *in petto*. A maintenir la discipline dans vos rangs, à rester chez vous, à ne pas redescendre dans la rue.

Azhar avait échangé un regard avec son cousin, qui avait haussé les épaules.

« Nous acceptons, avait dit Azhar en se levant. A la condition que vous soyez prête à remplacer cette personne si nous la jugeons partisane, mal informée ou hypocrite. »

Emily y avait consenti et les deux hommes étaient partis. Elle s'était épongé le front avec un mouchoir en papier qu'elle avait fini par réduire en charpie. Elle avait cueilli les petits bouts de papier sur sa peau moite et rappelé son supérieur.

Pour l'heure, ayant fini de lire les renseignements concernant Muhannad Malik, elle inscrivit le nom de Taymullah Azhar sur un papier et demanda un rapport similaire à son sujet. Puis elle mit son fourre-tout en bandoulière et éteignit la lumière de son bureau. Sa rencontre avec les musulmans lui avait fait gagner un peu de temps. Et le temps, c'est ce qu'il y a de plus précieux quand on enquête sur un meurtre.

Barbara Havers dénicha le poste de police de Balford dans Martello Road, une petite rue bordée de bâtisses délabrées en brique rouge qui s'espaçaient jusqu'à la mer. Une maison de style victorien, à nombreux pignons et cheminées — sans doute l'ancienne demeure d'une des familles les plus importantes de la ville —, abritait le commissariat. Une vieille lanterne bleue au verre paré du mot *Police* écrit en lettres blanches identifiait les lieux.

Au moment où Barbara se garait, les lampadaires de la rue s'allumèrent, envoyant des coquilles de lumière sur la façade du poste de police. Une femme qui en sortait s'arrêta et rajusta la bandoulière d'un sac volumineux. Barbara reconnut tout de suite Emily Barlow, qu'elle n'avait pas revue depuis plus d'un an. Grande, en débardeur blanc et pantalon noir, l'inspecteur-chef avait la silhouette athlétique — épaules larges, biceps joliment dessinés — qu'on était en droit d'attendre de la triathlète émérite qu'elle était. A près de quarante ans, elle avait un corps d'éternelle adolescente. A la regarder dans le soir tombant, Barbara se fit la même réflexion que lorsqu'elles étaient toutes deux en formation : ma vieille, je suis bonne pour une séance de liposuccion et six mois de gym intensive en cours particuliers.

— Emy ! lui cria-t-elle. Je me disais bien que j'allais te trouver encore au turbin !...

S'entendant héler de la sorte, Emily tourna vivement la tête tout en descendant les marches du perron.

— Bab, ça alors ! s'écria-t-elle. Mais qu'est-ce que tu fous à Balford ?

Ah, comment présenter la chose ? se demanda Barbara. *Je colle au cul d'un Paki et de sa gosse dans l'espoir de leur éviter d'aller en taule ?* Oui, ça risquait fort d'être du goût de l'inspecteur-chef Emily Barlow !

— Je suis en vacances. Je viens d'arriver. Je lisais l'affaire qui défraie la chronique dans la feuille de chou du coin. J'ai vu ton nom, ça m'a donné envie de venir papoter.

— Tu parles de vacances !

— Je n'arrive pas à ne rien faire. Tu sais ce que c'est.

Barbara chercha ses cigarettes dans son sac mais, se souvenant in extremis qu'Emily ne fumait pas et qu'elle était toujours prête à faire la leçon aux « tabacomanes », elle renonça aux Players au profit d'un Juicy Fruit.

— Félicitations pour ta promo, dit Barbara. Putain, Emy, tu grimpes les échelons quatre à quatre, toi !

Elle plia le chewing-gum dans sa bouche.

— C'est peut-être un peu prématuré, mon chef peut encore me rétrograder. (Elle s'approcha d'elle.) Mais qu'est-ce que tu as au visage, Bab ? Tu as une de ces tronches !

Barbara se promit de retirer ses pansements au premier miroir qu'elle rencontrerait sur sa route.

— J'ai oublié de me baisser pendant ma dernière enquête, dit-elle.

— J'espère qu'il est encore plus amoché que toi.

Barbara acquiesça.

— Il est en taule pour meurtre.

— Voilà au moins une bonne nouvelle, dit Emily en souriant.

— Tu vas où ?

Emily rajusta son sac sur son épaule et passa une main dans ses cheveux aile-de-corbeau en un geste machinal dont Barbara se souvenait. Elle arborait une coupe punk qui aurait rendu ridicule n'importe

109

quelle autre femme de son âge. Mais pas Emily Barlow. Elle ne sombrait jamais dans le ridicule.

— Au départ, répondit-elle, je devais retrouver un « gentleman » de mes amis pour passer quelques heures romantiques au clair de lune, en tête à tête, et faire ce qu'on fait habituellement au clair de lune dans une ambiance romantique. Mais, pour tout te dire, ses charmes se sont un peu... émoussés. J'ai annulé. J'ai eu peur qu'il recommence à se lamenter au sujet de sa femme et de ses enfants, et je ne me sentais pas d'humeur à lui tenir la main pendant une autre crise de culpabilité foudroyante...

Du pur Emily Barlow. Cela faisait belle lurette qu'elle avait relégué la sexualité au statut d'exercice d'aérobic.

— Tu as le temps de boire un pot, alors ? fit Barbara. J'aimerais bien que tu me parles de cette affaire.

Emily hésita. Ce qui n'étonna pas Barbara. Elle s'était doutée que l'inspecteur-chef pèserait le pour et le contre de sa proposition et ne souhaiterait rien faire qui pourrait compromettre son enquête ou son avancement. Finalement, après un regard à la bâtisse, Emily parut prendre une décision.

— Tu as mangé, Bab ? demanda-t-elle.

— Au Brise-Lames.

— Tu es héroïque. Ton taux de cholestérol a dû grimper en flèche... Écoute, je n'ai rien avalé depuis ce matin. Je rentre chez moi, je t'invite. On pourra parler pendant que je dîne.

Pas besoin de prendre la voiture, avait-elle ajouté, voyant Barbara chercher ses clés dans son sac. Elle habitait en haut de la rue, à la jonction de Martello Road et de Crescent Road.

A l'allure vive imposée par Emily, elles y furent rendues en moins de cinq minutes. Son antre était la dernière de neuf maisons jumelles à divers stades de renaissance ou de décrépitude. Celle d'Emily appartenait à la première catégorie : un échafaudage habillait sa façade.

— Tu excuseras le foutoir, dit Emily, précédant Barbara sur les marches fissurées du perron et sur le seuil peu profond aux murs couverts de mosaïque dans le plus pur style 1900. Ce sera un vrai petit bijou une fois que tout sera fini, mais en ce moment, impossible de trouver le temps d'y travailler.

D'un coup d'épaule, elle ouvrit la porte d'entrée décapée.

— Suis-moi, dit-elle en s'engageant dans un couloir humide qui fleurait la sciure et le white-spirit. C'est la seule partie habitable de la maison.

Si Barbara avait envisagé de demander à Emily de l'héberger, elle en fit son deuil quand elle vit la « partie habitable » en question. Apparemment, Emily vivait confinée dans sa cuisine. A peine plus grande qu'un placard, elle contenait un réfrigérateur, un poêle à alcool, un évier et les sempiternels placards muraux. En prime y étaient entassés un petit lit, une table à jeu, deux chaises métalliques pliantes et une baignoire qui datait du bon vieux temps où la plomberie était encore à inventer. Barbara n'osa pas demander où étaient les toilettes.

Une ampoule nue au plafond faisait office de luminaire, mais une lampe de poche et un exem-

111

plaire d'*Une brève histoire du temps* posés à côté du lit semblaient indiquer qu'Emily s'aménageait des moments de lecture pour le plaisir — si tant est qu'on puisse trouver du plaisir à lire des ouvrages sur l'astrophysique. Son petit lit consistait en un duvet et un gros oreiller dont la taie était ornée de Snoopy et de Woodstock jouant à faire l'avion sur le toit de la niche déguisés en pilotes de la Première Guerre mondiale.

Barbara n'aurait jamais pu imaginer que l'Emily Barlow qu'elle avait connue à Maidstone puisse vivre dans un tel décor. Si on lui avait demandé d'imaginer l'endroit où l'inspecteur créchait, elle aurait misé sur un intérieur austère et moderne, avec une dominante de verre, de métal et de pierre.

Il lui sembla qu'Emily lisait dans ses pensées car elle jeta son fourre-tout sur la paillasse de l'évier, s'y adossa, mains dans les poches, et dit :

— Ça me permet de décompresser. Quand j'aurai fini de retaper cette maison, j'irai ailleurs. Outre m'envoyer en l'air régulièrement, c'est ce qui me permet de ne pas devenir dingue. Dis-moi, comment va ta mère, Bab ?

— Côté dinguerie ou en général ?

— Oh, excuse. Ce n'était pas une association d'idées.

— T'en fais pas. Il n'y a pas de mal.

— Tu habites toujours avec elle ?

— Je n'ai pas supporté.

Barbara brossa à grands traits la situation à Emily, se jugeant, comme toujours quand elle avouait qu'elle avait placé sa mère dans une maison de repos, coupable, ingrate, égoïste et cruelle.

Et peu importait que sa mère soit en de bonnes mains ; elle restait sa mère. La dette de la naissance pesait toujours sur elle, cette dette qu'aucun enfant n'avait jamais cherché à contracter.

— Ça n'a pas dû être marrant tous les jours, dit Emily quand Barbara en eut terminé. Cette décision n'a pas dû être facile à prendre.

— Non. Mais j'ai toujours l'impression de lui devoir quelque chose.

— Quoi ?

— Je ne sais pas. La vie, je suppose.

Emily acquiesça lentement, dévisageant Barbara qui sentit sa peau lui picoter sous ses pansements. Il faisait une chaleur d'enfer dans cette cuisine, et bien que la seule fenêtre — peinte en noir, allez savoir pourquoi — soit grande ouverte, il n'y avait pas le moindre souffle de brise.

— Bon, et si on dînait ? fit Emily, se secouant.

Elle ouvrit le réfrigérateur, s'accroupit devant et en sortit un bidon de yaourt. Prenant une jatte dans un des placards muraux, elle y mit trois louches de yaourt. Elle attrapa un sachet de fruits secs et de cacahuètes.

— Quelle chaleur ! dit-elle, repoussant ses cheveux en arrière. On crève !

— Le pire des temps pour un inspecteur de police, fit Barbara. On n'a plus de patience. On monte tout de suite sur ses grands chevaux.

— A qui le dis-tu, approuva Emily. Depuis deux jours, je fais de mon mieux pour empêcher les Pakistanais de tout casser, et mon chef de refiler l'enquête à son partenaire de golf.

— Ils ont parlé de la manif d'aujourd'hui sur

ITV, dit Barbara, ravie qu'Emily lui tende cette perche. Tu le savais ?

— Oh oui !...

Emily versa la moitié des cacahuètes et des fruits secs dans le yaourt et remua le tout. Puis elle prit une banane dans une coupe à fruits.

— Une vingtaine de Pakis ont interrompu le conseil municipal en gueulant comme des putois à propos de leurs droits civiques. L'un d'eux a alerté les médias et dès qu'une équipe de cameramen est arrivée, ils se sont mis à lancer des pavés. Ils ont fait venir des gens extérieurs à la ville pour les soutenir et les conseiller. Et Ferguson — mon chef — me bigophone au minimum une fois par heure pour me dire comment je dois faire mon boulot...

— Que vous reprochent les Pakistanais ?

— Tout dépend de celui que tu as en face de toi. Ça va de la volonté d'étouffer l'affaire à celle de la faire traîner en longueur, en passant par un double jeu de ton serviteur ou le début d'un nettoyage ethnique. Au choix.

Barbara s'assit sur l'une des chaises pliantes.

— Et il y a du vrai là-dedans ?

Emily la fusilla du regard.

— Super, Bab. Je croirais les entendre.

— Excuse-moi. Je ne voulais pas dire que...

— Laisse tomber. J'ai tant de monde sur le dos. Pourquoi pas toi en plus ?

Elle sortit un petit couteau de cuisine d'un tiroir et se mit à couper la banane en rondelles qu'elle laissait tomber dans le yaourt aux fruits secs.

— Je t'explique le cas de figure, dit-elle. J'essaie de limiter les fuites au minimum. Les choses sont super risquées au sein de la commu- nauté pakistanaise, et si je ne fais pas attention à qui sait quoi et quand, je connais un sniper en ville qui ne demande qu'à tirer.

— Qui ?

— Un musulman. Muhannad Malik.

Emily expliqua à Barbara quel lien unissait cet homme à la victime, ainsi que la place prépondé- rante qu'occupaient les Malik — et donc Muhan- nad — à Balford-le-Nez. Akram Malik, son père, était venu s'installer ici avec sa famille onze ans plus tôt dans le but de réaliser son rêve de fonder une entreprise. Contrairement à la plupart de ses compatriotes, qui s'en tenaient à ouvrir des restau- rants, des épiceries, des pressings ou des stations- service, Akram Malik avait vu grand. Il s'était dit que, dans cette région d'Angleterre touchée par la crise, non seulement il serait le bienvenu, en tant que futur employeur, mais qu'il pourrait peut-être aussi se faire un nom. Il avait commencé modeste- ment, fabriquant ses moutardes dans l'arrière-salle d'une boulangerie minuscule dans Old Pier Street, et il avait fini par posséder une usine, au nord de la ville, dans laquelle il fabriquait un peu de tout, des confitures — savoureuses — jusqu'aux sauces vinaigrettes.

— « Moutardes et Condiments Malik », cita Emily en conclusion. D'autres Pakistanais sont venus s'installer ici après lui. Certains de sa famille, d'autres non. Leur communauté est de plus en plus importante. Avec tous les problèmes raciaux qui vont avec.

— Dont Muhannad Malik ?

115

— Lui, il a le pompon ! J'ai vingt-quatre heures de retard dans mon enquête à cause de ce connard !...

Elle prit une pêche et la coupa en quartiers qu'elle déposa sur le bord de la jatte. Barbara l'observait, repensant à son dîner « hautes calories », et réussit à mater son sentiment de culpabilité.

Muhannad, poursuivit Emily, était un militant très actif de Balford-le-Nez qui se battait farouchement pour l'égalité des droits de son peuple. Il avait fondé une organisation dont le but présumé était d'apporter soutien, fraternité et solidarité aux jeunes Pakistanais, mais on ne le tenait plus dès qu'il arrivait quelque chose qui pouvait passer, même de loin, pour un acte raciste. Quiconque tracassait un tant soit peu un des leurs se retrouvait bientôt nez à nez avec un ou plusieurs vengeurs impitoyables dont les victimes se hâtaient d'oublier, fort à propos, l'identité.

— Personne à part Muhannad Malik ne mobilise à ce point la communauté pakistanaise, dit Emily. Il ne me lâche plus depuis que le corps de Querashi a été découvert, et il ne me lâchera pas tant que je n'aurai pas arrêté quelqu'un. Entre lui et Ferguson, il faudrait que je fabrique du temps pour pouvoir mener mon enquête...

— Dur, commenta Barbara.

— Chiant, oui ! fit Emily, jetant le couteau dans l'évier et portant son repas sur la table.

— J'ai bavardé avec la serveuse du restau, dit Barbara tandis qu'Emily sortait deux boîtes de Heineken du réfrigérateur.

Elle en tendit une à Barbara, décapsula la sienne et s'assit, très sport, en enfourchant l'assise de la chaise, à mille lieues de la manière gracieuse et étudiée qu'on attendrait d'une femme.

— Elle m'a dit qu'Haytham aurait eu des problèmes avec la drogue, reprit-elle. Tu vois ce que je veux dire : ingestion d'héroïne avant de quitter le Pakistan.

Emily prit une cuillerée de sa mixture et appuya la boîte de bière sur son front moite.

— On attend encore les résultats du labo de toxicologie, dit-elle. Comme son corps a été trouvé à proximité des ports, on doit prendre ça en compte. Mais je peux te dire que ce n'est pas la drogue qui l'a tué.

— Tu sais comment il est mort?

— Oh, oui. Je sais.

— Alors, pourquoi tant de mystère? J'ai lu que la cause du décès n'avait pas été rendue publique et que vous n'étiez pas certains d'avoir affaire à un meurtre. Vous en êtes toujours là?

Emily but une gorgée de bière et considéra Barbara.

— Tu disais que tu étais en vacances, Bab?

— Je peux tenir ma langue, si c'est ce que tu me demandes.

— Et si je te demande plus?

— Tu as besoin de mon aide?

Emily reposa sa cuillère dans la jatte de yaourt et réfléchit longuement avant de répondre.

— Ça se peut, dit-elle enfin.

Encore mieux que de devoir forcer les portes, se dit Barbara. Elle saisit la balle au bond :

117

— Pas de problème. Pourquoi tenez-vous la presse à distance ? Si ce n'est pas lié à la drogue, c'est lié à quoi ? Au sexe ? C'est un suicide ? Un accident ? C'est quoi ?

— Un meurtre.

— Ah. Quand ça se saura, les Pakistanais risquent de redescendre dans la rue.

— Ils le savent déjà. Je le leur ai dit cet après-midi.

— Et... ?

— Et, à partir de maintenant, ils vont respirer, pisser et dormir en pensant à nous.

— C'est un crime raciste ?

— Trop tôt pour le dire.

— Vous savez comment il a été tué ?

— On l'a su au premier coup d'œil. Mais je préférerais que les Pakistanais l'apprennent le plus tard possible.

— Pourquoi ? Dès l'instant où ils savent que c'est un meurtre...

— Parce que ce genre de meurtre semble confirmer ce qu'ils pensent.

— Un crime raciste ? Comment ça ? Comment pouvez-vous dire ça simplement en voyant le cadavre ? Il avait des marques sur le corps ? Des croix gammées, ce genre de trucs ?

— Non.

— Une carte de visite du National Front laissée sur le lieu du crime ?

— Non plus.

— Alors, comment avez-vous pu conclure...

— Il a été roué de coups et on lui a brisé la nuque, Bab.

— Hou là. Putain !

Elle se souvint de ce qu'elle avait lu. Le corps de Querashi avait été découvert dans un blockhaus sur la plage, ce qui pouvait faire penser qu'il était tombé dans une embuscade. Un passage à tabac ajouté à cela, le meurtre pouvait en effet passer pour un crime raciste, car les assassinats avec préméditation — à moins qu'ils ne soient précédés des séances de torture prisées par certains tueurs en série — étaient en général très rapides, étant donné que le seul but recherché était de donner la mort. De plus, la nuque brisée donnait à penser que l'assassin était un homme. Aucune femme normalement constituée n'aurait la force de rompre des vertèbres cervicales.

Tandis que Barbara réfléchissait à tout cela, Emily alla prendre son fourre-tout sur la paillasse de l'évier. Elle poussa son assiette sur le côté et posa trois chemises en carton sur la table. Elle ouvrit la première, la mit de côté, et ouvrit également la deuxième, qui contenait une série de photographies sur papier glacé. Elle en sélectionna plusieurs qu'elle tendit à Barbara.

C'étaient les photos du corps au matin de sa découverte dans le blockhaus. La première était un gros plan du visage, et Barbara constata qu'il était presque aussi amoché que le sien. La joue droite était particulièrement contusionnée. Une estafilade barrait un sourcil. Les autres clichés montraient ses mains. Toutes deux étaient tailladées et écorchées, comme s'il avait voulu se protéger. L'état de la joue droite suggérait un agresseur gaucher ; mais la blessure au front, située du côté gauche, donnait à

119

penser soit que l'assassin était ambidextre, soit qu'ils avaient agi à deux.

— Tu connais le Nez ? lui demanda Emily en lui tendant une autre photographie.

— Ça fait des années que je n'y suis pas allée, mais je me souviens des falaises. D'un troquet. Et d'une vieille tour de guet.

La dernière photo était une vue aérienne du blockhaus, de la falaise qui le surplombait, de la tour de guet et du café en L. Des voitures de police étaient garées autour d'un coupé sur un parking au sud-ouest du café. Mais ce que remarqua surtout Barbara, c'était ce qui manquait ; ce qui aurait dû se dresser au-dessus du parking pour l'éclairer après la tombée de la nuit.

— Emy, fit-elle, il n'y a pas d'éclairage là-bas, sur le Nez ? Sur la falaise ? Rien ?

Elle releva la tête et croisa le regard d'Emily qui l'observait d'un air entendu.

— Merde alors, fit Barbara. Parce que... si ce n'est pas éclairé... (elle reporta son attention sur la photo)... alors, que foutait donc Haytham Querashi là-bas en pleine nuit ?

Elle releva la tête vers Emily, qui salua son observation d'un signe de sa Heineken.

— Bonne question, sergent Havers, dit-elle, portant la boîte de bière à ses lèvres.

4

— Vous v'lez qu'j'vous aide à vous coucher, Mrs Shaw? Il est plus d'dix heures, et l'docteur a dit qu'je devais bien veiller à ce que vous vous reposiez comme l'faut.

Mary Ellis avait exactement le timbre de voix haut perché qui donnait envie à Agatha Shaw de lui arracher les yeux de la tête. Elle réussit toutefois à se maîtriser et se détourna lentement des trois imposants chevalets que Theo avait installés pour elle dans la bibliothèque. Sur chacun d'eux étaient posées des représentations de Balford-le-Nez à trois époques différentes : le passé, le présent et l'avenir. Elle les contemplait depuis une demi-heure pour alimenter la rage qui l'animait depuis que son petit-fils lui avait raconté comment sa réunion du conseil municipal avait échoué si lamentablement. La soirée avait été une réussite! Sa fureur avait grandi au fil du dîner, au fur et à mesure que Theo lui narrait étape par étape la réunion et sa sinistre issue.

— Mary, dit-elle, j'ai l'air à ce point gâteuse?

Mary réfléchit à la question avec une concentration qui fit se plisser son visage boutonneux. Le second degré et elle avaient toujours fait deux.

— Comment ça ? fit-elle.

Elle s'essuya les mains à sa jupe en cotonnade d'un bleu pâlot et anémique, y laissant des traces humides.

— Je me rends parfaitement compte de l'heure qu'il est, précisa Agatha. Et quand je serai prête pour monter me coucher, je vous sonnerai.

— Mais comme il est bientôt dix heures et demie, Mrs Shaw...

Mary s'interrompit, mordillant sa lèvre inférieure d'une façon qui, sans doute, était censée induire la fin de sa phrase.

Agatha détestait être manipulée. Elle avait compris que la jeune fille était surtout pressée de rentrer chez elle — sans doute pour offrir ses charmes à quelque hooligan aussi boutonneux qu'elle —, mais le fait même qu'elle ne le lui dise pas franchement lui donnait envie de la tourmenter. C'était sa faute, aussi : elle avait dix-neuf ans. C'était bien assez pour être capable de parler ouvertement. A son âge, Agatha était déjà auxiliaire féminine de la marine royale depuis un an et l'homme de sa vie avait été tué au cours d'un raid aérien sur Berlin. A l'époque, si une femme n'était pas capable de dire sans délai ce qu'elle avait sur le cœur, il y avait des chances pour que l'occasion ne se représente jamais.

— Oui ? l'encouragea gentiment Agatha. Il est presque dix heures et demie, et... ?

— Et... je pensais... je me disais... est-ce que vous voulez... c'est juste que j'suis censée arrêter d'bosser à neuf heures, on s'était mises d'accord là-d'ssus vous et moi, pas vrai ?

Agatha attendit la suite. Mary se tortilla sur place comme si un mille-pattes lui grimpait le long de la colonne vertébrale.

— C'est juste que... comme l's'fait tard...

Agatha haussa les sourcils.

Mary prit un air vaincu.

— Sonnez-moi quand vous serez prête, m'dame.

Agatha lui sourit.

— Je vous remercie, Mary. Je n'y manquerai pas.

Elle retourna à sa contemplation du triptyque de la ville tandis que Mary Ellis regagnait l'office.

Sur le premier chevalet étaient disposées sept photographies de Balford-le-Nez prises entre 1880 et 1930, l'âge d'or de la ville en tant que lieu de villégiature. Un portrait du premier amour d'Agatha trônait au milieu des photographies, disposées en corolle. Des cabines de bain roulantes bordaient le front de mer sur la plage des Princes ; des femmes, sous des ombrelles, se promenaient dans la grand-rue noire de monde ; des échassiers s'étaient rassemblés à l'extrémité d'une nasse à homards déchargée sur la plage par des pêcheurs ; ici, le Grand Hôtel de la Jetée, et là, l'élégante terrasse style Grand Siècle dominant la Promenade.

Au diable ces gens de couleur, songea Agatha. S'ils n'étaient pas là à exiger avec fougue que tout Balford leur lèche les bottes parce qu'un des leurs n'avait eu sans doute que ce qu'il méritait... Sans eux, Balford-le-Nez aurait une chance de redevenir la station balnéaire qu'elle avait été et devrait être encore. Et tous ces Indiens, après quoi hurlaient-ils ? Pourquoi avaient-ils fait capoter *son* rendez-vous avec le conseil municipal avec leur manie de se frapper la poitrine ?

« C'est une question de droits civiques pour eux », lui avait dit Theo au dîner.

Le pire était que cet imbécile donnait l'impression d'être d'accord avec toute cette clique.

« Aurais-tu l'obligeance de m'expliquer en quoi ? » l'avait prié Agatha d'une voix glaciale.

Elle avait remarqué sa gêne instantanée. Theo avait le cœur trop sensible, au gré d'Agatha. Ce n'était certainement pas d'elle qu'il tenait son sens du fair-play et sa foi dans l'égalité des chances et des droits. Elle savait ce qu'il entendait par « une question de droits civiques », mais elle aurait voulu le lui entendre dire. Elle aurait eu envie d'une altercation, d'un combat au corps à corps, sans merci, où tous les coups seraient permis ; mais ne pouvant s'autoriser un tel exercice — prisonnière d'un corps qui menaçait de la lâcher à tout instant —, elle s'en était tenue à une joute verbale. C'était toujours mieux que rien.

Toutefois, Theo s'était gardé de l'attaquer de front. Et, en y réfléchissant, Agatha devait reconnaître que ce n'était peut-être pas mauvais signe. Il lui fallait s'endurcir s'il devait lui succéder à la barre des entreprises Shaw. Peut-être s'était-il déjà forgé une carapace ?

« Les Pakistanais ne font pas confiance à la police, avait-il dit. Ils estiment que la justice n'est pas la même pour tous. Ils veulent que la ville n'oublie pas qu'il y a cette affaire en cours, de façon à mettre la pression sur l'inspecteur chargé de l'enquête.

— Il me semble que s'ils veulent l'égalité avec leurs homologues anglais, car je suppose que c'est de cela qu'il s'agit, eh bien, ils devraient commencer par se comporter comme eux.

— Il y a eu beaucoup de manifestations organisées par nous ces dernières années. Contre les impôts locaux, contre les sports sanguinaires, contre...

— Je ne te parle pas des manifestations, l'avait-elle interrompu. Je dis qu'ils auront les mêmes droits que nous le jour où ils vivront comme nous. S'habilleront comme nous. Auront la même religion que nous. Elèveront leurs enfants comme nous. Quand quelqu'un choisit d'aller vivre dans un autre pays que le sien, il ne doit pas s'attendre à ce que son pays d'accueil cède à ses caprices, Theodore. Et si j'avais été à ta place au conseil, tu peux être sûr que c'est exactement ce que j'aurais dit... »

Son petit-fils avait plié sa serviette avec soin puis l'avait posée perpendiculairement au bord de la table, ainsi qu'elle le lui avait appris.

« Je n'en doute pas, Mamie, avait-il dit, d'une voix un peu aigre. Et vous vous seriez ruée sur les manifestants en les frappant à coups de canne pour disperser leurs rangs... »

Il s'était levé, approché d'elle, avait déposé un baiser sur son front. Agatha l'avait repoussé avec brusquerie.

« Ne dis donc pas de bêtises ! Et Mary qui n'a pas encore servi le fromage !...

125

— Pas pour moi ce soir, avait dit Theo, se dirigeant vers la porte. Je vais chercher les documents dans la voiture. »

Ce qu'il avait fait, et elle les contemplait depuis tout à l'heure. Balford-le-Nez au présent exposait sa décrépitude sur le chevalet central : les bâtisses abandonnées du front de mer, aux fenêtres condamnées et aux encadrements en bois dont la peinture s'écaillait comme de la peau morte ; la grand-rue, moribonde, où chaque année un commerçant de plus mettait la clé sous la porte ; la piscine, ses locaux pas très propres et son odeur de moisi et de bois pourri qui ne pouvait être saisie par l'objectif d'un appareil photo. Et tout comme sur le chevalet « Balford dans le passé », se trouvait une photo de la jetée, cette jetée qu'Agatha avait acquise, restaurée, rénovée, rajeunie, à laquelle elle avait donné la vie, tel un dieu à son Adam, promesse muette à la ville côtière où elle vivait depuis toujours.

Une vie qui touchait à son terme et à laquelle Balford aurait pu donner un sens par son devenir : hôtels réaménagés, entreprises attirées en bord de mer par des impôts fonciers peu élevés, propriétaires terriens engagés dans le réaménagement, la restauration et la réhabilitation de bâtiments ; replantation des parcs — des *grands* parcs, pas les mouchoirs de poche que *certains* réservaient aux mères pakistanaises aux noms parfaitement imprononçables —, attractions installées en bord de mer. Il y avait là les plans d'un centre de loisirs, d'une piscine moderne et couverte, de courts de tennis et de squash, d'un nouveau terrain de cricket. Voilà ce que pourrait être Balford-le-Nez, voilà ce pour quoi Agatha Shaw se battait : son petit bout d'éternité à elle.

Elle avait perdu ses parents pendant le Blitz. Elle avait perdu son mari à trente-huit ans. Elle avait perdu trois de ses enfants, partis faire carrière de par le monde, et le quatrième dans un accident de la route provoqué par son apathique épouse scandinave. Très tôt, elle avait appris qu'une femme avisée revoyait ses espoirs à la baisse et gardait ses rêves pour elle, mais en ces dernières années de sa vie, elle avait découvert qu'elle était aussi fatiguée de s'être soumise à la volonté du Tout-Puissant qu'elle l'aurait été si elle l'avait bravé. Aussi s'était-elle lancée dans son dernier combat en brave petit soldat, et elle était bien décidée à le mener jusqu'au bout.

Rien ne l'arrêterait, et surtout pas la mort d'un étranger qu'elle ne connaissait pas. Mais elle avait besoin de Theo. Il fallait qu'il ne manque ni de repartie ni de fermeté. Elle voulait qu'il soit impénétrable et invincible, et les projets qu'elle avait pour Balford ne souffraient pas d'être différés par le moindre atermoiement. Elle serra la poignée de sa canne si fort que son bras en trembla. Elle se concentra, comme son kinésithérapeute lui avait conseillé de le faire quand elle voulait marcher — cruauté indicible que de devoir commander à ses jambes d'avancer avant de pouvoir le faire. Elle qui autrefois montait à cheval, jouait au tennis, au golf, pêchait et faisait du bateau, en était réduite à se dire « D'abord la gauche, maintenant la droite, la gauche, la droite », et ainsi de suite pour atteindre la porte de la bibliothèque. Elle serra les dents. Si elle avait eu un caractère à avoir un petit chien, elle aurait été propriétaire d'un gentil corgi et, eût-elle eu la force requise qu'elle aurait donné par dépit des coups de pied à l'animal.

Elle trouva Theo dans l'ancien petit salon dont il avait depuis longtemps fait son domaine, y transférant téléviseur, chaîne stéréo, livres, vieux fauteuils confortables ainsi que son ordinateur personnel, grâce auquel il communiquait avec des inadaptés sociaux qui, comme lui, jouaient les paléontologues du dimanche. Agatha y voyait un alibi pour adultes qui avaient envie de salir leur fond de culotte. Mais Theo mettait dans cette vocation autant d'énergie que les hommes en mettent à courir le guilledou. Le jour ou la nuit, peu importait pour lui : dès qu'il avait un moment de liberté, il partait à pied pour le Nez, dont les falaises rongées par la mer dégorgeaient de douteux trésors.

Ce soir-là, il n'était pas à son ordinateur et n'avait pas l'œil collé à sa loupe, en train d'étudier un caillou informe arraché à la falaise — « En réalité, c'est une dent de rhinocéros, Mamie », disait-il avec patience. Il était au téléphone, parlant à voix basse, déversant un flot de paroles qu'Agatha ne pouvait saisir dans le creux de l'oreille de quelqu'un qui, manifestement, ne voulait pas l'écouter. Elle entendit les mots « Je t'en prie, je t'en prie, écoute-moi... » avant qu'il tourne la tête vers la porte et, l'apercevant, raccroche brusquement, comme s'il n'y avait personne au bout du fil.

Agatha dévisagea son petit-fils. La nuit était presque aussi étouffante que la journée, et cette pièce donnant à l'ouest avait emmagasiné le plus gros de la chaleur. Theo avait au moins une bonne raison d'être écarlate et d'avoir la peau moite. Quant à l'autre raison, supposa-t-elle, elle devait être restée, combiné en main, à se demander pourquoi le « écoute-moi » de Theo n'avait servi de préambule qu'à la fin de la conversation.

Les fenêtres étaient ouvertes, mais il régnait dans la pièce une chaleur de four. Jusqu'aux murs qui donnaient l'impression de suer sous le vieux papier peint William Morris. L'amoncellement de revues, de journaux, de livres et surtout de cailloux — « Non, Mamie, ça ressemble à des cailloux, mais ce ne sont pas des cailloux. Ce sont des os, des dents et, là — faites attention, Mamie ! — un morceau de défense de mammouth » — rendait la pièce encore plus irrespirable. A croire qu'ils augmentaient la température ambiante de plusieurs degrés. Et son petit-fils avait beau les nettoyer régulièrement, ils emplissaient l'air d'une odeur de terre féconde et dérangeante.

Theo s'écarta du téléphone et gagna la grande table en chêne au plateau couvert de poussière — il ne permettait pas à Mary d'y passer le chiffon, de crainte qu'elle ne bouscule ses chers fossiles rangés dans des casiers en bois. Il y avait une vieille chaise montgolfière devant la table. Theo la fit pivoter vers sa grand-mère. Elle comprit qu'il lui offrait le siège le plus proche d'elle, ce qui lui donna l'envie de lui tirer les oreilles jusqu'à ce qu'il hurle de douleur. Elle n'était pas encore disposée à se coucher dans sa tombe — même si elle avait déjà un pied dedans —, et elle se passait volontiers des attentions qui lui rappelaient sa mort prochaine. Elle choisit de rester debout.

— Et la conclusion de tout cela ? demanda-t-elle, reprenant leur conversation là où ils l'avaient laissée.

Il fronça les sourcils et, de son index plié, essuya son front mouillé de sueur. Son regard glissa vers le téléphone puis revint sur elle.

— Ta vie amoureuse ne m'intéresse absolument pas, Theodore. Chaque soir je prie que tu aies assez de présence d'esprit pour ne te laisser mener ni par le bout du nez ni par celui du pénis, mais à part ça, ce que tu fais de ton temps libre ne regarde que toi et celle qui partage le bonheur fugace de mêler ses fluides corporels aux tiens. Bien que, par cette chaleur, je me demande comment on...

— Mamie ! se récria-t-il, rouge comme une pivoine.

Mon Dieu, songea Agatha. A vingt-six ans, il a la maturité sexuelle d'un adolescent. Elle frissonna en tentant d'imaginer ce que devait être le lot de la bénéficiaire des étreintes passionnées de son petit-fils. Son grand-père, lui, malgré tous ses défauts — dont le fait de tomber raide mort à l'âge de quarante-deux ans ne fut pas le moindre —, savait comment posséder une femme. Un quart d'heure lui suffisait et, certaines nuits, il réussissait à conclure en moins de dix minutes. Agatha avait toujours considéré les rapports sexuels comme l'onguent indispensable pour la bonne santé du mariage : il fallait s'en passer régulièrement sur le corps.

— Que nous ont-ils promis, Theo ? demanda-t-elle. Tu les as obligés à prendre date pour une autre réunion, je suppose ?

— En fait, je...

Il restait debout, tout comme elle. Il prit un de ses précieux fossiles et le fit tourner dans sa main.

— Tu as quand même eu la présence d'esprit d'exiger un nouveau rendez-vous, Theo ? Ne me dis pas que tu as laissé ces gens de couleur imposer leurs vues sans réagir !

La gêne de son petit-fils fut une réponse suffisamment claire.

— Mon Dieu, dit-elle.

Aussi tête de linotte que sa mère ! Il fallait qu'elle s'assoie, à présent. Elle s'installa précautionneusement sur la chaise montgolfière, droite comme un i, ainsi qu'on le lui avait appris quand elle était petite.

— Mais qu'est-ce qui ne va pas chez toi, Theodore Michael ? Et assieds-toi, je t'en supplie. Je n'ai pas envie d'attraper un torticolis par-dessus le marché !

Il tourna un vieux fauteuil pour lui faire face. Sur le velours fané de son capitonnage, Agatha remarqua une petite tache dont l'origine lui parut douteuse.

— Le moment eût été mal choisi, Mamie, dit Theo en s'asseyant.

Il se pencha en avant, posant ses avant-bras nus sur ses cuisses fines sous le lin. Il avait le chic pour faire passer des fripes pour de la haute couture. Agatha estimait qu'un tel sens de la mode ne seyait pas à un homme.

— Le conseil était trop occupé à essayer de cal-

131

mer Muhannad Malik, dit-il. Sans succès, en l'occurrence.

— Ce n'était pas pour lui qu'il s'était réuni.

— Entre la mort d'un homme et l'inquiétude des Pakistanais quant à savoir comment l'enquête est menée...

— Leur quoi ? Leur *inquiétude* ? persifla Agatha.

— Ce n'était vraiment pas le moment, Mamie. Je ne pouvais rien exiger, vu la pagaille. Surtout pour des questions de rénovation...

Agatha frappa le sol de sa canne.

— Et pourquoi donc, je te prie ?

— Parce que l'assassinat d'un homme est plus important que la rénovation du Grand Hôtel de la Jetée ! (Il leva une main.) Non, Mamie, ne m'interrompez pas, s'il vous plaît. Je sais que ce projet est très important pour vous. Il l'est pour moi aussi. Et pour toute la ville. Mais vous devez comprendre que cela ne servirait à rien d'investir dans Balford s'il ne doit plus y avoir de vie ici...

— Tu n'es quand même pas en train de me dire que les Pakistanais auraient le pouvoir, ou même l'audace, de détruire la ville ? Ce serait faire harakiri !

— Je suis en train de vous dire que si notre commune devient un endroit où le problème de l'insécurité est tel que les touristes ont peur de se faire agresser par des individus pour des histoires de couleur de peau, alors investir dans le réaménagement de la ville reviendrait à jeter son argent par les fenêtres...

Son petit-fils la surprenait. Un bref instant, Agatha crut entendre Lewis, son mari.

— Pff, fit-elle.

— Vous voyez bien que j'ai raison, n'est-ce pas. (Ce n'était pas une question, mais une affirmation ; là encore, il lui rappelait Lewis.) Je vais laisser passer quelques jours, attendre que la tension retombe, et je demanderai une autre réunion à ce moment-là. C'est mieux comme ça. Vous verrez.

Il jeta un coup d'œil à un réveil d'officier posé sur le manteau de la cheminée et se leva.

— Et maintenant, il est l'heure de monter vous coucher, conclut-il. Je vais appeler Mary...

— Je la sonnerai moi-même quand je serai disposée à me retirer, Theodore. Cesse de me traiter comme si...

— Ne nous disputons pas ! fit-il en gagnant la porte.

— Tu sors ?

— Je vais appeler...

— Je ne voulais pas dire de cette pièce, mais dehors. Dehors. Tu sors ce soir, Theo ?

A son expression, elle comprit qu'elle était allée trop loin. Si malléable soit-il, Theo ne tolérait pas qu'on se mêle de sa vie privée.

— Si je te pose la question, c'est uniquement parce que je me demande si tes promenades nocturnes sont bien avisées en ce moment. Si la situation en ville est aussi tendue que tu me la décris, je pense qu'il vaut mieux ne pas traîner dans les rues après la tombée de la nuit. Et tu n'as pas repris le bateau, j'espère ? Tu sais que je n'aime pas que tu en fasses la nuit.

Theo la regardait depuis l'embrasure de la porte. Voilà qu'il avait de nouveau un faux air de Lewis : l'air aimable et mystérieux. Où avait-il donc appris à dissimuler de la sorte ? Et dans quel but ?

— J'appelle Mary, dit-il.

Sans un mot de plus, il quitta la pièce.

Exceptionnellement, Sahlah était autorisée à participer à la conversation. Après tout, c'était son fiancé qui était mort. Chez les musulmans, les hommes n'avaient pas pour habitude de demander leur avis aux femmes, et même si son père était un homme courtois capable de lui montrer sa tendresse par un geste aussi simple que lui effleurer la joue, il était aussi un fervent musulman respectueux des traditions. Il priait avec dévotion cinq fois par jour ; il en était à sa troisième lecture du Coran ; il s'assurait qu'une partie de ses bénéfices allaient aux pauvres ; et deux fois déjà, il avait, marchant sur les traces de millions de musulmans, fait le pèlerinage à la Ka'ba.

Ainsi, ce soir-là, si Sahlah avait voix au chapitre, sa mère assurait le service et sa belle-sœur s'était faite discrète. Yumn avait deux raisons à cela — l'une qui tenait à une observance stricte de la *haya* : Muhannad ne permettait à aucun homme, à part son père, de poser les yeux sur son épouse ; l'autre, à son caractère : si elle était restée en bas, sa belle-mère aurait pu lui ordonner de l'aider à faire la cuisine, et Yumn était la plus grosse feignasse que la Terre ait jamais portée. Aussi avait-elle accueilli Muhannad à sa manière habituelle, en lui faisant des mines, comme si son plus cher désir était qu'il s'essuie les pieds sur le fond de sa tunique, puis elle avait filé à l'étage avec l'excuse de ne pas pouvoir s'éloigner trop longtemps d'Anas au cas où il referait un de ses terribles cauchemars. En vérité, elle passerait son temps à feuilleter des magazines de mode, dévorant des yeux des vêtements occidentaux que Muhannad ne l'autoriserait jamais à porter.

Sahlah était assise à l'écart des hommes et par déférence pour eux, elle ne mangeait ni ne buvait. De toute façon, elle n'avait pas faim. Par contre, elle avait très envie d'un verre de *lassi*. Par cette chaleur, ce serait un rafraîchissement délicieux.

Comme à son habitude, Akram Malik remercia aimablement son épouse tandis qu'elle servait leur invité et leur fils. Elle effleura l'épaule de son mari en disant : « Porte-toi bien, Akram », puis quitta la pièce. Sahlah se demandait souvent comment sa mère pouvait se soumettre à son mari en tout, comme si elle n'avait pas de volonté propre. Quand elle lui posait la question, Wardah disait simplement : « Je ne suis pas soumise, Sahlah. Ce n'est pas nécessaire. Ton père est ma vie, comme je suis la sienne. » Sahlah avait toujours été admirative du lien qui unissait ses parents, même si elle n'en comprenait pas toujours la nature. Il semblait sous-tendu d'une tristesse ineffable, et il se manifestait dans les attentions qu'ils avaient l'un pour l'autre, en actes et en paroles. Akram Malik n'élevait jamais la voix. Il faut dire qu'il n'avait aucune raison de le faire. Pour sa femme, ses paroles avaient force de loi, et il était censé en aller de même pour ses enfants.

Mais Muhannad, quand il était petit, raillait son père, le traitant de « vieux schnoque » dans son dos ; du verger de poiriers qui se trouvait derrière leur maison, il lançait des cailloux sur le mur et écorçait à grands coups de pied haineux le tronc des arbres pour se décharger de la colère qui le prenait quand son père contrariait ses désirs. Mais il avait quand même la sagesse de ne pas laisser éclater sa rage devant lui. Muhannad avait passé toute son adolescence à ronger son frein, faisant les quatre volontés de son père, conscient du fait que, s'il se pliait à ses devoirs filiaux, l'affaire et la fortune familiales lui reviendraient un jour. C'étaient ses paroles qui feraient force de loi, alors. Sahlah savait que son frère attendait ce jour avec impatience.

Mais pour l'heure, il était confronté à l'indignation muette de son père. En plus des troubles qu'il avait provoqués en ville, il avait fait venir Taymullah Azhar non seulement à Balford mais aussi sous leur toit, ce qui constituait le défi le plus grave qu'il pouvait commettre envers sa famille. Taymullah Azhar, le fils aîné du frère d'Akram, avait été renié par ses parents, ce qui signifiait que tous les siens, y compris la famille de son oncle, devaient le considérer comme mort.

Akram n'était pas là lorsque Muhannad était arrivé, flanqué de Taymullah Azhar, sans faire cas de l'avertissement que sa mère lui avait murmuré d'une voix pressante en posant une main sur son bras : « Tu ne *dois* pas, mon fils. » Il lui avait répondu : « Nous avons besoin de lui, de son expérience. Si nous ne faisons pas tout de suite passer un message ferme de façon à ne pas permettre que le meurtre d'Haytham soit balayé sous le tapis, nous pouvons nous attendre à ce que la ville nous traite comme d'habitude. » Wardah s'était rembrunie mais n'avait rien ajouté. La première surprise passée, elle n'avait même pas regardé Taymullah Azhar. Après un petit signe de tête à Muhannad — la déférence qu'elle avait envers son époux se transférant automatiquement au fils en l'absence du père —, elle avait rejoint Sahlah à la cuisine, où elle avait attendu le retour d'Akram parti à la fabrique pour organiser le remplacement d'Haytham.

« *Ammï,* avait demandé Sahlah à voix basse tandis que sa mère commençait à préparer le repas, qui est cet homme ?

— Personne, lui avait répondu Wardah sur un ton sans réplique. Il n'existe pas. »

Pour un homme qui n'existait pas, Taymullah Azhar avait une sacrée présence. Sahlah comprit tout de suite de qui il s'agissait — pour avoir entendu depuis dix ans ses jeunes cousines colporter les ragots familiaux — lorsque son père était rentré et que Wardah, l'interceptant au passage, lui avait dit qui était l'invité de leur fils. Ils avaient échangé quelques mots à voix basse. Seul le regard d'Akram avait trahi sa réaction à cette visite.

« Pourquoi ? avait-il demandé.

— A cause d'Haytham », lui avait répondu sa femme.

Elle avait lancé un regard compatissant à Sahlah. Elle semblait penser que sa fille en était venue à aimer l'homme qu'on lui avait imposé d'épouser.

Et pourquoi pas ? En des circonstances identiques, Wardah avait bien appris à aimer Akram Malik.

« Muhannad dit que le fils de ton frère a de l'expérience dans ce domaine, avait-elle dit.

— Tout dépend de ce qu'on entend par "ce domaine", avait grommelé Akram. Tu n'aurais pas dû lui ouvrir notre porte.

— Il est venu avec Muhannad. Que pouvais-je faire ? »

Muhannad et Taymullah étaient assis chacun à un bout du canapé. Akram s'était installé dans un fauteuil, le dos calé contre un coussin brodé fait par Wardah. L'énorme télévision diffusait un des films indiens de Yumn. Elle avait coupé le son avant de se précipiter au premier. Par-dessus l'épaule de son père, Sahlah voyait deux jeunes amoureux se rencontrant en cachette, comme Roméo et Juliette. Mais, contrairement aux amants de Vérone, ils ne se rejoignaient pas sur un balcon mais dans un champ de maïs où ils s'enlaçaient, tombaient par terre et faisaient leurs affaires cachés par les épis. Sahlah détourna la tête, le cœur battant comme les ailes d'un oiseau affolé.

— Je sais que tu n'es pas d'accord avec tout ce qui s'est passé cet après-midi, disait Muhannad. Mais nous avons obtenu de la police qu'elle nous tienne chaque jour informés des progrès de l'enquête. (Sahlah devinait, à l'élocution hachée de son frère, que la désapprobation et le dégoût informulés de son père le mettaient sur des charbons ardents.) Sans Azhar, on n'en aurait pas obtenu autant en une seule rencontre, Père. Il a mené la conversation de telle sorte que l'inspecteur ne pouvait plus refuser, et il l'a fait si subtilement qu'elle ne s'est absolument pas rendu compte qu'elle était manipulée.

Il lança à Azhar un regard plein d'admiration. Azhar croisa les jambes, tira le pli de son pantalon entre ses doigts, ne dit rien. Il ne quittait pas son oncle des yeux. Sahlah n'avait jamais vu quelqu'un paraître aussi impassible en étant aussi peu le bienvenu.

— C'était là ton but en provoquant une manifestation ?

— L'important n'est pas qui a provoqué quoi et quand. L'important, c'est ce qu'on a obtenu.

— Et tu penses que nous n'aurions pas pu obtenir la même chose par nous-mêmes, Muhannad ?

Akram but du *lassi*. Pas une fois il n'avait posé les yeux sur Taymullah Azhar.

— Les flics nous connaissent depuis des années, Père. Et la familiarité engendre le laxisme. C'est celui qui crie le plus fort qui a le dernier mot, tu le sais bien.

Ces dernières paroles de Muhannad, dictées par son impatience grandissante et son aversion pour les Anglais, furent de trop. Sahlah comprenait son frère — elle aussi avait été le souffre-douleur de ses camarades de classe quand elle était petite —, mais elle savait que leur père ne pouvait deviner ce qu'il ressentait. Né au Pakistan et arrivé en Angleterre à l'âge de vingt ans, il n'avait été victime d'un acte raciste qu'une seule fois, à ce qu'il disait. Et même cette humiliation publique dans le métro londonien ne l'avait pas aigri contre ceux dont il avait décidé de devenir le compatriote. A ses yeux,

139

Muhannad avait déshonoré son peuple. Akram n'était pas près de l'oublier.

— C'est celui qui crie le plus fort qui a souvent le moins de choses à dire, répondit-il.

Muhannad serra les dents.

— Azhar sait comment on doit s'organiser à présent, dit-il.

— Que veux-tu dire par « à présent », Muni ? Est-ce qu'Haytham est moins mort aujourd'hui qu'il ne l'était hier ? L'avenir de ta sœur n'est-il pas tout autant détruit ? En quoi la présence de cet homme changera-t-elle le cours des choses ?

— Parce que... (à sa voix, Sahlah comprit que son frère avait gardé le meilleur pour la fin)... ils ont reconnu qu'il s'agissait d'un meurtre.

Akram prit un air grave. Si illogique que cela puisse paraître, il puisait une certaine consolation pour sa famille et lui, et surtout pour Sahlah, dans la pensée que la mort d'Haytham était un tragique accident. Maintenant que Muhannad avait débusqué la vérité, Sahlah devinait que leur père serait obligé de revoir sa façon de penser, ce qui pourrait bien l'entraîner dans une direction qu'il ne souhaitait pas prendre.

— Ils l'ont *admis,* Père ! Devant nous. Grâce à ce qui s'est passé ce matin, au conseil municipal et dans les rues. Attends, laisse-moi finir !

Muhannad se leva et gagna la cheminée sur laquelle étaient posées plusieurs photos de famille.

— Je sais que tu es en colère à cause de ce que j'ai fait aujourd'hui, dit-il. Je reconnais qu'on a perdu le contrôle de la situation. Mais prends en compte les résultats qu'on a obtenus. Et c'est

140

Azhar, quand je lui ai téléphoné chez lui à Londres, qui m'a suggéré de commencer notre action en interrompant le conseil municipal. Azhar, Père. Quand tu as parlé aux policiers, est-ce qu'ils t'ont dit qu'il s'agissait d'un meurtre ? A moi, en tout cas, ils ne l'avaient pas dit. Ni à Sahlah.

Les trois hommes se tournèrent vers Sahlah, qui baissa les yeux. Elle n'avait pas besoin de confirmer les dires de son frère. Akram était présent lors de la brève conversation qu'elle avait eue avec l'agent de police venu l'informer de la mort d'Haytham. Il savait très bien ce qui avait été dit : « Il y a eu une mort sur le Nez, je suis navré. Le défunt est un certain Haytham Querashi. Nous avons besoin de quelqu'un pour identifier le corps. Nous avons cru comprendre que vous deviez l'épouser... — Oui », avait répondu Sahlah avec gravité, tandis que sa voix intérieure criait : Oh non, pas ça !

— Peu importe, répondit Akram à son fils. Tu as dépassé les bornes. Lorsque l'un d'entre nous meurt, ce n'est pas à toi de t'occuper de sa résurrection, Muhannad...

Il ne parlait pas de la mort d'Haytham, Sahlah le savait, mais de celle de Taymullah Azhar, que toute sa famille devait considérer comme mort car ses parents l'avaient décrété tel. Si on le croisait dans la rue, on devait faire semblant de ne pas le voir ou détourner la tête. On ne devait jamais prononcer son nom ; jamais faire la moindre allusion à sa personne, même en termes voilés. Et si l'on pensait à lui, on devait s'empresser de concentrer son esprit sur autre chose, de peur que cela ne conduise à parler de lui puis à envisager son retour au sein de la famille. Sahlah était trop jeune, à l'époque, pour savoir pour quel crime avait été banni Azhar. Par la suite, elle n'avait plus été autorisée à poser la moindre question à son sujet.

Dix ans de solitude, songea-t-elle, observant son cousin du coin de l'œil. Dix ans d'errance, seul au monde. Quelle vie avait-il menée ? Comment avait-il pu survivre loin de ses proches ?

— Qu'est-ce qui est le plus important ? dit Muhannad, baissant d'un ton.

Il faisait de son mieux pour paraître raisonnable, ne désirant pas creuser le désaccord qui l'opposait à son père depuis le début de la journée. Il ne pouvait pas risquer de se faire lui aussi bannir. Pas avec une femme et deux enfants à sa charge.

— Qu'est-ce qui est le plus important, Père ? répéta-t-il. Traquer celui qui a assassiné un des nôtres ou respecter aveuglément la mise en quarantaine d'Azhar ? Ce crime a fait une autre victime : Sahlah. N'avons-nous pas une obligation envers elle ?

Muhannad regarda sa sœur qui, une nouvelle fois, baissa modestement les yeux. Mais elle était au supplice. Elle savait la vérité. Personne ne voyait donc clair dans le jeu de son frère ?

— Je n'ai pas besoin de tes instructions, dit Akram, très calme. Ni sur cette question ni sur d'autres.

— Je ne te donne aucune instruction, j'essaie simplement de te faire comprendre que sans Azhar...

— Muhannad ! le coupa Akram.

Il prit un des *parāthās* préparés par sa femme.

142

L'odeur du bœuf émincé qui farcissait ces feuilletés vint chatouiller les narines de Sahlah. Elle eut une crampe d'estomac.

— L'individu dont tu parles est mort à nos yeux, reprit-il. Tu n'aurais pas dû le ramener parmi nous, et encore moins sous notre toit. Je ne me disputerai pas avec toi au sujet de cet assassinat perpétré contre Haytham, ta sœur et toute notre famille, s'il s'agit vraiment d'un assassinat.

— Je viens de te répéter les paroles de l'inspecteur : c'est un meurtre. Elle a été forcée de l'admettre à cause de la pression qu'on a mise sur la police.

— Ce n'est pas sur la police que vous avez mis la pression.

— C'est comme ça que ça marche, tu ne le vois donc pas ?

Il régnait dans la pièce une chaleur étouffante. Le tee-shirt blanc de Muhannad collait à son torse musclé. Par contraste, Taymullah Azhar était d'un calme olympien. On l'aurait dit transporté dans un autre monde.

— Je suis désolé d'avoir fait quelque chose qui te déplaise, Père, dit Muhannad, changeant de tactique. J'aurais peut-être dû t'avertir qu'on comptait interrompre la réunion du conseil...

— Peut-être ? le reprit Akram. Et je te signale qu'il ne s'agit pas d'une simple interruption.

— Très bien, très bien. Je m'y suis peut-être mal pris.

— *Peut-être ?*

Sahlah vit son frère se raidir. Mais il était trop grand désormais pour jeter des cailloux sur la

143

façade de la maison, et il n'y avait pas d'arbres dans la pièce sur lesquels passer sa colère. Il avait le visage mouillé de sueur et, pour la première fois, Sahlah comprit à quel point il était important qu'un homme comme Taymullah Azhar serve de média-teur entre la famille et la police. Une main de fer dans un gant de velours, ce n'était pas le point fort de Muhannad. Avec lui, c'était plutôt l'intimidation et la menace. Or c'était un jeu plus subtil qu'il fallait jouer ici.

— Regarde ce que la manifestation nous a déjà apporté, Père : un entretien avec l'inspecteur chargé de l'enquête. Elle a reconnu qu'il s'agissait d'un meurtre.

— J'ai bien compris, répondit Akram. Alors, maintenant, remercie ton cousin de ses précieux conseils et renvoie-le chez lui.

— Putain de bordel de merde ! hurla Muhannad, envoyant valser trois photographies d'un revers de manche. Mais qu'est-ce qui ne va pas chez toi ? Tu as peur de quoi ? Tu es si lié à ces Occidentaux de mes deux que...

— Ça suffit ! l'interrompit Akram, durcissant le ton.

— Non ! Ça ne suffit pas ! Tu as la trouille que ce soit un de ces Anglais qui ait tué Haytham. Parce que si c'est le cas, il va falloir que tu réa-gisses, d'une façon ou d'une autre, que tu les regardes différemment. Et tu ne supportes pas cette idée parce que ça fait vingt-sept ans que tu te prends pour un de ces connards...

Akram se leva d'un bond et traversa la pièce si

144

rapidement que Sahlah ne s'en rendit compte que lorsqu'elle le vit gifler Muhannad.

— Arrêtez ! s'entendit-elle crier d'une voix tremblante de peur (peur pour son père et son frère, peur de ce qu'ils pourraient en arriver à faire, peur que leur famille ne s'en relève pas). Muni ! *Abhy-jahn !* Arrêtez !

Les deux hommes se tournèrent vers elle. Akram avait encore la main levée sur Muhannad — une image que Sahlah avait souvent vue durant son enfance, à un détail près : dorénavant, Muhannad faisait cinq bons centimètres de plus que son père.

— Nous voulons tous la même chose, leur dit-elle. Savoir ce qui est arrivé à Haytham et pourquoi.

Elle n'était pas très sûre d'être dans le vrai, mais elle le dit quand même car le plus important était que son père et son frère fassent la paix.

— A quoi bon vous disputer ? Ne vaut-il pas mieux prendre le plus court chemin qui mène à la vérité ? N'est-ce pas ce que nous voulons tous ?

Les deux hommes ne répondirent pas. A l'étage, Anas se mit à pleurer et l'on put suivre la course de Yumn au bruit de ses coûteuses sandales sur le sol du couloir.

— C'est ce que je souhaite, dit Sahlah, très calme. (Elle ne prit pas la peine de préciser ce qui était évident pour tous : Je suis l'offensée car la victime est l'homme que j'allais épouser.) Muni, *Abhy-jahn,* voilà ce que je souhaite.

Taymullah Azhar se leva du canapé. Il était plus petit et plus fluet que les deux autres hommes, mais il prit la parole avec tout autant d'autorité :

— *Chachā,* dit-il, s'adressant à Akram. (Celui-ci ne tourna pas les yeux vers lui mais tressaillit en entendant ce terme — *Frère de mon père* — qui en appelait à un lien du sang qu'il ne voulait plus reconnaître.) Je ne veux pas apporter le trouble dans ta demeure. (D'un geste, il prévint une réaction trop vive de la part de Muhannad.) Permets-moi de me rendre utile à la famille. Tu ne me verras pas, à moins que ce ne soit indispensable. Je résiderai ailleurs pour que tu n'aies pas à briser le vœu que tu as fait à mon père. Je peux vous aider, il m'arrive d'épauler nos compatriotes de Londres, quand ils ont des problèmes avec les autorités. L'expérience que j'ai des Anglais...

— Et on sait où cette expérience l'a mené, dit Akram, amer.

— ... peut nous être utile à tous en ces circonstances, poursuivit Azhar, impassible. Je te demande de me permettre de vous aider car, n'étant pas lié à la victime, je suis moins partie prenante que vous. Je pourrai réfléchir et aborder les choses avec plus d'objectivité. Je me mets à votre disposition.

— Il a déshonoré notre nom, dit Akram.

— Et c'est pourquoi je ne le porte plus, répondit Azhar. C'est le seul moyen que j'aie d'exprimer mon regret.

— Il aurait dû commencer par faire son devoir.

— J'ai fait de mon mieux.

Renonçant à poursuivre sur ce terrain, Akram scruta Muhannad, puis il se tourna pesamment vers Sahlah, toujours assise sur le rebord de sa chaise.

— J'aurais préféré que la vie t'épargne cela,

Sahlah. Je vois ton chagrin. Je n'ai qu'un désir : y mettre fin.

— En ce cas, permets à Azhar...

D'un geste, Akram intima le silence à son fils.

— Je le fais pour ta sœur, dit-il. Que je ne le voie jamais. Qu'il ne vienne jamais me parler. Que notre nom ne soit pas une fois encore déshonoré.

A ces mots, il quitta la pièce. Et les marches craquèrent lourdement sous ses pas.

— Quel arriéré ! cracha Muhannad, fielleux. Ignorant, rancunier, buté et arriéré !

— Il veut faire de son mieux pour la famille, dit Taymullah Azhar en hochant la tête. Je suis bien placé pour le comprendre.

Après qu'Emily eut terminé son repas, Barbara et elle s'étaient installées dans le jardin derrière la maison. Elles avaient été dérangées par un appel téléphonique de l'amant d'Emily qui avait commencé à laisser un message : « Je n'arrive pas à croire que tu aies pu annuler notre soirée, pas après la semaine qu'on vient de passer. Qui t'a fait jouir autant... » avant qu'elle ne décroche vivement, coupant le sifflet au répondeur, et ne lui dise : « Salut, Gary, je suis là. » Dos tourné à Barbara, elle avait eu une brève conversation avec son « Gary d'amour », se limitant à : « Mais non, ça n'a aucun rapport avec ça. Tu m'as dit qu'elle avait la migraine, je t'ai cru... Tu as trop d'imagination... Ça n'a rien à voir avec... Gary, tu sais que je déteste qu'on me coupe la parole !... Oui, bon, écoute, je ne suis pas seule, là, donc je ne peux pas... Oh, bon sang, ne sois pas ridicule ! Et même

147

si c'était le cas, quelle importance ? On s'était mis d'accord dès le début... Mais ça n'a aucun rapport, je travaille, un point c'est tout ! Et ça, mon amour, ça ne te regarde pas ! » Elle avait raccroché aussi sec, s'était tournée vers Barbara et lui avait lancé : « Ah, les hommes ! S'ils n'étaient pas outillés pour nous distraire, on s'en passerait bien ! » Barbara n'avait même pas tenté de trouver une réponse sur le même registre. Le peu d'expérience qu'elle avait dans le maniement de ces outils-là ne lui avait permis que de lever les yeux au ciel, l'air de dire « A qui le dis-tu ! », ce qu'Emily avait paru interpréter comme tel. Prenant une coupe de fruits et une bouteille de cognac sur la tablette, elle avait dit : « Allons prendre l'air », et invité Barbara à la suivre au-dehors.

L'état du jardin n'avait rien à envier à celui de la maison, mais le plus gros des mauvaises herbes avait été arraché et une allée dallée partait en courbe jusqu'à un marronnier. Barbara et Emily s'étaient installées sous l'arbre dans des transats, la coupe de fruits posée entre elles deux, un verre de cognac à la main, un rossignol chantant sur la plus haute branche. Emily mangeait sa troisième prune. Barbara picorait du raisin. Il faisait un peu plus frais que dans la cuisine, et, de là, elles avaient vue sur Balford Road, en contrebas, où passaient quelques voitures. Au loin, les lumières tremblotantes des résidences secondaires scintillaient dans la nuit. Barbara se demanda pourquoi Emily n'installait pas son lit de camp, son sac de couchage, sa torche électrique et sa *Brève Histoire du temps* au-dehors et ne dormait pas à la belle étoile.

— Tu as un mec, en ce moment ? fit Emily, interrompant les pensées de Barbara.

— Moi ?

Cette question lui parut saugrenue. Emily n'avait pas de problème de vue ; elle était parfaitement à même de juger sur pièce. Tu m'as pas regardée, faillit lui dire Barbara, je suis un vrai sac à patates. Qui voudrait sortir avec moi ?

— Pas le temps, répondit-elle d'un air désinvolte qui, elle l'espérait, suffirait à clore le débat.

Emily lui lança un coup d'œil. Un lampadaire était allumé en haut de Crescent Road ; la maison d'Emily étant la dernière de la rangée, sa clarté réussissait à se faufiler jusque dans le jardin. Barbara sentit le regard d'Emily braqué sur elle.

— Ça sent l'excuse bidon... fit Emily.

Elle jeta le noyau de sa prune par-dessus le mur. Elles l'entendirent tomber parmi les ronces du terrain mitoyen.

— Tu es toujours seule, c'est ça ? reprit Emily. Tu ne vas pas rester seule jusqu'à la saint-glinglin !

— Et pourquoi pas ? Tu l'es bien, toi. Et être seule ne t'empêche pas d'avancer...

— C'est vrai, dit-elle avec une moue désabusée. Mais tout dépend de ce qu'on entend par *seule,* si tu vois ce que je veux dire.

Facile à dire, songea Barbara. Emily avait tout pour elle : jolie, bien foutue, de la personnalité. Pourquoi faut-il toujours que les femmes qui ont les hommes à leurs pieds s'imaginent qu'il en va de même pour les autres ?

Elle mourait d'envie de cloper. Il lui semblait que cela faisait des jours qu'elle n'avait pas fumé.

Que faisaient les non-fumeurs pour gagner du temps, pour détourner l'attention, éluder une question ou tout simplement se calmer les nerfs, bordel ? Ils disaient : « Excuse-moi, mais je préférerais qu'on parle d'autre chose » ? Ce qui n'était pas vraiment la meilleure réponse que Barbara pouvait faire à Emily étant donné qu'elle espérait collaborer avec elle.

— Tu ne me crois pas, c'est ça ? demanda Emily, voyant que Barbara ne disait rien.

— Disons simplement que l'expérience a développé mon scepticisme. Et, de toute façon... (elle soupira, espérant donner une impression d'insouciance)... je suis parfaitement heureuse comme ça.

Emily prit un abricot dans la coupe à fruits et le fit tourner dans sa paume.

— Ah oui, dit-elle, songeuse.

Barbara cherchait une transition habile. Un truc du genre « en parlant de meurtre... » aurait été parfait, seulement elles n'avaient pas parlé de meurtre depuis qu'elles étaient dehors. Barbara hésitait, la légitimité de son ingérence dans cette affaire étant plus ténue que jamais. D'un autre côté, elle voulait revenir sur le sujet. Elle n'avait pas fait toute la route jusqu'à Balford-le-Nez pour spéculer sur les avantages et les inconvénients du célibat.

Elle opta pour l'approche directe, faisant comme si elles n'avaient jamais changé de conversation.

— C'est l'aspect racial qui me préoccupe, dit-elle. (Et de crainte qu'Emily ne comprenne qu'elle craignait que sa vie sociale ne devienne un festival de métissage, elle ajouta aussitôt :) Si Haytham Querashi est arrivé depuis peu en Angleterre —

c'est ce que j'ai entendu à la télé —, alors on peut penser qu'il ne connaissait pas son assassin. Et donc, qu'on a affaire à un acte de racisme gratuit comme il s'en passe tant en Amérique, ou dans n'importe quelle grande ville du monde, d'ailleurs, par les temps qui courent...

— Tu penses comme eux, Bab, dit Emily, mordant dans son abricot puis léchant le suc qui lui avait dégouliné dans le creux de la main. Mais le Nez n'est pas un endroit propice à de tels actes de violence. C'est désert, la nuit. Et tu as vu les photos. Il n'y a aucune lumière, ni sur la falaise ni sur la plage. Alors, si quelqu'un y va seul — et pour l'instant on suppose que Querashi y est allé seul —, c'est pour une des deux raisons suivantes : soit une balade en solitaire...

— Il faisait nuit quand il a quitté l'hôtel ?

— Oui. Alors, on oublie la balade, à moins de penser qu'il était prêt à avancer à tâtons ou qu'il avait voulu s'isoler pour réfléchir...

— Peut-être qu'il balisait à cause de son futur mariage ; qu'il se demandait comment faire pour l'annuler ?

— C'est une possibilité. Mais il y a un autre élément que nous devons prendre en compte : sa voiture était sens dessus dessous. Quelqu'un en a complètement déchiqueté l'intérieur. Qu'est-ce que ça t'évoque ?

Il n'y avait pas trente-six possibilités.

— Qu'il était allé au Nez pour rencontrer quelqu'un à qui il devait remettre quelque chose. Il ne le lui a pas remis et il l'a payé de sa vie. Suite à

151

quoi, ce quelqu'un a fouillé la voiture, en quête de ce que Querashi devait lui remettre.

— Tu vois, on est loin du crime raciste, dit Emily. Ces crimes-là sont gratuits. Celui-ci ne l'est pas.

— Cela ne veut pas dire pour autant que ce n'est pas un Anglais qui l'a tué, Emy. Pour une raison qui n'a rien à voir avec le racisme.

— Je sais bien. Mais cela ne prouve pas non plus qu'il n'a pas été tué par un Paki.

Barbara acquiesça mais poursuivit son idée :

— Si tu parles d'un suspect anglais, la communauté pakistanaise va y voir un crime raciste parce que ça en aura tout l'air. Et dans ce cas-là, tout va péter, c'est ça ?

— C'est ça. Alors, ça complique un max l'affaire, mais je dois reconnaître que je suis ravie d'avoir cette voiture mise à sac. A supposer que ce soit un crime raciste, je peux le faire passer pour autre chose tant que cette histoire de bagnole n'a pas été éclaircie. Ce qui me permettra de gagner du temps, de calmer les esprits et de mettre au point une stratégie. Momentanément, du moins. Si seulement Ferguson n'était plus pendu à mon téléphone ne serait-ce que pendant vingt-quatre heures !

— Un Pakistanais pourrait l'avoir tué ? demanda Barbara, prenant des grains de raisin dans la coupe à fruits.

Emily se carra dans son transat, son verre de cognac en équilibre sur le ventre, la tête renversée en arrière, examinant les entrelacs noirs des branches du marronnier. Bien caché à l'abri de l'épais feuillage, le rossignol lançait ses trilles suaves.

— Ce n'est pas impossible, répondit-elle. Je pense même que c'est probable. A part eux, qui le connaissait assez pour le tuer ?

— Et il devait épouser la fille Malik, c'est ça ?

— Ouais. C'était un de ces mariages préfabriqués par les bons soins de Papa-Maman. Tu vois le topo.

— Alors, peut-être que ça a posé des problèmes. Elle ne l'attirait pas. Ou l'inverse. Il y a eu un malentendu entre eux, qui a fini par prendre de grosses proportions...

— Briser la nuque de quelqu'un est une façon un peu radicale pour régler un malentendu, fit remarquer Emily. De toute façon, Akram Malik vit ici depuis des années et, d'après ce que je sais, il adore sa fille. Si elle n'avait pas voulu épouser Querashi, je ne pense pas qu'il l'y aurait obligée.

Barbara cogita un moment, puis attaqua dans une autre direction :

— Ils utilisent toujours le principe de la dot, non ? Quelle était celle de la fille Malik ? Querashi aurait-il pu snober la famille et celle-ci s'estimer humiliée ?

— Et ils l'auraient éliminé ? fit Emily, étirant ses longues jambes tout en réchauffant son verre de cognac dans le creux de sa main. Pourquoi pas... Mais c'est totalement incompatible avec la personnalité d'Akram Malik. Muhannad, par contre, peut être très violent. Mais ça ne résout pas le problème de la voiture.

— Vous avez pu déterminer si quelque chose a été volé ?

— Elle était complètement éventrée.

— La victime a été fouillée ?

— Absolument. On a retrouvé ses clés de voiture dans une touffe de cristes-marines, dans les rochers. Je doute que Querashi les y ait jetées lui-même.

— Il avait quelque chose sur lui ?

— Dix livres et trois capotes.

— Pas de carte d'identité ? (Emily secoua la tête.) Alors, comment avez-vous su qui c'était ?

Emily soupira et ferma les yeux. Barbara eut le sentiment qu'elle avait touché au cœur du problème, à ce qu'Emily avait réussi à cacher jusqu'à présent à tous ceux qui ne participaient pas à l'enquête.

— Son corps a été découvert hier matin par un certain Ian Armstrong, dit Emily. C'est lui qui l'a identifié.

— Un Anglais ? demanda Barbara.

— A ton avis ? répondit Emily, l'air contrarié.

Barbara comprit tout de suite :

— Cet Armstrong a un mobile ?

— Oh que oui ! fit Emily, rouvrant les yeux et tournant la tête vers Barbara. Ian Armstrong travaillait pour les Moutardes Malik. Il a perdu son emploi il y a six semaines.

— C'est Querashi qui l'a viré, c'est ça ?

— Pire, même si ça vaut mille fois mieux, étant donné ce que ferait Muhannad si jamais il apprenait que c'est Armstrong qui a découvert le corps...

— Pourquoi ? C'est quoi, l'histoire ?

— Vengeance. Manipulation. Dénuement. Désespoir. Et cetera. Haytham Querashi a pris la place d'Armstrong à la fabrique Malik, Bab. Maintenant qu'il a eu l'heureuse idée de se faire tuer, Armstrong a été réembauché. C'est pas un beau mobile, ça ?

5

— Il aurait pris là un très gros risque, dit Barbara. Et quitte à assassiner quelqu'un, il aurait plutôt tué celui qui l'a viré, tu ne crois pas ?

— Si le mobile était la vengeance, oui.

— Ce n'est pas le cas ?

— Apparemment, Armstrong travaillait très bien. Si on l'a mis dehors, c'est uniquement pour faire une place à Querashi dans l'entreprise familiale.

— Putain de Dieu ! jura Barbara. Et Armstrong a un alibi ?

— Il dit qu'il était chez lui avec sa femme et leur gamin de cinq ans. Avec une otite — son gosse, pas lui.

— Et son épouse confirme, bien entendu ?

— Elle n'a peut-être pas envie de perdre celui qui fait vivre la famille. (Emily tripota une pêche dans la coupe à fruits.) Armstrong a déclaré qu'il était allé au Nez pour faire une promenade matinale. Il dit qu'il y va tous les samedis et dimanches matin depuis quelque temps, histoire d'être au calme, loin de Bobonne, pendant quelques heures.

Il ne sait pas si quelqu'un l'a déjà vu faire ses balades, mais, de toute façon, il a eu tout loisir d'utiliser ses activités du week-end pour se forger un alibi.

Barbara devinait sa pensée : il n'était pas rare qu'un assassin fasse semblant de découvrir par hasard le cadavre de sa victime pour mieux détourner les soupçons. Pourtant, un peu plus tôt, Emily avait dit quelque chose qui poussa Barbara à prendre une autre direction :

— Oublie la bagnole, dit-elle. Tu disais qu'on avait trouvé dix livres et trois capotes sur Querashi. Tu crois qu'il aurait pu aller au Nez pour tirer un coup avec une prostituée ? Etant sur le point de se marier, il n'aurait pas voulu prendre le risque d'être vu en ville et qu'on aille le raconter à son futur beau-père...

— Tu en connais, des filles qui font ça pour dix livres, Bab ?

— Une jeune. Une fauchée. Une débutante, peut-être. (Emily secouait la tête.) Ou alors, il avait rendez-vous avec une femme « interdite », une femme mariée ? Le mari les a surpris et l'a buté. Vous avez pu établir si Querashi connaissait la femme de cet Armstrong ?

— On se renseigne sur elle et sur d'autres, dit Emily.

— Et le fameux Muhannad, il est marié ?

— Oh que oui. Son mariage a été arrangé il y a à peu près trois ans.

— Heureux en ménage ?

— A ton avis ? Tes parents te disent qu'ils t'ont trouvé l'âme sœur, tu rencontres la personne en question et avant que tu aies le temps de faire ouf, te voilà la corde au cou. Tu crois que c'est la bonne recette pour être heureux en ménage, toi ?

— Je ne sais pas. Mais comme ça fait des siècles qu'ils la suivent, elle ne doit pas être si mauvaise que ça.

Emily lui décocha un regard qui en disait long. Elles se turent, écoutant le chant du rossignol. Barbara classa dans sa tête les éléments énoncés par Emily : le cadavre, la voiture, les clés dans les cristes-marines, le blockhaus, la nuque brisée.

— Tu sais, finit-elle par dire, si quelqu'un à Balford a dans l'idée de provoquer des émeutes raciales, alors peu importe qui tu arrêteras, tu ne crois pas ?

— Comment ça ?

— Si certains veulent utiliser une arrestation pour flanquer la pagaille, ils le feront de toute façon. Fous un Anglais en taule, et ils manifesteront parce que c'est un crime raciste ; arrête un Pakistanais, et ils crieront aussi au racisme. Le prisme tourne, mais c'est toujours la même chose qu'on voit.

Emily considéra Barbara.

— Eurêka ! s'exclama-t-elle soudain. Comment tu t'en sors dans les réunions, Bab ?

— Quoi ?

— Tu me proposais ton aide, tout à l'heure... Ecoute, j'ai besoin d'un inspecteur doué pour les réunions de travail. Comment tu t'entends avec les Pakistanais ? Je ne dirais pas non à un coup de main, ne serait-ce que pour ne plus être la seule à avoir mon boss sur le dos.

Et sans lui laisser le temps de répondre, Emily continua sur sa lancée. Elle s'était mise d'accord avec des représentants de la communauté pakistanaise pour avoir des réunions régulières au fur et à mesure de l'enquête. Elle avait besoin d'un médiateur. Barbara était-elle d'accord pour jouer ce rôle ?

— Il te faudra y aller mollo avec Muhannad Malik, dit Emily, et il va se faire un plaisir de te forcer dans tes derniers retranchements, je te préviens, alors il ne faudra pas te laisser démonter. Par contre, il y a un autre type, un Pakistanais lui aussi, mais de Londres, un je-ne-sais-plus-comment Azhar qui me semble capable de tenir Muhannad par la bride. Je pense que tu pourras compter sur lui pour arrondir les angles.

Barbara se demanda quelle gueule ferait Taymullah Azhar quand il la verrait débarquer à la première réunion entre les Pakistanais et les flics du coin.

— Je ne sais pas, dit-elle. Moi, les réunions, c'est pas vraiment mon truc...

— N'importe quoi ! fit Emily, repoussant l'objection. Tu t'en tireras à merveille. La plupart des gens entendent raison quand on leur expose les faits correctement. Je déciderai avec toi de la façon de les présenter...

— Et c'est ma tête qu'on réclamera si les choses tournent mal ? demanda Barbara, fine mouche.

Désigner comme médiateur quelqu'un de l'extérieur était une bonne tactique du point de vue d'Emily, et Barbara n'était pas dupe.

— Les choses ne s'envenimeront pas, riposta Emily. Je suis sûre que tu t'en tireras à merveille.

Et, de toute façon, il n'y a pas mieux que le label « Scotland Yard » pour convaincre les Pakistanais qu'on leur déroule le tapis rouge. Alors, tu veux bien ?

Il fallait qu'elle se décide. En acceptant, elle rendrait non seulement service à Emily, mais aussi à Azhar. Qui pouvait mieux naviguer entre les écueils de la colère des Pakistanais que quelqu'un qui connaissait l'un d'entre eux ?

— Bon, d'accord, dit-elle.

— Super !

Emily consulta sa montre dans l'éclairage diffus du réverbère.

— Holà, dit-elle, il se fait tard. Tu es descendue dans quel hôtel, Bab ?

— Je n'ai pas encore réservé... (Elle s'empressa d'ajouter, de crainte qu'Emily ne pense qu'elle lui faisait un appel du pied pour partager l'inconfort de son chantier de réhabilitation :) Je pensais trouver un hôtel sur le front de mer. Si jamais il doit y avoir un souffle de brise dans les vingt-quatre heures, j'aimerais être aux premières loges...

— Tout à fait, dit Emily. Une idée de génie, en fait.

Avant que Barbara ait eu le temps de lui demander ce qu'il y avait de si génial à désirer que le vent se lève, Emily enchaîna en lui recommandant l'hôtel de la Maison-Brûlée qui, même s'il ne donnait pas directement sur la plage, était situé à la pointe nord de la ville, au-dessus de la mer, et recevrait la brise de plein fouet si jamais elle se décidait à souffler. Comme il n'offrait pas un accès direct à

160

la plage, c'était toujours le dernier à être complet au début de la saison touristique. Et puis il y avait une autre raison qui faisait de cet hôtel une résidence de choix pour le sergent Havers de Scotland Yard durant son séjour à Balford.

— Laquelle ? s'enquit Barbara.

— C'est là que logeait la victime, lui répondit Emily. Comme ça, tu pourras fureter sur place.

Rachel Winfield se demandait souvent vers qui les jeunes filles « normales » se tournaient quand les grandes questions de l'existence les tourmentaient et exigeaient une réponse immédiate. A son idée, les jeunes filles « normales » se tournaient vers leur mère. Les choses devaient se passer ainsi : les jeunes filles « normales » et les mères s'asseyaient dans la cuisine — ou dans le salon, dans la chambre, dans le jardin — et buvaient un thé peut-être en mangeant quelques biscuits, mais surtout bavardaient. Une jeune fille « normale » et sa mère se parlaient affectueusement et en toute confiance des sujets qui leur tenaient à cœur. C'était cela, la clé de tout : la confiance. Le dialogue entre elles deux devait être comme une rue à double sens : la fille confiait ses soucis à sa mère, qui en retour lui offrait les fruits de son expérience.

Dans le cas de Rachel, même si sa mère avait envisagé de lui offrir les fruits de son expérience, ceux-ci n'auraient eu guère d'utilité pour elle. A quoi bon écouter une femme entre deux âges raconter des histoires de concours de danse de salon — où elle remportait d'ailleurs un certain succès —, quand la danse ne faisait pas partie de vos préoccupations, et que ce qui vous tracassait, c'était un meurtre. Écouter le récit coloré d'un concours éliminatoire dansé au rythme endiablé du *Boogie-Woogie du cambrioleur* ne lui servirait effectivement pas à grand-chose.

Ce soir-là, le cavalier habituel de sa mère l'avait lâchée à peine vingt minutes avant le début du concours — ce qui lui avait sans doute rappelé les deux fois où elle s'était fait plaquer sur le chemin de l'autel par des salopards qui ne méritaient même pas qu'on se souvienne de leur prénom.

— Il fait chier, oui ! hurla Connie en arrivant à la maison avec le trophée de la troisième place, petit mais étincelant, représentant deux danseurs se contorsionnant, l'un en robe bouffante et l'autre en pantalon moulant. Il a passé sa soirée aux chiottes, à beugler qu'il avait les tripes en feu. Je serais arrivée première si je n'avais pas dû danser avec Seamus O'Callahan. Il se prend pour un danseur étoile comme Rudolf Valentino...

Noureev, rectifia Rachel *in petto*.

— ... et je passe mon temps à éviter qu'il ne me mette les pieds en compote ! Il fait de ces bonds ! J'ai l'impression de danser avec un kangourou ! Je n'arrête pas de lui dire que le swing, ce n'est pas *ça,* mais c'est comme si je pissais dans un violon ! De toute façon, que peut comprendre un type qui sue sa graisse comme une dinde au four !

Connie posa son trophée sur une des étagères en faux bois qui couvraient un des murs du salon. Elle lui choisit une place parmi la vingtaine d'autres récompenses qui s'y trouvaient déjà. La plus petite d'entre elles était une timbale en étain sur laquelle un couple swinguait en se tenant par le bout des doigts ; la plus grande, une coupe en métal, désargentée par de trop consciencieux astiquages, sur laquelle était gravé « Vainqueur du Southend Swingtime ».

Connie Winfield recula pour admirer la dernière pièce de sa collection. Elle n'était pas très fraîche après ces heures passées sur la piste de danse, et la chaleur avait parachevé le travail de sape que l'exercice avait fait subir à sa nouvelle coiffure signée « Mer et Soleil-Visagistes Unisexe ». Sa choucroute — « C'est la *seule* coiffure qui aille avec le swing, Rachou » — partait en eau de boudin. Les litres de gel coiffant utilisés pour consolider cet impressionnant échafaudage n'avaient servi à rien.

De la porte du salon, Rachel observait sa mère. Elle remarqua le suçon qui ornait son cou et se demanda à qui elle devait ce trophée-là : à Seamus O'Callahan ou bien à son partenaire attitré, un certain Jake Bottom, sur qui Rachel était tombée dans la cuisine le lendemain matin de la rencontre de ce monsieur avec sa mère. « Impossible de faire démarrer sa voiture », avait chuchoté Connie à l'oreille de Rachel, la voyant se figer devant Jake assis, torse nu, à la table du petit déjeuner. « Il a dormi sur le canapé, Rachou. » A cette remarque, Jake avait levé la tête et fait un gros clin d'œil. Signe superflu pour Rachel : il n'était pas le premier homme à avoir des problèmes de moteur devant leur porte.

— C'est quelque chose, hein ? fit Connie, faisant référence à ses trophées. Tu n'aurais jamais

163

cru que ta maman pourrait devenir une nouvelle Isabella Duncan, hein ?

Isadora, rectifia Rachel *in petto*.

Connie la dévisagea.

— Qu'est-ce qui se passe, Rachel ? On dirait que tu as avalé ton parapluie. Tu n'as pas oublié de fermer le magasin, au moins ? Si jamais on nous a cambriolées par ta faute, j'aime autant te dire que tu vas m'entendre...

— Non, j'ai fermé, répondit Rachel. A double tour, même.

— Alors, qu'est-ce qu'il y a ? Pourquoi tu fais cette tête ? Et pourquoi tu n'utilises pas le maquillage que je t'ai offert ? Tu pourrais quand même tirer parti de ce que la Nature t'a donné. Fais un petit effort, Rachou !

Connie s'approcha d'elle et lui réarrangea les cheveux avec soin, comme d'habitude : les ramenant en avant de façon que de longues ailes noires voilent une bonne partie du visage de Rachel. Plus mode comme ça, lui disait sa mère. Mais Rachel n'était pas dupe.

— M'man...

— Connie, rectifia sa mère.

Le jour du vingtième anniversaire de Rachel, Connie avait décrété qu'elle ne pouvait pas être la mère d'une adulte en herbe. « On a l'air de deux sœurs », lui avait-elle fait remarquer en lui annonçant qu'elles s'appelleraient désormais par leurs prénoms.

— Connie, reprit Rachel.

Sa mère lui sourit et lui tapota la joue.

— Je préfère, dit-elle. Et mets-toi un peu de

blush, Rachel. Tu as de si jolies pommettes. Les femmes donneraient tout pour en avoir des comme ça. Pourquoi tu ne les mets pas en valeur, bon sang ?

Il était inutile que Rachel dise à sa mère que se maquiller ne servirait pas à grand-chose. Depuis vingt ans, Connie faisait comme si rien ne clochait dans le visage de Rachel. Ce n'était pas aujourd'hui qu'elle changerait de disque.

Connie s'accroupit devant le petit réfrigérateur et en sortit une boîte de Coca et un gros élastique d'une soixantaine de centimètres de long sur une dizaine de large qu'elle gardait au frais dans un sac en plastique. Elle le flanqua sur la table de la cuisine. Elle versa le Coca dans un verre, y ajouta comme toujours deux morceaux de sucre et regarda les bulles écumeuses se former à la surface. Elle posa son verre sur la table et se déchaussa. Puis elle défit la fermeture Éclair de sa robe qu'elle fit glisser par les chevilles. Elle retira sa combinaison et s'assit par terre en sous-vêtements. A quarante-deux ans, elle avait le corps d'une femme deux fois plus jeune qu'elle, et elle aimait le montrer dès qu'elle avait la moindre chance de récolter un compliment — empressé ou non, elle n'était pas regardante.

Rachel fit son devoir :

— La plupart des femmes donneraient tout pour avoir un ventre aussi plat.

Connie prit son élastique, le passa autour de ses chevilles et se mit à faire alternativement des relevés de buste et des relevés de jambes, les écartant bien haut au-dessus de sa tête, tendant l'élastique

que son séjour au frigo avait rendu encore plus résistant.

— Oh, tu sais, le secret, c'est ça : la gym, l'alimentation, et rester jeune dans sa tête. Comment tu les trouves ? Mes cuisses... Pas de cellulite, hmm ?

Elle tendit une jambe en l'air, pied cambré, et fit courir ses mains de ses chevilles à son porte-jarretelles.

— Elles sont superbes, dit Rachel. Elles sont parfaites.

Connie se rengorgea. Rachel s'assit pendant que sa mère continuait ses exercices.

— Cette chaleur est insupportable, tu ne trouves pas ? fit Connie, haletante. Je suppose que c'est pour ça que tu es debout à cette heure ? Tu n'as pas sommeil ? Ça ne m'étonne pas, remarque. Je me suis toujours demandé comment tu pouvais dormir, harnachée comme nos grand-mères. Dors à poil, Rachou. A poil ! Libère-toi, bon sang !

Elle interrompit sa gym pour boire une gorgée de Coca.

— Non, ce n'est pas la chaleur, dit Rachel.

— Ah bon ? C'est quoi, alors ? Un petit minet t'a tapé dans l'œil ?

Elle retendit les jambes en l'air et recommença à les écarter, s'appliquant à maintenir l'élastique toujours tendu, expirant à chaque effort. De ses doigts aux ongles longs, elle tapait sur le lino, dénombrant ses mouvements.

— Tu te protèges, au moins, hein, Rachel ? Tu dois insister pour que le type mette une capote. S'il ne veut pas, eh bien tu l'envoies paître. Moi, à ton âge...

— M'man! l'interrompit Rachel.

Ces conseils prophylactiques étaient ridicules. Sa mère la prenait pour qui? Sa réincarnation? Dès l'âge de quatorze ans, c'est tout juste si Connie ne devait pas chasser les hommes à coups de batte de cricket, à l'entendre. Et rien ne lui faisait plus plaisir que l'idée d'avoir une fille confrontée aux mêmes « nuisances ».

— Con-nie, lui rappela sa mère, tapant son quarantième mouvement.

— Oui, excuse-moi... je voulais dire Connie.

— Mais je n'en doute pas, ma puce, fit Connie avec un clin d'œil.

Elle se coucha sur le côté et commença à faire des relevés de jambe, bras étirés au-dessus de la tête. S'il est une chose que Rachel admirait chez sa mère, c'était sa détermination à atteindre le but qu'elle s'était fixé. Peu importait lequel. Connie s'y consacrait avec dévotion, comme une novice épousant le Christ. C'était une qualité précieuse pour les concours de danse, pour la gymnastique et même pour le travail; mais guère utile pour le moment. Rachel avait besoin que sa mère lui accorde toute son attention. Elle prit son courage à deux mains et se lança :

— Connie, je peux te demander quelque chose? Quelque chose d'intime? Sur tes problèmes intérieurs?

— Mes « problèmes intérieurs »?

Toujours par terre, Connie haussa les sourcils. Une goutte de sueur en coula, scintillant comme un diamant liquide sous la lumière de la cuisine.

— Ne me dis pas que tu veux que je t'apprenne comment on fait les gosses !

Elle pouffa, à bout de souffle, levant et baissant la jambe à un rythme régulier. La transpiration commençait à marquer la naissance de ses seins.

— C'est un peu tard pour ça, non ? dit-elle. Tu crois que je ne t'ai pas vue t'en aller derrière les cabines de plage avec un mec à la tombée de la nuit ? Et pas qu'une fois !

— M'man !

— Con-nie.

— Oui, Connie.

— Tu ne savais pas que j'étais au courant, hein, Rachel ? Qui c'était, au fait ? Il s'y est mal pris ?

Elle s'assit, passa l'élastique autour de ses épaules et commença à travailler ses biceps en abaissant et en relevant les avant-bras lentement. La marque de sueur qu'elle avait laissée sur le lino avait plus ou moins la forme d'une poire.

— Les hommes, Rachel, il faut que tu renonces à essayer de les comprendre. Vous voulez la même chose ? Eh bien, allez-y, éclatez-vous. Si l'un de vous n'est pas d'accord, laissez tomber. Et prenez à la rigolade ce qui n'est que de la rigolade, mais pensez à vous protéger pour ne pas avoir de mauvaises surprises neuf mois après. C'est comme ça que j'ai vécu, et je ne le regrette pas.

Elle regardait Rachel, l'air réjoui, attendant la question suivante ou une confidence de jeune fille facilitée par sa franchise de femme mûre.

— Ce n'est pas de ça que je veux te parler, dit Rachel, mais de ton *intériorité*. Ton âme, ta conscience.

La réaction de Connie ne fut guère encourageante. Elle avait l'air complètement déboussolée.

— Tu donnes dans la religion ? demanda-t-elle. Tu as parlé aux Hare Krishna la semaine dernière ? Ne prends pas cet air innocent, tu les as vus comme moi. Ils dansouillaient vers la digue des Princes en tapant sur leurs tambourins. Tu as dû y aller à bicyclette. Ne me dis pas le contraire !

Elle se remit à travailler ses biceps.

— Ça n'a rien à voir avec la religion, mais plutôt avec le bien et le mal. C'est de ça que je veux te parler.

Il était clair qu'on avançait en eaux troubles. Connie se débarrassa de son élastique et se releva. Elle but une bonne rasade de Coca et prit son paquet de Dunhill dans la corbeille en plastique qui se trouvait au centre de la table. Elle considéra sa fille avec attention, tira une bouffée sur sa cigarette et attendit un long moment avant de souffler la fumée.

— Qu'est-ce que tu as donc fait, ma fille ? demanda-t-elle, subitement maternelle.

Rachel lui fut reconnaissante de ce changement d'attitude. Elle se sentit soutenue, comme dans son enfance, lors de ces trop rares moments où la fibre maternelle de Connie l'emportait sur son indifférence naturelle.

— Rien, dit Rachel. Ce n'est pas le problème d'avoir fait quelque chose de bien ou de mal. Enfin, pas tout à fait.

— C'est quoi, alors ?

Rachel hésita. Maintenant qu'elle avait obtenu l'attention de sa mère, elle se demandait comment

169

tout lui déballer. Elle ne pouvait pas tout dire — ni
à elle ni à personne —, mais elle avait besoin d'en
raconter assez pour avoir un conseil.

— Imagine, commença-t-elle, qu'il soit arrivé
quelque chose de grave à quelqu'un.

— Je peux l'imaginer, dit Connie, tirant sur sa
cigarette, de l'air le plus sérieux qu'une femme
pouvait espérer afficher en soutien-gorge sans bre-
telles, culotte et porte-jarretelles en dentelle noire.

— De grave. De très grave. Et imagine que tu
saches quelque chose qui pourrait permettre de
comprendre pourquoi c'est arrivé.

— Comprendre ? fit Connie. Comprendre quoi ?
Des choses graves, il en arrive tous les jours.

— Mais là, c'est quelque chose de très grave. Le
pire qu'on puisse imaginer.

Connie tira une autre bouffée, fixant sa fille d'un
air intrigué.

— Le pire, tu dis ? Qu'est-ce que ça pourrait
être ? Avoir sa maison détruite par un incendie ?
Jeter à la poubelle le ticket gagnant du Loto ?
Apprendre que son mec a mis les bouts avec Clau-
dia Schiffer ?

— Je suis sérieuse, dit Rachel.

Connie dut lire l'anxiété sur le visage de sa fille,
car elle tira une chaise et s'assit en face d'elle.

— Bon, dit-elle. Quelque chose de grave est
arrivé à quelqu'un, et tu sais pourquoi. C'est ça ?
Oui ? Et c'est quoi, ce « quelque chose » ?

— La mort.

— Rachel, dit Connie, poussant un soupir, de
quoi parles-tu exactement ?

— Quelqu'un est mort et je...

— Tu es mêlée à quelque chose de louche ?

— Non.

— Alors, quoi ?

— J'essaie de t'expliquer, M'man. Je... j'essaie de te demander...

— Quoi ?

— De l'aide ! Des conseils ! Je veux savoir si, lorsque quelqu'un est au courant de quelque chose sur une mort, cette personne doit dire la vérité, quelle qu'elle soit ? Mais comme ce qu'elle sait n'a peut-être pas de lien direct avec la mort en question, alors est-ce qu'elle ne doit rien dire ? Tant qu'on ne lui demande rien, évidemment ? Mais au cas où on lui demanderait quelque chose, est-ce qu'elle doit dire ce qu'elle sait même si elle n'est pas sûre que ça ait un rapport ?

Connie regardait Rachel comme s'il venait de lui pousser des ailes. Puis elle fronça les sourcils. En dépit des propos décousus de sa fille, elle en avait manifestement saisi le fil conducteur.

— Tu veux parler d'une mort violente, Rachel ? Une mort inattendue ?

— Ben... oui.

— Inexpliquée ?

— Ouais.

— Récente ?

— Oui.

— Dans le coin ? (Rachel acquiesça.) Alors, tu veux parler de...

Connie ficha sa cigarette entre ses lèvres et fouilla dans un tas de journaux, de revues et de courrier qui se trouvait sous la corbeille en plastique. Elle regarda la première page d'un *Tendring*

171

Standard, le mit de côté au profit d'un autre, puis d'un troisième.

— ... ça ?

Elle jeta le journal devant Rachel. C'était un article sur la découverte du cadavre sur le Nez.

— Tu es au courant de quelque chose à propos de cette mort ?

— Qu'est-ce qui te fait dire ça ?

— Oh, Rachel, je ne suis pas encore sénile. Je sais que tu fais copain-copain avec les basanés...

— Ne dis pas ça.

— Pourquoi ? Tu n'as jamais caché que toi et Sahlah Malek...

— *Malik,* rectifia Rachel. Et je ne parlais pas de ça, mais du fait que tu ne dois pas les appeler « basanés ». C'est faire preuve d'ignorance, Maman...

— Oh, mille excuses !

Connie tapota le bout de sa cigarette contre le rebord d'un cendrier en forme de chaussure à talon aiguille, mais ne la posa pas sur le contrefort qui servait de support car cela aurait signifié devoir frustrer ses poumons de quelques inhalations de fumée — et c'était hors de question pour le moment.

— Autant que tu me dises clairement ce qui te met dans cet état, dit-elle. Je ne suis pas d'humeur à jouer aux devinettes, ce soir. Tu sais quelque chose concernant la mort de ce type ?

— Non. Enfin, pas exactement.

— Ah. Donc, tu sais quelque chose « inexactement ». C'est ça ? Tu le connaissais ?

Avoir formulé cette question sembla provoquer

un court-circuit chez Connie, car elle écarquilla les yeux et écrasa sa cigarette d'un geste si rageur que le cendrier se renversa sur la table.

— C'est avec ce type-*là* que tu allais derrière les cabines de plage ? Ne me dis pas que tu te faisais sauter par un homme de couleur ! Tu as perdu la tête ? Tu n'as pas de dignité ? Tu te sous-estimes à ce point-là ? Tu t'imagines que tu pourras compter sur un homme comme ça s'il te fout enceinte ! Ça ne risque pas ! Et s'il te refilait une de leurs maladies ? Hein, ma fille ? Ou un de leurs virus ? Comment on les appelle déjà... Enola ? Oncola ?

Ebola, rectifia Rachel mentalement. Et ça n'avait aucun rapport avec se faire sauter — que ce soit par un Blanc, un Noir, un Marron ou un Violet — entre deux cabines de plage de Balford-le-Nez.

— M'man, soupira-t-elle, s'armant de patience.

— Connie, je t'ai dit ! Connie-Connie-Connnnnnie !

— Oui, excuse. Je ne me fais sauter par personne, Connie. Est-ce que tu penses vraiment qu'un mec — quelle que soit la couleur de sa peau — puisse avoir envie de moi ?

— Et pourquoi pas, je te prie ? rétorqua Connie. Qu'est-ce qui n'irait pas chez toi ? Tu as un corps magnifique, des pommettes splendides et des jambes sublimes, pourquoi un mec ne voudrait pas s'envoyer en l'air avec Rachel Lynn Winfield tous les soirs de la semaine, je te le demande un peu ?

Rachel voyait le désespoir dans le regard de sa mère. Elle savait qu'il serait inutilement cruel de l'obliger à regarder la réalité en face. C'était elle, après tout, qui avait donné naissance à ce bébé au visage ingrat. Ce devait être aussi pénible pour elle que se regarder dans la glace l'était pour Rachel.

— Oui, tu as raison, Connie, dit-elle, sentant une sorte de désespoir tranquille lui tomber dessus tel un filet de pêche dont les mailles seraient tissées par le chagrin. Mais ce type retrouvé au Nez, je n'ai pas couché avec lui.

— Mais tu sais quelque chose sur sa mort ?

— Pas sur sa mort, mais sur un truc en rapport. Je voulais savoir si, à ton avis, je dois le dire si on me pose la question.

— Qui veux-tu qui te pose la question ?

— Je ne sais pas moi... la police, par exemple.

— La police ? répéta Connie dans un souffle.

Elle reposa lentement la boîte de Coca sur la table. Elle cueillit une serviette en papier rose dans le support en plastique en forme de coquillage, et elle se tamponna la bouche avec autant d'affectation que si elle prenait le thé chez la Reine. Mais elle avait tant pâli sous son blush fuchsia que les marques de son maquillage apparaissaient sur sa peau comme des pétales de rose fripés par la pluie.

— Nous tenons une boutique, Rachel, dit-elle sans regarder sa fille. Nous sommes des commerçantes avant tout. Le peu que nous avons dépend de notre clientèle. Et je ne parle pas seulement des estivants, mais de tous les habitants de la ville. Tu comprends ?

— Mais oui, je sais bien...

— Alors, si tu passes pour quelqu'un qui parle à tort et à travers, les perdantes dans l'histoire, ce sera nous : Connie et Rachel Winfield. Les gens nous éviteront. Ils ne viendront plus au magasin. Ils iront acheter à Clacton, et ça ne les gênera pas du tout : ils préféreront faire quelques kilomètres de plus mais avoir l'esprit tranquille, être sûrs de pouvoir dire : « Il me faudrait quelque chose de très joli pour une dame très jolie » en faisant un clin d'œil complice à la vendeuse en sachant que ça ne va pas revenir à l'oreille de leur femme. Est-ce que je suis assez claire, Rachel ? On a un commerce à tenir. Et les affaires sont les affaires. Elles passent avant tout.

Sur ce, elle reprit son Coca, en but une gorgée, et tira un exemplaire de *Women's Own* du tas de factures, catalogues et journaux posé sur la table. Elle l'ouvrit et en parcourut le sommaire, signifiant que le sujet était clos.

Rachel la regarda faire courir son ongle long et rouge le long du sommaire et aller à la page d'un article intitulé « Sept Moyens de Savoir s'il Vous Trompe ». En voyant ce titre, Rachel frissonna en dépit de la chaleur, tant il enfonçait le clou. Ce qu'il lui aurait fallu, c'était un article sur : « Que Faire Quand Vous Savez. » Mais elle avait sa réponse : rien. Comme chaque fois qu'on est confronté à une trahison, se dit-elle. Mineure ou non. Y réagir ne pouvait que provoquer une catastrophe. Ce qui s'était passé ces trois derniers jours à Balford-le-Nez le lui confirmait amplement.

— Pour un séjour indéterminé ?

Tout juste si le propriétaire de l'hôtel de la Maison-Brûlée n'en salivait pas. Il se frottait les mains comme s'il palpait déjà les billets que Barbara allait lui laisser. Il s'était présenté sous le nom de

Basil Treves et, après avoir lu sur la fiche de réservation de Barbara qu'elle travaillait à New Scotland Yard, il s'était cru obligé de préciser que lui-même était lieutenant en retraite de l'armée de Sa Majesté. Ils étaient un peu collègues, en quelque sorte — sans doute l'idée que l'uniforme était aussi bien porté dans l'armée que dans la police. Barbara ne le portait plus depuis des années, mais elle ne ressentit pas la nécessité de faire cette confidence à Basil Treves. Elle devait avant tout le mettre dans sa poche, et pour cela ne lésiner sur aucun moyen. De plus, elle lui était reconnaissante de n'avoir fait aucune remarque sur l'état de son visage. Elle avait ôté les derniers pansements en voiture après être partie de chez Emily. Des yeux aux lèvres, sa peau proposait un superbe dégradé de jaune, violet et bleu.

Treves la précéda jusqu'au premier étage, le long d'un couloir obscur. Rien n'indiquait nulle part que l'hôtel de la Maison-Brûlée pût être un jardin des délices qui n'aurait attendu que Barbara pour s'offrir à son bon plaisir. Vestige de lointains étés edwardiens, il étalait des tapis usés jusqu'à la trame, des parquets aux lattes disjointes, des plafonds maculés de taches d'humidité. Il dégageait une atmosphère de délabrement distingué auquel son propriétaire paraissait suprêmement indifférent. Treves monologua sans interruption jusqu'à la porte de la chambre, lissant ses cheveux rares et gominés coiffés en une longue mèche huileuse qui partait du dessus de son oreille gauche et recouvrait la totalité de son crâne luisant. Elle découvrirait que l'hôtel avait tout le confort, lui assura-t-il : la télé couleur dans chaque chambre *avec* télé-commande, *plus* une télé grand écran dans la salle commune si jamais, un de ces soirs, elle avait envie de compagnie ; de quoi faire le thé dans sa chambre dès le réveil ; un cabinet de toilette dans *presque* toutes les chambres et une baignoire et des WC communs à chaque étage ; le téléphone avec ligne *directe* par la touche 9 ; et le plus magique, le plus sacré, le plus adulé des attrape-couillons du monde moderne : un fax à la réception. Il appelait ça un envoyeur de photocopies, à croire qu'il était brouillé avec la technique.

— Mais j'suppose que vous n'en aurez pas besoin. Vous êtes venue ici en vacances, hein, miss Havers ?

— Sergent Havers, le reprit Barbara.

Autant le mettre au pas tout de suite, songea-t-elle. Quelque chose dans le regard de fouine et l'attitude d'expectative de Basil Treves lui disait qu'il ne serait que trop heureux de servir d'indic. A voir la photo de lui découpée dans le canard local — et mise sous verre —, qui le montrait fêtant son élection au conseil municipal, Barbara avait conclu qu'il était de ces hommes qui n'ont que rarement l'occasion de se mettre en valeur. Aussi, quand elle se présentait, il ne devait certainement pas se faire prier. Et quel plus beau titre de gloire que de participer officieusement à une enquête criminelle ? Il pourrait se révéler très utile sans qu'elle ait trop à le pousser.

— Non, en fait, je suis venue pour le travail, lui répondit-elle, s'autorisant à faire une légère entorse à la vérité. Une enquête criminelle, pour être précise.

Treves s'arrêta devant la porte d'une chambre, la clé pendillant dans sa main au bout d'un lourd porte-clés en ivoire en forme de montagnes russes. A la réception, Barbara avait remarqué que chaque clé portait un signe distinctif tournant autour du thème de la fête foraine, de l'auto tamponneuse à la grande roue, qui donnait son nom à la chambre correspondante.

— Une enquête criminelle ? répéta Treves. Est-ce que vous venez pour... Mais, je me doute que vous ne pouvez absolument *rien* dire, hmm ? Bon, bon, eh bien, motus et bouche cousue de ce côté-là, je vous en donne ma parole, sergent. Ce n'est pas de *moi* que les gens apprendront qui vous êtes. Nous y voilà...

Il ouvrit toute grande la porte, alluma le plafonnier et s'effaça pour la laisser entrer. Il lui emboîta le pas en chantonnant et posa le sac à dos sur un porte-bagages. Il désigna la salle de bains en lui annonçant fièrement qu'il lui avait donné la « salle de bains avec vue ». Il appuya à deux mains sur les dessus-de-lit vert bilieux des lits jumeaux tout en disant « Fermes mais pas trop », rajusta les plis de la jupe rose d'une table de toilette en forme de haricot, redressa sur le mur les deux gravures 1900 — deux patineurs sur glace peu enthousiastes qui évoluaient loin l'un de l'autre —, passa en revue les sachets de thé disposés dans une corbeille pour le petit déjeuner, alluma la lampe de chevet, l'éteignit, puis la ralluma, comme s'il envoyait un message en morse.

— Vous ne manquerez de rien, sergent Havers. Et si jamais vous avez besoin de quoi que ce soit, vous n'aurez qu'à appeler votre serviteur à n'importe quelle heure du jour et de la nuit. Fidèle au poste !

Il lui fit un grand sourire. Il s'était campé devant elle, mains croisées sur la poitrine : son idée du garde-à-vous, probablement.

— Et pour ce soir ? lui demanda-t-il. Il vous faut autre chose ? Une dernière boisson ? Un cappuccino ? Un jus de fruit ? Une eau minérale ? De jeunes éphèbes ? (Il gloussa joyeusement.) Je suis là pour satisfaire tous vos caprices, vous savez !

Barbara faillit lui dire de commencer par brosser ses épaules pleines de pellicules, mais elle se contenta d'aller ouvrir les fenêtres. L'air était si suffocant dans la chambre qu'on aurait dit qu'il en chatoyait. Elle regretta que l'un des plus de l'hôtel n'ait pas été l'air conditionné ou au moins des ventilateurs. Pas un brin d'air. L'univers entier retenait son souffle.

— Il fait un temps sublime, vous ne trouvez pas ? fit Treves, primesautier. On va avoir une flopée de touristes. Vous êtes arrivée au bon moment, sergent. Huit jours de plus, et on aurait été complet. J'aurais toujours trouvé une place pour *vous*, remarquez. La police est toujours prioritaire, pas vrai ?

Barbara remarqua qu'elle avait le bout des doigts graisseux d'avoir touché la poignée des fenêtres. Elle les essuya discrètement à son pantalon.

— En parlant de ça, Mr Treves...

Il pencha la tête, un peu comme un oiseau.

— Oui ? Il y a quelque chose...

— Un certain Mr Querashi a séjourné ici, non ? Haytham Querashi ?

Basil Treves n'aurait pu se tenir plus raide. Barbara avait l'impression qu'il était au garde-à-vous.

— Un événement malheureux, dit-il.

— Qu'il soit descendu chez vous ?

— Grands dieux, non ! Il était le bienvenu. Au même titre que les autres clients. L'hôtel n'a jamais fait de discrimination et ce n'est pas demain la veille. (Il jeta un coup d'œil par-dessus son épaule en direction de la porte ouverte.) Vous permettez ? (Au signe de tête affirmatif de Barbara, il la ferma et reprit, baissant d'un ton :) Même si, pour être *tout à fait* franc, je ne mélange pas les races, comme vous le remarquerez sans doute au cours de votre séjour ici. Cela n'a rien à voir avec mes idées en ce domaine — je n'ai aucun préjugé contre les gens de couleur, pas le moindre —, mais les clients, vous savez ce que c'est... Pour tout vous dire, sergent, les temps sont durs pour tout le monde, et que voulez-vous, quand on tient un commerce, la sagesse veut qu'on ne fasse rien qui puisse froisser la susceptibilité de la clientèle, si vous voyez ce que je veux dire.

— En clair, Mr Querashi n'a pas séjourné dans cette partie de l'hôtel, c'est ça ?

— Pas vraiment dans une autre partie non plus, mais... un peu à l'écart. Enfin, façon de parler. Je suis sûr qu'il ne s'en est même pas rendu compte. (Treves croisa de nouveau les mains sur la poitrine.) J'ai plusieurs clients au mois, voyez. J'ai des dames âgées qui ne se sont pas faites à l'évolution des mœurs. En fait, c'est presque gênant de raconter ça, mais... y en a une qui a pris Mr Querashi pour un domestique le premier jour qu'il est descendu prendre son petit déjeuner. Vous vous rendez compte ? Si c'est pas malheureux !

Restait à savoir si Treves plaignait Querashi ou la vieille dame. Barbara avait sa petite idée là-dessus.

— J'aimerais bien voir la chambre de Mr Querashi, si cela ne vous ennuie pas, dit-elle.

— Ah, c'est donc parce qu'il est mort que vous êtes là ?

— Non. C'est parce qu'il a été tué.

— Tu-é ! s'exclama Treves. Vous voulez dire que c'est un meurtre ? Par tous les saints !

Il tendit le bras derrière lui et recula jusqu'à toucher un des lits jumeaux sur lequel il se laissa choir.

— Excusez-moi, dit-il, baissant la tête.

Il inspira profondément et, quand il finit par redresser la tête, sa voix n'était plus qu'un murmure :

— Ça va se savoir, qu'il était descendu ici, dans mon hôtel ? Est-ce que les journaux vont en parler ? Parce que... avec les affaires qui promettaient de reprendre à long terme...

Et Barbara qui avait cru que sa réaction était due au choc, à la culpabilité, à la mansuétude ! Une fois de plus, elle voyait se confirmer sa conviction de longue date que l'être humain était génétiquement lié à la vermine.

Treves dut lire ce qu'elle pensait sur son visage, car il s'empressa d'ajouter :

181

— N'allez pas croire que ça ne me touche pas !
Bien au contraire ! C'était un homme charmant, à
quelques détails près, et je suis navré de ce qui lui
est arrivé. Mais les affaires reprennent tout juste,
on est à peine sortis de la crise, on ne peut pas courir le risque de perdre ne serait-ce qu'un...

— A quelques « détails » près ? le coupa Barbara. Que voulez-vous dire ?

— Ben... fit-il en plissant les yeux, ils sont différents de nous, pas vrai ?

— Qui, « ils » ?

— Les Indiens. Vous êtes bien placée pour le
savoir, à Londres ! Bonté divine ! Ne dites pas le
contraire.

— En quoi était-il différent ?

Manifestement, Treves perçut dans la question
une insinuation qui n'y était pas. Son regard devint
fixe et il croisa les bras. Le voilà sur la défensive,
songea Barbara en se demandant bien pourquoi.
Toutefois, comme il valait mieux l'avoir dans son
camp, elle s'empressa de le rassurer :

— Ce que je veux dire, c'est que... étant donné
que vous le voyiez régulièrement, si quelque chose
vous a étonné dans son comportement, cela pourrait m'être très utile. Culturellement, il était forcément différent de vos autres clients...

— Il n'était pas le seul Indien à louer au mois,
figurez-vous ! l'interrompit Treves, désireux
d'enfoncer le clou sur le thème de sa générosité.
Mon hôtel sera toujours ouvert à tous !...

— Oui, bien sûr, je n'en doute pas. Donc,
d'après ce que vous me dites, je conclus qu'il était
différent des autres Indiens et Pakistanais ? Tout ce

que vous me direz restera entre nous, Mr Treves. Tout ce que vous savez, avez vu, entendu, ou même soupçonnez concernant Mr Querashi est peut-être le chaînon manquant qui pourrait nous permettre de comprendre ce qui lui est arrivé...

A ces mots, Mr Treves parut s'adoucir et réfléchir au rôle de premier plan qu'il pourrait jouer dans une enquête criminelle.

— Oui, je comprends bien, dit-il en gratouillant sa barbe hirsute.

— Je peux voir sa chambre ?

— Mais oui, bien sûr, bien sûr...

Ils repartirent en sens inverse, montèrent à l'étage supérieur et empruntèrent un couloir jusqu'à l'arrière du bâtiment. Trois portes étaient ouvertes, attendant le client. La quatrième était fermée. On entendait les échos faiblards d'une télévision dont le volume était poliment réglé au plus bas. La cinquième — et dernière au bout du couloir — était celle qu'avait occupée Haytham Querashi.

Treves sortit son passe.

— Je... je n'ai touché à rien depuis... le... l'accident, dit-il, à court d'euphémismes pour « meurtre » sans doute. La police est venue me mettre au courant — enfin, juste qu'il était mort — et me demander de laisser sa chambre fermée jusqu'à ce qu'ils reviennent.

— Nous préférons que tout reste en l'état tant que nous ne sommes pas sûrs des causes du décès, lui dit Barbara. Mort naturelle, meurtre, accident, ou suicide. Vous n'avez vraiment touché à rien ? Et personne n'a pu entrer dans cette chambre ?

— Personne. Akram Malik est passé avec son

fils pour récupérer des affaires et les réexpédier au Pakistan, et croyez-moi, ils n'étaient pas ravis-ravis quand ils ont vu que je ne les laisserais pas monter. Muhannad a réagi comme si je faisais partie d'un vaste complot couvrant des crimes contre l'humanité...

— Et son père ? Qu'en a-t-il pensé ?

— Notre cher Akram n'abat jamais toutes ses cartes, sergent. Il s'est bien gardé de me dire le fond de sa pensée.

— Pourquoi ça ? demanda Barbara pendant que Treves ouvrait la porte de la chambre.

— Parce qu'on ne peut pas se sentir, lui et moi, expliqua Treves, aimable. Je ne supporte pas les parvenus et il n'aime pas qu'on le considère comme tel. C'est bien dommage qu'il ait immigré en Angleterre, quand on y pense. Il aurait encore mieux réussi aux États-Unis, où le plus important est de savoir si vous avez de l'argent, pas de connaître votre arbre généalogique. Ah, nous y voilà !

Il alluma le plafonnier.

C'était une chambre individuelle, apprêtée avec autant de mauvais goût que celle de Barbara. L'unique fenêtre à croisée donnait sur le jardin derrière l'hôtel. Le jaune, le rouge et le rose s'y disputaient le titre de couleur dominante.

— Il me semblait très content d'être ici, dit Treves tandis que Barbara embrassait du regard le petit lit déprimant, le fauteuil sans bras, défoncé et solitaire, la penderie en faux bois et l'abat-jour d'une applique auquel manquaient plusieurs pompons. Au-dessus du lit, une autre gravure début de siècle, au papier jauni, montrait une jeune femme alanguie sur une chaise longue.

— Oui, fit Barbara, sans autre commentaire.

Elle grimaça à l'odeur d'oignons brûlés et de choux de Bruxelles trop cuits qui régnait dans la pièce. La chambre de Querashi se trouvait juste au-dessus des cuisines — sans doute une façon subtile de rappeler à cet homme où était sa place dans la hiérarchie de l'hôtel.

— Mr Treves, dit Barbara, que pouvez-me dire sur Haytham Querashi ? Il a séjourné longtemps ici ? Est-ce qu'il avait des visites ? Des amis qui passaient le voir ? Des coups de fil particuliers qu'il aurait reçus ou donnés ?

Elle appuya le dos de sa main contre son front moite et s'approcha de la commode pour jeter un œil sur les affaires de Querashi. Elle prit dans son sac les sachets de mise sous scellés qu'Emily lui avait donnés, et elle enfila une paire de gants en latex.

Basil Treves lui raconta que Querashi était arrivé à l'hôtel six semaines plus tôt et avait prévu d'y séjourner jusqu'à son mariage. C'était Akram Malik qui avait loué la chambre. A ce qu'il savait, Akram avait acheté une maison pour les futurs mariés — c'était une partie de la dot de sa fille —, mais comme les travaux d'aménagement s'éternisaient, Querashi avait dû prolonger sa réservation plusieurs fois de suite. Le matin, il partait au travail avant huit heures et, en général, il rentrait le soir entre dix-neuf heures trente et vingt heures. La semaine, il prenait le petit déjeuner et le repas du soir à l'hôtel, mais dînait ailleurs le week-end.

185

— Chez les Malik ?

Treves eut un geste d'ignorance. Il fit glisser son index sur un des panneaux de la porte restée ouverte puis l'examina. De la commode, Barbara put voir que le bout de son doigt était noir de poussière. Non, il ne pouvait pas *jurer* que Querashi allait chez les Malik tous les week-ends ; mais ce serait logique, « étant donné que de jeunes tourtereaux veulent être ensemble le plus souvent possible, pas vrai ? », mais en de telles circonstances, il y avait toujours la possibilité que Querashi ait occupé ses week-ends à autre chose.

— Quelles circonstances ? demanda Barbara, se retournant vers lui.

— Un mariage ar-ran-gé, lui expliqua Treves, prenant un plaisir non dissimulé à insister sur l'adjectif. Un peu moyenâgeux comme façon de faire, vous ne trouvez pas ?

— C'est une tradition, ça fait partie de leur culture, non ?

— Appelez ça comme vous voulez, moi je dis que si on veut vivre selon les mœurs du quatorzième siècle en plein vingtième, il faut pas s'étonner du résultat, sergent !

— C'est-à-dire ?

Barbara se retourna vers la commode et examina ce qu'il y avait dessus : un passeport, des pièces de monnaie empilées avec soin, cinq billets de dix livres maintenus par une pince, et un dépliant publicitaire pour un hôtel-restaurant situé, selon le plan qui y était joint, sur la nationale en direction de Harwich. Barbara l'ouvrit avec curiosité. La liste des tarifs en tomba, et elle nota que la dernière chambre proposée était une suite nuptiale. Pour quatre-vingts livres par nuit, Querashi et sa jeune épouse auraient profité d'un lit à colonnes, d'une demi-bouteille d'Asti Spumante, d'une rose rouge dans un soliflore et d'un petit déjeuner servi au lit. Ah, démon du romantisme, songea-t-elle, quand tu nous tiens ! Elle passa à un coffret en cuir : fermé à clé.

Elle se rendit compte que Treves n'avait toujours pas répondu à sa question. Elle lança un coup d'œil dans sa direction. Il tiraillait sa barbe d'un air songeur, et elle remarqua quelques petits bouts de peau morte pris dans les poils, résultat d'un eczéma qui lui rongeait le bas des joues. Il la regardait avec cette expression qu'ont les faibles quand ils ont barre sur autrui. L'air hautain, finaud, hésitant quant à l'opportunité de faire part de ce qu'ils savent. Nom de nom, songea Barbara. Elle craignait bien de devoir le brosser dans le sens du poil à chaque question, celui-là.

— Tout ce que vous savez sur lui me serait très utile, Mr Treves. A part les Malik, vous êtes notre meilleure source de renseignements.

— Je comprends ça, dit Treves, sans cesser de lisser sa barbe. Mais, vous savez, l'hôtelier est un peu comme le confesseur : ce qu'il voit, entend et pense fait partie du secret professionnel.

— Vous pouvez compter sur moi, Mr Treves, lui rappela-t-elle. Tout ce que vous me direz restera entre nous. Mais vous devez me dire tout ce que vous savez, si vous voulez qu'on travaille en équipe...

Elle prononça le dernier mot sur un ton presque

hargneux. Elle tâcha de se dominer en ouvrant le premier tiroir de la commode. Elle commença à fouiller parmi des paires de chaussettes et des sous-vêtements pliés avec soin dans l'espoir de trouver la clé du coffret en cuir.

— Si vous me l'assurez... (Apparemment, Treves brûlait tellement de partager ce qu'il savait qu'il n'attendit même pas que Barbara lui ait donné sa parole pour poursuivre :) Alors, je vais vous dire. Il avait quelqu'un d'autre. A part la fille Malik, je veux dire. C'est la seule explication.

— A quoi? demanda Barbara.

Elle passa au deuxième tiroir. Il contenait des chemises impeccablement pliées et rangées par coloris : d'abord les blanches, puis les crème, les grises, et finalement les noires. Dans le troisième tiroir, des pyjamas; rien dans le quatrième. Querashi voyageait sans trop d'affaires.

— Au fait qu'il sortait la nuit.

— Régulièrement?

— Au moins deux fois par semaine. Des fois, plus. Et toujours après dix heures. Au début, j'ai cru qu'il allait retrouver sa fiancée. Ça me semblait couler de source, malgré l'heure tardive. Histoire de la connaître un peu mieux avant le mariage, quoi. Ces gens-là ne sont pas des sauvages, tout de même. Ils donnent peut-être leurs enfants au plus offrant, mais quand même pas sans leur permettre de faire un peu ami-ami, hein?

— Je n'en sais rien, répliqua Barbara. Continuez.

Elle s'approcha de la table de chevet bancale et tira le petit tiroir.

— Eh ben, le fait est, une nuit, j'étais là au moment où il sortait. On a parlé un peu de son mariage et il est parti en me disant qu'il allait faire un footing sur la plage. Pour calmer sa nervosité d'avant le mariage, tout ça. Vous savez ce que c'est.

— Oui, oui.

— Et donc quand j'ai appris qu'on l'avait retrouvé mort vers le Nez justement — qui, vous ne le savez peut-être pas, sergent, est à l'opposé de la plage la plus proche, où on irait logiquement faire un footing en partant de l'hôtel —, alors, j'ai compris qu'il n'avait pas voulu que je sache ce qu'il sortait faire. Et ça ne peut vouloir dire qu'une chose, sergent : que c'était un truc qu'il n'aurait *pas* dû faire ! Et étant donné qu'il quittait souvent l'hôtel à l'heure exacte à laquelle il était sorti vendredi soir, et étant donné qu'il est mort vendredi, on peut raisonnablement en conclure que non seulement il allait retrouver la personne qu'il retrouvait les autres vendredis soir mais aussi que cette personne était quelqu'un qu'il n'aurait pas dû voir.

Treves croisa les mains sur sa poitrine et regarda Barbara comme s'il s'attendait à ce qu'elle s'écrie : « Holmes, vous êtes renversant ! » Mais Querashi avait été assassiné et, vu les circonstances du drame, il ne s'agissait pas d'un crime de rôdeur. Barbara n'avait pas eu besoin des lumières de Treves pour en déduire qu'il était allé au Nez parce qu'il y avait rendez-vous. L'élément nouveau apporté par l'hôtelier était qu'il s'agissait peut-être d'un rendez-vous régulier. Et elle était bien obligée d'admettre que ce détail pouvait se révéler d'une importance capitale.

— Mr Treves, vous vous êtes trompé de métier, dit-elle, lui donnant un os à ronger.

— Vraiment ?

— Vous pouvez me croire.

Et cela, au moins, ce n'était pas un mensonge.

Remonté à bloc, Treves l'aida à passer en revue le contenu de la table de chevet : un livre en arabe à la reliure jaune, doté d'un signet en soie de la même couleur qui marquait une page où figurait un passage entre crochets ; une boîte de préservatifs — vingt-quatre — à moitié vide ; une enveloppe en papier kraft. Barbara glissa le livre dans un sachet en plastique tandis que Treves soupirait en lorgnant les capotes d'un air réprobateur. Barbara ouvrit l'enveloppe et en versa le contenu dans le creux de sa main : deux clés, dont une minuscule, pas plus longue qu'un ongle. Sans doute celle du coffret, songea-t-elle. Elle referma les doigts sur sa trouvaille et se demanda quel parti prendre. Elle avait très envie d'ouvrir le coffret, mais pour ça elle préférait être seule. Elle devait donc commencer par se débarrasser de son Sherlock Holmes barbichu. Mais comment s'y prendre sans se le mettre à dos ? Il ne serait pas ravi d'apprendre que, connaissant la victime, il faisait partie des suspects tant qu'un alibi ou une preuve, un fait nouveau, ne le mettrait pas hors de cause.

— Mr Treves, dit-elle, ces clés sont peut-être un élément crucial de l'enquête. Vous voulez bien vous poster dans le couloir pour faire le guet ? Il ne faudrait surtout pas qu'on nous écoute ou qu'on nous épie. Vous me direz si la voie est libre.

— Bien sûr, bien sûr, sergent. Tout le plaisir est pour moi.

Il fila dans le couloir pour remplir sa mission.

Barbara examina les clés. Elles étaient toutes les deux en laiton, et la plus grosse était attachée à une chaîne dotée d'une plaque en métal sur laquelle figurait le numéro 104. Un casier de consigne ? se demanda Barbara. D'une gare ? D'un terminal de bus ? Un de ces casiers de plage qu'on pouvait louer pour ranger ses affaires pendant qu'on allait nager ? Il y avait tant de possibilités.

La deuxième clé entra dans la serrure du coffret en cuir et tourna sans problème. Barbara l'ouvrit.

— Vous trouvez quelque chose d'intéressant ? lui chuchota Treves de la porte, très 007. R.A.S. de mon côté, sergent.

— Continuez de faire le guet, Mr Treves, lui souffla-t-elle.

— Pas de problème.

— Je dépends complètement de vous, insista Barbara à mi-voix afin, espérait-elle, d'augmenter l'impression de mystère, de clandestinité, qui semblait nécessaire pour le maintenir sur les rails. A la moindre alerte, je dis bien la *moindre,* Mr Treves...

— Absolument, fit-il. Continuez sans crainte, sergent Havers.

Elle sourit. Quel phénomène, songea-t-elle. Les clés rejoignirent le livre dans le sachet de mise sous scellés, et Barbara se pencha sur le coffret. Son contenu était rangé avec soin : une paire de boutons de manchettes en or, une pince à billets en or sur laquelle était gravée une phrase en arabe, une bague en or — de femme, semblait-il, mais ce n'était pas certain — sertie d'un rubis, une pièce d'or, quatre bracelets en or, un chéquier et un morceau de papier jaune plié en deux. Barbara s'interrogea sur la prédilection évidente de Querashi pour l'or : cupidité ? chantage ? kleptomanie ? prévoyance ? obsession ? Et cela avait-il un rapport avec le meurtre ?

Elle vit que le chéquier, de la Barclay's Bank, émanait d'une agence des environs. Un seul chèque avait été utilisé. Sur le talon, elle lut le montant, 400 livres, et un nom, F. Kumhar. Il était daté de trois semaines avant la mort de Querashi.

Barbara mit le chéquier dans le sachet en plastique et prit le morceau de papier qui se révéla être une facture d'un magasin de la ville, la bijouterie Racon. « Au bon chic de Balford » était-il précisé dessous. Barbara pensa d'abord que cette facture était celle du rubis. Un cadeau acheté par Querashi pour sa future épouse, peut-être ? Après examen, elle constata que le reçu n'avait pas été établi au nom de Querashi, mais à celui de Sahlah Malik. Et la nature de l'achat n'y était désignée que par une référence, AK-162. A côté était écrit, entre guillemets, « La vie commence aujourd'hui ». Au bas du reçu figurait le prix payé par Sahlah Malik : 220 livres.

Curieux, songea Barbara, se demandant comment ce reçu était tombé entre les mains de Querashi. Manifestement, il correspondait à un achat fait par sa fiancée ; et c'était sans doute elle qui avait demandé que cette phrase soit gravée sur le bijou. Une alliance ? C'était l'hypothèse la plus plausible. Mais les maris en portaient-ils, au Pakistan ? Barbara n'en avait jamais vu au doigt de Taymullah Azhar, mais cela ne voulait rien dire car, même en Occident, les maris ne portent pas tous la leur. De toute façon, même si c'était bel et bien la facture d'une alliance, le fait que Querashi l'ait eue en sa possession semblait indiquer qu'il avait prévu de rapporter le bijou. Et le fait de refuser un tel présent, sur lequel était gravé un message d'espoir et de confiance mutuelle, impliquait qu'il y avait eu un os de taille dans les projets de mariage.

Barbara se tourna vers la table de chevet, dont le tiroir était resté ouvert. Elle aperçut la boîte de préservatifs et se rappela qu'on en avait trouvé trois dans les poches de la victime. Entre cet élément et le reçu, une conclusion s'imposait. L'os devait avoir un prénom féminin et avait dû encourager Querashi à renoncer à son mariage. Et cela devait être tout récent puisqu'il avait toujours en sa possession des objets prouvant qu'il préparait encore son voyage de noces.

Le reçu de la bijouterie alla rejoindre les autres pièces à conviction dans le sachet. Barbara referma le coffret à clé et le mit aussi sous scellés. Elle se demanda à quoi, dans le cadre d'un mariage arrangé par les familles, s'exposerait un futur époux qui reviendrait sur la parole de ses parents ? Est-ce que les esprits s'échaufferaient ? Chercherait-on à se venger ? Elle l'ignorait, mais elle avait sa petite idée sur les moyens de le savoir.

— Sergent Havers ? lui parvint la voix de Treves, à peine audible.

007 s'impatientait.

Barbara ouvrit la porte, rejoignit Treves et le prit par le bras.

— Possible qu'on ait mis la main sur quelque chose, lui dit-elle, tout de go.

— Vrai ? fit-il, frétillant comme un gardon.

— Bien sûr. Vous notez les appels téléphoniques ? Oui ? Parfait. Je veux tous ceux qu'il a passés et reçus.

— Ce soir ? demanda Treves, avec enthousiasme.

Si je le laisse faire, songea Barbara, on en a pour toute la nuit.

— Demain, ça ira, lui dit-elle. Allez dormir. Il faudra être en forme pour la mêlée !

— Heureusement que j'ai fait en sorte que personne n'entre dans cette chambre, chuchota-t-il, au comble de l'enthousiasme.

— Continuez dans cette voie, Mr Treves. Laissez la porte fermée à clé. Faites des rondes, s'il le faut. Embauchez un garde. Faites installer une caméra vidéo. Mettez le paquet. Arrangez-vous pour que personne ne franchisse cette porte. Tout repose sur vos épaules. Je peux compter sur vous ?

— Sergent, déclara Treves, une main sur le cœur, je vous accompagnerai jusqu'à la tombe.

— Formidable, dit Barbara, tout en se demandant si une telle promesse n'avait pas été faite à Haytham Querashi ces derniers temps.

6

Au matin, Barbara fut réveillée par un rayon de soleil et le cri des mouettes. Une faible odeur d'iode flottait dans l'air. Comme la veille, il n'y avait pas un souffle de vent. Couchée en chien de fusil sur un des lits jumeaux, elle regardait à travers ses paupières mi-closes le laurier qui se dressait devant la fenêtre ouverte et dont pas une feuille ne frémissait. Nul doute que dès la mi-journée le mercure bouillonnerait dans tous les thermomètres de la ville.

Barbara massa ses reins endoloris par un contact prolongé avec un matelas défoncé par le poids de plusieurs générations de dormeurs. Elle fit glisser ses jambes sur le côté du lit et tituba jusqu'au cabinet de toilette « avec vue », où elle trouva la même décrépitude élégante qui régnait dans tout l'hôtel : de la moisissure courait le long des joints du carrelage et du rebord de la baignoire ; les deux portes du placard sous le lavabo étaient maintenues fermées par un gros élastique tendu entre leurs boutons ; quant à la fameuse vue, on y accédait par une petite fenêtre au-dessus des toilettes : quatre carreaux encrassés derrière un semblant de rideau à motif de dauphins jaillissant d'une écume qui, depuis belle lurette, avait pris la teinte déprimante du ciel d'Edimbourg.

Barbara exprima son appréciation du décor par un « Hiiiiii ! » bien senti, puis elle examina son reflet dans le miroir piqué accroché au-dessus du lavabo. Des quatre angles de la glace, des Cupidon décalqués se décochaient des flèches dorées. En voyant son visage, elle poussa un deuxième « Hiiiiii ! » venu droit du cœur. Les contusions jaunes qui marbraient sa joue gauche s'alliaient aux plis du sommeil pour créer une vision à éviter juste avant le petit déjeuner. De quoi couper l'appétit ! décréta Barbara, se tournant vers la vue qui « allait avec les toilettes ».

La petite fenêtre, grande ouverte, offrait généreusement une dizaine de centimètres cubes d'air matinal. Barbara en inspira ce qu'elle put et, se passant les doigts dans les cheveux, regarda la lande qui descendait en pente douce jusqu'à la mer.

Situé sur un promontoire à un peu plus d'un kilomètre au nord du centre-ville, l'hôtel de la Maison-Brûlée occupait une place de choix pour les amateurs de beaux panoramas. Côté sud, la plage des Princes dessinait un croissant de sable agrémenté de trois digues. Côté est, la lande aboutissait à une falaise au-delà de laquelle la mer s'étendait à l'infini. A l'horizon, une écharpe de brume était porteuse de la perspective séduisante d'un temps plus frais. Côté nord, les grues du port de Harwich dressaient leurs cous de girafe dans le lointain, bien au-dessus des ferries qui partaient vers l'Europe. Barbara voyait tout cela de sa petite fenêtre ; c'était l'assurance qu'il y aurait encore plus à voir depuis les vieux transats éparpillés sur la pelouse de l'hôtel.

Barbara se dit que pour un peintre paysagiste ou un dessinateur, l'hôtel était le point de chute idéal ; en revanche, pour le touriste décidé à profiter d'autre chose que d'une belle vue, son emplacement était une pure erreur stratégique. La distance qu'il y avait entre l'hôtel et la ville — l'esplanade en bord de mer, la jetée et la grand-rue —, le corroborait. Ces lieux constituaient le centre commercial de Balford ; c'était là que les touristes étaient censés dépenser leur argent. Et si, depuis les autres hôtels, chambres d'hôtes et résidences secondaires de la ville, on pouvait facilement s'y rendre à pied, ce n'était pas possible de l'hôtel de la Maison-Brûlée. Les parents flanqués d'enfants, les jeunes désireux de profiter d'activités nocturnes plus ou moins contestables et les chasseurs de souvenirs ne risquaient pas de trouver leur bonheur au sommet de ce promontoire à l'écart de Balford-le-Nez. Ils pouvaient toujours aller en ville à pied, certes, mais il n'y avait pas de chemin direct par le bord de mer. Les randonneurs devaient d'abord entrer dans les terres en suivant Nez Park Road puis repartir vers Balford pour arriver par l'esplanade.

Basil Treves avait de la chance d'avoir des pensionnaires pendant l'année, songea Barbara. Et notamment Haytham Querashi. On était donc en droit de s'interroger sur l'influence éventuelle qu'il aurait pu avoir sur les projets de mariage du jeune Pakistanais. Une possibilité à ne pas négliger.

Barbara regarda en direction de la jetée. Il y avait

des travaux de construction, tout au bout, à l'emplacement de l'ancienne cafétéria Jack Awkins. Elle voyait la jetée fraîchement repeinte en blanc, vert, bleu et orange, et les fanions multicolores qui ornaient les poteaux la bordant. Rien de tout cela n'existait la dernière fois qu'elle était venue à Balford.

Barbara se détourna et réexamina son reflet dans le miroir. Elle se demanda si retirer ses bandages avait été une si bonne idée que ça, finalement. Elle n'avait pas emporté sa trousse à maquillage — ses produits de beauté se limitaient à un tube de rouge à lèvres et un poudrier offerts par sa mère, et elle aimait jouer à la nana dont l'honnêteté morale lui interdit de faire plus que se pincer les joues pour se donner des couleurs. Mais en vérité, entre se peinturlurer ou dormir un quart d'heure de plus le matin, son choix était vite fait. Et dans le boulot, c'était plus pratique. Ainsi, il lui fallut moins de dix minutes pour se préparer, dont quatre passées à fouiller en pestant dans son sac à dos en quête d'une paire de chaussettes.

Elle se brossa les dents, se coiffa, fourra dans son sac les objets qu'elle avait pris dans la chambre de Querashi et sortit de sa chambre. Dans le couloir, les odeurs du petit déjeuner s'accrochaient dans l'air comme des gosses geignards au bras de leur mère. Quelque part, on avait frit des œufs au bacon, grillé des saucisses, brûlé des toasts, poêlé des tomates et des champignons. Elle n'eut qu'à se laisser guider par les odeurs de plus en plus proches : descendre au rez-de-chaussée, suivre un corridor étroit vers le tintement de couverts et l'écho de voix se murmurant les projets du jour. Ce fut alors qu'elle reconnut celle d'une enfant disant joyeusement :

— Tu connais le manège des petits bateaux ? On pourra y aller, P'pa ? Et la grande roue ? On y montera aujourd'hui ? Je l'ai regardée de la pelouse avec Mrs Porter hier soir, et elle m'a raconté qu'elle, à mon âge...

Une voix sourde coupa court à ce babillage plein d'espoir. Il ne changera jamais, songea Barbara. Qu'est-ce qui n'allait pas chez ce type ? Il réprimait toutes les impulsions de sa fille. Elle atteignit la porte, se sentant inexplicablement agacée par cette question qui, elle s'en rendait compte, ne la regardait aucunement.

Hadiyyah et son père étaient attablés dans un coin obscur de la salle à manger lambrissée. On les avait placés à l'écart des autres clients de l'hôtel : trois couples d'âge moyen, installés face à la porte-fenêtre grande ouverte, qui prenaient leur petit déjeuner comme s'il n'y avait personne d'autre dans la pièce. Seule une vieille dame, un déambulateur posé près d'elle, adressait de temps en temps un petit signe de tête à Hadiyyah, comme pour l'encourager de l'autre bout de la pièce.

Sans doute la dénommée Mrs Porter, songea Barbara. Elle n'était pas plus étonnée que ça de se retrouver dans le même hôtel qu'Hadiyyah et son père. Elle s'était imaginé qu'ils seraient reçus chez les Malik, mais cela n'avait sans doute pas été possible. Et la Maison-Brûlée était un choix logique, si l'on voulait bien considérer qu'Haytham Querashi y avait séjourné et que Taymullah Azhar était venu à Balford à cause de lui.

— Ah, sergent Havers !

Barbara fit volte-face pour se retrouver nez à nez avec Basil Treves qui la regardait tout sourire, deux assiettes en main.

— Si vous voulez bien me suivre jusqu'à votre table...

Tandis qu'il se contorsionnait pour la laisser passer, Hadiyyah cria gaiement :

— Barbara ! Tu es venue !

Elle laissa tomber sa cuillère dans son bol de céréales, éclaboussant la nappe rose de lait. Elle sauta au bas de sa chaise et vint vers Barbara en sautillant et en chantonnant : « Tu es venue ! Tu es venue ! Tu es venue à la mer avec nous ! » Ses tresses nouées par un ruban jaune rebondissaient sur ses épaules. Ses vêtements étaient assortis au soleil : short et tee-shirt à rayures jaunes, socquettes et sandalettes jaune d'or.

— Tu vas m'aider à construire un château de sable, dis ? demanda-t-elle à Barbara en lui prenant la main. On va ramasser des coquillages ? Et je veux faire des tours de manège et d'autos tamponneuses, d'accord ?

Basil Treves assistait à la scène, consterné.

— Si vous voulez bien me suivre, sergent Havers, répéta-t-il de façon plus explicite, désignant de la tête une des tables proches de la porte-fenêtre.

— Je préfère de ce côté, lui rétorqua Barbara en montrant le coin « pakistanais » de la salle. Je crains l'air frais au réveil. Ça ne vous ennuie pas ?

Et sans attendre de réponse, elle se dirigea résolument vers Azhar, précédée d'Hadiyyah qui sautillait et piaillait de plus belle : « Elle est venue ! Papa, Papa ! Elle est venue ! Elle est venue ! », sans paraître remarquer que son père accueillait Barbara avec le même entrain qu'il aurait mis à embrasser un lépreux.

Entre-temps, Basil Treves avait déposé ses deux assiettes devant Mrs Porter et son compagnon de table. Il s'empressa de faire asseoir Barbara à la table voisine de celle d'Azhar.

— Non, non, bien sûr, lui répondit-il à retardement. Jus d'orange, sergent ? Un demi-pamplemousse ? Melon ?

Il défit la serviette pliée en pointe de hallebarde d'un geste ample qui suggérait qu'installer le sergent Havers parmi les « métèques » avait toujours été dans son intention.

— Non, avec nous ! s'écria Hadiyyah. Avec nous ! (Elle la tira par le bras vers leur table.) Tu veux bien, P'pa ? Elle doit s'asseoir avec nous !

Azhar observait Barbara sans broncher, d'un air placide et indéchiffrable. Seule la légère hésitation qu'il mit à se lever pour la saluer trahit sa pensée.

— Avec plaisir, Barbara, dit-il, très guindé.

A d'autres, songea-t-elle.

— S'il y a assez de place... ? dit-elle.

— Oh, je peux vous en faire, dit Basil Treves. Je vais vous en faire.

Et il transféra les couverts de Barbara sur la table d'Azhar en fredonnant avec ostentation, bien décidé à faire contre mauvaise fortune bon cœur.

— Oh, que je suis contente, que je suis contente ! s'écria Hadiyyah. Tu passes tes vacances avec nous,

201

alors ? On pourra aller à la plage. On pourra aller pêcher, s'amuser sur la jetée.

Elle se rassit et récupéra sa cuillère fichée tel un point d'exclamation dans son bol de céréales en métal argenté. Hadiyyah s'en empara sans prendre garde au lait qui dégoulinait sur son tee-shirt.

— Hier, je suis restée avec Mrs Porter pendant que Papa était parti, confia-t-elle à Barbara. On s'est mises sur la pelouse et on a lu un livre. Aujourd'hui, on devait aller se promener sur la jetée, mais c'est beaucoup trop loin pour Mrs Porter. Mais moi, je peux marcher jusque-là, et maintenant que tu es là, Papa voudra bien que j'y aille. Hein, P'pa, tu veux bien que j'y aille si Barbara vient avec moi ? On pourra monter sur les montagnes russes, la grande roue, tirer à la carabine, attraper des cadeaux avec des petites grues. T'es douée pour ça ? P'pa est super doué. Il m'a déjà attrapé un koala en peluche, et à Maman un...

— Hadiyyah ! l'interrompit son père d'une voix ferme, la réduisant au silence avec son efficacité coutumière.

Barbara se perdit dans la contemplation du menu. Elle se décida et passa la commande à Treves qui prenait racine.

— Barbara est venue ici pour se reposer, Hadiyyah, lui dit son père au moment où Treves reprenait le chemin des cuisines. Tu ne dois pas l'importuner. Elle se remet d'un accident et elle n'est pas assez en forme pour courir en ville.

Hadiyyah ne répondit pas, mais elle lança à Barbara un regard à la dérobée, un regard où l'on pouvait lire GRANDE ROUE, ATTRACTIONS, MONTAGNES RUSSES en lettres majuscules. Elle balançait ses jambes et se trémoussait sur sa chaise. Barbara se demanda comment son père faisait pour tout lui refuser.

— Même fracturés, je crois que mes os me porteront jusqu'à la jetée, dit Barbara. On verra bien la suite.

Cette vague promesse parut suffisante à l'enfant.

— Super ! Super ! Super ! s'écria-t-elle.

Et avant que son père ait eu le temps de la réprimander une fois encore, elle avala goulûment le restant de ses corn-flakes.

— Ne m'attendez pas, dit Barbara à Azhar, voyant qu'il n'avait pas entamé son œuf à la coque.

Il parut hésiter. Barbara se demanda si son manque d'enthousiasme était dû à la qualité de son petit déjeuner ou au fait qu'elle se soit imposée à sa table. Elle craignait fort que ce soit pour cette dernière raison.

Il décapita l'œuf à l'aide de sa cuillère, sépara adroitement le blanc gélatineux de la coquille et le laissa de côté.

— Quelle coïncidence que vous veniez passer vos vacances dans la même ville que nous, dit-il sans ironie aucune. Et que nous soyons descendus dans le même hôtel.

— Comme ça, on pourra être ensemble, décréta Hadiyyah, tout heureuse. Et quand tu ne seras pas là, Barbara pourra me garder... (Elle baissa d'un ton :) Parce que Mrs Porter, elle est gentille, je l'aime bien, mais elle peut pas marcher normalement, alors...

— Hadiyyah, ton petit déjeuner, lui rappela son père d'une voix posée.

Hadiyyah baissa la tête, non sans avoir gratifié Barbara d'un sourire radieux. Ses jambes battaient allégrement contre les pieds de la table.

Barbara savait qu'il était inutile de mentir à Taymullah Azhar. Il ne tarderait pas à apprendre ce qu'elle était venue faire à Balford. En fait, elle était ravie de pouvoir lui donner les raisons de sa présence ici — même si ce n'étaient pas tout à fait celles qui avaient motivé sa venue au départ.

— En fait, lui dit-elle, je suis là en semi-vacances.

Et de lui raconter sur un ton léger qu'elle était venue donner un coup de main à une vieille copine de la brigade criminelle locale qui menait une enquête. Elle attendit de voir sa réaction. Du Taymullah Azhar tout craché : il se contenta de cligner des paupières.

— Le corps d'un certain Haytham Querashi, un Pakistanais, a été découvert il y a trois jours, poursuivit-elle, regardant Azhar avec de grands yeux emplis d'innocence. Et figurez-vous que lui aussi était dans cet hôtel. Vous en avez entendu parler, Azhar ?

— Vous travaillez sur cette affaire ? Comment est-ce possible ? Vous êtes basée à Londres.

Barbara flirta avec la vérité. Elle lui expliqua qu'elle avait reçu un coup de téléphone de sa vieille copine Emily Barlow. Emy avait appris — « le téléphone arabe de la police, vous savez ce que c'est » — que Barbara était libre, et elle lui avait demandé de venir lui donner un coup de main dans l'Essex. Voilà.

Barbara pétrit la pâte de son amitié avec Emily

jusqu'à la faire lever suffisamment pour donner l'impression qu'elles étaient comme deux sœurs — tout juste si elles n'étaient pas siamoises. Une fois sûre que Taymullah Azhar avait bien reçu le message je-ferais-n'importe-quoi-pour-Emy, elle se lança :

— Elle m'a demandé de représenter la police lors de réunions régulières destinées à tenir la communauté pakistanaise au courant des progrès de l'enquête...

— Pourquoi vous ? lui demanda Azhar en reposant sa cuillère à côté de son coquetier sans finir de manger son œuf. La police manque d'effectifs, dans le coin ?

— Tous les inspecteurs sont mobilisés sur l'enquête, dit Barbara. Ce qui, je suppose, devrait plutôt satisfaire la communauté pakistanaise...

Azhar prit sa serviette sur ses genoux, la plia soigneusement et la posa à côté de son assiette.

— Alors, je dirais que nous sommes tous les deux chargés de la même mission, fit-il. (Puis, après un regard à sa fille :) Hadiyyah, tu as fini tes céréales ? Oui ? Parfait. J'ai l'impression que Mrs Porter a des projets pour toi aujourd'hui...

Hadiyyah se rembrunit.

— Mais je croyais que Barbara et moi...

— Barbara vient de dire qu'elle était ici pour travailler. Va voir Mrs Porter et accompagne-la sur la pelouse.

— Mais...

— Hadiyyah, tu n'as pas entendu ce que je viens de te dire ?

Elle repoussa sa chaise et, tête basse, se dirigea

vers Mrs Porter qui, effectivement, bataillait avec son déambulateur. Elle s'efforçait en tremblant de le placer face à elle. Azhar attendit qu'Hadiyyah et la vieille dame aient franchi la porte-fenêtre puis se tourna vers Barbara.

Au même moment, Basil Treves surgit dans la pièce, apportant le petit déjeuner de Barbara. Il la servit avec empressement et dit :

— Si jamais vous avez besoin de moi, sergent...

Il désigna la réception d'un air entendu. Barbara supposa qu'il lui signifiait qu'il resterait téléphone en main prêt à appeler le commissariat de police si jamais Taymullah Azhar dépassait les bornes.

— Merci, lui dit-elle, commençant ses œufs.

Elle décida de laisser la balle dans le camp d'Azhar. Il valait mieux qu'il lui révèle de lui-même ce qu'il était venu faire à Balford.

Il était le laconisme incarné. Mais pour autant que Barbara pouvait en juger, il ne lui cacha rien : la victime s'était engagée à épouser sa cousine ; il était venu ici à la demande de sa famille pour les aider de la même façon que Barbara aidait la police locale. (Barbara se garda de lui dire qu'elle avait d'ores et déjà outrepassé sa mission de médiatrice : les médiateurs ne fouillaient pas les chambres des victimes pour ramasser des pièces à conviction.)

— Le hasard fait bien les choses, alors, lui dit-elle. Je suis très contente que vous soyez là. La police a besoin de savoir qui était Querashi. Vous pouvez l'y aider, Azhar.

— C'est ma famille que je suis venu aider, répondit-il, sur ses gardes.

— Bien sûr. Mais comme vous n'êtes pas

concerné au premier chef par ce meurtre, vous êtes forcément plus objectif que votre famille. Vous ne croyez pas ? Et en même temps, vous côtoyez les proches de Querashi, ce qui vous permet d'avoir des informations de première main.

— Les intérêts de ma famille passent avant tout.

— Ce qui *l'intéresse* surtout, si je puis me permettre, c'est de savoir qui a buté Querashi.

— Bien sûr, bien sûr. C'est le plus important.

— Ravie de vous l'entendre dire. (Elle étala du beurre sur un toast et planta sa fourchette dans son œuf au plat.) Alors, vous voyez, ça marche comme ça : en cas de meurtre, la police veut répondre à trois questions — qui avait un mobile pour le faire ? qui avait les moyens de le faire ? qui avait la possibilité de le faire ? Vous pouvez peut-être l'aider.

— En trahissant ma famille, vous voulez dire ? lui lança-t-il. Muhannad avait raison, finalement. La police cherche le coupable au sein de la communauté pakistanaise, c'est ça ? Et comme vous travaillez pour la police...

— La police, l'interrompit vivement Barbara, bien décidée à lui montrer qu'elle ne comptait pas se laisser impressionner par des accusations de racisme, veut découvrir la vérité, quelle qu'elle soit. Vous rendriez service à votre famille en lui faisant passer ce message. (Elle mordit dans son toast tout en soutenant le regard d'Azhar. Il ferait un bon flic, songea-t-elle, c'était indiscutable.) Écoutez, Azhar, nous devons comprendre la personnalité de Querashi. Et votre communauté en général. Nous allons interroger tous ceux qui le connaissaient, ce qui veut dire que nous allons interroger beaucoup de

Pakistanais. Si vous montez sur vos grands chevaux chaque fois qu'on marche sur vos plates-bandes, on n'arrivera à rien !

— Vous me dites clairement que la police ne croit pas au crime raciste...

— Et vous, vous mettez la charrue avant les bœufs ! Ce qui n'est pas une bonne technique pour un médiateur.

Il ne put s'empêcher de sourire.

— D'accord, sergent Havers, dit-il.

— Bien. Alors, que les choses soient claires dès le départ : si je vous pose une question, ce n'est qu'une question, d'accord ? Cela ne veut pas dire que j'ai une idée préconçue, mais que j'essaie de mieux comprendre votre culture pour mieux comprendre votre communauté. D'accord ?

— Comme vous voulez.

Inutile de le forcer à signer avec son sang un pacte de coopération. De plus, il semblait accepter l'interprétation assez large qu'elle faisait de son rôle en tant que représentante de la police, et tant qu'il serait dans cet état d'esprit, elle comptait bien lui soutirer un max d'informations.

— Supposons une seconde, dit-elle en piquant avec sa fourchette un bout d'œuf sur son bacon, que ce n'est pas un crime raciste. Dans la plupart des affaires criminelles, les victimes sont tuées par un membre de leur entourage. Supposons — je dis bien, supposons — que ce soit le cas pour Querashi. Vous me suivez ?

Azhar fit tourner sa tasse dans sa soucoupe. Il n'avait toujours pas touché à son café. Il regardait Barbara et hocha imperceptiblement la tête.

— Il n'était pas ici depuis bien longtemps, dit Barbara.

— Six semaines.

— Et pendant tout ce temps, il a travaillé pour la fabrique Malik.

— Exact.

— Donc, pouvons-nous dire que la plupart des gens qu'il connaissait en Angleterre — pas tous, mais la plupart — étaient des Pakistanais ?

— Pour le moment, on peut le dire, répondit Azhar, l'air morne.

— Bien. Et il devait épouser une Pakistanaise. C'est bien ça ?

— Oui.

Barbara coupa un morceau de bacon qu'elle plongea dans le jaune d'œuf.

— J'ai besoin de savoir une chose, dit-elle. Comment ça se passe quand des fiançailles entre Pakistanais sont rompues ? Dans le cadre d'un mariage arrangé, je veux dire...

La question lui paraissait assez simple, mais voyant qu'Azhar ne répondait pas elle leva les yeux du toast qu'elle nappait généreusement de confiture de cassis. Il la regardait avec une indifférence qui lui parut trop affectée pour être vraie. Oh, fait chier, songea-t-elle. Il ne pouvait pas s'empêcher d'interpréter tout ce qu'elle disait.

— Azhar... fit-elle, impatientée.

— Je peux ? dit-il, sortant un paquet de cigarettes de sa poche. Comme vous êtes en train de manger...

— Allez-y. Si je pouvais fumer en mangeant, croyez bien que je le ferais.

Il approcha un petit briquet en argent du bout de

209

sa cigarette et se tourna vers la porte-fenêtre. Sur la pelouse, Hadiyyah lançait en l'air un ballon de plage rouge et bleu. Il regarda sa fille, semblant réfléchir à la réponse la plus appropriée à faire à Barbara. Si toutes leurs conversations devaient tourner à un pas de deux politiquement correct, se dit-elle, de plus en plus agacée, ils passeraient Noël à Balford.

— Vous n'avez pas compris ma question, Azhar ?

Il se retourna vers elle.

— Haytham et Sahlah devaient respecter l'arrangement pris par leurs parents, dit-il en faisant rouler sa cigarette sur le rebord du cendrier. Si Haytham avait décidé de renier cet arrangement, il aurait du même coup renié Sahlah. Ce qui aurait été considéré comme une insulte très grave vis-à-vis de sa famille et de ma famille.

— Parce que c'est elle qui a arrangé le mariage ?

Barbara se servit une tasse de thé. Il était très fort, sirupeux ; on aurait dit une potion de sorcière qui aurait mijoté pendant toute une semaine. Elle y ajouta une bonne rasade de lait et de sucre.

— Mon oncle aurait perdu la face et donc le respect de la communauté. Sahlah aurait été celle que son fiancé a répudiée, ce qui aurait fait d'elle un mauvais parti pour les autres hommes.

— Et Querashi ? Il en aurait souffert ?

— En refusant de se marier, il aurait défié l'autorité paternelle, ce qui aurait pu lui valoir d'être banni par sa famille.

Il tira sur sa cigarette et souffla un rideau de

fumée devant son visage, mais Barbara vit qu'il ne cessait de l'observer.

— Être banni signifie ne plus avoir aucun contact avec sa famille. Plus personne ne vous adresse la parole, de crainte d'être renié à son tour. Dans la rue, on détourne la tête sur votre passage. On ne vous ouvre plus sa porte. On ne vous rappelle pas si vous téléphonez. On vous retourne vos lettres.

— C'est un peu comme être mort, quoi ?

— Absolument pas. On se souvient des morts, on les pleure, on les respecte. Être banni, c'est comme si l'on n'avait jamais existé.

— Dur, fit Barbara. Mais est-ce que ça aurait été un problème pour Querashi ? Sa famille est au Pakistan, après tout. Banni ou pas, il ne la voyait plus.

— Haytham avait l'intention de faire venir ses parents en Angleterre dès qu'il en aurait eu les moyens. La dot de Sahlah le lui aurait permis.

Azhar reporta son regard sur sa fille qui faisait rebondir le ballon de plage sur sa tête. Il sourit à ce spectacle et poursuivit, sans quitter Hadiyyah des yeux :

— Donc, Barbara, je crois qu'il y a peu de chances qu'il ait voulu faire annuler son mariage.

— Et s'il était tombé amoureux d'une autre ? Je comprends le principe des mariages arrangés et je comprends qu'on ait le sens du devoir, et tout ça, mais... merde, regardez la famille royale, vous avez vu le nombre de vies gâchées au nom du devoir ? Supposez qu'il ait rencontré quelqu'un et en soit

211

tombé fou amoureux ? Ce sont des choses qui arrivent, vous savez.

— Oui, je sais.

— Donc, supposons qu'il soit allé retrouver une jeune fille la nuit de sa mort ? Et supposons que la famille l'ait appris ? (Devant l'air sceptique d'Azhar, elle ajouta :) On a trouvé trois préservatifs dans sa poche. Qu'est-ce que ça vous évoque ?

— Qu'il avait peut-être l'intention d'avoir un rapport sexuel.

— Mais pas une liaison ? Une liaison assez sérieuse pour qu'il annule son mariage ?

— Il est possible qu'il soit tombé amoureux, dit Azhar, mais l'amour et le devoir sont des notions souvent antithétiques pour nous, Barbara. Chez vous, le mariage est la consécration de l'amour entre deux êtres. Pas chez nous. Et si Haytham est tombé amoureux d'une autre — ce qui n'est pas certain —, le fait qu'il ait eu des préservatifs sur lui ce soir-là suggère simplement qu'il est allé au Nez dans l'idée d'avoir des rapports sexuels — cela ne veut pas dire pour autant qu'il était prêt à rompre son engagement.

— D'accord, je n'insiste pas pour le moment.

Barbara laissa tomber un morceau de toast dans son assiette, y planta sa fourchette et sauça le restant de jaune d'œuf. Elle piqua au passage un résidu de bacon et mâcha le tout en passant en revue les divers scénarios possibles. Arrivée au bout de ses réflexions, elle reprit la parole, consciente du fait qu'Azhar n'avait pas cessé de l'observer, sans doute impressionné par sa manière de se tenir à table qui, elle en avait parfaitement conscience, laissait à désirer — surtout au petit déjeuner, qu'elle prenait toujours en quatrième vitesse comme si elle avait eu des tueurs de la mafia aux trousses.

— Et si la fille était tombée enceinte ? dit-elle. Les capotes, ça ne marche pas à tous les coups. Elles sont poreuses, elles craquent, on oublie de les mettre...

— Dans ce cas, il n'était plus temps d'en emporter.

— Oui, c'est vrai, admit Barbara. Une fois que le mal est fait. Sauf qu'il ne le savait peut-être pas encore ? Il est allé la retrouver comme d'habitude et elle lui a annoncé la nouvelle. Donc : elle est enceinte et lui est fiancé à une autre. Alors ?

Azhar écrasa sa cigarette et en alluma une autre dans la foulée.

— Alors, c'est très embêtant.

— D'accord. Bon. Imaginons la suite. Est-ce que les Malik...

— Mais Haytham ne s'en sentirait pas moins lié par contrat à Sahlah, dit-il avec patience. Et les Malik considéreraient que la femme est responsable de cette grossesse. Etant donné qu'il y aurait de fortes chances pour qu'elle soit anglaise...

— Minute ! le coupa Barbara, que ce genre d'affirmation gratuite mettait en rogne. Pourquoi y aurait-il des chances qu'elle soit ceci ou cela ? Et comment aurait-il connu une Anglaise, d'ailleurs ?

— Je vous rappelle que c'est votre supposition, Barbara, pas la mienne.

Il voyait qu'elle était contrariée mais semblait bien décidé à ne pas en faire cas.

— Les jeunes filles de notre pays attachent beaucoup plus de valeur à leur virginité que les Occidentales, reprit-il. Les Anglaises sont des femmes faciles, et les Pakistanais qui cherchent à s'amuser se tournent vers elles, pas vers nos filles.

— Comme c'est délicat de leur part, fit Barbara, un brin acide.

— En matière de sexe, nos valeurs passent avant tout, répondit Azhar avec un haussement d'épaules. Virginité de la femme avant le mariage et fidélité après. Un chaud lapin devra donc aller chercher des carottes dans les potagers anglais parce que les filles de chez vous ont la réputation d'en laisser les portes ouvertes.

— Ah oui ? Et si Querashi était tombé sur un os ? Sur une Anglaise différente ? Une Anglaise qui pourrait s'envoyer en l'air avec un mec — quelles que soient sa race, la couleur de sa peau et sa religion —, et que ce soit sérieux ?

— Je vois que vous êtes fâchée, dit Azhar. Je ne cherchais pas à vous offenser en vous expliquant tout ça, Barbara. Si vous me posez des questions sur notre culture, il va de soi que certaines de mes réponses heurteront vos convictions.

— En tout cas, vous pouvez faire une croix sur l'idée que mes convictions, comme vous dites, sont le reflet de ma culture. Si Querashi fout une Anglaise en cloque et se ramène, genre Père *la Vertu,* en disant qu'il est navré mais qu'il doit faire son devoir et épouser Sahlah Malik et puis que, de toute façon, ce n'est pas grave parce que ce n'est qu'une petite Anglaise, comment le père ou le frère de la fille le prendraient-ils, à votre avis ?

— Mal, sans doute, répondit Azhar. Je dirais

même que ça pourrait éveiller chez eux un désir de vengeance.

Barbara n'était pas disposée à laisser Azhar orienter la conversation vers une conclusion qui l'arrangeait, à savoir la culpabilité d'un Anglais. S'il était malin comme un singe, elle était têtue comme un âne.

— Et si les Malik avaient découvert qu'il avait une liaison? dit-elle. Qu'il avait mis une fille enceinte? Si cette fille l'avait dit aux Malik avant de le lui annoncer? Vous ne croyez pas qu'ils l'auraient eue un peu mauvaise?

— Vous me demandez si je pense qu'ils auraient pu le tuer à cause de ça? fit Azhar, mettant les points sur les i. Sauf que tuer le futur marié ne sert pas les buts d'un mariage arrangé, vous ne croyez pas?

— Mais vous me faites chier avec votre mariage arrangé! s'écria Barbara en tapant du poing sur la table.

Les couverts tressautèrent et les personnes encore présentes dans la salle lancèrent des regards dans leur direction. Barbara prit une cigarette dans le paquet qu'Azhar avait laissé sur la table.

— Allons, Azhar, dit-elle, baissant d'un ton. Ce qui est valable pour les uns l'est pour les autres, vous le savez bien. Bon, d'accord, on parle de Pakistanais, mais ce sont des gens comme les autres. Ils ont des sentiments comme tout le monde, non?

— Vous croyez que c'est un membre de la famille de Sahlah, ou Sahlah elle-même, qui a commis ce meurtre?

215

— J'ai entendu dire que son frère avait un caractère de cochon.

— Haytham Querashi a été choisi pour plusieurs raisons, Barbara. Entre autres, que les Malik avaient besoin de lui. Tous. Ses compétences servaient les intérêts de la fabrique : il avait fait de brillantes études au Pakistan et avait une solide expérience professionnelle dans le secteur production d'une grande usine. C'était un arrangement qui bénéficiait aux deux familles : les Malik avaient besoin de lui et lui des Malik. Croyez-moi, aucun d'entre eux n'aurait été prêt à l'oublier, quoi que Haytham ait eu envie de faire avec ses préservatifs.

— Ils n'auraient pas pu trouver un Anglais ayant les mêmes compétences que lui pour la fabrique ?

— Mon oncle souhaite que son entreprise reste familiale. Muhannad occupe déjà un poste important. Il ne peut pas cumuler deux emplois. Et ils n'ont pas d'autre fils. Alors, oui, bien sûr, mon oncle aurait pu choisir d'embaucher un Anglais, mais là, la fabrique sortait de la famille.

— A moins que Sahlah ne l'épouse.

— Ce qui aurait été hors de question, dit Azhar.

Il prit son briquet et offrit du feu à Barbara. Elle se rendit compte alors qu'elle n'avait toujours pas allumé la cigarette qu'elle avait tant eu envie de fumer. Elle avança son visage vers la flamme.

— Alors vous voyez, Barbara, reprit Azhar, d'une voix doucereuse. Les Pakistanais avaient toutes les raisons de ne *pas* tuer Haytham Querashi. C'est chez vous que vous trouverez le coupable.

— Ah oui ? fit Barbara. Bon, et si on arrêtait ce petit jeu, Azhar, d'accord ?

Il ne put réprimer un sourire.

— Vous vous investissez toujours dans vos enquêtes avec autant de passion, sergent Havers ?

— C'est pour que le temps passe plus vite, lui rétorqua Barbara.

Il hocha la tête et fit rouler le bout de sa cigarette sur le bord du cendrier. A l'autre bout de la salle, les derniers couples de pensionnaires âgés gagnaient la porte d'une démarche incertaine. Basil Treves tournicotait autour du buffet. Il remplit six flacons d'huile et de vinaigre en faisant beaucoup de bruit. Il commençait sans doute à dresser le couvert pour le déjeuner.

— Est-ce que vous savez comment Haytham a été tué, Barbara ? lui demanda Azhar d'une voix tranquille, les yeux rivés sur sa cigarette.

La question la prit de court. Ce qui l'étonna le plus, ce fut son impulsion de lui dire la vérité. D'où lui venait-elle ? Du dixième de seconde de complicité qui était passé entre eux quand il lui avait fait remarquer la passion qu'elle mettait dans son travail ? Elle avait appris à ses dépens qu'il valait mieux réprimer tout élan de complicité envers ses semblables — surtout envers un homme. La complicité est mère de la faiblesse et de l'irrésolution. Deux traits de caractère plutôt handicapants... Voire fatals quand on s'occupe d'affaires criminelles.

— L'autopsie est prévue pour ce matin, biaisa-t-elle.

Elle s'attendait à ce qu'il dise « Et quand la police recevra le rapport, vous... », mais non. Il la

217

dévisageait. Elle soutint son regard en s'efforçant de
prendre l'air le plus inexpressif possible.

— P'pa ! Barbara ! Regardez !

Sauvée par le gong, se dit Barbara. Elle se tourna
vers la porte-fenêtre. Hadiyyah se tenait dans
l'encadrement, les bras écartés et le ballon de plage
en équilibre sur la tête.

— J'peux plus bouger, annonça-t-elle. Plus du
tout. Sinon, il tombe. T'es capable de faire ça,
P'pa ? Et toi, Barbara ? Tu peux maintenir une chose
en équilibre, comme ça ?

C'est bien ça le problème, songea Barbara. Elle
se tamponna la bouche avec sa serviette et se leva.

— Merci pour la conversation, dit-elle à Azhar.
(Et à Hadiyyah :) Les vrais pros peuvent le garder
en équilibre sur le nez. Je compte sur toi pour savoir
faire ça au dîner.

Elle inhala une dernière bouffée et écrasa sa cigarette dans le cendrier. Après un signe de tête à
Azhar, elle sortit de la salle, Basil Treves sur les
talons.

— Ah, sergent... ! (Il avait tout d'un personnage
de Dickens, dans le ton et la pose, mains croisées
dans le dos.) Si vous aviez une petite seconde... ?
Par ici...

Par ici, c'était la réception : une alcôve obscure
nichée sous l'escalier. Treves passa derrière le gui-
chet et sortit quelque chose d'un tiroir. Une liasse
de reçus. Il la tendit à Barbara et murmura sur le ton
de la conspiration :

— Messages.

Barbara ne s'appesantit pas sur les relents de gin
qui parfumaient l'haleine de Basil Treves. Elle

baissa le regard sur la liasse de papiers et vit qu'il s'agissait de copies carbones arrachées à un registre : des doubles de messages téléphoniques. Elle se demanda un instant comment on avait pu lui en laisser autant en si peu de temps — personne, à Londres, ne savait où elle se trouvait —, puis elle vit qu'ils étaient tous adressés à H. Querashi.

— Je me suis levé avant le soleil, chuchota Treves. J'ai compulsé le registre « messages reçus », et j'en ai arraché tout ça. Je vais m'attaquer aux appels téléphoniques. Je dispose de combien de temps ? Pour le courrier, on ne tient pas de registre, mais en faisant un effort de concentration, je pourrai peut-être me rappeler quelque chose qui pourrait nous être utile...

L'utilisation du pluriel n'échappa pas à Barbara.

— Tout peut *nous* être utile, dit-elle. Lettres, factures, visites. Tout.

Le visage de Treves s'illumina.

— Justement, sergent... (Il regarda alentour. Personne. La télévision du salon était branchée sur les infos matinales de la BBC et réglée à un niveau sonore à côté duquel Pavarotti beuglant *Pagliacci* faisait figure de messe basse. Treves n'en continua pas moins à jouer la prudence :) Quinze jours avant sa mort, chuchota-t-il, il a bien reçu une visite. Je ne vous l'avais pas dit parce qu'ils étaient fiancés, après tout, alors... Même si ça m'a paru bizarre de la voir habillée comme ça. Elle ne sort pas comme ça, d'habitude. Elle ne sort pas souvent, remarquez. Sa famille ne le tolérerait pas. Alors, qu'est-ce qui me fait dire que c'était bizarre, remarquez...

— Mr Treves, vous parlez de quoi, bon sang ?

— De la femme. Celle qui est venue voir Haytham Querashi... (Treves avait l'air d'en vouloir à Barbara de ne pas suivre le fil de sa pensée.) Quinze jours avant sa mort, reprit-il, il a reçu la visite d'une femme. Elle était accoutrée à la mode de chez eux. Dieu sait qu'elle devait *frire* là-dessous, par cette chaleur !

— Elle portait le tchador, c'est ça ?

— J'sais pas comment ça s'appelle, moi, ce machin ! Elle était vêtue tout en noir. De la tête aux pieds ! On voyait juste deux fentes pour les yeux. Elle est arrivée et a demandé à voir Querashi. Il prenait un café dans le salon. Ils ont parlé à voix basse près de la porte, juste à côté de ce porte-parapluies, tenez ! Après, ils sont montés... (Il prit un air pieux avant d'ajouter :) Je n'ai pas la moindre idée de ce qu'ils ont fait dans sa chambre, cela dit...

— Ils y sont restés longtemps ?

— Je ne les ai pas chronométrés, sergent, lui rétorqua Treves avec malice. Mais... je dirais qu'ils sont restés *assez* de temps pour...

Yumn s'étira avec langueur et se tourna sur le côté. Son regard se posa sur la nuque de son époux. Les bruits de la maisonnée qui s'éveillait lui parvinrent. Muhannad et elle auraient déjà dû être debout, mais elle aimait faire la grasse matinée avec lui, ne pensant à rien qu'à eux-mêmes pendant que les autres se lançaient dans les tâches quotidiennes.

Elle caressa les longs cheveux de Muhannad d'une main paresseuse.

— *Meri-jahn*, murmura-t-elle.

Elle n'avait pas besoin de regarder le petit calendrier sur la table de chevet pour savoir ce que ce jour marquait. Elle y notait scrupuleusement les périodes de son cycle menstruel. Elle l'avait consulté la veille. Un rapport sexuel avec son mari aujourd'hui aurait des chances de provoquer une autre grossesse. Et Yumn désirait cela plus que tout au monde — bien plus que de passer son temps à maintenir cette pleurnicheuse de Sahlah à sa place.

Deux mois après la naissance de Bishr, elle avait ressenti le désir ardent d'un nouvel enfant, et elle avait sollicité son époux régulièrement, l'excitant pour qu'il ensemence la terre si fertile de son corps. Ce serait un autre fils, c'était certain !

Yumn caressa Muhannad et eut tout de suite envie de lui. Il était si beau. Le mariage avait changé sa vie ! Yumn — la sœur aînée, la moins jolie, la moins mariable aux yeux de ses parents, la mégère, comparée à ses sœurs douces comme des agneaux — s'était révélée une femme exceptionnelle pour un époux qui ne l'était pas moins. Qui l'aurait cru ? Un homme comme Muhannad aurait pu choisir n'importe quelle femme, quelle que soit la dot amassée pour elle par son père afin de séduire les Malik. Seul fils d'un homme plus que désireux d'avoir des petits-enfants, Muhannad aurait pu obtenir de son père qu'il lui choisisse une épouse dotée des qualités qu'il aimait chez les femmes ; voire qu'il lui permette d'examiner les candidates au mariage et de rejeter celles qui n'étaient pas à son goût. Mais il s'était plié au choix de son père sans protester, et le soir des présentations, il avait scellé leurs fiançailles en la prenant brutalement dans un coin sombre du verger et en l'engrossant de leur premier fils.

— On forme un beau couple, *meri-jahn,* lui souffla-t-elle, se rapprochant de lui. On est faits l'un pour l'autre.

Elle l'embrassa dans le cou. Le goût salé de sa peau raviva le désir qu'elle avait de lui. Ses cheveux gardaient l'odeur des cigarettes qu'il fumait en cachette de son père. Elle lui caressa le bras, légèrement, de façon que ses poils drus lui chatouillent la paume. Elle serra sa main puis laissa courir ses doigts sur la toison de son ventre.

— Tu t'es couché très tard hier soir, Muni, lui murmura-t-elle dans le creux de l'oreille. J'avais envie de toi. De quoi as-tu parlé si longtemps avec ton cousin ?

Elle avait entendu leurs voix jusque tard dans la nuit, bien après que ses beaux-parents furent montés se coucher. Etendue, elle avait attendu impatiemment que son mari vienne la rejoindre en se demandant ce qu'il en coûterait à Muhannad pour avoir osé défier son père en amenant le proscrit sous leur toit. Muhannad l'avait avertie de son plan la veille, alors qu'elle le lavait. Puis, tandis qu'elle lui passait des onguents sur le corps, il lui avait parlé à voix basse de Taymullah Azhar.

Il se fichait pas mal de la réaction du vieux schnoque. Il allait demander à son cousin de l'aider dans l'affaire de la mort d'Haytham. Taymullah était un militant pur et dur. Un défenseur des droits des immigrés pakistanais. Il tenait ça d'un membre de la Jum'a qui avait entendu son cousin dans une conférence à Londres. Azhar était intervenu pour parler du système judiciaire et du piège dans lequel tombaient les immigrés en laissant leurs traditions et prédispositions culturelles influencer leur attitude face à la police, aux juristes, aux avocats, ou dans un prétoire. Muhannad ne l'avait pas oublié. Dès qu'il avait été clair que la mort d'Haytham n'était pas accidentelle, il avait pensé faire appel à son cousin.

« Son aide nous sera très précieuse, avait-il dit à Yumn. Et il nous aidera.

— A quoi, Muni ? » lui avait-elle demandé, un peu inquiète.

Elle n'avait guère envie que Muhannad consacre tout son temps et toute son énergie au meurtre d'Haytham Querashi.

« A nous assurer que ces foutus flics arrêtent le véritable assassin, lui avait-il répondu. Ils vont essayer de faire porter le chapeau à un Pakistanais, c'est sûr. Je n'ai pas l'intention de laisser faire ça. »

Ces propos l'avaient ravie. Elle aimait le caractère rebelle de son époux. Elle lui ressemblait sur ce point. Elle observait les règles d'obéissance envers sa belle-mère, ainsi que l'exigeait la coutume, mais elle prenait un malin plaisir à lui rappeler la facilité qu'elle avait à procréer. L'éclair de jalousie qui avait traversé le visage de Wardah quand elle lui avait annoncé fièrement sa deuxième grossesse douze semaines après la naissance de son premier fils ne lui avait pas échappé. Et elle ne manquait jamais la moindre occasion de lui jeter sa fécondité à la figure.

« Mais est-ce que ton cousin est aussi intelligent

que toi, *meri-jahn* ? Vous ne vous ressemblez pas.
Un homme si malingre. Si petit... »

Elle fit glisser sa main vers le bas-ventre de son
mari, enroulant les poils autour d'un doigt, les tiraillant gentiment. Le désir qu'elle avait de lui se fit
plus pressant, s'accrut au point qu'il n'y avait plus
qu'un seul moyen de l'apaiser. Mais elle voulait que
ce soit lui qui fasse le premier pas, la désire, la
prenne ; car sinon, c'est ailleurs, elle en était
consciente, qu'il irait chercher son plaisir.

Et ce ne serait pas la première fois. Yumn ne
savait pas avec quelle femme — ou quelles
femmes, plutôt — elle était obligée de partager son
époux. Elle savait seulement qu'elles existaient.
Elle faisait toujours semblant de dormir quand
Muhannad quittait le lit conjugal au beau milieu de
la nuit, mais à peine avait-il refermé la porte de la
chambre qu'elle gagnait la fenêtre à pas de loup. Et
elle guettait le bruit du moteur de sa voiture qu'il
démarrait au bas de la rue après l'avoir laissée descendre en roue libre. Parfois, elle l'entendait. Parfois, non.

Ces nuits-là, elle restait éveillée dans l'obscurité,
les yeux fixés au plafond, comptant les minutes, les
heures qu'il passait loin d'elle. Quand il lui revenait, à l'aurore, et qu'il se glissait entre les draps,
elle le humait pour déceler une odeur de sexe,
même si elle savait que cette odeur la ferait souffrir
autant que la vision de ses ébats avec une autre.
Mais Muhannad avait la prudence de ne pas ramener le parfum d'une autre femme dans leur lit. Elle
n'avait découvert aucune preuve concrète de ses
infidélités. Aussi devait-elle se battre contre sa

rivale inconnue avec la seule arme qu'elle possédait.

Elle lui lécha l'épaule.

— Quel homme, murmura-t-elle.

Ses doigts rencontrèrent son sexe. Il était en érection. Elle commença à le masturber. Elle lui effleura le dos de ses seins tout en remuant sensuellement des hanches. Elle murmura son nom.

Il bougea enfin. Il plaqua sa main sur la sienne et la guida pour qu'elle le masturbe à un rythme plus rapide.

Les bruits du matin s'intensifiaient dans la maison. Le plus jeune de ses deux fils se mit à pleurer. Le parquet du couloir de l'étage grinça sous des sandales. Wardah cria quelque chose de la cuisine. Sahlah et son père bavardaient calmement. Audehors, des oiseaux gazouillaient dans le verger. Quelque part, un chien aboya.

Wardah serait fâchée que Yumn ne se soit pas levée tôt pour préparer le petit déjeuner de Muhannad. La vieille femme qu'elle était semblait oublier que sa belle-fille devait aussi remplir son devoir conjugal.

Muhannad suivait le rythme avec ses hanches. Doucement, Yumn le fit s'allonger sur le dos. Elle repoussa le drap, retroussa sa chemise de nuit et se mit à califourchon sur lui. Il ouvrit les yeux et lui prit les mains. Elle le regarda et lui dit, dans un souffle :

— Muni, *meri-jahn,* comme c'est bon.

Elle se souleva et, comme elle s'apprêtait à s'empaler sur lui, il se dégagea vivement.

— Mais, Muni, tu n'as pas envie...

Il lui plaqua une main sur la bouche pour la faire taire. Ses doigts s'enfoncèrent dans ses joues avec une force telle qu'elle sentit ses ongles dans sa peau. Il passa dans son dos, se colla à elle et lui renversa la tête en arrière. De sa main libre, il lui caressa un sein puis pinçota le mamelon entre le pouce et l'index jusqu'à ce qu'elle se torde de douleur. Il lui mordilla le cou, et sa main abandonna son sein pour glisser sur son ventre jusqu'à aller se perdre dans son entrejambe qu'il empoigna avec rudesse. Puis, sans ménagement, il la poussa en avant de façon qu'elle se retrouve à quatre pattes. La main toujours en bâillon sur sa bouche, il la posséda et prit son plaisir en moins de vingt secondes.

Il la relâcha et elle se laissa tomber sur le côté. Il resta sur elle un moment, les yeux clos, la tête levée vers le plafond, à bout de souffle. Il passa une main dans ses cheveux qu'il rejeta en arrière. Il avait le corps mouillé de sueur.

Il descendit du lit et ramassa son tee-shirt qui traînait par terre avec ses autres vêtements, s'essuya avec et le jeta de nouveau. Il prit son jean, l'enfila sans mettre de slip, remonta la fermeture Éclair et, torse et pieds nus, sortit sans se retourner.

Yumn regarda la porte se refermer. Elle sentit la semence couler de son corps. Elle s'empressa de prendre un mouchoir en papier, se souleva et glissa un oreiller sous son bassin. Elle commença à se détendre en imaginant la course folle des spermatozoïdes vers l'ovule prêt à être fécondé. Ce serait pour ce matin, songea-t-elle.

Quel homme, ce Muni.

7

En arrivant, Barbara trouva Emily Barlow à croupetons sous son bureau en train de brancher un ventilateur rotatif. Son ordinateur était allumé sur un document que Barbara reconnut au premier coup d'œil : HOLMES, le programme qui regroupait les enquêtes criminelles de tout le territoire. La pièce était déjà un vrai sauna, malgré son unique fenêtre grande ouverte. Trois bouteilles d'Evian vides témoignaient de la lutte acharnée d'Emily contre la chaleur.

— Cette baraque ne se rafraîchit même pas pendant la nuit, dit Emily en sortant de sous la table. (Elle brancha le ventilateur et le régla sur la vitesse maximale. Rien ne se passa.) Oh, putain de... (Elle gagna la porte et cria :) Billy ! Tu m'avais dit que ce truc marchait !

— J'ai dit : « Essayez, chef », lui répondit-on. J'ai pas dit que c'était sûr...

— Super !

Elle retourna près du ventilateur, appuya sur le bouton OFF, puis essaya successivement chacun des réglages possibles et finit par donner un coup de

227

poing sur le boîtier du moteur. L'hélice se mit à tourner sans conviction, sans provoquer la moindre brise, se contentant de brasser le peu d'air fétide de la pièce. Emily hocha la tête, dépitée, et épousseta le devant de son pantalon.

— Qu'est-ce que c'est? demanda-t-elle en désignant ce que Barbara tenait dans sa main.

— Les messages téléphoniques laissés pour Querashi depuis son arrivée. Basil Treves me les a passés ce matin.

— Quelque chose d'intéressant?

— Y en a un sacré paquet. J'en ai lu qu'un tiers.

— Bon sang, on aurait pu les avoir depuis deux jours si Ferguson s'était montré un peu plus coopératif et un peu moins pressé de me virer! Passe-moi ça.

Emily prit la liasse que Barbara lui tendait, puis cria en direction du couloir :

— Warner!

Une jeune femme arriva au petit trot. Sa chemise d'uniforme lui collait déjà à la peau; ses cheveux étaient plaqués sur son front. Emily fit les présentations succinctement et lui donna les messages en lui disant :

— A trier, à classer, à entrer sur ordinateur, à résumer.

Elle se tourna vers Barbara, la regarda de plus près et fit :

— Oh, c'est pas Dieu possible! Viens.

Elle fonça dans l'étroit couloir, ne s'arrêtant sur le palier que le temps d'ouvrir plus grand une fenêtre, et Barbara la suivit à l'arrière de la vaste maison victorienne, dans une ancienne pièce de réception réaménagée en vestiaire/salle de gym. Des appareils de musculation, des vélos d'entraînement et des rameurs occupaient le centre de la pièce. Des casiers s'alignaient sur un mur ; deux douches, trois lavabos et un miroir occupaient celui d'en face. Un type roux et costaud, engoncé dans son survêtement, faisait du rameur. Il avait tout du candidat au pacemaker.

— Frank, lui cria Emily, tu en fais trop !

— Faut que je perde douze kilos avant le mariage, répondit-il, haletant.

— Surveille ton alimentation, alors ! Mets un frein sur les *fish and chips* !

— Impossible, chef ! (Il accéléra le rythme.) C'est Marsha qui fait la cuisine, je ne voudrais pas la vexer.

— C'est pas vexée qu'elle sera si tu tombes raide mort devant l'autel, lui rétorqua Emily.

Elle s'approcha d'un casier, ôta le cadenas, l'ouvrit, en sortit un petit sac en éponge, puis gagna un des lavabos.

Barbara la suivit, mal à l'aise. Elle commençait à se douter de ce qui allait suivre, et ça ne lui plaisait guère.

— Emy, dit-elle, je ne crois pas que...

— Ne discute pas, la coupa Emily.

Elle ouvrit sa trousse à maquillage et prit un tube de fond de teint, deux poudriers et des brosses.

— Oh, non, tu ne vas pas...

— Non mais, regarde-toi ! fit Emily, tournant le visage de Barbara vers le miroir. Tu as une mine de papier mâché !

229

— De quoi veux-tu que j'aie l'air ? Je me suis fait tabasser. J'ai eu le nez et trois côtes cassés !

— Et tu m'en vois désolée. Si quelqu'un ne mérite pas de se faire passer à tabac, c'est bien toi. Mais ce n'est pas une raison, Bab. Si on doit faire équipe, alors, qu'on ne soit pas trop dépareillées...

— Oh, Emy, tu fais chier. Je ne me barbouille jamais comme ça...

— Considère que c'est une expérience nouvelle. Allez, regarde-moi. (Et voyant que Barbara hésitait encore, elle ajouta :) Je ne veux pas que tu rencontres les Pakistanais avec cette tête-là. C'est un ordre, sergent !

Barbara se soumit en ayant l'impression d'être de la viande hachée malaxée en boulettes. Emily ne perdait pas de temps, maniant les houppettes et les brosses avec célérité, appliquant les blushs avec adresse. En dix minutes, le tour était joué. Elle recula pour juger le résultat.

— Ça peut aller, dit-elle. A part les cheveux. Là, y a aucun espoir. On dirait que tu les as coupés toi-même sous la douche.

— Ben... fit Barbara, ça m'a semblé une bonne idée, sur le moment...

Emily leva les yeux au ciel, remballa ses cosmétiques et Barbara en profita pour regarder le résultat.

— Pas mal, admit-elle.

Ses bleus étaient toujours visibles, mais nettement moins hauts en couleur ; et ses yeux — qu'elle qualifiait elle-même de porcins — lui paraissaient avoir atteint une grandeur raisonnable. Emily avait raison : sa coupe de cheveux était à chier. Mais, bon,

230

pas encore de quoi la confondre avec la fiancée de Frankenstein.

— Tu achètes ça où ? demanda-t-elle à Emily, faisant allusion à ses produits de maquillage.

— Chez Boots. Tu connais, je suppose ? Allez, viens, j'attends le rapport d'autopsie ce matin.

Il trônait sur le bureau d'Emily. Les pages bruissaient par intermittence au gré des passages du ventilateur rotatif. Emily s'en empara, rejeta ses cheveux en arrière et le parcourut. Une série de photographies y était jointe. Barbara les examina. Elles représentaient le cadavre d'Haytham Querashi, nu, juste avant sa dissection. Barbara vit qu'il avait été sérieusement tabassé. Outre les coups au visage, des contusions marquaient son torse et ses épaules. Les meurtrissures, de formes et de tailles irrégulières, n'évoquaient pas des traces de coups de poing.

Tandis qu'Emily lisait les conclusions du médecin légiste, Barbara réfléchissait. L'assassin avait dû se servir d'une arme pour tuer Querashi. Mais laquelle ? Les contusions ne provenaient pas de coups portés à mains nues ; mais elles n'évoquaient pas non plus une arme spécifique. L'une pouvait avoir été faite à coups de démonte-pneu ; une autre, de planche ; une troisième, de pelle ; une quatrième, de botte. Ce qui faisait penser à une embuscade tendue par plusieurs agresseurs. Un combat à mort.

— Emy, dit-elle, songeuse, pour qu'il soit si mal en point, vous avez dû relever des traces de bagarre à l'intérieur et à l'extérieur du blockhaus, non ? Qu'est-ce que vous avez trouvé sur place ? Des taches de sang? Quelque chose qui a pu servir d'arme?

— Que dalle, lui répondit Emily, levant les yeux du rapport.

— Et au sommet du Nez? Des empreintes de pas?

— Rien non plus.

— Sur la plage?

— S'il y en a eu, la marée les aura emportées.

Était-il possible qu'un combat mortel n'ait laissé des marques que sur le corps de la victime? Et même si la bagarre avait eu lieu sur la plage, était-il plausible d'envisager que la marée ait pu en effacer toutes les traces? Elle reporta son regard sur les photos du corps contusionné de Querashi. Il y avait bien une autre possibilité...

Elle examina un gros plan d'une jambe de Querashi, puis un agrandissement d'une partie de la même jambe. Un rond dessiné au marqueur indiquait la zone sur laquelle le médecin légiste voulait attirer l'attention des enquêteurs. Sur le tibia se trouvait une coupure aussi fine que du papier à cigarette. Comparée aux traces de coups et aux éraflures sur le haut du corps, cette estafilade de quatre ou cinq centimètres de long faisait figure de parent pauvre. Mais vu l'absence d'indices, elle constituait un détail curieux qui méritait d'être pris en considération.

— Rien que nous ne sachions déjà, dit Emily, flanquant le rapport sur son bureau. On l'a tué en lui brisant la nuque. Rien de spécial dans le sang. Le médecin légiste nous conseille de passer en revue les vêtements, en particulier le pantalon.

Emily s'assit à son bureau, décrocha son téléphone et composa un numéro. Elle attendit tout en se massant la nuque avec un gant de toilette qu'elle avait sorti d'une de ses poches.

— Sacrée chaleur ! grommela-t-elle. (Et quelques secondes plus tard :) Inspecteur Barlow à l'appareil. C'est Roger ?... Hmm. Oui. Lamentable, comme tu dis. Mais au moins tu as l'air conditionné, là où tu es. Viens faire un séjour ici, tu verras ce que souffrir veut dire... (Elle roula le gant en boule et le mit de côté.) Bon, tu as quelque chose pour moi ?... A propos du meurtre sur le Nez. Tu t'en souviens, quand même ?... Je sais ce que tu as dit, mais le docteur Nonosse du ministère de l'Intérieur nous conseille d'examiner ses fringues... Quoi ? Oh, allez, Roger, déniche-moi ça, tu veux ?... Oui, je comprends, mais le temps d'attendre que le rapport soit tapé... Roger... Roger... Oh arrête, et refile-moi cette putain d'info !... (Elle mit une main à plat sur le combiné et dit à Barbara :) Une vraie prima donna, celui-là !

Elle reporta son attention sur son interlocuteur à l'autre bout du fil, saisit un calepin et commença à prendre des notes. Elle interrompit deux fois le Roger en question ; la première pour lui demander depuis combien de temps, et la deuxième pour savoir si les dégâts étaient récents.

— Je te remercie, Roger. (Elle raccrocha et se tourna vers Barbara.) Une jambe du pantalon est déchirée.

— Sur une grande longueur ? A quelle hauteur ?

— Quatre ou cinq centimètres en partant du bas. Une déchirure en ligne droite. Récente, me disait Roger, car les fils ne sont ni usés ni aplatis, comme ce serait le cas si le pantalon avait été lavé une fois déchiré.

— Le médecin légiste t'a envoyé un agrandissement de la jambe de Querashi, lui dit Barbara. Il a une entaille sur le tibia.

— Qui correspond à la déchirure du pantalon?

— Je serais prête à le parier.

Barbara lui tendit les photographies. Celles qui avaient été prises au Nez le samedi matin étaient posées sur le bord du bureau. Pendant qu'Emily les regardait, Barbara tria les photos du corps puis enchaîna avec celles du site. Elle vit l'endroit où la victime avait garé sa voiture — au sommet de la colline, à côté d'un des poteaux blancs qui entouraient le parking. Elle évalua la distance entre la voiture et le café, puis entre la voiture et le bord de la falaise. Soudain, ce qu'elle n'avait pas vu la veille au soir, la première fois qu'elle avait examiné ces clichés — et qu'elle aurait dû remarquer, car elle connaissait cet endroit pour y être venue se promener avec son petit frère bien des années plus tôt —, lui sauta aux yeux: l'escalier en béton qui zébrait en diagonale la paroi de la falaise. Contrairement à celui de la jetée, cet escalier n'avait pas été rénové. Ses deux rampes étaient piquetées de rouille; les marches elles-mêmes se dégradaient sous les assauts de la mer du Nord. On y voyait de profondes fissures. On y voyait de dangereux trous. On y voyait aussi la vérité.

— Merde, l'escalier, Emy! s'écria Barbara. Il a dû dégringoler les marches. C'est de là que viennent les marques qu'il a sur le corps!...

Emily leva les yeux des photos du cadavre.

— Regarde son pantalon, Bab. Regarde sa jambe. Quelqu'un a dû tendre un fil de fer pour le faire tomber...

— Oh, putain ! On en a retrouvé un sur place ?

— Je vais voir ça avec le préposé aux pièces à conviction, répondit Emily. Mais c'est un lieu public. Même si l'assassin avait laissé un fil de fer — ce dont je doute —, il serait très facile pour un avocat de la défense de récuser cette preuve.

— A moins qu'on ne trouve dessus des fibres du pantalon de Querashi.

— Ouais, admit Emily.

Elle prit note. Barbara examina les autres photographies de la scène du crime.

— L'assassin a dû tirer le corps de Querashi jusqu'au blockhaus, dit-elle. Vous avez trouvé des empreintes de pas sur le sable, Emy ? Des traces indiquant que le corps a été traîné du bas de l'escalier ? Ah non, bien sûr, j'oubliais la marée !

— Eh oui, fit Emily.

Elle ouvrit un tiroir de son bureau, en sortit une loupe et examina la photo de la jambe de Querashi. Puis elle reprit le rapport d'autopsie et y chercha un passage.

— Ah, voilà, dit-elle. « Coupure de quatre centimètres de long. Reçue peu de temps avant la mort. »

Elle reposa le rapport et tourna vers Barbara un regard lointain, imaginant le Nez plongé dans l'obscurité, sans une lumière pour guider les pas d'un promeneur confiant à mille lieues de soupçonner qu'un fil de fer tendu au sommet de l'escalier allait provoquer sa chute mortelle.

— Quelle grosseur, le fil, à ton avis ? demanda-t-elle pour la forme. (Elle jeta un coup d'œil au ventilateur qui s'acharnait à pivoter sur son axe.) Un fil électrique ?

— Ça ne lui aurait pas entaillé la jambe.

— À moins qu'il n'ait été dénudé et qu'il ne soit pas visible de nuit.

— Mouais, fit Barbara. Possible. Et un fil de canne à pêche ? Solide et flexible à la fois, tu vois.

— Tu y tiens, dit Emily. Une corde de piano ? Ou du catgut, pourquoi pas. Ou de ce fil qui sert à attacher les caisses...

— En gros, fit Barbara, n'importe quel fil fin, solide et flexible...

Elle présenta à Emily le sachet de mise sous scellés contenant les objets glanés à l'hôtel.

— Jette un coup d'œil là-dessus, dit-elle. Ça vient de la chambre de Querashi. Les Malik ont voulu y entrer, au fait.

— Tiens donc ! fit Emily. (Elle enfila une paire de gants en latex et ouvrit le sachet.) Tu les as fait enregistrer comme pièces à conviction ?

— En arrivant, oui.

Emily feuilleta le livre à reliure jaune que Barbara avait trouvé dans la table de chevet de Querashi.

— Donc, ce n'est ni un crime passionnel ni un crime gratuit, dit-elle. C'est un meurtre avec préméditation commis par quelqu'un qui savait où Querashi allait quand il a quitté son hôtel vendredi soir. Peut-être la personne avec qui il avait rendez-vous ? Ou peut-être quelqu'un qui connaissait cette personne.

— Un homme, dit Barbara. Puisqu'il a fallu traîner le corps, ça ne peut être qu'un homme.

236

— Ou un couple, fit remarquer Emily. Ou même une femme seule si le corps a été traîné du bas de l'escalier. Une femme aurait pu le faire.

— Mais pourquoi déplacer le corps ?

— Pour retarder sa découverte, je suppose. Remarque, dans ce cas-là, pourquoi laisser la voiture en évidence, sens dessus dessous, comme un panneau indicateur signalant qu'il s'est passé quelque chose d'anormal. Le premier venu pouvait la remarquer et fouiller les alentours.

— Peut-être que l'assassin manquait de temps et qu'il se fichait que la voiture soit repérée.

Emily parcourut la page du livre jaune marquée par le signet en soie et, du bout du doigt, tapota la partie entre crochets.

— Ou peut-être que cet acte de vandalisme n'a été commis que pour justifier la découverte du corps, dit Barbara.

— Ce qui nous ramène à Armstrong. Oh, tais-toi, Barbara, s'il est impliqué dans le meurtre, les Pakistanais vont mettre la ville à feu et à sang.

— Mais c'est possible, non ? Tu connais la musique : le type prétend être sorti faire une balade. Il tombe sur cette bagnole. « Dieu du ciel, qu'il fait, mais qu'est-ce que c'est que ça ? On dirait bien que quelqu'un a éventré cette voiture. Et si je descendais sur la plage, histoire de voir si je ne trouve pas autre chose d'intéressant ? »

— Oui, je suis d'accord, c'est possible. Mais guère probable. Tu imagines un peu l'organisation compliquée que ça impliquerait : Armstrong file Querashi depuis son arrivée, repère ses faits et gestes, choisit le bon soir, tend le fil de fer, se cache

237

en attendant qu'il vienne se prendre les pieds dedans, fout sa bagnole à sac puis revient le lendemain matin à l'aube pour être sûr qu'il sera le premier sur les lieux et fait semblant de découvrir le cadavre. Franchement, ça te paraît possible ?

— Tout dépend jusqu'où il était prêt à aller pour récupérer son job, dit Barbara en haussant les épaules.

— Un point pour toi. Mais je l'ai interrogé, et je peux t'assurer qu'il n'est ni assez intelligent ni assez dégourdi pour échafauder un plan pareil !...

— En tout cas, il a retrouvé son poste de directeur de production à la fabrique, non ? Tu disais toi-même qu'il faisait du très bon boulot avant l'arrivée de Querashi. Si c'est vrai, il ne doit pas être le dernier des abrutis !

— Ouais...

Emily se remit à feuilleter le petit livre jaune de Querashi.

— Formidable ! dit-elle. Pour moi, c'est du sanskrit... (Elle sortit dans le couloir.) Warner ! Trouve-moi quelqu'un qui lit le pakistanais.

— L'arabe, rectifia Barbara.

— Quoi ?

— C'est écrit en arabe.

— C'est pareil !

Emily sortit les préservatifs, les deux clés et le coffret en cuir du sachet et posa le tout sur son bureau.

— Cette clé doit être celle d'un coffre de banque, dit-elle, désignant la plus grosse des deux, sur laquelle figurait le numéro 104. Entre ici et Clacton,

238

on a la Barclay's, la Westminster, la Lloyds et la Midland.

Elle notait au fur et à mesure.

— On a trouvé ses empreintes dans la bagnole ? demanda Barbara.

— Celles de qui ?

— D'Armstrong. Vous avez fait un relevé d'empreintes dans la Nissan. Tu dois bien savoir si on a trouvé les siennes !

— Il a un alibi, Bab.

— Donc, on a trouvé ses empreintes dans la bagnole, il a un mobile, et...

— Je viens de te dire qu'il a un alibi ! s'écria Emily d'un ton brusque.

Elle jeta le sachet en plastique sur son bureau et se dirigea vers une glacière à côté de la porte. Elle l'ouvrit, en sortit une boîte de jus de fruit et la lança à Barbara.

C'était la première fois que Barbara sentait Emily aussi nerveuse ; mais il faut dire qu'elle ne l'avait jamais vue sous pression. Elle se rappela soudain qu'elle n'était pas en train de travailler avec l'inspecteur Lynley, dont la décontraction perpétuelle encourageait ses subordonnés à exprimer leur point de vue — si passionné soit-il — en toute liberté. Avec l'inspecteur Barlow, c'était une autre paire de manches. Et elle ne devait pas l'oublier.

— Excuse-moi, dit-elle. J'ai toujours tendance à aller trop loin.

— Écoute, Bab, dit Emily en soupirant. J'ai besoin d'un coup de main sur cette affaire. Mais tu perds ton temps en suivant la piste Armstrong. En plus, tu vas me filer un ulcère, ce à quoi s'emploie

239

déjà Ferguson. (Elle décapsula sa boîte de jus de fruit et en but une gorgée.) Armstrong s'est expliqué sur ses empreintes dans la voiture : les portières étaient grandes ouvertes et il s'est demandé s'il y avait quelqu'un à l'intérieur qui aurait besoin d'aide.

— Et tu le crois ? demanda Barbara. Parce que... (Elle s'efforça de prendre des gants : sa participation à l'enquête était officieuse, et elle tenait à la poursuivre.) Il est toujours possible qu'il ait saccagé la bagnole lui-même.

— Ouais, c'est toujours possible, répondit Emily platement en reportant son attention sur les quelques pièces à conviction étalées sur son bureau.

— Chef ? cria une voix de femme. Un certain Kayr al Din Siddiqi, de l'université de Londres, peut traduire l'arabe ! Faut lui faxer le texte ?

— Belinda Warner, dit Emily à Barbara en guise d'explication. Cette nana n'est pas foutue de taper correctement un rapport, mais colle-lui un téléphone entre les mains et elle te fait des miracles... D'accord ! lui cria-t-elle en retour.

Elle envoya le petit livre jaune à la photocopie et prit le chéquier de Querashi resté dans le sachet en plastique. En le voyant, Barbara se rappela qu'il y avait une autre piste à suivre :

— Querashi a fait un chèque de 400 livres, il y a quinze jours, à l'ordre d'un certain F. Kumhar.

Emily trouva le talon correspondant et l'examina.

— Pas vraiment une fortune, dit-elle, mais pas une somme dérisoire. Il va falloir qu'on trouve qui est ce — ou cette — F. Kumhar.

— Le chéquier était dans le coffret en cuir fermé

à clé. Il y avait aussi un reçu de la bijouterie Racon établi au nom de Sahlah Malik.

— Bizarre que Querashi ait mis son chéquier sous clé, vu que personne d'autre ne pouvait l'utiliser. (Elle le lança à Barbara.) Je te laisse faire. Vois pour cette histoire de reçu.

Une proposition tout à son honneur, songea Barbara, se rappelant leur petit moment de tension. Et Emily enfonça le clou en ajoutant :

— Je vais aller réinterroger Mr Armstrong. A nous deux, on devrait finir par faire progresser l'enquête, aujourd'hui !

Barbara éprouva un élan de gratitude envers son amie : elle s'était occupée de son visage amoché, elle l'avait autorisée à la seconder, elle était allée jusqu'à envisager de lui confier une partie de l'enquête. Mais pour toute réponse, elle lui dit :

— Si tu le penses...

— J'en suis sûre, affirma Emily avec cette assurance que Barbara lui connaissait. En ce qui me concerne, tu fais partie de l'équipe. (Elle chaussa ses lunettes de soleil et prit son trousseau de clés.) Scotland Yard a une aura qui va en imposer aux Pakistanais — et à mon chef. J'ai besoin qu'ils me lâchent les baskets, tous autant qu'ils sont. Je compte sur toi pour faire tout ton possible dans ce sens.

Elles sortirent dans le couloir. Emily lança à la cantonade qu'elle allait « cuisiner » Armstrong et qu'elle prenait son téléphone portable. Puis elle salua Barbara et partit comme une flèche.

Une fois seule, Barbara passa de nouveau en revue les objets qu'elle avait pris dans la chambre

241

de la victime, en se demandant quelles conclusions en tirer dans l'hypothèse où la théorie d'Emily selon laquelle l'assassin se serait servi d'un fil tendu pour faire tomber Querashi soit exacte. Une clé qui était peut-être celle d'un coffre de banque; quelques phrases d'un livre en arabe mises entre crochets; un chéquier auquel il manquait un chèque libellé à l'ordre d'un Pakistanais et un mystérieux reçu d'une bijouterie.

Autant commencer par le dernier. Quitte à procéder par élimination, il valait mieux se lancer d'abord sur la piste la plus évidente. Même si elle ne menait nulle part, Barbara aurait au moins la satisfaction d'obtenir des résultats concrets. Elle abandonna le ventilateur à ses vains efforts, descendit l'escalier et sortit dans la rue, où sa Mini mijotait sous la chaleur montante de la journée. Le volant était brûlant et les sièges aussi collants qu'un vieil oncle alcoolique. Mais le moteur démarra en se faisant moins tirer l'oreille que d'habitude. Elle roula et tourna à droite vers la grand-rue.

Elle n'eut pas à aller bien loin. La bijouterie se trouvait à l'angle de la grand-rue et de Saville Lane. Sur les quelques boutiques en enfilade, c'était apparemment l'une des trois dernières à n'avoir pas encore mis la clé sous la porte. Elle était fermée, mais Barbara frappa quand même à la porte vitrée dans l'espoir qu'il y aurait quelqu'un dans l'arrière-boutique qu'elle apercevait juste derrière le comptoir. Elle tourna la poignée — en vain —, puis frappa de nouveau, plus énergiquement cette fois. Une femme à la coiffure extravagante et aux cheveux d'un roux criard apparut dans l'encadrement de l'arrière-boutique et montra du doigt la pancarte FERMÉ.

— Pas encore prêêêête ! lui cria-t-elle, d'un air jovial. (Et se rendant compte sans doute que refuser un client par les temps qui courent serait de la folie, elle ajouta :) C'est un cas d'urgence, ma belle ? Un anniversaire ?

Elle vint quand même ouvrir la porte, et Barbara lui mit sa carte sous le nez. La femme écarquilla les yeux.

— Scotland Yard ?

Instinctivement, elle lança un coup d'œil vers l'arrière-boutique.

— Je ne cherche pas un cadeau, lui dit Barbara, mais un tuyau, Mrs... ?

— Winfield. Connie Winfield. Connie, de Racon.

Il fallut quelques secondes à Barbara pour comprendre que son interlocutrice ne faisait pas référence à sa généalogie, mais à son fonds de commerce.

— Ah, c'est le nom de votre boutique ?

— Tout à fait, répondit Connie.

Connie Winfield de Racon referma la porte et la tapota avec orgueil. Elle s'approcha du comptoir et retira le pan de flanelle bordeaux qui recouvrait sa vitrine, révélant boucles d'oreilles, colliers, bracelets et autres colifichets : bijoux hybrides nés de croisements entre pièces de monnaie, perles, plumes, pierres polies et morceaux de cuir, sur des montures d'or ou d'argent. Barbara songea à la bague achetée par Querashi. Un rubis des plus classiques. Impossible qu'il l'ait achetée ici. Elle sortit toutefois le reçu du bijou.

— Mrs Winfield, est-ce que ce document...

— Oh, appelez-moi donc Connie. (Elle passa à une deuxième vitrine.) Tout le monde m'appelle Connie. On m'a toujours appelée Connie. Je suis née ici, alors je ne vois pas pourquoi je me ferais appeler Mrs Winfield par des gens qui m'ont vue courir dans les rues en couche-culotte !

— Très bien... Connie.

— Mes créateurs aussi m'appellent Connie. Ceux qui font mes bijoux. Tous les artistes, de Brighton à Inverness. Je prends leurs productions en dépôt. C'est comme ça que j'ai pu survivre à la crise, alors que la plupart des boutiques — des boutiques de luxe, j'entends, pas les épiceries ni les pharmacies ni les magasins d'alimentation — ont fait faillite ces cinq dernières années. J'ai le sens du commerce. Je l'ai toujours eu. Quand j'ai ouvert Racon, il y a dix ans, j'ai pensé : « Connie, ne mets pas tout ton argent dans ton stock, ma petite. » Et j'ai bien fait. Ç'aurait été voguer toutes voiles dehors vers « Plantage-les-Flots », si vous voyez ce que je veux dire.

Elle se baissa et prit sous le comptoir de jolis supports en bois à plusieurs branches. Ils servaient de présentoirs aux boucles d'oreilles dont les perles et les pièces tintèrent quand elle les posa sur le comptoir et entreprit d'en réarranger les bijoux. Elle s'affairait avec une grande énergie, et Barbara se demanda si cette attitude lui était coutumière avant l'ouverture, ou bien si elle était due à la nervosité provoquée par l'arrivée inopinée d'un membre de

Scotland Yard. Elle posa le reçu à côté d'un des présentoirs.

— Mrs... Connie, ce reçu vient de votre boutique, n'est-ce pas ?

— « Racon » est écrit en gros en haut de la feuille, constata Connie.

— Vous pouvez me dire à quel achat il correspond ? Et à quoi se rapporte la phrase « La vie commence aujourd'hui » ?

— Vous permettez ?

Connie se dirigea vers un coin de la boutique où trônait un ventilateur sur pied. Elle l'alluma et Barbara eut le plaisir de constater que, contrairement à celui de la police locale, il fonctionnait parfaitement bien. Connie le régla sur la vitesse intermédiaire puis, reçu en main, elle s'approcha de la caisse. Elle prit un carnet noir sur lequel figurait *RACON* en lettres dorées et l'ouvrit.

— « AK » désigne l'artiste, expliqua-t-elle à Barbara. C'est plus facile pour différencier les créateurs. Il s'agit d'Aloysius Kennedy, un type du Northumberland. C'est rare que je vende ses bijoux, ils sont un peu chers pour la clientèle de Balford, voyez. Mais celui-là... (Elle humecta le bout de son majeur, feuilleta le carnet et fit courir sur une page un ongle interminable et peint d'un rouge acrylique se voulant assorti à sa chevelure.) Le numéro 162 est la référence, et en l'occurrence... Ah, voilà. Oh oui, c'était un de ses bracelets à fermoir. Hooo, magnifique. Je n'en ai pas d'autre en ce moment, mais... (elle enchaîna en mode vendeuse)... je peux vous montrer un modèle très proche, si vous voulez vous faire une idée ?

245

— Et « La vie commence aujourd'hui » ?
Qu'est-ce que ça vous évoque ?

— Une sacrée dose d'optimisme, répondit
Connie en partant d'un petit rire forcé qui dévoila
ses dents, aussi petites et blanches que des dents de
lait. Pour ça, il va falloir demander à Rachel... (Elle
gagna le seuil de l'arrière-boutique et cria :) Rachel,
trésor, y a Scotland Yard qui voudrait avoir des renseignements sur un reçu que tu as fait ! Tu veux bien
m'apporter un Kennedy ? (Elle se tourna vers Barbara et précisa :) C'est ma fille.

— « RAchel » comme dans « RAcon » ?

— Ah, y en a là-dedans ! fit Connie, désignant la
tête de Barbara.

Le plancher de l'arrière-boutique grinça sous des
pas. Une jeune fille apparut dans l'encadrement de
la porte, le visage dans l'ombre, une boîte à la main.

— Je m'occupais de l'envoi venant de Devon,
dit-elle. Elle travaille à partir de coquillages, cette
fois. Tu le savais ?

— Quelle guigne ! Impossible de lui faire
comprendre ce qui se vend, à celle-là ! Voilà Scotland Yard, Rachou.

Rachel s'avança imperceptiblement. Barbara
constata alors que la mère et la fille ne se ressemblaient pas du tout. Sous ses cheveux artificielle-
ment flamboyants, Connie avait des traits fins, une
peau parfaite, des cils soyeux, une bouche délicatement dessinée. A regarder sa fille, on avait l'impression de voir un collage hétéroclite constitué d'éléments provenant de plusieurs laiderons. Elle avait
des yeux anormalement écartés dont l'un retombait
comme si elle souffrait d'une paralysie faciale. Sous

246

sa lèvre inférieure, une petite protubérance charnue faisait office de menton duquel partait son cou. Et en lieu et place du nez, il n'y avait rien. On aurait dit que quelqu'un avait appuyé de toutes ses forces sur un masque en argile.

Barbara ne savait que faire pour ne pas blesser la jeune fille : la regarder ou détourner les yeux ? Elle se creusa la cervelle pour tenter d'imaginer ce que les gens souffrant de difformités attendaient des autres : les regarder pouvait paraître cruel, mais ne pas les regarder pendant qu'on leur parlait était encore plus grossier.

— Qu'est-ce que tu peux dire à Scotland Yard au sujet de ce reçu, ma puce ? fit Connie. C'est un Kennedy et c'est ton écriture, et tu l'as vendu à...

Elle laissa sa phrase en suspens tandis qu'elle lisait pour la première fois le nom de l'acheteur. Mère et fille échangèrent un regard. Barbara comprit qu'un message passait entre elles.

— Le reçu précise que le bijou a été vendu à une certaine Sahlah Malik, dit Barbara en s'adressant à Rachel.

Celle-ci finit par s'avancer en pleine lumière. Elle s'arrêta à un peu moins d'un mètre du reçu posé sur le comptoir et le regarda timidement, comme si c'était un objet venu d'ailleurs dont il fallait s'approcher avec méfiance. Une veine battait à sa tempe et, tandis qu'elle examinait le reçu à distance, elle croisa les bras sur sa poitrine.

Sa mère, avec un petit rire de gorge, lui rectifia sa coiffure, lui tiraillant les cheveux par-ci, leur redonnant du volume par-là. Rachel parut irritée mais ne protesta pas.

247

— Votre mère me disait que c'était votre écriture, lui dit Barbara. C'est donc vous qui avez fait cette vente ? Vous vous en souvenez ?

— Ce n'était pas vraiment une vente, répondit Rachel. (Elle se racla la gorge.) C'était plutôt... un échange. Sahlah fait des bijoux pour nous, alors on a fait un troc. Elle ne... elle n'a pas d'argent à elle, vous comprenez.

Elle désigna une série de colliers exotiques faits de pièces de monnaie étrangères et de perles d'ambre sculptées.

— Donc, vous la connaissez, dit Barbara.

Rachel éluda la question.

— « La vie commence aujourd'hui » doit être une inscription à graver à l'intérieur du bracelet, dit-elle. Nous, on ne s'en charge pas, mais on le fait faire à la demande.

Elle posa sa boîte sur le comptoir et l'ouvrit. A l'intérieur, un bijou était protégé par un fin tissu violet. Rachel l'écarta, révélant un bracelet en or qu'elle étala sur le comptoir. Le bijou correspondait bien au style classico-fantaisiste de la maison : il était rond, mais on aurait dit qu'il avait été coulé dans un moule malléable pouvant façonner des bijoux uniques par leur design.

— C'est un Kennedy, dit Rachel. Tous les modèles sont différents, mais il vous donne une idée de ce à quoi ressemblait le AK-162.

Barbara prit le bracelet. C'était un modèle unique. Si elle en avait vu un de semblable dans la chambre de Querashi, elle s'en serait souvenue. Elle se demanda s'il le portait le soir de sa mort. On avait toujours pu le lui retirer après sa chute mortelle, mais il semblait peu probable que ce soit pour retrouver un tel bijou que l'assassin avait mis sa voiture à sac. Avait-il été tué pour un bracelet valant 220 livres ? C'était possible, mais Barbara n'était pas prête à parier sa prochaine augmentation de salaire là-dessus.

Elle reprit le reçu et le relut attentivement. Rachel et sa mère ne firent pas de commentaires, mais échangèrent de nouveau un regard. Barbara sentit une légère tension dans l'air. Elle était bien décidée à tirer ça au clair. L'attitude des deux femmes indiquait que, d'une façon ou d'une autre, elles avaient un lien avec la victime. Mais lequel ? Tout en sachant qu'il ne fallait jamais se fier aux apparences, Barbara avait du mal à imaginer Rachel Winfield en maîtresse putative de Querashi. Ou en maîtresse de n'importe qui, d'ailleurs. N'étant pas elle-même d'une beauté renversante, Barbara était bien placée pour connaître l'importance que les hommes attachent au physique des femmes. Aussi lui semblait-il logique de conclure que Querashi et Rachel n'avaient pas dû être amants. D'un autre côté, la jeune fille était super bien foutue, et dans le noir, ma foi... Barbara en revint à la vraie question : ce reçu avait été trouvé dans les affaires de Querashi, mais pas le bracelet correspondant. Pourquoi ?

A côté de la caisse se trouvait un carnet à souches vierge. Au passage, Barbara nota la couleur des reçus : blanc. Or celui trouvé dans la chambre de Querashi était jaune. Elle remarqua alors un détail qui lui avait échappé jusqu'ici : imprimé en petits caractères au bas de la feuille, le mot *Double*.

— C'est l'exemplaire que vous conservez ?

demanda-t-elle à Rachel Winfield. Vous donnez le blanc au client, et vous gardez le jaune pour votre comptabilité?

— Oh, on ne fait jamais trop attention, s'empressa de répondre Connie. Hein, Rachou? On déchire les reçus et on en donne un au client. Le blanc, le jaune, on s'en fiche un peu, vous savez. Un pour lui, un pour nous, c'est l'essentiel. Hein, ma puce?

Rachel, apparemment, s'était rendu compte que sa mère en avait trop fait. Elle cilla quand Barbara prit le carnet à souches. Les doubles qui concernaient les dernières ventes étaient pliés et glissés contre la couverture. Tous jaunes. Elle vit qu'ils étaient numérotés, et elle les feuilleta en quête de l'original du double qu'elle avait entre les mains. Il portait le numéro 2395. Elle trouva le 2394, le 2396. Mais point de 2395, ni en blanc ni en jaune.

— Ce carnet reste toujours dans la boutique? demanda-t-elle en le refermant. Qu'est-ce que vous en faites quand vous fermez?

— On le range sous le tiroir-caisse, répondit Connie. Il reste au chaud pour la nuit. Pourquoi? Vous avez trouvé quelque chose qui ne va pas? Rachou et moi, on est un peu brouillonnés en ce qui concerne la comptabilité, mais on n'a jamais, jamais, fait quelque chose d'illégal. (Elle eut un petit rire.) A quoi bon modifier la recette quand on est le chef, si vous voyez ce que je veux dire. On n'a personne à voler. Bon, on pourrait voler nos créateurs, vous me direz, mais ils s'en apercevraient car on leur donne un relevé deux fois par an et ils ont un droit de regard sur notre comptabilité, alors!

250

— Ce reçu a été trouvé parmi les affaires d'un mort, l'interrompit Barbara.

Connie déglutit, ferma le poing et le porta à son sternum. Elle regardait droit devant elle avec tant d'obstination que Barbara n'eut aucune difficulté à deviner vers qui elle ne voulait pas tourner les yeux. Et quand elle s'adressa à sa fille, ce fut toujours sans la regarder.

— Ah, ben ça, c'est la meilleure, hein, Rachou ? Comment ça a pu arriver ? Vous voulez parler de ce type qu'on a retrouvé au Nez ? Enfin, je dis ça parce que vous êtes de Scotland Yard et que c'est le seul mort du coin qui intéresse la police. Alors, ça doit être lui. C'est lui, votre mort ? Oui ? C'est lui ?

— C'est bien lui.

— C'est la meilleure ! s'exclama Connie. Mais alors là, je ne pourrais pas vous dire comment il s'est retrouvé avec un reçu de chez nous. Et toi, ma puce ? Hein ? Tu es au courant ?

Rachel tirailla un pan de sa robe. Barbara remarqua qu'elle portait une espèce de sari un peu transparent qu'on trouvait dans tous les marchés du pays. Pas de quoi en conclure pour autant qu'elle était particulièrement liée à la communauté pakistanaise ; mais bien de quoi penser qu'elle s'y intéressait et s'interroger doublement sur les raisons de son mutisme.

— Absolument pas, dit Rachel d'une petite voix. P't-être que ce type l'aura trouvé dans la rue ? Le reçu est au nom de Sahlah Malik, il l'aura reconnu. P't-être qu'il voulait lui redonner et qu'il en a pas eu l'occasion...

— Pourquoi connaîtrait-il Sahlah Malik ?

Rachel lâcha brusquement le pan de sa robe.

— Mais vous n'avez pas dit que...

— C'était écrit dans le journal, intervint Connie. On sait lire. L'article disait que ce type allait épouser la fille Malik.

— Et vous ne savez rien de plus que ce que vous avez lu dans le journal ? demanda Barbara.

— Rien de rien, répondit Connie. Et toi, Rachou ?

— Rien.

Barbara en doutait. Connie était trop loquace ; Rachel, trop taciturne. Il faudrait qu'elle revienne pêcher dans ces eaux-là, mais pour cela, elle attendrait d'avoir un meilleur appât. Elle sortit une de ses cartes, griffonna le numéro de son hôtel dessus et la tendit aux deux femmes en leur disant de l'appeler si elles se souvenaient de quoi que ce soit. Elle examina une dernière fois le bracelet « Kennedy » et rempocha le reçu du AK-162.

Elle sortit du magasin, non sans jeter un coup d'œil par-dessus son épaule. La mère et la fille l'observaient. Elles finiront par parler, songea Barbara. Il suffisait d'attendre que les conditions s'y prêtent. Peut-être que la vue de ce bracelet en or leur délierait la langue ?

Elle devait le retrouver, coûte que coûte.

Rachel tourna le verrou. Dès que le sergent eut dépassé la vitrine, elle avait filé dans l'arrière-boutique et s'était précipitée dans les toilettes à côté de la porte de service.

Elle pétrissait ses mains pour les empêcher de trembler et, voyant que rien n'y faisait, elle ouvrit le robinet du lavabo. Elle avait le front brûlant et glacé à la fois, ce qui lui semblait surprenant. Il devait bien y avoir quelque chose à faire quand on éprouvait ce genre de malaise, mais quoi ? Elle s'aspergeait le visage d'eau quand sa mère cogna à la porte.

— Rachel ! Sors de là tout de suite ! lui ordonnat-elle. Il faut qu'on parle !

— J'peux pas, haleta Rachel. J'ai envie de vomir.

— Mon œil, oui ! Ouvre immédiatement cette porte ou je la défonce à coups de hache !

— J'avais envie d'aller aux toilettes depuis qu'elle était là, dit Rachel, qui souleva sa jupe et s'assit sur la lunette pour faire plus vrai.

— Je croyais que tu avais envie de vomir ? dit Connie avec une pointe de triomphe dans la voix, en mère qui a pris sa fille en flagrant délit de mensonge. Ce n'est pas ce que tu viens de dire ? Hein ? Rachel ? T'as envie de vomir ou t'as envie de faire ?

— Ni l'un ni l'autre, dit Rachel. Je suis indisposée, tu vois de quoi je parle ? J'ai besoin d'un peu d'intimité, d'accord ?

S'ensuivit un moment de silence. Rachel imaginait sans peine sa mère en train de taper de son joli peton par terre — un tic qu'elle avait quand elle ne savait quel parti prendre.

— Une minute, M'man, implora Rachel. J'ai l'estomac noué. Écoute, la porte du magasin a tinté, non ?

— Ne me prends pas pour une andouille, Rachou. Et j'aurai l'œil sur la pendule. Alors, ne t'éternise pas !

Rachel entendit les pas de sa mère s'éloigner

253

rapidement vers le magasin. Elle n'avait gagné que quelques minutes, et elle s'efforça de rassembler ses esprits pour mettre au point un plan d'action. T'es une battante, Rachel, lui souffla la même petite voix intérieure qui, lorsqu'elle était gamine, lui donnait le courage d'affronter une autre journée de quolibets et de sarcasmes de la part de ses camarades d'école. Alors, réfléchis. *Réfléchis.* Qu'est-ce que ça peut bien faire que le monde tourne sans toi, Rachel, parce que tu peux vivre sans les autres et que tu n'es pas rien.

Pourtant, deux mois plus tôt, quand Sahlah lui avait annoncé qu'elle allait se soumettre à la volonté de son père et épouser un inconnu, elle s'était dit tout le contraire, et elle avait été terrifiée à l'idée de se retrouver seule sans Sahlah. Elle s'était sentie perdue, abandonnée et, au final, cruellement trahie. Du jour au lendemain, le sol sur lequel elle bâtissait son avenir s'était dérobé sous ses pieds, et elle avait complètement oublié ce que la vie lui avait appris de plus important. Jusqu'à ses dix ans, elle avait vécu avec la certitude que, pour elle, la réussite, l'échec et le bonheur ne dépendaient que d'une personne au monde : elle-même. Du coup, les railleries de ses camarades de classe la blessaient, bien sûr, mais sans jamais laisser de cicatrices. Elle s'était forgé une carapace. Mais sa rencontre avec Sahlah avait bouleversé ce statu quo, et elle en était venue à considérer leur amitié comme le fondement de son avenir.

Oh, elle avait été bête — si bête — de penser de cette façon. Elle s'en rendait compte, à présent. Mais en cet instant terrible où Sahlah lui avait annoncé ses intentions avec son air doux et gentil — cet air avait fait d'elle la victime toute désignée de brutes qui n'auraient jamais osé lever la main sur elle ou l'insulter sur la couleur de sa peau quand Rachel était dans les parages —, Rachel n'avait pu penser qu'une chose : Et moi, dans tout ça ? Et nous ? Et nos projets ? On économisait chacune de notre côté pour acheter un appartement, on voulait des meubles en bois clair, des gros coussins. On devait installer un atelier pour toi dans un coin de ta chambre pour que tu puisses faire tes bijoux sans avoir tes neveux dans les pattes. On devait faire une collection de coquillages. On devait avoir deux chats. Tu devais m'apprendre à faire la cuisine, et moi je devais t'apprendre à... quoi ? Qu'est-ce que j'aurais bien pu t'apprendre, Sahlah ? Qu'est-ce que j'avais à t'offrir ?

Mais elle n'avait rien dit de tout cela.

« Mariée ! s'était-elle exclamée. Toi, Sahlah ? Tu vas te marier ? Mais avec qui ? Pas... Mais tu m'avais toujours dit que tu ne pourrais pas...

— Un homme de Karachi. Un homme que mes parents ont choisi.

— Quoi ? Sahlah ! Tu ne vas quand même pas épouser un inconnu !

— Mes parents ne se connaissaient pas quand ils se sont mariés. C'est la coutume chez nous.

— Chez vous, chez *vous,* mais pas ici ! s'était écriée Rachel avec un petit rire destiné à montrer à Sahlah à quel point cette idée était ridicule. Tu es anglaise. Tu es née en Angleterre. Tu n'es pas plus indienne que moi ! Qu'est-ce que tu sais de lui, d'abord ? Il est gros ? Il est moche ? Il a un dentier ?

Il a des poils qui lui sortent des narines et des oreilles ? Et quel âge il a ? Soixante ans et des varices plein les jambes ?

— Il s'appelle Haytham Querashi. Il a vingt-cinq ans. Il est allé à l'université...

— Oh ! Et ça en fait un bon parti ? avait rétorqué Rachel, amère. Je suppose qu'il a aussi pas mal de pognon. Ton père est très fort pour ça. Regarde ce qu'il a fait avec Yumn. On se fiche pas mal que ce soit un singe qui rentre dans ton lit du moment que Papa a sa part du gâteau ! C'est ça ? Qu'est-ce que ton père y gagne, cette fois ? Allez, raconte !

— Haytham va travailler à la fabrique.

— Ah, tu vois ! Il a quelque chose qui les intéresse — ton père et ton frère —, et la seule façon de l'obtenir pour eux, c'est de te vendre à un type huileux que tu ne connais même pas. Je n'arrive pas à croire que tu acceptes !

— Je n'ai pas le choix.

— Qu'est-ce que tu racontes ? Si tu dis que tu ne veux pas l'épouser, si tu restes inflexible, tu ne vas pas me faire croire que ton père peut te forcer ! Il est gâteux devant toi. Il te suffit de lui dire que toi et moi, on a des projets. Et que te marier avec un neu-neu venu du Pakistan n'en fait pas partie...

— Je veux l'épouser », avait dit Sahlah.

Rachel en avait eu le souffle coupé.

« Quoi... ? Tu veux... »

Jamais elle ne s'était sentie aussi profondément trahie. Jamais elle n'aurait cru que trois petits mots de rien puissent la blesser autant. Et elle n'avait aucune cuirasse pour s'en protéger.

« Tu *veux* l'épouser ? Mais tu ne le connais même

pas ! Tu ne l'aimes pas ! Comment peux-tu construire ta vie sur un mensonge pareil ?

— On apprendra à s'aimer. C'est ce qui s'est passé pour mes parents.

— Et pour Muhannad, c'est ce qui se passe ? Laisse-moi rire ! Yumn n'est pas l'amour de sa vie, c'est son paillasson ! C'est toi-même qui le dis. Tu veux que ça t'arrive aussi ? Hein, c'est ce que tu veux ?

— Je ne suis pas comme mon frère. »

Sahlah avait alors détourné la tête et un pan de son *dupattā* avait masqué son visage. Elle se renfermait — ce qui n'avait donné que plus envie à Rachel de ne pas lâcher prise :

« Ce n'est pas ça, le problème ! Le problème, c'est de savoir si ce Haybram...

— Haytham.

— Peu importe ! Si ce type est comme ton frère. Et ça, tu ne le sais pas. Et tu ne le sauras, Sahlah, que le jour où il te donnera une bonne raclée. Comme Muhannad. J'ai déjà vu le visage de Yumn quand ton frère s'est "occupé" d'elle. Qu'est-ce qui t'assure que ce Haykem...

— Hay-tham !

— *Je m'en fous !* Qu'est-ce qui t'assure qu'il ne te fera pas subir la même chose ?

— Rien. Je ne le saurai que lorsque je le verrai.

— Comme ça ? Au premier coup d'œil ? »

Elles se trouvaient dans le verger, sous les poiriers en pleine floraison en cette mi-printemps. Elles étaient assises sur le même banc bancal où elles venaient se réfugier si souvent quand elles étaient petites pour échafauder, en battant des jambes, des projets d'avenir qui ne se réaliseraient donc jamais. C'était injuste d'être spoliée de ce qui lui revenait de droit, avait songé Rachel. Injuste d'être séparée de la personne qui comptait le plus pour elle. Non seulement injuste, mais inacceptable. Sahlah lui avait menti. Elle lui avait joué la comédie. Elle n'avait jamais eu l'intention de concrétiser leurs projets.

Son sentiment de perte la brisa. Elle eut l'impression que le sol s'ouvrait sous ses pieds, et elle sentit la colère monter en elle, flanquée de son éternel acolyte : le désir de vengeance.

« Mon père m'a dit que je pourrai me décider quand j'aurai rencontré Haytham, avait repris Sahlah. Il ne me forcera pas à l'épouser s'il voit que ça me rend malheureuse... »

Rachel avait compris son amie à demi-mot.

« Mais tu sais déjà que ça ne te rendra pas malheureuse, c'est ça ? Quoi qu'il arrive, tu vas l'épouser, hein ? Je te connais, Sahlah... »

Le banc était vieux, instable. De l'ongle du pouce, Sahlah s'amusait à soulever une écharde de bois. Rachel était partagée entre le désespoir et l'envie de rendre coup pour coup. Il lui paraissait inconcevable que son amie ait pu changer à ce point. Elles s'étaient vues l'avant-veille et leurs projets tenaient toujours. Que s'était-il passé ? Ce n'était pas la Sahlah avec qui elle avait partagé des heures, des jours de complicité, sa compagne de jeux, celle qu'elle avait défendue contre les moqueries des fortes têtes de l'école primaire puis du lycée Wickham-Standish de Balford-le-Nez. Ce n'était plus la Sahlah qu'elle connaissait.

« On avait parlé de l'amour, avait dit Rachel. De

la sincérité aussi. Tu disais comme moi qu'en amour il était primordial d'être sincère. Non ?

— Oui, je l'ai dit. (Sahlah jetait régulièrement des regards vers la maison de ses parents comme si elle craignait que quelqu'un les observe et soit témoin de la réaction passionnée de Rachel.) Mais, parfois, la sincérité totale, absolue, n'est pas possible. C'est possible en amitié, mais pas en amour. Pas entre parents et enfants. Pas entre mari et femme. Et non seulement ce n'est pas possible, Rachel, mais ce n'est pas toujours souhaitable. Ni même sage.

— Mais toi et moi, on était sincères, protesta Rachel avec fougue. Moi oui, en tout cas. Toujours. Dans tout. Et toi aussi, tu étais sincère, non ? Et dans tout, non ? Dis ? »

Le silence de Sahlah avait été éloquent.

« Mais je sais que tu... tu m'avais dit que... », avait bafouillé Rachel.

Soudain, tout était remis en question. Que lui avait confié Sahlah, au juste ? Des rêves d'adolescente et de grand amour ; de ces secrets qui, croyait Rachel, pouvaient sceller une amitié à la vie à la mort, qu'on se jurait de ne répéter à personne.

Rachel n'aurait jamais pu imaginer que Sahlah puisse la faire souffrir autant ; et puisse, avec autant de calme et de détermination, faire voler son univers en éclats. Elle ne pouvait laisser passer ça sans réagir. Elle avait alors choisi la seule solution qui s'offrait à elle. Et maintenant, elle en payait le prix.

Elle devait réfléchir à ce qu'elle avait à faire. Elle n'aurait jamais cru qu'une simple décision puisse avoir autant de conséquences, à la façon d'un domino qui, en tombant, en entraîne un autre dans sa chute, puis un autre, et encore un autre jusqu'à ce qu'il n'y en ait plus un seul debout. Rachel était certaine que la femme de Scotland Yard n'avait cru ni sa mère ni elle. En examinant le carnet à souches, elle avait compris la vérité. La logique voulait qu'elle aille interroger Sahlah. Et si elle le faisait, la possibilité de renouer avec son amie serait exclue.

Donc, là encore, elle n'avait pas le choix. Il n'y avait plus qu'une route à suivre et elle s'ouvrait devant elle, sans bifurcation.

Rachel se releva et s'approcha de la porte sur la pointe des pieds. Elle tourna le verrou sans faire de bruit et entrebâilla la porte : la voie était libre dans l'arrière-boutique. Elle tendit l'oreille pour entendre ce qui se passait dans le magasin. Sa mère avait allumé la radio sur une fréquence qui diffusait les tubes de sa jeunesse. En l'occurrence — et c'était à croire que le programmateur était un dieu moqueur qui connaissait les secrets de Rachel Winfield —, *Can't Buy Me Love*[1], des Beatles. En d'autres circonstances, Rachel aurait ri ; mais aujourd'hui, elle avait plutôt envie de pleurer.

Elle se glissa hors des toilettes et, après avoir lancé un rapide coup d'œil en direction de la boutique, sortit par la porte de service, que sa mère avait laissée ouverte pour faire un courant d'air. Peine perdue, mais du moins cela permit-il à Rachel de filer en douce. Une fois dans l'impasse, elle courut

---

1. Autrement dit : L'amour, ça ne s'achète pas. *(N.d.T.)*

jusqu'à sa bicyclette, l'enfourcha et partit vers la mer en pédalant avec toute l'énergie du désespoir.

Il était peut-être encore temps d'empêcher que tous les dominos ne s'écroulent.

8

La fabrique « Moutardes et Condiments Malik »
était située dans la petite zone industrielle, au nord
de Balford, sur la route du Nez, à l'endroit où Hall
Lane, qui partait de la mer vers l'ouest, devenait
Nez Park Road. Là, une série de préfabriqués abri-
taient les petites industries de la ville : un fabricant
de voiles, un matelassier, un menuisier, un gara-
giste, un fabricant de clôtures, un ferrailleur, et un
fabricant de puzzles dont les sujets olé olé risquaient à tout moment de le faire livrer en pâture à
la vindicte publique du haut de la chaire des églises
des environs.

Ces préfabriqués en tôle, de conception strictement utilitaire, étaient assortis à l'environnement :
une allée caillouteuse parsemée de nids-de-poule ;
des bennes à ordures, sur lesquelles on pouvait lire
l'oxymoron « Décharge Dorée » peint en lettres
violettes sur fond orange, penchaient dangereusement sur le sol inégal et déversaient leurs trésors :
morceaux de toile et ressorts de sommier rouillés,
cadres de bicyclettes abandonnées servant de treille
à une jungle d'orties qui aurait donné des cauche-

mars au plus doué des jardiniers, morceaux de tôle ondulée, palettes pourries, brocs en plastique et chevalets pour scier le bois... Un vrai parcours du combattant.

Au milieu de tout ça, la fabrique « Moutardes et Condiments Malik » détonnait, reproche muet à ses voisines. Ancienne scierie du temps de l'âge d'or de Balford, cet immeuble victorien tout en longueur et assorti d'une multitude de cheminées occupait environ un tiers de la zone industrielle. La scierie avait été bombardée, comme le reste de la ville, pendant la guerre. Aujourd'hui, avec ses briques nettoyées d'un siècle de crasse accumulée et ses charpentes repeintes chaque année, elle semblait donner l'exemple en montrant aux autres entreprises à quoi elles pourraient ressembler si leurs propriétaires avaient le tiers du quart de l'énergie et de la détermination de Sayyid Akram Malik.

Akram Malik avait acheté la scierie abandonnée pour fêter le cinquième anniversaire de l'arrivée de sa famille à Balford-le-Nez. Une plaque commémorative de l'événement fut l'objet qu'Emily Barlow remarqua en premier au moment où elle entra dans l'enceinte de la fabrique après avoir garé sa Peugeot sur le bas-côté de l'allée, dans un espace un peu moins jonché de débris divers et variés. Elle s'efforçait de chasser son mal de tête et d'oublier la tension qu'elle avait sentie entre Barbara et elle lors de leur conversation, un peu plus tôt dans la matinée. Elle n'avait pas besoin d'un policier politiquement correct dans son équipe, et l'obsession de Barbara de rechercher le coupable là où ces satanés Pakis avaient envie qu'on le trouve — à savoir dans les rangs des Anglais — la tracassait et la faisait s'interroger sur le discernement du sergent Havers. La présence obsédante du commissaire Ferguson — rôdant alentour tel un chat errant — était une contrariété nettement suffisante en elle-même.

La journée avait commencé une fois encore par un coup de téléphone de ce triste sire. Il s'était mis à brailler dans le combiné sans même un bonjour ni un mot compatissant sur le temps.

« Barlow ? On en est où ? »

Elle avait poussé un soupir exaspéré. A huit heures du matin, son bureau ressemblait à la casemate d'Alec Guinness sur la rivière Kwaï, et le quart d'heure perdu à chercher en vain un ventilateur dans le grenier étouffant et poussiéreux du poste de police n'avait rien fait pour la mettre de bonne humeur.

« Don, vous allez me donner carte blanche ou pas sur cette affaire ? avait-elle dit. Ou vous comptez me passer à la question tous les matins et tous les après-midi ?

— Un conseil, lui avait-il rétorqué. N'oubliez pas à qui vous parlez.

— Avec vous, je ne risque pas. Et les autres, vous les tenez aussi par la bride ? Powell ? Honeyman ? Et notre doyen, Presley ?

— Ils ont plus de cinquante ans d'expérience. Ils n'ont pas besoin d'être chapeautés. Et encore moins Presley.

— Non : c'est parce que ce sont des hommes.

— Ah, n'en faites pas une question de sexisme.

Si vous avez un problème de ce côté-là, je vous conseille de le régler avant que quelqu'un qui a le bras plus long que vous ne le fasse à sa manière. Bon alors, vous en êtes où, inspecteur ? »

Après l'avoir maudit intérieurement, Emily l'avait mis au courant des derniers événements sans se donner la peine de souligner qu'il y avait peu de chances qu'elle ait fait une avancée majeure depuis son dernier coup de fil de la veille au soir.

« Vous me dites que cette femme est de Scotland Yard ? Ça me plaît, Barlow. Ça me plaît même beaucoup. Ça en jette, côté objectivité, vous ne trouvez pas ? »

Emily l'avait entendu déglutir, puis un verre avait tinté contre le combiné du téléphone. Donald Ferguson était accro au Fanta Orange. Il en buvait toute la journée, toujours avec une lamelle de citron et un seul glaçon. Il devait en être au moins à son quatrième.

« Bon. Et sur les Malik ? Ce gugusse qui est venu de Londres, c'est qui ? Vous vous accrochez à leurs basques ? Je veux que vous vous occupiez d'eux, Barlow. S'ils ont éternué la semaine dernière, je veux que vous appreniez la couleur du mouchoir qui a hérité de leur morve. Je suis assez clair ?

— On m'a déjà communiqué un rapport complet sur Muhannad Malik, dit Emily, ravie de pouvoir lui montrer qu'elle avait une longueur d'avance sur lui. (Elle lui en énuméra les points principaux.) Et je leur ai demandé hier de faire la même chose concernant le dénommé Taymullah Azhar. Etant donné qu'il est de Londres, on va devoir faire intervenir le S011, mais je suppose que la présence du sergent Havers devrait faciliter les choses. »

Le verre de Ferguson avait de nouveau heurté le combiné. Nul doute qu'il profitait de ce qu'il buvait pour dissimuler sa stupéfaction. C'était le genre de type qui clamait partout que Dieu avait façonné les mains des femmes de façon qu'elles s'adaptent parfaitement au manche d'un aspirateur. Le fait qu'une « nana » ait pu prendre des initiatives pour faire avancer l'enquête devait sérieusement ébranler ses convictions.

« Autre chose ? avait-elle demandé, aimable. Le briefing de la journée commence dans cinq minutes, et je n'aimerais pas arriver en retard. Mais si vous avez un message pour l'équipe...

— Pas de message, dit Ferguson, pète-sec. Allez-y, alors. »

Et il avait raccroché.

Emily atteignit la porte de la fabrique de moutarde, le sourire aux lèvres. Si Ferguson avait soutenu sa promotion au grade d'inspecteur, c'est que les circonstances — une évaluation négative du Home Office sur un officier de police de l'Essex qui était pressenti — lui avaient forcé la main. Il lui avait dit en privé que toutes les décisions qu'elle prendrait seraient examinées à la loupe par ses soins. C'était une joie sans partage que d'avoir remporté une bataille dans la guerre que ce minable lui avait déclarée.

Emily poussa la porte des Moutardes Malik. L'hôtesse d'accueil était une jeune Pakistanaise vêtue d'une tunique crème en lin et d'un pantalon assorti. Malgré la chaleur intense contre laquelle les murs épais de la fabrique ne pouvaient rien, un châle ambre lui couvrait la tête. Par souci d'esthétisme, peut-être, elle en avait joliment arrangé les plis sur ses épaules. Quand elle leva les yeux de son ordinateur, ses boucles d'oreilles en cuivre et ivoire cliquetèrent légèrement. Emily remarqua qu'elle portait un lourd collier assorti à ses boucles. Une plaque sur son bureau portait un nom : *S. Malik.* Ce doit être la fille, songea Emily. La fiancée du mort. Mignonne.

Emily lui présenta sa carte.

— Vous êtes Sahlah, c'est ça ? demanda-t-elle.

La fraise qui déparait la pommette de la jeune fille devint rose foncé. Ses mains étaient restées au-dessus du clavier, mais elle s'empressa de les poser devant elle, poings fermés. Elle avait l'air coupable. Ses mains semblaient lui dire : « Passez-nous les menottes ! » et son regard l'implorer : « Non, non, pitié ! »

— Je vous présente mes condoléances, lui dit Emily. Ce ne doit pas être facile pour vous.

— Je vous remercie, dit Sahlah d'une voix posée. (Elle regarda ses mains et, se rendant compte sans doute du peu de naturel de sa pose, elle desserra les poings. Ce geste furtif n'échappa pas à Emily.) Je peux vous aider, inspecteur ? Mon père travaille dans la cuisine expérimentale ce matin, et mon frère n'est pas encore arrivé.

— Ce n'est pas eux que je viens voir, mais Ian Armstrong.

La jeune fille lança un coup d'œil vers une porte de communication à l'imposte en carreaux biseautés. De l'autre côté, Emily distingua plusieurs bureaux et un tableau sur lequel était épinglé ce qui lui parut être une affiche publicitaire.

— Il est là ? fit-elle. Je crois qu'il a repris le poste de Mr Querashi, c'est bien ça ?

La jeune fille lui confirma la présence d'Armstrong à la fabrique. Elle ferma le programme sur lequel elle travaillait, s'excusa et sortit par une deuxième porte en bois plein qui donnait sur un large couloir.

Ce fut alors qu'Emily remarqua la plaque en bronze au mur à côté d'une immense photographie d'un moissonneur au travail dans un champ de moutarde. Emily lut l'inscription qui y figurait : « Alors, Il crée puis recrée de façon à récompenser ceux qui ont la foi et font le bien en toute équité. » Suivait une autre inscription en arabe, sous laquelle figurait la phrase : « Nous avons eu une sainte vision qui nous a menés en ce lieu en ce 15 juin. » Suivait l'année.

— Il a été bon pour nous, dit un homme derrière Emily.

Elle se retourna et vit que Sahlah n'était pas allée chercher Ian Armstrong, mais son père. Elle se tenait à l'écart.

— Qui ? demanda Emily.

— Allah.

Il prononça ce nom en toute simplicité, et avec un respect qu'Emily ne put s'empêcher d'admirer. Puis il s'avança vers elle pour la saluer. Il était vêtu comme un chef cuisinier : tenue blanche, tablier taché noué à la taille et toque en papier. Les verres de ses lunettes étaient mouchetés d'éclaboussures. Il prit le temps de les essuyer avec un coin de son tablier et fit signe à sa fille qu'elle pouvait se remettre au travail.

— Sahlah m'a dit que vous vouliez voir Mr Armstrong, dit-il, portant une main à ses joues puis à son front en un geste proche de la salutation arabe.

Emily se rendit compte qu'il essuyait tout simplement son visage en sueur.

— Elle m'a confirmé qu'il travaillait aujourd'hui, dit-elle. Je ne le retiendrai pas plus d'un quart d'heure. Ce n'était pas la peine de vous déranger, Mr Malik.

— Sahlah a bien fait de venir me prévenir, répondit-il sur un ton qui signifiait clairement que sa fille lui obéissait au doigt et à l'œil. Je vais vous conduire auprès de Mr Armstrong, inspecteur.

D'un signe de tête, il désigna la porte vitrée et invita Emily à passer dans la pièce contiguë. Il s'y trouvait quatre bureaux, plusieurs classeurs, deux tables à dessin, et le tableau d'affichage qu'Emily avait vu de la réception. Un Pakistanais dessinait à l'une des tables. A l'entrée d'Akram et d'Emily, il cessa de travailler et se leva. A l'autre table à dessin, une femme entre deux âges vêtue de noir et deux hommes plus jeunes — tous pakistanais — examinaient une série de photographies sur papier glacé des divers produits de l'entreprise, une gamme allant des paniers-repas pour pique-niques aux gueuletons de réveillons. Eux aussi interrompirent leur travail.

Emily se demanda si le bruit courait déjà que la police était dans les locaux. Ils devaient sûrement s'y attendre; on pouvait même penser qu'ils s'y

269

étaient préparés. Pourtant, comme Sahlah, ils affichaient tous une tête de condamné à mort. Akram la fit passer dans un petit couloir qui ouvrait sur trois bureaux. Avant d'interroger Armstrong, elle décida de tirer parti de l'occasion que lui avait offerte Sahlah.

— Si vous avez un moment, Mr Malik, dit-elle, j'aimerais également vous parler.

— Bien entendu.

Il lui désigna une porte ouverte au bout du couloir. Emily apercevait une table de conférence et un dressoir dont les étagères présentaient les échantillons de la production maison, en un arrangement impressionnant de pots et de bouteilles contenant des sauces, des confitures, des moutardes, des condiments, des beurres et des vinaigrettes. Les Malik avaient fait du chemin depuis l'époque où ils ne fabriquaient que de la moutarde artisanale dans l'ancienne boulangerie d'Old Pier Street.

Akram Malik poussa la porte, mais sans la fermer complètement — par égard pour Emily, peut-être, étant donné qu'elle se retrouvait seule avec lui dans la salle de conférence. Il attendit qu'elle se soit assise à la table pour faire de même. Il ôta sa toque en papier et la plia avec soin.

— En quoi puis-je vous aider, inspecteur Barlow? Ma famille et moi-même sommes très impatients d'avoir le fin mot de l'histoire. Soyez assurée que nous ferons tout notre possible pour vous être utiles.

Il s'exprimait remarquablement bien pour un homme qui avait passé les vingt-deux premières années de sa vie au fin fond du Pakistan dans un petit village sans eau, ni électricité, ni tout-à-l'égout, ni téléphone. Mais Emily savait, par les tracts qu'il avait fait distribuer pendant la campagne des élections municipales, qu'à son arrivée en Angleterre il avait suivi des cours particuliers pendant quatre ans. « Ah, ce bon Mr Geoffrey Talbert, disait-il. C'est lui qui m'a appris à aimer mon pays d'adoption, la richesse de son histoire, sa langue magnifique. » L'argument avait porté, auprès d'un électorat pourtant peu enclin à faire confiance à des étrangers. Il avait gagné son siège avec une bonne longueur d'avance sur ses adversaires, et l'on devinait aisément que sa carrière politique ne se terminerait pas à la mairie de Balford-le-Nez.

— Votre fils vous a dit que nous avions établi que Mr Querashi avait été assassiné ? lui demanda-t-elle. (Akram acquiesça, l'air grave, et elle poursuivit :) Tout ce que vous pourrez me dire à son sujet pourra m'être utile.

— Certains pensent qu'il s'agit d'un crime gratuit et raciste, dit Malik.

Façon habile de présenter les choses sans s'impliquer, songea Emily.

— Dont votre fils, dit-elle. Seulement, nous avons des preuves que l'assassin a agi avec préméditation, Mr Malik. C'était Mr Querashi en personne — et pas un Pakistanais en général — qui était visé. Cela ne veut pas dire que le meurtrier ne soit pas anglais. Ni que le racisme ne fasse pas partie de ses motivations. En tout cas, il s'agit d'un crime prémédité.

— Cela me paraît très improbable, dit Malik,

pliant encore une fois sa toque en papier et la lissant de ses doigts bruns. Haytham était ici depuis si peu de temps. Il ne voyait pratiquement personne. Qu'est-ce qui vous fait dire qu'il connaissait son assassin ?

Emily lui expliqua qu'elle était tenue par son devoir de réserve et qu'en conséquence il y avait certains éléments de l'enquête qu'elle ne pouvait lui révéler. Des détails que la police était seule à connaître et qui pourraient éventuellement servir pour coincer le meurtrier.

— En tout cas, dit-elle, nous sommes sûrs que quelqu'un surveillait ses allées et venues et savait qu'il serait au Nez cette nuit-là. Donc, si nous arrivons à déterminer comment il organisait ses journées, peut-être aurons-nous une chance de remonter jusqu'à l'assassin.

— Je ne sais pas trop par où commencer, dit Malik.

— Peut-être par ses fiançailles avec votre fille ? lui suggéra Emily.

Malik serra les mâchoires.

— Vous ne pensez tout de même pas que Sahlah est mêlée à ce meurtre ?

— J'ai cru comprendre qu'il s'agissait d'un mariage arrangé ? Y était-elle favorable ?

— Bien sûr. Et elle savait très bien que ni sa mère ni moi-même ne l'aurions obligée à se marier contre son gré. Elle a fait la connaissance d'Haytham, elle a passé des moments en tête à tête avec lui, et elle a décidé de l'épouser. Elle était même pressée de l'épouser, en fait. Dans le cas contraire, Haytham serait reparti à Karachi. C'est ce qui avait été convenu avec ses parents bien avant qu'il vienne en Angleterre.

— Vous ne pensez pas qu'un Pakistanais né en Angleterre aurait été un choix plus judicieux pour votre fille ? Elle est née ici, non ? Elle aurait été plus proche d'un époux né ici également.

— Les émigrés de la deuxième génération s'éloignent parfois de leurs origines, inspecteur Barlow. Et trop souvent de l'islam, de l'importance de la famille, de notre culture, de nos convictions.

— C'est le cas de votre fils ?

— Haytham, lui, vivait selon les lois de l'islam, biaisa Malik. C'était un bon garçon. Il voulait être un hadji ; ce qui comptait pour beaucoup dans le choix d'un époux pour ma fille. Sahlah était du même avis que moi.

— Et que pensait votre fils de l'entrée de Mr Querashi dans votre famille ? Il a un poste important ici, à la fabrique, non ?

— Muhannad est notre directeur des ventes. Haytham était notre directeur de production.

— Des postes équivalents ?

— En gros, oui. Et pour répondre à votre prochaine question : il n'y avait pas de jalousie professionnelle entre eux. Ils travaillaient indépendamment l'un de l'autre.

— Tous les deux voulaient obtenir de bons résultats, je suppose ?

— Je l'espère bien. Mais leurs performances respectives n'auraient rien changé à mon testament. Après ma mort, mon fils prendra la direction de la fabrique. Haytham le savait, de toute façon. Donc, vous voyez, Muhannad n'avait aucune raison de craindre l'arrivée d'Haytham parmi nous. En fait, c'était plutôt le contraire. Haytham a ôté un poids des épaules de mon fils.

— Lequel ?

Malik déboutonna le col de sa chemise et, une fois de plus, pressa son poignet contre son visage en sueur. L'air était confiné dans la pièce, et Emily se demanda pourquoi il n'ouvrait pas une des deux fenêtres.

— Avant l'arrivée d'Haytham, dit-il, Muhannad était également chargé de superviser le travail de Mr Armstrong. Ian Armstrong n'était qu'un employé temporaire, et il ne fait pas partie de la famille, vous comprenez. En tant que directeur de production, il était responsable du bon fonctionnement de toute la fabrique, et même s'il était très consciencieux, il savait qu'il occupait un poste temporaire et l'on pouvait penser qu'il aurait pu être un peu moins méticuleux que quelqu'un de définitivement embauché. (Il leva un doigt pour devancer la question qu'allait poser Emily.) Je ne veux pas dire que le travail de Mr Armstrong laissait à désirer. Je ne l'aurais pas rappelé après la mort d'Haytham si ça avait été le cas.

Et c'était bien là le point important que Barbara Havers avait souligné : Armstrong avait été réembauché par Malik.

— Et combien de temps comptez-vous garder Mr Armstrong, cette fois ? demanda-t-elle.

— Le temps qu'il faudra pour trouver un autre époux à ma fille. Un garçon qui puisse travailler à la fabrique.

Ce qui, songea Emily, pourrait prendre un bon

274

bout de temps, et donc permettre à Ian Armstrong de consolider sa position.

— Mr Armstrong connaissait Mr Querashi ? Ils s'étaient rencontrés ?

— Oh, oui, bien sûr. Ian a formé Haytham pendant une semaine avant de nous quitter.

— Et leurs rapports ?

— Cordiaux, me semble-t-il. Mais il faut dire qu'Haytham forçait la sympathie. Il était chaleureux, ouvert et amical sans être indiscret. Il n'avait aucun ennemi à la fabrique.

— Il connaissait tout le monde ici ?

— Forcément. C'était lui le directeur.

Autrement dit, elle allait devoir tous les interroger, quelles que soient les convictions d'Akram Malik. Le tout, c'était de leur tirer les vers du nez. Elle se dit qu'elle confierait cette tâche à deux de ses hommes. Ils pourraient réquisitionner cette salle de conférence. Ce serait plus discret.

— Et en dehors de la fabrique ? demanda-t-elle. Qui connaissait-il ?

— Très peu de monde, répondit Akram après un moment de réflexion. Il y avait bien la Confrérie des Gentlemen. Je lui avais suggéré d'y adhérer, et il l'avait fait.

Emily connaissait cette association. Elle avait figuré en bonne place dans le portrait de campagne du candidat Akram Malik. Il s'agissait d'un club créé par Malik, peu après l'ouverture de sa fabrique, qui avait pour vocation de réunir les hommes d'affaires locaux. Ses membres se retrouvaient pour déjeuner une fois par semaine et pour dîner une fois par mois. Leur but était de promouvoir la bonne entente et les alliances commerciales, l'expansion de la ville et le bien-être de ses habitants. L'idée était que les membres unissent leurs forces, le fondateur du club étant convaincu que les hommes qui travaillent au même but vivent dans l'harmonie. Intéressant, songea Emily, de constater la différence entre la Confrérie des Gentlemen, fondée par le père, et la Jum'a, fondée par le fils. Elle comprit à quel point les deux hommes étaient différents, et cela valait peut-être aussi pour le futur gendre.

— Votre fils fait partie du Club ? demanda-t-elle.

— Je ne souhaitais pas l'adhésion de Muhannad, répondit Malik. Mais il compte parmi nos membres, effectivement.

— Moins enthousiaste que Mr Querashi ?

Malik se rembrunit.

— Vous tenez donc absolument à ce que mon fils soit lié à la mort d'Haytham ?

— Que pensait votre fils de ce mariage arrangé ?

Le visage de Malik se ferma et Emily crut bien qu'il ne répondrait plus à aucune question concernant son fils tant qu'elle ne lui aurait pas dit ce qu'elle avait en tête. Mais il parut se raviser :

— Étant donné que son mariage aussi a été arrangé, il comprenait parfaitement qu'il en soit de même pour sa sœur. (Il changea de position sur sa chaise.) Mon fils, inspecteur, a été un enfant difficile. Il a été, croyez-moi, beaucoup trop influencé par la culture occidentale. Et peut-être que c'est ce qui rend son comportement parfois dur à comprendre. Mais il respecte ses racines et il est très fier de ses origines.

Emily avait entendu maintes fois ce credo dans la bouche des hooligans de l'IRA et autres activistes politiques. Même s'il était exact que le militantisme de Muhannad allait dans le sens des déclarations de son père, l'existence de la Jum'a laissait à penser que la fierté « de son sang, de sa race » pouvait pousser Muhannad à manipuler les gens en jouant de leur ignorance et leur peur.

— Mr Querashi était-il aussi membre de l'association créée par votre fils, Mr Malik ?

— L'association ?

— Vous avez entendu parler de la Jum'a, non ? Haytham Querashi en faisait-il partie ?

— Pas que je sache. (Il déplia sa toque avec autant de soin qu'il en avait mis à la plier, très concentré sur ses gestes.) Muhannad vous le dira lui-même. (Il fronça les sourcils et releva la tête.) Mais je dois vous avouer que la tournure que prennent vos questions me chiffonne. J'en arrive à me demander si mon fils — qui démarre au quart de tour quand on touche à la question du racisme — n'a pas raison de dire que vous vous refusez à considérer la possibilité que la haine et l'ignorance soient à l'origine de ce crime.

— Absolument pas, rétorqua Emily. Les crimes racistes font partie des problèmes de notre société ; ce serait stupide de ma part de le nier. Mais si la haine et l'ignorance sont les mobiles de ce meurtre, je ne dois pas oublier qu'elles visaient une cible précise, pas n'importe quel Pakistanais croisé dans la rue. Nous devons savoir qui Mr Querashi fréquentait dans les deux communautés. C'est le seul moyen de remonter jusqu'à son assassin. La Confrérie des Gentlemen représente une facette de la vie à Balford, et la Jum'a, vous en conviendrez, une tout autre. (Elle se leva.) Si vous voulez bien me conduire auprès de Mr Armstrong...

Akram Malik la considéra, l'air songeur. Sous son regard, Emily prit conscience de leurs différences de culture. Elle le sentait en elle, sur elle : débardeur léger, pantalon gris, tête nue ; dans la liberté dont elle jouissait : femme seule dans le vaste monde qui lui ouvrait les bras ; dans la position qu'elle occupait : figure de proue d'une équipe essentiellement masculine. Akram Malik, en dépit de l'attachement qu'il professait pour son pays d'adoption, semblait venir d'une autre planète.

Il se leva.

— Par ici, lui dit-il.

Après avoir cahoté le long de l'allée parsemée de nids-de-poule, Barbara gara sa Mini à l'autre bout d'un immeuble préfabriqué dont l'enseigne proclamait, de manière assez ambiguë : « Chez Hegarty. Distractions pour Adultes. » Elle remarqua le climatiseur installé contre l'intérieur de la vitrine, et songea un instant à aller se planter devant et n'en plus bouger. Voilà une distraction pour adultes qui vaudrait le déplacement, se dit-elle.

La chaleur était pire qu'à Londres. Autrement dit, elle atteignait la limite du supportable. L'effet de serre dont les scientifiques nous rebattaient les oreilles depuis des années allait transformer l'Angleterre en pays tropical. Barbara se dit que ce serait sympa d'avoir quelques autres accessoires couleur locale : un domestique en livrée blanche lui apportant sur un plateau un verre d'eau-de-vie de Singapour, par exemple, ne déparerait pas le décor.

Elle se regarda dans le rétro pour voir si le maquillage concocté par Emily résistait à la sueur. Elle s'attendait plus ou moins à avoir subi une transformation à la Dr Jekyll, mais fond de teint et blush avaient tenu bon. Peut-être faire joujou tous les matins avec des pots de couleurs avait-il un sens, après tout ?

Barbara repartit sur le chemin cahoteux en direction des Moutardes et Condiments Malik. Elle était passée au domicile des Malik, et là, elle avait appris que Sahlah était au travail avec son père et son frère. Le tuyau lui avait été refilé par une femme rondelette et fichue comme l'as de pique, tenant un gosse au creux du bras, un autre par la main, coquetterie dans l'œil et poireau duveteux au coin de la bouche. Elle avait lorgné la carte de Barbara et dit :

« C'est notre petite Sahlah que vous voulez voir ? Oh, mon Dieu, mais qu'est-ce qu'elle a bien pu faire pour que la police veuille lui parler ? »

Barbara avait cru percevoir une certaine surexcitation dans sa voix, soit que cette femme n'ait aucune distraction dans sa vie, soit qu'elle ait une dent contre sa belle-sœur. Elle avait précisé à Barbara qu'elle était la femme de Muhannad, le fils aîné, le seul garçon des Malik ; que ceux-là (elle avait fièrement montré les bambins) étaient leurs fils ; et que sous peu (elle avait roulé des yeux vers son ventre avec un air entendu) allait naître leur troisième enfant, le troisième en trois ans, le troisième fils de Muhannad Malik !

Bla-bla-bla, bla-bla-bla, bla-bla-bla, avait songé Barbara. Elle en avait conclu que cette nana avait absolument besoin de se trouver un hobby.

« Il faut que je dise un mot à Sahlah, avait-elle dit. Si vous voulez bien aller la chercher... »

Mais ce n'était pas possible ! Sahlah était à la fabrique.

« Il vaut mieux s'occuper quand on a le cœur brisé, vous ne croyez pas ? » avait-elle décrété.

Mais là encore, Barbara avait perçu un certain plaisir dans le ton de sa voix. Elle lui donnait la chair de poule.

C'est ainsi que Barbara avait pris le chemin de la fabrique de moutarde et, comme elle arrivait maintenant à hauteur du bâtiment en brique, elle sortit de son sac le reçu du bijou et le glissa dans la poche de son pantalon. Elle entra en coup de vent dans le hall à l'air confiné et vit, à côté du bureau de la réception, une fougère en pot qui n'était plus que l'ombre d'elle-même. Une jeune fille, assise devant un ordinateur, avait l'air fraîche comme une rose sous une tunique à manches longues qui la recouvrait de la tête aux pieds. Ses cheveux, d'un noir de jais, étaient en grande partie dissimulés sous un châle traditionnel. Elle les avait très longs ainsi que le montrait une large tresse qui lui arrivait à la taille.

Une plaque était posée sur le bureau, et Barbara sut tout de suite qu'elle avait trouvé celle qu'elle cherchait. Elle lui présenta sa carte.

— Je pourrais vous dire un mot ? lui demanda-t-elle.

La jeune fille lança un regard en direction d'une porte à demi vitrée qui laissait deviner un bureau adjacent.

— A moi ? dit-elle.

— Vous êtes bien Sahlah Malik ?

— Oui, mais j'ai déjà parlé à la police, si vous venez au sujet d'Haytam. J'ai été interrogée dès le premier jour de l'enquête.

Un listing informatique était posé sur son bureau. Une liste de noms. Elle prit un stylo feutre jaune dans un tiroir et commença à en biffer certains, à en souligner d'autres.

— Vous leur avez parlé du bracelet ? lui demanda Barbara.

Elle ne releva pas la tête, mais Barbara la vit froncer les sourcils.

— Quel bracelet ? demanda-t-elle.

— Un bijou fabriqué par un certain Aloysus Kennedy. En or. Sur lequel est gravée la phrase : « La vie commence aujourd'hui. » Ça vous dit quelque chose ?

— Je ne comprends pas votre question. Quel rapport entre Haytham et un bracelet en or ?

— Justement, je me le demande, répliqua Barbara. Peut-être bien aucun. Je pensais que vous pourriez éclairer ma lanterne. On a trouvé... (elle posa le reçu sur le bureau) ceci parmi ses affaires. Vous pouvez me dire pourquoi ? Comment se fait-il qu'Haytham l'ait eu en sa possession ?

Sahlah recapuchonna son stylo feutre, le posa sur le bureau et prit le reçu. Barbara remarqua qu'elle avait de très jolies mains, aux doigts effilés, aux ongles longs et limés, et qu'elle ne portait pas de bague. Tout en attendant que Sahlah veuille bien lui répondre, elle perçut un mouvement dans le bureau contigu. Elle se retourna et, au fond d'un couloir, elle vit Emily Barlow en train de parler avec un Pakistanais d'âge moyen en tenue de cuistot. Akram Malik ? se demanda-t-elle. Il avait l'air assez âgé et assez solennel pour le rôle. Elle reporta son attention sur Sahlah.

— Je ne sais pas pourquoi il avait ça, lui dit celle-ci sans détacher les yeux du reçu. Peut-être qu'il cherchait un moyen de me rendre la pareille. Haytham était un garçon très gentil. Ça lui aurait bien ressemblé d'essayer de découvrir le prix de mon cadeau pour m'en faire un de valeur égale.

— Comment ça ?

— C'est le principe du *lenā-denā* : l'offrande. C'est une de nos coutumes pour sceller une relation.

— Le bracelet en or était un cadeau que vous aviez fait à Mr Querashi ?

— En tant que fiancée, je devais lui offrir un gage de mon amour. Et lui devait faire de même pour moi.

Restait tout de même la question : qu'était devenu ce fichu bracelet ? Barbara ne l'avait pas trouvé dans la chambre de Querashi, et le rapport de police n'en faisait pas mention — il n'avait donc pas été retrouvé sur le corps. Quelqu'un irait-il jusqu'à patiemment organiser une embuscade mortelle pour dérober un bracelet en or ? Des gens étaient morts pour moins que ça, c'est sûr, mais... non, ça lui paraissait un peu fort de café.

— On n'a retrouvé ce bracelet ni à l'hôtel ni sur lui, dit-elle. Vous pouvez me dire pourquoi ?

Sahlah biffa un autre nom de la liste.

— Je ne le lui avais pas encore donné, dit-elle. J'attendais le jour du *nikāh*.

— Du... ?

— Le jour de la signature de notre contrat de mariage.

— Donc, vous avez toujours le bracelet ?

— En fait, non. Je n'avais aucune raison de le garder après sa mort, alors je... (Elle s'interrompit et tapota les feuillets qu'elle avait devant elle pour qu'ils soient parfaitement alignés.) Oh, ça va vous paraître aussi absurde et aussi mélodramatique que dans un roman du dix-neuvième siècle, mais... après la mort d'Haytham, j'ai jeté le bracelet à la mer du bout de la jetée. Une façon de lui dire adieu, sans doute...

— C'était quand, ça ?

— Samedi. Le jour où la police est venue me prévenir.

Il ne restait à résoudre que la question du reçu.

— Donc, fit Barbara, il ne savait pas que vous lui aviez acheté un bracelet ?

— Non.

— Alors, comment se fait-il qu'il avait ce reçu ?

— Je ne sais pas. Par contre, il savait forcément que j'allais lui faire un cadeau puisque c'est la tradition.

— Ah oui, à cause du... comment ça s'appelle déjà ?

— Le *lenā-denā*. Oui, c'est ça. Et il tenait à ce que son cadeau soit aussi beau que le mien, sinon ç'aurait été une insulte envers ma famille. Haytham était très attentif à ce genre de choses. Je suppose... (et là, elle regarda Barbara pour la première fois depuis le début de l'entretien)... je pense qu'il a joué au détective pour découvrir ce que je lui avais acheté et où. Ça n'a pas dû être très compliqué. Balford est une petite ville. Les magasins de cadeaux dignes du *nikāh* sont faciles à repérer.

Son explication tient la route, songea Barbara. Le seul problème, c'est que les déclarations de Rachel Winfield et de sa mère n'allaient pas dans ce sens.

— Du bout de la jetée, fit Barbara. A quel moment vous avez fait ça ?

— Je ne sais pas. Je n'ai pas regardé ma montre.

— Je ne vous demande pas l'heure exacte, mais si c'était le matin, l'après-midi, le soir ?

— Dans l'après-midi. Les policiers sont venus nous prévenir dans la matinée.

— Pas la nuit, en tout cas ?

Elle comprit peut-être, mais trop tard, où Barbara voulait en venir car son regard se troubla. Elle dut se rendre compte aussi qu'elle se mettrait en difficulté si elle changeait de version.

— Non, dit-elle. L'après-midi.

Moment de la journée où une jeune femme vêtue comme elle ne pouvait passer inaperçue. La jetée était en travaux. Le matin même, Barbara avait vu des ouvriers sur un chantier, à l'endroit même où Sahlah prétendait avoir jeté le fameux bracelet.

Donc, quelqu'un avait bien dû la voir... si elle y était vraiment allée.

Des mouvements dans le bureau contigu attirèrent de nouveau l'attention de Barbara. Ce n'était pas Emily, cette fois, mais deux Pakistanais, qui s'approchèrent d'une table à dessin où travaillait un troisième. Le trio se lança dans une discussion animée. En les voyant, Barbara se rappela autre chose.

— Est-ce qu'un certain F. Kumhar travaille ici ? demanda-t-elle à Sahlah.

— Pas dans les bureaux, en tout cas.

— C'est-à-dire ?

— Ni à la comptabilité ni aux ventes. A la production, je connais les employés réguliers, mais pas ceux qu'on embauche temporairement pour l'étiquetage ou quand on à une grosse commande à honorer. Je n'ai jamais vu ce nom sur nos listes (elle désigna le listing) et nos vacataires ne sont pas informatisés, donc ce n'est pas moi qui fais leur fiche de paie.

— Qui les fait, alors ?

— Le directeur de la production.

— A savoir Haytham Querashi, dit Barbara.

— Oui. Et avant lui, c'était Mr Armstrong.

Et c'est ainsi que les chemins de Barbara et d'Emily se croisèrent aux Moutardes Malik, lorsque Sahlah conduisit Barbara auprès de Mr Armstrong.

Si, comme à New Scotland Yard, on pouvait déduire le grade d'un individu d'après la superficie de son bureau, alors Ian Armstrong occupait un poste important à défaut d'être définitif. Une fois que Sahlah eut frappé et qu'une voix, de l'intérieur, eut crié « Entrez », la porte s'ouvrit sur une pièce assez vaste qui contenait un bureau, une table de conférence et six chaises. Et pas la moindre fenêtre. Sous la chaleur et le feu roulant des questions d'Emily Barlow, Ian Armstrong suait à grosses gouttes.

— ... pas vraiment nécessaire d'emmener Mikey chez le médecin, vendredi dernier, disait-il. Mikey, c'est mon fils.

— Il avait de la fièvre ? fit Emily, saluant Barbara d'un signe de tête.

Sahlah se retira et referma la porte.

— Oui, mais les enfants font souvent des poussées de fièvre bénignes, n'est-ce pas ?

Le regard d'Armstrong glissa sur Barbara avant de se reporter sur Emily. Il semblait ne pas se rendre compte de la sueur qui dégoulinait de son front sur sa joue.

Emily, quant à elle, donnait l'impression que ses veines charriaient du fréon. Elle était assise à la table de conférence, un petit magnétophone en marche posé devant elle.

— On n'emmène pas un enfant aux urgences simplement parce qu'il a le front un peu chaud, reprit Armstrong. De plus, il a si souvent des otites qu'on sait ce qu'il faut faire quand ça lui arrive. On lui met des gouttes. On le garde au chaud. Et tout s'arrange très vite.

— A part votre épouse, quelqu'un peut-il confirmer que vous étiez chez vous vendredi soir ? Est-ce que vous avez téléphoné à vos beaux-parents pour leur demander conseil ? Ou à un voisin ? A un ami ?

Son regard se voila.

— Heu... attendez... que je réfléchisse...

— Prenez votre temps, Mr Armstrong, lui dit Emily. Nous tenons à ce que votre témoignage soit précis.

— C'est juste que... c'est la première fois que je me trouve mêlé à ce genre d'histoires, et ça me rend un peu... nerveux. Vous comprenez ?

— Tout à fait, lui dit Emily.

Dans le silence qui suivit, Barbara en profita pour jeter un coup d'œil à la pièce. Très fonctionnelle. Aux murs, des affiches de divers produits. Bureau, meubles de classement et étagères métalliques. Table et chaises récentes mais bas de gamme. Les seuls objets personnels d'Armstrong se trouvaient sur le bureau : trois photographies sous verre. Barbara se déplaça pour mieux les voir : une femme blonde aux cheveux bouclés coiffés rétro et à l'air revêche ; un petit garçon en grande conversation avec le Père Noël ; et toute la famille, le fiston sur les genoux de Maman et Papa debout derrière, mains sur les épaules de sa chère moitié. Armstrong faisait des yeux ronds sur cette photo, comme s'il était le premier surpris d'occuper la position de pater familias.

On pouvait dire qu'il prenait possession de l'espace, pour un employé temporaire. Barbara l'imagina sans peine débarquant, le matin même, ses photos bien rangées dans sa serviette, les dépoussiérant à l'aide d'un mouchoir et fredonnant gaiement tandis qu'il les mettait en place avant de commencer sa journée... Rien à voir avec son attitude du moment, cela dit. Il n'arrêtait pas de jeter

287

des regards anxieux à Barbara, comme s'il craignait qu'elle ne décide de fouiller son bureau de fond en comble. Emily finit par la présenter.

— Ah, vous aussi, vous êtes... ? fit Armstrong. (Il n'acheva pas sa question et revint à celle que lui avait posée Emily.) Mes beaux-parents... Je ne suis pas absolument sûr de l'heure, mais je suis formel : je leur ai parlé vendredi soir. Ils savaient que Mikey n'allait pas bien et ils nous ont téléphoné. (Il sourit, reprenant confiance.) J'avais oublié parce que vous m'avez demandé si je les avais appelés, mais en fait c'est le contraire !

— A quelle heure, approximativement ? insista Emily.

— A quelle heure ? Oh, ça devait être... c'était après les infos sur ITV.

C'est-à-dire après dix heures, songea Barbara. Elle dévisagea Armstrong en se demandant dans quelle mesure il ne leur montait pas un bateau et s'il n'allait pas appeler ses beaux-parents pour les mettre dans le coup dès qu'Emily et elle auraient le dos tourné.

Tandis que Barbara considérait cette éventualité, Emily changea de sujet. Elle interrogea Armstrong sur ses relations avec la victime. Ils s'entendaient bien, selon le directeur provisoire de la production ; et même très bien. Des frères de sang, à l'entendre.

— Et, que je sache, il n'avait pas d'ennemis, ici, à la fabrique, dit Armstrong pour conclure. En fait, pour être tout à fait franc, tous les employés étaient ravis.

— Ils n'étaient pas tristes de vous voir partir ? demanda Emily.

288

— Je suppose que non, admit-il. La majorité des salariés sont pakistanais, et ils préfèrent être sous les ordres d'un des leurs plutôt que d'un Anglais. Ce qui est un peu naturel, quand on y songe, vous ne trouvez pas ?

Son regard passa d'Emily à Barbara comme s'il attendait que l'une ou l'autre le conforte dans son opinion. Voyant qu'aucune ne s'y décidait, il revint à sa première idée :

— Donc, non, aucun ennemi, vraiment. Si vous cherchez un employé de la fabrique qui aurait eu un mobile pour l'assassiner, je ne crois pas que vous trouviez. Je ne suis de retour que depuis quelques heures, mais je peux vous dire qu'un vrai deuil s'est installé ici.

— Vous connaissez un dénommé Kumhar ? demanda Barbara en les rejoignant à la table ovale.

— Kumhar ? répéta Armstrong en fronçant les sourcils.

— F. Kumhar. Ça vous dit quelque chose ?

— Pas du tout. Il travaille ici ? Parce que je connais tout le monde à la fabrique... à cause de mon poste, vous comprenez. Alors, à moins qu'il n'ait été embauché pendant mon absence, ce qui expliquerait que je ne l'aie pas encore rencontré...

— Sahlah Malik me disait que ce pourrait être un des intérimaires que vous embauchez pendant les coups de bourre ? Notamment, pour l'étiquetage.

— Un vacataire ? (Il regarda Emily et lui demanda, comme s'il était sous ses ordres :) Vous permettez ? (Il alla prendre un registre sur une des étagères et le posa sur la table.) Nous tenons nos

289

registres de façon très pointilleuse. Dans la position de Mr Malik, employer des clandestins pourrait avoir des conséquences désastreuses.

— Vous avez ce problème par ici ? s'enquit Barbara. Je pensais que les clandestins allaient plutôt dans les grandes villes. Londres, Birmingham. Là où il y a une forte concentration étrangère.

— Oui, je suppose... dit Armstrong en feuilletant le registre dont il consultait les dates en haut des pages. Mais nous ne sommes pas loin des ports, voyez-vous. Alors, les clandestins peuvent toujours passer à travers les mailles du filet de la douane portuaire, et Mr Malik insiste pour que nous soyons attentifs à ce qu'aucun d'entre eux ne s'infiltre ici.

— Si Mr Malik avait embauché des immigrés clandestins, vous pensez qu'Haytham Querashi aurait pu le découvrir ? demanda Barbara.

Ian Armstrong releva la tête. Il voyait où elle voulait en venir et paraissait franchement soulagé de ne plus être sous les feux de la rampe. Toutefois, il ne sembla pas vouloir en tirer parti pour autant.

— Il aurait pu le soupçonner, dit-il. Mais si quelqu'un s'était présenté à lui avec de faux papiers, je ne vois pas comment il l'aurait su. Il n'était pas anglais, après tout. Il n'aurait pas su sur quoi se baser.

Barbara se demanda quelle différence cela faisait d'être anglais ou pas. De bonnes contrefaçons étaient toujours de bonnes contrefaçons, quelle que soit la nationalité de celui qui les avait sous les yeux.

Armstrong parcourut une page sur laquelle il s'était arrêté. Puis deux autres.

— Ce sont nos vacataires les plus récents, dit-il. Je ne vois aucun Kumhar parmi eux. Désolé.

Donc, Querashi le connaissait par un autre biais, en conclut Barbara. Mais lequel ? L'association de Pakistanais fondée par Muhannad Malik dont lui avait parlé Emily ? Possible.

— Et si quelqu'un avait été viré par Querashi ? demanda Emily. Employé temporaire ou pas. Ça figurerait sur ce registre ?

— Les personnes licenciées ou en fin de contrat ont des dossiers, bien sûr, dit Armstrong en montrant les classeurs.

Tout en parlant, sa voix se perdit et il se carra dans sa chaise, l'air songeur. Ce à quoi il pensait le décontracta, car il s'autorisa enfin à sortir son mouchoir et à s'essuyer le visage.

— Vous pensez à autre chose ? lui demanda Emily.

— Un employé licencié ? En fin de contrat ? fit Barbara.

— C'est peut-être sans importance. Je suis au courant parce que j'ai parlé avec un de ses anciens collègues aux expéditions, après coup. Ça a fait du ramdam, évidemment.

— Quoi ? Qui ?

— Trevor Ruddock, un gars d'ici. Haytham l'a viré il y a environ trois semaines. (Armstrong alla ouvrir un tiroir d'un classeur et en sortit une chemise. Il revint s'asseoir en lisant un document qu'elle contenait.) Ah oui, voilà... Hou là, ce n'est pas joli-joli... (Il releva la tête, hilare. Apparemment, il avait lu de bonnes nouvelles dans le dossier de Trevor Ruddock et il n'en fit pas mystère :)

Trevor a été renvoyé pour vol. Ce rapport est de la main d'Haytham. Il aurait surpris Trevor en train de détourner une caisse partant à l'expédition et il l'a viré sur-le-champ.

— Un « gars d'ici », vous disiez ? fit Barbara. Quel âge il a ?

Armstrong piqua du nez dans le dossier.

— Vingt et un ans.

— Une femme ? Des enfants ? demanda Emily, allant dans le même sens qu'elle.

— Non, répondit Armstrong dans la foulée. Il habite encore chez ses parents, selon son contrat d'embauche. Il a cinq frères et sœurs, et ils vivent tous ensemble. Quant à son adresse... Bah, on ne peut pas dire que ce soit dans les beaux quartiers. Je suppose que sa famille n'est pas très regardante sur la façon dont il gagne l'argent qu'il ramène à la maison. Comme tout le monde dans cette partie de la ville. (Il parut se rendre compte que toute tentative d'orienter les soupçons sur un autre ne pourrait avoir qu'un effet boomerang, aussi s'empressa-t-il d'ajouter :) Mais Mr Malik est intervenu en faveur de ce jeune homme. Il y a ici un double d'une lettre de lui dans laquelle il prie un autre homme d'affaires de Balford de donner une chance à Trevor de se racheter par le travail.

— Où ? demanda Barbara.

— A la salle de jeux, sur la jetée. Je suppose que c'est là que vous le trouverez. Enfin, si vous voulez l'interroger sur ses relations avec Mr Querashi...

Emily coupa son magnétophone. Armstrong

parut soulagé — il n'était plus sur le gril, enfin !
Emily l'y remit illico :

— Vous voudrez bien ne pas quitter la ville pendant les jours qui viennent, d'accord ? demanda-t-elle, aimable.

— Je n'ai pas le projet d'aller...

— Alors, c'est parfait, dit Emily. Nous aurons sûrement d'autres questions à vous poser. Ainsi qu'à vos beaux-parents.

— Bien sûr. Mais pour ce qui est de ce problème, là... Trevor... Ruddock...

Il n'osa pas aller jusqu'au bout de son idée. « Ruddock avait un mobile » était la phrase que Ian Armstrong ne pouvait pas se permettre de prononcer. Car si les deux hommes avaient perdu leur emploi à cause d'Haytham Querashi, lui seul avait tiré un avantage immédiat de sa mort. Et les trois personnes assises à la table ovale savaient que le principal bénéficiaire du premier acte de violence perpétré sur la péninsule de Tendring en cinq ans était assis là, dans l'ex-bureau de Querashi, réintégré à la hâte dans le poste que le jeune Pakistanais lui avait ravi à son arrivée en Angleterre.

9

Cliff Hegarty en vit sortir deux de la fabrique de moutardes. Il n'avait vu entrer que le petit boudin coupé au bol. Elle s'était extirpée d'une Mini Austin pourrie, avec en bandoulière une espèce de sac-poubelle. Il n'avait pas trop fait gaffe à elle. Il s'était juste demandé pourquoi, avec un physique pareil, elle portait un fute serré qui accentuait le fait qu'elle était taillée d'un seul bloc. Il l'avait tout de suite classée dans la catégorie des gens peu susceptibles de venir faire du shopping chez Hegarty, « Distractions pour Adultes », et il était passé à autre chose. Ce ne fut que la seconde fois qu'il la vit qu'il se rendit compte à qui — ou plutôt à quoi — il avait affaire. Alors, il sut que sa journée — qui avait déjà super mal commencé — ne risquait pas d'aller en s'arrangeant.

La deuxième fois, donc, elle était avec une autre nana. Une grande bringue. Le genre de gabarit à vous mettre un ours polaire au tapis ; et à l'air si autoritaire qu'il ne pouvait y avoir de doute sur la raison de sa venue aux Moutardes Malik quelques jours seulement après la mort survenue au Nez. La flicaille, songea Cliff. Forcément. Quant à l'autre, avec qui elle était en pleine conversation, ça ne pouvait être qu'une collègue.

Merde, songea-t-il. Il ne manquait plus que ça ! Il avait déjà le conseil municipal qui lui cherchait des poux dans la tête. Ça lui suffisait ! On le harcelait, et ces messieurs avaient beau blablater, prétendre qu'ils voulaient faire renaître Balford de ses cendres économiques, ils s'acharnaient à lui faire mettre la clé sous la porte. Et ces deux « fliquettes » seraient sans doute ravies d'apporter de l'eau au moulin de ses ennemis quand elles auraient vu ses puzzles. Et sûr qu'elles les verraient, car elles viendraient dans ses locaux pour tailler une bavette, forcément, puisqu'elles étaient là pour tomber sur le poil de tous ceux qui avaient connu de près ou de loin le cadavre, du temps de son vivant. Alors là, elles en auraient plein les mirettes ! Et cette visite — en dehors même des questions qu'on lui poserait et auxquelles il éviterait de son mieux de répondre — faisait partie de ces événements dont on ne pouvait pas dire qu'ils le mettaient en joie.

Ses ventes se faisant exclusivement par correspondance, Cliff ne voyait vraiment pas pourquoi ses puzzles avaient fait un tel foin. Ce n'était pas comme s'il passait de la pub dans le *Tendring Standard* ou mettait des affichettes dans les magasins de la ville. Il était discret, merde. Pas comme les flics, quand ils ont un mec dans le collimateur. Cliff savait ça de l'époque où il créchait à Earl's Court. Quand les poulets s'y mettaient, ils venaient sonner à sa porte tous les jours. Rien qu'une question, Mr Hegarty. Vous pourriez nous aider,

Mr Hegarty ? On a un petit problème... Vous voulez bien passer au poste, Mr Hegarty ? Faut qu'on cause... Y a eu un casse (ou une agression, ou un vol à la tire) et on se demandait... où vous étiez cette nuit-là ? Allez, on reprend vos empreintes digitales... juste pour vous laver de tout soupçon, comme on dit. Et ainsi de suite jusqu'à ce qu'il comprenne le message : déménage, va vivre ta vie ailleurs.

Il y avait toujours cette solution. Cliff l'avait déjà fait ; mais il était seul à l'époque. Maintenant, il était en couple, avec quelqu'un de sérieux qui avait un boulot fixe, des projets, une maison sympa en bord de mer à Jaywick Sands — il n'était pas question de partir. Parce que si lui pouvait remonter sa boîte n'importe où, Gerry ne trouverait pas facilement du boulot dans le bâtiment. Et avec les projets de réhabilitation de Balford, l'avenir professionnel de Gerry virait au rose. Ce n'est pas maintenant qu'il allait pouvoir enfin gagner correctement sa croûte qu'il accepterait de déménager.

Il est vrai que Gerry n'avait jamais accordé beaucoup d'importance à l'argent, songea Cliff. C'était bien dommage d'ailleurs, la vie serait tellement plus simple. Si seulement Gerry partait gentiment au travail chaque matin et maniait le chalumeau jusqu'à épuisement dans ce restau de la jetée, la vie serait super ! Il rentrerait fourbu le soir et ne penserait qu'à une chose : dîner et dormir. Il se motiverait en songeant à la prime que les Shaw lui avaient promise s'il finissait les travaux avant le prochain pont. Et il n'aurait pas d'autres idées en tête.

Pas comme ce matin...

A six heures, Cliff s'était sorti d'un sommeil agité avec la sensation que Gerry n'était plus à côté de lui. Il avait enfilé son peignoir et était descendu à la cuisine, où il l'avait trouvé, déjà habillé, campé devant la fenêtre ouverte qui donnait sur un promenoir bétonné d'un mètre cinquante au-delà duquel s'étendaient la grève et la mer. Un mug de café à la main, il semblait perdu dans ses pensées. Une attitude qui inquiétait toujours Cliff.

Gerry n'était pas du genre à se prendre la tête. Pour lui, être amants, ça signifiait tout partager, même les chaussettes, ce qui impliquait se parler à cœur ouvert, s'envoyer en l'air le plus souvent possible et « faire le point » par de fréquents bilans. Au début, Cliff supportait mal ce genre de vie commune avec un mec, mais il s'y était fait petit à petit. Il habitait chez Gerry, après tout ; et puis, il l'aimait bien. Aussi, bon an mal an, avait-il accepté de jouer le jeu. Or, ces derniers temps, Cliff avait remarqué un changement subtil dans leur relation. Gerry semblait moins soucieux de savoir « où ils en étaient » ; et, plus inquiétant encore, il était moins accro à Cliff. Du coup, Cliff n'en était que plus accro à lui. C'était ridicule, idiot et vain ; et ça le rendait dingue parce que d'habitude, c'était lui qui avait besoin d'air et Gerry qui ne lui lâchait pas la grappe.

Cliff l'avait rejoint près de la fenêtre. Par-dessus l'épaule de son amant, il avait vu, dans la lumière du petit matin, comme des serpents étincelants ramper sur la mer. Un bateau de pêche avançait lentement vers le nord. Des mouettes se découpaient en ombres chinoises sur le ciel. Cliff était loin d'être un inconditionnel de la nature, mais il savait reconnaître ses beautés quand elles s'offraient à lui.

Il avait pris Gerry par le cou, en se disant qu'il n'y a pas si longtemps, les rôles auraient été inversés. C'est Gerry qui l'aurait caressé, légèrement, l'air de rien, comme pour demander : fais cas de ma présence, touche-moi, dis-moi que tu m'aimes aussi fort, aussi aveuglément, aussi généreusement que je t'aime.

Il n'y a pas si longtemps, Cliff aurait eu envie de chasser la main de Gerry d'un haussement d'épaules. Et même, pour dire l'entière vérité, de taper dessus pour qu'il la retire. De repousser Gerry, tant son contact — si ardent et si tendre — aurait été chargé de désirs qu'il n'avait ni l'énergie ni la capacité de combler. Mais ce matin, il avait joué le rôle de Gerry, attendant un signe de lui qui lui dirait que rien n'était changé, que leur relation était toujours ce qu'il y avait de plus important au monde.

Gerry avait frémi sous la main de Cliff, comme si ce contact le réveillait. Il lui avait effleuré les doigts en un geste sec, presque automatique, comme ces baisers de vieux couples. Cliff l'avait lâché. Fais chier, avait-il songé. Il s'était demandé quoi dire. Il avait opté pour des banalités :

« Tu n'arrivais pas à dormir ? Tu es levé depuis longtemps ?

— Un petit moment », avait répondu Gerry en portant le mug à ses lèvres.

Cliff avait regardé le reflet de son amant dans la vitre, essayant de déchiffrer son expression. Mais les reflets du jour sont moins parlants que ceux de la nuit, et il ne vit que la vague silhouette d'un type costaud sculpté par le travail.

« Qu'est-ce qui ne va pas ? lui avait-il demandé.

— Rien. Je n'arrivais pas à dormir. Il fait trop chaud. Ce temps... c'est pas possible. On se croirait à Acapulco. »

Cliff le provoqua, comme Gerry l'aurait fait, il y a peu :

« Tu dis ça parce que tu as envie d'être entouré de jeunes et beaux Mexicains... »

Et il avait attendu de Gerry le genre de protestation que lui-même lui servait autrefois pour le rassurer : « Moi et des Chicanos ? Tu déconnes, mec ! Rien à battre d'un de ces gominés quand je t'ai, toi ! »

Mais il n'avait rien dit. Cliff avait enfoncé les mains dans les poches de son peignoir. Et merde, avait-il songé, dégoûté de lui-même. Qui aurait cru que ce serait lui qui connaîtrait les affres de l'insécurité affective ? Lui qui avait toujours proclamé que la fidélité n'était rien qu'une aire de repos avant la tombe. Lui qui avait toujours mis ses proches en garde contre le danger de retrouver la même tête au petit déjeuner chaque matin et le même corps fatigué au lit chaque soir. Lui qui avait toujours dit qu'au bout de quelques années, un petit extra de temps en temps — sur un lieu de drague, avec un type qui cherche discrètement des plaisirs sans lendemain et l'assouvissement de ses fantasmes — stimulait la sexualité des couples. C'était comme ça, on n'y pouvait rien. C'était la vie.

Mais de là à ce que Gerry l'ait cru ! Non, bordel de merde ! Gerry était censé dire avec une ironie amère : « Cause toujours, mec. Pour la tchatche, tu es toujours là, mais pour le reste... », mais pas prendre ses paroles au pied de la lettre. Soudain écœuré, Cliff fut bien obligé de reconnaître que c'était pourtant ce qu'il avait dû faire.

Il avait eu envie de mettre les pieds dans le plat, de lui dire « Tu veux me larguer, c'est ça ? », mais il avait eu peur de la réponse de son amant. Dans un éclair de lucidité, il s'était rendu compte que, aire de repos ou pas, il n'avait pas envie de perdre Gerry. Pas seulement à cause de sa super baraque à Jaywick Sands, à deux pas de la plage où il aimait tant aller se balader, pas seulement à cause de son vieux hors-bord que Gerry avait retapé avec amour et dans lequel ils sillonnaient la côte pleins gaz en été, et pas seulement parce qu'il avait parlé d'aller en Australie pendant les mois où le vent secouait la maison avec la force d'un cyclone. Si Cliff n'avait pas envie de perdre Gerry, c'est que... ben... que c'était quand même super rassurant d'être maqué avec un mec qui défendait la fidélité... même si on ne pouvait pas se résoudre à l'admettre devant lui.

Et c'est pourquoi Cliff avait dit, avec une indifférence feinte :

« T'es en quête d'un Chicano en ce moment, Gerry ? T'en as marre de consommer de la viande blanche ? »

Gerry s'était tourné vers lui et avait posé son mug sur la table.

« Pourquoi ? Tu tiens la comptabilité, maintenant ? » avait-il dit.

Cliff avait souri et levé ses mains en un geste de protestation.

« Surtout pas. Hé, il s'agit pas de moi. Je te connais assez pour savoir quand quelque chose te tracasse. Je te demande juste si t'as envie qu'on en parle ? »

Gerry alla ouvrir le frigo et prit les ingrédients habituels de son petit déjeuner. Il plaça quatre œufs dans un bol et sortit quatre saucisses de leur emballage.

« Qu'est-ce qui ne va pas ? demanda Cliff, renouant son peignoir avec nervosité. Bon, d'accord, je sais que j'ai gueulé quand tu as annulé nos vacances au Costa Rica, mais je croyais qu'on avait tiré ça au clair. Je sais aussi que ce chantier à la jetée est un gros coup pour toi, et qu'avec les travaux que tu fais dans cette maison... J'veux dire... bon, avant, tu n'avais pas assez de boulot, et maintenant tu en as et t'as envie de gagner le maximum, donc t'as pas le temps de prendre des vacances. C'est normal, je le comprends... Alors, si c'est ce que j'ai dit qui te fait chier, si t'en as marre de moi...

— Mais non », fit Gerry.

Il cassa les œufs et les battit. L'eau des saucisses frémissait sur le gaz.

« Bon, ben, pas de problème, alors. »

Mais n'y en avait-il vraiment pas ? Cliff était loin d'en être certain. Ces derniers temps, il avait remarqué des changements dans le comportement de Gerry : ses silences de plus en plus longs, ses moments d'isolement de plus en plus fréquents dans le garage, où il jouait de la batterie le week-end, les heures supplémentaires de plus en plus nombreuses qu'il faisait à Balford jusque tard dans la nuit, les regards qu'il lançait à Cliff quand il croyait que ce dernier ne s'en apercevait pas. Alors, d'accord, peut-être que Gerry n'en avait pas marre de lui, mais, en tout cas, il se passait quelque chose.

Tout en sachant qu'il ne pouvait pas en rester là, Cliff n'avait eu qu'une envie : se tirer. Il s'était dit que le meilleur parti à prendre était encore de faire comme si de rien n'était plutôt que de courir le risque de découvrir quelque chose qu'il n'avait pas envie de savoir.

Il était donc resté et avait observé son amant en se demandant ce que cachaient l'assurance et la concentration avec lesquelles il préparait son petit déjeuner. Non qu'une telle attitude soit en contradiction avec son caractère — il n'aurait pu réussir dans son métier sans ces qualités-là —, c'était plutôt qu'il n'était pas comme ça d'habitude avec lui.

Aucun doute... c'était un Gerry différent qu'il avait devant lui. Ce n'était plus le gars dont le principal souci était de résoudre les problèmes qui pouvaient surgir entre eux, de faire la lumière sur toutes les interrogations, d'aplanir leurs différends sans élever la voix. C'était un Gerry qui donnait l'impression de naviguer en solitaire et de savoir très bien où il allait.

Cliff avait préféré ne pas réfléchir à ce que cela impliquait. Il s'était dit qu'il aurait mieux fait de rester au lit. L'horloge murale de la cuisine tictaquait bruyamment. On aurait dit les roulements de tambour qui accompagnaient le condamné jusqu'à la potence. Merde, s'était-il dit. Putain de bordel de merde.

Gerry avait apporté son petit déjeuner sur la

table, un repas copieux qui devait lui permettre de tenir jusqu'à l'heure du déjeuner : œufs, saucisses, deux fruits, toasts et confiture. Une fois qu'il eut disposé son couvert, un verre de jus de fruit et coincé une serviette dans le col de son tee-shirt, il s'était attablé mais n'avait rien mangé. Il avait regardé fixement son assiette, enroulé sa main autour du verre de jus de fruit, l'avait porté lentement à ses lèvres et avait bu en faisant tant de bruit que Cliff avait eu l'impression qu'il allait s'étouffer. Puis, levant les yeux vers lui, il avait dit :

« Je crois qu'il va falloir qu'on fasse le test. »

Cliff avait senti le sol se dérober sous ses pieds. Les murs de la cuisine s'étaient mis à tanguer. Et leur passé lui était revenu à la figure à une vitesse vertigineuse.

Tous deux avaient menti à leur famille sur les circonstances de leur rencontre : dans des toilettes publiques, à une époque où « prendre des précautions » était aussi peu important que de connaître le prénom de son partenaire. Gerry et lui ne se faisaient aucune illusion : ils savaient d'où ils venaient et, surtout, où ils pourraient facilement retourner.

Cliff avait fait mine de rigoler, d'avoir mal compris. Il avait envisagé de dire « Tu déconnes ? Qu'est-ce que tu racontes ? »... Il était resté coi. Il savait depuis longtemps qu'il valait mieux attendre qu'une vague de panique et de terreur s'apaise avant de parler.

« Hé, je t'aime, Gerry », avait-il dit enfin.

Gerry avait baissé la tête et éclaté en sanglots.

Cliff regarda les deux femmes flics qui papotaient devant son dépôt, à la manière de deux viocques dans un salon de thé. Il se doutait qu'elles ne tarderaient pas à faire la tournée de toutes les boîtes de la zone industrielle. Normal. Le Paki s'étant fait buter, elles interrogeraient tous ceux qui auraient pu avoir l'occasion de lui parler ou de le voir avec quelqu'un. Elles venaient enquêter sur son lieu de travail, c'était logique. Donc, elles n'allaient pas tarder à se pointer chez lui. C'était juste une question de temps.

— Fait chier, murmura-t-il.

Il suait malgré la clime fixée à la fenêtre qui soufflait un air frais dans sa direction. Il ne manquait plus qu'une descente de flics ! Il allait falloir tenir Gerry à l'écart de tout ça.

Une limousine décapotable bleu turquoise s'engagea dans la zone industrielle au moment où Emily disait :

— On peut être sûres d'une chose : en se basant sur le fait que Sahlah ne sait pas qui est F. Kumhar, c'est un homme, comme je le pensais depuis le début.

— Qu'est-ce qui te fait dire ça ?

Emily, d'un geste, éluda la question de Barbara et observa l'imposant véhicule — qui semblait avoir assez de chevaux pour écarter de son chemin sans effort des voitures moins puissantes — tournant dans l'allée. Une voiture américaine : lignes aérodynamiques, sièges en cuir, chromes rutilants comme du platine poli. Une Thunderbird qui datait d'au moins quarante ans, songea Barbara, et parfaitement entretenue. Il y en a qui ne manquent pas de pognon...

Le chauffeur était un jeune homme au teint bistre d'une vingtaine d'années, aux cheveux longs noués en catogan. Il portait des lunettes de soleil panoramiques — de celles que Barbara avait toujours associées aux macs, aux gigolos et aux flambeurs. Elle le reconnut pour l'avoir vu dans le reportage télé sur la manifestation de la veille. Muhannad Malik. Taymullah Azhar était avec lui. A sa décharge, il ne semblait pas être très à l'aise dans ses baskets.

Les deux hommes descendirent de voiture. Muhannad se dirigea résolument vers elles tandis que Azhar restait en retrait, bras croisés. Le jeune homme ôta ses lunettes de soleil et les mit dans la poche de sa chemise blanche, impeccablement repassée, qu'il portait avec un jean et des bottes en peau de serpent.

Emily fit les présentations. Barbara sentit ses mains devenir moites. Le moment était venu d'avouer à l'inspecteur Barlow qu'elle connaissait Taymullah Azhar. Elle ne dit rien, attendant qu'Azhar explique la chose à son cousin. Azhar jeta un regard à Muhannad, mais ne dit rien lui non plus. Voilà qui était pour le moins inattendu. Voyons comment ça va tourner, songea Barbara.

Muhannad la jaugea de la tête aux pieds d'un regard méprisant qui lui donna envie de lui crever les yeux avec les pouces.

— Alors, c'est ça, votre médiateur ? lança-t-il à Emily, sarcastique.

— Vous rencontrerez le sergent Havers cet après-midi, lui rétorqua Emily. A cinq heures, au poste.

— Quatre heures, ça nous arrangerait mieux, dit Muhannad sur un ton qui laissait présager le rapport de force qu'il voulait instaurer.

Emily ne joua pas le jeu.

— Comme vous voulez, mais je ne peux pas vous garantir que le sergent sera là à quatre heures, répondit-elle, placide. Mais vous pouvez toujours venir. En son absence, un de mes hommes veillera à vous installer confortablement.

Elle lui adressa un sourire des plus aimables.

Muhannad les gratifia tour à tour d'une expression laissant supposer qu'il se trouvait en présence d'une substance dont il ne parvenait pas à identifier l'odeur. Puis il se tourna vers Azhar.

— Tu viens ? lui dit-il.

Et il s'avança vers l'entrée de la fabrique.

— Kumhar, Mr Malik ! lui cria Emily au moment où il posait la main sur la poignée de la porte. F. Kumhar.

Muhannad arrêta son geste et se retourna vers elles.

— Vous me posez une question, inspecteur Barlow ?

— Ce nom vous dit quelque chose ?

— Pourquoi ?

— Parce qu'il concerne l'enquête. Ni votre sœur ni Mr Armstrong ne le connaissent. Je me disais que vous, peut-être...

— Pourquoi ?

— Il était peut-être membre de la Jum'a.

— La Jum'a, répéta Muhannad.

Barbara nota au passage que son expression ne trahissait rien.

306

— Oui, la Jum'a, votre organisation, votre club. Vous croyez que la police ignore son existence ?

Il pouffa.

— Ce que la police ignore tiendrait dans cinq volumes au moins, dit-il.

Et il poussa la porte.

— Vous connaissez un certain Kumhar ? insista Emily. C'est un nom indien, non ?

Muhannad s'arrêta dans la pénombre.

— Attention, votre racisme pointe le bout de son nez, inspecteur, dit-il. Ce n'est pas parce qu'un homme est indien ou pakistanais que je le connais forcément.

— Je ne crois pas avoir dit que ce Kumhar était un homme.

— N'en faites pas trop. Vous m'avez demandé si ce Kumhar était membre de la Jum'a. Puisque vous connaissez la Jum'a, vous devez savoir qu'elle est exclusivement masculine. Bon, autre chose ? Parce que, mon cousin et moi, on a des trucs à faire.

— Oui, il y a autre chose, dit Emily, imperturbable. Où étiez-vous le soir où Haytham Querashi a été tué ?

Muhannad lâcha la poignée de la porte. Il se retourna et remit ses lunettes de soleil.

— Pardon ? demanda-t-il, calmement, plus pour l'effet car il avait parfaitement compris la question.

— Où étiez-vous le soir où Haytham Querashi a été tué ? répéta Emily.

— Oh, fit-il avec un air méprisant, regardez donc où vous conduit votre enquête ! Quelle surprise ! Un Paki est mort, c'est donc un Paki qui a fait le coup. Et bien sûr, je suis le coupable idéal !

— Ah oui ? Et pourquoi ça ? fit Emily.

Il retira une fois de plus ses lunettes, leur révélant un regard haineux. Derrière lui, Taymullah Azhar se tenait toujours sur la réserve.

— Je vous mets des bâtons dans les roues, dit Muhannad. Je défends mon peuple. Je veux qu'il soit fier de lui-même. Je veux qu'il marche en levant haut la tête. Je veux qu'il comprenne que ce n'est pas parce que nous ne sommes pas blancs que nous valons moins que vous. Et ça, c'est bien la dernière chose que vous voulez, hein, inspecteur Barlow ? Alors, comment mieux humilier mon peuple, mieux le tenir sous votre joug qu'en dirigeant votre pitoyable enquête sur moi ?

Pas con, le mec, songea Barbara. Le meilleur moyen de tuer dans l'œuf la rébellion pakistanaise n'était-il pas de présenter son meneur comme une idole de pacotille ? D'ailleurs... c'était peut-être le cas. Barbara jeta un rapide coup d'œil à Azhar pour voir comment il réagissait à cet échange entre son cousin et Emily. Elle découvrit qu'il l'observait lui aussi. Vous voyez ? semblait-il penser. La conversation que nous avons eue au petit déjeuner se confirme, non ?

— Analyse très pertinente de mes motivations, dit Emily à Muhannad. Et vous pouvez être sûr que nous en reparlerons.

— Devant vos supérieurs.

— Pas de problème ! Pour le moment, contentez-vous de répondre à ma question ou je me verrai dans l'obligation de vous embarquer.

— Ça vous plairait, ça, hein ? fit-il. Je suis navré, mais je ne vais pas vous faire ce plaisir. (Il repartit vers la porte et l'ouvrit à la volée.) Rakin Khan. Vous le trouverez à Colchester. Ça ne devrait pas être trop difficile pour vous, avec le flair que vous avez !

— Vous étiez avec lui vendredi soir, c'est ça ?

— Eh oui, désolé de vous décevoir.

Sans plus attendre, il entra dans la fabrique. Azhar adressa un signe de tête à Emily et emboîta le pas à son cousin.

— Il est malin, fit remarquer Barbara de mauvaise grâce. En tout cas, il devrait foutre ses lunettes de soleil au clou. (Elle revint sur la conversation qu'elles avaient avant l'arrivée de Muhannad.) Alors, qu'est-ce qui te fait dire que Kumhar est un homme ?

— Le fait que Sahlah ne le connaissait pas.

— Et alors ? Comme vient de le dire Muhannad...

— Foutaises, Barbara ! La communauté pakistanaise de Balford est petite et se serre les coudes. Si un certain F. Kumhar en fait partie, Muhannad Malik le connaît, tu peux en être sûre.

— Pourquoi sa sœur ne le connaîtrait pas, alors ?

— Parce qu'elle est une femme. La tradition familiale, et tout le bazar. Tu as vu le coup du mariage. Sahlah connaît les employés pakistanais de la fabrique. Point final. Elle n'a pas le droit de fréquenter les autres hommes, à part les maris de ses copines et ses anciens copains d'école. Comment le pourrait-elle ? Tu as vu comment elle vit. Je suis sûre qu'elle ne sort jamais avec des potes, qu'elle ne fréquente pas les pubs. Elle n'est pas libre de ses mouvements dans Balford. Elle n'est pas allée à l'université. Elle vit en recluse. Donc, si elle ne connaît pas de Kumhar — à moins qu'elle ne mente, évidemment...

— Ce qui est possible, l'interrompit Barbara. Elle sait peut-être que F. Kumhar est une femme. Elle sait peut-être qu'elle est *la* femme, par exemple.

Emily fouilla dans son sac et en sortit ses lunettes de soleil qu'elle essuya machinalement à son débardeur.

— Le talon du chèque nous indique que Querashi a payé 400 livres à ce ou cette Kumhar. Un seul chèque. Un seul paiement. Si Kumhar est une femme, pourquoi Querashi la paierait-il ?

— Du chantage ? suggéra Barbara.

— Dans ce cas, pourquoi supprimer Querashi ? Cette Kumhar le fait chanter ; il la paie ; pourquoi aller lui briser la nuque ? C'est tuer la poule aux œufs d'or.

Barbara réfléchit.

— Il est sorti à la nuit tombée, dit-elle. Il allait retrouver quelqu'un. Il avait emporté des préservatifs. F. Kumhar est peut-être celle qu'il sautait ? Elle était peut-être tombée enceinte ?

— Dans ce cas, pourquoi prendre des capotes ?

— Parce que ce n'est plus elle qu'il voyait, il était passé à une autre. Et F. Kumhar le savait.

— Et les 400 livres ? Pourquoi ? Un avortement ?

— Un avortement très discret. Ou mal fait.

— Et une femme qui cherche à se venger ?

— Pourquoi pas ? Querashi était là depuis six semaines. C'est suffisant pour foutre une nana en cloque — une Pakistanaise qui plus est, pour qui la

310

virginité et la fidélité sont des affaires d'Etat. Si son père, son frère ou son mari ou un de ses proches l'a su, peut-être qu'il a voulu venger son honneur. Est-ce qu'une Pakistanaise est décédée récemment ? ou a été admise à l'hôpital pour une hémorragie interne ? Il faut qu'on cherche de ce côté-là, Emy.

Emily la regarda d'un air dubitatif.

— Tu as déjà oublié Armstrong ? lui dit-elle. On a retrouvé ses empreintes dans la Nissan. Et il a été réintégré au poste occupé par Querashi.

Barbara revit l'image de Ian Armstrong suant à grosses gouttes sous le feu roulant des questions d'Emily.

— Oui... ses glandes sudoripares fonctionnaient à plein régime, admit-elle. Je ne le rayerais pas de la liste des suspects.

— Et si ses beaux-parents confirment qu'il leur a téléphoné vendredi soir ?

— Alors, je crois que je commencerai par aller interroger son îlotier.

— T'es un vrai pitbull, dit Emily en riant. Si jamais tu décides de quitter le Yard pour le bord de la mer, je t'engage tout de suite dans mon équipe.

Barbara éprouva une pointe de plaisir au compliment. Pour ne pas donner l'impression de partir sans demander son reste, elle chercha ses clés de voiture dans son sac.

— Bon, fit-elle. Je vais vérifier l'histoire de Sahlah concernant le bracelet. Si elle l'a vraiment jeté à la baille samedi après-midi du bout de la jetée, quelqu'un a bien dû la voir. Elle ne passe pas inaperçue, accoutrée comme elle est. Tu veux que j'aille voir ce Trevor Ruddock qui bosse sur la jetée ? Autant faire d'une pierre deux coups.

— Va le cuisiner, dit Emily. De mon côté, je vais m'occuper de ce Rakin Khan que Muhannad tient tant à me faire rencontrer. Même si je ne doute pas une seule seconde qu'il va confirmer son alibi. Il voudra que son frère musulman — comment a dit Muhannad, déjà ? — puisse « marcher en levant haut la tête ». Ah, voilà qui est joliment tourné !

Elle eut un petit rire, se dirigea vers sa voiture, se mit au volant, démarra et, avec un signe de la main, prit la direction de Colchester et d'une nouvelle piste.

Se retrouver sur la jetée de Balford pour la première fois depuis l'été de ses seize ans n'eut rien du plongeon dans le passé auquel Barbara s'était attendue. Le lieu avait beaucoup changé. Au-dessus de l'entrée, une enseigne au néon arc-en-ciel : *Attractions Shaw*. Mais ni la peinture fraîche et pétante, ni les planches neuves, ni les transats pimpants, ni les tout nouveaux manèges et jeux de hasard, ni la salle de jeux hyper-moderne où l'on trouvait tout, des machines à sous d'antan aux jeux vidéo les plus sophistiqués, ne pouvaient damer le pion aux odeurs qui, pour elle, étaient restées liées à ses séjours annuels à Balford : celles des *fish and chips,* des hamburgers, du pop-corn et de la barbe à papa, mêlées à celle des embruns. Et les bruits aussi étaient toujours les mêmes : rires et cris d'enfants, tintements des machines, chevaux de bois montant et descendant au son d'un limonaire. Barbara se dirigea vers le bout de la jetée. Elle s'arrêta, s'accouda au garde-fou blanc et lisse, et alluma une cigarette.

Au-dessous, l'eau se soulevait et ondulait sans relâche. Barbara regarda le mouvement de la mer en tirant sur sa clope, et elle se demanda pourquoi l'eau de la mer du Nord faisait toujours penser à une huile de vidange, quelle que soit la période de l'année.

— Regarde comment Papa lance le ballon cette fois ! cria une voix de femme.

Barbara se retourna et vit le papa en question essayer de marquer des paniers dans le but de gagner un Titi en peluche qui serait sans doute abandonné avant la fin du séjour.

— Je peux faire des autos tamponneuses, M'man ? demanda une fillette d'une voix geignarde. Je suis assez grande !

— Regarde l'appareil, Donny ! Regarde l'appareil !

Barbara sourit. Au fil des années, l'ambiance de la jetée n'avait pas changé. Les ados étaient toujours fidèles au poste : garçons alanguis et filles longilignes, la sensualité à fleur de peau.

Barbara tira une dernière bouffée sur sa cigarette et jeta le mégot dans l'eau. Devant elle, la jetée filait dans la mer, s'évasant à son extrémité. Barbara alla jusque-là et s'approcha de la cafétéria Jack Awkins en pleine rénovation et d'où, à l'en croire, Sahlah Malik avait jeté le bracelet acheté pour son futur époux. Du chantier, des cris s'élevaient par-dessus des bruits d'outils frappant le métal et le souffle assourdissant d'un chalumeau. Un voile de chaleur émanait du bâtiment et, lorsque Barbara

313

s'en approcha pour regarder à l'intérieur, il lui sembla le recevoir en plein visage.

Les ouvriers étaient vêtus du strict minimum. Shorts coupés dans de vieux jeans, bottes à semelle épaisse, et tee-shirts crasseux — ou torse nu — semblaient constituer la tenue de prédilection. Ces hommes musclés étaient concentrés sur leur tâche, mais lorsque l'un d'eux aperçut Barbara, il posa ses outils et lui cria :

— Interdit au public ! Vous savez pas lire ? Dégagez avant d'être blessée !

Barbara brandit son badge — plus pour la forme que par nécessité, car, d'où il était, l'homme ne risquait pas de voir ce que c'était.

— Police ! hurla-t-elle.

— Gerry ! cria l'homme au soudeur qui, indifférent au reste du monde sous son casque de protection, semblait concentré uniquement sur la flamme qu'il envoyait vers le métal. Gerry ! Hé ! De Vitt !

Barbara enjamba trois poutres en acier posées par terre, qui attendaient d'être placées. Elle zigzagua entre d'énormes rouleaux de câble électrique et une pile de caisses fermées.

— N'avancez pas ! lui cria quelqu'un. Vous cherchez l'accident ou quoi ?

A ces mots, Gerry se retourna. Il leva les yeux sur elle, coupa la flamme de son chalumeau et ôta son casque. Il retira son bandana et s'épongea le visage puis le crâne, lisse comme un œuf. Comme ses compagnons de travail, il portait un jean coupé aux genoux et un débardeur. Il avait un physique qui, soumis à un mauvais régime ou à une période d'inactivité, aurait tendance à s'alourdir. Pour le moment, Gerry n'avait rien à craindre. Il était super bien foutu et super bronzé.

Barbara tendit sa carte à bout de bras et cria :

— Police ! Je peux vous dire un mot, les gars ?

Le soudeur fronça les sourcils et se recoiffa de son bandana. Il le noua derrière la tête. Avec l'anneau qu'il portait à l'oreille, il avait tout d'un pirate. Il cracha par terre — sur le côté, c'était déjà ça ! — et sortit de sa poche un paquet de Mentos. Il en prit un et le goba.

— Je suis le chef de chantier, dit-il. Qu'est-ce que vous voulez ?

Il ne bougea pas d'un pouce, aussi Barbara était-elle sûre qu'il ne pouvait pas lire son badge. Elle déclina son identité. L'homme fronça légèrement les sourcils en entendant « Scotland Yard », mais sans plus.

— On n'a pas beaucoup de temps ici, dit-il en consultant sa montre.

— Ça ne prendra que cinq minutes, lui dit Barbara. Même pas. Ça ne concerne aucun d'entre vous, d'ailleurs.

Il soupesa ces paroles puis finit par acquiescer. Il fit signe aux ouvriers d'arrêter le travail — ce qu'ils avaient déjà fait pour la plupart, d'ailleurs. Ils étaient sept, dégoulinants de sueur, tachés de graisse et sentant la transpiration.

— Merci, dit Barbara à DeVitt.

Elle lui expliqua la raison de sa venue : se faire confirmer qu'une jeune Pakistanaise — sans doute vêtue d'un sari — était venue ici samedi après-midi et avait jeté un objet à la mer.

— Vous travaillez le samedi ? demanda-t-elle.

— Oui, répondit DeVitt. Ça s'est passé à quelle heure ?

Sahlah avait déclaré ne pas s'en souvenir, mais Barbara supposa que si son histoire était vraie et si, comme elle le prétendait, elle était allée travailler ce jour-là pour ne pas se morfondre chez elle, alors ça avait dû se passer en fin d'après-midi. Elle avait dû faire ce détour en rentrant de la fabrique.

— Autour des cinq heures, dit-elle.

Gerry hocha la tête.

— On finit à quatre heures et demie. (Il se tourna vers ses ouvriers.) Un de vous est resté plus tard, samedi ?

— Tu déconnes ! lança l'un d'eux, provoquant l'hilarité de ses collègues.

Personne ne pouvait donc confirmer la version de Sahlah Malik.

— On l'aurait remarquée si on avait été là, dit DeVitt. (Il montra ses hommes.) Ceux-là, si une belle fille s'aventure par ici, ils font tous des pieds et des mains pour attirer son attention. (Les hommes rirent bruyamment. DeVitt sourit puis se tourna vers Barbara.) Cette nana dont vous parlez, c'est un beau petit lot ?

Barbara confirma qu'elle était très jolie ; le genre de fille sur qui les hommes se retournent. De plus, vêtue comme elle l'était — ici, en bord de mer, où il était rare que les femmes de sa communauté se promènent seules —, elle ne serait pas passée inaperçue.

— Elle a dû venir après notre journée, alors, dit DeVitt. On peut faire autre chose pour vous ?

Non. Barbara lui laissa tout de même sa carte

après avoir noté, au dos, le numéro de son hôtel. Au cas où lui ou un de ses ouvriers se rappelleraient quoi que ce soit...

— C'est si important que ça? demanda DeVitt avec curiosité. Est-ce que ça a un rapport avec... Comme vous me parlez d'une Pakistanaise, je me disais... ça a un rapport avec le mec qu'on a retrouvé mort?

Barbara lui répondit qu'elle vérifiait certaines informations, ni plus ni moins. Qu'elle ne pouvait pas leur en dire plus pour le moment. Mais que si un détail leur revenait concernant cet événement...

— Ça m'étonnerait, dit DeVitt en fourrant la carte de Barbara dans la poche arrière de son jean. On ne fréquente pas les Pakistanais. Ça simplifie les choses.

— Comment ça?

— Oh, fit-il avec un haussement d'épaules. Ils ont leur façon de vivre, on a la nôtre. Si on mélange les deux, on va au-devant de problèmes. Nous autres... (il désigna ses compagnons), on n'a pas que ça à faire. On travaille dur, on boit un ou deux demis après le boulot, et on rentre à la maison pour être en forme le lendemain. (Il reprit son casque et son chalumeau.) Si cette nana dont vous parlez est importante pour vous, renseignez-vous sur la jetée. Peut-être que quelqu'un l'a vue passer.

Barbara lui dit qu'elle suivrait son conseil. Elle le remercia et sortit de la cafétéria. Un coup pour rien, songea-t-elle. Mais DeVitt avait raison. Les attractions sur la jetée étaient ouvertes du matin jusque tard dans la nuit. Et à moins que Sahlah ne soit venue à la nage ou en bateau et ait escaladé le bout de la jetée rien que pour le plaisir de jeter mélodramatiquement le bracelet à la mer, elle avait bien dû passer devant les stands.

C'était un travail de fourmi, le genre d'« enquête à domicile » que Barbara exécrait. Pourtant, elle se lança courageusement dans sa tournée, commençant par un manège « tasses à thé » et terminant par un vendeur de sandwichs. La partie face au bord de mer était couverte ; un dôme en plexiglas surplombait la galerie d'attractions, la coursive et les manèges. Le bruit était assourdissant, et Barbara devait crier pour se faire entendre. Personne ne put confirmer le récit de Sahlah, pas même Rosalie, la bohémienne diseuse de bonne aventure qui trônait sur un petit tabouret devant son antre, croulant sous des châles multicolores, suant, fumant, s'éventant avec une assiette en carton et lorgnant les passants pour repérer les plus susceptibles de lui glisser un billet de 5 livres dans la main. Si quelqu'un avait des chances d'avoir vu Sahlah, c'était bien elle. Mais non. Elle proposa toutefois à Barbara de lui prédire l'avenir : lignes de la main, tarots ou décryptage de l'aura.

— Je sens que toi avoir besoin prédictions, ma belle, lui dit-elle d'un air engageant. Toi pouvoir croire Rosalie. Elle voir tout.

Barbara se défila en disant que si son avenir était aussi charmant que son passé, elle préférait n'en rien savoir.

Elle fit une halte chez Jack Willis où elle s'acheta un cornet de friture. Un en-cas comme celui-là, elle n'en avait pas mangé depuis des lustres. Les petits poissons, imprégnés d'une bonne dose de matière grasse, étaient accompagnés d'un petit pot de sauce tartare. Barbara, son festin en main, regagna la partie de la jetée à ciel ouvert et s'affala sur un des bancs orange vif. Elle fit le point tout en grignotant ses poissons frits.

Étant donné que personne ne se souvenait d'avoir vu une jeune Pakistanaise sur la jetée samedi après-midi, il y avait trois possibilités. La première risquait fort de brouiller les cartes : Sahlah Malik mentait. Si tel était le cas, la prochaine étape pour Barbara serait de déterminer pourquoi. La deuxième était la moins plausible : Sahlah disait vrai mais personne ne l'avait vue. Or Barbara venait de constater que les tenues les plus prisées des badauds étaient le cuir noir — en dépit de la chaleur — et le maillot de bain. Donc, à moins que Sahlah ne soit venue à la jetée incognito — possibilité numéro trois —, Barbara ne pouvait en venir qu'à cette conclusion : Sahlah mentait.

Elle termina son cornet et s'essuya les doigts avec une serviette en papier. Elle s'adossa au banc, tourna le visage vers le soleil et reprit son raisonnement, mais dans une autre direction : F. Kumhar.

Le seul prénom féminin islamique qu'elle connaissait commençant par un F était Fatimah. Ça faisait un peu court. En supposant que F. Kumhar soit bien une femme et que le chèque de 400 livres que lui avait fait Querashi ait un rapport avec le meurtre, on pouvait en conclure qu'il lui payait... quoi ? Un avortement ? C'était possible. Ils se rencontraient clandestinement ; on avait retrouvé des préservatifs sur lui ; il en avait tout un stock dans sa table de nuit... Quoi d'autre ? Il réglait un achat ?

Peut-être ce fameux cadeau qu'il devait faire à Sahlah selon la tradition du *lenā-denā* — un cadeau qu'il n'aurait pas eu le temps d'aller chercher... Un prêt à un ami pakistanais dans le besoin ? Un acompte pour un objet qui devait être livré après son mariage : un lit, un canapé, une table, un frigo... ?

Et si F. Kumhar était un homme, les possibilités ne différaient guère. Qu'est-ce qu'on pouvait s'acheter pour 400 livres ? Des choses concrètes, bien sûr, comme des bibelots, de la nourriture, des fringues ; mais aussi des choses abstraites, comme la loyauté, la trahison, le silence. Du temps. Un départ.

Quoi qu'il en soit, il n'y avait qu'un moyen de savoir ce qu'Haytham Querashi avait acheté. Emily et elle allaient devoir retrouver la trace de ce F. Kumhar. Ce qui lui rappela qu'elle était aussi venue là pour interroger le dénommé Trevor Ruddock.

Elle poussa un soupir et déglutit. Un arrière-goût de friture s'accrochait à son palais. Elle se dit qu'elle avait eu tort de ne pas s'acheter une boisson chaude, qui lui aurait fait passer ça. D'ici une demi-heure, nul doute qu'elle paierait sa petite gâterie par une digestion difficile. Peut-être un Coca apaiserait-il son estomac, qui commençait à gargouiller de façon inquiétante ?

Elle se leva et suivit des yeux le vol de deux mouettes qui filèrent au-dessus d'elle et allèrent se poser sur le dôme en plexiglas. Elle remarqua alors une rangée de fenêtres au-dessus des attractions : la galerie avait un étage. C'est là qu'elle irait demander pour la dernière fois si quelqu'un avait vu une jeune Pakistanaise sur la jetée, et aussi où elle pouvait trouver le dénommé Trevor Ruddock, avant qu'il ne lui revienne aux oreilles qu'une femme-flic grassouillette avait deux mots à lui dire.

L'escalier qui menait au premier se trouvait à l'intérieur de la galerie, coincé entre le stand de Rosalie et une expo holographique. Barbara s'y engagea. Il menait à une porte sur laquelle figurait l'écriteau *Direction*. Barbara l'ouvrit et s'avança dans un couloir bordé d'un côté de fenêtres ouvertes dans l'attente d'une brise, et donnant de l'autre sur une série de bureaux. Elle entendait des sonneries de téléphone, des conversations, des bruits d'imprimantes, et le souffle de ventilateurs rotatifs. L'architecte avait fait du bon travail car le vacarme de la galerie d'attractions était presque inaudible.

Barbara comprit tout de suite que, de là, personne n'aurait pu voir Sahlah Malik sur la jetée — à supposer qu'elle y soit venue. Jetant un œil dans un des bureaux sur sa droite, elle remarqua que ses fenêtres donnaient sur la mer, du côté sud de Balford, et sur des rangées de cabines de plage colorées. A moins que quelqu'un ne se soit trouvé dans le couloir au moment précis où Sahlah était passée devant le manège d'avions du Baron Rouge. Il ne restait plus qu'un espoir qu'on ait pu la voir : depuis le bureau tout au bout du couloir qui, apparemment, surplombait à la fois la jetée et la mer.

— Je peux vous aider ?

Barbara se retourna pour se trouver face à une fille aux dents de lapin sur le seuil du premier bureau.

321

— Vous cherchez quelqu'un ? demanda la fille. Vous êtes à la direction, ici.

Barbara constata qu'elle portait un éclat de diamant en piercing sur la langue. Cette vision la fit frissonner — au moins une bonne chose, par cette chaleur —, et elle remercia le ciel d'avoir grandi à une époque où s'embrocher des parties du corps n'était pas encore à la mode.

Barbara exhiba son badge et posa sa question à Langue-Percée. Aucune surprise : Langue-Percée n'avait vu personne sur la jetée qui ressemblât de près ou de loin à Sahlah Malik. Ni samedi ni un autre jour, en fait. Une Pakistanaise seule ? répéta-t-elle. Bon Dieu, elle n'avait jamais vu ça. Et encore moins habillée comme le sergent disait.

— Et habillée autrement ? s'enquit Barbara.

Langue-Percée frotta ses dents de lapin sur son bijou lingual, le suçotant d'un air pensif. Barbara eut un haut-le-cœur.

Elle répondit non. Ce qui ne voulait pas dire qu'aucune Paki n'était venue sur la jetée habillée comme une fille *normale,* bien sûr. Mais si elle avait été habillée comme une fille *normale,* ben... il n'y aurait eu aucune raison qu'on la remarque...

C'était bien là le hic.

Barbara voulut savoir qui occupait le bureau du fond. Langue-Percée lui répondit que c'était Mr Shaw. Des Attractions Shaw, précisa-t-elle d'un air entendu. Le sergent voulait le voir ?

Pourquoi pas ? songea Barbara. Il ne lui apprendrait certainement rien de nouveau quant à la présence de Sahlah sur la jetée samedi — ce qui faisait vraiment chier —, mais, étant le proprio de la salle de jeux, il pourrait sans doute lui dire où trouver Trevor Ruddock.

— Je vais voir, lui dit Langue-Percée. (Elle gagna la porte du fond, frappa, l'entrouvrit et passa la tête par l'entrebâillement.) Theo? Une keuf. Elle voudrait te parler.

Barbara ne comprit pas la réponse mais, quelques instants plus tard, un homme apparaissait dans l'embrasure de la porte. Il était plus jeune que Barbara — dans les vingt-cinq, vingt-huit ans — et portait des vêtements amples, en lin, très mode. Il avait les mains enfoncées dans les poches, et l'air soucieux.

— Il y a encore des problèmes? dit-il avec un signe de tête vers les attractions qu'on voyait par la fenêtre. Quelque chose ne va pas?

Barbara comprit qu'il parlait des clients et non des machines. Vu la position qu'il occupait, il savait combien il était important qu'il n'y ait pas d'ennuis. Et quand la police venait en visite, c'était généralement parce qu'il y en avait.

— Je peux vous dire un mot? lui demanda Barbara.

— Merci, Dominique, dit-il à Langue-Percée.

Dominique regagna le premier bureau du couloir tandis que Barbara suivait Theo Shaw dans le sien. Elle vit alors que ses fenêtres offraient bien la vue qu'elle avait subodorée : la mer d'un côté, la jetée de l'autre. Donc, se dit-elle, il avait pu voir Sahlah Malik. C'était sa dernière chance. Elle se tourna vers lui, la question sur le bout de la langue... où elle resta.

Il avait retiré les mains de ses poches pendant

323

qu'elle regardait la vue, lui mettant sous les yeux l'objet qu'elle cherchait depuis le début.

Theo Shaw portait au poignet un bracelet en or Aloysius Kennedy.

10

En s'esquivant de la bijouterie, Rachel n'avait qu'une idée en tête : sortir Sahlah de la situation délicate dans laquelle elle l'avait mise. Sans parler de la sienne. Mais que faire ? Elle n'était sûre que d'une chose : elle n'avait pas une seconde à perdre. Aussi s'était-elle mise à pédaler énergiquement en direction de la fabrique de moutardes. Ce ne fut que lorsqu'elle comprit que c'était forcément là que le sergent de Scotland Yard avait dû aller qu'elle se laissa glisser en roue libre jusqu'au bord de mer.

Rachel était en nage. Elle souffla sous sa mèche dans l'espoir de rafraîchir son front bouillant. La gorge lui cuisait, et elle s'en voulut d'avoir oublié de prendre une bouteille d'eau minérale. Elle n'avait pensé qu'à une chose : rejoindre Sahlah.

Là, sur le bord de mer, Rachel se rendit compte qu'elle ne pourrait pas faire plus vite que la police. Et si cette détective allait d'abord chez les Malik, alors ce serait pire. La mère de Sahlah ou cette vermine de Yumn lui diraient la vérité — que Sahlah était allée au travail (*malgré* la mort de son futur époux, se ferait un plaisir d'ajouter Yumn) —, et la détective irait, c'était sûr, à la fabrique. Et si, en y arrivant, elle trouvait Rachel en train d'expliquer à Sahlah en quoi ce qu'elle considérerait forcément comme une trahison impardonnable n'était qu'un malentendu, qu'elle devait s'attendre à une visite imminente d'une femme flic et ne pas se laisser démonter par ses questions... elle aurait l'air de quoi ? D'une coupable. Et elle l'était, d'accord, mais pas de la chose. Elle n'avait fait aucun mal à Haytham Querashi. A part... Oui, ce n'était peut-être pas tout à fait vrai quand on y songeait.

Elle était montée sur le trottoir et avait poussé sa bicyclette jusqu'à la digue. Elle l'avait calée contre le muret et était restée assise là un bon quart d'heure. Le béton, chauffé par le soleil, lui avait donné la sensation que des bulles d'eau bouillante lui éclataient sous les fesses. Elle n'avait pas eu le courage de retourner à la boutique et d'affronter sa mère, et elle ne pouvait pas arriver auprès de Sahlah avant la police. Elle en avait conclu qu'elle devait aller quelque part jusqu'à ce que la voie soit libre à la fabrique Malik.

Et c'est ainsi qu'elle avait atterri aux Bonbonnières de la Falaise, son seul refuge.

Elle avait fait demi-tour, pour éviter de passer par la grand-rue, où se trouvait la bijouterie, et avait pris par le front de mer. C'était une route plus difficile ; elle avait dû monter la côte raide de la Promenade Haute qui longeait la plage — une véritable torture par cette chaleur. Mais elle n'avait pas le choix : aller aux Bonbonnières par la pente douce de Church Road l'aurait obligée à prendre par la grand-rue. Et si Connie l'avait vue, nul doute qu'elle serait sortie en trombe du magasin en hurlant comme la victime d'un hold-up.

Moralité : Rachel était arrivée aux Bonbonnières sur les rotules. Elle avait laissé tomber sa bicyclette à côté d'un massif de bégonias flétris et, tenant à peine sur ses jambes, était allée derrière les bâtiments où se trouvait un petit jardin composé d'une pelouse brûlée par le soleil, de trois parterres de bleuets et de jonquilles à moitié fanés, de deux vasques en pierre et d'un banc en bois. Rachel se laissa tomber sur le banc. Il n'était pas face à la mer mais à l'immeuble, qui semblait la regarder avec un air de silencieux reproche. Et ça, ça lui était insupportable. Il lui montrait ce qu'elle avait toujours préféré en lui : les balcons des appartements en étages et les terrasses de ceux en rez-de-chaussée qui offraient non seulement une vue sur le jardin mais aussi sur le chemin sinueux de la Promenade Sud, au-dessus de la mer.

Tu m'auras pas, tu m'auras pas, semblait-il lui dire. Tes beaux projets sont tombés à l'eau, Rachel, na na nère...

Rachel, la gorge nouée, détourna la tête pour ne plus le voir. Elle s'épongea le front d'un revers de bras et eut envie d'un Twister, imaginant le plaisir que la glace au citron vert lui procurerait en fondant dans sa bouche. Elle se tourna vers la mer. Le soleil flamboyait, impitoyable ; une ligne de brume barrait l'horizon.

Rachel posa ses poings sur le dossier du banc, et se cala le menton dessus. Ses yeux lui picotaient comme si un vent salé lui soufflait au visage, et elle les cligna pour refouler ses larmes. Elle aurait voulu être ailleurs, n'importe où, mais elle était là, à cet endroit isolé où la colère, le ressentiment et la jalousie l'avaient menée.

Que signifiait vraiment se lier à quelqu'un ? Il n'y a pas si longtemps, il lui aurait été facile de répondre à cette question. Se lier à quelqu'un, ça voulait dire tendre la main à l'autre et garder son cœur, les secrets de son âme et ses rêves les plus chers. Ça voulait dire lui offrir la sécurité d'un havre de paix où tout est possible et où il n'y a pas de zone d'ombre. Se lier à quelqu'un, c'est lui dire « Nous sommes égaux » et « Quoi qu'il arrive, je serai toujours à tes côtés ». C'était comme ça qu'elle avait vu les choses, jusqu'à présent. Comme elle avait été naïve ! Son serment de loyauté avait fait long feu !

Au début, elle avait été l'égale de Sahlah. Deux écolières qu'on ne choisissait jamais pour faire partie d'une équipe, qu'on n'invitait jamais aux boums — ou qui n'osaient pas y aller —, dont les boîtes à chaussures décorées placées au fond de la classe pour la Saint-Valentin, à l'école primaire, seraient restées vides si chacune n'avait pensé à l'autre et ce qu'on ressent quand on est une laissée-pour-compte. Oui, Sahlah et elle avaient été égales. Au début.

Rachel refoula ses larmes, la gorge toujours serrée. Vraiment, elle n'avait cherché à faire de mal à personne. Elle avait simplement voulu que la vérité éclate. Il valait toujours mieux connaître la vérité que vivre dans le mensonge, non ?

Pourtant, Rachel savait qu'en cet instant même elle se mentait à elle-même. La preuve s'en trouvait juste derrière elle, ornée d'un panneau sur lequel on pouvait lire À VENDRE. TOUT CONFORT. Il ne fallait pas qu'elle pense à cet appartement. « Notre dernier », lui avait dit le vendeur, avec un regard pétillant en faisant celui qui ne voyait pas sa tête de monstre de foire. « Tout à fait ce qu'il faut pour s'installer à deux. C'est ce que vous cherchez, je suppose, hein ? Qui est l'heureux élu ? »

Ce n'était pas à une future famille que Rachel avait pensé en visitant l'appartement, en regardant les rangements, en ouvrant les fenêtres pour admirer la vue ; mais à Sahlah. Elle s'était imaginée, habitant là, préparant le dîner à deux, s'asseyant devant la fausse cheminée où une bûche électrique ferait semblant de se consumer, buvant le thé sur la minuscule terrasse quand il ferait beau, parlant, rêvant, et continuant à être l'une pour l'autre ce qu'elles avaient toujours été : les meilleures amies du monde.

Elle n'avait aucune idée en tête quand elle était venue là pour la première fois. En fait, elle rentrait à bicyclette d'une visite comme les autres chez Sahlah : elles avaient parlé, ri et écouté de la musique autour d'un thé. Sauf qu'elles avaient été interrompues par l'arrivée intempestive de Yumn qui avait, comme toujours, une exigence à satisfaire sur-le-champ. Elle voulait que Sahlah lui fasse les ongles des pieds. Maintenant. Tout de suite. Qu'importait si Sahlah recevait une amie. Yumn avait donné un ordre, sa belle-sœur devait obéir. Rachel avait remarqué combien Sahlah changeait devant Yumn. Sa gaieté naturelle cédait la place à une soumission d'esclave ; elle redevenait l'écolière

apeurée se faisant chahuter par ses petits camarades.

Aussi, quand Rachel avait vu le panneau publicitaire rouge barré par l'annonce *Derniers Jours!,*
elle avait fait demi-tour et pédalé à toute vitesse
vers ces appartements. Le vendeur qui l'avait reçue
n'était pas un homme entre deux âges, obèse et
aigri, mais un pourvoyeur de rêves. Des rêves qui
venaient de se briser en mille morceaux. Alors,
peut-être valait-il mieux n'en avoir aucun? Car
lorsqu'on se prend à nourrir des espoirs, on...

— Rachel!

Rachel sursauta et fit volte-face, tournant le dos
à l'infinitude de la mer du Nord. Sahlah se tenait
devant elle. Son *dupattā* lui était tombé sur les
épaules et elle avait le visage grave. Sa fraise avait
foncé sur sa pommette, trahissant, comme toujours
en pareil cas, une émotion intense.

— Sahlah! Comment savais-tu...? Qu'est-ce
que...?

— Je suis passée au magasin. Ta mère m'a dit
que tu t'étais enfuie après la visite de la femme de
Scotland Yard. Je me suis doutée que tu avais dû
venir ici.

— Tu me connais bien, dit Rachel d'une petite
voix. (Elle tirailla un fil doré de sa jupe à motifs
rouges et bleus.) Tu me connais mieux que personne. Comme je te connais.

— Je *croyais* te connaître, rectifia Sahlah. Mais
je n'en suis plus très sûre. Je ne suis même plus
sûre que nous soyons toujours amies.

Rachel ne savait pas ce qui lui faisait le plus
mal : la conscience d'avoir porté un coup terrible à

Sahlah ou le coup que Sahlah se préparait à lui retourner. Elle ne pouvait se résoudre à la regarder ; elle avait l'impression que cela ne ferait qu'ouvrir sa blessure encore plus profondément. Et qu'elle n'y survivrait pas.

— Pourquoi as-tu donné le reçu à Haytham ? demanda Sahlah. J'ai compris que c'est par toi qu'il l'avait eu. Ce n'est pas ta mère qui aurait pu le lui donner. Mais je ne comprends pas pourquoi tu as fait ça.

— Tu m'as dit que tu aimais Theo... (Rachel cherchait désespérément une réponse qui pourrait expliquer son geste.) Tu m'avais dit que tu l'aimais, non ?

— Je ne peux pas être avec Theo. Je te l'ai dit aussi. Je t'ai dit que ma famille ne l'accepterait jamais.

— Et que ça te brise le cœur. Voilà ce que tu m'as dit, Sahlah. Je me souviens, tu m'as dit : « Je l'aime. Il est la deuxième moitié de moi-même. » Ce n'est pas vrai ?

— Je t'ai dit aussi que je ne pouvais pas l'épouser, même si je le voulais, malgré tout ce que nous avons en commun, malgré nos espoirs, nos...

Sa voix flancha. Rachel la regarda. Sahlah, les yeux embués de larmes, détourna brusquement la tête, regardant vers la jetée où était Theo.

— Je t'ai dit, reprit-elle au bout d'un moment, qu'un jour je devrais épouser l'homme que mes parents m'auraient choisi. On en a parlé plusieurs fois, toi et moi, tu le sais très bien. Je t'ai dit : « J'ai perdu Theo, Rachel. » Tu t'en souviens ? Tu savais que je ne pourrais jamais me marier avec lui. Alors, qu'espérais-tu en donnant le reçu à Haytham ?

— Tu ne l'aimais pas.

— Oui, bon, d'accord, je n'aimais pas Haytham. Et il ne m'aimait pas non plus.

— Ce n'est pas bien d'épouser quelqu'un qu'on n'aime pas. On ne peut pas être heureux ensemble si on ne s'aime pas. C'est vivre dans le mensonge.

Sahlah s'assit sur le banc. Rachel baissa la tête. Elle vit un bout du pantalon en lin de son amie, son pied menu, la boucle de sa sandale. La vision de ces détails la submergea de tristesse. Jamais elle ne s'était sentie aussi seule.

— Tu savais bien que mes parents ne m'auraient jamais donné la permission d'épouser Theo. Ils m'auraient bannie. Mais tu as quand même parlé de Theo à Haytham...

Rachel redressa la tête brusquement.

— Pas son nom ! Je te jure ! Je ne lui ai pas dit son nom !

— Parce que, poursuivit Sahlah (elle parlait plus pour elle-même maintenant, déduisant les motivations de son amie), tu espérais qu'Haytham romprait ses fiançailles avec moi. Et après ? (Elle fit un geste en direction des appartements, et Rachel, pour la première fois, les vit comme Sahlah devait les voir : des préfabriqués dénués de charme.) Après, j'aurais été libre de venir habiter ici avec toi, c'est ça ? Tu pensais vraiment que mon père l'accepterait ?

— Tu aimais Theo, dit Rachel d'une petite voix. C'est toi-même qui me l'as dit...

— Tu veux me faire croire que tu as fait ça pour

332

moi? Que tu aurais été contente que j'épouse Theo? Je ne te crois pas. La vérité, que tu ne veux pas admettre, c'est que si j'avais essayé d'épouser Theo — ce que je n'aurais pas fait, de toute façon —, tu aurais trouvé le moyen de m'en empêcher aussi.

— Non!

— Si Theo et moi on avait projeté de s'enfuir — parce que ç'aurait été la seule façon de réussir —, je te l'aurais dit — c'est normal, tu es ma meilleure amie —, et tu te serais arrangée pour faire tout capoter. Peut-être en avertissant mon père, ou Muhannad, ou alors...

— Non! Jamais je n'aurais fait ça! Jamais!

Rachel ne put retenir ses larmes, et elle s'en voulut de n'être pas aussi forte que son amie. Elle se tourna vers la mer. Le soleil tapait fort, séchant instantanément ses pleurs sur ses joues. Elle sentait seulement leur goût salé et âcre.

Sahlah ne dit rien. Le seul écho aux sanglots de Rachel fut le cri de mouettes et le son lointain d'un hors-bord qui fendait les flots pleins gaz.

— Rachel, dit Sahlah en lui touchant l'épaule.

— Excuse-moi, sanglota Rachel. Je ne voulais pas... Je ne... Je pensais juste... (Elle hoquetait et ses mots se brisaient comme du verre.) Tu peux épouser Theo. Je ne t'en empêcherai pas. Et alors, tu verras...

— Je verrai quoi?

— Que ce que je voulais, c'est que tu sois heureuse. Et que si être heureuse, pour toi, c'est épouser Theo, alors c'est ce que je veux que tu fasses!

— Mais je ne peux pas l'épouser!

— Mais si, tu peux ! Tu peux ! Pourquoi tu dis sans arrêt que tu ne peux pas, que tu ne veux pas ?

— Parce que ma famille ne l'acceptera jamais. C'est contre nos coutumes. Et même si ça ne l'était pas...

— Si ton père fait venir un autre type du Pakistan, tu n'as qu'à dire qu'il ne te plaît pas ! Et le suivant, pareil. Et ainsi de suite. Il ne va pas te forcer. C'est toi-même qui me l'as dit. Alors, au bout d'un moment, quand il verra que tous les mecs qu'il te choisit ne te conviennent pas...

— Justement, Rachel. Je n'ai pas le temps. Tu ne le vois pas ? Je n'ai pas le temps de faire ça.

— Mais tu n'as que vingt ans ! protesta Rachel. Et vingt ans, ce n'est pas vieux, de nos jours ! Pas même pour vous. Les filles de ton âge vont en fac. Elles travaillent dans des banques. Elles font leur droit. Ou médecine. Toutes ne se marient pas. Qu'est-ce qui ne va pas, Sahlah ? Tu voulais plus, tu avais des ambitions, des rêves...

Rachel était de plus en plus désespérée. Elle se sentait engluée dans une situation inextricable aggravée par le fait qu'elle ne pouvait obliger son amie à voir les choses comme elle. Finalement, à bout d'arguments, elle lui lança :

— Tu veux finir comme Yumn ? C'est ça que tu veux ?

— Mais je suis comme elle !...

— Bon, très bien, fit Rachel, sarcastique. Je te le souhaite, alors ! Tu finiras avec un corps qui dégringole, en ne pensant qu'à écarter les jambes et à pondre un gosse par an !...

— Exactement, dit Sahlah d'une voix éteinte. Ce sera exactement ça, Rachel.

— Non! Rien ne t'oblige à suivre cette voie. Tu es intelligente. Tu es jolie. Tu mérites mieux.

— Tu ne m'écoutes pas. Tu n'as pas entendu ce que je t'ai dit, alors tu ne comprends pas. Je n'ai plus le temps. Je n'ai plus le choix — à supposer que je l'aie eu. Je suis comme Yumn. Exactement comme elle.

Rachel allait une fois encore protester avec véhémence, par réflexe, mais Sahlah la regardait avec tant d'intensité, tant de chagrin dans ses yeux bruns, qu'elle resta sans voix. Elle poussa un soupir.

— T'es dingue de penser que tu es comme Yumn, dit-elle d'une voix amère.

Mais l'expression de Sahlah avait éteint le feu de sa colère.

— Comme Yumn, répéta Rachel dans un souffle. Oh, mon Dieu, Sahlah. *Comme Yumn.* Ne me dis pas que... Theo et toi? Oh, non!

Machinalement, son regard glissa sur le corps de son amie dissimulé par l'ampleur de ses vêtements.

— Si, lui dit Sahlah. Et c'est pour ça qu'Haytham avait été d'accord pour avancer le mariage.

— Il était au courant?

— Je ne pouvais pas lui faire croire que le bébé était de lui. Et de toute façon, je n'en avais pas l'intention. Il était venu ici pour m'épouser, mais il avait bien voulu attendre cinq ou six mois pour qu'on ait le temps d'apprendre à se connaître. Mais on n'avait plus le temps. Et je devais lui dire la vérité, je n'avais pas le choix.

Rachel était sous le choc de cette nouvelle, d'autant plus stupéfiante étant donné le contexte religieux et culturel dans lequel vivait Sahlah. C'est alors qu'elle entrevit — même s'il n'y avait pas de quoi être fière — une porte de sortie. Si Haytham Querashi savait que Theo était l'amant de Sahlah, alors, lui avoir donné ce reçu en lui disant d'un air mystérieux « Demande à Sahlah ce que c'est » n'avait pu entraîner les graves conséquences qu'elle s'imaginait. En fait, elle l'avait mis sur la voie d'une chose qu'il savait déjà et qu'il avait acceptée... du moins, si Sahlah lui avait dit toute la vérité.

— Tu l'avais mis au courant, pour Theo ? demanda Rachel en s'efforçant de ne pas trahir son désir ardent d'entendre une réponse affirmative. Que c'était lui le père ?

— Ça, c'est toi qui t'en es chargée, lui répondit Sahlah, tuant ses espoirs dans l'œuf.

— Qui d'autre est au courant ?

— Personne. Yumn s'en doute. Normal, n'est-ce pas ? Elle connaît bien les signes. Mais je ne lui ai rien dit.

— Theo ne le sait pas ?

Sahlah baissa les yeux et joignit les mains sur ses genoux. Elle les serra si fort que ses phalanges pâlirent. Et elle dit, comme si elle n'avait pas entendu la question de Rachel :

— Haytham savait qu'on n'avait pas le temps de se fréquenter comme font tous les couples avant de se marier. Quand il a été au courant pour mon... bébé, il n'a pas voulu que je sois humiliée. Il a été d'accord pour qu'on se marie le plus vite possible.

(Elle battit des paupières comme pour chasser un souvenir.) Haytham Querashi était un homme très bon, Rachel.

Rachel faillit ajouter qu'il était peut-être d'une grande bonté mais qu'il ne voulait peut-être pas non plus être la risée de sa communauté, ce qui n'aurait pas manqué d'arriver si on avait appris que Sahlah n'était pas vierge à son mariage. L'épouser le plus vite possible et assumer la paternité de son enfant — même s'il était un peu clair de peau — l'aurait arrangé tout autant qu'elle. Elle se retint et songea plutôt à Theo Shaw, à l'amour que Sahlah avait pour lui, à ce qu'elle venait d'apprendre et à ce qu'elle pouvait faire pour arranger cette situation. Mais avant tout, elle devait être sûre de certaines choses pour éviter un autre faux pas.

— Theo est au courant pour le bébé ? demanda-t-elle.

Sahlah eut un rire désenchanté.

— Tu n'as toujours pas compris, hein ? Une fois que tu as eu donné ce reçu à Haytham en lui disant que c'était pour un bracelet en or, une fois qu'il est tombé sur Theo à cette fichue Confrérie des Gentlemen censée ressusciter notre pitoyable petite ville... (Sahlah s'interrompit, semblant se rendre compte de l'amertume qui transparaissait dans sa voix et trahissait le désordre de ses pensées.) Oh, et puis quelle importance, qu'il soit au courant ou pas ?

— De quoi parles-tu ? demanda Rachel en s'efforçant, pour le bien de son amie, de ne pas trahir la peur qui la gagnait.

— Haytham est mort, Rachel. Tu ne vois donc

pas? Haytham est *mort*. Et il était allé au Nez. La nuit. Et le Nez est à moins d'un kilomètre du Manoir, où habite Theo et où il rassemble sa collection de fossiles depuis vingt ans. Tu comprends maintenant? Rachel? Tu comprends?

Rachel la regarda, bouche bée.

— Theo? dit-elle dans un souffle. Non. Sahlah, tu ne peux pas croire que Theo a...

— Haytham a dû vouloir le rencontrer, savoir qui il était, lui dit Sahlah. Il était d'accord pour m'épouser, oui, mais il a dû vouloir voir la tête du père de mon enfant. C'est compréhensible. Il me disait qu'il voulait vivre dans l'ignorance, mais je suis sûre qu'il a voulu savoir.

— Et même, fit Rachel. Supposons qu'il ait rencontré Theo, tu ne peux pas croire que Theo...

Rachel ne put achever sa phrase, terrifiée qu'elle était par la logique du raisonnement de Sahlah. Elle-même n'avait aucun mal à imaginer comment les choses s'étaient passées : une rencontre au Nez à la nuit tombée, Haytham Querashi annonçant à Theo que Sahlah était enceinte, le désespoir que cette nouvelle provoquait chez Theo et son désir de se débarrasser de cet homme qui se dressait entre son bonheur et lui, et l'empêchait d'assumer ses responsabilités... Car Theo était un homme de devoir. Il aimait Sahlah et, apprenant qu'elle attendait un enfant de lui, il aurait tenu à être à ses côtés; et comme Sahlah était timorée, avait tellement peur de se faire rejeter par sa famille si elle épousait un Anglais, il aurait aussi compris qu'il n'avait plus qu'un moyen pour lier son destin au sien.

Rachel ravala sa salive et se mordit les lèvres.

— Maintenant, tu te rends compte de ce que tu as fait en donnant le reçu à Haytham, Rachel ? dit Sahlah. Tu as permis à la police de faire un rapprochement — qu'elle n'aurait jamais fait sinon — entre Theo et lui. Et c'est ce que la police cherche tout de suite à faire quand il y a un meurtre : des rapprochements...

Rachel bredouilla, tant elle se sentait coupable et horrifiée à l'idée d'avoir été pour quelque chose dans le drame qui s'était déroulé au Nez.

— Je vais lui téléphoner, dit-elle. Je vais passer le voir à la jetée.

— Non ! s'écria Sahlah.

— Je vais lui dire de jeter le bracelet à la poubelle, de ne plus jamais le porter. Les flics n'ont pas de raison d'aller lui parler, ils ne peuvent pas savoir qu'il connaissait Haytham. Et même s'ils posent des questions aux membres de la Confrérie des Gentlemen, il leur faudra des jours et des jours pour les interroger tous, non ?

— Rachel...

— Ce serait la seule façon qu'ils auraient de remonter jusqu'à lui. Il n'existe pas d'autre lien entre Haytham et lui. Que la Confrérie. Donc, je vais aller le voir avant qu'ils aient eu le temps de retrouver le bracelet. Et personne ne sera au courant, je te le jure.

Sahlah secouait la tête, incrédule et désespérée.

— Mais, Rachel, ce n'est pas ça, le problème ! Quoi que tu dises à Theo, Haytham est mort !

— Oui, mais les flics laisseront tomber

l'enquête ou il y aura un non-lieu, et Theo et toi, vous pourrez...

— On pourra quoi ?

— Vous marier, acheva Rachel. (Et voyant que Sahlah ne répondait pas, elle s'empressa d'ajouter, d'une petite voix :) Theo et toi, vous marier...

Sahlah se leva et se recoiffa de son *dupattā*. Elle regarda en direction de la jetée. Les échos de l'orgue de barbarie flottaient dans l'air jusqu'à elles. La grande roue scintillait dans la lumière du soleil et les « Avions fous » bringuebalaient des passagers hurlant à pleins poumons.

— Tu penses vraiment que c'est aussi simple ? demanda-t-elle. Tu dis à Theo de jeter le bracelet à la poubelle, la police arrête son enquête et j'épouse Theo ?

— Ça pourrait se passer comme ça, si on s'organise bien...

Sahlah fit non de la tête puis se tourna vers Rachel.

— Tu ne te rends pas compte de la situation, lui dit-elle d'une voix résignée. Je dois me faire avorter. Et il faut que tu m'aides à prendre les dispositions nécessaires.

Il était indéniable que le bracelet était un Aloysius Kennedy : large, lourd, aux entortillements informes ; dans la lignée de celui que Barbara avait vu à la bijouterie Racon. Elle voulait bien croire que le fait que Theo possède un tel bijou soit une pure coïncidence, mais ses onze années d'enquêtes criminelles lui avaient appris au moins une chose :

les coïncidences dans les affaires de meurtres, c'était plutôt rare.

— Je vous offre un verre ? fit Theo sur un ton si aimable que Barbara se demanda s'il pensait, contre toute raison, qu'elle venait lui faire une simple visite de convenance. Café ? Thé ? Coca ? J'allais justement faire une pause. Il fait une satanée chaleur, pas vrai ?

Barbara opta pour un Coca et, pendant que Theo allait le lui chercher, elle en profita pour fouiller la pièce du regard. Elle n'était pas très sûre de ce qu'elle cherchait, mais elle n'aurait pas été mécontente de trouver du fil de fer — du fil qui aurait pu servir à faire trébucher quelqu'un dans la nuit...

Elle ne vit rien de notable. Une série de gros classeurs en plastique vert étaient rangés sur une étagère ; et, sur une autre, des livres de comptes classés par années dont les millésimes gravés sur la tranche perdaient leur dorure. Un bac de courrier posé sur un classeur métallique contenait une pile de factures : alimentation, travaux d'électricité, de plomberie, fournitures de bureau. Sur un tableau d'affichage étaient fixés quatre plans d'architecte : l'un d'une structure qu'elle reconnut comme étant le Grand Hôtel de la Jetée et deux d'un centre de loisirs dénommé « Village de Détente Agatha Shaw ». Barbara nota ce nom. La mère de Theo ? Sa tante ? Sa sœur ? Sa femme ?

Elle souleva négligemment un gros presse-papiers qui maintenait une pile de lettres exclusivement consacrées, semblait-il, au réaménagement de la ville. Entendant Theo revenir, elle se plongea dans la contemplation du presse-papiers, qui était en fait une pierre criblée de trous.

— *Raphidonema,* lui dit Theo.

Il apportait deux boîtes de Coca coiffées chacune d'un gobelet en plastique. Il en tendit une à Barbara.

— Raphido-quoi ? dit-elle.

— Ou plutôt *Porifera calcarea pharetronida lelapiidae raphidonema,* pour être plus précis.

Il lui sourit.

Sourire charmeur, songea Barbara, tout de suite sur la défensive. Elle savait très bien ce qu'un sourire charmeur pouvait cacher.

— Je fais mon intéressant, dit-il avec franchise. C'est une éponge fossilisée. Du crétacé inférieur.

— Ah oui ? dit Barbara en tournant la chose dans sa main. On dirait... du grès. Comment savez-vous ce que c'est ?

— L'expérience. Je suis un paléontologue du dimanche. C'est une passion, depuis des années.

— Vous l'avez trouvée où ?

— Au bord de la côte, au nord de la ville.

— Au Nez ? demanda Barbara.

Theo plissa les yeux — un mouvement imperceptible, qui donna à penser à Barbara qu'il avait toujours su, au fond de lui, la raison de sa visite.

— En effet, dit-il. La roche les a retenues prisonnières et l'argile les a libérées. Il suffit d'attendre que l'érosion use la falaise.

— C'est surtout au Nez que vous allez chercher des fossiles ?

— Plus exactement sur la plage au-dessous,

rectifia-t-il. C'est le coin le plus fossilifère des environs.

Barbara reposa l'éponge fossilisée sur la pile de lettres. Elle ouvrit son Coca et but à même la boîte tout en écrasant lentement le gobelet en plastique entre ses doigts. Le léger haussement de sourcils de Theo lui indiqua qu'il avait remarqué son geste.

Commençons par le commencement, songea Barbara. Le Nez et le bracelet étaient deux sujets de conversation qu'elle souhaitait poursuivre avec Theo, mais elle avait d'autres chats à fouetter pour l'instant.

— Que savez-vous sur un dénommé Trevor Ruddock ? lui demanda-t-elle.

— Trevor Ruddock ?

Était-il soulagé ou n'était-ce qu'une impression ? se demanda Barbara.

— Il travaille sur la jetée. Vous le connaissez ?

— Oui, bien sûr. Il est ici depuis trois semaines.

— Il vous a été recommandé par les Moutardes Malik, si j'ai bien compris ?

— Oui, oui.

— Après en avoir été renvoyé pour vol de marchandises ?

— Je suis au courant. Akram m'a écrit et téléphoné à ce sujet pour me dire qu'il pensait que ce gars avait des circonstances atténuantes : il vient d'une famille très pauvre de six enfants, et son père ne travaille plus depuis dix-huit mois à cause d'un problème de dos. Akram m'a expliqué qu'il ne pouvait décemment pas le garder dans son entreprise, mais qu'il aimerait bien que quelqu'un lui redonne sa chance. Alors, je l'ai embauché. Pas à un poste fabuleux, et il gagne moins qu'aux « Moutardes », mais ça lui permet de tenir.

— Qu'est-ce qu'il fait ?

— Il nettoie la jetée. Après la fermeture de la Rotonde.

— Donc, il n'est pas ici en ce moment ?

— Il commence à onze heures et demie du soir. Ça ne servirait à rien qu'il vienne avant, sauf s'il voulait s'amuser.

Barbara ajouta Trevor Ruddock à sa liste de suspects. Il avait le mobile et la possibilité. Il pouvait très bien avoir tué Haytham Querashi au Nez avant de prendre son travail à la jetée à l'heure prévue. Restait la question de savoir ce que le bracelet Aloysius Kennedy faisait au poignet de Theo. S'il s'agissait bien de celui correspondant au reçu. Il n'y avait qu'un moyen de le savoir — qui nécessiterait un petit numéro d'actrice.

— Vous pouvez me donner son adresse actuelle ? demanda-t-elle.

— Pas de problème.

Theo alla à son bureau et s'assit dans son fauteuil pivotant en chêne. Il fit tourner un vieux Rolodex et s'arrêta sur une carte. Il nota une adresse sur un Post-it et le tendit à Barbara. Entrée en scène de Barbara Bernhardt.

— Oh, mais ce ne serait pas un Aloysius Kennedy, par hasard ? Il est super !

— Pardon ? fit Theo.

Un point pour lui, songea Barbara. S'il avait acheté le bracelet lui-même, nul doute que les Winfield mère et fille l'auraient briefé sur son label d'origine.

344

— Votre bracelet, lui dit Barbara. J'ai vu le même à Londres, j'ai failli craquer. Ce sont des créations d'Aloysius Kennedy. Je peux le voir ? (Et elle ajouta, de son air le plus « ingénue » :) Je n'aurai sûrement plus l'occasion d'en voir un d'aussi près !

L'espace d'un instant, elle crut en avoir fait un peu trop. Mais Theo mordit à l'hameçon. Il défit son bracelet en or et le lui tendit.

— Il est très beau, dit Barbara. Vous permettez... ?

Elle s'approcha de la fenêtre et fit celle qui admirait le bijou, le tournant et le retournant dans sa main.

— Ce type est un artiste, hein ? J'adore ces tortillons. Et le métal est d'une beauté... Ce Kennedy, c'est le Rembrandt des orfèvres !

Elle espérait que sa comparaison tenait la route. Ses connaissances en peinture et en orfèvrerie devaient tenir sur un confetti. Elle enchaîna en s'étonnant du poids du bijou, en commentant son design, en admirant la discrétion du fermoir. Puis, estimant que le moment était venu, elle regarda à l'intérieur et vit ce qu'elle s'était attendue à voir : « La vie commence aujourd'hui », en petites lettres cursives.

Ah. Le moment était venu d'enfoncer le clou. Barbara regagna le bureau et posa le bracelet à côté de l'éponge fossilisée. Theo Shaw ne le remit pas tout de suite à son poignet. Il était un peu plus rouge que tout à l'heure. Il avait vu Barbara lire l'inscription et elle ne doutait pas qu'ils allaient maintenant interpréter sur la pointe des pieds le

345

fameux pas de deux « Comment faire avouer aux flics ce qu'ils savent ». Elle se dit qu'il valait mieux que ce soit elle qui mène la danse.

— Jolie phrase, dit-elle. C'est le genre de choses que j'aimerais bien trouver un matin sur le pas de ma porte, déposé par un admirateur anonyme.

Theo prit son bracelet et le remit.

— Il appartenait à mon père, dit-il.

Et voilà[1], songea Barbara. Il aurait mieux fait de la fermer, mais elle savait d'expérience que les coupables se sentaient toujours obligés de prouver leur pseudo-innocence.

— Votre père est mort? demanda-t-elle.

— Ma mère aussi.

— Et tout ça... (elle désigna la jetée et les plans d'architecte au tableau d'affichage)... tous ces projets sont faits à la mémoire de vos parents? (Il parut déconcerté. Elle poursuivit :) Quand je venais ici, gamine, c'était la jetée de Balford. Pas les Attractions Shaw. Agatha Shaw, c'est le nom de votre mère?

— De ma grand-mère. Mais c'est elle qui m'a élevé depuis que j'ai six ans. Mes parents sont morts dans un accident de voiture.

— Dur, commenta Barbara.

— Ouais. Mais... ma grand-mère est formidable.

— Elle est votre seule famille?

— La seule encore ici. Le reste de la famille s'est éparpillé petit à petit. On est restés chez ma grand-mère — j'ai un frère aîné qui tente sa chance

_____
1. En français dans le texte. *(N.d.T.)*

à Hollywood —, elle nous a élevés comme une mère.

— C'est sympa d'avoir un objet personnel en souvenir de son père, dit Barbara en désignant le bracelet. (Elle n'avait pas l'intention de le laisser s'éloigner du sujet par une digression dickensienne sur sa condition d'orphelin confié à un parent âgé. Elle le regarda dans les yeux.) Un peu moderne pour un bijou de famille. On dirait qu'il a été fabriqué la semaine dernière...

Theo soutint son regard mais ne put s'empêcher de rougir légèrement.

— Je n'avais jamais vu la chose sous cet angle, dit-il. Mais je suppose que vous avez raison.

— Oui. Et c'est marrant que je tombe dessus par hasard, parce que figurez-vous qu'on essaie de retrouver un bracelet Kennedy identique au vôtre.

Theo tiqua.

— Ah bon ? Et pourquoi ?

Barbara éluda la question et retourna à la fenêtre qui donnait sur la jetée. La grande roue recommençait ses tours, emportant une bande de joyeux drilles dans les airs.

— Comment avez-vous connu Akram Malik, Mr Shaw ?

— Pardon ?

Manifestement, il s'était attendu à une autre question.

— Vous m'avez dit qu'il vous avait téléphoné au sujet de Trevor Ruddock. Donc, vous vous connaissez. Je me demandais par quel biais.

— La Confrérie des Gentlemen. (Theo expliqua ce dont il s'agissait.) Nous fonctionnons sur le principe de la solidarité. Je pouvais lui rendre ce service. Je lui devais un renvoi d'ascenseur.

— C'est votre seul lien avec les Malik?

Il détourna la tête et regarda au-dehors. Une mouette s'était posée sur la grille d'un des ventilateurs du toit de la Rotonde, au-dessous d'eux. L'oiseau semblait dans l'expectative. Barbara aussi. Elle devinait que Theo se sentait sur une pente savonneuse : ne sachant pas ce qu'elle avait déjà appris sur son compte par d'autres sources, il allait devoir slalomer savamment entre vérité et mensonge.

— J'ai aidé Akram à installer le réseau informatique de la fabrique, dit-il. Et j'étais en primaire avec Muhannad. Au lycée aussi, mais c'était à Clacton.

— Ah, fit Barbara, pour qui la topographie de ses relations avec les Malik importait peu. Bref, vous les connaissez depuis des années...

— D'une certaine façon.

— Comment ça?

Barbara porta la boîte de Coca à ses lèvres et en but une gorgée. Le soda faisait des merveilles sur la digestion de sa petite friture. Theo l'imita.

— J'allais à la même école que Muhannad, mais on n'était pas copains. Je n'ai connu sa famille que lorsque j'ai installé les ordinateurs à la fabrique. C'était l'année dernière ou un peu avant.

— Donc, je suppose que vous connaissez aussi Sahlah Malik?

— Je l'ai rencontrée, oui.

Il fit ce que, Barbara le savait d'expérience, la plupart des gens qui veulent prendre un air innocent font : il continua de la regarder droit dans les yeux.

— Donc, vous la reconnaîtriez ? lui demandat-elle. Dans la rue ou si elle venait sur la jetée ? Habillée en costume traditionnel ou à l'occidentale ?

— Je suppose. Mais je ne comprends pas pourquoi vous me parlez de Sahlah Malik. Où voulezvous en venir ?

— L'avez-vous vue par ici ces jours-ci ?

— Non.

— Quand l'avez-vous vue pour la dernière fois ?

— Je ne m'en souviens pas. Quand je leur installais leurs ordinateurs, je dirais. Akram la tient à l'œil. Elle est sa seule fille et c'est leur façon de faire. Qu'est-ce qui vous fait penser qu'elle est venue sur la jetée ?

— C'est elle qui me l'a dit. Elle m'a raconté qu'elle était venue ici samedi après-midi et avait jeté à la mer un bracelet comme le vôtre quand elle a su qu'Haytham Querashi avait été tué. Elle m'a raconté qu'elle l'avait acheté comme cadeau de mariage. Mais ce que je trouve bizarre, c'est que personne ne l'ait vue. Qu'est-ce que vous en pensez ?

Ses doigts glissèrent vers le bracelet et se refermèrent autour.

— Rien, dit-il.

— Hmmm, fit Barbara, songeuse. C'est quand même curieux, non ? Personne ne l'aurait vue ?

— L'été approche. Il y a foule sur la jetée, tous les jours. On ne peut pas se rappeler toutes les têtes.

349

— Oui, bien sûr. Mais je me balade ici depuis un moment et je peux vous dire que je n'ai pas vu une seule fille en costume oriental. (Elle plongea la main dans son sac, l'air de rien, et en sortit son paquet de cigarettes.) Je peux ? (Il lui fit un signe d'assentiment et elle en alluma une.) Sahlah va travailler en sari, c'est elle-même qui me l'a dit, et elle n'aurait eu aucune raison de venir ici incognito, vous ne croyez pas ? C'est vrai, quoi, ce n'est pas comme si elle avait dû se déguiser pour faire quelque chose d'illégal ; elle a juste jeté un bracelet à la baille...

— Je suppose que vous avez raison.

— Donc, si elle dit être venue ici en tenue traditionnelle et si personne ne l'a vue, on ne peut en conclure qu'une chose, vous ne croyez pas ?

— Tirer les conclusions, c'est votre boulot, pas le mien, rétorqua Theo Shaw, reprenant contenance. Mais si vous sous-entendez que Sahlah Malik est mêlée de près ou de loin à ce qui est arrivé à son fiancé... ça ne tient pas la route.

— Comment on en est venus à parler de ce qui s'est passé au Nez ? fit Barbara. Je ne me souviens plus...

Cette fois, Theo Shaw ne mordit pas à l'hameçon.

— Vous êtes de la police, lui dit-il. Je ne suis pas stupide. Si vous me demandez comment je connais les Malik, c'est que vous enquêtez sur la mort qui a eu lieu au Nez. Je me trompe ?

— Vous saviez qu'elle devait épouser Haytham Querashi ?

— Akram me l'avait présenté à la Confrérie

350

comme son futur gendre. J'ai supposé que ce n'était pas Muhannad qu'il allait épouser, j'en ai donc conclu que c'était Sahlah.

Touché[1], le félicita Barbara *in petto*. Elle avait cru le coincer, mais il était adroitement passé entre les mailles du filet.

— Donc, vous connaissiez Querashi ?

— Je l'ai rencontré. Je ne dirais pas que je le connaissais.

— Oui, bien sûr. En tout cas, vous saviez qui il était. Vous l'auriez reconnu dans la rue. (Une fois que Theo Shaw l'eut admis, elle poursuivit :) Juste pour la forme, où étiez-vous vendredi soir ?

— Chez moi. Et comme vous allez le vérifier, je vous signale tout de suite que j'habite au bout d'Old Hall Lane, à dix minutes à pied du Nez.

— Vous étiez seul ?

Il appuya sur le couvercle de sa boîte de Coca qui se déforma sous son pouce.

— Pourquoi voulez-vous savoir ça ? dit-il.

— Parce que, cette nuit-là, Haytham Querashi a été assassiné sur le Nez, Mr Shaw. Mais je suppose que vous le savez déjà ?

Il relâcha la pression sur sa boîte de Coca. L'alu claqua.

— Vous essayez de me mêler à ça, hein ? Je vous dirai que ma grand-mère était à l'étage, dans sa chambre, couchée, et que moi j'étais dans mon bureau. Vous en déduirez donc que j'ai eu la possibilité de sortir, ni vu ni connu, de foncer au Nez et

---

1. En français dans le texte. *(N.d.T.)*

de tuer Querashi. Evidemment, je n'avais aucune raison de le faire, mais je suppose que c'est un détail sans importance, n'est-ce pas ?

— Aucune raison, répéta Barbara.

Theo Shaw avait parlé d'une voix ferme, mais son regard avait glissé vers le téléphone. Comme il n'avait pas sonné, Barbara se demanda qui il appellerait à la seconde où elle sortirait de son bureau.

— Bon, fit-elle.

Clope au bec, elle gribouilla le numéro de son hôtel au dos d'une de ses cartes, la lui tendit et lui demanda de l'appeler s'il se souvenait de quoi que ce soit qui pourrait avoir un rapport avec cette affaire — comme la vérité sur ton bracelet en or, par exemple, se dit-elle.

Une fois ressortie dans la cacophonie des attractions de la Rotonde, Barbara réfléchit aux conclusions qu'elle pouvait tirer du fait que Theo Shaw possédait ce bracelet et qu'il mentait sur sa provenance. S'il était toujours possible que deux Aloysius Kennedy en or cohabitent en toute harmonie dans la même ville, il était nettement moins probable que tous deux portent la même inscription. Il était donc raisonnable de penser que Sahlah Malik avait menti et que le bracelet qu'elle prétendait avoir jeté dans la mer se trouvait en ce moment même au poignet de Theo Shaw. Et il n'avait pu atterrir là que de deux façons : soit Sahlah Malik le lui avait offert, soit elle l'avait offert à Haytham Querashi... et Theo Shaw l'avait pris sur son cadavre. Dans un cas comme dans l'autre, Theo Shaw faisait une entrée remarquée dans le club des suspects...

Un Anglais de plus, songea Barbara en se demandant ce qu'il adviendrait de la paix fragile qui régnait dans la communauté pakistanaise si jamais Querashi était mort de la main d'un Occidental. Pour le moment, il lui semblait qu'il y avait deux suspects sérieux : Armstrong et Shaw, deux Anglais. Ensuite venait Trevor Ruddock, bon troisième. A moins que ça ne commence à sentir vraiment mauvais pour F. Kumhar ou qu'un des Malik ne se mette à suer beaucoup trop sous la chaleur ambiante — sauf Sahlah, qui semblait être née sans glandes sudoripares —, il y avait de grandes chances pour que leur coupable soit un Anglais.

Pourtant, à la pensée de Sahlah, Barbara hésita, ses clés de voiture pendillant au bout de ses doigts, l'adresse de Trevor Ruddock froissée dans la main. Que fallait-il conclure du fait que Sahlah avait offert le bracelet à Shaw et non à Querashi ? C'était évident, non ? « La vie commence aujourd'hui » n'étant pas le genre de constat que l'on faisait avec une simple relation, Theo Shaw devait être plus qu'une simple relation. Sahlah et lui se connaissaient bien plus intimement que Theo ne l'avait laissé entendre. Donc, non seulement Theo Shaw avait un mobile pour tuer Querashi, mais Sahlah Malik en avait un pour faire disparaître son fiancé.

Au moins un membre de la communauté pakistanaise sur la liste des suspects, songea Barbara. Les paris restaient ouverts.

11

Barbara s'acheta un sachet de pop-corn et une boîte de Smarties à un stand de la jetée qui avait pour nom « Sensations de Douceurs ». Les bonnes odeurs de gaufres, de barbe à papa et de pop-corn qui s'en dégageaient étaient trop tentantes pour ne pas leur céder. Après tout, se dit-elle, il y a de fortes chances que je dîne avec Emily la « calori-phobe ». Autant prendre de l'avance sur ma ration de cochonneries quotidienne.

Elle piocha dans le sachet de pop-corn, en goba deux-trois et retourna vers sa voiture, qu'elle avait garée sur la Promenade, une portion de la route côtière qui montait vers la ville haute. Une rangée de villas 1900, qui n'étaient pas sans rappeler celle d'Emily, surplombait la mer. Les balcons et les voussures des fenêtres et des portes étaient d'inspi-ration italienne. Au début du siècle, elles avaient dû être magnifiques. Aujourd'hui, à l'instar de celle d'Emily, elles faisaient pitié. Des panneaux *Bed & Breakfast* étaient accrochés aux fenêtres, mais les rideaux noirs de crasse et la peinture qui s'écaillait sur le trottoir décourageaient sans doute l'aventurier le plus hardi. Elles semblaient inhabitées et mûres pour le boulet de démolition.

Arrivée à sa voiture, Barbara s'immobilisa. Pour la première fois, elle avait l'occasion de voir la ville depuis le bord de mer, et ce n'était pas génial. La côte était plutôt jolie, mais les bâtiments qui la bordaient étaient aussi délabrés que les villas. Au fil des années, l'air salé avait mangé la peinture et attaqué le fer forgé ; la désertion des touristes — à une époque où des vacances tout compris en Espagne revenaient moins cher qu'une virée dans l'Essex — avait saigné à blanc l'économie locale. La conséquence de ce double phénomène s'étalait sous ses yeux : une miss Havisham [1] urbaine, abandonnée et figée dans le temps.

La ville avait désespérément besoin de ce qu'Akram Malik proposait : du travail. Et de ce que les Shaw avaient en tête : du neuf. En y songeant, Barbara se demanda s'il n'y avait pas là des sources de conflit entre les deux familles et si l'inspecteur Barlow ne devrait pas aller explorer de ce côté-là.

Ce fut alors qu'elle vit deux petits garçons d'une dizaine d'années à la peau brune sortir de chez Stan (« Sandwichs Chauds et Froids »). Chacun portait un cornet de glace, et ils mangeaient tout en marchant en direction de la jetée. En gamins bien éle-

---

1. Miss Havisham : personnage emblématique des *Grandes Espérances* de Charles Dickens. Abandonnée par son fiancé le jour de son mariage, elle refuse de prendre en compte le temps qui passe et attend, en robe de mariée qui tombe en poussière, le retour de l'infidèle. *(N.d.T.)*

vés, ils attendirent au bord du trottoir que le feu passe au rouge. Une camionnette poussiéreuse freina pour leur céder le passage. A moitié caché derrière le pare-brise crasseux, le chauffeur les encouragea à traverser. Les deux garçonnets le remercièrent d'un signe de tête et s'avancèrent sur la chaussée. Apparemment, le chauffeur n'attendait que ça. Il fit beugler son klaxon et démarra sur les chapeaux de roues. Surpris, les deux gamins bondirent en arrière. L'un d'eux lâcha sa glace et, par réflexe, se pencha pour la ramasser ; l'autre l'attrapa par le col et le tira vivement en arrière, hors de danger.

— Sales Pakis ! cria quelqu'un dans la camionnette.

Une bouteille fut jetée par la vitre. Son contenu jaillit en arc de cercle dans les airs ; les deux petits garçons firent un mouvement de côté mais en vain. Un liquide jaune les éclaboussa et la bouteille rebondit à leurs pieds.

— Oh, putain ! s'écria Barbara en s'élançant dans la rue.

— Ma glace ! geignait le plus jeune garçon. Ghassan, ma glace !

Ghassan regardait avec un air de profond dégoût la camionnette qui prenait la fuite, montant la côte pleins gaz et disparaissant dans un virage bordé de cyprès.

— Ça va ? demanda Barbara aux gamins.

Le plus petit se mit à pleurer. Une forte odeur d'urine monta dans l'air. Les deux garçons en avaient reçu sur les vêtements et sur le corps. Leurs shorts blancs étaient maculés de taches jaunes et des gouttelettes dorées étaient accrochées à leurs jambes et leurs joues brunes.

— J'ai perdu ma glace ! sanglota le plus jeune.

— Tais-toi, Muhsin, le gronda l'autre. Ils veulent te faire pleurer, alors ne pleure pas. (Il le prit par les épaules et le secoua énergiquement.) Tiens, mange la mienne. Moi, je n'en veux plus.

— Mais...

— Prends-la !

Il la lui fourra dans les mains.

— Pas de bobo ? insista Barbara. C'est vraiment dégueulasse...

Ghassan la regarda. Le mépris qu'elle lut dans ses yeux était si fort qu'elle en resta sans voix.

— Enculée de ta race.

Ce fut dit avec tant d'aplomb qu'elle ne put penser avoir mal entendu.

— Foutez-nous la paix, ajouta-t-il. Viens, Muhsin.

Barbara, bouche bée, regarda les gamins s'éloigner en direction de la jetée. Elle leur aurait tiré son chapeau si cet incident ne lui avait fait prendre conscience des tensions raciales qui existaient à Balford et qui, quelques jours plus tôt, avaient probablement mené à un meurtre. Elle observa un moment les deux garçons qui descendaient le sentier menant à la jetée, puis elle regagna sa voiture.

Un rapide coup d'œil au plan de la ville acheté à la librairie de Balford lui apprit que la maison de Trevor Ruddock, à Alfred Terrace, n'était qu'à cinq minutes à pied de la grand-rue. Et pas beaucoup plus loin de la bijouterie Racon — détail que Barbara nota avec intérêt. Elle renonça à prendre la voiture.

Alfred Terrace consistait en sept maisons attenantes à un étage qui bordaient un côté d'une placette, avec des jardinières abandonnées aux fenêtres et une porte d'entrée si étroite que leurs habitants devaient sans doute suivre un régime pour être sûrs de pouvoir rentrer chez eux. Les façades étaient toutes d'un blanc sale. Seules les portes étaient peintes dans des couleurs différentes, du jaune au terre de Sienne. La peinture avait passé avec le temps, car les maisons, orientées à l'ouest, subissaient de plein fouet les assauts du soleil et de la chaleur — comme en cet instant même. L'air était immobile et il faisait au moins dix degrés de plus que sur la jetée. Une chaleur à faire cuire des œufs au plat sur le bitume. Barbara mijotait dans sa sueur.

La famille Ruddock habitait au 36. Le rouge d'origine de leur porte avait viré au rose saumon. Barbara frappa un coup sec et jeta un rapide coup d'œil par la fenêtre qui donnait sur la rue. Les rideaux l'empêchèrent de voir quoi que ce soit, mais il lui parvenait de l'intérieur les échos d'un rap et ceux d'une télévision. Personne ne venant ouvrir, elle revint à la charge.

Avec succès. Elle entendit des pas sur du parquet, et la porte s'ouvrit. Barbara se retrouva nez à nez avec un enfant déguisé. Elle n'aurait su dire si c'était un garçon ou une fille, mais il était clair qu'il ou elle avait mis les habits de Papa. Ses chaussures étaient aussi démesurées que celles d'un clown; une vieille veste en tweed lui tombait jusqu'aux genoux.

— Ouais? fit le gosse.

— Qui c'est, Bruce? cria une voix de femme du fond de la maison. T'as ouvert la porte? Y a quelqu'un? Tu sors pas avec les fringues de ton père, hein? Tu m'entends, Bruce?

Bruce observait Barbara. Elle remarqua qu'il avait des humeurs dans les yeux.

Elle gratifia le gamin de son bonjour le plus joyeux, auquel il répondit en se frottant le nez avec une manche de la veste paternelle. Dessous, il ne portait qu'un slip à l'élastique distendu qui menaçait de dégringoler de sa taille maigrichonne d'un moment à l'autre.

— Je viens voir Trevor Ruddock, lui dit-elle. Il habite ici? C'est ton frère?

L'enfant se retourna dans ses chaussures de géant et cria :

— M'man! Y a une grosse qui veut voir Trevor!

Les doigts de Barbara lui picotèrent et elle se vit l'espace d'une seconde en train de tordre le cou du petit monstre.

— Trevor? C'est quand même pas encore l'autre gargouille de la bijouterie?

La femme apparut au fond et vint vers la porte, deux autres gosses à ses basques. Des petites filles, apparemment. Elles portaient des shorts bleus, des débardeurs roses et des bottes de cow-girl blanches incrustées de strass. L'une d'elles tenait une baguette magique. Elle en donna un coup sur la caboche de son petit frère. Bruce brailla. Il passa à

l'attaque, bousculant sa mère et agrippant sa sœur
par la taille. Il ouvrit la bouche et referma les
mâchoires sur le bras de sa sœur.

— Qu'est-ce qu'y a ? demanda Mrs Ruddock,
indifférente aux cris et à la bagarre qui s'amorçait
dans son dos.

Les deux sœurs se mirent à hurler.

— M'man ! Dis-lui d'arrêter !

Mrs Ruddock fit la sourde oreille.

— Vous voulez voir mon Trevor ?

Elle avait l'air vieille, fatiguée. Ses yeux étaient
d'un bleu délavé, et ses cheveux de fausse blonde
étaient noués en arrière par un lacet violet.

Barbara se présenta et agita sa carte de police
sous le nez de la femme.

— Sergent Havers, de Scotland Yard. J'aimerais
dire un mot à Trevor. Il est ici ?

Mrs Ruddock parut se raidir. Elle saisit une
mèche de ses cheveux rebelles et la coinça derrière
son oreille.

— Qu'est-ce que vous lui voulez ? demanda-
t-elle. Il a pas d'ennuis ? C'est un bon garçon.

Les trois petits bagarreurs se jetèrent contre un
mur. Une photo qui y était accrochée tomba sur le
sol. Une voix d'homme cria à l'étage :

— Putain ! On peut pas dormir ici ! Shirley ?
Putain, qu'est-ce qu'ils foutent ?

— Toi, ça suffit, maintenant ! dit Mrs Ruddock
en attrapant Bruce par le col de sa veste.

Elle empoigna une des filles par les cheveux. Les
trois enfants hurlèrent à qui mieux mieux.

— Elle m'a frappé !

— I m'a mordue !

— Shirl! FAIS-LES TAIRE, BORDEL!

— Voilà, vous avez réveillé vot'père, z'êtes contents? fit Mrs Ruddock, les secouant comme des pruniers. A la cuisine, tous les trois! Stella, y a des sucettes au frigo. Une pour chacun.

La promesse de cette récompense brisa net l'ardeur combative des enfants. Ils trottinèrent comme un seul homme dans la direction d'où leur mère était venue. A l'étage, le parquet grinça sous des pas. Un homme se racla la gorge avec tant de vigueur que Barbara crut qu'il allait cracher ses amygdales. Elle ne pouvait imaginer qu'il ait pu être en train de dormir à son arrivée : outre le fond de musique rap, deux militaires se disputaient les faveurs d'une pétasse dans « Coronation Street ». La télé était réglée à un niveau sonore à vous faire péter les tympans.

— Pas exactement des ennuis, dit Barbara. J'ai juste quelques questions à lui poser...

— A propos de quoi? Trevor les leur a rendus, leurs pots de confiote! Ouais, je sais, on en avait vendu quelques-uns avant que les basanés aient pigé, mais bon, ils sont pas vraiment dans le besoin. Il roule sur l'or, le Malik. Vous avez vu où il crèche, avec sa bande?

— Trevor est ici?

Barbara essayait de ne pas s'énerver, mais avec ce soleil qui lui tapait sur le crâne, le peu de patience qu'elle avait en réserve s'évaporait à la vitesse grand V.

Mrs Ruddock, se rendant compte que ses paroles ne trouvaient pas d'écho chez sa visiteuse, la gratifia d'un regard à la limite de l'hostilité.

— Stella ! cria-t-elle par-dessus son épaule.

L'aînée des fillettes surgit de la cuisine, une sucette fichée dans la bouche.

— Monte avec elle voir Trevor, lui dit sa mère. Et dis à Charlie de baisser sa musique, pendant que t'y es !

— M'man... protesta Stella.

— Fais c'que j'te dis ! éructa Mrs Ruddock.

Stella ôta la sucette de sa bouche et poussa un gros soupir résigné.

— Bon, ben, venez, alors, dit-elle en s'engageant dans l'escalier avec ses bottes de cow-girl.

Barbara lui emboîta le pas, sentant le regard inamical de Mrs Ruddock posé sur elle. Manifestement, quel que soit le délit qui avait provoqué le renvoi de Trevor de la fabrique, ce n'en était pas un pour sa « môman ».

Le coupable était, quant à lui, dans une des deux chambres, à l'étage. Les rythmes hachés et les sons rauques d'un rap résonnaient de l'autre côté de la porte. Stella la poussa sans cérémonie, mais ne réussit à l'entrouvrir que de quelques centimètres à cause d'un objet pendu au plafond.

— Charlie ! cria-t-elle. M'man dit qu'y faut qu'tu baisses ton bordel ! (Et à Barbara, par-dessus son épaule :) Il est là.

La voix de Mr Ruddock se fit entendre au même moment de derrière l'autre porte :

— Putain, on peut pas PIONCER tranquille dans c'te BARAQUE ?

Barbara remercia Stella d'un signe de tête et se faufila dans la chambre en se baissant — bien obligée, car l'objet qui empêchait l'ouverture de la porte pendait du plafond comme un filet de pêche. Les rideaux étaient tirés, plongeant la chambre dans la pénombre. La chaleur pulsait autant que la musique.

Le bruit, assourdissant, se répercutait dans la pièce. Contre un mur se trouvaient deux lits superposés. Celui du haut était occupé par un ado qui, armé de baguettes, frappait sur le bois de lit en rythme avec le rap. Celui du bas était vide. L'autre occupant de la pièce était assis à une table. Posée dessus, une lampe fluorescente dardait son rayon lumineux sur des pelotes de laine noire, des bobines de fils de couleur, une pile de cure-pipes noirs et une boîte en plastique emplie d'éponges de tailles diverses.

— Trevor Ruddock? hurla Barbara par-dessus le vacarme ambiant. Je peux vous dire un mot? Police!

Elle brandit sa carte à l'intention du garçon juché sur le lit. Soit qu'il ait réussi à la déchiffrer, soit qu'il ait lu les paroles de Barbara sur ses lèvres, il tendit le bras vers l'énorme radiocassette à ses pieds et baissa le volume.

— Hé, Trev! cria-t-il, malgré le retour au calme. Trev! Les flics!

Le garçon assis se raidit, se retourna et vit Barbara. Son regard glissa jusqu'à sa carte de police. Lentement, il porta les mains à ses oreilles et en sortit des boules Quies. Pendant ce temps-là, Barbara l'étudiait dans la pénombre. Tout dans sa personne évoquait le National Front, de sa coupe para à ses Rangers. Il était rasé de près — de très près même, car il n'avait ni barbe ni sourcils.

Barbara regarda sur la table devant lui. Aux trois cure-pipes fixés à une éponge à rayures noires et blanches comme autant de pattes grêles, elle en conclut qu'il fabriquait une fausse araignée. Deux paires d'yeux en boutons de bottine, deux gros et deux petits en demi-cercle, étaient fixées, sur la tête comme un diadème oculaire.

Trevor lança un regard à son frère qui, assis sur le lit du haut, jambes pendantes, regardait Barbara, mal à l'aise.

— Tire-toi, lui dit-il.

— Je dirai rien à personne.

— Dégage !

— Treeeeev ! fit Charlie sur un ton geignard, laissant traîner la syllabe à l'infini.

— Fais ce que je te dis !

— Fais chier, marmonna Charlie en sautant à terre.

Radiocassette sous le bras, il sortit en refermant la porte derrière lui, donnant à Barbara l'occasion de voir ce qui en gênait l'ouverture. C'était bien un vieux filet de pêche, mais recyclé en toile d'araignée géante dans laquelle gambadaient une multitude de faux arachnides. Tout comme l'espèce de mygale en cours de création, ils n'avaient rien de la petite araignée domestique tout juste bonne à manger quelques mouches, moustiques ou mille-pattes. C'étaient les clones de ses énormes cousines tropicales : corps rouge, jaune et vert, pattes velues et tachetées, yeux cruels.

— Joli travail, commenta Barbara. Vous vous intéressez à l'entomologie ?

Trevor ne daigna pas lui répondre. Barbara

s'approcha de la table. Sur une deuxième chaise étaient empilés des livres et des revues. Elle les posa par terre et s'assit.

— Vous permettez ? fit-elle.

Il regarda la cigarette qu'elle tenait à la main et acquiesça. Elle lui en offrit une, qu'il alluma en grattant une allumette sur un de ses livres. Et il la laissa venir.

La musique rap coupée, les autres bruits de la maison gagnèrent en amplitude. Les lolitas de « Coronation Street » papotaient à un niveau sonore qui n'avait rien à envier aux cris des supporters d'un match de foot, et Stella poussait une gueulante après Charlie au sujet d'un collier qu'il lui aurait volé.

— On m'a dit que vous vous étiez fait virer de la fabrique Malik il y a de cela trois semaines, dit Barbara.

Trevor tira une taffe, ses yeux mi-clos rivés sur Barbara. Elle remarqua qu'il se rongeait méchamment les ongles.

— Et alors ?

— Vous voulez bien m'en parler ?

Il poussa un soupir chargé de fumée.

— Vous voulez dire que j'ai le choix ?

— J'ai leur version des faits, j'aimerais avoir la vôtre. Vous avez volé des marchandises. Vous ne pouvez pas le nier, on vous a pris la main dans le sac.

Il prit un des cure-pipes et l'enroula autour de son index, la cigarette au bec, le regard baissé sur l'araignée inachevée. Il prit une pince et coupa un autre cure-pipe en deux. Il colla méticuleusement chaque moitié au corps de l'araignée, lui donnant deux pattes supplémentaires.

— Malik veut faire passer ça pour un vol important, c'est ça, hein ? Putain, y avait deux boîtes de trente-six bocaux, j'ai pas braqué une banque ! Faut pas déconner ! Et d'toute façon, j'ai pas tout pris dans la commande d'un seul client. J'ai pioché à droite et à gauche.

— Vous êtes très attentionné.

Il fusilla Barbara du regard puis reporta son attention sur sa mygale au corps segmenté fait d'éponges de diverses grosseurs — très réaliste. Y jetant un coup d'œil, Barbara se demanda fugacement comment les différents segments étaient attachés l'un à l'autre. Avec de la colle ? des agrafes ? du fil de fer ? Du regard, elle chercha sur la table une bobine, mais le plateau en était recouvert d'ouvrages sur les insectes, de journaux dans leurs bandes, de bougies à moitié fondues et de boîtes à outils. Une chatte n'y retrouverait pas ses petits !

— On m'a dit que c'est Mr Querashi qui vous avait viré ? Exact ?

— Ça doit être vrai si on vous l'a dit.

— Pourquoi ? Vous avez une autre version ?

Barbara chercha des yeux un cendrier mais n'en vit pas. Trevor poussa un couvercle de boîte dans sa direction. Il était plein de cendres. Barbara rajouta son obole.

— Qu'est-ce que ça peut foutre ? fit-il.

— Vous avez été renvoyé injustement ? Vous pensez que Querashi a agi un peu vite ?

Trevor leva les yeux sur elle. Barbara remarqua alors qu'il avait un petit tatouage sous l'oreille gauche : une toile d'araignée au milieu de laquelle s'avançait une bestiole résolument déplaisante.

— Et vous voulez savoir si je l'ai tué parce qu'il m'a viré, c'est ça ? (Trevor se remit à tripatouiller les pattes cure-pipes de l'araignée, arrachant la peluche censée évoquer des poils fins.) J'suis pas con, vous savez. J'ai lu le *Standard* d'aujourd'hui. Je sais que la police dit que c'est un meurtre. Je m'attendais bien à ce qu'un des vôtres vienne me trouver. J'ai un bon mobile, hein ?

— Et si vous me parliez plutôt des rapports que vous aviez avec Mr Querashi ?

— J'ai piqué quelques pots au magasin. Je bossais aux expéditions, alors c'était super facile. Querashi m'a pris sur le fait et m'a lourdé, ouais. Voilà pour ce qui est de nos *rapports*...

Il termina sa phrase en insistant ironiquement sur le dernier mot.

— Ce n'était pas risqué de voler au magasin alors que vous n'y travailliez pas ?

— J'y allais quand y avait personne. Un pot par-ci par-là, de temps en temps, à l'heure du déjeuner. Juste assez pour avoir de quoi refourguer à Clacton.

— Vous les revendiez ? Pourquoi ? Besoin d'arrondir vos fins de mois ?

Trevor repoussa sa chaise et se leva. Il alla à la fenêtre et tira les doubles rideaux d'un coup sec. Éclairée par le soleil impitoyable de la journée, la chambre exhiba ses murs fissurés et son mobilier désespérément bas de gamme. Par endroits, la moquette était râpée jusqu'à la trame. Une ligne avait été tracée à la peinture noire pour séparer le coin « chambre » du coin « travail ».

— Mon père peut plus bosser, dit-il. Et j'ai fait cette promesse à la con de subvenir aux besoins de la famille. Charlie fait des petits boulots dans le quartier, et des fois Stella fait du baby-sitting. Mais on est huit bouches à nourrir. Alors, avec M'man, on vend ce qu'on peut au marché de Clacton...

— Et vous comptiez revendre les produits de chez Malik ?

— Ouais. Entre autres. A prix très réduit. J'vois pas le tort qu'ça pourrait lui causer. C'est pas comme s'il vendait ses produits dans le coin. Il fait que les traiteurs, les hôtels et les restaus de luxe.

— En fait, si je comprends bien, vous rendiez service aux consommateurs ?

— Un peu, ouais.

Il ouvrit la fenêtre et appuya ses fesses contre le rebord. Du pouce et de l'index, il fit tourner sa cigarette dans sa bouche. Il régnait dans la pièce une chaleur de sauna.

— Et puis ça me semblait bonnard de les refourguer à Clacton, reprit Trevor. Je m'attendais pas à ce que Querashi se pointe là-bas.

— On vous a surpris en train de revendre au marché ? Querashi vous a pris sur le fait ?

— Ouais. J'y croyais pas ! Évidemment, il s'attendait pas plus à me voir là que je m'attendais à le voir, lui. Et vu ce qu'il était venu faire, j'ai pensé qu'i'ferait celui qui m'avait pas vu et qu'i'laisserait tomber. Étant donné que lui-même avait fait un petit écart de conduite...

Barbara se sentit des fourmis dans les mains,

comme toujours quand une nouvelle piste s'ouvrait devant elle à l'improviste. Mais elle demeura sur ses gardes. Trevor l'observait pour voir comment elle réagissait à la bribe d'info qu'il venait de lâcher. Et son regard direct laissait entendre que ce n'était pas la première fois qu'il avait affaire à la police. La plupart des gens étaient au minimum gênés quand ils étaient interrogés par les flics. Trevor semblait parfaitement à l'aise, comme s'il connaissait d'avance les questions qu'elle lui poserait et les réponses qu'il lui ferait.

— Où étiez-vous le soir où Mr Querashi a été assassiné, Trevor ?

A la lueur qu'elle vit s'éteindre dans son regard, elle comprit qu'il était déçu qu'elle ne cherche pas à savoir ce qu'était l'« écart de conduite » de Querashi auquel il avait fait allusion. Tant mieux, songea-t-elle. Ce n'est pas aux suspects de mener les interrogatoires.

— Au boulot. Je balayais la jetée. Vous n'avez qu'à demander à Mr Shaw, si vous me croyez pas.

— C'est déjà fait. Mr Shaw m'a dit que vous commenciez à onze heures et demie. C'est ce que vous avez fait vendredi soir ? Vous pointez, au fait ?

— Toujours quand je prends le boulot.

— A onze heures et demie.

— A quelques minutes près, ouais. Et j'ai pas quitté mon travail, si vous voulez savoir. Je bosse avec des gars qui vous diront que j'me suis pas absenté de la soirée.

— Et avant onze heures et demie ?

— Quoi ?

— Où étiez-vous?

— Quand?

— Avant onze heures et demie, Trevor.

— A quelle heure?

— Contentez-vous de me dire ce que vous avez fait avant.

Il tira une dernière bouffée sur sa cigarette et balança le mégot par la fenêtre. Il se mit illico à se ronger furieusement les ongles.

— Je suis resté ici jusqu'à neuf heures, finit-il par dire. Après, j'suis sorti.

— Pour aller où?

— Nulle part en particulier. (Il recracha une rognure d'ongle, l'examina soigneusement et poursuivit :) Y a une nana que j'vois de temps en temps. J'étais avec elle.

— Elle pourra le confirmer?

— Hein?

— Est-ce qu'elle pourra confirmer que vous étiez avec elle vendredi soir?

— Ouais, bien sûr. Mais bon, c'est pas ma petite amie, hein. On sort même pas ensemble. On boit un pot. On se fume un joint. On parle de ce qui se passe dans le monde.

Tiens donc, se dit Barbara. Pourquoi ai-je donc tant de mal à imaginer Trevor Ruddock plongé dans de grandes discussions philosophiques avec une fille?

Elle se demanda pourquoi il jugeait nécessaire de se justifier de la sorte. Il était avec une fille, très bien; cette fille pouvait-elle confirmer son alibi, oui ou non? Qu'ils aient fricoté, parlé politique, joué aux cartes ou baisé comme des malades

370

n'avait aucune espèce d'importance. Elle ouvrit son sac et en sortit son calepin.

— Son nom ? demanda-t-elle.

— A la fille ?

— Oui. A « la » fille. J'aurai deux mots à lui dire. Qui est-ce ?

Trevor dansa d'un pied sur l'autre.

— Une copine... on se voit... on bavarde... pas de quoi...

— Je vous ai demandé son nom.

Il poussa un soupir.

— Rachel Winfield. Elle travaille à la bijouterie dans la grand-rue...

— Ah, Rachel. J'ai déjà eu l'occasion de lui parler.

Il croisa les bras sur la poitrine.

— Ouais, dit-il. J'étais avec elle vendredi soir. On est copains. Elle vous le confirmera.

Barbara remarqua son embarras et se demanda quelle en était la raison. Soit il était gêné d'être associé à la fille Winfield, soit il mentait et espérait pouvoir la prévenir avant que Barbara ait eu le temps de l'interroger.

— Où étiez-vous ? lui demanda-t-elle, estimant nécessaire d'établir un deuxième point d'ancrage dans sa version des faits. Dans un café ? un pub ? à la Rotonde ?

— Heu... non... ni l'un ni l'autre. On est juste allés se balader...

— Au Nez, peut-être ?

— Hé, non, je vous vois venir ! On était sur la plage, d'accord, mais pas vers le Nez. Près de la jetée.

— Quelqu'un vous a vus ?

— J'crois pas.

— Mais, le soir, la jetée est noire de monde. Quelqu'un a bien dû vous voir ?

— C'est que... on n'était pas *sur* la jetée. C'est pas ce que j'ai dit. On était aux cabines de plage. On était... (Il se remit à se ronger méchamment l'ongle du majeur.) On était *dans* une cabine. D'accord ? Pigé ?

— Dans une cabine de plage ?

— Ouais, je viens de vous le dire, fit-il en la regardant avec un air de défi.

Le doute n'était plus permis sur la nature des échanges philosophiques qu'il avait eus avec Rachel Winfield.

— Revenons sur votre rencontre avec Mr Querashi au marché, dit-elle. Clacton est à... combien ? Vingt minutes en bagnole ? Ce n'est pas vraiment un voyage sur la Lune. Alors, pourquoi avez-vous été surpris par sa présence ?

— C'est pas qu'il ait été là qui m'a surpris, on est dans un pays libre, l'va où l'veut. C'est plutôt ce qu'il faisait. Et avec qui.

— Bon, je vous écoute. Qu'est-ce qu'il faisait ?

Trevor retourna s'asseoir. Sous une pile de revues, il prit un livre ouvert sur une illustration représentant l'araignée qu'il était en train de recréer.

— Une araignée sauteuse, lui dit-il. L'est pas comme les aut', elle tisse pas sa toile. C'est c'qui la rend différente. Elle part en chasse, elle trouve une proie qui la tente et *pfft*... (sa main jaillit et s'abattit sur le bras de Barbara) elle la bouffe.

372

Il la regardait en souriant. Ses canines pointues lui donnaient un faux air de vampire. Barbara vit qu'il le savait et en jouait. Elle libéra son bras.

— Une métaphore? dit-elle. L'araignée, c'était Querashi, c'est ça? Et il chassait quoi?

— Ce qu'un mec en rut chasse quand i'va quelque part où l'pense que personne le reconnaîtra. Sauf que moi, j'l'ai vu. Et il a vu que je l'avais vu.

— Il était accompagné?

— Oh, ils ont fait comme si de rien n'était, mais j'les ai vus se parler et entrer dans les chiottes l'un après l'autre, l'air de rien, voyez, avec une mine de chats qui ont avalé un oiseau...

Barbara et Trevor se regardèrent en silence.

— Trevor, dit-elle enfin, êtes-vous en train de me dire qu'Haytham Querashi draguait dans les toilettes publiques de la place du marché à Clacton?

— Ça en avait tout l'air, répondit Trevor. Il est debout là, à farfouiller dans un lot d'écharpes à un étal sur la place, en face des pissotières. Puis y a un mec qui se pointe et fait semblant de regarder les écharpes, à un mètre de lui. I's'regardent. l'tournent la tête. L'aut'mec passe devant lui et lui dit quelque chose à l'oreille. Haytham file aux chiottes. J'attends. Deux minutes plus tard, l'aut'mec fait pareil. Dix minutes après, Haytham ressort. Seul. Avec l'air de pas y toucher. Et c'est là qu'i'm'voit.

— Et l'autre, il est de Balford? Vous le connaissez?

Trevor fit non de la tête.

— Juste une pédale qui voulait se faire un basané.

373

— C'était un Blanc ? Un Anglais ?

— Oh, l'pouvait aussi être allemand, danois, suédois. Norvégien p't-être. Mais pas basané, ça, c'est sûr.

— Et Querashi a compris que vous les aviez vus ?

— Oui et non. I'm'a vu mais i'savait pas qu'j'avais repéré leur manège. C'est juste quand il a voulu me virer que j'lui ai dit qu'j'avais tout vu. (Trevor renfonça son bouquin sous la pile.) J'pensais qu'ce s'rait un moyen de pression, quoi. Qu'i'm'foutrait pas dehors s'i'savait que j'pouvais aller dire à Akram que son futur gendre se faisait des mecs dans des chiottes publiques. Mais il a tout nié en bloc, le Querashi. I'm'a dit que c'était pas la peine que j'espère garder mon boulot à la fabrique en racontant ce genre de conneries sur lui. I'm'a dit qu'Akram m'croirait pas et que tout c'que j'récolterais, ce serait plus d'boulot à la fabrique et pas de nouveau boulot à la jetée non plus. J'avais besoin d'ce boulot à la Rotonde, alors j'ai fermé ma gueule. Point final.

— Vous ne l'avez dit à personne ? A Mr Malik ? A Muhannad ? Sahlah ?

Sahlah, songea Barbara, qui serait sûrement horrifiée d'apprendre que son futur époux la trahissait et salissait l'honneur de sa famille. Car cela reviendrait bien à une affaire d'honneur pour eux, non ? Il faudrait qu'elle creuse la question auprès d'Azhar.

— C'était ma parole contre la sienne, dit Trevor. C'est pas comme si les flics l'avaient pris sur le fait.

— En fait, vous n'êtes pas certain de ce qui s'est passé dans les toilettes ?

— J'suis pas allé vérifier personnellement, c'est sûr. Mais bon, j'suis pas con. Et tout le monde sait bien que les pédés vont draguer dans ces chiottes. Alors, si deux mecs y rentrent ensemble et y restent plus de temps qu'il en faut pour pisser... Bon, j'vais pas vous faire un dessin.

— Et Mr Shaw ? Vous lui avez raconté ça ?

— Je vous ai dit qu'j'l'avais dit à personne !...

— A quoi ressemblait l'autre gars ?

— J'en sais rien. Un mec banal. Hyper bronzé. Il portait une casquette de base-ball noire, devant-derrière. Pas baraqué, mais pas non plus l'genre pédale qu'i'suffit d'le regarder pour l'savoir. Ah ouais, autre chose : il avait un petit anneau doré dans le sourcil. (Et il ajouta, sans ironie aucune, une main sur l'araignée tatouée dans son cou :) Y en a, c'est dingue c'qui font pas côté look, putain !

— Homosexuel ? s'étonna Emily Barlow, relevant la tête.

Barbara l'avait retrouvée dans la salle de conférence du vieux commissariat où avaient lieu ses réunions quotidiennes avec les deux policiers qui, depuis la visite d'Emily à la fabrique des Malik, avaient été chargés d'interroger l'ensemble du personnel dans l'espoir de glaner une info qui permettrait d'établir si Querashi avait des ennemis.

L'inspecteur Barlow donna l'ordre de faire passer cette information aux deux policiers le plus vite possible.

— Bipe-les, dit-elle à Belinda Warner, qui travaillait sur son ordinateur dans le bureau contigu. Et dès qu'ils rappellent, tu leur passes l'info, mais surtout qu'ils n'abattent pas leurs cartes tout de suite.

Elle revint dans la salle de conférence et recapuchonna son stylo feutre d'un geste vif. Barbara était venue faire son rapport sur ses activités de la journée : de sa conversation avec Connie et Rachel Winfield à sa vaine tentative de trouver une confirmation du récit de Sahlah Malik concernant le bracelet qu'elle aurait jeté à la mer. Emily l'écoutait, opinant du chef et prenant des notes sur le tableau chinois. Ce ne fut que lorsque Barbara évoqua l'homosexualité hypothétique de Querashi qu'elle réagit :

— Comment les musulmans considèrent l'homosexualité ? dit-elle.

— Je n'en ai pas la moindre idée, répondit Barbara. Mais plus j'y réfléchis, et moins je pense que cette question est liée au meurtre.

— Pourquoi ?

Emily s'approcha du tableau d'affichage où étaient épinglées les photos de la victime. Elle les examina attentivement, comme si elles avaient pu la renseigner sur les préférences sexuelles de Querashi.

— Parce qu'il me semble plus probable que si un des Malik avait découvert que Querashi draguait dans les tasses, ils auraient tout simplement annulé le mariage et renvoyé Querashi à Karachi. Ils n'auraient quand même pas été jusqu'à le tuer. Pourquoi prendre ce risque ?

— Ce sont des Asiatiques, ils n'auront peut-être

pas voulu perdre la face, décréta Emily. C'est sûr qu'après ça ils n'auraient pas pu... comment Muhannad a dit, déjà?... marcher en levant haut la tête, c'est ça?

Barbara trouvait qu'Emily allait un peu loin.

— Donc, un des Malik l'aurait tué? Tu ne trouves pas que c'est pousser l'orgueil à l'extrême, Emy? A mon avis, il est plus logique que Querashi tue quelqu'un qui aurait surpris son secret, plutôt qu'il soit tué parce que lui-même avait quelque chose à cacher. Si on suppose que ses goûts sexuels ont un rapport avec cette affaire, alors Querashi aurait dû être l'assassin, pas la victime.

— Pas si un Pakistanais, scandalisé en apprenant que Querashi comptait se servir de Sahlah Malik pour couvrir son homosexualité, avait décidé de le supprimer...

— Si telle était bien l'intention de Querashi, contra Barbara.

Emily prit un sachet en plastique posé sur l'écran d'un des ordinateurs et en sortit quatre carottes. En la voyant faire, Barbara repensa à la petite friture aux Smarties qu'elle s'était enfilée — sans parler des clopes — et s'évertua à ne pas culpabiliser.

— Quel est le premier Pakistanais qui te vient à l'esprit si tu imagines que Querashi a été tué pour laver l'honneur des Malik? lui demanda Emily.

— Je vois où tu veux en venir, répondit Barbara, mais je pense que Muhannad défend l'intérêt de son peuple. S'il avait tué Querashi, pourquoi remuerait-il ciel et terre au sujet du meurtre?

— Pour faire passer ses revendications pour une guerre sainte. Un djihad. Il réclame la justice à grands cris pour faire peser les soupçons sur un Anglais...

— Mais, Emy, on peut en dire autant d'Armstrong avec l'histoire de la voiture vandalisée ! Dans le sens inverse, évidemment.

— Armstrong a un alibi.

— Et Muhannad ? Tu as trouvé le fameux Rakin Khan à Colchester ?

— Oh, oui, sans problème. Il tenait un meeting dans une salle privée du restaurant de son père, avec une demi-douzaine d'autres dans son genre. Costume Armani, mocassins Bally, Rolex, diamant au petit doigt. Ex-copain de fac de Muhannad, à ce qu'il dit.

— Qu'est-ce qu'il t'a raconté ?

— Il a tout confirmé, de A jusqu'à Z. Il m'a dit qu'ils avaient dîné ensemble à partir de huit heures et ne se sont séparés qu'à minuit.

— Un repas de quatre heures ? Où ? Au restau ?

— Ce serait trop beau. Non, ils ont dîné à son domicile. ET il a fait la cuisine lui-même, c'est ce qui explique que le repas ait pris tant de temps. Il aime cuisiner, il adore ça. En fac, c'était toujours lui qui faisait la cuisine pour Muhannad parce que, dit-il, ils n'ont jamais pu se faire à la bouffe anglaise. Il m'a même récité le menu.

— Quelqu'un peut confirmer ?

— Oh, oui, bien sûr, qu'est-ce que tu crois ? Allah est grand ! Ils n'étaient pas seuls. Un autre étranger — curieux, hein, tous ces étrangers ? — était avec eux. Un autre ex-copain de fac. Khan m'a dit qu'ils se réunissaient de temps en temps.

— Ben, si les deux donnent la même version...

378

— Conneries ! s'exclama Emily en croisant les bras. Pendant que j'allais à Colchester, Muhannad a tout à fait eu le temps de téléphoner à Rakin Khan pour lui demander de confirmer son histoire.

— A ce compte-là, Ian Armstrong a eu tout le temps de demander à ses beaux-parents de confirmer la sienne. Tu leur as parlé ?

Emily ne répondit pas.

— Il a un mobile, poursuivit Barbara. Un mobile sérieux. Pourquoi fais-tu une fixette sur Muhannad ?

— Il proteste un peu trop fort.

— Il a peut-être des raisons pour ça, fit remarquer Barbara. Écoute, je suis d'accord avec toi, c'est un fouteur de merde. Et ce Rakin Khan ne vaut peut-être pas mieux que lui. Mais tu oublies certains éléments. Tiens, je t'en donne trois. Tu m'as dit que la voiture de Querashi avait été vandalisée, son corps déplacé, ses clés de bagnole jetées dans les buissons. Si Muhannad l'avait tué pour venger l'honneur de sa famille, pourquoi saccager sa bagnole et déplacer le corps ? Et pourquoi souligner en rouge que c'est un meurtre, alors que ça aurait pu passer pour un accident ?

— Parce qu'il voulait être sûr que ça ne passe *pas* pour un accident, dit Emily. Parce qu'il voulait s'en servir pour rallier son peuple. Il faisait d'une pierre deux coups : il vengeait sa famille et consolidait sa position au sein de sa communauté.

— Ouais, peut-être, fit Barbara. D'un autre côté, rien ne nous oblige à croire Trevor Ruddock sur parole sur cette histoire de drague homo. Lui aussi a un mobile. Bon, d'accord, il n'a pas été réembauché comme Armstrong, mais il m'a paru du genre à ne pas hésiter à se venger si l'occasion lui en était donnée...

— Tu m'as dit qu'il avait un alibi en béton...

— Putain, mais ils ont tous un alibi, Emy ! Y en a forcément un qui ment dans le lot !

— C'est ce que je me tue à vous dire, sergent !

Emily n'avait pas haussé la voix, mais son ton sans réplique rappela une fois encore deux choses à Barbara : un, Emily était son supérieur hiérarchique et n'avait de leçon à recevoir de personne en matière de talent, d'intelligence, d'intuition et d'adresse ; deux, elle-même n'était autorisée à travailler sur cette affaire que par le bon vouloir de l'inspecteur Barlow.

Vas-y mollo, se dit-elle. T'es pas dans ton secteur, Bab.

Elle prit conscience tout à coup de la chaleur d'enfer qui régnait dans la pièce. Le pays avait-il déjà connu une canicule aussi inhumaine en bord de mer ?

— J'ai vérifié l'alibi de Trevor, dit-elle. Je suis passée à la bijouterie Racon en venant. Selon sa mère, Rachel s'est sauvée juste après mon départ. Elle n'a pas su me dire où Rachel était le soir du meurtre parce qu'elle-même participait à un concours de danse de salon à Chelmsford. Elle m'a appris quand même quelque chose d'intéressant.

— A savoir ? fit Emily.

— Elle m'a dit : « Ma Rachel ne sort qu'avec des Blancs, sergent, n'oubliez pas ce que je vous dis. » Tu en conclus quoi ?

— Qu'elle est inquiète.

— On sait que Querashi avait probablement rendez-vous avec quelqu'un ce soir-là. On n'a que le témoignage de Trevor Ruddock pour penser qu'il drague des mecs. Et même ! Il peut très bien marcher à voile et à vapeur...

— Tu l'imagines avec Rachel Winfield, maintenant ? fit Emily.

— Elle lui a donné le reçu du bracelet, Emy. Elle devait bien avoir une raison pour faire ça. (Barbara réfléchit à une autre pièce du puzzle qu'elles essayaient de reconstruire.) Mais ça ne résout pas la question de ce fameux bracelet : comment a-t-il atterri au poignet de Theo Shaw ? J'ai supposé que Sahlah le lui avait offert. Mais il a pu le prendre sur le cadavre de Querashi. Dans ce cas-là, ça signifierait que Sahlah ment, en disant qu'elle l'a jeté à la mer, parce qu'elle sait que la personne qui a ce bracelet est mêlée au crime. Sinon, pourquoi mentir ?

— Oh, fait chier ! s'écria Emily dans son dos. J'ai l'impression d'être Alice tombant dans le terrier du lapin.

Au ton d'Emily, Barbara fit volte-face et l'examina. Elle était appuyée contre le bureau et, pour la première fois, Barbara remarqua les cernes sous ses yeux.

— Emy ? fit-elle.

— Si ce n'est pas l'un d'eux, Bab, la ville va exploser.

Barbara décoda le message : si l'assassin est anglais et que la ville sombre dans des troubles raciaux, des têtes tomberont. Dont celle d'Emily Barlow.

Dans le silence qui s'installa entre elles, Barbara entendit des voix provenant du rez-de-chaussée : celle d'un homme très énervé et celle d'une femme qui lui répondait sur un ton calme et professionnel. Barbara reconnut celle de l'homme. Muhannad Malik. Il venait d'arriver pour la réunion de l'après-midi avec la police.

Azhar devait être avec lui. Le moment était donc venu pour Barbara de dire la vérité à Emily. Elle ouvrit la bouche pour parler mais se ravisa. Si elle expliquait à Emily ce qui l'avait poussée à foncer à Balford avec armes et bagages, Emily serait obligée de lui retirer l'affaire. Il lui serait impossible de considérer qu'elle puisse enquêter en toute objectivité alors que l'un des suspects était épaulé par un homme qui vivait à trente mètres de son petit cabanon londonien. Or Barbara avait plus d'une raison désormais pour ne pas vouloir être évincée de l'enquête. S'il était vrai qu'elle était venue à Balford-le-Nez pour soutenir ses voisins, elle se rendait compte aussi qu'elle avait envie de continuer pour soutenir sa collègue.

Barbara ne savait que trop le lourd tribut que les femmes doivent payer pour réussir dans la police. Dans ce boulot, les hommes n'ont à convaincre personne ; les femmes, elles, doivent le faire jour après jour. Alors, si elle pouvait aider Emily à consolider sa position et à prouver qu'elle était un bon inspecteur, elle était bien décidée à le faire.

— Je suis de ton côté, Emy, lui dit-elle.

— Ah oui, fit Emily.

Une fois encore, c'était plus une affirmation qu'une question. Ce qui rappela autre chose à Barbara : plus on grimpe haut dans la hiérarchie, plus on a d'autorité et de pouvoir, et moins on a de vrais amis.

— Bon, fit Emily tout à coup, chassant ses craintes. Alors, où était Theo Shaw vendredi soir ?

— Il dit qu'il était chez lui. Sa grand-mère était là, mais elle ne peut rien confirmer vu qu'elle était couchée.

— Cette partie de l'histoire est sans doute vraie. Agatha Shaw — c'est sa grand-mère — a eu une attaque il y a quelque temps. Elle a besoin de repos.

— Ce qui donne à Theo la possibilité d'aller au Nez à pied, fit remarquer Barbara.

— Ce qui expliquerait pourquoi personne dans les environs n'a entendu d'autre voiture...

Emily fronça les sourcils et se tourna vers un tableau chinois sur lequel elle avait griffonné les noms des suspects suivis de l'initiale de leur prénom et de la description de leurs prétendues activités au moment du meurtre.

— La fille Malik a l'air douce comme un agneau, dit-elle, mais si elle a une liaison avec Theo Shaw, elle a peut-être eu envie d'envoyer son fiancé valdinguer au bas de la falaise. Une façon radicale de rompre ses fiançailles forcées.

— Mais tu disais que son père ne l'aurait pas obligée à l'épouser si elle avait dit non...

— C'est ce qu'il dit maintenant. Il se pourrait qu'il veuille couvrir sa fille. Peut-être qu'elle a agi avec la complicité de Theo.

— Roméo et Juliette tuant le comte Paris au lieu de se suicider ? Bon, pourquoi pas. Mais si on oublie le saccage de la bagnole, il y a autre chose :

supposons que Querashi ait été convaincu d'aller retrouver Theo Shaw au Nez pour faire un brin de causette sur leurs relations respectives avec Sahlah, comment expliquer les préservatifs retrouvés dans sa poche ?

— Oh, font chier, ces capotes ! fit Emily. Bon, d'accord, il n'avait pas rendez-vous avec Theo Shaw. En tout cas, même s'il n'était pas au courant pour Shaw et Sahlah, on peut être sûres d'une chose : Shaw était au courant pour lui.

Barbara songea que la balance commençait à pencher sérieusement du côté anglais. Elle se demanda ce qu'elle allait bien pouvoir raconter aux Pakistanais lors de la réunion. Elle n'imaginait que trop bien comment Muhannad utiliserait la moindre info allant dans le sens de sa thèse d'un crime raciste.

— Oui, dit-elle, mais on ne doit pas oublier qu'on a pris Sahlah Malik en flagrant délit de mensonge. Étant donné que Querashi possédait le reçu, je pense qu'on peut en conclure que la personne qui le lui a donné voulait qu'il sache que Sahlah avait une liaison.

— Rachel Winfield, dit Emily. Pour moi, c'est elle l'énigme, dans cette histoire.

— Une femme est allée voir Querashi à son hôtel. Une femme qui portait un tchador.

— Et si cette mystérieuse inconnue est Rachel Winfield, et si Rachel Winfield était amoureuse de Querashi...

— Chef ?

Emily et Barbara se retournèrent. Belinda Warner était sur le pas de la porte, tenant plusieurs liasses de feuilles à la main. Barbara reconnut les photocopies des messages téléphoniques de l'hôtel de la Maison-Brûlée qu'elle avait remis à Emily le matin même.

— Quoi ? fit Emily.

— J'ai trié tout ça et je les ai classés par catégories. J'ai réussi à identifier l'origine de tous les messages... enfin presque tous. (Elle s'avança et posa les piles une à une sur le bureau.) Messages des Malik : Sahlah, Akram, Muhannad. Messages d'un entrepreneur : un certain Gerry DeVitt, de Jaywick Sands. Il avait été embauché pour retaper la maison qu'Akram avait achetée pour les futurs époux.

— DeVitt ? s'étonna Barbara. Il travaille sur la jetée, Emy. Je lui ai parlé cet après-midi.

Emily prit son calepin sur le bureau et nota.

— Quoi d'autre ? demanda-t-elle à Belinda.

— Les appels d'un décorateur de Colchester, embauché lui aussi pour la maison. Et la dernière pile : les divers. Des amis, je suppose, vu les noms : Mr Zaidi, Mr Farugi, Mr Kumhar, Mr Kat...

— Kumhar ? s'écrièrent Emily et Barbara d'une seule voix.

Belinda les regarda.

— Oui, dit-elle, Kumhar. C'est lui qui a téléphoné le plus souvent. Il y a onze messages de lui. (Elle humecta le bout de son index, feuilleta les liasses et en sortit une du lot.) Voilà. Fahd Kumhar.

— Putain de merde, tu le tiens, fit Barbara.

— Un numéro à Clacton, poursuivit Belinda. J'ai téléphoné, mais je suis tombée sur un marchand de journaux de Carnarvon Road.

— Carnarvon Road ? dit Emily, vivement. Tu en es sûre ?

— J'ai noté l'adresse... là.

— Ah, voilà un signe des dieux, Bab !

— Pourquoi ? demanda Barbara.

Elle s'approcha d'un plan du secteur fixé au mur et finit par localiser Carnarvon Road : une rue de Clacton perpendiculaire au front de mer. Elle passait devant la gare et menait à l'A133, la route de Londres.

— Il y a quelque chose d'important dans Carnarvon Road ? demanda Barbara.

— Il y a une coïncidence un peu trop grosse pour en être une, lui rétorqua Emily. Cette rue borde la place du marché à l'est. La place du marché de Clacton, lieu de drague homo notoire.

— Voilà un détail savoureux, dit Barbara.

Elle se retourna vers Emily qui la regardait, les yeux brillants.

— J'ai comme l'impression qu'on ne regarde plus le même match de cricket, sergent Havers, dit Emily d'une voix qui avait retrouvé la vigueur que Barbara avait toujours connue chez Barlow la Bête. Kumhar, qui que tu sois, nous voilà !

12

Sahlah disposa ses outils avec un soin extrême. Elle sortit les compartiments en plastique transparent de sa boîte métallique verte et les aligna devant elle. Elle ôta la pince à bec étroit, la vrille et la pince coupante de leur étui et les posa de part et d'autre des cordons, fils torsadés et chaînes en or dont elle se servait pour fabriquer les bijoux que Rachel et sa mère avaient la gentillesse de vendre dans leur boutique.

« C'est de loin aussi beau que ce qu'on propose à la bijouterie, lui avait dit Rachel en toute sincérité. Maman acceptera de te les prendre en dépôt, j'en suis sûre, Sahlah. Tu verras. De toute façon, on ne risque rien à essayer. Si ça se vend, ça te fera un peu d'argent. Si ça ne se vend pas, ça te fera plus de bijoux... »

Elle n'avait pas tout à fait tort. Mais au-delà de la perspective de gagner de l'argent — dont elle redonnait les trois quarts à ses parents depuis qu'elle avait fini de rembourser le bracelet de Theo —, c'était surtout l'idée de créer quelque chose qui l'avait inci-

tée à diffuser ses colliers et bracelets en dehors de sa
famille.

Était-ce bien ça, la première étape ? se demanda-
t-elle en faisant glisser quelques perles d'ambre dans
sa paume où elles roulèrent comme des gouttes de
pluie, froides et lisses. Était-ce le jour où elle s'était
décidée à se lancer dans cette activité créatrice
qu'elle avait perçu les possibilités que pouvait lui
offrir le monde, au-delà du cocon familial ? Et
était-ce l'acte si simple de fabriquer un bijou dans la
solitude de sa chambre qui avait, le premier, écorné
son bonheur ? Non. Rien n'était jamais aussi simple.
Il n'y avait pas de relation de cause à effet qu'elle
aurait pu pointer du doigt en disant : voilà la raison
de l'agitation et de l'amertume qui rongent le cœur
d'une fille prisonnière de ses traditions. Il n'y avait
que sa vie prise entre deux cultures conflictuelles.

« Tu es ma fille anglaise », lui avait répété son
père chaque matin quand elle partait à l'école.
Quelle fierté il mettait dans ces paroles ! Elle était
née en Angleterre, était allée à l'école primaire avec
des petits Britanniques, avait appris l'anglais en
vivant dans le pays et non en prenant des cours. Aux
yeux de son père, elle était tout autant anglaise que
les petites filles au teint de porcelaine qui rosissaient
après avoir couru. En fait, elle incarnait pour son
père le rêve qu'il avait toujours caressé en secret :
être anglais.

Muhannad avait raison sur ce point, songea-t-elle.
Akram avait beau porter tantôt des vêtements traditionnels tantôt des vêtements occidentaux, sa pré-
férence allait aux costumes trois-pièces et aux para-
pluies de son pays d'adoption. Depuis leur plus

tendre enfance, il attendait que ses enfants partagent et comprennent ce va-et-vient des plus déroutants. A la maison, ils devaient être respectueux des traditions : Sahlah, soumise et obéissante, aiguisant ses talents de femme d'intérieur pour plaire à son futur époux ; Muhannad, révérencieux et travailleur, se préparant à reprendre l'entreprise familiale et à engendrer des fils qui feraient de même. A l'extérieur, pourtant, les deux enfants Malik étaient censés être des Anglais bon teint. Leur père leur recommandait de se lier d'amitié avec leurs camarades de classe dans le but d'attirer le respect et l'affection autour de leur nom et, par conséquent, de l'entreprise familiale. Pour cela, il contrôlait leur scolarité, cherchant des signes de progrès là où il ne pouvait guère espérer en trouver.

Sahlah avait essayé de lui faire plaisir. Ne supportant pas l'idée de décevoir son père, elle avait rapporté à la maison des cartes de Noël et de Saint-Valentin qu'elle s'adressait à elle-même en les signant du nom de ses camarades de classe. Elle s'était aussi écrit de ces petits mots cancaniers et complices que les élèves se font passer pendant les cours. Elle avait trouvé par terre des photos de camarades de classe et les avait signées de leurs noms à son intention, sous une formule du genre « à mon amie ». Et quand son père entendait parler d'une soirée d'anniversaire chez une de ses petites camarades, la voilà qui partait pour une de ces fêtes où elle n'était jamais invitée. Et elle restait assise au pied d'un poirier au fond du champ, à l'abri des regards, heureuse de n'avoir pas déçu son père.

Muhannad, lui, ne s'était jamais donné autant de

peine. Cela ne le gênait pas du tout d'avoir la peau brune dans un monde de « visages pâles ». Il n'avait jamais cherché à composer avec une populace hostile qui, en grande partie, n'était pas habituée à cohabiter avec des étrangers. Né en Angleterre lui aussi, il ne se sentait pas plus anglais qu'il ne pensait que les poules avaient des dents. En fait, se faire passer pour un Anglais était bien le cadet de ses soucis. Il n'avait que mépris pour tout ce qui touchait à la culture anglaise, le cérémonial et les traditions de la vie des Anglais. Il tournait en ridicule l'air hautain que prenaient ceux qui voulaient se faire passer pour des « gentlemen »; et il se targuait de percer à jour les masques que portaient les Occidentaux pour dissimuler leurs partis pris et leurs préjugés. Les démons qui le hantaient n'avaient rien à voir avec la lutte contre le racisme, quoi qu'il dise et fasse pour convaincre tout le monde — lui y compris — du contraire.

Mais ce n'est pas le moment de songer à Muhannad, se dit Sahlah. Elle prit sa pince coupante comme si se mettre au travail allait l'aider à ne plus penser à son frère. Elle tira vers elle une feuille à dessin, en espérant que le simple fait de poser le crayon sur la feuille lui ferait oublier la lueur qu'elle voyait immanquablement s'allumer dans le regard de son frère quand il était décidé à obtenir ce qu'il voulait, ce penchant à la cruauté qu'il avait toujours réussi à cacher à ses parents, et surtout cette fureur qui l'habitait et à laquelle il donnait libre cours aux moments où elle s'y attendait le moins.

Sahlah entendit Yumn, au rez-de-chaussée, qui appelait un de ses fils :

— Bébé, mon beau bébé, roucoulait-elle. Viens voir *Ammīgee,* petit homme.

Sahlah sentit sa gorge se serrer. Elle eut un vertige et les perles d'ambre se fondirent les unes dans les autres sous ses yeux. Elle reposa sa pince coupante, croisa les bras sur la table et posa la tête dans le creux de son coude. Comment pouvait-elle penser aux péchés de son frère, se demanda-t-elle, quand le sien était tout aussi affreux et tout aussi susceptible de détruire la famille ?

« Je vous ai vus, lui avait glissé Muhannad à l'oreille d'une voix sifflante. Traînée. Je t'ai vue avec lui. Tu m'entends ? Je vous ai vus. Et tu vas payer. Comme toutes les traînées. Surtout les putes à Blancs. »

Pourtant, elle n'avait pas voulu faire le mal. Au contraire, elle avait voulu l'amour.

Elle avait eu l'autorisation de travailler avec Theo Shaw car son père, qui l'avait rencontré à la Confrérie des Gentlemen, avait accepté son aide pour l'installation de leur réseau informatique — une autre façon pour Akram de prouver sa solidarité avec la communauté britannique. La fabrique venait d'emménager dans ses nouveaux locaux de la zone industrielle d'Old Hall Lane, et cette expansion avait nécessité une remise à jour des procédures commerciales.

« Il est temps que nous rentrions dans le vingtième siècle, avait décrété Akram. Les affaires marchent. Les ventes sont à la hausse. Le carnet de commandes a augmenté de dix-huit pour cent. J'en ai parlé à ces messieurs de la Confrérie, et, parmi eux, il y a un jeune homme bien sous tous rapports qui propose de nous aider à informatiser tous nos services... »

Akram ayant donc jugé Theo « bien sous tous rapports », il lui avait paru acceptable qu'il rencontre Sahlah, même si, en dépit de son engouement pour les Occidentaux, il avait fait en sorte que Sahlah n'ait aucun contact avec les garçons depuis qu'elle avait atteint l'âge de la puberté. Il tenait à faire d'elle une épouse idéale pour un Indien : tant par son caractère que par sa chasteté. La virginité d'une jeune mariée était presque aussi importante que le montant de sa dot, et il ne fallait lésiner sur rien pour s'assurer qu'elle arriverait bien vierge au mariage. Etant donné qu'en Occident les hommes n'attachent pas la même importance à ces valeurs, Akram avait voulu protéger sa fille de leurs sollicitations. Pourtant, il avait mis ces craintes de côté quand il s'était agi de Theo Shaw.

« Il vient d'une des plus anciennes familles de la ville, avait-il dit, comme si cela changeait quoi que ce soit au problème. Il va nous installer un système qui nous permettra de moderniser toute notre organisation. Tout sera informatisé : le courrier, la comptabilité, le marketing. On pourra travailler sur P.A.O. Il m'a dit qu'il avait déjà installé tous ces systèmes à la Rotonde, et que d'ici six mois on verrait des résultats concrets en heures de travail gagnées et en augmentation des ventes... »

Personne n'avait contesté le bien-fondé de cette démarche, pas même Muhannad, qui était le moins susceptible d'accepter qu'un Anglais se mêle de leurs affaires — surtout si l'Anglais en question était en position de supériorité, même dans un domaine aussi mystérieux que l'informatique. Ainsi, Theo Shaw était venu à la fabrique pour installer les logiciels qui devaient révolutionner les méthodes de travail. Il avait formé les employés et, parmi eux, Sahlah.

Elle n'aurait jamais imaginé tomber amoureuse de lui. Elle avait beau être née en Angleterre, elle était fille de Pakistanais et acceptait l'idée de devoir épouser un homme choisi par ses parents, qui, eux, savaient mieux que personne ce qui était bon pour elle et quel homme saurait faire son bonheur.

« Le mariage, lui avait souvent dit sa mère, c'est deux mains qui se serrent... (elle les joignait comme pour prier)... et des doigts qui s'entrelacent pour toujours... »

Sahlah ne pouvait connaître une telle communion avec Theo Shaw. Des parents asiatiques ne choisissaient pas des maris occidentaux pour leurs filles. Un tel choix ne pourrait que souiller le sang venant de la mère. C'était inenvisageable. Aussi Sahlah n'avait-elle vu en Theo qu'un jeune homme affable, séduisant et un peu entreprenant — comme l'étaient tous les Occidentaux —, qui rendait service aux Moutardes Malik. Elle n'avait jamais pensé à lui jusqu'au moment où il avait posé la pierre sur son bureau.

Il avait eu l'occasion d'admirer les parures qu'elle fabriquait à partir de pièces de monnaie anciennes, de boutons de l'époque victorienne et de perles d'ambre sculptées, ou encore de plumes et d'éclats de granit que Rachel et elle ramassaient au Nez.

« Vous portez un très joli bracelet », lui avait-il dit.

Et il avait paru fort impressionné quand elle lui eut dit que c'était elle qui l'avait fait. Il lui avait demandé si elle avait eu une formation d'orfèvre. Pas de danger ! avait-elle pensé, amère, car alors elle aurait dû aller à Colchester ou même quitter la région, ce qui l'aurait éloignée de la famille. De plus, on avait besoin d'elle à la fabrique. « Ce n'est pas permis », avait-elle failli lui répondre. Mais elle s'était ravisée et lui avait simplement dit que non, qu'elle s'était formée sur le tas parce qu'elle aimait apprendre par elle-même ; que c'était plus amusant.

En arrivant au travail le lendemain, elle avait trouvé la pierre sur son bureau. Sauf que ce n'était pas une pierre, lui avait expliqué Theo, mais un fossile : la nageoire d'un poisson appartenant au groupe des holostéens du trias supérieur.

« J'aime sa forme, l'aspect plumeteux des bords extérieurs, lui avait-il dit en rougissant. J'ai pensé que vous pourriez peut-être l'utiliser pour un collier, en pendentif, vous voyez... Enfin, comme vous voudrez...

— Ce serait très joli, lui avait répondu Sahlah, mais je vais être obligée de le percer. Ça ne fait rien ? »

Oh, ce n'était pas pour lui, lui avait-il dit avec un sourire. Il voulait qu'elle se serve de ce fossile pour faire un pendentif pour elle. Il ramassait des fossiles sur le Nez, là où les falaises s'effritent, lui avait-il expliqué. La veille, il avait passé sa collection en revue et, en voyant ce fossile, il avait pensé qu'elle pourrait peut-être en faire quelque chose. Alors, si ça l'intéressait... il en serait ravi.

Sahlah savait qu'en acceptant elle brisait un interdit. Et elle avait vu en imagination son côté pakistanais lui faire signe de repousser gentiment le fossile vers Theo Shaw en formulant un refus poli. Mais son côté anglais avait pris le dessus, faisant se refermer ses doigts sur la pierre et lui faisant dire :

« Merci. Je vais pouvoir en faire quelque chose. Je vous montrerai le collier quand je l'aurai fini, si vous voulez.

— Avec grand plaisir », lui avait-il répondu.

Et alors il lui avait souri, et une sorte d'accord tacite était passé entre eux. Ce collier qu'elle allait faire leur servirait de prétexte pour se parler ; les fossiles qu'il trouvait sur le Nez, une excuse pour qu'ils se revoient.

Mais une femme ne tombe pas amoureuse parce qu'un homme lui offre un, cent, mille cailloux. Et Sahlah Malik n'était pas tombée amoureuse de Theo Shaw par fossile interposé. En fait, ce ne fut qu'une fois qu'elle l'aima très fort qu'elle se rendit compte qu'il n'y avait qu'un seul mot, un mot de cinq lettres, un mot éternel, pour désigner la douceur qui l'étreignait, le frisson qui la parcourait et la légèreté qu'elle ressentait dès qu'elle apercevait Theo ou entendait le son de sa voix.

« Pute à Blancs ! lui criait une voix vipérine. Tu vas payer. Comme toutes les putains. »

Mais elle ne voulait pas penser à ça. Non. Non !

Sahlah releva la tête et regarda la feuille à dessin, le crayon, les perles, le début de son croquis qui ne ressemblait à rien car rien en elle ne pouvait créer quelque chose qui soit harmonieux et beau. Elle était perdue. Elle payait le prix. Il lui avait été révélé un sentiment auquel elle ne pouvait répondre dans le chemin tout tracé qu'était sa vie, et elle avait commencé à en payer le prix bien avant l'arrivée d'Haytham.

Haytham aurait pu la sauver. Il était animé d'une réelle abnégation, et parce que sa générosité était sans limite, il avait réagi, quand elle lui avait dit qu'elle était enceinte, par une question qui avait balayé sa culpabilité et sa peur :

« Et tu portes seule cet horrible fardeau depuis deux mois, ma Sahlah ? »

Jusqu'alors, elle n'avait pas pleuré. Ils étaient dans le verger, assis côte à côte sur le banc en bois dont les pieds arrière s'enfonçaient trop profondément dans le sol. Leurs épaules se touchaient — seule partie de leur corps à être en contact —, jusqu'à ce qu'elle se confie à lui. Elle n'avait pas été capable de le regarder dans les yeux tandis qu'elle lui parlait, car elle savait l'importance de ce qui se jouerait dans les minutes qui allaient suivre. Elle ne pouvait croire qu'il accepterait de l'épouser une fois qu'il saurait qu'elle portait l'enfant d'un autre. De même, elle ne pouvait se résoudre à devenir sa femme et tenter de faire passer un bébé plein de santé pour un prématuré né au moins deux mois avant terme. De plus, Haytham n'avait pas voulu bousculer les choses, et les parents de Sahlah avaient vu dans cette attitude non une hésitation à honorer sa part du contrat mais la décision d'un homme sage désireux de mieux connaître sa future épouse. Mais le temps jouait contre Sahlah et ne lui laissait pas le loisir de faire ami-ami avec Haytham Querashi.

Aussi devait-elle tout lui dire ; remettre son avenir et l'honneur de sa famille entre les mains d'un homme qu'elle connaissait depuis moins de huit jours.

« Et tu portes seule cet horrible fardeau depuis deux mois, ma Sahlah ? »

Quand il lui avait passé un bras autour des épaules, Sahlah avait compris qu'elle était sauvée.

Elle avait eu envie de lui demander comment il pouvait la prendre telle qu'elle était : déflorée par un autre, enceinte d'un autre, souillée par les caresses d'un homme qui ne serait jamais son mari. J'ai péché et j'en paye le prix, avait-elle voulu dire ; mais elle s'était tue, pleurant en silence et attendant qu'il décide de son destin.

« En ce cas, nous nous marierons plus tôt que prévu, avait-il dit, l'air songeur. A moins que... Sahlah, tu veux peut-être épouser le père de ton enfant ?

— Non, avait-elle répondu avec détermination, en serrant les poings. Non. C'est impossible.

— Parce que tes parents...

— Je ne peux pas. S'ils l'apprennent, ils ne s'en remettront pas. Je serai bannie... »

Elle n'avait rien pu ajouter, tandis que le chagrin et la peur si longtemps réprimés se libéraient en elle.

Haytham ne lui avait pas demandé d'autres explications, se contentant de lui répéter sa question : avait-elle porté ce fardeau seule ? Lorsqu'il eut compris que c'était le cas, il n'avait cherché qu'à l'apaiser et à la réconforter.

Du moins, c'est ce qu'elle avait cru, songeait-elle

maintenant. Car Haytham était musulman. Traditionaliste et très religieux, il avait dû être offensé à l'idée qu'un autre homme avait touché sa promise. Il aurait voulu une confrontation avec lui ; et lorsque Rachel lui avait parlé du bracelet en or, un bracelet très spécial, un gage d'amour...

Sahlah n'imaginait que trop bien ce qui avait pu se passer : Haytham demandant à Theo de le rencontrer et Theo s'empressant d'accepter. « Laisse-moi un peu de temps, lui avait-il dit quand elle lui avait annoncé que ses parents allaient la marier à un homme venu du Pakistan. Pour l'amour du ciel, Sahlah. Donne-moi encore un peu de temps. » Et il avait fait en sorte d'en gagner en éliminant celui qui se dressait entre eux, dans le but d'empêcher l'inévitable : le mariage.

Désormais, elle avait à la fois trop de temps et pas assez. Trop, car il n'y avait plus personne dans la coulisse pour faire son entrée en scène et la sauver de la disgrâce familiale ; pas assez, car un être vivant grandissait en elle et s'apprêtait à détruire sa vie telle qu'elle la connaissait et la chérissait. Du moins, si elle n'intervenait pas de façon radicale, et le plus rapidement possible.

Dans son dos, la porte s'ouvrit. Sahlah se retourna et vit sa mère entrer dans la chambre. Wardah avait la tête pudiquement couverte. Malgré la chaleur, elle portait des vêtements qui ne laissaient voir que ses mains et son visage. Elle était vêtue de noir ainsi que l'exigeait la coutume, comme si elle était perpétuellement en deuil de quelqu'un dont elle ne parlait jamais.

Elle s'approcha de sa fille et lui effleura l'épaule.

Sans un mot, elle fit glisser le *dupattā* de Sahlah et dénoua sa tresse. Elle prit une brosse à cheveux sur la commode et commença à la peigner. Sahlah ne voyait pas le visage de sa mère, mais elle sentait l'amour dans ses doigts quand elle lui démêlait les cheveux et la tendresse qu'elle mettait dans ses coups de brosse.

— Tu n'es pas venue me voir à la cuisine, dit Wardah. Je me suis sentie bien seule. J'ai pensé que tu n'étais pas encore rentrée. Mais Yumn m'a dit qu'elle t'avait entendue.

Yumn avait dû prendre un malin plaisir à rapporter à Wardah ce manquement au devoir de la part de sa fille.

— J'avais envie d'être seule pendant quelques minutes, dit Sahlah. Excuse-moi, *Ammī*. Tu as commencé à préparer le dîner ?

— Seulement les lentilles...

— Alors, je...

Wardah appuya gentiment sur les épaules de sa fille, la forçant à se rasseoir.

— Je peux préparer le dîner les yeux fermés, Sahlah. C'est ta compagnie qui m'a manqué. C'est tout. (Elle enroula une longue mèche de cheveux autour de son poignet, la brossa, la reposa contre le dos de Sahlah et en prit une autre.) Tu as envie que nous parlions ?

La question de sa mère lui étreignit le cœur. Combien de fois dans son enfance la lui avait-elle posée ? Cent fois ? Mille fois ? Toujours la même invite à se faire des confidences, à partager avec elle ses secrets, ses rêves, ses interrogations, ses contrariétés, ses espoirs. Et toujours la promesse implicite que la mère garderait les secrets de la fille.

Raconte-moi ce qui se passe entre un homme et une femme. Et Sahlah écoutait, méduséé, sa mère lui expliquer ce qui se passait entre un homme et une femme unis par les liens du mariage.

Comment les parents peuvent être sûrs de ne pas se tromper quand ils choisissent un mari ou une femme pour leurs enfants ? Et Wardah de lui expliquer posément que les parents étaient les mieux placés pour connaître le cœur et le caractère de leurs enfants.

Et toi, Ammī ? Tu n'as pas eu peur quand tu as dû épouser un inconnu ? J'avais surtout peur de venir en Angleterre, lui avait répondu Wardah. Mais elle avait eu la certitude qu'Akram ferait ce qu'il y aurait de mieux pour elle, tout comme elle avait eu la certitude que son père n'avait pu que lui choisir un homme bien qui veillerait sur elle toute la vie.

Tu n'as donc jamais eu peur ? Même le jour où tu as rencontré Abhy-jahn ? Naturellement, lui avait dit sa mère. Mais elle savait quel était son devoir, et le jour où Akram Malik lui avait été présenté, elle avait senti que c'était un homme bon, un homme avec qui elle pourrait faire sa vie.

« C'est ce à quoi nous aspirons en tant que femmes, lui avait-elle dit un soir qu'elles étaient allongées côte à côte sur le lit de Sahlah, dans la chambre obscure, avant que Sahlah ne s'endorme. On réussit sa vie de femme en comblant son mari et ses enfants, et en leur permettant de faire un beau mariage. »

400

« Le vrai bonheur vient des traditions, Sahlah. Ce sont nos traditions qui unissent notre peuple. »

Lors de ces moments privilégiés à la nuit tombée, dans l'obscurité propice de la chambre, mère et fille se parlaient à cœur ouvert. Maintenant... Sahlah ne voyait pas comment elle pourrait parler à sa mère. Elle en avait tellement envie, pourtant. Que ne donnerait-elle pour se confier à elle, pour être réconfortée par elle, pour se réfugier dans la chaleur sécurisante de sa tendresse. Mais pour cela, elle devrait révéler un secret qui romprait à jamais les liens qui l'unissaient à sa mère.

Aussi dit-elle d'une voix sourde la seule chose qu'elle pouvait dire :

— La police est revenue à la fabrique, *Ammī*.

— Ton père m'a téléphoné, lui répondit sa mère.

— Deux policiers qui interrogent tout le monde avec un magnétophone, poursuivit Sahlah. Ils s'installent dans la salle de conférence et font venir les employés à tour de rôle. Des cuisines, des expéditions, du magasin, de la production.

— Et toi, Sahlah ? Ils t'ont posé des questions ?

— Pas encore. Mais ça ne va pas tarder.

Wardah dut percevoir quelque chose dans la voix de sa fille car elle cessa de la coiffer un instant.

— Tu crains d'être interrogée par la police ? lui demanda-t-elle. Tu sais quelque chose sur la mort d'Haytham ? Quelque chose dont tu ne nous as pas parlé ?

— Non.

Sahlah se dit que ce n'était pas un mensonge. Elle ne savait rien. Elle avait des soupçons, c'était tout. Elle attendit de voir si sa mère avait senti une hésitation dans sa voix qui aurait pu la trahir, révéler le tumulte de son cœur où bataillaient la culpabilité, le chagrin, la peur et l'angoisse.

— Mais j'ai quand même peur, dit-elle.

Au moins une part de vérité...

Wardah reposa la brosse à cheveux sur la commode. Elle vint se placer devant sa fille et, lui prenant le menton d'une main, la força à lever les yeux vers elle. Sahlah sentait son cœur battre la chamade et le rouge lui monter aux joues.

— Tu n'as aucune raison d'avoir peur, lui dit Wardah. Ton père et ton frère te protégeront, Sahlah. Moi aussi. Il ne peut pas t'arriver malheur comme il est arrivé malheur à Haytham. Ton père donnerait sa vie pour toi. Muhannad aussi. Tu le sais, n'est-ce pas ?

— Le malheur s'est déjà abattu sur nous, murmura Sahlah.

— Ce qui est arrivé à Haytham a bouleversé notre vie à tous, approuva Wardah. Mais il ne faut pas que cela nous empêche de continuer à vivre. Et pour cela, il nous faut toujours dire la vérité. Il n'y a que le mensonge qui salit.

Wardah avait maintes fois tenu ces paroles par le passé, mais aujourd'hui, elles prenaient une ampleur et une acuité qui surprirent Sahlah et la blessèrent plus qu'elle ne s'y serait attendue. Elle ne put retenir ses larmes. Les traits de Wardah s'adoucirent et elle serra sa fille dans ses bras.

— Tu n'as rien à craindre, ma chérie. Je te le promets.

Mais Sahlah savait que cette promesse était aussi fragile que de la soie.

Pour la deuxième fois de la journée, Barbara confia son visage aux bons soins d'Emily. Avant de la laisser rejoindre les Pakistanais pour sa première prestation officielle de médiatrice, Emily l'avait traînée jusqu'aux vestiaires pour une deuxième tournée de fond de teint, poudre, mascara et blush. Cette fois, elle ne lui épargna pas le rouge à lèvres.

— Silence, sergent ! dit-elle comme Barbara protestait. Je veux que tu aies l'air fraîche comme un gardon. Ne sous-estime pas l'importance du look, surtout dans le boulot. Il n'y a que les idiotes qui pensent que ça ne compte pas.

Tout en réparant les outrages de la chaleur, elle lui donna ses instructions pour la rencontre qui allait avoir lieu, passant en revue les éléments que Barbara était autorisée à divulguer aux deux hommes et lui rappelant que le terrain était miné.

— Je ne veux surtout pas que Muhannad Malik puisse utiliser quoi que ce soit pour galvaniser sa communauté, dit-elle pour conclure. Compris ? Et tu les as à l'œil. Tout le temps. Je serai dans la salle de réunion avec le reste de l'équipe si jamais tu as besoin de moi.

Barbara était bien décidée à ne pas appeler Emily à la rescousse et à lui prouver qu'elle avait eu raison de lui faire confiance. Une fois face à Muhannad Malik et Taymullah Azhar, dans l'ancienne salle à manger de la maison victorienne, elle se refit cette promesse.

Les deux hommes attendaient depuis un quart d'heure. On avait apporté une carafe d'eau, quatre verres et une assiette de gâteaux secs. Manifestement, ils n'y avaient pas touché. A l'entrée de Barbara, seul Azhar se leva.

— Excusez-moi de vous avoir fait attendre, leur dit-elle. Des détails de dernière minute qu'il nous a fallu éclaircir...

Muhannad ne fit même pas semblant de la croire. Il donnait l'air d'avoir suffisamment d'expérience et de jugeote pour deviner quand un adversaire tentait de noyer le poisson. Azhar, de son côté, scrutait Barbara comme s'il essayait de lire la vérité en elle. Il baissa les yeux quand elle lui rendit son regard.

— Des détails que nous attendons avec impatience, lui dit Muhannad.

Barbara constata qu'il faisait un gros effort pour rester poli.

— Oui, bien sûr, dit-elle. Bon...

Elle laissa tomber sur la table les trois chemises en carton qu'elle avait apportées pour la forme et posa dessus le petit livre jaune qu'elle avait trouvé dans la chambre de Querashi. Elle tira une chaise, s'assit et fit signe à Azhar de faire de même. Elle alluma une cigarette en prenant tout son temps.

Cette pièce était un poil moins étouffante que le bureau d'Emily. Mais là, point de ventilo pour brasser l'air vicié. Muhannad avait le front luisant de sueur. Azhar, comme toujours, donnait l'impression de sortir d'une douche glacée.

— J'aimerais commencer par ça, dit Barbara en lui tendant le livre jaune. Vous pouvez me dire ce que c'est ?

Azhar retourna le livre et lut ce qui figurait sur ce que Barbara avait pris pour la dernière page.

— C'est l'*al-Qur'an*, sergent. Le Coran. Vous l'avez trouvé où ?

— Dans la chambre de Querashi.

— Étant donné qu'il était musulman, ce n'est pas exactement le scoop de l'année, fit Muhannad, sarcastique.

Barbara tendit le bras et Azhar lui rendit le livre. Elle l'ouvrit au marque-page et montra à Azhar le passage entre crochets.

— Je suppose que vous lisez l'arabe ? dit-elle. Pourriez-vous me le traduire ? On l'a envoyé par fax à un type à l'université de Londres pour qu'il le fasse, mais puisque vous êtes là...

Barbara surprit une lueur d'irritation dans les yeux d'Azhar. Elle en fut amusée car elle devina qu'elle était dirigée contre lui-même. En lui révélant qu'il comprenait l'arabe, il lui avait donné sans le vouloir un avantage sur lui. Et en lui disant qu'ils avaient déjà faxé la page à Londres, elle l'empêchait de donner une traduction fantaisiste. Un à zéro, pensa-t-elle non sans déplaisir. Il était important, de toute façon, que Taymullah Azhar comprenne que le fait qu'ils se connaissent ne modifierait pas la façon de travailler du sergent Havers. Et que les deux hommes se rendent compte qu'ils n'avaient pas affaire à une oie blanche.

Pendant qu'Azhar lisait le passage concerné, Barbara entendit des échos de la réunion quotidienne d'Emily et de son équipe qui montaient par bouffées du rez-de-chaussée, au gré de l'ouverture et de la fermeture de la porte de la salle de conférence. Elle lança un coup d'œil à Muhannad mais ne put déterminer s'il s'ennuyait, s'il était impatient de commencer, hostile, tendu, ou s'il avait simplement trop chaud. Il ne quittait pas son cousin des yeux et tapotait sur la table avec l'extrémité gommeuse de son crayon.

— On ne peut pas tout traduire littéralement, finit par dire Azhar. Il n'y a pas forcément d'équivalents exacts d'une langue à une autre.

— D'accord, fit Barbara. Compris. Faites de votre mieux.

— Ce passage parle du devoir d'aider son prochain, dit Azhar. En gros, ça dit : « Comment ne pas te battre pour la cause d'Allah et celle des faibles parmi les hommes et parmi les femmes et parmi les enfants : Ô Tout-Puissant ! Fais-nous sortir de cette ville dont les habitants nous oppressent ! Que Ta présence soit notre rempart ! »

— Ah, fit Barbara, avec un petit sourire. En gros, comme vous dites. Il y a une suite ?

— Bien sûr, lui répondit Azhar avec une pointe d'ironie. Mais seul ce passage est entre crochets.

— Quant à savoir pourquoi Haytham l'a souligné, je crois que c'est clair, intervint Muhannad.

— Ah oui ? fit Barbara qui le regarda en tirant sur sa cigarette.

— Sergent, dit-il, sûr de son fait, si vous étiez du même côté de la barrière que nous, vous auriez tout de suite compris. « Fais-nous sortir de cette ville dont les habitants nous oppressent ! »...

— J'avais entendu, oui.

— Vraiment ? fit Muhannad, hautain. Qu'est-ce qu'il vous faut de plus ? Un message de la main d'Haytham écrit avec son sang ? (Il se leva et gagna la fenêtre. Il montra la rue au-dessous, la ville, et dit :) Haytham était là depuis assez longtemps pour avoir connu ce qu'il n'avait jamais connu avant : le racisme. Qu'est-ce qu'il ressentait, à votre avis ?

— Aucun élément ne nous permet d'affirmer que Mr Querashi...

— Vivez dans ma peau une journée, vous comprendrez, lui rétorqua Muhannad. Haytham était brun de peau. Et être brun de peau, c'est être un indésirable dans votre pays. Haytham aurait préféré prendre le premier vol retour pour Karachi, mais il ne pouvait pas car il voulait respecter la parole qu'il avait donnée à mon père. Alors, il a lu l'*al Qur'an* en quête d'une réponse, et il a vu qu'il était écrit qu'il pouvait se battre pour défendre sa cause. C'est comme ça qu'il est mort.

— Pas tout à fait, dit Barbara. Mr Querashi a eu la nuque brisée. Voilà comment il est mort. Et aucun élément ne nous permet de penser qu'il y ait eu une bagarre, désolée.

Muhannad ne put rien répondre à cela. Il se tourna vers son cousin et, brandissant le poing, lui dit :

— Qu'est-ce que je t'avais dit, Azhar ! Ils nous cachent des choses depuis le début !

— Pourquoi ne pas nous en avoir informés immédiatement ? demanda Azhar.

— Parce que l'autopsie n'avait pas encore été pratiquée, lui répondit Barbara. Et aucune info n'est donnée avant. C'est la procédure habituelle.

Muhannad prit un air incrédule.

— Vous ne manquez pas d'air d'oser prétendre que vous ne saviez pas ce qui était arrivé dès que vous avez vu le corps...

— Quelles sont les circonstances exactes de la mort ? demanda Azhar, faisant taire son cousin d'un regard. Une nuque peut être brisée de plusieurs façons.

— On n'a pas encore de certitude sur ce point, lui répondit Barbara, s'alignant sur la conduite préconisée par Emily. Mais nous sommes en mesure de dire, sans trop de risque de nous tromper, que nous nous trouvons devant un meurtre. Avec préméditation.

Muhannad se laissa tomber sur sa chaise.

— Briser la nuque de quelqu'un, c'est un acte d'une violence inouïe, dit-il. Les conséquences d'une bagarre. Il faut être poussé par la colère, la fureur, la haine même, pour faire ça. C'est un acte qu'on ne peut pas préméditer.

— En des circonstances habituelles, je serais plutôt d'accord avec vous, dit Barbara.

— Mais...

— Mais en l'occurrence, tout indique que quelqu'un savait que Querashi se rendrait au Nez à cette heure-là, et que ce quelqu'un y est allé avant lui et lui a tendu un piège qui a entraîné sa mort. C'est ça que j'appelle « meurtre avec préméditation », Mr Malik. Que ça vous plaise ou non, ce n'est ni un crime gratuit ni un crime raciste.

— Qu'est-ce que vous connaissez du racisme ? fit Muhannad. Hein ? Qu'est-ce que vous pouvez nous apprendre là-dessus ? Est-ce que vous avez déjà lu dans le regard d'un Occidental le désir que vous changiez de trottoir quand il vous voit approcher ? Ou celui de vous faire baisser les yeux quand vous posez sur le comptoir l'argent du journal que vous lui achetez? Est-ce que vous êtes déjà entrée dans un restaurant où toutes les têtes se retournent sur vous parce que vous êtes le seul « basané » de la salle?

— Cousin, intervint Azhar. Cette digression ne nous mènera nulle part...

— Bien au contraire! se récria Muhannad. Comment une Blanche peut-elle prétendre enquêter sur le meurtre d'un homme dont elle ne peut pas comprendre de quoi a été fait le quotidien? Ces gens-là ont des œillères, Azhar. On n'obtiendra justice que si on les leur enlève!

— C'est ça le but de la Jum'a? demanda Barbara.

— La question n'est pas là. La question est : qui a tué Haytham?

— Il faisait partie de votre association?

— Vous ne serez satisfaite que lorsque vous aurez inculpé un des nôtres, dit Muhannad. C'est ça que vous voulez!

— Contentez-vous de répondre à ma question.

— Non! Il n'était pas membre de la Jum'a. Si vous me soupçonnez de l'avoir tué pour ça, alors arrêtez-moi!...

Devant ce visage tendu, plein de colère et de mépris, Barbara repensa au petit garçon qu'elle avait vu dans la rue, à son pantalon taché d'urine. Était-ce ce genre de mésaventures à répétition dans l'enfance et l'adolescence qui menait à cette animosité bouillonnant dans les veines de Muhannad Malik? Il avait raison sur bien des points, songea-t-elle. Mais tort sur tant d'autres.

— Mr Malik, finit-elle par dire en posant sa cigarette sur le bord du cendrier. J'aimerais éclaircir un point avant que nous continuions. Ce n'est pas parce qu'on est blanc qu'on passe sa vie avec une cuillère d'argent dans la bouche.

Et, sans attendre de réponse, elle fit le point sur l'enquête : une clé de coffre de banque avait été trouvée parmi les affaires de Querashi et on faisait des recherches dans toutes les banques de Balford et des environs ; tous ceux qui avaient connu Querashi de près ou de loin étaient interrogés, leur emploi du temps du vendredi soir vérifié ; on triait divers papiers et documents découverts dans la chambre de Querashi ; et on recherchait le dénommé Fahd Kumhar.

— Vous connaissez donc son prénom, remarqua Azhar. Puis-je vous demander comment vous l'avez appris ?

— Un coup de chance, dit Barbara.

— D'avoir découvert son prénom ou que ce ne soit pas un Anglais ? demanda Muhannad.

Oh, putain, fais pas chier, faillit dire Barbara.

— Doucement, Mr Malik, lui dit-elle. Nous ne perdons pas notre temps à essayer de coincer un type juste pour le plaisir de lui chercher des poux dans la tête... Nous voulons l'interroger sur ses relations avec Mr Querashi.

— Vous le considérez comme un suspect ? demanda Azhar.

— On enquête sur tous ceux qui connaissaient Querashi. Si ce type le connaissait, il est suspect.

— Haytham fréquentait aussi des Anglais, dit Azhar. (Et il ajouta, mais sur un ton si neutre que

410

Barbara se sentit aussitôt en terrain glissant :) Y a-t-il des Anglais à qui sa mort aurait pu profiter ?

Barbara n'avait pas du tout l'intention de s'engager sur ce terrain glissant, pas même avec Azhar.

— On ne pourrait pas oublier un peu la question du rapport Anglais/Pakistanais, les gars ? Ce n'est pas le problème, pour l'heure. Le problème, c'est : trouver le coupable. Qu'il soit pakistanais ou anglais, et quelle que soit la couleur de sa peau. Un homme ou une femme qui avait ses raisons de tuer Haytham Querashi.

— Une femme ? s'étonna Azhar. Vous n'allez pas nous faire croire qu'une femme aurait pu lui briser la nuque ?

— Je dis simplement qu'une femme peut être mêlée à tout ça.

— Vous êtes en train d'essayer d'impliquer ma sœur, c'est ça ? fit Muhannad.

— Je n'ai pas dit ça.

— Mais quelles autres femmes sont concernées ? Les employées de la fabrique ?

— On n'est sûrs de rien, donc on ne se ferme aucune porte. Si Mr Querashi connaissait Fahd Kumhar — un homme qui ne travaille pas à la fabrique Malik, que je sache —, il est tout aussi possible qu'il ait connu une femme en dehors de son milieu professionnel...

— Et que faites-vous pour trouver cette femme ? demanda Azhar.

— On interroge, on suit des pistes, on cherche à faire des rapprochements, on essaie de savoir si Querashi a eu une altercation avec quelqu'un au cours des semaines précédant sa mort. C'est un travail de fourmi, mais on ne peut y couper.

Elle rassembla ses chemises en carton et posa le Coran dessus. Sa cigarette s'était consumée dans le cendrier, mais elle l'écrasa tout de même comme pour signifier que la réunion était terminée. Elle se leva et dit à Muhannad avec une politesse affecté :

— Je compte sur vous pour que vous communiquiez toutes ces informations à votre communauté. Nous tenons à ce qu'il n'y ait aucun malentendu qui risquerait d'échauffer les esprits...

Elle espérait que son message était clair : toute désinformation ne pourrait venir que d'une seule source, Muhannad. Il se leva et Barbara eut l'impression qu'il cherchait à l'impressionner par sa taille — il mesurait au moins vingt centimètres de plus qu'elle —, comme pour lui montrer que si elle voulait jouer au petit jeu de l'intimidation, elle trouverait à qui parler.

— Si vous cherchez des suspects parmi nous, sergent, lui dit-il, sachez qu'on a bien l'intention de les trouver les premiers. Homme ou femme, enfant ou adulte. Pas question que vous interrogiez des Pakistanais sans la présence d'un représentant légal — de notre communauté, bien entendu.

Barbara et lui se mesurèrent du regard. Il voulait avoir le dernier mot, et elle était à moitié décidée à lui faire ce plaisir. Elle était vannée, elle crevait de chaud et elle avait très envie de prendre une douche. D'un autre côté, elle savait qu'il était important qu'elle remporte le premier round de ce combat qui l'assommait d'avance.

— Mr Malik, dit-elle, je ne suis pas en mesure de

vous lier les mains pour le moment. Mais si vous nous mettez des bâtons dans les roues en vous mêlant de ce qui ne vous regarde pas, je vous annonce tout de suite que vous allez vous retrouver au trou pour entrave à enquête policière. (Avec un signe de tête en direction de la porte, elle ajouta :) Vous croyez que vous pourrez trouver la sortie ?

Muhannad plissa les paupières.

— Je vous retourne la question, sergent, lui dit-il.

Barbara gagna la salle de conférence au rez-de-chaussée. Emily, debout près du tableau, faisait face à son équipe que Barbara rencontrait pour la première fois : quatorze hommes et trois femmes serrés comme des sardines dans cette ancienne pièce de réception. Certains étaient appuyés contre la table, bras croisés, cravate dénouée ; d'autres assis sur des chaises en plastique. Quelques-uns se retournèrent à l'entrée de Barbara.

Emily, feutre dans une main et bouteille d'eau minérale dans l'autre, suait à grosses gouttes, comme tous les autres.

— Ah, fit-elle, avisant Barbara. Je vous présente le sergent Havers, de Scotland Yard. C'est elle qu'il faudra remercier si les Pakis se mettent au pas, ce qui nous laissera les coudées franches pour mener l'enquête...

Tous les regards convergèrent vers Barbara, qui ne décela aucune hostilité chez ses collègues. Ils auraient pu voir son « parachutage » d'un sale œil. Quatre hommes la matèrent avec un air qui en disait long sur leur expérience en matière de harcèlement sexuel. Elle se sentit un peu nouille.

— Ça vous pose un problème, les mecs ? demanda Emily.

Ils reportèrent aussitôt leur attention sur elle.

— Bien, reprit Emily. Continuons. Qui a fait les hôpitaux ?

— Moi, fit un type dégingandé près de la fenêtre. Rien d'intéressant. Décès d'une Pakistanaise à Clacton la semaine dernière, mais elle avait soixante-quinze ans et elle est morte d'un infarctus. Aucune femme n'a été admise pour une infection qui aurait pu être due à un avortement clandestin. J'ai fait le tour de tous les hôpitaux, cliniques et cabinets médicaux. Rien.

— Si c'est un pédé comme vous dites, c'est une direction qui nous mène nulle part, chef, fit un type plus âgé qui aurait eu un besoin urgent d'un bon rasage et d'une bonne douche.

— Un peu tôt pour savoir ce qui est inutile, rétorqua Emily. Tant que nous n'avons rien de solide, on vérifie tout comme si c'était parole d'évangile. Phil, quoi de neuf du côté du Nez ?

Phil se retira un cure-dents de la bouche.

— J'ai réinterrogé tous les habitants des environs. (Il consulta un petit calepin noir.) Les Sampson étaient de sortie ce soir-là et avaient laissé leurs gamins aux bons soins d'une baby-sitter, une certaine... Lucy Angus, qui a fait venir son petit ami histoire de se bécoter un peu, mais quand je l'ai un peu plus travaillée, elle s'est souvenue d'avoir entendu un bruit de moteur vendredi soir vers dix heures et demie.

Cette déclaration fut suivie de murmures appréciateurs.

— Quelle foi peut-on accorder à ce témoignage ? demanda Emily. Qu'est-ce que tu veux dire par « travaillée », Phil ?

— Oh, je ne l'ai pas bousculée, si c'est ce à quoi tu penses, dit le Phil en question avec un large sourire. Elle m'a raconté qu'elle était allée à la cuisine pour boire un verre d'eau...

— On devine ce qui lui aura donné soif... dit une voix.

— La ferme ! ordonna Emily. Continue, Phil.

— Elle a entendu un bruit de moteur. Elle se souvient de l'heure parce que le moteur faisait un bruit d'enfer et qu'elle a regardé dehors mais n'a rien vu. Il ou elle fonçait tous feux éteints.

— Un bateau ? demanda Emily.

— Vu d'où venait le bruit, elle m'a dit que ça ne pouvait être qu'un bateau.

— Creuse de ce côté-là, dit Emily. Enquête à la marina, dans tous les ports, de Harwich à Clacton, les locations de bateaux, et tu me fouilles les garages, les hangars, les boxes et les jardins de tous ceux qui ont connu Querashi de près ou de loin. Si quelqu'un est sorti en bateau ce soir-là, il y a bien quelqu'un d'autre qui l'aura entendu, ou vu, ou qui aura enregistré une location. Frank, que donne la clé trouvée dans la chambre de Querashi ?

— C'est une clé de la Barclay's de Clacton. L'heure d'ouverture des coffres était déjà passée quand je me suis pointé, alors je verrai ce qu'il contient demain matin à l'ouverture.

— Parfait, dit Emily. Donc, on enchaîne comme suit... (Elle assigna une tâche à chacun pour la journée du lendemain, en axant la priorité sur Fahd

415

Kumhar.) Je veux qu'on lui mette la main dessus avant qu'il puisse nous filer entre les doigts. Compris ?

Ensuite, elle demanda à son équipe de casser l'alibi de Muhannad. Cette annonce provoqua des murmures de surprise dans l'assistance. Emily resta de marbre. Elle demanda à un dénommé Doug Trotter d'interroger tous les voisins de Rakin Khan pour voir si l'un d'eux ne pourrait pas infirmer les déclarations de Rakin Khan.

Barbara observait Emily. Avoir sous ses ordres une équipe telle que celle-là ne lui posait apparemment aucun problème. L'assurance qu'elle dégageait expliquait clairement pourquoi, si jeune, elle occupait déjà ce poste. Barbara repensa à sa façon de procéder sur sa dernière affaire, et le contraste entre l'inspecteur-chef et elle lui donna envie de rentrer sous terre.

Après avoir répondu aux questions de ses co-équipiers et écouté leurs suggestions, Emily mit un terme à la réunion. Tandis que son équipe rompait les rangs, elle but une gorgée d'eau minérale et s'approcha de Barbara.

— Alors, lui dit-elle, comment ça s'est passé avec les Pakistanais ?

— Muhannad s'est un peu calmé mais il ne veut pas lâcher le côté « raciste ».

— C'est toujours le même refrain depuis que je le connais.

— Quand même, fit Barbara, je me demande s'il n'a pas raison.

Elle raconta à Emily l'incident dont elle avait été témoin l'après-midi même.

— Pas l'ombre d'une chance, lui rétorqua Emily. Ces gens-là n'iraient pas tendre un fil de fer pour faire tomber quelqu'un d'une falaise, Bab.

— Je ne dis pas que c'est un crime gratuit, dit Barbara, mais... est-ce qu'il ne pourrait pas être lié au racisme ? A des heurts, des différences, des malentendus culturels ?

Emily, les yeux fixés sur le tableau, semblait peser le pour et le contre.

— A qui tu penses, dans ce cas ? fit-elle enfin.

— A Theo Shaw. C'est lui qui a le bracelet en or, ça ne peut pas être un hasard. Il a une liaison avec la fille Malik, c'est évident. Et peut-être qu'il ne serait pas contre l'épouser ? D'où : dilemme culturel à cause de la coutume du mariage arrangé. Si tel est le cas, aurait-il été d'accord pour sortir gentiment de la scène juste parce qu'on le lui demandait ? Et puis il y a Armstrong. Il perd son emploi au profit de Querashi. Pas parce qu'il fait mal son boulot, mais parce que Querashi va devenir le gendre d'Akram Malik. Alors, s'il a estimé que son renvoi était injuste, est-ce qu'il n'aurait pas fait quelque chose pour y remédier ?

— Armstrong a un alibi en béton. Ses beaux-parents l'ont confirmé. Je les ai interrogés moi-même.

— Bon, d'accord, mais ils ont peut-être menti. C'est le mari de leur fille, après tout ; c'est lui qui fait rentrer l'argent du ménage. Est-ce qu'on ne peut pas envisager qu'ils aient voulu protéger le bonheur de leur fille ?

— Une confirmation est une confirmation, dit Emily.

— Mais c'est exactement la même chose pour Muhannad! protesta Barbara. Ce qui ne t'empêche pas de mettre son alibi en doute, non?

— Donc, tu veux que j'aille cuisiner les beaux-parents d'Armstrong? dit Emily avec une légère irritation dans la voix.

— Le fait qu'ils soient de la même famille affaiblit leur témoignage, s'entêta Barbara. Muhannad n'est pas parent avec ce Rakin Khan, d'accord? Alors, pourquoi supposer que ce type puisse vouloir le couvrir? Dans quel but?

— Ils se serrent les coudes. Ça fait partie de leur façon d'être.

Barbara fut frappée par la contradiction d'un tel discours:

— S'ils se serrent les coudes, comme tu dis, alors pourquoi iraient-ils s'entre-tuer?

Emily termina sa bouteille d'eau et la jeta dans la corbeille à papier.

— Emy? fit Barbara, voyant qu'elle ne répondait pas. Tu vois bien que ce n'est pas logique. Soit ils font bloc — ce qui implique qu'il y a peu de chances que ce soit un Pakistanais qui ait zigouillé Querashi —, soit ils se tirent dans les pattes — et dans ce cas-là, Khan n'aurait aucune raison de couvrir Muhannad. C'est l'un ou l'autre, mais pas les deux. Moi, il me semble que...

— Je marche à l'instinct, l'interrompit Emily. Je sens, là, qu'il y a anguille sous roche, et je veux découvrir ce que c'est. Si la piste mène tout droit à la communauté pakistanaise, je n'y peux rien! D'accord?

Ce n'était pas vraiment une question; plutôt une

manière de rappeler que c'était elle la responsable de l'enquête. N'empêche, cette idée de « marcher à l'instinct » dérangeait Barbara. Elle avait déjà vu des cas où l'« instinct » servait de prête-nom à tout autre chose.

— Sans doute, dit-elle, mal à l'aise. C'est toi qui commandes, après tout.

Emily la regarda.

— Là, tu as raison, lui dit-elle.

13

Rachel Winfield s'arrêta entre le Grand Hôtel de la Jetée, aux portes et fenêtres renforcées pour les protéger des assauts de la mer, et les manèges qui flanquaient l'accès de ladite jetée. C'était l'heure de dîner, aussi les activités étaient-elles en sommeil. Les manèges tournaient encore et les échos bruyants de la Rotonde dominaient toujours les cris des mouettes, mais les amateurs de distractions se faisaient plus rares à cette heure, comme l'indiquaient les tintements et coups de klaxon intermittents des jeux vidéo, des flippers et des machines à sous.

C'était donc le moment idéal pour parler à Theo Shaw.

Il était là : sa BMW était garée à l'endroit habituel, contre la Homardière, un minuscule stand à rayures jaunes et vertes qui se trouvait derrière l'hôtel, où ne s'était jamais vendu le moindre homard et où il ne s'en vendrait probablement jamais. Rachel regarda l'enseigne du stand qui proclamait « Hamburgers, Hot-Dogs, Pop-Corn, Beignets », et observa un couple qui s'achetait un sachet de pop-corn. Elle songea aux conséquences de ce qu'elle s'apprêtait à faire.

Il fallait qu'elle lui parle. Theo avait peut-être commis des erreurs — et ne pas avoir volé au secours de Sahlah après la mort d'Haytham en était une —, mais c'était un homme de cœur. Rachel était certaine qu'il ferait en sorte que tout finisse bien. Après tout, c'est toujours comme ça que ça se termine quand on s'aime.

Évidemment, Sahlah n'avait pas été maligne de ne pas le mettre au courant de sa grossesse. Et surtout d'accepter d'épouser un homme en se sachant enceinte d'un autre. Theo était aussi fort en calcul que n'importe qui, et si Sahlah avait épousé Haytham et donné naissance à un enfant moins de huit mois après son mariage... Eh bien, Theo aurait compris que l'enfant était de lui et que se serait-il passé alors ?

Évidemment, la vraie question était de savoir ce qu'il avait fait trois jours plus tôt, vendredi soir, au Nez — question que Rachel ne souhaitait nullement creuser et que la police, espérait-elle, ne poserait pas.

Tout ça par amour, décréta-t-elle. Pas par racisme. Pas pour tuer. Si Theo avait fait du mal à Haytham — ce qu'elle ne pouvait se résoudre à croire —, alors c'est que celui-ci avait dû le provoquer, lui balancer des accusations à la figure, des commentaires déplaisants. Et alors, en un horrible instant, dans la colère, un coup de poing avait pu être porté — coup de poing à l'origine de la situation terrible dans laquelle se trouvait Sahlah.

Rachel ne pouvait se faire à l'idée que Sahlah puisse avorter. Elle était sûre que c'était l'angoisse qui poussait son amie dans cette voie. Haytham mort, Sahlah devait s'imaginer ne plus avoir d'autre solution. Rachel savait très bien qu'elle le regretterait toute sa vie. Les filles comme Sahlah — sensibles, artistes, vivant dans un cocon et ayant un cœur d'or — ne se remettaient pas d'un avortement aussi facilement qu'elles le croyaient. Surtout quand elles étaient follement amoureuses du père de l'enfant. Donc, Sahlah avait tort de croire qu'elle n'avait pas d'autre choix. Et Rachel était bien décidée à le lui prouver.

Quel mal pourrait-il y avoir à ce que Sahlah épouse Theo Shaw ? Bien sûr, ses parents le prendraient mal, au début ; peut-être ne lui parleraient-ils plus pendant quelques mois. Mais à la naissance de l'enfant de leur fille chérie — leur petit-fils ou leur petite-fille —, tout serait oublié et la famille serait de nouveau réunie. Mais pour ça, Rachel devait prévenir Theo que la police risquait de lui mettre le meurtre d'Haytham sur le dos. Il fallait absolument qu'il se débarrasse de ce fichu bracelet avant que les flics fassent le lien avec lui.

Le chemin était tout tracé. Elle devait prévenir Theo — et le pousser, en y mettant les formes, à assumer ses responsabilités sans attendre. Oh, elle n'aurait pas à le pousser beaucoup, bien sûr. S'il ne s'était pas manifesté ces derniers jours, c'était sans doute à cause de ce qui était arrivé à Haytham ; mais savoir que Sahlah envisageait de se faire avorter le déciderait à précipiter les choses.

Pourtant, Rachel hésitait. Et si Theo laissait tomber Sahlah ? S'il ne faisait pas son devoir ? Les hommes prennent souvent le large au moment d'assumer leurs responsabilités, et qui pouvait dire si Theo Shaw n'était pas de cette trempe-là ? Apparemment, Sahlah pensait qu'il l'avait abandonnée, sinon elle lui aurait parlé du bébé, non ?

Bon, pensa résolument Rachel, si Theo Shaw n'assume pas ses responsabilités, elle en tout cas prendrait les siennes. Le dernier appartement des Bonbonnières de la Falaise était toujours à vendre et, sur son compte d'épargne, elle avait toujours l'argent prévu pour payer le premier versement. Alors, si Theo se comportait en lâche, si les parents de Sahlah la rejetaient à cause de sa grossesse, eh bien elle-même serait en mesure de fournir un toit à son amie. Et, ensemble, elles élèveraient l'enfant de Theo Shaw.

Mais tout ça n'arrivera pas ! se dit-elle. Quand Theo saura ce qui se passe, il agira en conséquence !

Rachel se détourna de la Homardière et s'engagea sur la jetée. Elle n'eut pas à aller bien loin. A l'entrée de la Rotonde, elle vit Theo qui bavardait avec Rosalie, la diseuse de bonne aventure.

Rachel y vit un bon signe. Même si, apparemment, il ne s'agissait pas d'une consultation — à moins que Rosalie ne soit en train de lui lire l'avenir dans la part de pizza qu'elle tenait en équilibre sur ses genoux —, il y avait toujours une chance qu'entre deux bouchées de pepperoni elle le fasse profiter de sa longue expérience des problèmes de la gent humaine.

Rachel attendit qu'ils aient terminé leur conver-

423

sation. Quand elle vit que Theo se levait, touchait l'épaule de Rosalie en guise d'au revoir et venait dans sa direction, elle retint son souffle, ramena ses cheveux en avant du mieux qu'elle le put et alla à sa rencontre. Elle vit avec inquiétude qu'il portait le bracelet en or. Eh bien, se dit-elle, il ne va plus le porter très longtemps.

— Il faut que je te parle, lui dit-elle sans préambule. C'est très important, Theo.

Theo jeta un coup d'œil à l'horloge murale en bille de clown au-dessus de l'entrée de la Rotonde. Rachel, craignant qu'il ne lui dise qu'il avait une obligation, s'empressa d'ajouter :

— C'est au sujet de Sahlah.

— Sahlah ?

— Je suis au courant pour vous deux. Sahlah et moi, on n'a aucun secret l'une pour l'autre. On est amies intimes. On se connaît depuis qu'on est toutes petites.

— C'est elle qui t'a demandé de venir ?

Rachel fut ravie de constater qu'il semblait impatient d'entendre ce qu'elle avait à lui dire. Autre bon signe, se dit-elle. Apparemment, il n'était pas indifférent à Sahlah. Donc, songea Rachel, ma tâche n'en sera que plus facile.

— Pas vraiment, lui dit-elle.

Elle regarda autour d'elle. Ce ne serait pas une bonne chose qu'on les voie ensemble, surtout si la police traînait dans le coin. Elle avait déjà assez d'ennuis comme ça entre ses mensonges à la femme détective et sa fuite hors de la boutique. Il ne manquerait plus qu'on la surprenne en tête à tête avec Theo Shaw pendant qu'il avait encore ce bracelet au poignet !...

— On peut aller ailleurs ? dit-elle. Dans un endroit plus discret. C'est très important.

Theo la regarda, intrigué, mais il fit un signe de tête en direction de sa BMW garée derrière la Homardière. Rachel le suivit jusqu'à sa voiture en jetant des regards inquiets en direction de la Promenade, s'attendant à moitié — avec sa déveine habituelle — à rencontrer quelqu'un de sa connaissance avant qu'ils soient hors de danger. Mais non. Theo désarma l'alarme de la voiture, s'installa au volant et lui ouvrit la portière passager. Rachel jeta des coups d'œil alentour et monta. Elle grimaça au contact du cuir chaud contre sa peau.

Theo commanda l'ouverture électrique des vitres et se tourna vers elle.

— Alors ? dit-il.

— Il faut que tu te débarrasses de ce bracelet au plus vite, bafouilla Rachel. La police sait que Sahlah l'a acheté pour t'en faire cadeau.

Sans quitter Rachel des yeux, il le recouvrit instinctivement de sa main droite.

— Tu peux me dire de quoi tu te mêles ?

C'était la seule question qu'elle n'aurait pas voulu entendre. Elle aurait préféré qu'il lui dise : « Putain de merde, mais tu as raison ! », qu'il retire le bracelet sans poser d'autres questions et aille le jeter dans la poubelle qui se trouvait à dix mètres d'eux, entourée d'une nuée de mouches.

— Rachel ? fit-il, voyant qu'elle ne répondait pas. Pourquoi te mêles-tu de ça ? C'est Sahlah qui t'envoie ?

— Tu me l'as déjà demandé, répondit Rachel d'une petite voix. Tu penses à elle tout le temps, hein ?

— Mais qu'est-ce qui se passe ? La police est déjà venue me voir, de toute façon. Une petite rondelette coiffée à la garçonne. Elle m'a demandé de retirer le bracelet pour qu'elle puisse le voir de plus près...

— Tu n'as pas accepté, Theo !

— Qu'est-ce que je pouvais faire d'autre ? Je n'ai pas trop compris sur le coup, mais elle m'a expliqué qu'elle était à la recherche d'un bracelet identique que Sahlah avait jeté à la mer.

— Oh, non ! murmura Rachel.

— Mais d'après moi, fit Theo, elle ne se doute pas qu'il n'y a qu'un seul et même bracelet. Le fait que j'en possède un ne prouve rien.

— Mais si, gémit Rachel, elle sait quelle inscription figure à l'intérieur, alors... (Se raccrochant à un mince espoir, elle ajouta :) A moins qu'elle n'ait pas retourné le tien ?

A la mine de Theo, elle comprit que la détective de Scotland Yard avait bel et bien lu la formule compromettante. Elle avait dû faire le rapprochement avec les informations qu'elle tenait de Rachel et de Sahlah.

— Il aurait fallu que je vous téléphone, à Sahlah et à toi, gémit Rachel. Seulement je ne pouvais pas, ma mère était là et elle voulait savoir ce qui se passait et j'ai dû me sauver de la boutique juste après le départ de la femme flic...

Theo, le regard perdu en direction de la plage, lui

semblait nettement moins paniqué qu'elle ; plutôt déconcerté.

— Je ne comprends pas comment ils ont pu faire le lien avec moi aussi vite, dit-il. Sahlah n'aurait pas dû... (Il reporta son regard sur Rachel et dit, d'une voix pleine d'espoir, comme s'il en était arrivé à une conclusion qu'il espérait depuis longtemps :) Est-ce que Sahlah leur a dit qu'elle me l'avait donné ? Mais non, elle leur a raconté qu'elle l'avait jeté à la mer. Alors, comment... (Il n'y avait qu'une explication, bien sûr, et Theo le comprit très vite, car il dit :) Cette détective t'a interrogée ? Mais comment elle est arrivée jusqu'à toi ?

— Parce que...

Comment lui faire comprendre ce qu'elle avait fait quand elle-même ne le comprenait pas trop ? Oh, bien sûr, Sahlah avait sa propre interprétation du fait que Rachel avait donné le reçu du bijou à Haytham. Mais Sahlah se trompait. Rachel n'avait pas cherché à faire le mal, mais le bien : Haytham aurait posé des questions à sa fiancée, comme tout futur époux l'aurait fait, et la vérité sur l'amour qui unissait Sahlah et Theo aurait jailli au grand jour ; du coup, Sahlah n'aurait pas été obligée de se marier avec un homme qu'elle n'aimait pas, et aurait été libre d'épouser qui elle voulait quand elle voulait. Ou même, si elle préférait, de ne pas se marier du tout.

— Haytham avait le reçu, dit Rachel. La police l'a trouvé dans ses affaires. Alors, la détective est venue à la boutique.

Theo avait l'air de plus en plus perplexe.

— Mais pourquoi Sahlah est-elle allée donner

ce reçu à Haytham ? fit-il. Ça n'a aucun sens. A moins qu'elle n'ait plus voulu l'épouser, puisque personne d'autre...

Alors, il comprit. Il regarda Rachel plus attentivement. Elle sentit des gouttes de sueur perler à ses tempes, couler le long de ses joues.

— Qu'est-ce que ça peut faire, comment il l'a eu ? dit-elle vivement. Sahlah l'a peut-être perdu dans la rue. Ou elle l'aura laissé traîner chez elle et Yumn est tombée dessus. Yumn déteste Sahlah. Autant que tu le saches. Si elle a trouvé le reçu, tu peux être sûr qu'elle l'aura donné à Haytham illico ! Pour foutre la merde, elle se pose un peu là ! C'est une vraie sorcière...

Et plus Rachel y pensait, plus elle se convainquait que ce scénario était plausible. Yumn voulait garder Sahlah comme esclave attitrée. Elle serait prête à tout pour empêcher que sa jeune belle-sœur ne quitte la maison paternelle et ne soit arrachée de ses griffes. Si elle avait trouvé le reçu, elle l'aurait forcément donné à Haytham. Il n'y avait pas le moindre doute.

— Theo, ce qui compte, c'est ce qui va se passer maintenant...

— Donc, Haytham savait que Sahlah et moi...

Il détourna les yeux, l'air songeur, et ne dit plus rien. Mais Rachel n'avait pas besoin d'explication supplémentaire. Si Haytham était au courant pour Sahlah et Theo, alors ce n'était pas pour obtenir des renseignements qu'il avait donné rendez-vous à Theo sur le Nez, le soir fatal. Il savait déjà. La raison du rendez-vous devait être tout autre...

— Oublie Haytham, dit Rachel, désireuse de

l'emmener là où elle voulait qu'il aille. On ne peut pas défaire ce qui a été fait. Ce qui est important maintenant, c'est Sahlah. Écoute-moi, Theo. Sahlah est mal barrée. Je me doute que tu penses qu'elle n'a pas bien agi envers toi en acceptant d'épouser Haytham, mais peut-être que si elle a dit oui si vite, c'est qu'elle pensait que toi non plus, tu n'avais pas bien agi envers elle. Ce sont des choses qui arrivent quand on s'aime. L'un dit quelque chose qui est mal interprété par l'autre, et vice versa, et finalement on ne sait plus qui a dit quoi, ni qui pense quoi, ni qui aime qui. On se chamaille. On prend des décisions qu'on n'aurait pas prises autrement. Tu vois ce que je veux dire ?

— Qu'arrive-t-il à Sahlah ? demanda-t-il. Je lui ai téléphoné hier soir, mais elle n'a pas voulu m'écouter. J'ai essayé de lui expliquer que...

— Elle veut se faire avorter, Theo ! s'écria Rachel. Et elle m'a demandé de l'aider à trouver un endroit où on pourrait lui faire ça, et aussi de lui trouver une excuse pour s'éloigner de sa famille le temps nécessaire...

A sa tête, Rachel vit qu'il avait complètement oublié l'histoire du bracelet en or et de son fichu reçu. Il l'agrippa par le poignet.

— Quoi ? fit-il d'une voix rauque.

Merci, mon Dieu, songea Rachel en se persuadant qu'elle était sincère. Theo aimait Sahlah.

— Elle pense que ses parents la renieront s'ils apprennent qu'elle est enceinte, Theo. Et que toi, tu ne voudras pas l'épouser. Et comme il n'y a aucune chance que son père lui dégotte un autre mari très vite, et qu'elle ne pourra pas cacher la vérité encore très longtemps, elle m'a demandé de lui trouver un médecin ou une clinique. Ce serait facile, mais je ne veux pas parce que si elle fait ça... Theo, tu imagines les conséquences que ça aura sur Sahlah? Elle t'aime. Alors, comment pourrait-elle supporter d'avoir tué votre bébé?

Il lui lâcha le poignet et regarda devant lui la paroi rocheuse au-dessus de laquelle se dressait la ville où Sahlah attendait que Theo Shaw décide de son destin.

— Il faut que tu ailles la voir, insista Rachel. Que tu lui parles. Que tu lui fasses comprendre que ce n'est pas la fin du monde si elle part avec toi et si vous vous mariez. C'est sûr que ses parents ne vont pas apprécier sur le coup, mais on n'est plus au Moyen Age. De nos jours, les gens se marient par amour, pas par devoir ni par intérêt. Enfin, bon, ça peut arriver, mais les couples qui durent, ce sont ceux qui se sont unis par amour.

Il fit oui de la tête mais elle n'était pas trop sûre qu'il l'ait entendue. Il avait pris le volant entre ses mains et le serrait si fort qu'on aurait dit que ses jointures allaient percer sa peau parsemée de taches de son. Un muscle tressautait dans sa joue.

— Tu es le seul à pouvoir faire quelque chose, Theo.

Il ne lui répondit pas. Tout à coup, il plaqua une main sur son ventre et, avant que Rachel ait eu le temps de faire le moindre geste, il se précipita hors de la voiture, courut jusqu'à la poubelle et vomit, secoué de hoquets, pendant un temps interminable. Puis il s'essuya la bouche du revers du poignet et le soleil fit luire son bracelet en or. Il ne retourna pas

430

à la voiture, mais resta immobile à côté de la poubelle, tête baissée, aussi essoufflé qu'un marathonien.

Un malaise compréhensible, se dit Rachel. C'était même une réaction toute à son honneur devant l'horrible nouvelle qu'elle lui avait annoncée. Theo, autant qu'elle, voulait que Sahlah garde son enfant. Le soulagement envahit Rachel, apaisant presque la soif qui la tenaillait depuis qu'elle était partie du magasin. C'est vrai, elle avait eu tort de donner le reçu à Haytham, mais tout finirait par s'arranger : Theo et Sahlah seraient à nouveau réunis.

Elle se mit à fantasmer sur sa prochaine rencontre avec Sahlah, à penser aux mots qu'elle choisirait pour lui raconter ce qui venait de se passer avec Theo. C'est au moment où elle se complaisait à imaginer l'expression radieuse de son amie quand elle lui annoncerait que Theo allait venir que celui-ci se retourna et qu'elle put enfin voir son visage. Alors, son sang se glaça dans ses veines. Elle avait devant elle un homme à la mine défaite, un malheureux, un pauvre type piégé. Tandis qu'il revenait à pas lents vers la voiture, Rachel comprit qu'il n'avait jamais eu l'intention d'épouser Sahlah. Il était exactement comme tous les hommes que Connie avait ramenés à la maison au fil des années : des mecs qui passaient la nuit dans son lit, prenaient le petit déjeuner à sa table et filaient en bagnole tout de suite après, fuyant le lieu de leurs ébats comme des hooligans celui de leurs dégâts.

— Oh, non ! soupira Rachel.

Theo Shaw était comme les autres : il s'était

servi de son amie comme d'un objet sexuel, l'avait
séduite par des marques de gentillesse et d'admiration qu'elle n'aurait pu espérer obtenir d'un Pakistanais, patientant jusqu'à ce qu'elle soit mûre pour
lui céder. Et encore n'avait-il tenté quoi que ce soit
qu'au moment où il avait été sûr qu'elle était amoureuse de lui ; que non seulement elle était prête à se
donner à lui, mais qu'en plus elle en avait envie.
De la sorte, elle n'aurait à s'en prendre qu'à elle-
même si jamais le plaisir que Theo Shaw avait pris
avec elle avait des conséquences fâcheuses.

Et Sahlah savait tout ça depuis le début.

Rachel sentit la colère gonfler en elle comme un
torrent. Ce qui arrivait à Sahlah était terriblement
injuste. Sahlah était la bonté même. Elle méritait de
rencontrer un homme bien. Et manifestement, cet
homme n'était pas Theo Shaw.

Il reprit sa place au volant. Rachel ouvrit sa portière.

— Bien, dit-elle sans chercher à dissimuler son
mépris, tu as un message pour Sahlah ?

Elle savait ce qu'il allait lui répondre, mais elle
avait envie de le lui entendre dire, juste pour être
sûre qu'il était aussi vil qu'elle le pensait dorénavant. Et il le lui dit.

— Non.

Barbara recula et admira son œuvre dans le
miroir de ses toilettes « avec vue ». Elle avait fait
un crochet par chez Boots en revenant à la Maison-
Brûlée. Une vingtaine de minutes au rayon cosmétiques du magasin lui avaient suffi pour acheter un
plein sac de produits de beauté — épaulée par une

432

jeune vendeuse qui irradiait du bonheur de peinturlurer ses semblables.

« Oh, avec joie ! s'était-elle exclamée quand Barbara lui avait demandé de la conseiller sur les marques et les nuances de couleurs. Vous êtes printemps, vous », avait-elle ajouté, énigmatique, en commençant à farfouiller dans un présentoir de mystérieux flacons, boîtes, tubes et brosses.

Puis elle avait proposé à Barbara de la « faire sur place », préjugeant sans doute de ses talents de maquilleuse. Lorgnant les paupières or et les joues fuchsia de la vendeuse, Barbara avait décliné l'offre. Elle voulait se faire la main, avait-elle prétexté. Alors, autant plonger tout de suite dans les eaux du golfe Fardique.

Bon, songea-t-elle en examinant son reflet, ben, c'est pas demain la veille que je ferai la couverture de *Vogue*. Et je ne risque pas d'être élue miss Rafistolage de nez cassé et de tête au carré. Mais bon, ça devrait aller. Surtout dans cet hôtel à l'éclairage faiblard et aux clients à la vue basse.

Elle rangea ses petites affaires dans l'armoire à pharmacie, accrocha son sac à son épaule et sortit.

Elle avait faim, mais le dîner allait devoir attendre. Par les fenêtres du bar de l'hôtel, elle aperçut Taymullah et sa fille sur la pelouse, et elle avait envie de lui parler avant leur départ. Elle descendit les marches et traversa le palier. Occupé à servir les autres clients, Basil Treves ne risquait pas de l'arrêter au passage. Il lui avait fait un signe de tête entendu quand il l'avait vue arriver à l'hôtel un peu plus tôt, en articulant muettement « Faut que je vous parle » et en frétillant des sourcils d'une façon qui laissait à penser qu'il avait quelque chose de capital à lui dire. Mais comme il était en train de porter des plats à la salle à manger, il articula « Plus tard » et haussa les épaules pour indiquer qu'il attendait une réponse. Barbara brandit ses deux pouces en un geste d'assentiment énergique, histoire de lubrifier les rouages de son fragile ego. Ce type était déplaisant, pas de doute. Mais il lui était utile. Après tout, c'est grâce à lui qu'ils étaient remontés jusqu'à Fahd Kumhar. Dieu seul savait quels autres filons il allait leur permettre de trouver si on le poussait un peu. Mais pour le moment, elle voulait surtout parler avec Azhar, aussi fut-elle ravie que Treves ait les mains pleines.

Elle traversa la salle du bar et franchit une porte-fenêtre grande ouverte sur le soir tombant. Là, elle s'immobilisa. Taymullah et sa fille étaient assis sur la terrasse dallée. Hadiyyah était penchée sur un jeu d'échecs posé sur une table en fer forgé piquetée de rouille ; et Taymullah, carré dans sa chaise, une cigarette entre les doigts, regardait sa fille, sourire aux lèvres. Ne se sachant pas observé, il s'autorisait à exprimer une tendresse que Barbara ne lui avait jamais vue.

— Combien de temps tu veux, *khushi* ? demanda-t-il. J'ai bien l'impression que tu es coincée. Tu ne fais que prolonger l'agonie de ton roi...

— Je ré-flé-chis, P'pa.

Hadiyyah se mit à genoux sur sa chaise et s'accouda à la table. Elle examina l'échiquier de plus près. Ses doigts s'avancèrent jusqu'à un cavalier, puis vers la seule tour qui lui restait. Sa reine avait déjà été prise et elle tentait de passer à l'assaut de forces bien supérieures aux siennes. Elle avança sa tour.

— Ah, fit son père.

Hadiyyah fit machine arrière.

— Je change, s'empressa-t-elle de dire. Je change ! Je change !

— Hadiyyah, dit son père, la rappelant à l'ordre avec affection. Quand tu prends une décision, il faut t'y tenir.

— Comme dans la vie, dit Barbara en s'avançant vers eux.

— Barbara ! s'écria Hadiyyah en se redressant sur sa chaise. Te voilà ! Je t'ai cherchée partout au moment de dîner. J'ai été obligée de manger avec Mrs Porter pa'ce que P'pa était pas là, et j'ai tellement regretté de pas être avec toi ! Han ! Mais qu'est-ce qui t'est arrivé à la figure ? (Son regard s'éclaira quand elle comprit.) Haaaa, tu t'es peint tes bleus. Tu es jolie comme ça. Hein, Papa ?

Azhar, qui s'était levé, fit un petit signe de tête poli. Et quand Hadiyyah scanda : « Assieds-toi avec nous ! Assieds-toi avec nous ! », il alla chercher une chaise et la présenta à Barbara. Il lui tendit son paquet de cigarettes. Elle en prit une. Il lui donna du feu sans un mot.

— Maman aussi, elle se maquille, confia Hadiyyah à Barbara tandis que celle-ci s'asseyait. Elle m'apprendra comment faire quand je serai grande. Elle se fait des yeux jolis-jolis, tu peux pas savoir. Bon, tu me diras, Maman a des grands yeux au départ, elle. Hein, c'est vrai, Papa, qu'elle a de beaux yeux ?

— C'est vrai, dit Azhar, regardant sa fille.

Barbara se demanda ce qu'il voyait en elle : sa mère ? lui-même ? l'incarnation de leur amour ?

Elle reporta son attention sur l'échiquier.

— C'est la débâcle, dit-elle, voyant les rares pièces qu'Hadiyyah essayait de sauver. J'ai bien l'impression que le moment est venu d'agiter le drapeau blanc, ma petite.

— Peuh ! fit Hadiyyah gaiement. On n'avait pas envie de finir maintenant, de toute façon. On préfère parler avec toi. (Elle se rassit normalement et battit des jambes, ses espadrilles cognant contre les pieds de la chaise.) J'ai fait un puzzle aujourd'hui. Avec Mrs Porter. Blanche-Neige qui dort et le Prince Charmant qui l'embrasse, avec les nains qui pleurent tout autour parce qu'ils croient qu'elle est morte. Ils sont pas très malins pa'ce que s'ils l'avaient regardée de près, ils auraient vu qu'elle avait les joues roses, et donc qu'elle pouvait pas être morte. Mais bon, ils ont pas regardé. Et puis, ils savaient pas qu'il suffisait d'un baiser pour la réveiller. Mais bon, heureusement, le Prince l'a retrouvée et ils ont vécu heureux et ils ont eu beaucoup d'enfants.

— Une fin à laquelle nous aspirons tous, dit Barbara.

— Et puis on a fait de la peinture aussi. Mrs Porter, elle faisait des aquarelles avant, elle m'a dit, et maintenant elle m'apprend à en faire, moi aussi. J'en ai fait une de la mer, une de la jetée, une...

— Hadiyyah, dit son père d'une voix calme.

La fillette baissa la tête et se tut.

— J'adore les aquarelles, tu sais, lui dit Barbara. Tu veux bien me les montrer? Tu les as mises où?

Le visage d'Hadiyyah s'illumina.

— Dans notre chambre! Tu veux que j'aille les chercher, Barbara?

Barbara fit oui de la tête et Taymullah tendit la clé de la chambre à sa fille. Hadiyyah sauta de sa chaise et courut dans l'hôtel, tresses au vent. Quelques instants plus tard, ses pas résonnaient dans l'escalier.

— Vous avez dîné à l'extérieur ce soir? demanda Barbara à Taymullah.

— Nous avions des choses à faire après notre petite conférence, répondit-il.

Il fit tomber la cendre de sa cigarette et but une gorgée de la boisson gazeuse qu'il avait devant lui. De l'eau minérale, sans doute, songea Barbara. Elle voyait mal Taymullah Azhar s'enfiler un gin tonic, même par cette chaleur. Il reposa son verre dans le rond humide qu'il avait laissé sur la table, puis il la regarda avec une telle intensité qu'elle se demanda si son rimmel avait coulé.

— Vous vous en êtes très bien tirée, lui dit-il finalement. On a obtenu des choses, mais je suppose que vous ne nous avez pas dit tout ce que vous saviez.

Voilà pourquoi il n'est pas rentré directement à l'hôtel pour dîner avec sa fille, songea Barbara. Son cousin et lui ont dû discuter de leur prochaine action. Elle se demanda ce que ce serait : une rencontre avec la communauté pakistanaise, une autre manif, une demande auprès de leur député pour qu'il intervienne, un événement destiné à relancer l'intérêt des médias pour le meurtre et pour l'enquête ? Elle l'ignorait, mais elle était prête à parier que Muhannad Malik avait préparé quelque chose de soigné pour les jours suivants.

— J'ai besoin de vos lumières sur la religion musulmane, dit-elle.

— Donnant donnant.

— Azhar, on ne peut pas continuer sur cette base. Je ne peux vous dire que ce que l'inspecteur Barlow m'autorise à vous dire.

— Ça vous arrange.

— Non. C'est à cette condition que je peux bosser sur cette affaire. (Barbara tira une taffe et réfléchit à la meilleure façon de se mettre Azhar dans la poche.) Et telles que je vois les choses, tout le monde a intérêt à ce que je reste. Je n'habite pas ici. Je ne suis pas partie prenante, et je n'ai aucun intérêt personnel à ce qu'untel plutôt qu'untel soit coupable. Si vous autres vous pensez que certains préjugés nuisent à l'enquête, alors, je vais vous dire, je suis votre meilleur atout.

— Parce que c'est le cas ?

— Putain, mais j'en sais rien, moi ! Ça ne fait que vingt-quatre heures que je suis là, Azhar ! Je crois être plutôt douée, mais pas à ce point-là. Bon, on peut continuer ?

Il la dévisagea comme s'il essayait de déceler la part de vérité dans ses paroles.

— Vous savez au moins comment il a eu la nuque brisée ? demanda-t-il.

— Oui, bien sûr. Sinon, comment aurait-on pu déterminer que c'était un meurtre ?

— Donc, ça l'est ?

— On vous l'a dit. (Elle fit tomber sa cendre par terre et tira une bouffée sur sa cigarette.) Quelle est la position de l'islam vis-à-vis de l'homosexualité, Azhar ?

Elle vit qu'elle l'avait pris de court. Quand elle lui avait dit qu'elle voulait qu'il lui parle de l'islamisme, nul doute qu'il s'attendait à ce qu'elle lui pose d'autres questions sur des coutumes telles que les mariages arrangés. Mais voilà qu'elle s'engageait dans une tout autre voie, et il était suffisamment intelligent pour comprendre que ça avait un rapport avec l'enquête.

— Haytham Querashi ? demanda-t-il.

— On n'en est pas sûrs, dit-elle en haussant les épaules. On a un témoignage qui semblerait l'indiquer. C'est tout. Et le témoin en question a une bonne raison de nous envoyer sur une fausse piste, alors faut voir. Mais j'aimerais savoir comment les musulmans considèrent l'homosexualité, et je préférerais éviter de faxer à Londres à ce sujet.

— Un de vos suspects a raconté ça ? dit Azhar, l'air songeur. Il est anglais, ce suspect ?

Barbara soupira, soufflant un nuage de fumée.

— Azhar, on ne pourrait pas mettre un bémol à cette rengaine ? Quelle différence, qu'il soit anglais ou pakistanais ? Vous voulez que ce meurtre soit élucidé uniquement si le coupable est anglais, c'est ça ? Il est anglais, et il nous a été indiqué par un Anglais. Pour tout vous dire, nous avons trois pistes et ce sont trois Anglais ! Bon, alors maintenant, est-ce qu'on pourrait passer à autre chose et est-ce que vous voulez bien répondre à mes questions ?

Azhar sourit et écrasa son mégot.

— Si vous aviez montré le dixième de cette fougue lors de la réunion de cet après-midi, Barbara, la plupart des inquiétudes de mon cousin auraient été apaisées. Pourquoi ne l'avez-vous pas fait ?

— Parce que, franchement, je me fous des inquiétudes de votre cousin comme de mes premières chaussettes. Et même si je lui avais dit que nous avions trois suspects anglais, il ne m'aurait crue que si je lui avais donné leurs noms. Je n'ai pas raison ?

— Admettons, dit Azhar, buvant une autre gorgée de son eau gazeuse.

— Alors ? L'homosexualité ?

Azhar prit son temps avant de répondre. Barbara entendit Basil Treves s'esclaffer à une plaisanterie quelconque. Azhar grimaça à ce rire forcé.

— L'homosexualité est rigoureusement interdite, dit-il.

— Alors que se passe-t-il quand un type est homo ?

— Il le cache.

— Parce que ?

Azhar fit joujou avec la reine qu'il avait prise à sa fille, la faisant tourner entre ses doigts bruns.

— En affichant son homosexualité, il montrerait qu'il n'est plus musulman. C'est un sacrilège. Et pour cette raison — ainsi que pour sa sexualité —, il serait banni de sa famille et de toute la communauté.

— Donc, dit Barbara, il aurait intérêt à ne pas sortir du placard. Voire à se marier pour avoir une couverture, pour paraître au-dessus de tout soupçon...

— Ce sont des accusations très graves, Barbara. Il faut se garder de salir la mémoire d'un mort. En l'insultant, vous insultez sa famille et celle dans laquelle il allait entrer par le mariage.

— Je n'« accuse » personne de rien, lui rétorqua Barbara. Mais quand un témoin nous indique une piste, c'est le devoir de la police d'aller y voir de plus près. C'est notre rôle. Parlez-moi donc de l'« insulte » qu'aurait faite Querashi aux Malik s'il avait épousé Sahlah dans le cas où il aurait été gay ? Quelle aurait été la sanction ?

— Le mariage est un contrat passé entre deux familles, pas simplement entre deux personnes.

— Oh, Azhar, ne me dites pas que les parents de Querashi auraient envoyé un de ses frères pour épouser Sahlah Malik à sa place, comme si elle n'était qu'un hot-dog en attente d'une saucisse !

Azhar ne put réprimer un sourire.

— Vous avez le sens de la métaphore, sergent, dit-il.

— Oui, bon... ça va.

— Ce que je voulais dire, c'est que la dissimulation d'Haytham aurait provoqué une brouille irréparable entre les deux familles, et la cause en aurait été connue de toute la communauté.

— Donc, en plus d'être renié par ses parents, il aurait compromis leur chance d'émigrer, c'est ça ? Parce que je suppose que personne n'aurait été chaud pour conclure un mariage avec les Querashi vu qu'ils avaient refilé de la marchandise avariée, si je puis dire...

— Absolument, dit Azhar.

Barbara avait enfin l'impression qu'ils avançaient.

— Donc, il avait un max de raisons de cacher qu'il était pédé, dit-elle.

— S'il l'était, dit Azhar.

Barbara écrasa sa cigarette, considérant la réponse de Taymullah Azhar à la lumière de ce qu'elle savait déjà sur le meurtre de Querashi, s'efforçant de voir où cette pièce du puzzle s'adaptait le mieux.

— Et si quelqu'un avait appris son secret, dit-elle. Quelqu'un qui l'aurait vu dans une situation qui ne pouvait laisser aucun doute sur ses préférences sexuelles... et si ce quelqu'un l'avait contacté, lui avait dit qu'il savait... et avait eu des exigences...

— Vous voulez parler de votre indic ?

Barbara nota au passage que Taymullah avait l'air à la fois contrarié et pressant. Il se rendait compte que ses suppositions — même si elles n'étaient pas pour lui plaire d'un certain point de vue — allaient dans le sens où son cousin et lui désiraient ardemment la voir partir.

— Il serait étonnant qu'un Anglais connaisse les conséquences possibles de l'homosexualité pour un musulman, Azhar.

— Vous pensez donc à un Pakistanais ?

— Je ne pense à personne en particulier.

Azhar fixa son verre, plongé dans ses pensées... qui le menèrent tout droit au seul Pakistanais que Querashi connaissait, à ce que la police savait, en dehors des Malik.

— Kumhar, dit-il. Vous pensez que ce Fahd Kumhar aurait pu jouer un rôle dans la mort d'Haytham ?

— Moi, je n'ai jamais dit ça, répondit Barbara.

— Vous ne sortez pas cette théorie de nulle part, dit Azhar, poursuivant son idée. On vous a dit qu'il existait un lien entre Haytham et cet homme, oui ?

— Azhar...

— Ou bien quelque chose vous l'a fait penser. *Quelque chose !* Et quand vous dites que ce Kumhar aurait pu avoir des « exigences », vous voulez dire « chantage ». Je me trompe ?

— Dites donc, vous démarrez au quart de tour, fit Barbara. Tout ce que j'ai dit, c'est que si quelqu'un a surpris Querashi en train de faire certaines choses, quelqu'un d'autre a pu le voir aussi. Un point, c'est tout.

— Et vous pensez que ce quelqu'un d'autre serait Fahd Kumhar.

— Mais c'est qu'il y tient ! s'exclama Barbara, exaspérée qu'Azhar ait lu dans ses pensées et surtout qu'il puisse foutre la merde en parlant de ça à son cousin. Qu'est-ce que ça peut bien faire que ce soit Fahd Kumhar ou la reine mère...

— Voilà, voilà, voilà ! piailla Hadiyyah de la porte-fenêtre, agitant ses aquarelles dans une main et tenant un pot à confiture dans l'autre. Je t'en ai amené que deux, Barbara, pa'ce que celle sur la mer est vraiment moche. Et regarde, t'as vu ce que j'ai attrapé ? Elle était dans les rosiers, devant la salle à manger. Après dîner, j'ai pris ce pot à la cuisine et je l'ai attrapée. Elle a volé dedans toute seule !

443

Elle brandit le pot devant le visage de Barbara. A l'intérieur, une pauvre abeille tournoyait désespérément, se cognant contre les parois du bocal.

— Je lui ai mis à manger, dit Hadiyyah. Regarde. Là. Et j'ai fait des trous dans le couvercle. Tu crois qu'elle va se plaire à Londres ? Je suppose que oui parce qu'il y a plein de fleurs, elle pourra butiner et faire du miel.

Barbara posa le bocal à côté de l'échiquier. La nourriture fournie par Hadiyyah consistait en une pile de pétales de rose qui se fanaient et quelques feuilles tristounettes au bord incurvé. Rien qui annonçait un futur prix Nobel d'entomologie, songea Barbara. Mais elle était franchement inspirée quand il s'agissait de faire tourner une abeille en bourrique.

— Je vais te dire quel est le problème, ma petite, fit Barbara. Les abeilles ont une famille. Elles habitent toutes ensemble dans des ruches. Elles n'aiment pas les étrangères, alors si tu amènes celle-là à Londres, elle ne trouvera pas de famille avec qui habiter. C'est pour ça qu'elle est dans tous ses états. Il va bientôt faire nuit, et même si ça lui a fait plaisir de te connaître, elle a envie de rentrer chez elle.

Hadiyyah s'approcha de Barbara et s'agenouilla devant la table, nez collé contre le bocal.

— Tu crois ? dit-elle. Je la relâche ? Sa famille lui manque ?

— C'est sûr, dit Barbara en prenant les aquarelles pour les regarder. En plus, les abeilles ne vivent pas dans des bocaux. Ce n'est pas une bonne idée et c'est dangereux.

444

— Pourquoi ?

Barbara leva les yeux des peintures et regarda Taymullah Azhar.

— Parce que quand on force quelqu'un à vivre d'une façon qui va contre sa nature, ça se termine toujours mal.

Agatha Shaw en conclut que Theo ne l'écoutait pas plus qu'il ne l'avait écoutée au moment de l'apéritif, du dîner, du café et du journal télévisé de vingt et une heures. Il était là physiquement, et il lui avait même répondu de telle sorte qu'une femme moins fine qu'elle aurait pu penser qu'il entretenait la conversation. Mais la vérité était qu'il ne pensait pas plus à la rénovation de Balford-le-Nez qu'elle ne s'inquiétait du prix du pain à Moscou.

— Theodore ! s'écria-t-elle en avançant sa canne devant ses jambes au moment où il passait pour la énième fois devant le canapé où elle était assise.

Depuis tout à l'heure, il ne cessait d'aller et venir de sa chaise à la fenêtre ouverte, comme s'il avait décidé d'user le tapis persan jusqu'à la trame avant la fin de la soirée.

Agatha se demandait ce qui l'énervait le plus : la fausse conversation qu'il avait avec elle ou son intérêt obsessionnel pour le jardin dans la lumière déclinante. Mais elle ne doutait pas un seul instant que si elle lui demandait ce qui le fascinait tant au-dehors, il lui répondrait qu'il se désolait du sale état de la pelouse.

La canne s'abattit trop tard pour arrêter Theo.

— Theodore Michael Shaw ! s'écria Agatha.

Passe encore une fois devant moi et je te donne une correction que tu ne seras pas près d'oublier ! Et je n'hésiterai pas à me servir de ma canne. Tu m'entends ?

Theo s'arrêta net. Il se retourna vers sa grand-mère et la regarda d'un air un peu narquois.

— Vous vous en sentez le courage, Mamie ? remarqua-t-il sur un ton plus affectueux qu'il ne l'aurait souhaité.

Il ne gagna pas la fenêtre mais tourna tout de même le regard vers le jardin.

— Mais que diable se passe-t-il ? s'énerva-t-elle. Tu n'as pas écouté un mot de ce que j'ai dit de toute la soirée... Je veux que cela cesse et tout de suite !

— Quoi ? demanda Theo.

A sa décharge, Agatha reconnut que sa surprise avait presque l'air sincère. Mais elle n'était pas dupe. Elle n'avait pas élevé quatre enfants difficiles — six, en comptant Theo et sa tête de mule de frère — pour s'en laisser conter. Elle devinait quand il se passait quelque chose — surtout quand on essayait de le lui cacher.

— N'essaie pas de jouer au plus fin, lui répondit-elle avec aigreur. Tu étais en retard... une fois de plus. Tu n'as presque rien mangé au dîner. Tu n'as pas touché au fromage, tu as laissé refroidir ton café et, depuis vingt minutes, tu arpentes le salon en surveillant la pendule comme un prisonnier qui attend l'heure des visites.

— J'ai déjeuné tard, Mamie, lui dit Theo d'une voix calme. Et cette chaleur est infernale. Comment voulez-vous qu'on ait envie de manger de la tourte au saumon par un temps pareil?

— J'y suis bien arrivée, moi, rétorqua Agatha. Il faut manger chaud quand il fait chaud! Ça refroidit le sang.

— C'est une recette de grand-mère, Mamie! dit Theo en riant.

— Balivernes! De toute façon, le problème, ce n'est pas la nourriture, c'est toi. Ton comportement. Tu n'es plus toi-même depuis... (Elle réfléchit. Depuis quand Theo n'était-il plus le Theo qu'elle connaissait et aimait — en dépit d'elle-même, de son désir, de ses convictions — depuis vingt ans? Un mois? Deux mois? Elle avait d'abord remarqué ses silences de plus en plus longs, puis qu'il l'observait souvent — croyant sans doute qu'elle ne s'en rendait pas compte —, et là-dessus s'étaient greffés ses virées nocturnes et les coups de téléphone qu'il passait en catimini. Et elle trouvait qu'il avait beaucoup maigri ces derniers temps.) Que se passe-t-il donc, pour l'amour du ciel!

Il lui adressa un petit sourire qui, elle le remarqua, ne diminua en rien la tristesse qu'elle lisait dans son regard.

— Rien, Mamie, vous pouvez me croire, lui répondit-il sur le ton patelin du médecin qui veut rassurer son patient.

— Ne serais-tu pas en train de mijoter quelque chose? Si c'est le cas, tu n'as rien à gagner à dissimuler...

— Je ne mijote rien. Je pense à l'avancée des travaux à la jetée et à l'argent que nous allons

447

perdre si Gerry DeVitt n'a pas fini au restaurant avant les ponts du mois d'août.

Il retourna s'asseoir comme si cette action confirmait ses dires. Il joignit les mains mollement entre ses genoux et la regarda avec cet air faussement concentré qui ne le quittait pas ces derniers temps.

— La dissimulation est une grande destructrice, reprit Agatha. Et si tu as besoin de preuves, je te donne trois noms pour t'en convaincre : Stephen, Lawrence, Ulricke. Trois adeptes de l'art subtil de la dissimulation...

Elle eut la satisfaction de le voir ciller. Elle avait cherché à faire mal, et le coup — bas — avait porté. Son frère, son père et sa tête de linotte de mère aussi avaient été de grands dissimulateurs. Tous trois déshérités. Tous trois envoyés par le monde pour se débrouiller tout seuls. Deux étaient déjà morts, et quant à l'autre... qui sait comment finirait Stephen Shaw dans ce nid de vipères qui avait pour nom Hollywood ?

Stephen était parti quand il avait dix-neuf ans et, depuis, Agatha n'avait cessé de se répéter que Theo n'était pas comme son frère. Il était sensé, raisonnable, et d'une érudition bien supérieure à celle de sa filiation directe. C'est en lui qu'elle avait mis tous ses espoirs et c'est à lui qu'elle léguerait sa fortune. Peu importait qu'elle ne vive pas assez longtemps pour voir la renaissance de Balford-le-Nez : Theo réaliserait son rêve. Grâce à lui et à ses efforts, elle se survivrait à elle-même.

Du moins, c'est ce qu'elle avait cru. Or, ces derniers temps, elle sentait que Theo s'intéressait de moins en moins à ses affaires. Depuis quelques jours, il avait la tête ailleurs. Et la soirée qui venait de s'écouler lui avait confirmé qu'elle devait agir très vite si elle voulait le ramener à la réalité.

— Excusez-moi, Mamie, dit-il. Je ne voulais pas être grossier. Entre la jetée, les travaux au restaurant, les projets pour l'hôtel, l'incident au conseil municipal... (Il laissa sa phrase en suspens et son regard se perdit une fois encore par cette fichue fenêtre ouverte. Il dut se rendre compte de ce qu'il faisait car il se retourna bien vite vers elle.) Une chaleur pareille, moi, ça me fout en l'air...

Elle le scruta à travers ses paupières mi-closes. Vérité ou mensonge ? se demanda-t-elle. Elle choisit de le laisser poursuivre.

— Au fait, dit-il, j'ai appelé ce matin pour que soit organisée une autre réunion du conseil. On ne peut pas espérer qu'elle ait lieu très vite, vu ce qui se passe au sein de la communauté indienne suite au décès sur le Nez...

Il y a du progrès, songea Agatha. Pour la première fois depuis son attaque, elle ressentit un élan d'optimisme. C'était un pas de fourmi, certes, mais un progrès tout de même. Peut-être Theo était-il sincère après tout ? Pour l'heure, elle décida de faire comme si.

— Excellent, dit-elle. Excellent, ex-cel-lent. Le temps qu'une nouvelle date soit prise, on aura tous les votes qu'il nous faut dans la poche. J'irai jusqu'à dire, Theo, que l'interruption de la réunion d'hier est finalement un don du ciel. Elle va nous donner la possibilité de convaincre les membres du conseil un par un. J'ai déjà parlé à Treves, d'ailleurs. Il est de notre côté.

— Ah oui ? fit Theo poliment.

— Bien sûr. J'ai téléphoné à ce paltoquet moi-même cet après-midi. Cela t'étonne ? Bah, il vaut mieux lâcher le gibier avant de sortir le fusil, non ? (Plus elle parlait, plus elle sentait l'exaltation monter en elle, la chavirer, comme autrefois l'excitation sexuelle, lorsque Lewis lui volait un baiser dans le cou. Elle se rendit compte que, finalement, cela n'avait pas tellement d'importance que Theo l'écoute ou pas. Elle avait contenu son enthousiasme toute la journée — ce n'était pas avec Mary Ellis qu'elle risquait de le partager —, et elle avait besoin de s'en décharger.) M'assurer son vote a été un jeu d'enfant. Il méprise ces Indiens autant que nous et il est tout acquis à notre cause. « Les projets de réaménagement des Shaw vont dans l'intérêt de toute la commune », m'a-t-il dit. Ce qu'il voulait dire, c'est qu'il se trancherait la gorge avec plaisir si ça pouvait maintenir les Pakis dans leur pays. Il veut que tout ait un nom anglais : la jetée, les hôtels, le centre de loisirs. Il ne veut pas que Balford devienne le bastion des gens de couleur. Il déteste tout particulièrement Akram Malik.

Elle avait dit cela avec la même satisfaction et le même frisson de plaisir que lorsqu'elle s'était découvert ce point commun — le seul, sans doute — avec l'hôtelier.

Theo regardait ses mains et Agatha remarqua qu'il avait les poings serrés.

— Mamie, dit-il, quelle importance qu'Akram Malik ait donné le nom de feu sa belle-mère à un carré de pelouse où une fontaine, un banc en bois et un cytise se battent en duel ? Pourquoi en faire tout un plat ?

Agatha sentit son dos se raidir.

— Je n'en fais pas un « plat ». Et je me moque pas mal de ce bout de verdure infesté de rongeurs.

— Vraiment ? Il me semble pourtant me souvenir que vous n'envisagiez aucun réaménagement de la ville avant que le *Standard* ne fasse paraître cet article au sujet du square...

— En ce cas, tu as mauvaise mémoire. Nous travaillions à la jetée depuis dix mois au moment de l'inauguration du square.

— La jetée, oui, mais le reste ? L'hôtel, le centre de loisirs, les immeubles du front de mer, les rues piétonnes, la restauration de la grand-rue — rien de tout cela n'était en projet avant l'existence du parc d'Akram. Mais quand vous avez lu cet article, vous n'avez eu de cesse d'embaucher des architectes, de solliciter des urbanistes dans tout le pays, et de vous assurer que tout un chacun sache bien que les projets de réaménagement de Balford à long terme étaient entre vos mains...

— Quand bien même ? fit Agatha. Balford est ma ville. J'y suis née. J'y ai vécu toute ma vie. Qui plus que moi a le droit d'investir dans son avenir ?

— Là-dessus, je suis d'accord, mais l'avenir de Balford ne joue qu'un rôle de second plan dans vos projets secrets, Mamie.

— Ah oui ? Et quels sont mes « projets secrets », je te prie ?

— Vous débarrasser des Pakistanais ; faire de Balford une ville beaucoup trop chère pour qu'ils puissent y acheter des biens; les exclure économiquement, socialement et culturellement, en faisant en sorte qu'il ne reste aucun terrain où ils pourraient bâtir une mosquée, aucun magasin qu'ils pourraient reprendre pour en faire une boucherie kascher, aucun emploi qui pourrait assurer leur subsistance...

— C'est moi qui les emploie! s'exclama Agatha. Je vais donner un travail à tout le monde dans cette ville! Qui veux-tu qui travaille dans les hôtels, les restaurants et les boutiques, sinon les habitants de la ville?

— Oh, je suis certain que vous avez prévu des domaines réservés pour les Pakistanais que vous n'aurez pas pu chasser : le bâtiment, la plonge, le ménage. Les boulots de subalternes qui conviennent à leur rang, pour être certaine qu'ils ne grimpent pas haut sur l'échelle sociale...

— Il ne manquerait plus que ça! Ils doivent leur survie à notre pays. Ils seraient bien avisés de ne pas l'oublier!

— Voyons, Mamie... Quand cesserez-vous de faire comme si nous vivions toujours sous l'Empire britannique?

Agatha se crispa, mais plus à cause de la lassitude qu'elle perçut dans la voix de son petit-fils que de ses propos en eux-mêmes. Il ressemblait tellement à son père tout à coup qu'elle avait envie de lui voler dans les plumes. C'est Lawrence qu'elle revoyait devant elle, assis là, sur cette même chaise, lui annonçant, la bouche en cœur, qu'il avait décidé d'arrêter ses études et d'épouser une joueuse de volley-ball suédoise, de douze ans son

452

aînée, avec, pour seule carte de visite, ses seins en obus et sa peau bronzée ! « Je te déshérite ! Tu n'auras pas un shilling ! lui avait-elle crié. Pas un *farthing* ! Pas une demi-couronne ! » Et qu'importait si ces monnaies n'avaient plus cours. L'essentiel était de l'empêcher de faire cette folie, et elle y avait consacré toute son énergie, toute sa ruse. Et finalement, elle n'avait réussi qu'à chasser son fils de la maison et à le pousser dans la tombe.

Mais les vieilles habitudes sont longues à mourir, voire s'y refusent totalement, à moins de les arracher avec la racine. Or Agatha avait toujours montré moins d'empressement à se corriger de ses défauts qu'à exiger des autres qu'ils se corrigent des leurs.

— Écoute-moi bien, Theo, dit-elle. Si mes projets de réaménagement ne te conviennent pas, et si tu souhaites te chercher un autre travail, dis-le. Nul n'est irremplaçable. Pas même toi. Et je serais ravie de te voir partir si je te répugne à ce point.

— Mamie ! soupira-t-il d'un air résigné.

Elle n'avait pas envie de ça. Elle voulait une reddition en bonne et due forme.

— Je suis très sérieuse. Je dis ce que je pense. Tu me connais. Alors, si tu en perds le sommeil, peut-être le moment est-il venu que nos routes se séparent ? On a fait un beau parcours tous les deux : vingt ans. C'est plus long que la plupart des mariages, de nos jours. Mais si tu veux voler de tes propres ailes, comme ton frère, vas-y ! Je ne te retiens pas.

L'évocation de son frère allait lui rappeler les conditions dans lesquelles il était parti, dix ans plus tôt : avec dix livres et cinquante-cinq pence en poche — somme à laquelle elle n'avait pas ajouté un penny depuis. Theo se leva et, pendant une seconde terrible, elle craignit de l'avoir méjugé en s'imaginant qu'il avait toujours besoin du rapport maternel qu'il entretenait avec elle. Mais quand il parla, elle sut qu'elle avait gagné.

— Je téléphonerai aux membres du conseil municipal demain matin.

Elle sentit que son visage se détendait. Elle sourit à son petit-fils.

— Tu comprends, je suppose, comment nous pouvons tirer parti de l'incident qui a eu lieu lors de la réunion précédente. Nous gagnerons, Theo. Et sous peu, le nom de Shaw brillera dans toute la ville. Pense à la vie que tu mèneras alors ! Pense à l'homme que tu seras !

Il détourna la tête, mais vers la porte cette fois. Il frissonna en dépit de la chaleur suffocante. Il se leva et s'apprêta à sortir.

— Où vas-tu ? lui demanda Agatha. Il est presque dix heures.

— Prendre l'air...

— Et où donc comptes-tu aller pour ça ? Il fait aussi chaud dehors que dedans.

— Je sais, Mamie. Mais c'est comme ça.

Et, au ton de sa voix, elle comprit que sa victoire aurait un prix.

14

Barbara étant la dernière à quitter la salle à manger, Basil Treves n'eut aucune difficulté à la coincer au moment où elle passait devant le salon. Elle avait renoncé au café au profit d'une balade le long de la falaise où elle espérait bien profiter d'une brise marine en goguette.

— Sergent ? chuinta Treves, toujours en plein trip 007. Je n'ai pas voulu vous déranger pendant que vous mangiez. (Le tournevis qu'il tenait à la main indiquait qu'il effectuait un réglage de son téléviseur allumé sur Robin des Bois en train de jurer fidélité éternelle à lady Marianne.) Mais maintenant que vous avez fini... Si vous avez une minute... ?

Sans attendre sa réponse, il prit Barbara par le bras et la guida avec fermeté jusqu'à la réception. Il se glissa derrière le comptoir et prit dans le tiroir un listing informatique.

— Autres renseignements, chuchota-t-il avec un air de conspirateur. J'ai pensé qu'il valait mieux ne pas vous les donner pendant que vous étiez avec

455

les... autres, voyez. Mais comme vous êtes libre...
Vous l'êtes, non ?

Il jeta un coup d'œil derrière elle comme s'il s'attendait à voir Robin débouler du salon, arc bandé, volant à la rescousse de lady Barbara.

— Libre comme l'air, lui répondit-elle en se demandant pourquoi cet odieux personnage ne faisait pas quelque chose pour améliorer l'état de sa peau : on aurait dit qu'il s'était frotté le visage contre une assiette pleine de miettes de gâteaux secs.

— Parfait, dit-il. (Il lança des regards alentour au cas où il y aurait des oreilles indiscrètes, puis, n'en voyant pas, il se pencha par-dessus le comptoir pour lui parler sur le ton de la confidence et la faire profiter de son haleine chargée de gin :) Archives téléphoniques. J'ai fait installer un nouveau système l'année dernière, Dieu merci, j'ai le relevé des appels interurbains de tous les clients. Avant, tout passait par le standard, alors on devait noter les numéros à la main. C'était une méthode très fastidieuse et trop floue. On avait de ces empoignades avec les clients au moment du départ, je ne vous dis que ça !

— Vous avez retrouvé les coups de fil passés par Mr Querashi ? fit Barbara d'une voix pressante. (Elle était tout de même impressionnée. Cet homme était une mine d'or — eczémateuse, certes, mais une mine tout de même.) Vous êtes formidable, Mr Treves. Qu'est-ce qu'on a ?

Il tourna les feuilles de papier vers elle. Elle vit qu'il avait entouré au stylo une dizaine de numéros de téléphone qui commençaient tous par un double zéro. Des appels à l'étranger.

— J'ai pris sur moi de pousser notre enquête un *peu* plus loin, sergent. J'espère que je n'ai pas outrepassé mes droits. (Il prit un crayon dans un pot fait de coquillages collés sur une boîte de conserve.) Ces numéros-là sont au Pakistan : trois à Karachi et un à Lahore — c'est la capitale du Penjab, je vous dis ça comme ça ; et ces deux-là sont en Allemagne, à Hambourg tous les deux. Je n'ai même pas eu à appeler, pensez. Quand j'ai vu que c'étaient des numéros à l'étranger, je me suis dit qu'il suffisait que je regarde dans l'annuaire, à la page du code des pays et des villes...

Il semblait vaguement déçu. Comme tant de gens, il s'était sans doute imaginé que le travail de policier consistait en opérations clandestines, en planques, en fusillades, et en interminables courses-poursuites en voiture au cours desquelles camions et bus se percutaient allégrement tandis que les méchants se faufilaient avec maestria à travers la circulation.

— C'est tous les coups de fil qu'il a passés pendant son séjour ? demanda Barbara.

— Sauf les appels locaux, qui ne sont pas détaillés.

Barbara se pencha sur le relevé et entreprit de l'examiner page par page. Elle constata que les appels téléphoniques de Querashi étaient plus rares et plus espacés au début de son séjour, et tous à destination du même numéro à Karachi. Les trois dernières semaines, ses appels à l'étranger étaient plus nombreux, et avaient carrément triplé les cinq derniers jours. La plupart à Karachi. Quatre seulement concernaient Hambourg.

Barbara réfléchit. Parmi les messages téléphoniques laissés pour Querashi en son absence, pas un ne venait d'un pays étranger ; sinon, il ne fait aucun doute que Belinda Warner, qui les avait classés, l'aurait signalé à Emily quand, en début d'après-midi, elle avait fait le topo sur la question. Donc, soit Querashi avait toujours été là quand on l'avait appelé de l'étranger, soit son correspondant n'avait jamais laissé de message. Barbara regarda la durée de chaque communication et vit qu'elle ne devait pas se tromper de beaucoup : l'appel le plus long durait quarante-deux minutes, et le plus court, treize secondes — pas assez longtemps pour laisser un message.

Mais ce qui l'intriguait, c'était l'accumulation d'appels juste avant le crime. Il était clair qu'elle devait remonter jusqu'aux gens que Querashi avait appelés dans les derniers jours de sa vie. Elle jeta un coup d'œil à sa montre et se demanda quelle heure il pouvait bien être au Pakistan.

— Mr Treves, dit-elle, se préparant à prendre congé de lui, vous êtes absolument merveilleux.

Il porta une main à sa poitrine, dégoulinant d'humilité.

— Trop heureux de pouvoir vous être utile, sergent. Demandez-moi tout ce que vous voulez — absolument tout —, et je ferai tout ce qui est en mon pouvoir pour vous satisfaire. *Et* vous pouvez compter sur mon entière discrétion. Si vous avez besoin de renseignements, de preuves, de récits...

— A ce propos, fit Barbara, estimant que le

moment était peut-être bien choisi pour lui tirer les vers du nez sur son emploi du temps le soir de la mort de Querashi. (Elle décida toutefois de s'y prendre de façon détournée.) Vendredi soir, Mr Treves...

Il fut tout de suite sur le qui-vive, sourcils haussés, mains croisées sous le troisième bouton de sa chemise.

— Oui ? fit-il. Oui ? Vendredi soir ? Qu'est-ce que vous voulez savoir ?

— Vous avez vu Mr Querashi partir, c'est bien ça ?

Et comment ! Il était au bar en train de servir du cognac et du porto quand il avait vu, dans le miroir, Querashi descendre l'escalier. Mais est-ce qu'il ne lui avait pas déjà raconté tout ça ?

Oui, oui, mais ce qui l'intéressait, c'était de savoir qui d'autre à part lui se trouvait au bar car, s'il servait à boire, c'était donc qu'il y avait des clients, ça semblait logique. Et l'un d'eux n'aurait-il pas quitté l'hôtel juste après Querashi, par hasard ? Hmm ?

— Ah, fit Treves, index pointé vers le plafond, l'air doctoral.

Et d'enchaîner en disant que les seules personnes qui avaient quitté le bar juste après le départ de Querashi étaient la vieille Mrs Porter — qui, avec son déambulateur, ne risquait pas de suivre quiconque — et les Reed, un couple âgé de Cambridge venu à la Maison-Brûlée pour fêter ses noces d'argent.

— On fait des petites fêtes spéciales pour les anniversaires, les mariages, les célébrations, lui confia-t-il. Je dirais qu'ils avaient surtout hâte de se retrouver seuls...

Quant aux autres clients, ils avaient traîné au bar et au salon jusqu'à onze heures et demie. Il pouvait le lui garantir : il était resté avec eux toute la soirée.

Parfait, songea Barbara, ravie de constater que Treves ne s'était même pas rendu compte qu'il venait de se fournir un alibi. Elle le remercia, lui souhaita une bonne nuit et, relevé téléphonique sous le bras, s'engagea dans l'escalier. Une fois dans sa chambre, elle sauta sur son téléphone — posé sur une des deux tables de chevet bancales, sous une lampe poussiéreuse au pied en forme d'ananas — et composa un des numéros en Allemagne. Après la tonalité de recherche, un téléphone sonna de l'autre côté de la mer du Nord.

Quand on décrocha, elle ouvrit la bouche, prête à se présenter, mais elle tomba sur un répondeur téléphonique qui fit résonner une voix d'homme à son oreille. Il s'exprimait en allemand, d'une voix hachée. Elle comprit le chiffre sept et deux neuf, mais à part ça et le mot *chus* au final — qu'elle interpréta comme le « bye bye » teuton — elle ne comprit que couic. Après le bip sonore, elle laissa son nom et son numéro de téléphone en demandant qu'on la rappelle — et en espérant que celui ou celle qui écouterait son message comprendrait l'anglais.

Elle enchaîna avec le deuxième numéro à Hambourg et tomba sur une femme loquace mais pas plus compréhensible que le répondeur. Mais au moins avait-elle affaire à un être humain. Pas question de la laisser lui filer entre les doigts.

Oh, putain, comme elle regrettait de ne pas avoir appris de langues étrangères à l'école ! La seule chose qu'elle était foutue de dire en allemand, c'était « *Bitte zwei Bier* », ce qui ne semblait pas vraiment de circonstance. Oh, bordel, songea-t-elle.

— *Ich spreche...* bafouilla-t-elle, se creusant la cervelle. Non, attendez... *Sprechen vous...* Oh, et merde ! *Ich bin ein* appel d'Angleterre... Fais chiiiier !

L'argument sembla porter car la femme lui répondit en anglais :

— Ingrid Eck, dit-elle avec un accent si prononcé que Barbara s'étonna presque de ne pas entendre *Das Deutschlandlied* en fond sonore. Fous êtes à la bolize de Hambourg. *Wer ist das, bitte ?* Gue puische pour fous ?

La police ? songea Barbara. Un poste de police de Hambourg ? Pourquoi un Pakistanais résidant en Angleterre appellerait-il les flics de Hambourg ?

— Oh, excusez-moi, dit-elle. Ici, le sergent Havers de New Scotland Yard.

— New Scotland Yard ? répéta son interlocutrice. *Ja ?* A gui fous déchirez parler chez nous ?

— Je ne sais pas trop, en fait, dit Barbara. J'enquête sur un meurtre et la victime...

— Une fictime allemante ? la coupa Ingrid Eck. Est-ce qu'un ressortizant allemand est mêlé à un grime ?

— Non, lui répondit Barbara. La victime est un Pakistanais. Un certain Haytham Querashi. Et il se trouve qu'il a appelé votre numéro deux jours avant de se faire tuer. J'essaie de savoir qui il a joint chez vous. Vous pourriez m'aider ?

— Oh, *Ja.* Che fois.

Elle lança quelque chose à la cantonade en allemand.

Plusieurs voix de basse lui répondirent sur un ton animé qui mit du baume au cœur à Barbara. Mais ses espoirs s'évanouirent quand Ingrid, reprenant la ligne, lui dit :

— Me refoilà. Che suis terrorisée qu'on ne fa pas bouvoir fous aider.

Terrorisée ? s'étonna Barbara.

— Je vous épelle son nom, lui dit-elle. En le voyant écrit, ça vous dira peut-être quelque chose, et vous pourrez demander autour de vous...

Avec moult difficultés, Barbara réussit à épeler le nom d'Haytham Querashi à Ingrid, qui lui promit de l'afficher au tableau central et de le faire circuler dans le commissariat — tout en ajoutant que New Scotland Yard ne devait pas trop s'attendre à avoir une réponse positive : des centaines de gens travaillaient au *Polizeihochhaus* de Hambourg et elle ne pouvait assurer que l'interlocuteur de ce Querashi tomberait sur son nom. Pas mal de ses collègues étaient partis en vacances, les autres croulaient sous le boulot, ils avaient déjà tant de problèmes chez eux, alors ce qui se passait en Angleterre...

Bravo l'unité européenne, songea Barbara. Elle pria Ingrid de faire de son mieux, lui laissa son numéro et raccrocha.

Elle essuya son visage en nage avec le pan de son tee-shirt en se disant qu'il y avait peu de chance qu'elle tombe, pour les autres numéros, sur un correspondant parlant l'anglais. Il devait être plus de minuit au Pakistan et, vu qu'elle ne connaissait pas un traître mot d'ourdou pour expliquer à un brave Pakistanais pourquoi elle lui foutait son sommeil en l'air, Barbara décida de dégotter quelqu'un qui pourrait faire le boulot à sa place.

Elle monta à l'étage supérieur et gagna la partie de l'hôtel réservée aux gens de couleur. Elle s'arrêta devant la chambre où elle avait entendu une télévision la veille au soir, et qui devait être celle d'Azhar et Hadiyyah. Il lui paraissait hautement improbable que Basil Treves ait dérogé à son grand principe du « séparés mais égaux » en les installant dans une autre aile de l'hôtel, au risque de heurter la sensibilité de ses clients autochtones.

Elle frappa à petits coups, appela Azhar, puis frappa de nouveau. La clé tourna dans la serrure et il s'encadra dans l'ouverture de la porte en peignoir bordeaux, une cigarette à la main. La chambre était plongée dans la pénombre. L'abat-jour de sa lampe de chevet était recouvert d'un mouchoir bleu qui laissait filtrer juste assez de lumière pour qu'il puisse lire. Un livre relié était posé à côté de son oreiller.

— Hadiyyah dort ? demanda Barbara. Vous pouvez venir dans ma chambre ? (Il parut si étonné que Barbara se sentit rougir en se rendant compte du double sens involontaire de ses paroles. Elle s'empressa d'ajouter :) J'ai besoin de vous... pour téléphoner au Pakistan.

Et de lui expliquer ce dont il s'agissait.

— Ah, fit-il. (Il consulta sa montre.) Vous avez une petite idée de l'heure qu'il est au Pakistan, Barbara ?

— Tard.

— Tôt. Très tôt. Est-ce que ça ne peut pas attendre une heure plus raisonnable ?

— Un meurtre, ça n'attend pas, lui rétorqua Barbara. Vous voulez bien m'aider, Azhar ?

Il lança un regard derrière lui. Hadiyyah dormait, recroquevillée dans le deuxième lit, un gros Kermit en peluche tout contre elle.

— Très bien, dit Azhar. (Il recula dans la chambre.) Donnez-moi une minute pour me changer.

— Pas la peine, ça ne devrait pas prendre plus de cinq minutes. Venez.

Et, sans lui laisser le temps de discuter, elle s'élança dans le couloir. Elle l'entendit fermer à clé la porte de sa chambre et l'attendit devant l'escalier.

— Depuis trois semaines, Querashi téléphonait au Pakistan au moins une fois par jour, dit-elle. Son correspondant doit avoir pas mal de trucs à nous raconter...

— Sa famille a été prévenue, dit Azhar. Et à part elle, je ne vois pas qui il aurait pu appeler.

— C'est ce que nous allons découvrir.

Elle ouvrit la porte de sa chambre à la volée et fit entrer Azhar. Elle cueillit les sous-vêtements, le pantalon à cordon et le tee-shirt qui traînaient par terre et jeta le tout dans la penderie avec un « Vous excuserez le désordre ». Elle désigna à Azhar le relevé téléphonique posé sur la table de chevet.

— Allez-y, lui dit-elle. Mettez-vous à l'aise.

Il s'assit et examina le relevé un long moment, cigarette fichée entre ses lèvres d'où s'échappait un filet de fumée qui s'élevait dans les airs tel un

464

serpent vaporeux. Il tapota sur un des numéros cerclés et regarda Barbara.

— Vous êtes certaine que vous voulez que j'appelle ces numéros ?

— Pourquoi pas ?

— Nous ne servons pas les mêmes intérêts, Barbara. Si les personnes sur qui je vais tomber me parlent en ourdou, qu'est-ce qui vous assure que je vous donnerai la traduction exacte de leurs propos ?...

Un point pour lui. Avant de courir le chercher, elle ne s'était pas posé le problème de sa fiabilité. Elle se demanda bien pourquoi.

— On a le même but, non ? dit-elle. Découvrir qui a tué Haytham Querashi. Je ne vous crois pas capable de cacher la vérité. Franchement, vous ne m'avez jamais paru être de ce genre-là.

Il la regarda avec un air à la fois songeur, radieux et perplexe.

— Comme vous voudrez, dit-il.

Il décrocha le téléphone.

Barbara pêcha ses cigarettes dans son sac, en alluma une et se laissa tomber sur le pouf de la coiffeuse. Elle plaça un cendrier entre eux deux.

De ses doigts fins, Azhar repoussa une mèche de cheveux en arrière.

— Ça sonne, dit-il. Vous avez un crayon ? (Puis, quelques secondes plus tard :) C'est un répondeur.

Il attendit, sourcils froncés, écouta, et copia quelque chose sur le relevé. Il raccrocha sans laisser de message.

— Ce numéro, dit-il, est celui d'une agence de voyages à Karachi : World Wide Tour. Le répondeur donne leur horaire d'ouverture... qui ne se situe pas... (il sourit)... entre minuit et sept heures du matin.

Barbara prit le relevé et le parcourut.

— Il leur a téléphoné quatre fois la semaine dernière. Qu'en pensez-vous ? L'organisation de son voyage de noces ou de son évasion des liens du mariage ?

— A mon avis, il prenait ses dispositions pour faire venir ses parents en Angleterre, Barbara. Il fallait bien qu'ils soient là pour son mariage. Vous voulez que je continue ?

Elle acquiesça, et il composa le numéro suivant. Cette fois, quelqu'un décrocha et Azhar se lança dans une conversation en ourdou. Barbara entendait vaguement la voix de son correspondant, d'abord hésitante puis de plus en plus passionnée. La conversation dura quelques minutes, puis Azhar raccrocha.

— Alors ? fit vivement Barbara. Qui c'était ? Qu'est-ce qu'il...

Mais Azhar l'interrompit d'un geste et, sans attendre, composa un autre numéro. Cette fois, il parla moins et nota les informations que lui donnait son correspondant — un homme. Barbara mourait d'envie d'arracher le combiné des mains d'Azhar et de poser des questions elle-même, mais elle s'arma de patience. Sans autre commentaire, Azhar passa un quatrième coup de téléphone et, cette fois, Barbara reconnut la phrase qui lui servait chaque fois d'entrée en matière — sans doute, une formule d'excuse pour appeler si tôt —, suivie d'une explication où le nom d'Haytham Querashi fut prononcé plus d'une fois. Cette dernière conversation fut la plus longue de toutes et, après avoir raccroché, Azhar contempla le relevé téléphonique avec une telle gravité que Barbara se sentit gagnée par une certaine fébrilité. Elle avait placé entre les mains d'Azhar un élément de l'enquête qui pouvait se révéler crucial. Il était libre d'en faire ce que bon lui semblait : mentir, ne pas tout dire, ou aller tout raconter à son cousin.

— Azhar ? dit-elle.

Il se secoua, prit sa cigarette, tira une bouffée, et leva les yeux vers Barbara.

— Le premier numéro, c'est celui de ses parents, dit-il.

— Celui qui apparaît dès le début du relevé ?

— Oui. Ils sont... ils sont... accablés par sa mort, vous vous en doutez. Ils voulaient savoir quel type d'enquête avait été ouvert. Et ils veulent faire rapatrier le corps. Ils pensent qu'ils ne pourront pas faire leur deuil correctement sans cela. Ils m'ont demandé s'ils devaient payer la police pour le récupérer...

— Payer ?

— La mère d'Haytham est suivie par un médecin. Elle a fait une dépression nerveuse en apprenant que son fils avait été assassiné. Ses sœurs sont dans tous leurs états, son frère n'a pas ouvert la bouche depuis samedi après-midi, et sa grand-mère paternelle fait de son mieux pour que la famille reste soudée. Mais elle a une angine de poitrine, elle est soumise à une forte tension et une attaque pourrait lui être fatale. La sonnerie du téléphone les a terrorisés.

467

— Un meurtre, c'est jamais joli-joli, Azhar. Navrée, mais il n'y a aucun moyen de le rendre plus supportable. Et je vous mentirais si je vous disais que l'horreur prend fin quand on arrête quelqu'un. Ce serait faux. Archi-faux.

D'un air absent, il se massa la nuque. Elle remarqua alors qu'il ne portait que son pantalon de pyjama sous son peignoir. Il était torse nu, et sa peau brune paraissait halée sous la lumière électrique.

Barbara se leva et gagna la fenêtre. Une musique provenait de quelque part, notes hésitantes d'un apprenti clarinettiste dans une des maisons voisines le long de la falaise.

— Le deuxième numéro est celui d'un mollah, dit Azhar dans son dos. C'est un chef religieux. Un saint homme.

— Comme un ayatollah ?

— Un cran en dessous. C'est un chef religieux au plan local. Là où a grandi Haytham.

A entendre son ton empreint de gravité, Barbara se retourna.

— Pourquoi a-t-il téléphoné à ce mollah ? demanda-t-elle. C'était en rapport avec son mariage ?

— Avec le Coran. Il voulait parler du passage qu'il avait mis entre crochets et que je vous ai traduit cet après-midi.

— Celui qui parle d'être délivré des oppresseurs ?

— Oui. Mais ce qui l'intéressait, ce n'était pas « la ville dont les habitants sont des oppresseurs », contrairement à ce que mon cousin pensait. Il vou-

lait savoir ce qu'il fallait entendre par le mot
« faible »...

— Il a téléphoné au Pakistan pour ça ? Ça ne
tient pas debout !

— Bien sûr qu'Haytham n'ignorait pas le sens
du mot. Ce qu'il voulait savoir, c'était celui qu'il
fallait lui donner dans ce passage du Coran. Le
Coran nous apprend à nous, musulmans, à prendre
fait et cause pour les faibles. Haytham voulait
savoir comment faire la distinction entre les faibles
et ceux qui ne le sont pas.

— Pourquoi ? Il voulait se battre contre
quelqu'un ? fit Barbara. (Elle retourna s'affaler sur
le pouf, prit le cendrier et y écrasa sa cigarette.)
Putain, fait chier ! A quoi il jouait, celui-là ?

— Le troisième était un mufti, poursuivit Azhar,
imperturbable. Un théoricien du droit musulman.

— Un juriste, en quelque sorte ?

— Si vous voulez. Le mufti interprète la loi
coranique. Il est habilité à lancer une fatwa.

— Pourquoi Querashi l'a-t-il appelé ?

Azhar hésita et Barbara comprit qu'elle avait
touché un point important. Au lieu de lui répondre,
il prit le cendrier et y écrasa sa cigarette à son tour.
Il repoussa une fois de plus sa mèche rebelle et
baissa les yeux. Barbara remarqua alors qu'il avait
les pieds nus, et fins comme ceux d'une femme.

— Azhar, dit Barbara, me faites pas ce coup-là.
J'ai besoin de vous...

— Ma famille...

— ... aussi, je sais. On veut tous aller au fond
des choses, dans cette histoire. Que l'assassin soit
anglais ou pakistanais, peu importe. Il ne faut pas

que le meurtre d'Haytham reste impuni. Muhannad serait d'accord avec moi, même s'il veut protéger son peuple à tout prix.

Azhar soupira.

— En appelant le mufti, Haytham voulait avoir une réponse sur la notion de péché. Il voulait savoir si un musulman qui aurait commis un grand péché demeurait musulman et faisait toujours partie de la grande communauté musulmane.

— S'il faisait toujours partie de sa famille, quoi ?

— De sa famille et de toute la communauté en général.

— Et que lui a dit le mufti ?

— Il lui a parlé de l'*usul al-figh* : les sources de la loi.

— Qui sont ?

— Le Coran, la Sunna du Prophète...

— La Sunna ?

— L'exemple du Prophète.

— Quoi d'autre ?

— Du consensus de la communauté et du raisonnement analogique — ce que vous appelez la « déduction ».

Barbara prit ses cigarettes. D'une chiquenaude, elle en fit sortir quelques-unes du paquet, en prit une et en offrit une autre à Azhar. Il prit la boîte d'allumettes sur la coiffeuse, en craqua une, donna du feu à Barbara, alluma sa cigarette et retourna s'asseoir sur le bord du lit.

— Donc, quand le mufti et lui ont eu fini de papoter, ils avaient bien abouti à une conclusion, non ? dit Barbara. Querashi a eu la réponse à sa

470

question ? Est-ce qu'un musulman qui s'est rendu coupable d'un péché grave reste un musulman ?

Azhar lui répondit par une autre question :

— Comment peut-on vivre à l'encontre des principes de l'Islam et se dire musulman, Barbara ?

« Les principes de l'Islam »... Barbara rapprocha cette phrase de ce qu'elle savait sur Querashi et sur les personnes qu'il avait contactées. Elle vit alors le lien entre la question d'Haytham et son mode de vie. La réaction d'Azhar prit tout son sens. Elle se sentait excitée comme une puce.

— Azhar, dit-elle, vous m'avez laissé entendre que l'homosexualité était formellement interdite par le Coran...

— Oui.

— Il était sur le point de se marier. Ses parents devaient venir ici pour assister à la cérémonie et il avait des projets précis pour sa nuit de noces.

— On peut le penser, dit Azhar avec circonspection.

— Peut-on conclure de la conversation que Querashi a eue avec le mufti qu'il était décidé à vivre dans le respect des principes de l'islam, à virer hétéro, quoi ? (Elle poursuivit, se laissant porter par son idée :) Peut-on en conclure qu'il luttait contre lui-même, contre ses pulsions homo, et qu'il était décidé à vivre en hétérosexuel depuis son arrivée en Angleterre ? Il était sur le point de se marier, mais les mecs l'attiraient toujours. Donc, il ne pouvait s'empêcher d'aller sur les lieux de drague. Donc, il rencontre un mec sur la place du marché de Clacton et sort avec lui. Ça dure environ un mois, mais il ne veut pas mener une double vie —

trop risqué —, alors il décide de mettre fin à cette histoire. Sauf que, ce faisant, c'est à ses jours qu'il met fin...

— « La place du marché de Clacton » ? fit Azhar. Quel rapport, Barbara ?

Elle se rendit compte qu'elle venait de se couper. Toute à son désir de faire coïncider les pièces de leur puzzle, elle venait de donner à Azhar une information connue seulement de Trevor Ruddock et de la police. Elle avait franchi la ligne blanche.

Et merde, se dit-elle. Elle aurait aimé pouvoir faire défiler la bande-son en arrière et effacer les mots « place du marché de Clacton ». Mais ce qui était dit était dit. Il ne lui restait plus qu'à chercher à gagner du temps — ce qui n'était pas son fort. Oh, si seulement Lynley était là ! songea-t-elle. Avec son art de l'esquive oratoire, il l'aurait sortie de ce mauvais pas en un rien de temps. Pour commencer, il ne se serait jamais fourré dans une situation pareille ; il n'était pas du genre à penser tout haut, lui ! Sauf en présence de ses collègues, évidemment, mais, bon, c'était une autre histoire. Elle considéra Azhar et décida d'éluder sa question en disant, avec l'air le plus sérieux du monde :

— Vous me direz, il pouvait aussi penser à quelqu'un d'autre que lui quand il parlait au mufti...

Ayant dit cela, elle se rendit compte qu'elle n'était peut-être pas loin de la vérité.

— A qui ? demanda Azhar.

— A Sahlah. Peut-être avait-il découvert quelque chose la concernant qui lui donnait moins envie de l'épouser ? Peut-être qu'il espérait que le mufti lui donnerait le moyen de se libérer de son mariage arrangé ? Si une fiancée commet un péché grave — une chose qui, si elle se savait, la bannirait de la communauté musulmane —, est-ce que ce ne serait pas une raison suffisante pour annuler un contrat de mariage ?

Azhar secoua la tête, sceptique.

— Ça annulerait le contrat, oui, mais quel péché ma cousine Sahlah pourrait-elle avoir sur la conscience ?

Theo Shaw, songea Barbara. Mais cette fois, elle ne dit mot.

La sonnette retentit au beau milieu de leur dispute. La voix de Connie était allée se percher si haut dans les aigus que si Rachel ne s'était pas trouvée sur le seuil du salon, elle n'aurait pas entendu qu'on avait sonné. Heureusement, les deux notes électriques — la deuxième, étranglée comme un oiseau tué au beau milieu d'un trille — résonnèrent au moment où sa mère reprenait sa respiration.

Connie ignora cette interruption.

— Tu me réponds, Rachel ! hurla-t-elle. Tu me réponds tout de suite et pour de bon ! Tu es au courant de quoi, dans cette histoire ? Tu as menti à cette femme flic, maintenant tu me mens à moi, et je ne vais pas marcher dans cette combine, Rachel, mais alors, cer-tai-ne-ment pas !

— On a sonné, Maman, dit Rachel.

— Connie ! Il va falloir te le répéter combien de fois ? Et je m'en tape, de la porte ! Pas question d'aller ouvrir tant que tu ne m'auras pas répondu !

473

En quoi es-tu mêlée à la mort de ce type sur le Nez ?

— Je te l'ai déjà dit. Je lui ai donné le reçu pour qu'il comprenne à quel point Sahlah l'aimait. Elle m'avait dit qu'elle était inquiète, elle pensait qu'il ne la croyait pas sincère, alors je me suis dit que s'il voyait ce reçu...

— Non mais dis donc, tu me prends pour une conne ? Si ça c'est la vérité, je suis mère Teresa, moi ! Pourquoi tu n'as pas raconté tout ça à la police, alors ? Je vais te dire pourquoi : parce que tu n'avais pas encore monté ce bateau. Eh bien, si tu t'imagines que je vais gober cette histoire débile, tu te fourres le doigt dans...

On sonna de nouveau à la porte. Trois fois de suite. Connie fonça comme une furie et ouvrit à toute volée. Le battant cogna contre le mur.

— Qu'est-ce qu'il y a ? aboya-t-elle. Qu'est-ce que vous voulez ? Vous êtes qui, d'abord ? Et vous savez l'heure qu'il est ?

— Rachel... euh, elle est là, Mrs Winfield ?

— Rachel ? Qu'est-ce que vous lui voulez ?

Rachel surgit dans le dos de sa mère, qui tenta de lui barrer le passage.

— C'est quoi, ce binz ? demandait Connie au jeune homme qui se trouvait sur le seuil. Qu'est-ce qui vous autorise à vous pointer à... Putain de merde, mais vous savez l'heure qu'il est ?

Rachel reconnut Trevor Ruddock. Il se tenait dans l'ombre, hors de portée de la lumière de la maison et de celle des réverbères, mais il ne pouvait se dissimuler complètement. Côté look, c'était pire que d'habitude : tee-shirt immonde troué à l'encolure et jean pas lavé depuis si longtemps qu'il devait tenir debout tout seul.

Rachel essaya de passer devant sa mère, mais Connie la retint par le bras.

— Hé là, j'en ai pas fini avec toi, ma petite.

— Qu'est-ce qui se passe, Trev? demanda Rachel.

— Ah, parce que tu connais cet énergumène? s'écria Connie, incrédule.

— A ton avis?

— T'as une minute? fit Trevor, dansant d'un pied sur l'autre (ses boots maculées crissèrent sur le ciment du perron). J'sais bien qu'il est tard, mais j'me disais... Rachel, faut qu'je te parle, d'accord? Toi et moi...

— A quel sujet? fit Connie, de haut. Qu'est-ce que vous devez dire à Rachel que vous ne pouvez pas dire devant sa mère? Et puis qui êtes-vous, pour commencer? Comment se fait-il que je ne vous aie jamais vu, si vous connaissez Rachel assez bien pour venir ici à onze heures passées?

Le regard de Trevor alla de Rachel à sa mère, puis revint sur Rachel. Pas besoin d'être télépathe pour y lire en filigrane la question : « T'as envie qu'elle sache? » Connie tira sa fille par le bras.

— C'est avec *ça* que tu sors? C'est avec *ça* que tu vas traficoter derrière les cabines de plage? Tu te sous-estimes au point de te faire sauter par le premier voyou venu?

Trevor ouvrit la bouche pour répondre, mais Rachel le devança.

— Tais-toi, M'man.

Elle libéra son bras de l'étreinte de sa mère et sortit sur le perron.

— Toi, tu rentres immédiatement ! dit Connie.

— Et toi, tu arrêtes de me parler comme si j'étais une gamine, rétorqua Rachel. Trevor est un ami, et puisqu'il veut me voir, j'ai bien l'intention de savoir pourquoi. Et Sahlah est une amie, et si j'ai envie de l'aider, je le ferai. Et ce n'est ni un flic ni toi qui m'en empêcherez !

Connie en resta coite.

— Rachel Winfield ! souffla-t-elle.

— Oui, c'est bien mon nom, fit Rachel.

Elle attrapa Trevor par le bras et l'entraîna dans l'allée, vers la rue où il avait laissé son scooter.

— On finira notre conversation à mon retour ! cria-t-elle à sa mère.

En guise de réponse, elle entendit la porte claquer.

— Excuse-moi, dit-elle à Trevor, s'arrêtant à mi-parcours de l'allée. Ma mère est dans tous ses états. Les flics sont venus au magasin ce matin et je me suis tirée sans lui donner d'explication.

— Y a une flic qu'est venue m'voir, moi aussi, dit Trevor. Un sergent j'sais plus trop quoi. Une grosse pouf avec la gueule complètement... (Il s'interrompit, se rappelant sans doute à qui il parlait.) Bref, quelqu'un chez les Malik lui avait dit que j'm'étais fait virer par Querashi...

— Oh, c'est chiant, fit Rachel. Mais elle ne pense pas que tu as fait quoi que ce soit, hein ? Enfin, je veux dire, ce n'est pas comme si Mr Malik n'avait pas su pourquoi Haytham t'avait renvoyé...

— Ouais, c'est sûr, mais c'est pas ça le problème, dit Trevor. Les flics, ce qu'ils voient, c'est : il m'a viré, point. Peu importe pourquoi. Ils pensent que j'ai pu le buter pour me venger, tu vois. Et en plus, je suis blanc. Lui, c'est un bronzé. Et avec tout le tintouin qu'on fait autour des crimes racistes... (Il s'épongea le front d'un revers de bras.) P'tain, c'qu'i'fait chaud! Tu crois que ça va s'rafraîchir, c'te nuit?

Rachel l'observait avec curiosité. Elle ne l'avait jamais vu aussi nerveux. D'habitude, il se comportait comme s'il savait ce qu'il voulait et comment l'obtenir. En tout cas, c'est ainsi qu'il avait agi avec elle : la parole facile et la main baladeuse. Mais ce soir, elle avait devant elle un Trevor qu'elle n'avait jamais vu, pas même à l'école, où il s'était taillé une réputation de cas désespéré, de petit loub à la cervelle grosse comme un pois chiche et à l'avenir tout tracé. Eh bien, même alors, il était toujours sûr de lui. Ce qu'il ne pouvait résoudre par le raisonnement, il en venait à bout à coups de poing.

— Oui, il fait très chaud, dit Rachel.

Elle attendit la suite — qui ne serait certainement pas la suite habituelle. Pas avec sa mère qui bouillait de colère derrière le rideau du salon et les voisins proches qui n'aimaient rien tant que se rincer l'œil et écouter ce qui se disait sous leurs fenêtres. Rien ne vint.

— Je ne me souviens pas qu'il ait jamais fait aussi chaud tant de jours d'affilée, reprit-elle. Et toi? C'est peut-être une conséquence de l'effet de

477

serre dont on parle tant dans les journaux. Tu ne crois pas ?

Mais il était évident que Trevor n'était pas venu la voir pour gloser sur les conséquences de la pollution atmosphérique. Il rempocha ses clés, se rongea l'ongle du pouce et lança un rapide coup d'œil par-dessus son épaule en direction de la fenêtre du salon.

— Écoute, dit-il. (Il lorgna la peau à vif autour de son ongle et frotta le bout de son pouce contre son tee-shirt.) Ecoute, Rachel, on peut parler un moment ?

— C'est pas ce qu'on est en train de faire ?

— Non, j'veux dire, fit-il avec un signe de tête vers la rue, on pourrait pas se balader un peu ?

Il s'éloigna vers le trottoir et, arrivé au portillon grillagé, il se retourna et, de la tête encore, lui fit signe de le suivre. Elle s'exécuta.

— Tu n'es pas censé être au travail ? lui demanda-t-elle.

— Ouais. J'vais y aller, mais faut qu'j'te parle avant.

Il s'arrêta à hauteur de son scooter et l'enfourcha. Il posa les mains sur les poignées du guidon et les fit tourner.

— Tu sais, fit-il, toi et moi... heuuuu... vendredi dernier, quand Querashi s'est fait buter... on était ensemble, tu t'en rappelles ?

— Évidemment, dit-elle, se sentant devenir écarlate.

— Tu t'souviens à quelle heure on s'est séparés, hein ? On est allés aux cabines vers neuf heures, on a bu c't alcool dégueu, là, du...

— Calvados, lui souffla-t-elle. (Et elle précisa, juste pour dire quelque chose :) Une eau-de-vie à base de pommes. Un digestif.

— Ben nous, on l'a bu avant de « passer à table », hein ? fit-il en souriant.

Elle n'aimait pas son sourire. Ses dents. Elle n'aimait pas avoir sous les yeux la preuve qu'il n'était jamais allé chez le dentiste — qu'il ne se douchait pas tous les jours, n'utilisait jamais de brosse à ongles. Elle ne pouvait se cacher qu'il s'arrangeait toujours pour que personne ne les voie ensemble, lui donnant rendez-vous sous la jetée, au pilier le plus proche de la mer, pour l'entraîner ensuite dans cette cabine de plage qui sentait le moisi, au sol recouvert de nattes en rotin, où elle s'écorchait la peau quand elle se mettait à genoux devant lui.

Aime-moi, aime-moi, lui disait-elle par ses actes. Tu vois le plaisir que je peux te donner ?

Mais c'était avant de savoir que Sahlah avait besoin de son aide, avant d'avoir vu l'expression sur le visage de Theo qui disait clairement qu'il allait abandonner Sahlah.

— Bref, dit-il en voyant que son allusion salace ne la faisait pas rire. On était encore ensemble à onze heures et demie, tu t'souviens ? J'ai même dû foncer pour pas arriver en retard au boulot...

Rachel secoua la tête.

— Pas tout à fait, Trev. Je suis rentrée chez moi vers dix heures.

Trevor de sourire encore, mains sur le guidon. Il releva la tête avec un petit rire nerveux et dit, sans la regarder :

— Hé, Rachel, non, tu te gourres. Bon, d'accord, je m'attends pas à c'que tu t'souviennes d'l'heure pile, vu ce à quoi on était occupés....

— Ce à quoi *j'étais* occupée, rectifia Rachel. Je n'ai pas le souvenir de t'avoir vu faire grand-chose à part sortir ta queue de ton pantalon...

Il finit par la regarder. Pour la première fois, Rachel lut la peur dans les yeux de Trevor.

— Rachel, dit-il d'une petite voix. Déconne pas, Rachel. Tu te souviens bien d'autre chose, merde !

— Je me souviens qu'il faisait nuit, dit-elle. Je me souviens que tu m'as demandé d'attendre sous la jetée le temps que tu ailles à la cabine — la troisième avant la fin de la rangée, ça, je m'en souviens — pour... comment tu m'as dit, déjà ?... « faire de l'air ». Je devais rester sous la jetée dix minutes avant de te rejoindre...

— T'aurais préféré venir quand ça refoulait ? protesta-t-il.

— Tu n'aurais surtout pas voulu qu'on nous voie ensemble !...

— Mais non, ça n'a rien à voir !

Il paraissait si offusqué que Rachel eut très envie de le croire. De croire que c'était un pur hasard si, la seule et unique fois où ils étaient sortis ensemble en public, il l'avait emmenée dans un petit restaurant chinois à plus de vingt kilomètres de Balford. Que s'il ne l'avait jamais embrassée sur la bouche, c'était uniquement par timidité. Et, surtout, que s'il avait pris son plaisir avec elle une bonne quinzaine de fois sans jamais se soucier de savoir si elle ressentait quelque chose — hormis l'humiliation d'avoir à réclamer si ouvertement le moindre signe d'un avenir normal —, c'était simplement parce qu'il n'avait pas encore appris à donner. Seulement, il arrive un moment où l'espoir n'est plus permis et où la réalité tue définitivement le rêve. Et ce moment était arrivé.

— Je suis rentrée à la maison vers dix heures, Trev. Je le sais parce que je me sentais tellement vide que j'ai allumé la télé. Et je me souviens aussi de ce que j'ai regardé : la fin d'un vieux film avec Sandra Dee et Troy Donahue. Je parie que tu l'as déjà vu : ils sont gamins, c'est l'été, ils tombent amoureux l'un de l'autre et ils font des bêtises. Et ils finissent par se rendre compte que l'amour est plus fort que la peur de se regarder en face.

— Tu pourrais pas leur dire ? demanda-t-il. Leur dire que c'était onze heures et demie ? Hein ? Rachel ? Les flics vont te le demander pa'ce que j'leur ai dit que j'étais avec toi ce soir-là. Et c'est vrai, j'étais avec toi. Mais si tu leur dis qu't'es rentrée à dix heures, tu vois ce qu'i'vont penser ?

— Je suppose qu'ils penseront que tu as eu le temps de tuer Haytham Querashi avant d'aller travailler, dit-elle.

— J'ai pas fait ça ! s'écria-t-il. Je l'ai pas vu ce soir-là, Rachel, j'te jure ! Je te jure ! Mais si tu dis pas comme moi, ils sauront que j'ai menti. Et s'i'savent que j'ai menti là-dessus, i'vont croire que j'mens sur le reste. Alors, tu peux m'aider ? T'es pas à une heure près, bordel !

— Une heure et demie. Tu as parlé de onze heures et demie.

— Ouais, une heure et demie. C'est pareil, non ? En tout cas, c'est suffisant pour penser que tu avais peut-être une idée derrière la tête en sortant avec moi ce soir-là, se dit Rachel.

— Je ne mentirai pas pour te couvrir, Trev, dit-elle. Je l'aurais peut-être fait avant. Mais plus maintenant.

— Pourquoi ? fit-il d'une voix plaintive. (Il lui prit le bras et fit courir ses doigts sur sa peau nue.) Rachel, j'pensais que c'était spécial entre nous. Tu l'as pas compris ? Quand on est ensemble, c'est comme... hé, c'est magique quoi. Tu trouves pas ?

Il passa les doigts dans la manche courte de son chemisier et les glissa sous la bretelle de son soutien-gorge. Elle avait tellement envie qu'il la touche que la moiteur de son corps répondait pour elle, au creux de ses cuisses, de ses genoux.

— Rachel ?

Ses doigts glissèrent sur le devant de son soutien-gorge.

C'est comme ça que ça doit se passer, songea-t-elle. Un homme touche une femme, et la femme a envie de lui, a besoin de lui, fond sous ses caresses...

— Je t'en prie, Rachel. Y a qu'toi qui peux m'aider.

Mais c'était aussi la première fois qu'il la touchait avec tendresse, sans la précipitation fébrile qui ne menait qu'à son plaisir.

Cette nana, elle est jouable avec un oreiller sur la tête !

T'as une tête de cul, Winfield !

Faut s'foutre un bandeau sur les yeux pour la sauter, celle-là !

Elle se crispa au souvenir de ces voix contre lesquelles elle avait dû lutter pendant toute son enfance et son adolescence, et repoussa la main de Trevor Ruddock.

— Rachel !

Il réussissait même à prendre un air blessé.

Oui. Elle savait ce que c'était.

— Vendredi soir, je suis rentrée vers dix heures, dit-elle. Si les flics me posent la question, c'est ce que je leur répondrai.

15

Sahlah regardait l'ombre immobile des branches qui, à la clarté de la lune, dessinait de noirs entrelacs au plafond de sa chambre. La maison avait beau être proche de la mer, la brise refusait de souffler. Ce serait encore une nuit étouffante, où le contact du drap sur sa peau lui donnerait l'impression de dormir empaquetée dans du film plastique.

Sauf qu'elle ne pourrait pas fermer l'œil. Elle avait souhaité une bonne nuit à sa famille à dix heures et demie, après une conversation tendue entre son père et son frère. Akram était tout d'abord resté sans voix en apprenant qu'Haytham avait eu la nuque brisée. Muhannad avait profité de sa consternation pour lui annoncer ce que la réunion avec la police lui avait appris — ce qui était peu, selon Sahlah —, en soulignant ce que Taymullah et lui avaient prévu pour la prochaine manche. « Ce n'est pas un match, Muhannad », avait dit son père. Et la conversation avait très vite dégénéré.

Leurs paroles, prononcées avec hauteur par Akram et avec fougue par Muhannad, opposaient non seulement père et fils mais menaçaient aussi l'harmonie de toute la famille. Yumn s'était rangée du côté de son mari, bien entendu. Wardah s'était réfugiée dans son attitude de soumission habituelle et n'avait pas dit un mot, gardant les yeux baissés sur sa broderie. Sahlah avait tenté de concilier les deux parties. En vain. Le silence était retombé dans la pièce, l'air s'était chargé d'électricité. Personne ne semblait disposé à calmer le jeu. Yumn avait choisi cet instant pour bondir sur ses pieds, prendre une cassette vidéo et l'enfoncer dans le magnéto-scope. Quand l'image granuleuse s'était formée sur l'écran — celle d'un petit Indien marchant derrière un troupeau de chèvres, bâton en main, au son d'un sitar et sur fond de générique de début —, Sahlah s'était éclipsée en souhaitant une bonne nuit à tous. Seule sa mère lui avait répondu.

Il était maintenant une heure et demie du matin. Il n'y avait plus aucun bruit depuis minuit, heure à laquelle elle avait entendu son frère s'agiter dans la salle de bains avant d'aller au lit. Les planchers et les murs avaient cessé leurs grincements nocturnes. Et elle attendait le sommeil. Pour pouvoir s'endor-mir, il lui aurait fallu ne plus penser, ne se concen-trer que sur la détente. Et cela, elle n'y arrivait pas.

Rachel ne lui avait pas téléphoné, ce qui signi-fiait qu'elle n'avait pas encore les renseignements nécessaires pour l'avortement. Sahlah ne pouvait que s'astreindre à la patience en espérant que son amie ne la laisserait pas tomber, ne la trahirait pas une fois de plus.

Depuis qu'elle se savait enceinte, Sahlah s'était mise à regretter amèrement que ses parents lui aient laissé si peu de liberté, et elle s'en voulait d'avoir si longtemps subi leur joug bienveillant et aimant, mais néanmoins impitoyable. De la cage dorée qui l'avait protégée du monde extérieur, souvent hostile, pendant son enfance, elle ne voyait plus que les barreaux. Elle ne s'en rendait compte qu'aujourd'hui, où elle regrettait plus que tout de ne pouvoir aller et venir librement comme les jeunes Anglaises, en toute insouciance, dans un monde où les parents semblaient de lointaines planètes à la périphérie du système solaire.

Si elle avait été une rebelle, elle aurait su quoi faire. Elle aurait raconté ce qui lui était arrivé, sans chercher à ménager les susceptibilités. Parce que la famille, elle n'en aurait eu rien à faire, si elle avait été une rebelle ! Rien à faire de l'honneur de ses parents, de leur fierté ! Sans parler de l'espoir qu'ils mettaient dans leur progéniture ! Rien à faire de tout ça ! Mais elle n'avait jamais été une révoltée. Par conséquent, protéger ses parents passait avant tout le reste pour elle, c'était plus important que son bonheur, elle y tenait plus qu'à sa vie.

Plus qu'à la vie, oui, se répéta-t-elle, en posant instinctivement les mains sur son ventre. Mais elle les retira tout aussi vite. Je ne peux pas te donner la vie, songea-t-elle. Je ne donnerai pas la vie à un être qui déshonorerait mes parents et apporterait le malheur au sein de ma famille.

Et ton exclusion, ma petite Sahlah ? lui souffla la voix impitoyable de sa conscience, sur le ton moqueur qu'elle avait depuis des nuits et des nuits, des semaines et des semaines. A qui la faute si tu es dans cette situation aujourd'hui, hein ?

« Sale pute, chienne ! lui avait craché son frère à

l'oreille avec tant de mépris qu'elle frissonnait rien qu'à y repenser. Tu vas payer pour ça, Sahlah. Comme toutes les putains... »

Elle ferma les yeux très fort, comme si l'obscurité totale pouvait effacer l'affreux souvenir et apaiser ses angoisses. Il se passa tout le contraire. Derrière ses paupières closes, des flashs de lumière trouaient les ténèbres, comme si un mystérieux metteur en scène voulait l'obliger à regarder en face les scènes qu'elle ne voulait plus voir. Elle rouvrit les yeux. Les éclairs persistèrent. Perplexe, elle les regarda apparaître, disparaître, apparaître, disparaître dans un coin du plafond. Puis elle comprit.

Court, court, long, pause. Court, court, long, pause. Combien de fois avait-elle vu ce signal, cette année ? Ce signal qui lui disait « Viens, viens, je t'attends, Sahlah ». Qui lui disait que Theo était là, torche électrique en main, dans le verger de poiriers.

Elle ferma de nouveau les yeux. Elle ne voulait plus le voir. Il n'y a pas si longtemps, elle se serait levée en hâte, aurait répondu à son signal avec sa lampe électrique, aurait enfilé ses chaussons et serait sortie de sa chambre en catimini. Elle serait passée à pas de loup devant la chambre de ses parents, ne s'arrêtant que le temps d'entendre les ronflements de son père et la respiration régulière de sa mère, serait descendue à la cuisine et, de là, serait sortie dans la nuit.

Court, court, long, pause. Court, court, long, pause. Même les yeux fermés, elle voyait la lumière, et elle sentait l'insistance de l'appel ; la même qu'elle avait devinée dans la voix de Theo quand il lui avait téléphoné la veille au soir :

« Sahlah, Dieu merci ! avait-il dit. Je t'ai appelée au moins cinq fois depuis que j'ai appris la nouvelle pour Haytham, et je n'ai jamais osé laisser de message. Pour que tu ne sois pas embêtée. Je suis toujours tombé sur Yumn. Sahlah, il faut qu'on parle. C'est trop important.

— On a déjà parlé.

— Non ! Écoute-moi. Tu m'as mal compris. Quand je t'ai dit que je voulais attendre, ça n'avait rien à voir avec les sentiments que j'ai pour toi... »

Il parlait très vite, à voix basse, comme s'il craignait qu'elle ne raccroche sans lui laisser le temps de dire tout ce qu'il avait à dire ; ou comme s'il avait peur que quelqu'un l'entende — et elle savait très bien qui.

« Il faut que j'aide ma mère à préparer le dîner, lui avait-elle dit. Je ne peux pas te parler longtemps.

— Je sais ce que tu penses, je l'ai lu sur ton visage. A tes yeux, je suis un lâche parce que je n'ose pas dire à ma grand-mère que je suis amoureux d'une Pakistanaise, c'est ça ? Mais si je ne le lui ai pas encore dit, ça n'a rien à voir avec toi. Rien du tout ! D'accord ? C'est juste que le moment serait mal choisi...

— Je n'ai jamais pensé ça, Theo. »

Mais il n'avait pas voulu l'entendre.

« Elle est malade, s'était-il entêté. Elle a de plus en plus de mal à parler, à marcher. Elle s'affaiblit de jour en jour. Elle a besoin qu'on s'occupe d'elle, Sahlah. Il faut que je sois très présent. Et je ne me vois pas te demander de venir t'installer chez moi pour t'occuper d'une vieille dame malade qui peut mourir d'un instant à l'autre...

— Je sais. Tu m'as déjà dit tout ça.

— Alors, pour l'amour du ciel, pourquoi ne veux-tu pas me laisser un peu de temps ? Maintenant qu'Haytham est mort, on pourra se marier, ce sera possible, Sahlah ! Sa mort est peut-être un signe. La main de Dieu s'est abattue sur lui comme pour nous dire...

— Haytham a été assassiné, Theo. Je ne pense pas que Dieu ait quoi que ce soit à y voir. »

Il était resté silencieux. Abasourdi ? s'était-elle demandé. Horrifié ? Se creusait-il la cervelle pour trouver les mots justes ? Des paroles de compassion ? D'insincères condoléances ? Ou bien se passait-il tout autre chose dans sa tête : cherchait-il fébrilement le moyen de se présenter sous le jour le plus avantageux ?

Dis quelque chose, avait-elle pensé. Pose une simple question, montre qui tu es.

« Comment le sais-tu... ? Dans le journal... Quand j'ai lu que c'était au Nez... je ne sais pas pourquoi, mais j'ai pensé qu'il avait fait un infarctus, ou qu'il avait eu un accident, qu'il était tombé... Mais... assassiné, tu dis ? Assassiné ? »

Il n'avait pas dit « Oh, mon Dieu, mais comment vis-tu cette horreur ? », ou « Qu'est-ce que je peux faire pour t'aider ? », ou « J'arrive tout de suite, Sahlah, je viens prendre ma place à tes côtés et nous allons mettre un terme à cette fichue mascarade »... Rien de tout ça.

« La police l'a dit à mon frère cet après-midi », avait-elle expliqué.

Autre silence. Elle n'avait plus entendu que sa respiration, et elle avait tenté de l'interpréter aussi, d'y percevoir ce qu'il pouvait bien ressentir.

« Je suis triste qu'il soit mort, avait-il fini par dire. Mais je n'irai pas jusqu'à prétendre que je suis triste que tu ne l'épouses pas ce week-end. Sahlah, je vais parler à ma grand-mère. Je vais tout lui raconter. Du début à la fin. J'ai vu que j'avais failli te perdre, et quand les projets de réaménagement seront lancés, elle aura la tête ailleurs et je lui parlerai.

— Oh, tu veux qu'elle ait la « tête ailleurs » pour qu'elle ne remarque pas la couleur de ma peau le jour où tu nous présenteras ?

— Ce n'est pas ce que j'ai dit...

— Ou bien comptes-tu ne pas me présenter à elle ? Tu espères peut-être que le réaménagement de la ville usera ses dernières forces ? Comme ça, tu seras riche et libre du même coup.

— Non, je t'en prie ! Ecoute...

— Je n'ai plus le temps. »

Et elle avait raccroché au moment même où Yumn surgissait du salon en la regardant avec un sourire si faussement affectueux que Sahlah comprit qu'elle avait entendu tout ce qu'elle avait dit.

« Oh, mon Dieu ! s'était exclamée Yumn. Ce téléphone n'arrête pas de sonner depuis qu'on sait ce qui est arrivé au pauvre Haytham. Comme c'est gentil de la part de tous ses amis de téléphoner à la jeune et jolie mariée pour lui présenter leurs condoléances et lui manifester leur soutien dans cette épreuve... Enfin... « mariée », pas tout à fait, hmm, Sahlah ? A quelques jours près, disons... Mais peu importe, cela doit te mettre du baume au cœur de voir que beaucoup de gens aimaient Haytham presque autant que tu l'aimais... »

Yumn la fixait, les yeux rieurs dans sa face faussement tragique. Sahlah avait tourné les talons et rejoint sa mère à la cuisine, suivie par le petit rire tranquille de sa belle-sœur. Elle sait, avait pensé Sahlah, mais elle ne sait pas tout.

Elle rouvrit les yeux pour voir si, à l'extérieur, la torche électrique continuait à lui lancer son message codé. Court, court, long, pause. Court, court, long, pause. Il attendait.

Je dors, Theo, lui dit-elle en pensée. Rentre chez toi. Retourne dans les jupes de ta grand-mère. De toute façon, tout ça n'a plus d'importance, car même si tu parlais — fier de notre amour et indifférent à la réaction de ta grand-mère —, je ne serais pas plus libre d'être à toi. Tu es comme Rachel, au fond. Tu considères que la liberté est une simple question de choix, qu'il suffit d'admettre ses besoins et ses désirs et de s'employer à les réaliser. Mais cette liberté-là n'est pas pour moi, Theo. Si j'essaie de l'obtenir, nous serons perdus, toi et moi. Et quand ceux qui s'aiment trouvent leur fragile univers sens dessus dessous, l'amour meurt très vite et laisse la place à la rancœur. Alors, rentre chez toi, Theo. Rentre chez toi.

Elle tourna le dos au persistant message, mais elle le vit reflété dans le miroir, sur le mur d'en face. Et il lui renvoyait des souvenirs : elle courait à la rencontre de Theo à travers le champ de poiriers, il lui tendait les bras, il l'embrassait dans le cou, sur les épaules, lui passait les doigts dans les cheveux.

Et d'autres choses aussi : l'attente fiévreuse du rendez-vous clandestin, l'échange de vêtements avec Rachel, de façon à passer inaperçue à la marina de Balford à la tombée de la nuit, la traversée silencieuse du Wade à marée haute — pas à bord du cruiser des Shaw mais d'un petit Zodiac fauché pour quelques heures à la location de bateaux de la marina, le feu de camp dans un creux de verdure sur Horsey Island, le murmure du vent sur les hautes herbes et les champs de lavande.

Il avait apporté un poste de radio et, sur fond musical, ils s'étaient parlé, s'étaient dit toutes ces choses qu'ils ne pouvaient se dire quand ils se voyaient à la fabrique, émerveillés de découvrir la multitude de sujets qu'ils pouvaient aborder ensemble. Mais ni l'un ni l'autre n'avait su se rendre compte qu'à s'épancher de la sorte ils empruntaient le chemin qui menait à l'amour — et à une forme de désir que l'inassouvissement rendait de plus en plus violent.

En dépit de tout ce qui s'était passé ces derniers mois et ces derniers jours, Sahlah ressentait toujours ce désir-là. Pourtant, elle n'irait pas rejoindre Theo. Elle ne pourrait pas le regarder en face. Elle ne voulait pas lire sur son visage une expression qui trahirait — inévitablement — sa peur, son chagrin... ou son dégoût.

Chacun fait ce qu'il doit faire, Theo, lui dit-elle

492

en silence. Peu importe ce que l'on souhaite : on ne peut infléchir la route qui vous a été tracée.

A son arrivée au poste de police, Barbara trouva Emily au téléphone, terminant une conversation sur un ton pète-sec qui lui fit penser qu'elle devait être en ligne avec son supérieur.

— Navrée, Don, disait-elle, mais je ne suis pas extralucide. Je ne sais pas si les Pakistanais ont prévu quoi que ce soit... Et où voulez-vous que j'en trouve un qui accepterait de bosser pour nous ?... Vous vous imaginez bien que New Scotland Yard a d'autres chats à fouetter que de nous envoyer un agent pour infiltrer une organisation qui — pour autant que nous le sachions — n'a pas commis la plus petite infraction... Mais c'est justement ce que j'essaie de découvrir, bon sang !... Je pourrais, oui, si je ne passais pas mon temps à répondre à des coups de téléphone débiles !

Barbara entendit les échos assourdis d'une voix d'homme en colère à l'autre bout de la ligne. Emily leva les yeux au ciel et écouta sans plus rien dire jusqu'au moment où son supérieur mit un terme à la conversation en lui raccrochant au nez. Barbara entendit le clic caractéristique. Emily poussa un juron et raccrocha à son tour.

— Il avait trois conseillers municipaux dans son bureau, expliqua-t-elle à Barbara. Le bruit court que les Pakistanais feront une manif à midi dans la grand-rue. Ils ont peur qu'il y ait de la casse. Pour le peu de boutiques qui restent... Mais personne ne sait rien de concret, remarque.

Elle reprit l'activité que le coup de fil de Ferguson avait interrompue : accrocher une taie d'oreiller bleue à la fenêtre sans rideau de son bureau, sans doute pour empêcher la chaleur d'entrer. Se servant du manche d'une agrafeuse comme d'un marteau, elle punaisait la bordure de la taie dans l'encadrement. Elle lança un coup d'œil à Barbara par-dessus son épaule et lui dit :

— Bravo pour ton maquillage, Bab. Tu ressembles enfin à une femme.

— Je te remercie. Je ne sais pas si ça va tenir longtemps, mais je reconnais que ça cache bien mes bleus. Je pensais quand même être plus rapide. Je suis désolée d'avoir manqué le briefing de ce matin.

Emily relativisa d'un geste et lui dit qu'elle n'avait aucune obligation. Elle était en vacances. Son rôle de médiatrice était un service qu'elle lui rendait. Personne n'attendait d'elle qu'elle bosse comme une malade sur cette enquête.

Emily descendit de sa chaise et continua d'enfoncer des punaises. Elle lui raconta qu'elle était allée jusqu'au dépôt de journaux de Clacton, dans Carnarvon Road, où elle avait eu une petite discussion avec le vendeur, qui avait tout de suite vu de qui il s'agissait quand elle l'avait interrogé sur un Pakistanais ayant passé plusieurs coups de téléphone de son point-phone à un certain Haytham Querashi. « Oh, ça doit être Mr Kumhar, lui avait-il dit sans hésiter. Il a des emmerdes ? » Et de lui raconter que Fahd Kumhar était un de ses clients réguliers ; qu'il n'avait jamais rien eu à lui reprocher ; qu'il payait toujours en espèces ; qu'il venait au moins trois fois par semaine lui acheter des Benson & Hedges, et parfois un journal, et des pastilles au citron — toujours au citron.

— Il m'a dit qu'il ne savait pas où il habitait, poursuivit Emily. Mais apparemment, ce type passe là assez souvent pour qu'on puisse le coincer sans problème. J'ai mis un homme en surveillance dans le lavomatic en face du marchand de journaux. Quand Kumhar se pointera, il le filera jusque chez lui.

— Cette boutique est loin de la place du marché ? demanda Barbara.

— A moins de cinquante mètres, répondit Emily.

Barbara hocha la tête. Voilà qui faisait une personne de plus à proximité des toilettes publiques, ce qui leur permettrait peut-être de se faire confirmer le témoignage de Trevor Ruddock. Elle raconta à Emily les coups de téléphone passés au Pakistan la veille au soir, sans toutefois lui préciser qu'Azhar lui avait servi d'interprète. Emily ne posa pas de question qui aurait pu l'obliger à éclaircir ce point de détail — l'important pour elle était le fond, à savoir les renseignements obtenus, et non la forme. Tout comme Barbara, elle s'arrêta sur les appels que Querashi avait passés au mufti.

— Donc, dit-elle, si les musulmans considèrent que l'homosexualité est un péché très grave...

— Pour eux, ça l'est, dit Barbara. Au moins une chose qui est sûre...

— Alors, il y a une chance que notre petit Trevor nous dise la vérité. Et que ce Kumhar — qui n'habite pas loin de ce lieu de rencontre — ait lui aussi été au courant pour Querashi.

495

— Possible, dit Barbara. Mais peut-être que Querashi a téléphoné au mufti pour lui parler du péché de quelqu'un d'autre. De Sahlah, par exemple ? Si elle a péché en s'envoyant en l'air avec Theo Shaw — et avoir des rapports sexuels hors mariage est aussi un super péché pour eux —, elle risquait d'être mise au ban de sa communauté. Et là, je te parie que Querashi n'aurait plus vraiment été chaud pour l'épouser. C'est peut-être ça qu'il cherchait : un moyen de se tirer de là.

— Ce qui, sans doute, aurait foutu les boules aux Malik. (D'un signe de tête, Emily remercia Belinda Warner qui lui apportait un fax.) Du nouveau de Londres, à propos des empreintes digitales relevées dans la Nissan ?

— J'ai appelé le SO4, répondit Belinda, et je me suis fait jeter. Ils m'ont demandé si je me rendais compte qu'ils recevaient près de trois mille empreintes par jour et si je voyais une raison pour laquelle les nôtres passeraient en priorité...

— Je vais leur téléphoner, dit Barbara. Je ne vous promets rien, mais je vais essayer de leur secouer les puces.

— Ce fax est de Londres, dit Belinda. Le professeur Siddiqi a traduit la page du bouquin qui appartenait à Querashi. Et Phil a appelé de la marina : les Shaw ont un yacht là-bas.

— Pas les Pakis ? demanda Emily.

— Non. Seulement les Shaw.

Emily congédia la jeune femme et parcourut le fax, l'air songeur.

— Sahlah a offert le bracelet « La vie

commence aujourd'hui » à Theo Shaw, dit Barbara. Il a un alibi aussi solide que de la gelée.

Emily, toute à son fax, ne répondit pas. Puis elle commença à lire à voix haute :

— « Comment ne pas vous battre pour la cause d'Allah et des plus faibles parmi les hommes, les femmes, les enfants qui pleurent : Ô Dieu ! Délivre-nous de cette ville dont les habitants sont des tyrans ! Protège-nous par Ta présence amie ! Ô Dieu, que Ta présence nous protège ! » (Elle laissa tomber le fax sur son bureau.) Eh ben, voilà qui nous éclaire vachement...

— Je pense qu'on peut croire Taymullah Azhar, dit Barbara. C'est quasiment mot pour mot la traduction qu'il en a faite hier. Quant à ce que ça signifie, Muhannad prétend qu'il faut en conclure que quelqu'un harcelait Querashi. Il se basait sur la phrase : « Délivre-nous de cette ville... »

— Tu veux dire qu'il pense que Querashi était persécuté, c'est ça ? fit Emily. On n'en a pas le quart du millième d'une preuve !

— Alors, peut-être que Querashi voulait rompre ses fiançailles, dit Barbara, reprenant son idée. Après tout, il n'a pas dû sauter au plafond en apprenant que sa promise avait une liaison avec Shaw. Logique qu'il ait voulu tout arrêter. Et peut-être qu'il a téléphoné au mufti pour lui parler de tout ça à mots couverts...

— Moi, je dirais plutôt qu'il s'est rendu compte qu'il ne pourrait pas jouer à l'hétéro pendant quarante ans et plus, et qu'il essayait d'éviter le mariage à cause de ça — quoi qu'il ait dit à son mufti. Là-dessus, quelqu'un a su qu'il ne voulait plus épouser Sahlah, et... (Elle pointa deux doigts, mimant un revolver, visa Barbara et appuya sur la détente.) Je te laisse deviner la suite, Bab.

— Et Kumhar, dans tout ça? fit Barbara. Et les 400 livres que lui a données Querashi?

— Peut-être une avance sur une dot? Peut-être que Querashi était en train de marier une de ses sœurs à Kumhar? Il a plusieurs sœurs, si je ne m'abuse? J'ai dû lire ça dans un de ces foutus rapports...

Elle montra le monceau de papiers sur son bureau. Le raisonnement d'Emily tenait la route, mais elle l'assenait avec une conviction féroce qui mit Barbara mal à l'aise.

— Ce meurtre a été prémédité dans les moindres détails, Bab, poursuivit-elle sur le même ton. Et un alibi en béton, ça ne veut pas dire grand-chose. Celui qui s'est donné la peine de repérer les faits et gestes de Querashi la nuit, d'installer un fil de fer pour le faire tomber, de s'assurer qu'il ne resterait plus aucune preuve sur place, aura fait en sorte de se forger un alibi de première, crois-moi.

— D'accord, acquiesça Barbara. Sur ce point, tu as raison. Mais étant donné que tout le monde, à part Theo Shaw, a un alibi — et que plus d'une personne avait un mobile pour tuer Querashi —, est-ce que tu ne crois pas qu'il faut qu'on cherche dans une nouvelle direction?

Elle fit part à Emily de la teneur des autres coups de fil que Querashi avait passés, mais à peine mentionnait-elle Hambourg qu'Emily l'interrompit.

— Hambourg, tu dis? Querashi a téléphoné en Allemagne?

— A un commissariat de police, figure-toi. Mais on n'a pas pu me dire qui il y avait appelé. Pourquoi ? Hambourg te fait penser à quelque chose ?

Emily ne répondit pas et sortit un paquet de Slim Fast d'un tiroir de son bureau. Barbara s'efforça de ne pas prendre un air trop coupable en repensant au petit déjeuner qu'elle s'était enfilé un peu plus tôt : une bonne platée d'œufs, de pommes de terre, de saucisses, de champignons et de bacon, le tout recouvert d'une sauce riche en cholestérol. Mais elle pouvait toujours prendre son petit air Judas Iscariote, peu importait : Emily était tellement plongée dans ses pensées qu'elle n'avait rien remarqué.

— A quoi tu penses, Emy ?

— A Klaus Reuchlein.

— Qui ça ?

— Le troisième larron de ce dîner à Colchester, vendredi soir.

— Ah, c'était un Allemand ? Comme tu avais parlé d'un étranger, j'avais cru que...

Dingue ce qu'on est influencé par ses prédispositions culturelles et ses préjugés inconscients, songea-t-elle. Par « étranger », Barbara avait compris « Pakistanais » — alors que travailler sans a priori est l'un des premiers devoirs de la police.

— Il est de Hambourg, lui dit Emily. Rakin Khan m'a donné son numéro de téléphone. « Je vois que vous ne me croyez pas, il m'a dit, eh bien, vous n'avez qu'à appeler ce monsieur, il vous confirmera que Muhannad était bien chez moi... » Mais où est-ce que je l'ai...

Elle farfouilla dans des papiers et des chemises

cartonnées jusqu'à ce qu'elle trouve ce qu'elle cherchait. Elle lut le numéro de téléphone. Entre-temps, Barbara avait sorti le relevé téléphonique de son fourre-tout. C'était bien le même.

— Oh, putain ! fit-elle.

— Dois-je en conclure que tu as téléphoné à Mr Reuchlein hier soir ? fit Emily avec un sourire.

Tout à coup, elle rejeta la tête en arrière et brandit le poing vers le ciel.

— On le tient, Bab ! Monsieur le Politicard. Le Gandhi au petit pied ! Je crois bien qu'on le tiiiient !

— On a un lien, approuva Barbara, prudente. Mais ce n'est peut-être qu'une coïncidence, Emy...

— Une coïncidence ? fit Emily, incrédule. Il se trouve que Querashi a téléphoné à Reuchlein, qui était censé confirmer l'alibi de Muhannad Malik... Allons, Bab. Ça ne peut pas être une simple coïncidence !

— Et Kumhar ?

— Quoi, Kumhar ?

— Qu'est-ce qu'on en fait ? Il habite à proximité de la place du marché de Clacton, là où Trevor prétend avoir vu Querashi draguer dans les pissotières. Ce serait juste une coïncidence, alors ? Et comment peut-on dire qu'un des éléments de l'enquête soit une coïncidence, et que tel autre désigne le coupable ? Et à supposer que, côté Kumhar, ce ne soit pas une coïncidence, qu'est-ce qu'on a ? Un complot pour tuer Querashi orchestré par les membres de sa communauté ? Et dans ce cas, pourquoi ?

— Peu importe pourquoi. Ça, ça regarde le ministère public.

— Bon, fit Barbara. D'accord. Objection acceptée. Mais on sait que des témoins ont entendu un bateau cette nuit-là. Et il se trouve que les Shaw en ont un. On sait que Ian Armstrong a bénéficié de la mort de Querashi et que son alibi est plus faible que celui de tous les autres. D'un autre côté, on nous dit que Querashi était pédé comme un phoque, et on sait qu'il est allé au Nez pour retrouver quelqu'un — quelqu'un qu'il voyait régulièrement. Je ne vois pas pourquoi on oublierait tous ces éléments au profit d'une seule piste qui mènerait à Muhannad Malik. Je ne pense pas que ce soit une bonne façon de faire notre métier de policier, Emy, et je suis sûre que tu es de mon avis...

Elle sut tout de suite qu'elle était allée trop loin. Sa propension à parler, argumenter et contredire — qui n'avait jamais été un problème dans sa collaboration avec l'affable inspecteur Lynley, à Londres — lui avait fait perdre le sens de la mesure. Emily s'était redressée et la fixait d'un œil noir.

— Oh, excuse-moi, dit Barbara vivement. Je m'emporte, je m'emporte... et je ne sais plus ce que je dis... Je suis désolée, oublie ça...

Emily la regardait sans rien dire en tambourinant du bout des doigts sur le plateau de son bureau. Le téléphone sonna. Elle ne décrocha pas. Barbara le lui montra des yeux avec insistance. Au bout de quinze secondes, la sonnerie cessa. Belinda Warner arriva quelques instants plus tard.

— Frank vous demande au téléphone, chef, dit-elle. Il a eu accès au coffre de Querashi, à la Bar-

501

clay's de Clacton, et il a trouvé un connaissement établi par Orient-Imports. (Elle baissa les yeux sur un bout de papier ; manifestement, elle avait noté les renseignements que lui avait donnés le dénommé Frank.) « Mobilier et Articles Ménagers. » C'est une boîte d'import-export du Pakistan. Il a aussi trouvé une enveloppe sur laquelle figure une adresse incomplète : Oskarstrasse 15, pas plus. Une page arrachée à une revue sur papier glacé. Et aussi des documents sur une maison située dans la Première Avenue, et le permis de séjour de Querashi. Voilà. Frank voulait savoir si vous vouliez qu'il rapporte tout ça ici ?

— Dis-lui donc de faire fonctionner son cerveau, pour une fois ! aboya Emily. Evidemment, que je veux qu'il les ramène !

Belinda accusa le coup et partit sans demander son reste.

— « Oskarstrasse 15 », dit-elle, songeuse avec un air qui n'échappa pas à Barbara. Où ça se trouve, à ton avis ?

— J'ai dépassé les bornes, dit Barbara. Tu sais, des fois, je prends le mors aux dents et je rue dans les brancards. Faut pas m'en vouloir. On oublie ce que j'ai dit ?

— Non, répondit Emily. Ça me paraît difficile.

Et meeeerde, songea Barbara. Adieu, projets de travailler au côté de Barlow-la-Bête, de progresser à son contact et d'éviter à Taymullah Azhar de s'attirer des ennuis. Et tout ça à cause de sa langue bien pendue !...

— Emy...

— Continue.

502

— Je suis désolée. Je suis vraiment, absolument désolée. Je ne voulais pas dire que... Oh, fait chier !

Barbara se frappa le front, incapable d'en dire plus.

— Je ne te demandais pas de continuer à t'excuser, Bab, mais de poursuivre ton explication...

Confuse, Barbara leva les yeux vers Emily, essayant de déceler sur son visage une trace d'ironie ou la volonté de l'humilier. Mais elle ne lui vit qu'un air intéressé. Une fois encore, elle fut obligée d'admettre qu'elle possédait les qualités essentielles dans leur branche professionnelle : capacité à ne pas insister, qualité d'écoute et souplesse d'adaptation.

Barbara s'humecta les lèvres, sentant le goût de son rouge.

— Bon, dit-elle, décidée cette fois à se contrôler. Oublions Sahlah et Theo Shaw pour le moment. Et si Querashi avait effectivement téléphoné au mufti pour lui parler de son homosexualité, comme tu l'as suggéré. Pour lui demander si un musulman coupable d'un péché grave est toujours musulman...

— Je te suis, dit Emily, ouvrant un sachet de Slim Fast et en versant le contenu dans un verre d'eau.

— Il apprend qu'un péché grave l'exclurait de la communauté, donc il décide de mettre fin à sa liaison et il l'annonce à son amant. Mais le gars ne l'entend pas de cette oreille. Il lui donne rencard au Nez. Querashi prend ses capotes en se disant que la rencontre se terminera peut-être par une baise

503

d'adieu — mieux vaut prévenir que guérir —, sauf que l'amant a décidé de le tuer, selon le vieux principe « Puisque tu ne veux pas être à moi, tu ne seras à personne »...

— Il avait Querashi dans la peau, dit Emily, semblant aller dans le sens de Barbara. (Elle tourna son regard vers le ventilateur rotatif qu'elle avait déniché dans le grenier, la veille. Elle ne l'avait pas encore mis en marche. Ses pales étaient ornées d'un plumetis de poussière.) Je vois ton idée, Bab, mais tu oublies une chose, l'argument que tu avançais hier : pourquoi un amant aurait-il transporté le corps et vandalisé la voiture ?

— Ah, cette putain de Nissan ! s'écria Barbara, bien obligée de reconnaître qu'Emily venait de pulvériser sa théorie.

Puis, en repensant aux événements du vendredi soir — un rendez-vous secret, une chute mortelle, un corps déplacé, une bagnole mise à sac —, elle entrevit une autre possibilité :

— Emy, et s'il y avait une autre personne impliquée ?

— Un ménage à trois, tu veux dire ?

— Supposons que l'amant — si amant il y a — de Querashi ne soit pas son assassin. Tu as toujours les photos de la scène du crime ?

Emily farfouilla de nouveau dans le foutoir qui recouvrait son bureau et finit par mettre la main sur les photos du corps et du blockhaus, qu'elle posa côte à côte. Barbara vint se placer derrière elle et les examina par-dessus son épaule.

— Bon, fit Emily, allons-y. Voyons comment ça peut fonctionner dans le cas de figure « amant pas assassin ». Querashi a rendez-vous avec son amant vendredi soir, alors soit le mec est déjà au Nez quand Querashi arrive, soit il est en route pour l'y rejoindre. D'accord ?

— D'accord, fit Barbara, prenant le relais. S'il a vu ou entendu Querashi tomber, ou s'il l'a trouvé mort au pied de l'escalier...

— Alors, il a supposé en toute logique que c'était un accident. A partir de là, deux attitudes possibles : partir en se disant que quelqu'un d'autre découvrirait le corps ou aller signaler l'accident.

— Oui. S'il veut que leur liaison reste secrète, il part, ni vu ni connu. S'il s'en fout...

— Il va signaler l'accident.

— Mais ça change tout si ce soir-là l'amant de Querashi a vu quelque chose de suspect.

Emily détacha son regard des photographies et tourna lentement la tête vers Barbara.

— S'il a vu quelque chose... Putain, Bab, alors il a su que c'était un meurtre quand il l'a vu tomber au bas de la falaise !

— Donc, l'amant de Querashi l'attend, hors de vue. Il voit l'assassin installer le fil de fer, une ombre au sommet de l'escalier qui s'affaire... Il ne comprend pas ce qu'il voit. Mais quand Querashi dégringole au bas des marches, il pige tout de suite. Il voit même l'assassin retirer le fil de fer après coup...

— ... mais il ne peut pas intervenir parce qu'il ne veut pas qu'on sache qu'il avait une liaison avec Querashi...

— ... parce que c'est un mec marié...

— ... ou en couple.

— Dans un cas comme dans l'autre, il ne peut rien faire, mais il veut que la police comprenne que ce n'est pas un accident mais un meurtre.

— Alors, il déplace le corps, acheva Emily. Il fout la bagnole à sac. Oh, putain, Bab, tu te rends compte de ce que ça veut dire ?

— Ça veut dire qu'on a un témoin, dit Barbara avec un sourire.

— Et que si l'assassin le sait, il est en danger de mort.

Yumn était à la fenêtre, en train de changer le bébé, quand elle entendit la porte d'entrée claquer et l'allée crisser sous des pas. Elle mit le nez au carreau et vit Sahlah, recouvrant ses épais cheveux de son *dupattā*, se diriger à pas pressés vers la rue où sa Micra était garée au bord du trottoir. Elle arriverait encore en retard au travail, mais nul doute qu'Akram ne pardonne ce péché véniel à sa fille chérie.

Elle avait passé une demi-heure dans la salle de bains, laissant couler le robinet de la baignoire pour qu'on n'entende pas qu'elle était en train de vomir. Tout le monde avait pensé qu'elle prenait un bain — ce qui était inhabituel pour elle, qui prenait ses bains le soir, mais compréhensible vu la canicule. Seule Yumn savait la vérité, Yumn qui avait écouté à la porte pour amasser un maximum d'informations afin de mieux lutter contre une éventuelle disette de respect, d'allégeance, de la part de sa belle-sœur.

Quelle sale petite pute, songea-t-elle en regardant Sahlah monter dans sa voiture et baisser les deux vitres. Sors sans bruit la nuit pour aller le rejoindre, Sahlah, fais-le monter dans ta chambre quand tout le monde est endormi, accueille-le entre tes cuisses, copule, jouis, et, le lendemain, affiche encore ton air de sainte-nitouche, de petite fille fragile, mignonne... Putain, va ! Tu es un œuf pourri : intact vu de l'extérieur, mais, quand on l'ouvre, il dégage toute sa pestilence.

Le bébé sanglota. Yumn baissa les yeux et s'aperçut qu'au lieu de lui ôter sa couche sale elle la lui avait fixée autour de la jambe par mégarde.

— Amour, dit-elle, pardonne à ta tête de linotte d'*ammī-gee*.

Il lui répondit par un grand sourire et battit des bras et des jambes. Elle contempla son fils. Nu, il était magnifique.

Elle prit le gant de toilette et le lui passa entre les jambes. Puis elle lava son petit pénis, le décalottant avec précaution.

— Petit amour à sa maman, chantonna-t-elle. Bishr. Oui. Oui. Petit amour à sa maman qui n'aime que lui...

Une fois qu'il fut propre, elle ne lui remit pas tout de suite une autre couche, mais l'admira. Etant donné sa corpulence, sa force, sa taille, elle était sûre qu'il serait comme son père. Sa masculinité donnait tout son sens à la place qu'elle occupait en tant que femme. C'était son devoir que de donner des fils à son époux, et elle l'avait fait et continuerait à le faire tant que son corps lui en accorderait le privilège. Pour cette raison, non seulement on s'occuperait d'elle dans son grand âge, mais en plus elle serait chérie — une gloire que cette petite vermine de Sahlah ne connaîtrait jamais, dût-elle avoir mille vies. Elle ne pouvait espérer être aussi fertile que Yumn et elle avait déjà transgressé les principes de leur religion si gravement qu'elle ne pourrait jamais se racheter. Elle était une marchandise avariée, souillée au-delà de toute rédemption et définitivement irrécupérable. Elle n'était plus bonne à rien qu'à une vie de servitude.

Une pensée plaisante entre toutes.

— Oui, chantonna Yumn au bébé, oui, oui, ris, ris...

Des doigts, elle effleura l'appendice insignifiant qui pendouillait entre les jambes de son fils. Incroyable que ce petit bout de chair puisse déterminer le rôle que cet enfant jouera dans la vie. Mais c'est ce qu'a dit le Prophète.

— Les hommes sont responsables de nous, gazouilla-t-elle, parce qu'Allah a créé l'un pour qu'il surpasse l'autre. Mon petit Bishr, écoute *Ammī-gee*. Fais ton devoir, nourris, protège et guide, et trouve-toi une femme qui fasse le sien.

Ce que n'avait pas fait Sahlah, loin de là. Elle jouait à la jeune fille obéissante, à la sœur et belle-sœur respectueuse et soumise, mais ce n'était qu'une comédie. La vraie Sahlah était celle qui faisait grincer les ressorts de son lit en rythme avec son amant au cœur de la nuit.

Yumn était au courant. Et elle avait décidé de tenir sa langue. Enfin, pas tout à fait. Certaines formes d'hypocrisie étaient inacceptables. Quand, après avoir commencé à vomir tous les matins, Sahlah avait brusquement accepté d'épouser le premier jeune homme qu'on lui présentait comme parti possible, Yumn avait décidé d'agir. Elle ne serait pas complice du mensonge de cette soi-disant vierge.

Aussi était-elle allée voir Haytham Querashi à l'insu de tous, se glissant hors de la maison un des nombreux soirs que Muhannad passait à l'extérieur. Elle était allée trouver le futur marié à son hôtel et, assise tout contre lui dans sa chambre mansardée, elle avait fait son devoir de croyante, lui révélant l'outrage irréparable qui empêchait son mariage. Sahlah pouvait se débarrasser de l'enfant qu'elle portait, bien sûr, mais sa virginité était perdue à jamais.

Mais Haytham n'avait pas réagi comme elle s'y attendait. La nouvelle (« Elle est souillée, elle porte l'enfant d'un autre ») n'avait pas trouvé en lui les échos dictés par la logique et la tradition. En fait, Haytham était resté si tranquille que pendant un moment elle avait pensé s'être méprise et que les malaises de Sahlah avaient peut-être commencé après la venue d'Haytham, et non avant, ce qui faisait de lui le père de l'enfant.

Non. Elle était sûre de son fait. Sahlah était enceinte avant l'arrivée d'Haytham. Alors, sa placidité à l'annonce du péché commis par Sahlah et le fait qu'il ait consenti à l'épouser ne pouvaient signifier qu'une chose : il était au courant et avait accepté de l'épouser malgré tout. La petite salope échappait à la disgrâce et au déshonneur parce qu'Haytham était décidé à lui permettre de quitter la maison familiale le plus tôt possible.

Rien n'aurait pu être plus injuste. Depuis trois ans qu'elle entendait chanter les louanges de Sah-

509

lah par sa belle-mère, Yumn ne laissait pas passer la moindre occasion de tourmenter la jeune fille. Elle en avait plus qu'assez qu'on lui rebatte les oreilles de la beauté de Sahlah, de ses prédispositions artistiques, de son intelligence, de sa piété et surtout de son sens du devoir. Sur ce dernier point, Wardah ne tarissait pas d'éloges. C'en était insupportable. Et elle ne se gênait pas pour invoquer la docilité de Sahlah chaque fois qu'elle trouvait à redire au comportement de Yumn. Si jamais elle faisait trop cuire le *sevian,* Wardah y allait de son refrain pendant vingt minutes sur le thème « Sahlah le fin cordon-bleu »; si elle osait oublier une des cinq prières quotidiennes — et elle était du genre à laisser passer le *namāz* au lever du soleil —, elle avait droit à un discours de dix minutes sur la piété de Sahlah et son respect des règles de l'islam. Si elle faisait mal la poussière, nettoyait mal la baignoire, ou n'avait pas fait la chasse à toutes les toiles d'araignées, elle passait immédiatement pour une souillon en comparaison de Sahlah, qui était d'une propreté irréprochable. Aussi avait-elle été enchantée d'avoir une épée de Damoclès à brandir au-dessus de la tête de sa jeune belle-sœur. Il s'en était fallu de peu que Yumn ne doive renoncer à son rêve de garder indéfiniment la petite Sahlah sous sa botte lorsque Haytham lui avait affirmé son intention de l'épouser malgré les péchés qu'elle avait commis. Mais maintenant, Yumn tenait de nouveau l'avenir de Sahlah entre ses mains. C'est là qu'il méritait d'être.

Yumn fit risette à son fils et commença à l'emmailloter dans une couche propre, toute douce.

— Que la vie est belle, mon petit dieu, murmura-t-elle.

Mentalement, elle dressa la liste de ce qu'elle demanderait à Sahlah de faire dès que celle-ci rentrerait à la maison.

16

L'éventualité que le meurtre de Querashi ait pu
avoir un témoin oculaire allait recentrer l'enquête.
Emily appela ses hommes sur leurs portables.

— Tous ceux qui ont été en contact avec Querashi sont des témoins potentiels, leur dit-elle. Véri-
fiez l'alibi de tout le monde. Retrouvez toute personne qui aurait pu être sur le Nez cette nuit-là.

Quant à Barbara, elle appela le SO4 à Londres,
usant de sa petite influence pour obtenir du laboratoire qu'il analyse les empreintes digitales relevées
dans la Nissan au plus tôt. Peut-être un coup pour
rien : encore fallait-il que ces empreintes corres-
pondent à celles d'une personne déjà fichée. Dans
ce cas-là, elles auraient fait un pas de géant.

Comme la plupart des services techniques, ceux
du SO4 n'accueillaient pas à bras ouverts ce qui, de
près ou de loin, leur semblait être une ingérence de
la part d'une autre branche de l'appareil judiciaire.
Aussi Barbara mit-elle en avant les troubles raciaux
qui avaient eu lieu en ville pour justifier sa
démarche. Elle finit en disant :

— On est assis sur un baril de poudre, et on a besoin de votre aide pour le désamorcer !

Au SO4, on comprenait. Mais tout un chacun voulait que ses empreintes soient analysées dès le premier jour de son enquête... et avant le coucher du soleil ! Le sergent devait comprendre qu'un service hautement spécialisé comme le SO4 ne pouvait traiter qu'un nombre limité de demandes par jour.

— On ne peut pas se permettre de faire une erreur, lui dit le responsable du service. Pas lorsque l'innocence ou la culpabilité d'un homme dépend de nos conclusions.

Bien sûr, bien sûr, songea Barbara. Elle lui dit de faire au mieux, raccrocha et se tourna vers Emily.

— J'ai le bras moins long que je le croyais, lui dit-elle en toute franchise. Ils feront ce qu'ils pourront. Qu'est-ce qu'il y a ?

Emily était en train de feuilleter le contenu d'une chemise.

— La photo de Querashi, dit-elle en la sortant.

Barbara reconnut celle qui avait fait la une du *Tendring Standard* : Querashi avait l'air solennel et juvénile à la fois.

— Si Trevor Ruddock nous dit la vérité, continua-t-elle, alors il y a une chance pour que quelqu'un d'autre ait vu Querashi draguer au marché de Clacton. Et si ce quelqu'un existe, ce quelqu'un a bien pu voir aussi notre témoin oculaire potentiel en sa compagnie. Je veux trouver ce témoin, Bab. Si Ruddock dit la vérité.

— « Si », reprit Barbara. Lui aussi avait un mobile pour tuer Querashi et je n'ai pas encore

513

vérifié son alibi. Je vais aller voir sa carte de pointage de la semaine dernière, et je compte réinterroger Rachel. Tous les chemins mènent à elle, apparemment. Je trouve ça curieux, d'ailleurs...

Emily lui donna le feu vert. Pour sa part, elle bosserait sur l'aspect « homo » de l'affaire. Entre le marché de Clacton et la localisation de Fahd Kumhar, plusieurs pistes semblaient mener à Clacton. Pas question de passer à côté.

— S'il existe, ce témoin détient la clé de l'affaire, dit-elle.

Elles se séparèrent sur le bout de bitume qui servait de parking au vieux poste de police. Sur un côté, une annexe en tôle ondulée tenait lieu de bureau au préposé chargé des pièces à conviction. En chemisette, un mouchoir bleu noué sur la tête, il suait à grosses gouttes, assis sur un tabouret. Apparemment, il était en train de vérifier si le contenu de sachets de mise sous scellés correspondait bien à ce qui figurait sur son registre. Le goudron était largement assez chaud pour y faire griller du bacon. Le pauvre gars, songea Barbara, il a le boulot le pire de tous.

Barbara retrouva sa Mini qui, dans le peu de temps passé au poste et malgré les vitres baissées, s'était transformée en une véritable fournaise. Le volant était bouillant et le siège lui chauffait la peau à travers le fin tissu de son pantalon. Elle consulta sa montre et s'étonna qu'il ne soit même pas midi. A ce train-là, à deux heures, elle serait aussi carbonisée qu'un gigot oublié au four.

La bijouterie était ouverte à son arrivée. Par la porte qui béait, elle vit Connie Winfield et sa fille

514

en train de disposer des parures qu'elles sortaient de cartons ouverts à leurs pieds — un nouvel arrivage, sans doute. Elles les présentaient sur d'anciens petits paravents en velours crème.

Barbara les observa un moment, en retrait, remarquant deux choses : à elles deux, elles avaient l'art de concevoir une vitrine attrayante, mais elles travaillaient dans un silence tendu. La mère lançait des coups d'œil fielleux à sa fille, auxquels celle-ci réagissait par des regards hautains destinés à lui signifier sa suprême indifférence.

Les deux femmes sursautèrent quand Barbara les salua. Seule Connie répondit à son bonjour.

— Mon petit doigt me dit que vous ne venez pas pour faire un achat, lui dit-elle.

Elle interrompit son travail et s'approcha du comptoir, sur lequel une cigarette se consumait dans un cendrier en croissant de lune. Elle la prit, en fit tomber la cendre et la porta à sa bouche. Le tout sans quitter Barbara des yeux, l'air hostile.

— J'aimerais dire un mot à Rachel, dit Barbara.

— Allez-y ! Et bonne chance ! Moi aussi, j'aimerais dire un mot à cette marie-couche-toi-là, mais rien à faire ! Ne vous gênez pas. Je suis impatiente d'entendre ce qu'elle a à dire pour sa défense.

Barbara n'avait pas l'intention de parler à Rachel en présence de sa mère.

— Vous voulez bien me suivre, Rachel ? dit-elle. On peut faire un tour ?

— Quoi ? fit Connie. J'ai pas dit qu'elle pouvait aller ailleurs. On a du travail. Ce que vous avez à

515

lui dire, vous pouvez le dire ici. Pendant qu'on défait nos livraisons.

Rachel posa le collier qu'elle tenait en main sur un des présentoirs. Connie parut comprendre ce que ce geste impliquait.

— Rachel, fit-elle, je ne te conseille pas de...

— On peut aller au parc, dit Rachel à Barbara. Ce n'est pas loin, et une pause me fera du bien.

— Rachel !

Rachel mit un point d'honneur à ignorer sa mère. Elle sortit sur le trottoir suivie de Barbara tandis que Connie aboyait une fois encore le prénom de sa fille, puis le criait sur un ton plaintif. Elles s'éloignèrent en direction de Balford Road.

Le parc en question était un carré de pelouse brûlée par le soleil, à deux pas de l'église Saint-Jean. Ses grilles avaient été fraîchement repeintes en noir. Il était ouvert. A l'entrée, une plaque souhaitait la bienvenue à tous et proclamait le nom du lieu : *Falak Dedar Park*. Un nom musulman, nota Barbara. Elle se demanda s'il fallait voir là un signe d'une plus grande implantation de la communauté pakistanaise à Balford-le-Nez.

Elles suivirent une allée gravillonnée qui longeait la pelouse et arrivèrent à un banc à l'ombre d'un cytise chargé d'une cascade de grappes jaunes. Au centre du parc chantonnait une fontaine qui représentait une jeune fille voilée en marbre blanc versant de l'eau d'une jarre dans une conque à ses pieds. Elles s'assirent sur le banc. Rachel arrangea les plis de sa robe légère, les yeux fixés sur la fontaine.

Barbara lui dit pourquoi elle avait voulu la voir : connaître son emploi du temps du vendredi soir.

— Il y a trois jours, rappela-t-elle à Rachel, sous-entendant qu'il ne s'était pas écoulé assez de temps pour brouiller les souvenirs.

— Vous voulez savoir où j'étais quand Haytham Querashi a été assassiné, c'est ça ? fit Rachel.

Barbara en convint.

— Votre nom est souvent cité dans cette affaire, ajouta-t-elle. Je ne voulais pas vous le dire devant votre mère...

— Merci.

— ... mais ce n'est jamais bon quand le même nom revient sans arrêt au cours d'une enquête criminelle. Vous fumez ?

Rachel secoua la tête et reporta son attention sur la fontaine.

— J'étais avec un garçon qui s'appelle Trevor Ruddock, dit-elle. Il travaille sur la jetée. Mais je suppose que vous le savez déjà. Je l'ai vu hier soir. Il m'a dit que vous l'aviez interrogé.

Elle lissa sa jupe en suivant le dessin d'une tête de paon camouflée par les tourbillons de couleurs du tissu.

Barbara sortit son calepin de son sac. Elle le feuilleta pour retrouver les notes qu'elle avait prises lors de son entretien avec Ruddock. Du coin de l'œil, elle remarqua que Rachel la regardait et avait cessé de lisser sa jupe, comme si elle se rendait compte tout à coup que le moindre geste pourrait la trahir.

Barbara se rafraîchit la mémoire en parcourant ses notes, puis se tourna vers Rachel :

517

— Trevor Ruddock prétend que vous étiez avec lui, mais il a été un peu vague sur les détails. Et c'est justement les détails qui m'intéressent. Alors, vous allez peut-être pouvoir combler les blancs.

— Je ne vois pas comment.

— Facile. (Barbara prit son stylo.) Qu'est-ce que vous avez fait ?

— Ce qu'on a fait ?

— Vendredi soir ? Où êtes-vous allés ? dîner ? boire un pot ? au cinoche ? dans un café ?

Rachel pinça la tête du paon entre deux doigts.

— Oh, vous vous moquez de moi ? dit-elle. Trevor a bien dû vous dire où on était...

— Peut-être, admit Barbara. Mais j'aimerais entendre votre version, si ça ne vous ennuie pas.

— Et si ça m'ennuie ?

— Eh bien, ce serait gênant, vu qu'on parle d'un meurtre. Alors, il vaut mieux que vous me disiez la vérité. Si vous me mentez, les flics voudront savoir pourquoi. Et ils ne vous lâcheront pas tant que vous n'aurez pas parlé.

Les doigts de Rachel se crispèrent sur le tissu de sa jupe. Si le paon imprimé avait été vivant, il serait mort étouffé depuis un petit moment déjà.

— Rachel ? la pressa Barbara. Ça vous pose un problème ? Je peux toujours vous laisser retourner au magasin, si vous voulez réfléchir avant de me parler. Si vous voulez demander conseil à votre mère... Elle semblait très inquiète à votre sujet hier, et je suis sûre que si elle savait que la police veut connaître votre emploi du temps le soir du meurtre, elle vous conseillerait de parler. Elle me disait pas plus tard qu'hier...

518

— Bon, d'accord ! soupira Rachel, ne souhaitant pas que Barbara s'étende davantage sur son rapport à sa mère. Il a dit la vérité. Ça vous va ? C'est ce que vous vouliez entendre ?

— Ce que je veux entendre, ce sont les faits, Rachel. Où étiez-vous vendredi soir avec Trevor ?

— Là où il vous a dit qu'on était ! Là où on est presque tous les vendredis soir ! Dans une des cabines de la plage ! Parce qu'il n'y a personne, là-bas, quand il fait nuit, alors, comme ça, personne ne sait par qui Trevor Ruddock se fait tailler une pipe ! Ça vous va, comme faits ?

Rachel tourna la tête vers Barbara. Elle était rouge jusqu'à la racine des cheveux. La clarté impitoyable du jour accentuait ses difformités faciales avec une précision sadique. En la voyant ainsi, en pleine lumière, Barbara ne put s'empêcher de repenser à un documentaire qu'elle avait vu à la télévision sur les critères de la beauté. La symétrie, avait conclu le commentateur. L'Homo sapiens est génétiquement programmé pour admirer la symétrie. Si c'était vrai, Rachel Winfield était définitivement hors course.

Barbara soupira. Elle eut envie de dire à cette fille que la vie pouvait être vécue autrement ; mais tout ce qu'elle avait à lui proposer était sa façon à elle de la vivre : seule.

— En fait, dit-elle, ce que Trevor et vous faisiez ne m'intéresse pas tant, Rachel. Ce que vous faites et avec qui, ça vous regarde. Si c'est le pied avec lui, continuez. Sinon, passez à autre chose.

— C'est le pied, répondit Rachel d'un air provocateur. Le super pied !

— Bon, fit Barbara. Et à quelle heure êtes-vous rentrée sur les rotules à la maison ? Trevor m'a dit à onze heures et demie, c'est bien ça ?

Rachel la considérait en se mordillant l'intérieur de la joue.

— Alors ? dit Barbara. Soit vous êtes restée avec lui jusqu'à onze heures et demie, soit non. Ce n'est quand même pas compliqué...

Elle se doutait que Rachel savait ce qui était en jeu. Puisque Trevor Ruddock était venu lui parler, il avait dû lui dire que si elle ne confirmait pas sa version dans les moindres détails, cela risquait de faire peser les soupçons sur lui.

Rachel détourna les yeux vers la fontaine. La jeune porteuse d'eau, souple et gracieuse, avait un visage parfait, les yeux chastement baissés, les mains petites et les pieds — dont seulement le bout dépassait du bas de sa tunique — aussi délicats que le reste de sa personne. Rachel contempla un moment la statue puis parut prendre une décision.

— A dix heures, dit-elle, les yeux rivés sur la fontaine. Je suis rentrée à dix heures.

— Vous en êtes sûre ? Vous avez regardé l'heure ? Vous n'avez pas pu vous tromper ? Rachel eut un rire bref et las.

— Vous savez le temps que ça prend, une pipe ? dit-elle. Quand c'est la seule chose que le mec veut, la seule chose que vous pouvez obtenir ? De lui et des autres. Ben, je vais vous dire : pas longtemps.

Barbara perçut le profond désarroi de la jeune fille. D'une chiquenaude, elle referma son calepin et se demanda quelle était la meilleure réponse à lui faire. D'un côté, ça ne faisait pas partie de son boulot, de donner des conseils et de panser des blessures d'amour-propre ; de l'autre, elle se sentait proche de cette fille. Pour Barbara, une des épreuves les plus difficiles et les plus amères de l'existence avait été le lent apprentissage de l'amour : donner et recevoir. Elle n'avait pas fini de potasser le sujet. Et il y avait des jours où elle doutait de jamais en venir à bout.

— Ne vous bradez pas systématiquement, finit-elle par lui dire.

Elle jeta sa cigarette par terre et l'écrasa sous sa basket. Elle avait la gorge sèche à cause de la chaleur, de la cigarette, et de l'effort qu'elle faisait pour refouler des sentiments qu'elle n'avait pas envie d'analyser — et surtout le souvenir de la dernière fois où elle-même avait cassé ses prix.

— Il faut payer, c'est sûr, dit-elle. Comme pour toutes les bonnes affaires. Mais pas trop cher.

Elle se leva sans laisser le temps à la jeune fille de répondre. D'un signe de tête, elle la remercia pour sa coopération et s'éloigna vers la sortie du petit parc. Tandis qu'elle suivait l'allée, elle aperçut un jeune Pakistanais qui fixait une affichette jaune sur une des grilles. Il en portait tout un tas sous le bras. Au moment où elle atteignait la rue, le jeune homme était déjà reparti et elle le vit coller une autre sur un poteau téléphonique.

Elle s'approcha et lut le nom qui en barrait la partie supérieure, en lettres capitales noires : FAHD KUMHAR. Au-dessous, on pouvait lire, en caractères gras : « La police de Balford veut vous interroger. Ne parlez qu'en présence d'un avocat. La Jum'a peut vous en fournir un. Téléphoneznous ! » Suivait un numéro de téléphone local, qui était répété verticalement au bas de la page de façon à pouvoir être découpé par un passant intéressé.

Au moins, on connaît maintenant les intentions de Muhannad Malik, songea Barbara. Et elle ressentit un mélange de satisfaction et de soulagement : en dépit des nombreuses raisons qu'il aurait eues de le faire, Azhar n'avait pas répété à son cousin ce qu'elle lui avait révélé par mégarde la veille au soir. S'il l'avait fait, Muhannad n'aurait fait placarder ses affichettes qu'à Clacton, et plus particulièrement autour de la place du marché.

Elle lui revaudrait ça. Et, marchant en direction de la grand-rue, elle ne put s'empêcher de se demander quand et comment Taymullah Azhar lui demanderait de lui renvoyer l'ascenseur.

Cliff Hegarty n'arrivait pas à se concentrer. Non qu'il faille beaucoup de concentration pour appliquer la scie à chantourner sur l'accouplement masculin qui constituait le sujet du tout dernier puzzle en vente chez « Cliff Hegarty, Distractions pour Adultes ». Tout ce qu'il avait à faire, c'était programmer la machine, bien positionner le puzzle, choisir le dessin qu'il voulait voir reproduit, tourner un bouton, abaisser une manette et attendre le résultat. Bref, ce qu'il avait l'habitude de faire tous les jours, en plus de prendre des commandes par téléphone, concevoir la maquette de son prochain catalogue, ou expédier un pli anonyme aux Hébrides à un type excité qui n'avait pas du tout envie que son facteur connaisse ses goûts en matière de divertissements pimentés.

Mais aujourd'hui, c'était différent, et pour plus d'une raison.

Il avait vu les flics. Il leur avait parlé. Deux détectives en civil, calepin en main, s'étaient pointés à la fabrique Malik dès l'ouverture. Deux autres étaient arrivés vingt minutes plus tard, en civil eux aussi, et s'étaient rendus chez d'autres commerçants de la zone industrielle. Cliff avait su alors que ce n'était qu'une question de temps — de peu de temps — avant qu'ils débarquent chez lui.

Il aurait pu partir, mais ça n'aurait été que reculer pour mieux sauter, et ça aurait poussé les flics à foncer à Jaywick Sands — ce qu'il voulait éviter à tout prix. Putain de merde, ça, c'était pas possible. Alors, quand il avait vu venir les flics dans sa direction après qu'ils eurent tenté leur chance chez le fabricant de voiles et le matelassier, Cliff s'était préparé pour l'entretien en commençant par retirer ses bijoux et baisser les manches de son tee-shirt de façon à cacher son tatouage sur le biceps. L'homophobie des flics était bien connue. Ce n'était pas la peine d'en rajouter.

Ils lui avaient montré leur carte et s'étaient présentés comme étant les agents de police Grey et Waters. Grey posait les questions et Waters prenait des notes. L'un et l'autre lorgnèrent la panoplie de godemichés, de masques en latex et d'anneaux péniens qui encombraient les étagères.

Une façon comme une autre de gagner sa vie, les mecs, avait-il eu envie de dire. Mais la sagesse lui avait conseillé de se taire.

Une bonne chose qu'il ait branché l'air conditionné, sinon sûr qu'il aurait sué à grosses gouttes — et pas seulement à cause de la chaleur. Et moins il montrait sa nervosité, mieux ça valait.

Ils avaient sorti une photo d'un gars en lui demandant s'il le connaissait. Bien sûr, qu'il leur avait dit, c'est le type qu'on a retrouvé mort sur le Nez. Haytham Querashi. Il bossait chez les Malik.

Il le connaissait bien ? lui avaient-ils demandé.

De vue. Bonjour, bonsoir, quoi.

Cliff avait fait de son mieux pour paraître décontracté. Il était passé devant le comptoir pour répondre à leurs questions, se plantant nonchalamment devant eux, bras croisés sur la poitrine. Cette pose accentuait la musculature de ses bras, et il trouvait que c'était plutôt un bon point. Mec baraqué égale hétéro, aux yeux des gens qui ne voyaient pas plus loin que le bout de leur nez. Par expérience, Cliff pensait que c'était le cas de la plupart des flics.

Voyait-il Querashi ailleurs qu'ici ? avaient-ils voulu savoir.

Cliff leur avait demandé ce qu'ils entendaient par là. Oui, bien sûr, il lui arrivait de le voir ailleurs. S'il le voyait ici, il le voyait ailleurs. Il ne devenait pas aveugle après le travail.

Ils ne trouvèrent pas ça drôle et lui demandèrent de leur expliquer ses rapports avec Querashi.

Les mêmes qu'au boulot. Quand il le croisait, dans Balford ou ailleurs, c'était bonjour, bonsoir, quel temps de merde, et basta. Ni plus ni moins.

Ils lui demandèrent où il lui arrivait de ren-

contrer Querashi ailleurs que dans la zone industrielle.

Une fois de plus, Cliff pouvait voir comment les
flics déformaient ce qu'on leur disait dans le sens
qui les arrangeait. Dès cet instant, il n'avait plus pu
les piffer, ces deux connards. S'il ne surveillait pas
ses paroles, ils allaient l'imaginer cul et chemise
avec Querashi en deux temps trois mouvements.

Il avait gardé son calme et leur avait répondu
qu'il ne voyait pas ce type en dehors du boulot,
mais que, s'il le croisait, il le saluait comme il
saluait tous ceux qu'il connaissait. Il était comme
ça.

Comme ça, répéta le dénommé Grey en laissant
errer son regard sur les accessoires en vente.

Cliff n'avait pas moufté. Pas le moindre
« Qu'est-ce que vous entendez par là ? ». Les flics
cherchaient toujours à vous faire sortir de vos
gonds pour mieux vous déstabiliser, il le savait. Il
avait joué à ce petit jeu plus d'une fois avec les
poulets. Une nuit au poste lui avait suffi pour
comprendre qu'il faut savoir garder son sang-froid.

Ils avaient alors changé de cap en lui demandant
s'il connaissait un certain Fahd Kumhar.

Non. Il leur avait dit qu'il le connaissait peut-être
de vue s'il travaillait à la fabrique de moutardes. Y
avait beaucoup de Pakistanais qui y bossaient et il
ne les connaissait pas tous par leur nom. Faut dire
que, ces noms, ça faisait un peu comme un tas de
lettres accolées pour produire des sons ; il n'arrivait
jamais à s'en souvenir. Pourquoi ces gens-là ne
donnaient pas de vrais prénoms à leurs gosses,
hein ? Comme William, Charlie ou Steve ?

Les flics ne le suivirent pas sur ce terrain. Ils en revinrent à Querashi. L'avait-il vu en compagnie de quelqu'un ? Aux alentours de la fabrique, par exemple ?

Cliff ne se rappelait pas. C'était possible, mais il n'aurait pas fait attention, de toute façon. Des gens allaient et venaient tout le temps par ici, des camions arrivaient, repartaient, les réceptions, les expéditions...

Querashi aurait très bien pu parler à un homme, lui dit Waters. Et, avec un signe de tête en direction des rayons, il avait demandé à Cliff si Querashi et lui avaient déjà fait affaire.

Querashi était une tante, avait ajouté Grey. Cliff le savait ?

La question touchait un peu trop le point sensible, comme un couteau qui écorche la peau. Cliff repoussa les souvenirs de sa conversation avec Gerry, la veille au matin, dans la cuisine : accusations hargneuses d'un côté, dénégations farouches de l'autre.

« Et la fidélité, tu en fais quoi ?

— Quoi, la fidélité ? Tout ce que j'en sais, c'est ce que tu m'en dis. Et il y a de sacrées différences entre ce qu'on dit et ce qu'on pense.

— Place du marché ? C'est là que ça s'est passé ? C'est là que tu te l'es fait ?

— Oh, tu fais chier. Crois ce que tu veux... »

Et il était parti en claquant la porte, mettant un point final à la discussion.

Pas question de raconter ça aux flics. Pas question de les mener à Gerry.

Non, leur avait-il répondu sur un ton égal. Il

n'avait jamais fait affaire avec Haytham Querashi et il ignorait qu'il était pédé. Il avait cru entendre que Querashi devait épouser la fille Malik. Alors, les flics étaient-ils sûrs de leur fait ?

Rien n'est jamais sûr dans une enquête tant que le coupable n'est pas derrière les barreaux, lui avait rétorqué Grey.

Et Waters d'ajouter que si jamais il se souvenait de quoi que ce soit...

Cliff leur avait assuré que, dans ce cas-là, il leur téléphonerait aussitôt.

C'est ça, lui avait dit Grey en jetant un dernier coup d'œil à la ronde. Et en sortant, il avait dit à son collègue, assez fort pour que Cliff l'entende : « Il a le bâton merdeux, celui-là. »

Cliff les avait regardés s'éloigner et ce n'est qu'après les avoir vus tourner le coin de l'allée qu'il s'était autorisé à bouger. Il était repassé derrière le comptoir et s'était laissé tomber sur sa chaise.

Son cœur battait à tout rompre. Il ne l'avait pas remarqué pendant que les flics étaient là, mais depuis leur départ, il le sentait cogner si fort dans sa poitrine qu'il avait l'impression qu'il allait défoncer sa cage thoracique et s'étaler, encore palpitant, sur le lino bleu. Je dois me ressaisir, se dit-il. Penser à Gerry.

Son petit ami avait découché, la nuit précédente. Cliff s'était réveillé au matin et avait tout de suite compris que Gerry n'était pas rentré de la nuit. Rien que d'y repenser, il en avait des crampes d'estomac. Et malgré la chaleur déjà tenace en ce début de journée, ses mains se glacèrent à la pensée de ce que l'absence de Gerry signifiait.

Il avait tenté de se persuader que son compagnon avait décidé de faire une nuit de travail. Après tout, il tenait à ce que les travaux au restaurant de la jetée soient terminés avant le prochain pont, et en plus il rénovait une maison de Balford. Alors, Gerry avait très bien pu passer d'un chantier à l'autre — il lui était déjà arrivé de bosser jusqu'à trois heures du matin pour finir un truc. Mais il n'avait jamais travaillé vingt-quatre heures d'affilée ; et d'habitude, quand il ne rentrait pas, il téléphonait.

Cette fois, il n'était pas rentré et il n'avait pas téléphoné. En s'asseyant sur le bord du lit, ce matin, Cliff avait repensé à leur dernière conversation, en quête d'indices qui auraient pu l'éclairer sur ce que Gerry avait dans la tête et dans le cœur. Sauf que cette « conversation » avait tourné à la dispute, il était bien obligé de le reconnaître ; une de ces joutes verbales où les comportements du passé servaient de poids et mesure pour les doutes du présent.

Tous les éléments de leur passé, personnel ou commun, avaient été mis sur le tapis, tournés et retournés dans tous les sens. La place du marché, à Clacton. Les pissotières. Les soirées « Cuir et Folles » au Castel. Le chantier interminable de Gerry dans cette baraque chicos de Balford. Les longues promenades en solitaire de Cliff et ses virées en bagnole et les bières qu'il buvait au Mourir de Plaisir. Et qui se servait de la moto, qui du bateau, et quand et pour aller où. Lorsqu'ils avaient été à court d'accusations à se lancer à la figure, ils avaient enchaîné sur leurs parents : lesquels acceptaient qu'un de leurs fils soit pédé, et quel père ferait une tête au carré à son fiston s'il apprenait la vérité.

Gerry avait pour habitude de jeter l'éponge le premier quand ils avaient une scène de ménage. Mais pas cette fois. Et Cliff se demandait ce que pouvait bien signifier le fait que son amant — si réservé et si calme d'habitude — se soit transformé en un loubard prêt à lui casser la gueule.

Donc, la journée avait mal commencé et ça n'avait fait qu'empirer : un réveil sans Gerry à ses côtés, et une descente de flics... Cliff se concentra sur son boulot. Il avait des commandes à préparer, des puzzles à fabriquer, des photos hard à comparer pour choisir les sujets de ses futurs puzzles, et il lui fallait se décider à commander ou non une gamme de nouvelles capotes fabriquées à Amsterdam. Il devait visionner au moins seize cassettes vidéo et écrire ses articles pour le *TravesTriel*. En même temps, il ne pouvait s'empêcher de penser aux questions que lui avaient posées les flics et de se demander s'il avait été assez convaincant pour qu'il ne leur prenne pas l'envie de se pointer à Jaywick Sands afin d'interroger Gerry DeVitt.

Theo Shaw n'a rien d'un homme qui a dormi du sommeil du juste, songea Barbara. Il avait des cernes profonds, et ses yeux injectés de sang lui donnaient un faux air de lapin albinos. A Langue-Percée qui lui annonçait l'arrivée de Barbara, il avait commencé par répondre avec brusquerie :

— Pas question. Dis-lui...

Il avait ravalé la fin de sa phrase en apercevant Barbara plantée derrière la jeune fille.

— Elle demande à voir les cartes de pointage de la semaine dernière, Theo, dit Dominique. Tu veux qu'j'aille les chercher ? J'voulais t'en parler d'abord.

— Je m'en occupe, répondit Shaw. (Il se tut, le temps que la jeune fille ait regagné l'accueil dans ses chaussures à semelle compensée, puis il se tourna vers Barbara qui, sans attendre d'y être invitée, était entrée dans le bureau et s'était assise dans une des deux chaises en rotin.) Les cartes de pointage ?

— « La » carte de pointage, rectifia Barbara. Celle de Trevor Ruddock. Je peux la voir ?

Oui. Elle se trouvait à la comptabilité pour qu'on puisse établir sa fiche de paie. Si le sergent voulait bien attendre une minute...

Le sergent voulait bien. Autre occasion de jeter un coup d'œil à la pièce, se dit Barbara, ravie de l'aubaine. Theo dut deviner ses intentions car, au lieu de filer, il décrocha son téléphone, tapa sur trois touches et demanda qu'on lui apporte ladite carte.

— J'espère que Trevor n'a pas d'ennuis, dit-il.

Tu parles ! songea Barbara.

— C'est juste pour vérifier certains détails, dit-elle. (Elle montra la fenêtre.) Il y a du monde sur la jetée, aujourd'hui. Les affaires reprennent ?

— Oui.

— C'est bien pour la cause.

— Quelle cause ?

— Le réaménagement de Balford. Les Pakistanais participent au projet ?

— Je trouve votre question étrange. Pourquoi me demandez-vous ça ?

— Je me suis retrouvée au parc Falak Dedar. Il m'a eu l'air récent. Il y a une fontaine au centre : une jeune Arabe qui verse de l'eau d'une amphore. Et le nom du parc m'a semblé pakistanais. Alors, je me suis demandé s'ils participaient à vos projets de réaménagement de la ville. Ou peut-être ont-ils le leur ?

— Tout le monde est libre d'y participer s'il le désire, dit Theo. La ville a besoin d'investisseurs. On n'a pas l'intention de repousser des offres.

— Et si quelqu'un veut faire cavalier seul autour d'un projet personnel ? Avec d'autres idées de réaménagement, différentes des vôtres ? Que se passe-t-il, dans ce cas-là ?

— Il est plus logique que Balford accepte un projet global. Sinon, on se retrouverait avec une espèce de patchwork architectural, comme la berge sud de la Tamise. J'ai vécu là-bas plusieurs années et, franchement, j'aimerais éviter que ça se passe ici.

Barbara opina. Son raisonnement tenait la route. Mais il laissait entrevoir une raison de plus pour que la communauté pakistanaise soit en conflit avec les Balfordiens de souche. Elle se leva et s'approcha des plans de réaménagement qu'elle avait remarqués la veille. Elle voulait voir quelles transformations étaient prévues du côté de la zone industrielle où Akram Malik avait, apparemment, investi pas mal d'argent. Son attention fut attirée par un des plans, qui indiquait dans quels quartiers seraient faits les plus gros investissements. Ce qui intéressa surtout Barbara, ce fut l'emplacement de la marina de Balford. Elle se trouvait à l'ouest du Nez, au pied de la presqu'île. A marée haute, quelqu'un naviguant de la marina vers Pennyhole Bay pouvait accoster sur le versant est du Nez, là où Haytham Querashi avait trouvé la mort.

— Vous avez un bateau, Mr Shaw ? demanda-t-elle. A quai à la marina ?

— Celui de ma famille, pas le mien, répondit-il, sur la réserve.

— Un cruiser, c'est ça ? Vous sortez en mer, la nuit ?

— Ça m'arrive. (Il vit où elle voulait en venir.) Mais pas vendredi soir.

A vérifier, songea Barbara.

La carte de pointage de Trevor fut apportée par un vieux monsieur qui semblait travailler là depuis la construction de la jetée. Il entra à pas chancelants. Malgré la canicule, il était en costume-cravate.

— Voici, Mr Shaw, dit-il en lui tendant la carte avec respect. Une journée splendide, n'est-ce pas, monsieur ? Un don du ciel.

Theo le remercia, lui demanda des nouvelles de son chien, puis de sa femme et de ses petits-enfants — dans cet ordre —, et le congédia. Il tendit la carte à Barbara. Pas de surprise : Trevor Ruddock avait mélangé vérité et mensonge. Sa carte de pointage indiquait qu'il était arrivé au travail à onze heures trente-six. Mais si Rachel disait la vérité, il l'avait quittée à dix heures, ce qui faisait un trou d'une heure et demie dans son emploi du temps. Il avait un mobile, et il avait eu le temps. Barbara se demanda si l'arme du crime ne se trouvait pas dans le foutoir qui recouvrait le bureau où il fabriquait ses araignées.

Elle dit à Theo Shaw qu'elle aurait besoin de cette carte. Il ne protesta pas, mais s'empressa de préciser :

— Malgré les apparences, Trevor est un bon garçon, sergent. Il est capable de petits larcins, mais quant à aller jusqu'au crime...

— Les gens vous surprennent quelquefois, dit Barbara. Quand vous croyez bien les connaître, ils font des trucs que vous n'imagineriez pas du tout.

Elle venait de toucher un point sensible chez lui, elle le voyait dans ses yeux. Elle attendit qu'il fasse un commentaire par lequel, peut-être, il se trahirait d'une façon ou d'une autre. Mais non. Il lui balança les formules toutes faites, comme quoi il était ravi de pouvoir lui être utile, et la raccompagna.

Une fois sur la jetée, Barbara glissa la carte de pointage dans son sac en bandoulière. Elle s'arrangea pour éviter Rosalie la Romano et se faufila parmi les groupes de gamins qui attendaient avec impatience de faire un tour de manège. Comme la veille, les bruits se répercutaient dans toute la partie couverte. Tintements de cloches, coups de sifflets stridents, sons plaintifs du limonaire, éclats de voix : tout s'unissait pour créer une cacophonie qui donnait l'impression à Barbara d'être la boule d'un flipper géant. Elle s'extirpa de ce charivari en se dirigeant résolument vers la partie à ciel ouvert.

Elle laissa la grande roue à sa gauche faire ses

tours sur elle-même. A sa droite, des aboyeurs s'escrimaient à pousser le chaland à tenter sa chance à la pêche miraculeuse, au jeu de massacre ou au tir à la carabine. Au-delà, un wagonnet du grand huit dévalait la pente principale à tout berzingue, chargé d'un groupe hurlant, tandis qu'un train à vapeur miniature avançait poussivement vers le bout de la jetée. Barbara le suivit. Le restaurant en travaux se dressait au-dessus des flots et les ouvriers sur le toit lui rappelèrent le point qu'elle voulait éclaircir avec le chef de chantier Gerry DeVitt.

Comme la veille, elle le trouva en plein travail, mais cette fois il redressa la tête au moment où elle crapahutait entre gaines en cuivre et bois de charpente. Il éteignit son chalumeau et releva son masque de protection sur son bandana.

— Qu'est-ce qui vous amène, cette fois ? demanda-t-il sur un ton qui, sans être agressif, trahissait néanmoins un zeste d'énervement.

Manifestement, je ne suis pas la bienvenue avec mes questions, songea Barbara.

— Je pourrais vous dire un mot, Mr DeVitt ?

— Ce n'est pas ce que vous êtes en train de faire ?

— A l'extérieur, je veux dire. Loin de ce boucan, cria-t-elle pour dominer le concert des marteaux, scies et autres marteaux-piqueurs.

DeVitt fit un mystérieux réglage sur son chalumeau, puis il la précéda jusqu'à l'entrée du restaurant qui donnait sur le bout de la jetée. Ils passèrent devant un lot de fenêtres standard calées contre une porte et sortirent. Arrivé à la rambarde, DeVitt prit un paquet de Mentos dans la poche de son jean coupé en bermuda et s'en enfila un.

— Alors ? fit-il, se tournant vers Barbara.

— Alors, pourquoi vous ne m'avez pas dit hier que vous connaissiez Haytham Querashi ?

Le soleil lui fit plisser les yeux. Il ne tenta pas de biaiser.

— Parce que vous ne me l'avez pas demandé, dit-il. Vous m'avez demandé si j'avais vu une Pakistanaise sur la jetée. Je vous ai dit non. Point final.

— Vous m'avez quand même dit que vous ne fréquentiez pas les Pakistanais, remarqua Barbara. Vous disiez qu'ils ont leur façon de vivre et nous la nôtre. « Si on mélange les deux, on va au-devant des problèmes. » C'était votre conclusion.

— Ça l'est toujours.

— Mais vous connaissiez Querashi. Vous lui avez laissé des messages à son hôtel. J'en conclus que vous le fréquentiez.

DeVitt s'appuya sur un coude contre la rambarde. Il lui faisait face, dos à la mer du Nord, et laissa errer son regard sur la ville, perdu dans ses pensées ou faisant comme si.

— Je ne le fréquentais pas. Je bossais pour lui dans une maison de la Première Avenue. C'est là qu'il comptait s'installer après son mariage.

— Donc, vous le connaissiez.

— Je lui ai parlé une dizaine de fois, c'est tout. Si vous appelez ça connaître quelqu'un, alors oui, je le connaissais.

— Vous l'aviez rencontré où ?

— Là-bas. Dans sa maison.

535

— Celle de la Première Avenue. Vous en êtes certain ?

Il lui décocha un regard.

— Ouais. Certain.

— Comment avait-il eu vos coordonnées ?

— Ce n'est pas lui qui m'a contacté, mais Akram Malik. Il m'a dit qu'il avait des travaux urgents à faire, y a environ deux mois de ça, et m'a demandé si ça m'intéressait. Je suis allé voir et j'ai dit oui. Un chantier, ça se refuse pas. C'est là que j'ai rencontré Querashi, après le début des travaux.

— Mais vous travaillez à plein temps à la jetée, non ? Alors, quand est-ce que vous allez sur l'autre chantier ? Le week-end ?

— Et la nuit.

— La nuit ? fit Barbara, éberluée.

Il la regarda de nouveau, sur la défensive cette fois.

— Ben oui.

Barbara jaugea DeVitt. Ça faisait belle lurette qu'elle avait compris qu'une des erreurs les plus grossières qu'un enquêteur pouvait commettre était de se fier aux apparences. Avec sa carrure d'athlète et le travail qu'il faisait, DeVitt avait le physique du type qui posait son chalumeau en fin de journée pour prendre une bière et fumer une clope en compagnie de sa femme ou de sa petite amie. Bon, d'accord, il portait un anneau d'or à l'oreille, mais Barbara savait que tout ça — boucles d'oreilles et autres piercings — ça ne voulait plus dire grand-chose.

— On a des raisons de penser que Mr Querashi était homosexuel, dit-elle. Il est possible qu'il soit allé au Nez pour y retrouver un amant, la nuit où il a été tué. Il devait se marier la semaine suivante, alors peut-être qu'il avait l'intention de mettre un terme à son aventure. Une fois marié avec Sahlah Malik, il pouvait difficilement mener une double vie. Quelqu'un aurait pu le découvrir. Il avait beaucoup à perdre.

DeVitt porta la main à sa bouche en un geste lent, réfléchi, comme s'il voulait prouver que cette nouvelle ne l'ébranlait pas. Il cracha le Mentos dans le creux de sa main et, d'une pichenette, le jeta à la mer.

— Je ne sais pas comment ce type prenait son pied, dit-il. Avec les hommes, les femmes ou les animaux, j'en sais rien. On ne parlait pas de ça.

— Il quittait son hôtel à la même heure, plusieurs soirs par semaine. Nous pensons qu'il allait retrouver quelqu'un. On a trouvé trois préservatifs dans une de ses poches, alors je pense qu'on peut raisonnablement en conclure qu'il n'allait pas à des soirées Tupperware. Dites-moi une chose, Mr DeVitt, Querashi venait souvent voir l'avancement des travaux, Première Avenue ?

Il eut une réaction, cette fois : ses mâchoires se crispèrent. Il ne répondit pas.

— Vous y travailliez seul ou avec certains de vos ouvriers ?

Du menton, elle montra le restaurant où quelqu'un avait allumé un poste de radio, diffusant une chanson qui conseillait de vivre sa vie et d'aimer d'amour, sur une musique allant crescendo.

— Mr DeVitt ? insista Barbara.

— Seul.

— Ah, fit-elle.

— C'est censé vouloir dire quoi ?

— Querashi passait souvent voir où en étaient les travaux ?

— Il est venu une fois ou deux. Akram aussi. Avec sa femme.

Il la regarda. Il avait le visage couvert de sueur mais, avec cette chaleur, ça ne voulait rien dire. Le soleil, déjà haut dans le ciel, cognait impitoyablement, les déshydratant à la vitesse grand V. Elle-même aurait dégouliné de sueur si elle ne s'était passé deux couches de poudre sur le visage, étape numéro deux dans son travail de déco personnel.

— Je ne savais jamais quand l'un ou l'autre passerait, dit DeVitt. Moi, je bossais. Si ça leur disait de venir voir, pas de problème. (Il s'essuya le visage d'un coup de manche de son tee-shirt et ajouta :) Bon, si c'est tout ce que vous avez à me demander, j'aimerais bien retourner au boulot...

Barbara lui fit signe qu'il pouvait disposer, mais au moment où il atteignait la porte du restaurant, elle lui lança :

— Jaywick Sands, c'est là que vous habitez, Mr DeVitt, c'est ça ? C'est de là que vous appeliez Querashi à son hôtel ?

— J'y habite, ouais.

— Ça fait des années que je ne n'y suis plus retournée, mais il me semble que ce n'est pas très loin de Clacton. A quelques minutes en bagnole, non ? C'est ça ?

DeVitt cligna des yeux — mais là encore, c'était peut-être à cause du soleil.

538

— Pourquoi vous me demandez ça, sergent ?

— Oh, j'essaie de prendre mes repères géographiques. Il y a une foule de détails dans les affaires comme celle-là. Et on ne peut jamais savoir à l'avance lequel nous conduira à l'assassin.

17

Le téléphone portable d'Emily sonna alors qu'elle débouchait sur le front de mer, en direction de Clacton. Elle venait juste de freiner sec pour laisser traverser un groupe de personnes âgées qui sortaient de la maison de retraite des Hauts Cèdres — trois appuyées sur un déambulateur et deux sur une canne — et réfléchissait aux implications de l'existence éventuelle d'un témoin du crime. Elle prit l'appel. C'était l'agent Billy Honigman, qui avait passé la journée en planque dans une Escort banalisée garée à une trentaine de mètres de chez Jackson & Son, le marchand de journaux de Carnarvon Road.

— On l'a, chef, dit-il, laconique.

Kumhar, songea Emily. Elle demanda des précisions.

Honigman lui raconta qu'il avait filé le Pakistanais jusqu'à une maison dans Chapman Road, à un jet de pierre de Jackson & Son. Une pension. Une pancarte à une fenêtre signalait qu'il y avait des chambres à louer.

— J'arrive, lui dit Emily. Tu bouges pas. Tu m'attends.

Elle raccrocha. Une fois le dernier retraité passé, elle redémarra en trombe et, environ un kilomètre plus loin, trouva Carnarvon Road. Chapman Road coupait la grand-rue sur la gauche. Elle était bordée de vieilles maisons attenantes du siècle dernier, en briquettes terre de Sienne, qui ne se distinguaient les unes des autres que par la couleur de leurs bow-windows. Emily retrouva Honigman, qui lui montra du doigt une fenêtre jaune à une vingtaine de mètres de son Escort.

— Il habite là, lui dit-il. Il a acheté un journal et des clopes chez le buraliste, et il est rentré directement. Nerveux, je dirais. Il marchait vite en regardant droit devant lui, mais quand il est arrivé à hauteur de la maison, il a continué presque jusqu'au bout de la rue et a regardé autour de lui avant de revenir sur ses pas.

— Il t'a vu, Billy?

— Il a vu un type qui cherchait une place pour se garer pas loin du bord de mer. Rien d'extraordinaire à ça.

Effectivement. Avec son habituel souci du détail, Honigman avait sanglé une chaise longue sur la galerie de sa voiture. Dans le même ordre d'idée, il portait un short kaki et une chemisette hawaïenne. Pas l'air d'un flic pour deux sous.

— Allons voir ça de plus près, dit Emily avec un signe de tête en direction de la maison.

Une femme leur ouvrit, un caniche dans les bras. La dame et son toutou se ressemblaient étonnamment: poil blanc, museau allongé, brushing récent.

— Désolée, dit-elle, j'ai pas enlevé la pancarte,

mais c'est complet. J'aurais dû, j'sais, mais avec mon lumbago, j'peux pas atteindre la fenêtre.

Emily lui dit qu'ils ne cherchaient pas à se loger et sortit sa carte de police. Saisie, la dame émit un son proche du bêlement.

— Gladys Kersey, se présenta-t-elle. Mr Kersey est auprès du bon Dieu, à l'heure qu'il est...

Et de leur assurer que tout était en ordre dans son établissement, l'avait toujours été et le serait toujours. Elle serrait son caniche dans le creux de son bras et l'animal réussit à émettre un son assez semblable à celui poussé précédemment par sa maîtresse.

— Pourrions-nous voir Mr Fahd Kumhar ? demanda Emily.

— Mr Kumhar ? Me dites pas qu'il a des ennuis ! Il est tellement gentil. Très propre sur lui. Avec toutes ces chemises qu'il blanchit à la main, j'vous dis pas l'état de ses doigts ! Son anglais est pas très bon, mais il regarde le journal du matin à la télé dans le salon, et vraiment, l'fait tout ce qu'i'peut pour apprendre. Il n'a pas d'ennuis, hein ?

— Pourriez-vous nous conduire jusqu'à sa chambre ? demanda Emily, toujours aimable mais un peu plus ferme.

Mrs Kersey ne lâcha pas le morceau pour autant :

— Ça a rien à voir avec ce qui s'est passé à Balford, au moins ?

— Pourquoi demandez-vous ça ?

— Pour rien. (Mrs Kersey remonta le caniche contre son sein.) C'est juste que... comme c'est arrivé à l'un d'eux...

Elle laissa sa phrase en suspens, comme si elle

s'attendait à ce qu'Emily la complète. Voyant que non, elle enfonça ses doigts dans le poil frisé du caniche et pria ses visiteurs de la suivre.

La chambre de Fahd Kumhar était située au premier étage, côté cour. Un petit palier desservait trois portes. Mrs Kersey frappa doucement à l'une d'elles, lança un regard à ses compagnons pardessus son épaule et appela :

— M'sieur Kumhar ? Vous avez de la visite.

Silence.

Mrs Kersey prit un air étonné.

— Je viens d'le voir rentrer y a pas dix minutes, dit-elle. J'y ai même parlé. Très poli, sort jamais sans dire au revoir. (Elle frappa de nouveau, plus fort cette fois.) Mr Kumha-a-ar ? Vous m'entendez ?

Il y eut un bruit étouffé de bois coulissant contre du bois.

— Poussez-vous, je vous prie, dit Emily à Mrs Kersey. Mr Kumhar ? Police ! Ouvrez !

Le raclement se répéta. Emily tourna la poignée et poussa la porte. Honigman se faufila dans la chambre tel un chat et sauta sur Kumhar au moment où il allait enjamber la fenêtre.

Mrs Kersey eut le temps de s'exclamer :

— Ah ben ça, Mr Kumhar !

Emily lui ferma la porte au nez.

Honigman, qui avait réussi à attraper Kumhar par une jambe et un bras, le tira à l'intérieur de la pièce.

— Pas si vite, mec, dit-il en le faisant tomber sur le sol où il se recroquevilla sur lui-même.

Emily s'approcha de la fenêtre. Elle donnait sur le jardinet à l'arrière de la maison, mais c'eût été une

543

chute impressionnante, d'autant plus que rien ne l'aurait amortie. Et pas de gouttière. Kumhar se serait cassé une jambe. Au minimum.

— Brigade criminelle de Balford, lui dit-elle. Inspecteur-chef Barlow. Et voici l'inspecteur Honigman. Vous comprenez ce que je vous dis, Mr Kumhar ?

Il se releva tant bien que mal. Honigman fit un pas vers lui. Kumhar leva les mains comme pour montrer qu'il ne portait pas d'arme.

— Carte, dit-il. J'ai carte.

— Qu'est-ce qu'on fait, chef ? fit Honigman.

— Attend, vous attend, dit Kumhar. J'ai carte. Je montre carte. D'accord ?

Il s'approcha d'une commode en rotin et tendit les mains vers les poignées du tiroir du haut.

— On bouge pas, mec ! cria Honigman. Recule ! Vite ! En arrière !

Kumhar releva les mains.

— Pas de mal, s'il vous plaît ! Pas de mal ! J'ai carte.

Emily comprit.

— Il veut nous montrer ses papiers, Billy. (Elle fit non de la tête à Kumhar.) On n'est pas venus faire un contrôle d'identité. Pas carte !

— Oui, carte ! s'écria Kumhar, en hochant vigoureusement la tête.

Il ouvrit un tiroir de la commode.

— Plus un geste, mec ! hurla Honigman.

Kumhar fit un bond en arrière et se précipita vers le lavabo dans un angle de la pièce. Au-dessous se trouvait une pile de revues aux pages écornées et aux couvertures maculées d'auréoles de café et de thé. De la fenêtre, Emily lut les titres, *Country Life, Hello, Women's Own, Vanity Fair.* Au milieu, un dictionnaire en collection poche. Aussi esquinté que les magazines.

Honigman fouillait le tiroir que Kumhar avait ouvert.

— Pas d'arme là-dedans, dit-il.

De son côté, Kumhar ne les quittait pas des yeux, prêt, semblait-il, à retenter sa chance par la fenêtre ouverte. Emily se demanda si sa tentative de fuite avait un rapport avec l'affaire.

— Asseyez-vous, Mr Kumhar, dit-elle en lui désignant la seule chaise de la chambre.

Elle se trouvait à côté d'une petite table recouverte de papier journal, sur laquelle une maison de poupées était en cours d'élaboration.

Un tube de glu gisait, décapuchonné, sur la table ; cinq tuiles miniatures étaient mouchetées de colle. C'était une maison typiquement anglaise, avec son colombage enduit de torchis, comme on en voyait aux quatre coins du pays.

Kumhar traversa la pièce à pas prudents et s'assit. Il marchait un peu en crabe, comme s'il craignait que le moindre faux mouvement ne fasse s'abattre sur lui le glaive de la justice. Emily resta devant la fenêtre, et Honigman alla se planter devant la porte. De l'autre côté, un petit jappement se fit entendre. Apparemment, Mrs Kersey n'avait pas compris que cette porte qui s'était refermée sur elle signifiait qu'elle devait dégager.

Emily fit un signe de tête à Honigman. Celui-ci ouvrit la porte, échangea quelques mots avec la logeuse, l'autorisa à passer la tête par l'entrebâillement pour s'assurer que son locataire n'avait pas de bobo — encore une qui regardait trop de séries américaines à la télé : elle sembla étonnée de ne pas trouver Kumhar étendu par terre, ensanglanté et les menottes aux poignets ! Elle déglutit, remonta son caniche sous son menton et partit. Honigman referma la porte.

— Haytham Querashi, Mr Kumhar, dit Emily. Expliquez-nous vos relations, s'il vous plaît.

Kumhar coinça ses mains entre ses genoux. Il était d'une maigreur qui faisait peine à voir. La poitrine creuse. Les épaules fuyantes. Malgré la chaleur, sa chemise blanche impeccablement repassée était boutonnée au col et aux poignets. Il portait un pantalon noir et une ceinture marron trop grande pour lui dont l'extrémité pendillait mollement comme la queue d'un chien auquel son maître vient de passer un savon. Il ne répondit pas. Il déglutit et se mordilla les lèvres.

— Mr Querashi vous a fait un chèque de 400 livres, reprit Emily. Vous lui avez laissé plusieurs messages à son hôtel. Puisque vous lisez ces journaux... (elle montra les pages qui recouvraient la table)... vous savez forcément que Mr Querashi est mort...

— J'ai carte, dit Fahd Kumhar en roulant des yeux vers la commode.

— Je ne suis pas venue contrôler vos papiers, dit Emily en articulant exagérément et en parlant un ton au-dessus de la normale. (Elle restait calme, mais en vérité elle avait envie de le secouer comme un prunier. A quoi ça rime d'immigrer dans un pays dont on ne parle même pas la langue, bordel !) On est venus vous parler d'Haytham Querashi. Vous le connaissiez ? Hein ? Hay-tham Que-ra-shi !

— Mr Querashi, oui, oui, oui, dit Kumhar en joignant ses mains sur ses genoux.

Il tremblait tant que le tissu de sa chemise frémissait comme sous l'effet d'une brise.

— Il a été assassiné, Mr Kumhar. Nous enquêtons sur ce meurtre. Le fait qu'il vous ait payé 400 livres fait de vous un suspect. Pourquoi vous a-t-il donné cet argent ?

Les tremblements de l'homme s'accentuèrent — à croire qu'il allait faire une crise d'épilepsie. Emily pensait s'être fait comprendre, mais quand il lui répondit, ce fut dans sa propre langue, un salmigondis de sons indifférenciables aux oreilles d'Emily et auxquels elle ne comprit goutte. Au ton de sa voix, elle conclut qu'il devait s'agir de protestations d'innocence.

— En anglais, s'il vous plaît, Mr Kumhar ! Vous avez compris de qui je parle et ce que je vous demande. Vous connaissiez bien Mr Querashi ? (Kumhar continuait son babillage.) Où l'avez-vous rencontré ? Pourquoi vous a-t-il donné cet argent ? Qu'est-ce que vous faisiez avec lui ?

Kumhar continuait de jacasser en version originale, tout juste un peu plus fort. Il porta les mains à sa poitrine.

— Répondez-moi, Mr Kumhar. Vous n'habitez pas loin de la place du marché. Vous saviez que Mr Querashi y allait ? Vous l'y avez vu ? C'est là que vous avez fait sa connaissance ?

Emily s'aperçut que le mot « Allah » revenait en

boucle dans la mélopée de Kumhar. Génial, songea-t-elle, il a fallu qu'on arrive à l'heure de la prière !...

— Répondez à mes questions ! dit-elle.

— J'crois pas qu'il vous suive, chef, remarqua Honigman de la porte.

— Oh, que si, il me suit ! dit Emily. Je suis sûre qu'il parle anglais aussi bien que nous quand ça l'arrange...

— Mrs Kersey disait qu'il l'apprenait, lui rappela Honigman.

Emily fit la sourde oreille. Elle avait devant elle une source d'informations concernant la victime, et elle avait bien l'intention d'y puiser un maximum tant qu'elle l'avait sous la main.

— Est-ce que vous connaissiez Mr Querashi au Pakistan ? Vous connaissez ses parents ?

— *Ulaaa-'ika 'alaa Hudammir-Rabbihim wa 'ulaaaa-ika humul-Muf-lihuun,* psalmodiait-il.

— Où est-ce que vous travaillez, Mr Kumhar ? fit Emily, haussant d'un ton. De quoi vivez-vous ? Qui paie cette chambre ? Qui vous paie vos cigarettes, vos revues, vos journaux ? Vous avez une voiture ? Qu'est-ce que vous êtes venu faire à Clacton ?

— Chef... fit Honigman, mal à l'aise.

— *Innallaziina 'aamanuu wa 'amilius-saalihaati lanhum...*

— Oh, fait chier ! cria Emily en frappant du poing sur la table.

Kumhar se recroquevilla sur lui-même et se tut immédiatement.

— Embarque-le, dit Emily à Honigman.

— Quoi ?

— Tu ne me comprends pas, toi non plus ? Je te

dis de l'embarquer. Je veux qu'il soit à Balford, au poste. Ça lui donnera le loisir de réviser son anglais !

— Bien, chef.

Il s'approcha de Kumhar et le prit par le bras, le forçant à se lever. Celui-ci fondit en larmes.

— Putain, fit Honigman, mais qu'est-ce qui ne va pas, chez ce type ?

— C'est bien ce que j'ai l'intention de découvrir, décréta Emily.

Au 36 Alfred Terrace, Barbara trouva la porte grande ouverte. Comme la veille, la musique jouait plein pot et la télévision braillait. Elle frappa au chambranle mais seul un marteau-piqueur aurait eu une chance de se faire entendre. Elle entra, échappant au soleil implacable. L'escalier face à la porte était jonché de vêtements et d'assiettes contenant les reliefs d'un repas ; des pneus de bicyclette, un landau à la capote déchirée, deux jardinières, trois balais et un sac d'aspirateur éventré se disputaient le couloir qui menait à la cuisine. A sa gauche, le salon faisait office de réserve pour des objets en attente d'enlèvement. La télévision, allumée sur la course-poursuite finale d'un téléfilm américain, était cernée par des cartons qui débordaient de vêtements, de serviettes et autres affaires.

Barbara vint y regarder de plus près. Il y avait de tout dans ces cartons, d'un petit réchaud rouillé à un échantillon de tissu sur lequel était brodée la phrase « Prenons le large ». Barbara se demanda si les Ruddock n'étaient pas justement en train de le prendre.

— Hé, vous là, pas touche !

Barbara fit volte-face. Charlie, le frère de Trevor.

549

Il était planté dans l'encadrement de la porte, où il fut bientôt rejoint par son frère aîné et sa mère. Apparemment, ils arrivaient de l'extérieur. Barbara se demanda comment elle avait fait pour ne pas les croiser. Peut-être étaient-ils arrivés par Balford Square, d'où partait Alfred Terrace.

— Qu'est-ce que vous foutez là? demanda Shirley Ruddock. Et de quel droit vous entrez chez les gens comme dans un moulin?

Elle poussa Charlie et déboula dans le salon. Elle était luisante de sueur, puait la transpiration, avait le visage noir de crasse et le débardeur décoloré sous les aisselles.

— Vous avez aucun droit d'entrer chez les gens! brailla-t-elle. Moi aussi, j'connais la loi!

— Vous déménagez? demanda Barbara en inspectant le contenu d'un autre carton nonobstant les protestations de Shirley. Les Ruddock quittent Balford?

— Ça vous regarde? fit Shirley, les poings sur les hanches. Si on veut déménager, on déménage. Rien nous oblige à dire aux flics où on crèche chaque soir, non?

— M'man, fit Trevor dans son dos.

Tout comme elle, il dégoulinait de sueur et était noir de crasse. Mais au moins, il était plus calme. Il entra lui aussi dans le salon. Quand il y a de la place pour trois, il y en a pour quatre. Charlie suivit son frère.

— Qu'est-ce que vous voulez? demanda Shirley. Vous lui avez déjà parlé, à mon Trevor, et votre passage est pas passé inaperçu, entre parenthèses, y a son père qui a piqué une gueulante parce que vous lui avez coupé sa sieste. Il va pas bien, alors c'est pas la peine d'en rajouter.

Barbara se demanda comment on pouvait envisager de se reposer dans une baraque où il fallait s'égosiller en permanence pour se faire entendre. Comme la veille, une musique rap venait de l'étage et faisait vibrer les murs.

— Je voudrais dire un mot à Trevor ! cria Barbara à Shirley.

— On est occupés, ça se voit pas ? Et en plus, elle est myope comme une taupe !

— M'man... fit Trevor, l'exhortant à la prudence.

— Y a pas de « m'man » qui tienne. Je connais la loi. Et elle permet pas aux flics de rentrer, comme ça, chez vous et de fouiner dans vos affaires ! Revenez plus tard. On a des choses à faire.

— Quelles choses ? demanda Barbara.

— Ça vous regarde pas, dit Shirley en soulevant un carton qu'elle coinça sous son bras. Charlie ! Aide-moi.

— Vous savez ce qu'on va penser si vous déménagez durant une enquête criminelle ? fit Barbara.

— On peut penser ce qu'on voudra, rétorqua Shirley. Charlie ! Lève ton cul de ce putain de canapé et éteins-moi cette téloche ! Ton père va te filer une de ces avoines si tu continues !

Elle tourna les talons et quitta la pièce. Barbara la regarda par la fenêtre traverser la rue et s'engager sur le carré goudronné qui servait de parking. Charlie poussa un gros soupir, ramassa un carton et suivit sa mère.

— On déménage pas, dit Trevor à Barbara une fois qu'ils furent seuls.

Il coupa le son du téléviseur, mais laissa l'image : un hélicoptère poursuivait un camion en flammes sur un pont. Ça allait mal finir pour quelqu'un.

— Qu'est-ce que vous faites, alors ? demanda Barbara.

— On va vendre ces merdes au marché de Clacton.

— Ah. Elles viennent d'où, ces « merdes » ?

Il rougit.

— J'les ai pas chourrées, si c'est ça que vous pensez.

— D'accord. Elles viennent d'où, alors ?

— M'man et moi, on fait les brocantes le week-end. On achète ce qu'on peut, on répare, et on revend en faisant du bénef. C'est pas grand-chose, mais ça nous aide à nous en sortir.

Du bout de sa botte, il donna de petits coups dans un carton. Barbara l'observa, essayant de déterminer dans quelle mesure il la baratinait. Il lui avait déjà menti une fois, mais là, son histoire paraissait tenir la route.

— Rachel n'a pas confirmé votre version, Trevor. Il faut qu'on parle.

— J'ai pas buté ce mec. J'étais pas du côté du Nez, vendredi soir.

— Donc, elle ne m'a pas menti.

— J'avais rien contre lui. Bon, d'accord, il m'avait viré, mais j'avais chourré de la came. Je savais ce que je risquais.

— Où étiez-vous, vendredi soir ?

Il se tapota la bouche de son poing fermé. Il est bien nerveux, songea Barbara.

— Trevor ? insista-t-elle.

552

— Ouais. Mais ça sert à rien que vous le sachiez, parce que personne pourra vous dire que c'est vrai. Vous me croirez pas, de toute façon, alors à quoi ça sert ?

— A vous innocenter. Ce dont vous devriez avoir très envie. Or, comme je vois que vous hésitez, je me pose des questions. Des questions qui mènent tout droit au Nez. Votre carte de pointage signale que vous êtes arrivé à votre travail à onze heures et demie. Rachel m'a dit que vous l'aviez quittée avant dix heures. Ça fait un trou de quatre-vingt-dix minutes, Trevor, et c'est pas la peine d'être Einstein pour savoir que quatre-vingt-dix minutes, c'est largement suffisant pour aller des cabines de la plage au Nez et ensuite à la jetée...

Trevor lança un coup d'œil vers la porte, s'attendant peut-être à ce que sa mère surgisse pour prendre un autre carton.

— Je viens de vous le dire, s'entêta-t-il. J'suis pas allé au Nez ce soir-là. Et j'ai pas buté Querashi.

— Vous n'avez rien d'autre à ajouter ?

— Rien.

— Alors, montons à l'étage.

Il eut tout de suite l'air inquiet — la tête du type qui a quelque chose à cacher. Barbara se dirigea vers l'escalier, Trevor sur les talons.

— Y a rien là-haut, dit-il. Et vous avez pas le droit de...

Elle fit volte-face.

— J'ai dit que je cherchais quelque chose, Trevor ?

— V-v-vous avez d-d-dit... bredouilla-t-il.

553

— J'ai dit allons à l'étage. J'ai envie d'avoir cette conversation en privé.

Elle reprit son ascension. La musique rap ne venait pas de la chambre de Trevor. Elle était accompagnée d'un bruit de robinet ouvert à fond, et Barbara en conclut qu'un membre de la famille utilisait ces chansons inintelligibles comme fond sonore pour ses ablutions.

Elle entra la première dans la chambre de Trevor, referma la porte derrière lui, s'avança vers la table jonchée des objets qui lui servaient à fabriquer ses arachnides et se mit à fouiller.

— Qu'est-ce que vous faites ? lui demanda-t-il. Je croyais que vous vouliez me parler en privé...

— J'ai menti, répondit-elle. A quoi vous jouez, avec tout ça ? C'est quoi, tout ce bazar ? Comment ça se fait que vous vous intéressiez autant aux araignées, un type sympa comme vous ?

— Pas touche ! cria-t-il, la voyant farfouiller dans une collection d'araignées en cours de montage. Vous allez tout casser...

— Quand je suis venue hier, je me demandais avec quoi vous les faisiez tenir, dit Barbara.

Elle farfouilla parmi des éponges de diverses tailles, des tubes de peinture, des cure-pipes, des perles en plastique noires, des aiguilles, des tubes de glu. Elle poussa des bobines de fil de coton noir, jaune, rouge.

— Ça vous regarde pas, tout ça ! dit Trevor avec colère.

Barbara ne fut pas de cet avis lorsque, poussant deux volumes d'une vieille encyclopédie, elle tomba

554

sur une autre bobine. Pas de fil de coton, cette fois, mais de fil de fer.

— Ah, ça pourtant je crois bien que ça me regarde... dit-elle. (Elle se redressa et lui mit la bobine sous le nez.) Qu'est-ce que vous avez à dire là-dessus ?

— Sur quoi ? Sur quoi ? C'est une vieille bobine de fil de fer. Vous êtes assez grande pour le voir toute seule...

— Oui, c'est sûr, dit-elle, mettant la bobine dans son sac.

— Qu'est-ce que vous voulez en faire ? Pourquoi vous la prenez ? Vous avez pas le droit de venir dans ma chambre et de vous servir ! Et puis, c'est rien que du vieux fil de fer.

— Qui vous sert à quoi ?

— A plein de trucs. A réparer ce filet. (Il fit un brusque signe de tête en direction du filet de pêche au-dessus de la porte où les araignées caracolaient toujours.) A fixer le corps des araignées. A... (Il se creusa la cervelle pour trouver une autre utilisation. En vain. Il s'avança vers elle.) Rendez-moi ce putain de fil ! J'ai rien fait, que ça vous plaise ou non ! Et vous avez pas le droit d'emporter quoi que ce soit sans ma permission, sinon...

— Oh, mais si, répondit Barbara sur un ton aimable. Je vais vous emmener vous aussi, d'ailleurs... (Il la regarda, bouche bée, les yeux ronds.) Vous voulez me suivre gentiment pour qu'on aille parler de tout ça au poste, ou vous préférez que j'envoie des hommes vous chercher ?

— Mais... non... pourquoi... j'ai rien fait...

— J'ai bien entendu. Donc, je suppose que vous

ne verrez pas d'inconvénient à ce qu'on prenne vos empreintes digitales, hmm? Puisque vous êtes innocent, vous ne les avez laissées traîner nulle part.

Consciente de leur différence de gabarit, Barbara ne laissa pas à Trevor la possibilité de reprendre ses esprits. Elle l'empoigna par le bras, le tira hors de la chambre et dans l'escalier avant qu'il ait eu le temps de protester. Elle n'eut pas autant de chance avec la mère.

Shirley chargeait un carton sur son épaule pendant que Charlie se rendait inutile en zappant d'une chaîne à l'autre. Elle vit Barbara malmener son fils aîné dans l'escalier. Elle laissa tomber le carton par terre.

— Bon, maintenant, ça suffit! dit-elle en fonçant pour leur bloquer le passage.

— Ne vous mêlez pas de ça, Mrs Ruddock, lui dit Barbara.

— J'aimerais bien savoir à quoi vous jouez, lui répliqua Shirley. Je connais mes droits. Personne ne vous a autorisée à entrer dans cette maison, et personne n'a accepté que vous l'interrogiez. Alors, si vous vous imaginez que vous pouvez vous pointer ici et emmener mon Trevor...

— Votre Trevor est soupçonné de meurtre, dit Barbara, exaspérée. Alors, écartez-vous et fissa, ou votre Trevor ne sera peut-être pas le seul à se faire embarquer ici!

Shirley s'avança tout de même.

— M'man, fit Trevor. On a assez d'ennuis comme ça. M'man, t'entends?

Charlie vint se planter dans l'encadrement de la porte. Au-dessus, Mr Ruddock se mit à brailler. A cet instant, le petit dernier sortit de la cuisine en courant, un pot de miel dans une main, un sachet de farine dans l'autre.

— M'man ? fit Charlie.

— Shirl ! hurla Mr Ruddock.

— Regarde ! cria le petit Bruce en versant miel et farine par terre.

Barbara observa la scène et comprit le sens des paroles de Trevor : ils avaient assez d'ennuis comme ça. Le problème, c'est qu'on ne prête qu'aux riches...

— Prends soin des petits, dit Trevor à sa mère. (Il lança un regard vers l'étage.) Ne le laisse pas les emmerder pendant qu'j'suis pas là.

Muhannad arriva pour les prières de l'après-midi. Cela surprit Sahlah. La dispute avec son père, la veille au soir, avait gâché le petit déjeuner. Plus un mot n'avait été prononcé ayant trait à l'enquête policière, mais l'animosité entre père et fils était presque palpable.

« Fais bien attention de ne pas offenser ces putains d'Occidentaux, si c'est ça que tu veux, avait dit Muhannad d'une voix tranchante, mais ne me demande pas de faire la même chose. Je ne laisserai pas la police interroger un seul d'entre nous sans un avocat. Et si ça ne facilite pas ta tâche au conseil municipal, c'est pareil. Crois autant que tu veux à la bonne volonté et aux nobles intentions de cette sale race. Tu es libre de le faire car, comme nous le savons, dans le monde, la place ne manque pas pour les naïfs... »

Sahlah avait frémi, s'attendant à ce que leur père

557

frappe Muhannad. Pourtant, même si une veine battait à sa tempe, ce fut d'une voix calme qu'il lui répondit :

« Devant ton épouse, dont le devoir est de t'obéir et de te respecter, je ne ferai pas ce que je devrais faire, Muni. Mais le jour viendra où tu te rendras compte qu'on ne gagne rien à attiser la haine...

— Haytham est mort ! avait hurlé Muhannad en tapant du poing sur la table. N'est-ce pas là le premier coup porté au nom de la haine ? Et par qui ? »

Sahlah avait quitté la pièce sans attendre la réponse de son père, laissant sa mère farfouiller dans sa boîte à ouvrage et Yumn écouter avidement cette altercation comme si celle-ci la régénérait. Sahlah savait pourquoi. Tout différend entre Akram et Muhannad était susceptible d'éloigner le fils du père et de le rapprocher de son épouse. Et c'était ce que Yumn désirait avant tout : Muhannad à elle, et rien qu'à elle. Selon la tradition, ce n'était pas possible : des devoirs le liaient à ses parents. Mais la tradition était passée à la trappe avec la mort d'Haytham.

Maintenant, dans la cour de la fabrique de moutardes, Sahlah vit que son frère s'était placé en retrait — derrière les trois seules musulmanes de la fabrique —, tandis que les employés se tournaient vers le *mihrāb*[1] qu'Akram avait façonné dans le mur. Muhannad ne s'inclina pas comme les autres et, au moment où fut récité le *shahada,* ses lèvres

---

1. Niche pratiquée dans le mur du fond d'une mosquée, indiquant la direction de La Mecque, et où se place l'imam pour guider les fidèles dans la prière. *(N.d.T.)*

demeurèrent scellées pour la profession de foi : « Il n'y a de Dieu qu'Allah, et Mohammed est son prophète. » Tout comme pour la *fātiha* qui suivit.

Sahlah entendit son père murmurer « *Allah Akbar* », et son cœur brûla du désir de croire. Mais si Dieu était grand, pourquoi avait-Il permis que sa famille en arrive là ? Que tous ses membres se dressent ainsi les uns contre les autres ? Que chaque discussion serve de prétexte à montrer qui avait le pouvoir et qui allait s'incliner du fait de son âge, de sa place ou de son caractère ?

Les prières continuèrent. A l'intérieur de la fabrique, les quelques Occidentaux employés par son père avaient arrêté le travail, comme leurs collègues pakistanais. Akram leur avait toujours dit qu'ils pouvaient utiliser l'heure de la prière musulmane quotidienne pour prier et méditer de leur côté. En fait, ils s'empressaient d'aller fumer dans l'allée, aussi heureux de profiter de la générosité de son père que de rester dans l'ignorance de sa foi et de son mode de vie. Akram Malik ne voyait rien de tout cela ; pas plus qu'il ne remarquait les petits sourires condescendants et les regards entendus qu'ils échangeaient dans son dos chaque fois qu'il menait ses employés musulmans dans la cour à l'heure de la prière.

Sahlah les regardait prier avec une ferveur qu'elle ne pouvait prétendre ressentir. Elle était parmi eux, prononçait les mêmes paroles, faisait les mêmes gestes, et elle ne ressentait rien.

Un bruit capta son attention. Elle se retourna et vit que le renégat, son cousin, Taymullah Azhar, venait d'arriver. Il chuchota quelques mots à l'oreille de Muhannad qui se figea, opina sèchement puis désigna la porte de la tête. Les deux hommes partirent.

Akram, au premier rang des fidèles, se releva après une dernière prosternation. Il conclut en récitant le *taslim,* sollicitant la paix, la miséricorde et la bénédiction divines. Sahlah l'écouta en se demandant si un jour sa famille et elle verraient ces prières exaucées.

Comme toujours, les employés regagnèrent leur poste en silence. Sahlah attendit son père près de la porte. Elle l'observa à son insu. Il avait pris un coup de vieux. Ses cheveux étaient toujours impeccablement coiffés, la raie sur le côté, mais plus épars. Ses joues étaient plus flasques et sa silhouette s'était relâchée, comme si une résistance avait cédé en lui. Des cernes profonds soulignaient ses yeux, là où la peau s'était fripée. Lui qui avait eu une démarche souple et décidée allait désormais d'un pas hésitant.

Elle éprouva l'envie de lui dire que rien n'avait autant d'importance que le rêve qu'il avait tenté de réaliser ; celui d'un avenir paisible pour ses enfants et ses petits-enfants, et pour d'autres Pakistanais qui, tout comme lui, avaient quitté leur patrie à la poursuite du bonheur. Sauf qu'elle avait agi contre ce rêve. Désormais, en parler lui était interdit.

Akram entra dans le bâtiment. Il ferma et verrouilla la porte, la vit à côté du distributeur d'eau, s'approcha d'elle et prit le gobelet en plastique qu'elle lui tendait.

— Tu as l'air fatigué, *Abhy,* lui dit-elle. Inutile que tu restes à la fabrique. Mr Armstrong peut te remplacer pour l'après-midi. Pourquoi tu ne rentrerais pas à la maison ?

Elle ne lui faisait pas cette suggestion sans raison, bien sûr. Si elle-même quittait la fabrique alors que son père y était, celui-ci ne manquerait pas de s'apercevoir de son absence et voudrait en connaître la raison. « Rachel m'a téléphoné, elle a un problème », avait-elle prétexté la veille, quand elle était partie retrouver son amie aux Bonbonnières de la Falaise. Impossible d'avoir encore recours à cette excuse.

— Sahlah, dit son père en lui effleurant l'épaule, tu portes le poids de nos ennuis avec une force dont je ne t'aurais pas crue capable.

Le compliment attisa les remords de Sahlah. Elle chercha une réponse à faire à son père, une réponse pas trop loin de la vérité, tant elle ne supportait plus le processus dans lequel elle s'était engagée depuis des mois : tisser savamment une toile de mensonges, donner l'image d'une jeune fille pure de corps et d'esprit.

— *Abhy,* je n'étais pas amoureuse de lui. J'espérais finir par l'aimer, comme Maman et toi vous vous êtes aimés. Mais ce n'était pas encore le cas. Je ne suis pas aussi malheureuse que tu le crois.

La main de son père se crispa sur son épaule, puis il lui caressa la joue.

— Je veux que tu connaisses un amour aussi ardent que celui que j'éprouve pour ta mère. C'est ce que j'espérais pour Haytham et toi.

— C'était un homme bon, dit Sahlah du fond du cœur. Tu avais fait un bon choix.

— Bon ou égoïste ? (Ils s'engagèrent à pas lents

dans le couloir du fond de la fabrique, passèrent devant les vestiaires et la salle de repos.) Il avait beaucoup à offrir à la famille, Sahlah. C'est aussi pour ça que je l'avais choisi. Depuis sa mort, je n'arrête pas de me demander si je l'aurais choisi même s'il avait été bossu, méchant, ou frappé de maladie, simplement parce que j'avais besoin de ses compétences professionnelles à la fabrique. On se persuade aisément de croire à ses mensonges quand l'intérêt personnel nous sert de guide. Alors, quand le pire nous tombe dessus, on n'a plus qu'à se retourner sur ses actions en se demandant laquelle est la cause du désastre. On s'interroge sur ce qu'on aurait pu faire pour l'éviter.

— Tu ne te reproches pas la mort d'Haytham ? demanda-t-elle, épouvantée à l'idée que son père puisse porter un tel poids.

— A qui d'autre la reprocher ? C'est moi qui l'ai fait venir dans ce pays parce que j'avais besoin de lui, Sahlah. Pas pour toi.

— Moi aussi, j'avais besoin de lui, *Abhy-jahn.*

Son père hésita à la porte de son bureau. Son sourire était d'une tristesse infinie.

— Tu es si pure, si généreuse, dit-il.

Nul compliment n'aurait pu lui faire plus mal. Soudain, elle eut envie de tout dire à son père. Mais elle ne fut pas dupe de l'égoïsme camouflé sous ce désir. Parler lui apporterait le soulagement, mais tomber le masque de déesse dont on l'avait affublée à tort briserait le cœur d'un homme incapable de voir que le mal pouvait exister sous les apparences les plus nobles.

Ce fut sa volonté de préserver cette image d'elle aux yeux de son père qui lui fit dire :

— Rentre à la maison, *Abhy-jahn*. Je t'en prie. Rentre te reposer.

Pour toute réponse, il déposa un baiser sur le bout de ses doigts et toucha la joue de sa fille. Puis, sans un mot, il entra dans son bureau.

Sahlah regagna l'accueil. Son travail l'attendait. Elle chercha fébrilement un prétexte pour partir et avoir le temps de faire ce qu'elle avait à faire. Si elle prétendait être malade, son père insisterait pour que quelqu'un la raccompagne. Si elle disait qu'il y avait un problème à la maison — qu'un des enfants avait disparu et que Yumn était complètement paniquée, par exemple —, il prendrait lui-même les choses en main. Et si elle partait sans rien dire ? Oh, comment pourrait-elle faire ça à son père ? Elle ne pouvait pas se résoudre à ajouter à ses soucis.

Elle s'assit au bureau de la réception et regarda les petits poissons nager sur l'écran de son ordinateur. Elle avait du travail, mais impossible de se rappeler quoi. Impossible de réfléchir à autre chose qu'à la question qui la taraudait : que faire pour épargner sa famille tout en s'épargnant elle-même ? Il n'y avait qu'une seule solution.

La porte d'entrée s'ouvrit et Sahlah releva la tête. Dieu est vraiment grand, exulta-t-elle, quand elle vit entrer Rachel Winfield.

Elle était venue à vélo. Elle l'avait laissé contre le montant de la porte, rouillé par des années d'exposition à l'air salé. Elle portait une robe transparente, et un collier et des boucles d'oreilles créés par Sahlah à partir de roupies et de perles d'ambre. Sahlah y vit

563

un bon signe : une façon pour Rachel de montrer qu'elle voulait faire la paix et l'aider. Sahlah ne se laissa pas troubler par l'air grave de son amie. Etre partie prenante dans l'organisation d'un avortement — même si celui-ci était inévitable vu les circonstances — n'était pas une décision que Rachel avait dû prendre de gaieté de cœur.

— Fait chaud, dit Rachel en guise d'entrée en matière. Je n'ai jamais eu aussi chaud. On a l'impression que le soleil a tué le vent et qu'il s'apprête à vider la mer.

Sahlah ne dit rien. Il n'y avait qu'une raison possible à l'arrivée inopinée de son amie. Rachel était celle qui pouvait remettre sa vie en ordre, et sa venue laissait supposer que le moment était proche. Ce ne serait pas facile de s'absenter — depuis toujours, ses parents lui demandaient des comptes sur ses moindres faits et gestes —, mais avec l'aide de Rachel, elle pourrait sûrement se forger un prétexte plausible. Son absence durerait juste le temps d'une visite à une clinique ou à un hôpital, où un praticien habile mettrait un terme au cauchemar qu'elle vivait depuis...

Sahlah s'obligea à contenir son désespoir.

— Tu peux parler ? demanda Rachel. (Elle lança un coup d'œil vers la porte qui donnait sur les locaux administratifs.) On serait peut-être mieux dehors ? Tu vois ce que je veux dire...

Sahlah se leva et suivit son amie à l'extérieur, en plein soleil. Elle frissonna malgré la chaleur. Rachel trouva un coin ombragé et fit face à Sahlah. Elle regarda vers la zone industrielle, comme si la fabrique de matelas exerçait sur elle une fascination irrépressible. Au moment où Sahlah se demandait si Rachel allait enfin se décider à lui dire quelque chose, celle-ci se lança :

— Je ne peux pas.

Sahlah frissonna de plus belle.

— Tu ne peux pas quoi ?

— Tu sais bien.

— Non. Dis-moi.

Rachel détacha son regard de la fabrique de matelas et le posa sur son amie. Sahlah se demanda pourquoi elle n'avait jamais remarqué à quel point les yeux de Rachel étaient asymétriques, un légèrement plus bas que l'autre, et trop écartés — et la chirurgie esthétique n'avait rien pu y faire. Sahlah s'était toujours efforcée de ne pas y prêter attention. On ne choisit pas son physique.

— J'ai réfléchi toute la nuit, dit Rachel. Je n'ai pas fermé l'œil. Je ne peux pas t'aider à... à... à faire ça.

L'espace d'un instant, Sahlah refusa de croire que Rachel parlait de l'avortement. Mais la détermination qu'elle lisait sur le visage disgracieux de son amie ne laissait pas place au doute.

— Tu ne peux pas, répéta Sahlah, ne trouvant rien d'autre à dire.

— J'ai parlé à Theo, Sahlah, dit Rachel à toute vitesse. Je sais, je sais, tu ne voulais pas... mais tu avais tort. Theo a le droit de savoir. Il a son mot à dire là-dessus.

— Ce n'est pas son problème, dit Sahlah sèchement.

— Va donc dire ça à Theo. Il en a vomi quand je lui ai dit ce que tu envisageais de faire. Ah, ne me

565

regarde pas comme ça, Sahlah! Je sais ce que tu penses. Mais non, crois-moi, le fait qu'il ait vomi ne veut pas dire qu'il ne veut rien faire pour t'aider. C'est ce que j'ai pensé moi aussi, sur le coup. Mais j'ai réfléchi à tout ça cette nuit, et je suis sûre que si tu attends que les choses se tassent, si tu donnes une chance à Theo de...

— Tu n'as pas écouté ce que je t'ai dit, l'interrompit Sahlah. (Elle éprouva le besoin urgent d'agir; elle reconnut en elle les premiers signes de la panique — mais se l'avouer n'y changea rien.) Tu n'as donc pas entendu ce que je t'ai dit hier, Rachel? Je ne *peux* pas épouser Theo. Je ne *peux* pas vivre avec lui. Je ne peux même pas lui parler en public. Tu ne veux donc pas le comprendre?

— Si, je comprends, dit Rachel. Et peut-être que tu ne pourras pas lui parler avant ton accouchement. Mais à la naissance du bébé... je veux dire... Theo est un être humain, Sahlah. Pas un monstre. Un homme honnête qui sait ce qui est bien. Un autre pourrait te laisser tomber, mais pas lui. Il ne reniera pas son enfant longtemps, Sahlah. Tu verras.

Sahlah eut l'impression que la terre s'ouvrait sous ses pieds.

— Et comment veux-tu que je m'y prenne pour que ma famille ne se rende pas compte que je suis enceinte?

— Ah, ça, c'est impossible, dit Rachel, pragmatique. (Elle ajouta, en jeune fille qui n'avait pas la moindre idée des handicaps dus au fait d'être née femme dans un milieu musulman traditionaliste :) Tu vas devoir l'annoncer à tes parents.

— Rachel! (Sahlah naviguait entre diverses possibilités, aussi inacceptables les unes que les autres.) Il faut que tu m'écoutes, que tu essaies de comprendre...

— Il ne s'agit pas seulement de savoir ce qui est mieux pour le bébé, pour Theo et pour toi, poursuivit Rachel, toujours dans sa logique. J'ai réfléchi toute la nuit à ce qui est bien pour moi aussi...

— Quel rapport avec toi ? Tout ce que je te demande, c'est de te renseigner et de me trouver un prétexte pour que je puisse m'absenter le temps de l'intervention...

— Mais ce n'est pas comme si tu allais faire des courses, Sahlah ! Tu ne peux pas débarquer chez un médecin et lui dire : « J'ai un embryon en moi, je voudrais que vous m'en débarrassiez... » Il faudra qu'on aille consulter plusieurs fois...

— Je ne te demande pas de venir avec moi, dit Sahlah, mais de me donner des adresses ! Après, je me débrouillerai, ne t'en fais pas. Tout ce que je te demande, c'est de me trouver un prétexte, n'importe lequel, pour que je puisse m'absenter assez longtemps pour faire ça...

— Tu n'oses même pas appeler les choses par leur nom ! lui dit Rachel. Ça veut bien dire ce que ça veut dire sur la façon dont tu réagiras si tu te débarrasses du bébé !

— Je sais comment je réagirai : je serai soulagée ! Je me sentirai revivre ! Je saurai que je n'ai pas trahi la confiance de mes parents, que je n'ai pas détruit ma famille, porté un coup mortel à mon père, provoqué...

— Mais tout ça n'arrivera pas ! s'écria Rachel. Même s'ils réagissent mal au début, ils finiront par l'accepter. Tous. Theo, tes parents. Même Muhannad.

— Mon frère me tuera, dit Sahlah. Le jour où je ne pourrai plus cacher mon état, il me tuera.

— Ne dis donc pas de bêtises ! Il piquera une colère, d'accord, il ira peut-être s'engueuler avec Theo, mais il ne portera jamais la main sur toi. Tu es sa sœur, bon sang !

— Rachel, tu ne le connais pas, et tu ne connais pas mes parents. Tu ne comprends pas comment ça se passe. Eux, ce qu'ils verront, c'est la disgrâce, la honte...

— Et ils s'en remettront ! décréta Rachel sur un ton péremptoire qui mit Sahlah au désespoir. Et en attendant, je resterai à tes côtés. Tu sais bien que je ne t'abandonnerai pas.

Alors, Sahlah comprit. La boucle était bouclée. Rachel était retournée à la case départ, là où elles s'étaient vues la veille : aux Bonbonnières de la Falaise.

— En plus, ajouta Rachel sur un ton qui indiquait qu'elle aussi en était arrivée à la même conclusion, tu sais, pour moi c'est un cas de conscience. Comment crois-tu que je réagirais si je prenais part à quelque chose qui va contre mes principes ? Je dois aussi penser à cet aspect de la question.

— Oui, bien sûr, murmura Sahlah d'une petite voix.

Elle eut l'impression d'être happée par une force invisible qui l'emporta loin de Rachel, loin de la zone industrielle, loin de tout. Elle ne sentait plus le sol sous ses pieds et le soleil brûlant s'était éteint comme une chandelle, cédant la place au froid et à un gel sans bornes.

Et, d'aussi loin qu'elle était, elle entendit les dernières paroles que Rachel prononça en partant :

— Ne t'inquiète pas, Sahlah. Tout va s'arranger, je t'assure. Tu verras.

18

Barbara fit prendre les empreintes digitales de Trevor Ruddock puis le conduisit à la salle d'interrogatoire du poste de police. Elle lui fournit le paquet de cigarettes qu'il réclamait, des allumettes, un cendrier, un Coca, et elle lui conseilla de réfléchir tranquillement à ce qu'il avait fait le vendredi soir et d'essayer de se souvenir qui, parmi ses innombrables connaissances et amis, pourrait confirmer son emploi du temps. Elle sortit en s'assurant qu'il n'avait pas de téléphone à portée de main qui pourrait lui permettre de se construire un alibi.

Belinda Warner lui annonça qu'Emily avait, elle aussi, ramené un suspect.

— Le basané de Clacton, lui dit-elle. Celui des messages téléphoniques de l'hôtel.

Kumhar, songea Barbara. La planque de Clacton avait fonctionné plus vite qu'elle ne l'aurait cru.

Elle trouva Emily qui prenait des dispositions pour que les empreintes de Kumhar soient envoyées à Londres et au labo de criminalistique de Peterborough pour être comparées à celles relevées dans la Nissan de Querashi. Barbara fit ajouter celles de Trevor Ruddock. Il lui semblait qu'elles s'approchaient de la vérité.

— Son anglais est merdique, lui dit Emily tandis qu'elles retournaient à son bureau. (Elle se tamponna le visage avec une serviette en papier qu'elle avait prise dans sa poche. Elle la roula en boule et la jeta à la poubelle.) Ou alors, il fait semblant de ne pas comprendre. On n'est arrivés à rien, à Clacton. « Carte, carte », c'est tout ce qu'il a réussi à nous dire. Comme s'il croyait qu'on était venus pour le mettre dans le premier bateau en partance...

— Il nie connaître Querashi ?

— Je n'en sais rien. Peut-être qu'il l'admet, peut-être qu'il le nie, peut-être qu'il ment comme il respire ou qu'il récite des poèmes. Pour moi, c'est du charabia !

— Faut trouver un interprète, dit Barbara. Ce ne devrait pas être difficile, il suffit de demander à un des Pakistanais de Balford.

Emily ricana.

— Tu imagines le poids qu'on pourrait accorder à une traduction faite par un gars de leur bande !... Fait chier !

Barbara ne pouvait la contredire sur ce point. Comment espérer qu'un membre de la communauté pakistanaise traduise fidèlement et objectivement les propos de Kumhar, dans le climat racial tendu qui régnait à Balford-le-Nez ?

— On pourrait faire venir l'universitaire de Londres, tu sais, celui qui a traduit le passage du Coran. C'est quoi, son nom, déjà ?

— Siddiqi.

— Je peux appeler le Yard et demander qu'un de nos hommes nous l'amène en bagnole...

— C'est peut-être la solution, dit Emily.

Elles entrèrent dans son bureau. Une vraie fournaise. Le soleil de l'après-midi brûlait la taie d'oreiller toujours accrochée à la fenêtre. La pièce baignait dans une lumière bleu-vert qui leur donnait l'impression d'être dans un aquarium et ne les avantageait pas.

— Tu veux que je téléphone ? demanda Barbara.

Emily se laissa choir dans son fauteuil.

— Pas encore. J'ai mis Kumhar dans une cellule, je veux le faire mijoter un peu en garde à vue. Ce qu'il lui faut à celui-là, c'est une bonne giclée de lubrifiant sur les rouages. Il est en Angleterre depuis trop peu de temps pour pouvoir me réciter le code civil de A jusqu'à Z. Avec lui, c'est moi qui mène le jeu et j'ai bien l'intention de le mener jusqu'au bout.

— Mais s'il ne parle pas anglais, Emy... fit Barbara, d'une voix hésitante.

Emily fit celle qui ne comprenait pas le sous-entendu : ne risquaient-elles pas de perdre leur temps avec ce type en garde à vue si elles ne se décidaient pas à faire appel à un interprète digne de confiance ?

— On saura ça dans quelques heures, fit Emily.

Elle se tourna vers Belinda Warner qui entrait dans le bureau, un sachet de mise sous scellés en main.

— On vient d'apporter ça, dit-elle à Emily. C'est le contenu du coffre de Querashi. De la Barclay's.

Emily le lui prit des mains et, comme pour rassurer Barbara, elle demanda à Belinda Warner de téléphoner au professeur Siddiqi à Londres et de lui demander s'il serait éventuellement disponible pour venir à Balford servir d'interprète lors de l'interrogatoire d'un suspect pakistanais.

— Et dis-lui aussi de se tenir prêt, ajouta-t-elle. Si on a besoin de lui, il faudra qu'il vienne dare-dare.

Elle regarda le contenu du sachet. Surtout des papiers : une liasse de documents concernant la maison de la Première Avenue, le permis de séjour de Querashi, un contrat de rénovation cosigné par Gerry DeVitt, Querashi et Akram Malik, et diverses feuilles arrachées à un carnet à spirale. Emily en prit une, Barbara une autre.

— Tiens, encore Oskarstrasse 15, dit Emily en retournant la feuille pour lire ce qui figurait au verso. Pas de mention de ville. Mais moi, je parie toujours sur Hambourg. Qu'est-ce que tu as, toi ?

— C'est un bon de chargement, lui répondit Barbara. D'une boîte qui s'appelle « Orient-Imports — Mobilier et Articles Ménagers ». Importations d'Inde, du Pakistan et du Bangladesh.

— Que peut-on importer du Bangladesh, je me le demande, dit Emily, caustique. On dirait bien que nos deux tourtereaux voulaient meubler leur maison de la Première Avenue.

Barbara n'en était pas si sûre.

— Le bon n'est pas détaillé, Emy. Si la fille Malik et lui comptaient acheter leur lit nuptial et ce qui va avec, ce serait précisé, non ? C'est juste un bon vierge à l'en-tête d'une société.

— Qui se trouve où ? fit Emily en fronçant les sourcils. Hounslow ? Oxford ? Les Midlands ?

Des endroits où, elles le savaient, les communautés indo-pakistanaises faisaient florès.

Barbara lut l'adresse et hocha la tête.

— A Parkeston, dit-elle.

— Parkeston ? dit Emily, incrédule. Fais-moi voir ça, Bab.

Tout en examinant le connaissement, Emily repoussa son fauteuil de bureau et s'approcha des cartes murales de la péninsule de Tendring et du bord de mer.

Barbara, quant à elle, détaillait les trois liasses de documents. A première vue, le permis de séjour était valable, et les papiers concernant la maison de la Première Avenue en ordre. La signature d'Akram Malik apparaissait sur la plupart d'entre eux, ce qui était logique puisque cette maison faisait partie de la dot de Sahlah. Tandis que Barbara feuilletait le contrat des travaux de rénovation signé par Gerry DeVitt, une feuille de papier glissa par terre. Il s'agissait d'une page provenant d'un magazine de luxe. Elle avait été soigneusement découpée. Barbara la déplia sur ses genoux. Au recto et au verso figuraient des publicités d'une rubrique intitulée « A votre service ». Au milieu d'entreprises internationales basées à l'île de Man — qui, apparemment, proposaient des services de protection de capitaux et d'évasion fiscale —, étaient mentionnées des sociétés telles que Lorraine, « Surveillance électronique discrète », pour employeurs doutant de la loyauté de leurs employés, ou Piègespion, de Knightsbridge, qui vantait le dernier cri en matière de détection de micros clandestins pour « une protection totale de l'homme d'affaires sérieux ». Il y avait aussi des pubs pour des boîtes de location de véhicules, pour des locaux commerciaux à Londres et pour des agences de sécurité. Barbara les lut toutes, étonnée que Querashi ait conservé ces documents. Elle en était à se dire qu'il devait s'agir d'une erreur de sa part lorsque son regard tomba sur un nom connu : World Wide Tours, agence de voyages spécialisée en immigration, à Harwich. Étrange, se dit-elle. Un des appels que Querashi avait passés de la Maison-Brûlée correspondait à la World Wide Tours de Karachi.

Barbara rejoignit Emily, toujours en train de scruter la carte de la péninsule, au nord de Pennyhole Bay. Barbara avait toujours été nulle en géo, aussi ce ne fut qu'en y regardant de très près qu'elle constata que Harwich était situé au nord du Nez, sur la même longitude, à l'embouchure de la rivière Stour, et reliée au reste du pays par une ligne ferroviaire. Machinalement, Barbara suivit le tracé de la ligne vers l'ouest et la première ville qu'elle rencontra, touchant presque Harwich, fut Parkeston.

— Emy, dit Barbara, animée de la sensation de plus en plus vive que les pièces du puzzle se mettaient en place, il avait gardé une pub d'une agence de voyages à Harwich, qui porte le même nom que celle qu'il a contactée à Karachi.

Mais Emily ne répondit pas, concentrée qu'elle était sur un petit encadré en surimpression sur le bleu de la mer à l'est de Harwich. Barbara se pencha pour lire.

FERRIES AU DÉPART DE HARWICH :

Hoek van Holland	6 à 8 heures
Esbierg	20 heures
Hambourg	18 heures
Gothenbourg	24 heures

— Tiens, tiens, fit Barbara.

— Intéressant, n'est-ce pas ? dit Emily en se détournant de la carte. (Elle prit la photo d'Haytham Querashi et la tendit à Barbara en disant :) Que dirais-tu d'une petite virée en voiture cet après-midi ?

— A Harwich et à Parkeston ? demanda Barbara.

— S'il est allé là-bas, quelqu'un l'y aura vu, répondit Emily. Et dans ce cas, ce quelqu'un pourra peut-être nous dire...

— Chef ? dit Belinda Warner de la porte, regardant par-dessus son épaule comme si elle s'attendait à être suivie.

— Qu'est-ce qu'il y a ? demanda Emily.

— Les Pakistanais, Mr Malik et Mr Azhar. Ils sont ici.

— Oh, merde, dit Emily en jetant un coup d'œil à sa montre. Pas question qu'ils se pointent quand ça leur chante pour une de leurs réunions à la noix...

— C'est pas ça, chef, ils sont au courant pour le type de Clacton.

576

Emily regarda Belinda comme si elle n'avait pas compris.

— Clacton, répéta-t-elle.

— C'est ça, chef. Mr Kumhar. Ils savent qu'il est ici et ils exigent de le voir. Ils disent qu'ils ne partiront pas tant qu'ils n'auront pas pu lui parler.

— Putain, quel culot ! s'écria Emily.

Apparemment, songea Barbara, Emily ne s'attendait pas à ce que les Pakistanais soient aussi sûrs de leurs droits. Elle se dit que leur connaissance du code civil ne pouvait leur venir que d'une seule source.

Agatha Shaw raccrocha son téléphone en poussant un petit cri de triomphe. Si elle l'avait pu, elle aurait dansé une gigue endiablée, sautillant, bondissant sur le tapis de la bibliothèque en une série de petits pas qui l'auraient menée devant les trois chevalets sur lesquels étaient toujours posés — trois jours après la réunion avortée du conseil — les plans de réaménagement de Balford. Et elle les aurait volontiers pris tour à tour dans ses bras et embrassés comme une mère embrasserait ses enfants adorés.

En l'occurrence, elle se contenta de crier :

— Mary Ellis ! Mary Ellis ! A la bibliothèque, tout de suite !

Elle planta sa canne entre ses jambes et se leva avec peine. Cet effort la fit souffler comme un bœuf. Il lui fallut du temps, et pourtant elle eut l'impression de s'être levée trop vite, la tête lui tourna et elle vacilla comme sous une bourrasque.

— Oups, fit-elle en riant.

Il faut dire qu'elle avait des raisons d'avoir le tournis : la surexcitation, les projets, la réussite, la joie. Bon sang, oui, elle avait bien le droit d'avoir le tournis !

— Mary Ellis ! Oh, quelle plaie ! Mary Ellis ! Vous êtes sourde ou quoi ?

Un claquement de semelles l'avertit que la fille se décidait enfin à venir. Elle surgit dans la bibliothèque, rouge comme une pivoine, à bout de souffle.

— Oh m'Dieu, Mrs Shaw, vous m'avez fait une de ces peurs ! Vous allez bien ?

— Bien sûr que je vais bien, lui répondit sèchement Agatha. Où étiez-vous passée ? Pourquoi ne venez-vous pas quand je vous sonne ? Pourquoi est-ce que je vous paie, si vous me laissez seule ici à hurler comme une des sorcières de *Macbeth* quand j'ai besoin de vous ?

Mary s'approcha d'elle.

— Vous vouliez que je change les meubles du salon de place aujourd'hui, Mrs Shaw, vous vous rapp'lez pas ? Ça vous plaisait plus que le piano soit à côté de la cheminée et vous avez dit que le tissu des canapés se fanait parce qu'i-z-étaient trop près des fenêtres. Vous vouliez aussi que les tableaux...

— Bon, bon, bon ! s'écria Agatha en secouant le bras pour se libérer de la main moite de Mary. Ne m'agrippez pas comme ça, ma fille. Je ne suis pas une invalide. Je peux marcher seule et vous le savez très bien.

— Oui, m'dame, dit Mary.

Elle lui lâcha le bras et attendit les ordres. Agatha la jaugea en se demandant une fois de plus pourquoi diable elle gardait à son service un être aussi pitoyable. Son niveau intellectuel, au ras des pâquerettes, faisait d'elle une dame de compagnie impossible, et Agatha n'avait jamais vu quelqu'un qui se fatiguait aussi vite. Qui d'autre qu'elle serait en nage, hors d'haleine et toute rouge pour avoir déplacé un piano et quelques petits meubles ?

— A quoi servez-vous, Mary, si vous ne venez pas dès que je vous appelle ? lui demanda Agatha.

Mary baissa les yeux.

— C'est pas que j'vous avais pas entendue, m'dame, mais j'étais sur l'escabeau, alors. J'avais le portrait de votre grand-père dans les bras, j'pouvais pas le poser n'importe où...

Agatha aimait beaucoup ce portrait. Il trônait au-dessus de la cheminée, grandeur nature, dans un cadre doré... A l'idée que cette fille ait réussi à soulever ce tableau et à le déplacer dans le salon, elle la considéra avec une certaine admiration — elle se reprit très vite.

— Votre premier devoir, dans cette maison, c'est moi. Tâchez de ne pas l'oublier.

— Oui, m'dame, dit Mary d'une voix morne.

— Et ne faites pas cette tête, ma fille. J'apprécie que vous ayez déplacé ces meubles, mais laissons les choses dans leur juste perspective. Bien, donnez-moi votre bras. Je veux aller jusqu'au court de tennis.

— Au court de tennis ? répéta Mary, incrédule. Qu'est-ce que vous voulez donc aller faire là-bas, Mrs Shaw ?

— Voir dans quel état il est. J'ai l'intention de me remettre à jouer.

— Mais vous ne pouvez pas...

Mary ravala sa phrase devant le regard noir qu'Agatha lui décochait.

— Je ne peux pas quoi ? Jouer ? Bêtises ! Je peux tout faire. La preuve : il suffit que je téléphone pour gagner les voix nécessaires pour que le conseil municipal vote mon projet sans même avoir vu les plans. (Agatha pouffa.) Bien sûr que je peux tout faire !

Mary Ellis ne posa aucune question sur cette histoire de conseil municipal. Agatha fut déçue. Elle aurait tant aimé pouvoir raconter son triomphe à quelqu'un. A Theo, surtout. Lui lancer tout cela à la figure ! Seulement, en ce moment, Theo n'était jamais là où il était censé être, aussi ne s'était-elle même pas donné la peine de lui téléphoner à la jetée. Elle mourait d'envie d'en parler. Elle avait espéré que son appel du pied avait été assez évident pour que même une bécasse comme Mary Ellis comprenne le message. Mais non. Mary restait muette comme une carpe.

— Bon sang, ma fille, dit Agatha, vous avez un cerveau dans le crâne ? Oui ? Non ? Oh, peu importe après tout. Donnez-moi le bras. Accompagnez-moi dehors.

Elles quittèrent cahin-caha la bibliothèque, et Agatha en profita pour s'épancher.

Il s'agissait des plans de réaménagement de Balford-le-Nez, dit-elle à sa compagne. Une fois que Mary eut marqué sa compréhension par quelques sons gutturaux, Agatha poursuivit. La facilité avec laquelle elle avait fait basculer Basil Treves dans son camp, la veille, lui avait donné l'idée de faire de même avec les autres conseillers.

— Akram Malik excepté, dit-elle. C'est sans intérêt d'essayer de l'avoir au bout du fil. (Elle pouffa de nouveau.) D'ailleurs, je veux que le vieil Akram soit mis devant le fait accompli.

— Il va y avoir une fête ? demanda Mary, toute joyeuse.

Mon Dieu, songea Agatha avec lassitude.

— Mais non, pas une fête, bougre d'idiote. Un fait accompli. Vous ne savez donc pas ce que cela veut dire ? Oh, peu importe.

Elle revint à son idée. Treves avait été le plus facile de tous à convaincre, confia-t-elle, vu ce qu'il pensait des gens de couleur. Les autres, par contre, lui avaient donné du fil à retordre.

— Finalement, j'ai quand même réussi à les convaincre, dit-elle. Enfin, tous ceux dont j'ai besoin pour le vote. Il y a au moins une chose que j'ai apprise pendant toutes ces années, Mary, c'est que personne ne refuse d'investir des fonds si ledit investissement ne lui coûte quasiment rien et lui permet d'accumuler des bénéfices. Et nos plans vont dans ce sens, vous comprenez. Le conseil municipal investit, la ville se développe, les estivants affluent et tout le monde y trouve son compte.

Mary parut ruminer ce qu'elle venait d'entendre.

— Ah oui, c'est les plans que j'ai vus dans la bibliothèque, dit-elle.

— Bientôt, poursuivit Agatha, vous verrez ces plans se concrétiser. Un centre de loisirs, une grand-rue et des hôtels rénovés, le front de mer et la Promenade des Princes réaménagés. Vous verrez, Mary Ellis. Balford-le-Nez va devenir l'attraction de la côte.

— Moi, j'aime bien comme c'est, dit Mary.

Elles étaient sorties sur le perron et avaient gagné l'allée chauffée par le soleil. En baissant les yeux, Agatha s'aperçut qu'elle avait gardé ses pantoufles aux pieds. La chaleur accumulée par le gravier traversait ses semelles fines. Elle plissa les yeux, incapable de se souvenir à quand remontait sa dernière sortie de la maison. L'éclat de la lumière était presque intolérable.

— Comme c'est ? s'écria Agatha.

Elle tira Mary par le bras en direction de la roseraie du côté nord de la maison. La pelouse descendait en pente douce au-delà des massifs jusqu'au court de tennis en terre battue que Lewis avait fait construire pour elle, cadeau pour son trente-cinquième anniversaire. Avant son attaque, elle jouait trois fois par semaine, pas très bien mais toujours avec la même rage de vaincre.

— Faites fonctionner votre imagination, ma fille. La ville va à sa ruine. Les boutiques de la grand-rue ferment les unes après les autres, les restaurants sont vides, les hôtels — du moins ce qu'il en reste — ont plus de chambres à louer qu'il n'y a de clients. Si personne ne se décide à injecter du sang neuf dans Balford, nous vivrons dans une ville fantôme d'ici trois ans. Cette ville a un po-ten-tiel, Mary Ellis. Il suffit de quelqu'un un brin visionnaire, ma fille...

Elles s'avancèrent dans les allées de la roseraie.

Agatha s'immobilisa. Elle se sentit oppressée — cette maudite attaque cérébrale ! fulmina-t-elle — et elle prit prétexte d'examiner les roses pour récupérer. Oh, bon Dieu, quand donc retrouverait-elle ses forces ?

— Bon sang ! fit-elle d'un ton sec. Pourquoi ces roses n'ont-elles pas été arrosées ? Regardez, Mary. Regardez-moi ces feuilles. Les pucerons se nourrissent sur mon dos et on les laisse faire ! C'est encore à moi de dire au jardinier comment il doit travailler. Je veux que ces rosiers soient traités aujourd'hui, Mary Ellis !

— Oui, Mrs Shaw. J'vais téléphoner à Harry. Ça lui ressemble pas de négliger les roses, mais son fils a fait une péritonite y a deux semaines et ça l'inquiète qu'il se remette pas.

— Il va avoir d'autres sujets d'inquiétude, s'il laisse les pucerons détruire mes roses...

— Son fils n'a que dix ans, Mrs Shaw, et ils ont pas pu lui nettoyer toutes les saletés qu'il avait dans le sang. Il est passé trois fois sur le billard, Harry m'a dit, et il est toujours gonflé. Ils pensent que...

— Mary, est-ce que vous croyez que j'ai envie de me lancer dans une discussion sur la pédiatrie ? Nous avons tous nos petits problèmes, et nous devons y faire face de notre mieux. Si Harry n'en est pas capable, eh bien, nous nous passerons de lui.

Agatha s'éloigna des roses. Sa canne s'était enfoncée dans l'humus fraîchement retourné du massif. Elle tenta de la libérer, mais n'en eut pas la force.

— Tonnerre de Dieu ! (Elle tira sur la poignée

de la canne et faillit perdre l'équilibre. Mary la rattrapa par le bras.) Cessez de me traiter comme un bébé! J'ai passé l'âge d'être maternée. Dieu du ciel, cette chaleur va durer jusqu'à quand?

— Faut pas vous énerver comme ça, Mrs Shaw, dit Mary du ton servile d'une domestique du dix-huitième siècle qui craint d'être frappée.

L'écouter était encore plus pénible que de se débattre avec cette saleté de canne.

— Je ne m'énerve pas, dit Agatha, les dents serrées.

Elle libéra la canne en la tirant d'un coup sec, mais cet effort lui coupa le souffle une fois encore. Elle ne comptait pas se laisser abattre pour si peu. Elle s'avança résolument vers la pelouse qui s'étendait au-delà de la roseraie.

— Vous croyez pas que vous feriez mieux d'vous reposer? demanda Mary. Vous êtes toute rouge et...

— Ça vous étonne, par cette chaleur? Je n'ai pas besoin de repos! Je veux aller voir mon court de tennis et tout de suite!

Mais traverser la pelouse se révéla plus difficile que de suivre le sentier caillouteux qui les avait menées à la roseraie. Le sol était inégal et l'herbe jaunie par le soleil masquait ses aspérités. Agatha n'arrêtait pas de trébucher. Elle se libéra du bras de Mary et eut un sourire mauvais en l'entendant protester avec sollicitude. Au diable ce jardin, fulminat-elle intérieurement. Qu'il devenait traître, tout à coup! Elle n'avait jamais remarqué à ce point les imperfections du terrain.

— On peut s'reposer, si vous voulez, suggéra Mary Ellis. J'peux aller vous chercher de l'eau.

Agatha continua son avancée cahotante. Plus que trente mètres, et elle toucherait au but. Le tennis étalait son court terre de Sienne. Son filet était toujours en place, ses lignes fraîchement repassées à la craie en prévision du prochain match. Une brume de chaleur s'élevait du sol.

Une goutte de sueur roula du front d'Agatha jusque dans son œil, puis une autre. Elle se sentait de plus en plus oppressée. Elle avait l'impression d'être emmaillotée comme une momie. Le moindre geste était une souffrance, tandis qu'à côté d'elle Mary Ellis glissait comme une plume poussée par le vent. Au diable sa jeunesse. Au diable sa belle santé. Au diable son insouciance qui lui donnait une hégémonie dans cette demeure. Agatha enviait la force vitale de la jeune fille. Elle lisait dans ses pensées : *la pauvre vieille carne, elle ne peut plus avancer.* Eh bien, elle allait lui montrer de quoi elle était capable. Elle entrerait sur ce court de tennis et elle battrait son adversaire à plates coutures. Elle ressortirait son service d'autrefois, monterait au filet et balancerait des retours du feu de Dieu. Elle montrerait à Mary Ellis de quel bois elle se chauffait. Elle leur montrerait, à tous. Agatha Shaw n'était pas une perdante. Elle avait plié le conseil municipal à sa volonté. Elle venait d'insuffler une nouvelle vie dans Balford-le-Nez. Elle avait recouvré ses forces et pouvait redéfinir ses objectifs. Et elle ferait de même avec son corps décrépit.

— Mrs Shaw... dit Mary du bout des lèvres. Vous croyez pas qu'un peu de repos... ? On pourrait

585

s'asseoir un moment sous le tilleul là-bas. Je vous apporterais quelque chose à boire...

— Foutaises ! éructa Agatha. Je veux... match... tennis.

— Oh, je vous en prie, Mrs Shaw. Vous êtes rouge comme une tomate. J'ai peur que...

— Pff ! Peur !

Le rire d'Agatha se mua en une quinte de toux. Comment se faisait-il que le court de tennis lui paraissait toujours aussi loin ? Elle avait l'impression d'avoir parcouru des kilomètres, et pourtant leur destination demeurait un mirage inaccessible. Comment était-ce possible ? Elle allait à l'allure d'un escargot, avançant sa canne, puis une jambe, avec l'impression qu'on la tirait en arrière et vers le bas et qu'elle s'enfonçait comme si on l'avait lestée d'une grosse pierre.

— Vous... me... retenez, dit-elle dans un souffle. Bon sang... ma fille... Vous voulez m'empêcher d'avancer ?

— Mais non, Mrs Shaw, j'fais rien, moi, répondit Mary Ellis, d'une voix affolée et haut perchée. Mrs Shaw, j'vous touche pas. Mais arrêtez donc. J'vais vous chercher une chaise, et une ombrelle pour vous protéger du soleil...

— Fichez-moi la paix.

Elle la repoussa d'un geste faible et se rendit compte qu'elle n'avançait plus, c'était plutôt le paysage qui avait l'air de se déplacer. Le court de tennis reculait au loin, semblant se fondre dans le Wade sous la forme d'un cheval vert qui piaffait au-delà du chenal de Balford.

Elle eut vaguement l'impression d'entendre

Mary Ellis lui dire quelque chose, mais ne comprit pas quoi. Sa tête lui cognait et le vertige qui l'avait saisie plus tôt dans la bibliothèque la balaya comme une lame de fond. Elle voulut demander de l'aide, au moins appeler sa domestique, elle ne put que gémir. Ses bras et ses jambes devinrent un fardeau, des ancres trop lourdes pour les soulever du sol.

Elle entendit un cri venu de nulle part.

Le soleil tapait toujours aussi dur.

Le ciel devint blanc.

Lewis cria : « Aggie ! »

Lawrence renchérit : « Maman ? »

Sa vision s'étrécit à la dimension d'une tête d'épingle.

Elle tomba.

Trevor Ruddock avait réussi à lui tout seul à enfumer la salle d'interrogatoire au point que Barbara n'eut même pas besoin d'allumer une cigarette. En le rejoignant, elle l'aperçut à travers des vapeurs grisâtres, assis à la table métallique noire, cerné de mégots à ses pieds. Elle lui avait pourtant fourni un cendrier, mais manifestement il avait besoin d'un parterre de mégots et de cendres pour s'y retrouver.

— Vous avez eu le temps de réfléchir ? s'enquit Barbara.

— Faut que je passe un coup de fil.

— Vous voulez faire venir un avocat ? Je trouve ça bizarre puisque vous prétendez n'avoir rien à voir avec le meurtre de Querashi.

— J'veux téléphoner, insista-t-il.

— Pas de problème. Mais en ma présence, bien entendu.

— Vous n'avez pas le droit de...

— Faux. J'ai le droit.

Pas question qu'elle donne à Trevor la moindre chance de se concocter un alibi. Et puisqu'il avait déjà tenté le coup avec Rachel Winfield, on pouvait légitimement émettre des doutes sur sa sincérité.

— J'ai reconnu que j'avais chourré des trucs à la fabrique, non ? Je vous ai dit que c'est Querashi qui m'avait viré. Et je vous ai dit tout ce que je savais sur ce mec. Pourquoi j'aurais fait ça si c'est moi qui l'avais buté ?

— Je me suis posé la question, dit Barbara, faisant l'aimable.

Elle alla s'asseoir face à lui. Il n'y avait pas de ventilation dans la pièce. On se serait cru dans un sauna et la fumée qui saturait l'air n'arrangeait rien. Tant qu'à faire, songea Barbara, imitons-le. Elle prit une cigarette dans le paquet de Trevor et l'alluma.

— J'ai bavardé avec Rachel ce matin, lui dit-elle.

— Ouais, je me doute. Si vous m'avez embarqué, c'est parce que vous lui avez parlé. Elle a dû vous dire que je l'avais quittée à dix heures. Bon, ben, ouais, c'est ça. Je confirme.

— Bon. Vous confirmez. Mais elle m'a appris autre chose qui m'a permis de mieux comprendre pourquoi vous refusez de me dire où vous étiez vendredi soir, une fois que vous l'avez quittée. Et quand j'ai fait le rapprochement entre ce qu'elle m'a dit et ce que vous m'avez raconté sur Querashi et votre mystérieux emploi du temps de vendredi soir, il ne me restait plus qu'une seule conclusion à tirer. Et c'est de ça que nous devons parler tous les deux.

— Ah ouais, et c'est quoi ?

Il avait l'air crevé. Il se mordilla le bout de l'index et recracha un fragment de peau.

— Avez-vous eu des rapports sexuels avec Rachel Winfield ?

Il releva la tête, mi-bravache mi-gêné.

— Et même ? Elle vous a dit qu'elle voulait pas, ou un truc comme ça ? Parce que si elle a dit ça, ça a pas été mon impression...

— Contentez-vous de répondre à ma question, Trevor. Avez-vous eu des rapports sexuels avec Rachel ?

— Des tas de fois, dit-il, rigolard. Il suffit que je l'appelle, je lui donne le jour et l'heure et elle accourt. Et si elle a un autre truc de prévu ce soir-là, elle se décommande. Elle craque un max pour moi. Elle vous a dit autre chose ?

— Je vous demande si vous avez fait l'amour complètement nus, spécifia Barbara. Ou, plus précisément, avez-vous eu des rapports complets avec elle ?

— Y a pas qu'une façon de baiser. Y a pas que la position du missionnaire.

— D'accord. Mais vous ne répondez pas exactement à ma question, hein ? Ce que je veux savoir, c'est si vous l'avez pénétrée, alors que ce soit debout, assis, couché, à genoux, les pieds au mur ou sur des échasses, je m'en fous ! Je vous parle de l'acte en lui-même.

— Ben ouais, on l'a fait. Comme vous avez dit. Elle a pris son pied et j'ai pris le mien.

— Mais est-ce que vous l'avez pé-né-trée ?

Il s'empara de son paquet de clopes.

— Putain, vous jouez à quoi, là ? Je vous ai dit qu'on l'a fait. Elle raconte que je l'ai violée, c'est ça ?

— Non, non. Elle m'a dit quelque chose de curieux. Que faire l'amour avec vous, c'était à sens unique. Que vous ne faisiez rien d'autre que la laisser jouer de votre pipeau. C'est exact ?

— Hé, arrêtez ça.

Il avait rougi jusqu'aux oreilles. Barbara remarqua que sa jugulaire palpitait, ce qui donnait l'impression que l'araignée tatouée dans son cou prenait vie.

Barbara décida de mettre la pression :

— Toi, tu prends ton pied, mais Rachel, elle, n'a rien en échange. Pas même une petite visite sous la ceinture, si tu vois ce que je veux dire...

Il ne dit rien, mais ses doigts écrasèrent en partie son paquet de cigarettes.

— Alors, je vais te dire ce que je pense, poursuivit Barbara. Soit t'es complètement nul avec les femmes — et tu crois qu'il suffit de mettre ta zigounette dans la bouche d'une nana pour l'envoyer au septième ciel —, ou alors t'aimes pas beaucoup les filles, ce qui expliquerait que tu t'en tiennes aux pipes. Alors, c'est quoi, la vérité ? Nunuche ou pédé pas encore sorti du placard ?

— Pas ça !

— Pas quoi ?

— Ni l'un ni l'autre ! J'aime les filles et elles m'aiment. Et si Rachel vous a raconté autre chose...

— Pas très convaincant, tout ça, dit Barbara.

— J'peux vous en raconter sur plein de filles, dit-il en s'échauffant. Des dizaines et des dizaines de filles, des centaines même. La première, j'avais dix ans et je peux vous dire qu'elle a aimé ça. Ben ouais, j'ai jamais sauté Rachel Winfield, et j'le ferai jamais. Et alors ? Faudrait être aveugle pour tringler une mocheté pareille. Et c'est pas mon cas, vous avez pas remarqué ?

Il enfonça son index dans son paquet de clopes et en tira une. La dernière. Il roula le paquet en boule et le jeta à l'autre bout de la pièce.

— Ouais, je vois, fit Barbara. Je suis sûre que ta vie sexuelle est une autoroute jonchée de victimes mortes de plaisir. Du moins dans tes rêves. Mais je te parle de la réalité, Trevor. Tu m'as dit que tu avais vu Haytham Querashi draguer dans les toilettes de la place du marché de Clacton, mais je n'ai que ta version. Qui me dit que ce n'est pas avec toi qu'il était ?

— Mais c'est pas vrai, putain !

Il s'était levé, renversant sa chaise.

— Ah non ? remarqua Barbara sans se démonter. Assieds-toi, ou j'appelle un agent pour te donner un coup de main. (Elle attendit qu'il ait redressé la chaise et se soit réinstallé. Il récupéra la cigarette qu'il avait balancée sur la table, fit craquer une allumette sur l'ongle en deuil de son pouce.) Tu vois le tableau, hein ? Vous bossiez ensemble à l'usine ; il t'a viré sous prétexte que tu avais fauché quelques pots de moutarde et de confiture, mais c'était peut-être pas la vraie raison. Il t'a peut-être viré tout bêtement parce qu'il allait épouser Sahlah Malik et qu'il ne voulait plus te voir traîner dans le coin, à lui rappeler constamment ce qu'il était vraiment...

— Je veux passer un coup de fil, dit Trevor. J'ai plus rien à vous dire.

— Tu vois que ça ne se présente pas au mieux pour toi... fit Barbara en écrasant sa cigarette dans le cendrier. Une accusation d'homosexualité portée contre Querashi, une propension à la fellation, ton incapacité avec Rachel...

— J'me suis déjà expliqué là-dessus !

— ... et la mort de Querashi à l'heure où tu n'as plus d'alibi. Dis-moi, Trevor, est-ce que tout ça te donne pas envie de me dire ce que tu as fabriqué vendredi soir ? Si, bien sûr, tu n'étais pas en train d'assassiner Haytham Querashi...

Il resta bouche cousue, une lueur de défi dans les yeux.

— Bon, dit-elle. Continue à jouer à ce petit jeu, si tu veux. Mais fais gaffe de ne pas t'y laisser prendre...

Le laissant mariner, elle se mit en quête d'Emily. Elle l'entendit à l'étage inférieur, en conversation animée avec un homme. Barbara regarda par-dessus la rampe et la vit qui tenait tête à Muhannad Malik. Taymullah Azhar se tenait juste derrière son cousin.

— Ne vous donnez pas la peine de m'expliquer le code civil, disait Emily sèchement tandis que Barbara descendait l'escalier. Je connais parfaitement la loi. Mr Kumhar a commis un délit grave justifiant sa garde à vue. J'agis en parfaite concordance avec mon rôle, qui est de m'assurer que rien n'entrave le cours de l'enquête et que personne ne court de danger.

— Pour l'instant, c'est Mr Kumhar qui est en danger, dit Muhannad, le visage dur. Et si vous refusez qu'on le voie, ce ne peut être que pour une seule raison.

— Laquelle, s'il vous plaît ?

— Je veux vérifier son état physique. Et ne me sortez pas que vous n'avez jamais utilisé l'expression « résister à la police » pour justifier un passage à tabac dans vos locaux !...

— Je crois, dit Emily au moment où Barbara les rejoignait, que vous regardez trop la télévision, Mr Malik. Il n'est pas dans mes habitudes de tabasser les suspects.

— En ce cas, vous n'aurez pas d'objection à ce que nous lui parlions.

— La loi précise, surenchérit Azhar, que tout suspect a droit à la visite d'un avocat ou d'un proche pour qu'il l'informe de sa garde à vue. Pourriez-vous nous dire qui en a été informé ?

Il avait parlé sans un regard à Barbara, mais elle était sûre qu'il l'avait sentie se raidir. La loi était une chose, mais quand les événements prenaient la police de vitesse, il n'était pas rare qu'un bon inspecteur y fasse une petite entorse. Azhar pariait là-dessus. Barbara attendit de voir si Emily allait sortir un ami imaginaire de Fahd Kumhar de son chapeau. Elle ne se donna pas cette peine.

— Mr Kumhar n'a pas demandé que quelqu'un soit prévenu, dit-elle.

— Est-il au courant de ses droits ? demanda Azhar.

— Mr Azhar, répondit Emily, nous n'avons pas eu l'occasion d'avoir avec Mr Kumhar une conversation assez claire et assez longue pour lui signifier quels étaient ses droits...

— C'est la tactique habituelle, intervint Muhannad. Elle l'a mis à l'isolement, comme ça, elle est sûre qu'il paniquera assez pour avouer tout ce qu'elle voudra.

Azhar ne contredit pas son cousin, mais se garda de mettre de l'huile sur le feu.

— Mr Kumhar est né en Angleterre ? demanda-t-il d'une voix posée.

Barbara pensa qu'Emily devait se maudire d'avoir laissé Kumhar baragouiner à propos de ses papiers. Elle pouvait difficilement nier être au courant de son statut d'immigré, surtout quand la loi était si précise à ce sujet. Si elle biaisait — et découvrait plus tard que Fahd Kumhar était impliqué dans la mort de Querashi —, elle prenait le risque de voir l'affaire lui échapper.

— Pour le moment, nous souhaiterions interroger Mr Kumhar sur ses relations avec Mr Querashi, dit-elle. Nous l'avons amené au poste car il refusait de nous répondre chez lui.

— Arrêtez de tourner autour du pot ! s'énerva Muhannad. Il est de nationalité anglaise ou non ?

— Apparemment pas, répondit Emily en s'adressant à Azhar.

— Ah, fit ce dernier, comme soulagé. (Barbara comprit pourquoi quand il ajouta :) Quel est son niveau d'anglais ?

— Je ne lui ai pas fait passer de test, répondit-elle.

— Oh, je suppose que ce n'est pas nécessaire, dit Azhar.

— Putain de merde ! s'écria Muhannad. S'il ne parle pas...

D'un geste, Azhar fit taire son cousin.

— En ce cas, dit-il à Emily, je suppose que vous ne verrez pas d'objection à ce que je voie Mr Kumhar, inspecteur. Je ne vous ferai pas l'insulte de vous rappeler qu'aux termes de la loi les seuls suspects ayant un droit inaliénable à être assistés en cas de garde à vue sont les ressortissants étrangers.

Échec et mat, songea Barbara avec admiration. Ce professeur de microbiologie était loin d'être une tache en matière de défense des droits de son peuple. Elle se rendit compte tout à coup qu'elle n'aurait pas dû craindre que cet homme se laisse dépasser par les événements pendant son séjour à Balford-le-Nez. Il était clair qu'il avait la situation en main — du moins en ce qui concernait son rapport avec la police locale.

De son côté, Muhannad affichait un air triomphant.

— Si vous voulez bien nous conduire jusqu'à lui, inspecteur Barlow, dit-il avec une politesse affectée. Nous aimerions être en mesure de dire à nos compatriotes que Mr Kumhar est bien traité dans vos locaux.

Le message était clair : soit Muhannad Malik organisait une nouvelle manifestation qui pourrait dégénérer en émeute, soit il maintenait la paix. À Emily Barlow de choisir. Barbara remarqua un léger tressaillement au coin des yeux de sa collègue. Ce fut la seule réaction visible qu'elle s'autorisa.

— Suivez-moi, dit-elle aux deux hommes.

Elle avait la sensation d'être enchaînée de la tête aux pieds. Lewis n'arrêtait pas de lui parler dans sa tête : des enfants, de ses affaires, de son amour infernal pour sa vieille Morgan qui ne marchait jamais correctement en dépit de l'argent qu'il y mettait. Puis Lawrence prit le relais, ne faisant que dire qu'il l'aimait, qu'il l'aimait. Et pourquoi ne voulez-vous pas comprendre que je l'aime, Maman, et que nous voulons vivre ensemble ? Et puis, tout à coup, voilà que cette garce de Suédoise venait mettre son grain de sel, débitant des sornettes de psychologue du dimanche qu'elle avait sans doute apprises en jouant au volley-ball sur les plages californiennes : L'amour que Lawrence a pour moi ne diminuera pas celui qu'il a pour vous, Mrs Shaw. Vous le comprenez bien, n'est-ce pas ? Et c'est son bonheur que vous voulez, non ? Et puis arriva Stephen qui lui dit : C'est ma vie, Mamie. Vous ne pouvez pas la vivre à ma place. Si vous ne pouvez pas l'accepter, alors je suis d'accord avec vous : il vaut mieux que je parte.

Ils n'en finissaient pas de parler, de parler, de parler. Elle avait besoin de quelque chose qui la soulage de ces voix, de toutes ces voix qui résonnaient dans sa tête, insistantes, intarissables. Elle aurait voulu rétorquer, se défendre, les plier à sa volonté, mais elle ne pouvait que les écouter, soumise, prisonnière de leur clameur. Elle aurait voulu se cogner la tête pour les en chasser, mais ses fers l'en empêchaient. Tout mouvement lui était impossible. Elle prit conscience des lumières. Alors, les voix s'affaiblirent mais furent aussitôt remplacées par d'autres voix. Agatha fit un effort d'attention pour essayer de saisir ce qu'elles disaient. Tout lui semblait embrouillé.

— Patrèdiférendecekiarivokeur, disait une voix posée, mécétunatakocervo.

Qu'est-ce que c'est que ce charabia ? se demanda Agatha. Où était-elle ? Et pourquoi ne pouvait-elle pas bouger ? Elle aurait pu penser qu'elle était morte et faisait un voyage astral, mais elle était bien dans son corps, pas le moindre doute ! Elle ne le sentait que trop, ce corps !

— Omondieukétilarivé ?

La voix de Theo. Agatha se sentit rassurée. Theo, songea-t-elle. Theo était là, à ses côtés, dans sa chambre, tout près. Les choses ne devaient pas être bien graves, alors.

Elle fut tellement soulagée d'entendre sa voix que, pendant quelques minutes, elle comprit quelques mots ici et là. « Thrombose », « dépôts de cholestérol », « occlusion artérielle », « hémiparésie droite »...

Alors, elle comprit. En un instant, un désespoir immense gonfla en elle, comme un ballon empli d'un cri qu'elle fut incapable de pousser et qui faillit la tuer. Oh, à Dieu ne plaise, songea-t-elle. À Dieu ne plaise.

Lewis l'avait appelée, Lawrence l'avait appelée, mais, têtue comme elle l'était, elle ne les avait pas rejoints. Il lui restait encore des choses à faire, des rêves à réaliser, des points à régler avant de quitter ce monde. Aussi quand elle avait fait son attaque, quand le caillot avait privé son cerveau d'oxygène, l'esprit d'Agatha avait lutté contre, farouchement, et elle n'était pas morte.

Les mots lui parvenaient plus clairement, maintenant. Des formes commencèrent à émerger de la lumière qui baignait son champ de vision. Des gens. Indifférenciables, au début.

— C'est la même artère cérébrale qui a été touchée, dit une voix d'homme qu'elle reconnut immédiatement. (C'était celle de son médecin, le docteur Fairclough). On le voit à la tétanisation des muscles faciaux. Infirmière, repiquez, s'il vous plaît. Vous voyez, pas de réaction. Si nous répétons l'opération sur son bras, c'est pareil : pas de réaction. (Il se pencha au-dessus du lit. Agatha le voyait clairement à présent. Son gros nez, ses pores dilatés, des lunettes à double foyer aux verres sales et graisseux. Comment pouvait-il voir quoi que ce soit ? se demanda-t-elle.) Agatha ? Agatha, vous me reconnaissez ? Vous savez ce qui s'est passé ?

Bougre d'idiot, songea-t-elle. Bien sûr qu'elle le savait ! Elle cligna des yeux. Un effort qui l'épuisa.

— Oui, bon, parfait, dit le docteur Fairclough. Vous nous avez fait une autre attaque, ma chère. Mais vous allez bien, maintenant. Et Theo est ici.

— Mamie ?

Il l'avait appelée d'une voix timide, comme s'il essayait de faire sortir un chiot apeuré de dessous un buffet. Elle ne le voyait pas, mais le savoir près d'elle la rassura : c'était le signe que tout redeviendrait comme avant.

— Mais pourquoi avez-vous tenu à aller jusqu'au court de tennis ? lui demanda-t-il. Mon Dieu, Mamie, si Mary n'avait pas été avec vous... Elle n'a même pas appelé une ambulance. C'est elle qui vous a portée jusqu'ici. Le docteur Fairclough pense que vous lui devez d'être encore en vie.

Qui aurait cru que cette cruche ait une telle présence d'esprit ? se dit Agatha. Dans son souvenir, tout ce que cette fille était capable de faire en cas d'urgence, c'était bafouiller, battre des paupières et laisser couler sa morve sur sa lèvre supérieure.

— Elle ne répond pas, dit Theo. Vous croyez qu'elle m'entend, docteur ?

— Agatha ? fit le médecin. Pouvez-vous montrer à Theo que vous entendez ce qu'il vous dit ?

Une fois encore, avec un effort surhumain, Agatha cligna des paupières. Elle en fut épuisée, ressentant une tension jusque dans le fond de sa gorge.

— Elle souffre d'une aphasie motrice transcorticale, dit le praticien d'une voix qui avait toujours donné la chair de poule à Agatha. Le caillot a empêché l'irrigation normale de l'hémisphère gauche du cerveau, et par conséquent l'élocution est atteinte.

— Mais c'est pire que l'autre fois ! s'exclama Theo. Elle avait parlé juste après, elle avait pu dire quelques mots. Alors, pourquoi ne le peut-elle pas maintenant ? Mamie, pouvez-vous prononcer mon prénom ? Le vôtre ?

Agatha réussit à ouvrir la bouche mais le seul son qui en sortit fut un « Aaargh ». Elle essaya une deuxième fois. Une troisième. Elle sentait en elle le cri gigantesque qui essayait de franchir ses poumons.

— Cette fois, l'attaque est plus grave, dit le docteur Fairclough. (Il posa une main sur l'épaule gauche d'Agatha et la serra gentiment.) Ne faites pas d'effort, Agatha. Reposez-vous. Vous êtes entre de bonnes mains. Theo est ici, si vous avez besoin de lui.

Ils s'éloignèrent du lit et sortirent de son champ de vision, mais elle saisit quelques-unes des paroles qu'ils murmuraient :

— ... pas de remède miracle, malheureusement, disait le médecin... nécessitera une réadaptation complète...

— ... thérapie ? demanda Theo.

— ... physique et de l'élocution...

— ... hôpital ?

Agatha fit un effort pour entendre. Elle avait compris que son petit-fils venait de poser la question à laquelle elle-même brûlait d'avoir une réponse : quel était le pronostic ? Devait-elle s'attendre à rester clouée sur un lit d'hôpital comme une poupée de chiffon dans l'attente de pousser son dernier soupir ?

— ... plutôt encourageant, en fait, dit le docteur Fairclough.

Il revint à son chevet, lui tapota l'épaule puis lui effleura le front du bout des doigts comme s'il lui donnait sa bénédiction.

Ah, ces médecins, se dit-elle. Quand ils ne se prennent pas pour le pape, ils se prennent pour Dieu.

— Agatha, dit le médecin, la paralysie dont

vous souffrez actuellement va s'améliorer avec le temps et un traitement adapté. Pour ce qui est de l'aphasie... eh bien, le retour d'une élocution normale est plus difficile à prévoir. Mais en vous soignant et, surtout, avec de la volonté, vous vous remettrez et vous pourrez vivre encore de nombreuses années. (Il se tourna vers Theo.) Elle *doit* vouloir vivre, avoir une raison de vivre...

Oh ça, j'en ai une, songea Agatha. Enfer et damnation, oui, j'en ai une ! Elle recréerait cette ville à l'image qu'elle se faisait d'une station balnéaire. Dût-elle le faire de son lit, de son cercueil, de sa tombe ! Le nom d'Agatha Shaw aurait un sens au-delà d'un mariage brisé trop tôt, d'une maternité ratée illustrée par des enfants éparpillés de par le monde ou morts prématurément, d'une vie rythmée par les disparitions de ses proches. Alors oui, elle avait la volonté de vivre, de tenir le coup. Elle débordait de volonté.

— Elle a énormément de chance sur deux points qui nous permettent d'espérer qu'elle se rétablira, poursuivit le médecin. Avant tout, elle est en excellente condition physique : le cœur, les poumons, les masses osseuse et musculaire. Elle a la constitution d'une femme de cinquante ans et, croyez-moi, cela va bien l'aider.

— Elle a toujours été très active, dit Theo. Tennis, bateau, équitation. Jusqu'à sa première attaque, elle a pratiqué tous ces sports.

— Hmm, oui. Mais il n'y a pas que la forme physique qui compte, il y a aussi celle de l'âme. Et ça, c'est grâce à vous. Elle n'est pas seule au monde. Elle a une famille. Et c'est avoir une

famille qui donne une raison de vivre. (Le docteur
gloussa en posant sa dernière question, tant il était
sûr de la réponse :) Bon, vous n'envisagez pas de
quitter l'Angleterre, Theo ? Pas de voyage en
Afrique ? Pas d'expédition sur Mars ?

S'ensuivit un silence. Agatha entendit les bip-bip
des appareils auxquels elle était reliée. Elle avait
envie de dire à Theo de rester dans son champ
visuel. De lui dire combien elle l'aimait. L'amour
n'était que bêtises et balivernes, elle le savait bien,
sottises et illusions, qui blessaient et épuisaient plus
qu'autre chose. Aimer : un mot qu'elle n'avait
jamais prononcé de toute sa vie. Oh comme elle
aurait voulu pouvoir le dire maintenant !

Elle éprouva un élan de tendresse envers son
petit-fils. Elle eut envie de le toucher, de le serrer
dans ses bras. Elle avait toujours cru que la main
était faite pour tenir à distance. Comment n'avait-
elle pas vu qu'elle servait aussi à forger des liens ?

Le médecin eut encore un petit rire, mais un peu
forcé cette fois.

— Mon Dieu, ne faites pas cette tête, Theo.
Vous n'êtes pas professeur de médecine et je ne
vous demande pas de remettre votre grand-mère sur
pied à vous seul ! C'est votre présence qui est
importante. Au jour le jour. Vous pouvez lui apporter cela.

Theo s'approcha assez pour qu'elle le voie. Il la
regarda dans les yeux. Les siens étaient embués de
larmes. Exactement, songea-t-elle, comme le jour
où elle était allée les chercher, Stephen et lui, dans
ce foyer d'accueil empestant l'urine où ils avaient
été placés après la mort de leurs parents. « Allez,

venez », leur avait-elle dit. Et comme elle ne leur tendait pas la main, Stephen était sorti en marchant devant elle, alors que Theo s'était agrippé à la ceinture de sa jupe.

— Je reste auprès d'elle, dit-il. Je ne compte aller nulle part.

19

En sa qualité de médiatrice, Barbara proposa un compromis que les deux parties jugèrent acceptable. En sortant de la salle d'interrogatoire, Emily avait informé Muhannad et Azhar qu'ils pourraient voir Fahd Kumhar et juger de sa condition physique, mais sans lui poser de questions. Cette déclaration avait provoqué une altercation entre l'inspecteur-chef et les deux hommes, surtout Muhannad, qui avait pris le mors aux dents. Après avoir écouté ses menaces de « faire redescendre la communauté pakistanaise dans la rue », Barbara suggéra que Taymullah Azhar serve d'interprète, puisqu'il n'était pas partie prenante dans les affaires de la ville. Fahd Kumhar entendrait la lecture de ses droits en anglais, Azhar lui traduirait tout ce qu'il ne comprendrait pas, et Emily enregistrerait la conversation dans son intégralité pour vérification auprès du professeur Siddiqi à Londres. Tout le monde jugea que cela valait toujours mieux que de rester à blablater indéfiniment dans le couloir. Ainsi ce compromis fut-il accepté comme le sont tous les compromis : personne de satisfait et tout le monde d'accord.

D'un coup d'épaule, Emily poussa la vieille porte en chêne et les fit entrer dans une petite pièce. Fahd Kumhar était assis dans un coin, aussi loin que possible du policier — bizarrement vêtu d'un short et d'une chemise hawaïenne — qui l'avait arrêté. Kumhar était recroquevillé sur sa chaise comme un lapin traqué par des chasseurs et, quand il aperçut Azhar et Muhannad derrière Emily et Barbara, il se tendit comme un ressort au point que sa chaise recula sur le sol. Peur ou soulagement ? songea Barbara.

Elle sentait l'odeur âcre de la panique qui le gagnait et se demanda comment Muhannad et Azhar interprétaient l'état mental de cet homme. Elle n'eut pas à attendre longtemps pour le savoir. Azhar traversa la pièce et s'agenouilla devant Kumhar. Emily enclencha son magnétophone.

— Je vais me présenter, ainsi que mon cousin, dit Taymullah.

Il se tourna vers Kumhar et lui parla en ourdou. Le regard de Kumhar passait de l'un à l'autre. Il dit quelques mots d'une voix étranglée. Azhar lui tapota le bras qu'il tenait contre sa poitrine comme pour se protéger.

— Je lui ai dit que je venais de Londres, dit Taymullah. (Il poursuivit dans sa langue maternelle, assurant la traduction simultanée de ses questions et des réponses de Kumhar.) Est-ce que la police vous a maltraité, Mr Kumhar ?

— Ce n'est pas ce qui était convenu, Mr Azhar, intervint Emily.

Muhannad lui décocha un regard méprisant.

— On ne peut pas lui dire quels sont ses droits tant qu'on ne sait pas si certains d'entre eux ont été violés, dit-il. Regarde-le, Azhar, il fond comme neige au soleil. Tu vois des traces de coups ? Vérifie ses poignets et son cou.

Le policier qui gardait Kumhar se raidit.

— Il était tranquille avant que vous débarquiez, vous autres, dit-il.

— De qui parlez-vous quand vous dites « vous autres » ? riposta Muhannad. De l'inspecteur-chef Barlow et de son acolyte ?

Kumhar émit une sorte de plainte.

— Qu'est-ce qu'il dit ? demanda Emily.

Azhar écarta gentiment le bras de Kumhar, toujours replié sur sa poitrine. Il lui déboutonna les poignets de sa chemise et examina ses avant-bras.

— Il a dit : « Protégez-moi. Je ne veux pas mourir. »

— Dis-lui que j'y veillerai, dit Muhannad. Dis-lui...

— Minute ! fit Barbara avec colère. Nous étions tombés d'accord...

— Bon, ça suffit ! s'écria Emily. Dehors. Tous les deux. Tout de suite.

— Cousin, dit Azhar, rappelant Muhannad à l'ordre.

Il parla à Kumhar puis expliqua à Emily et Barbara qu'il lui assurait qu'il n'avait rien à craindre de la police, que la communauté pakistanaise y veillerait.

— Comme c'est gentil à elle, dit Emily, d'un

ton acide. Mais vous avez dépassé les bornes. Je vous demande de sortir. Agent !

Le policier assis près de la porte se leva. Une armoire à glace. En le voyant, Barbara se demanda si la terreur de Kumhar ne venait pas du fait d'être enfermé avec ce King Kong.

— Inspecteur, dit Azhar, pardonnez-moi. Et pardonnez mon cousin. Mais, comme vous le voyez, Mr Kumhar est terrorisé et je propose, pour le bien de tous, que nous lui expliquions quels sont ses droits au regard de la loi. Dans l'état où il est, je crains que l'on ne considère que son témoignage lui aura été arraché sous la contrainte...

— Je prends le risque, répondit Emily, laissant clairement entendre qu'elle se fichait pas mal de cette éventualité.

Mais Azhar n'avait pas tort. Barbara réfléchit au moyen de sortir de cette impasse en ménageant la susceptibilité de chacun et sans mettre en péril l'équilibre fragile qui régnait entre la police et la communauté pakistanaise. Il aurait été plaisant de foutre Muhannad à la porte ; mais cela reviendrait à mettre le feu aux poudres.

— Inspecteur ? dit-elle à Emily, qui la rejoignit à la porte tout en gardant un œil sur les Pakistanais. (Elle enchaîna, sotto voce :) On n'obtiendra rien de ce type dans l'état où il est. Soit on fait venir le professeur Siddiqi pour le calmer et lui expliquer ses droits, soit on laisse faire Azhar... enfin, Mr Azhar... avec l'assurance que Muhannad ferme sa gueule. Dans le premier cas, on risque de prendre racine en attendant l'arrivée du prof — il lui faudra au mieux deux bonnes heures pour arriver ici — et entre-temps, Muhannad va rameuter la communauté pakistanaise. Dans le second, on calme les esprits et on fait progresser l'enquête...

Emily croisa les bras, l'œil noir.

— Putain, ça me fait mal au ventre de céder à ce connard ! dit-elle entre ses dents.

— C'est dans notre intérêt, dit Barbara. Et on ne leur cède pas... même si on leur en donne l'impression.

Barbara était sûre d'avoir raison, mais elle savait aussi que l'antipathie qu'Emily nourrissait à l'égard des Pakistanais en général — et de Muhannad Malik en particulier — tendait à lui faire considérer les choses sous un autre angle. Emily était dans une sale position. Elle ne pouvait se permettre de donner la moindre impression de faiblesse, et elle ne pouvait en aucun cas courir le risque de mettre le feu aux poudres. Elle prit une profonde inspiration et parut se décider.

— Si vous me garantissez que votre cousin n'interviendra pas durant cette séance, Mr Azhar, dit-elle d'un air écœuré, alors je vous autorise à faire part de ses droits à Mr Kumhar.

Azhar acquiesça.

— Cousin ? dit-il à Muhannad.

D'un signe de tête sec, Muhannad donna son accord et se planta bien en vue de Kumhar, qui tremblait comme une feuille.

Fahd Kumhar n'avait manifestement pas compris le sujet de la discussion animée entre la police et ses compatriotes. Il était toujours recroquevillé sur lui-même, son regard effarouché passant de l'un à l'autre à une vitesse qui laissait supposer que les paroles apaisantes d'Azhar n'avaient pas grand effet sur lui.

De mauvaise grâce, Muhannad respecta sa part du contrat et ne dit rien, aussi Azhar eut-il tout le loisir de faire part à Fahd Kumhar des informations essentielles qu'il devait connaître.

Comprenait-il qu'il avait été amené au poste de police pour être interrogé sur le meurtre d'Haytham Querashi ?

Oui, oui. Mais il n'avait rien à voir avec ce meurtre, rien du tout, il ne connaissait même pas ce Mr Querashi.

Savait-il qu'il avait le droit d'exiger la présence d'un avocat pendant son interrogatoire par la police ?

Il ne connaissait pas d'avocat, il avait ses papiers en règle, il avait voulu les montrer à la police et il ne connaissait pas de Mr Querashi.

Voulait-il qu'on fasse venir un avocat ?

Il avait une femme et deux enfants au Pakistan, ils avaient besoin de lui, ils avaient besoin d'argent pour...

— Demandez-lui pourquoi Haytham Querashi — qu'il ne connaissait pas — lui a fait un chèque de 400 livres, intervint Emily.

Barbara la regarda, étonnée. Elle n'aurait pas cru qu'Emily abattrait une de ses cartes en présence des Pakistanais. Elle vit Muhannad froncer les sourcils à cette nouvelle, mais il ne dit rien et se tourna vers Fahd Kumhar.

La réponse de ce dernier ne varia pas d'un iota. Il ne connaissait pas de Mr Querashi. Il devait y avoir une erreur, c'était peut-être un autre Kumhar. C'était un nom assez courant.

— Pas par ici, rétorqua Emily. Finissons-en, Mr Azhar. Il est évident que Mr Kumhar a besoin de temps pour réfléchir à sa situation.

Mais quelque chose dans les bredouillis de Kumhar avait retenu l'attention de Barbara.

— Il n'arrête pas de parler de ses papiers, dit-elle. Demandez-lui s'il a eu affaire à une agence du nom de World Wide Tours, ici ou au Pakistan. Elle fait dans l'immigration.

Si Azhar reconnut ce nom, il n'en montra rien. Il traduisit. Kumhar ne connaissait pas plus de World Wide Tours que d'Haytham Querashi.

Lorsque Azhar eut fini d'informer Fahd Kumhar de ses droits, il se redressa et s'éloigna de lui. Kumhar n'était pas plus détendu pour autant. Il serrait de nouveau les poings, suait à grosses gouttes, sa chemise fine était plaquée contre sa cage thoracique décharnée. Barbara remarqua qu'il ne portait pas de chaussettes et que ses chaussures bon marché lui blessaient les chevilles. Azhar le contempla un long moment, puis se tourna vers Barbara et Emily.

— Peut-être serait-il judicieux de le faire examiner par un médecin, dit-il. Il est évident qu'il est incapable d'un raisonnement clair pour le moment...

— Je vous remercie, dit Emily avec une politesse affectée. Vous avez constaté que Mr Kumhar ne porte pas de traces de coups et qu'un policier veille sur lui. Alors, maintenant qu'il connaît ses droits...

— On ne pourra le savoir que si lui-même l'affirme, intervint Muhannad.

— ... le sergent Havers va vous mettre au courant des dernières avancées de l'enquête puis vous pourrez partir, poursuivit Emily, faisant celle qui n'avait pas entendu.

Elle se tourna vers la porte que le policier s'empressa de lui ouvrir.

— Un instant, inspecteur, dit Azhar, très calme. Si vous n'avez pas de chef d'accusation contre Mr Kumhar, sa garde à vue ne peut excéder vingt-quatre heures. J'aimerais qu'il le sache.

— Eh bien, dites-le-lui, repartit Emily.

Azhar le fit. Kumhar ne parut pas soulagé pour autant. Il ne se départait pas de son air de lapin paralysé par les phares d'une voiture.

— Dis-lui aussi qu'un membre de la Jum'a viendra le chercher et le ramènera chez lui à l'expiration de ces vingt-quatre heures, intervint Muhannad. Et aussi... (il jeta un regard noir aux deux femmes)... que si les policiers le retiennent au-delà du délai légal, ils ont intérêt à avoir une bonne raison pour ça...

Azhar regarda Emily, attendant son autorisation. Elle acquiesça sèchement. Il traduisit.

Une fois dans le couloir, Emily se tourna vers Muhannad Malik et lui dit :

— Je compte sur vous pour répandre la nouvelle que Mr Kumhar est bien traité par nos services.

Le message était clair : elle avait rempli sa part du contrat ; à lui de remplir la sienne.

Sur ce, elle s'éloigna, laissant Barbara en leur compagnie.

Emily arriva au premier étage, encore furibarde de s'être laissé damer le pion par les Pakistanais. Au moment où elle allait s'engouffrer dans les toilettes, Belinda Warner lui cria que le commissaire Ferguson la demandait au téléphone.

— Je ne suis pas là ! cria-t-elle.

— C'est la quatrième fois qu'il appelle en deux heures, inspecteur, l'informa Belinda sur un ton teinté de compassion.

— Ah oui ? On devrait lui supprimer la touche « bis » de son téléphone, à ce gougnafier ! Je lui parlerai quand je pourrai !

— Qu'est-ce que je lui dis ? Il sait que vous êtes ici, on le lui a dit au standard.

Ah, on peut compter sur la loyauté des standardistes, se dit Emily.

— Dis-lui qu'on a un suspect sur les bras, alors soit je l'interroge, soit je perds mon temps à tchatcher avec le commissaire Lemmerdeur !

Elle poussa la porte des toilettes à la volée et entra en force. Elle ouvrit l'eau du lavabo, tira six serviettes en papier du distributeur, les mouilla au robinet puis les roula en boule et se frotta vigoureusement le visage, le cou, les seins, les bras. Bon sang, songea-t-elle, ce qu'il me fait chier, ce Paki ! Elle l'avait détesté dès la première fois qu'elle l'avait vu, encore adolescent, l'orgueil de ses parents, jeune homme à l'avenir tout tracé, à la réussite assurée au sein de l'entreprise familiale. Alors que tout le monde devait se battre pour réussir dans la vie, Muhannad Malik n'avait qu'à se servir. En avait-il conscience, au moins ? En était-il un tant soit peu reconnaissant à la vie ? Bien sûr que non. Les gens pour qui tout est servi sur un plateau ne se rendent même pas compte de la chance qu'ils ont, bordel ! Il frimait, Rolex au poignet, rubis à l'auriculaire, dans ses putains de bottes en peau de serpent, avec sa chaîne en or — veine sinueuse qui se glissait sous son tee-shirt impeccablement repassé —, sa décapotable à la con, ses lunettes de soleil Oakley et son physique qui affichait le temps libre que ce monsieur passait à sculpter son corps dans une salle de sport. Et pourtant, tout ce qu'il trouvait à dire, c'était que la vie était injuste, dégueulasse avec lui, que son existence de privilégié était empoisonnée par des préjugés, des idées préconçues, des haines...

Dieu qu'elle le détestait ! Et pas sans raison. Depuis dix ans, il retournait chaque pierre qu'il rencontrait sur son chemin dans l'espoir d'y trouver la matière à enflammer les tensions raciales dans la ville. Elle en avait ras le bol ! Non seulement de lui, mais aussi de devoir choisir ses mots, réfléchir à la tournure de ses phrases, se surveiller. Quand la police en arrivait à devoir prendre des gants avec des suspects — et, à ses yeux, Muhannad était suspect de presque toutes les infractions commises à Balford depuis le jour où elle l'avait rencontré —, elle jouait contre elle-même. Et c'était exactement ce qui était en train de se passer.

Emily jugeait cette situation intolérable et, tout en continuant à essuyer sa peau moite, elle maudit Ferguson, Muhannad Malik, le meurtre sur le Nez, et, tant qu'elle y était, la communauté pakistanaise dans son entier. Elle n'en revenait pas d'avoir accepté la suggestion de Barbara et autorisé les deux Pakis à voir Kumhar. Elle aurait mieux fait de les foutre dehors manu militari. Ou mieux : elle aurait dû arrêter Taymullah Azhar dès qu'elle l'avait vu zoner devant le poste à son arrivée avec Kumhar. Il s'était empressé d'aller prévenir son foutu cousin et sa bande que les flics avaient arrêté un suspect asiatique. Aucun doute. Ça ne pouvait être que lui. Qui était-il, après tout, ce Azhar ? De quel droit était-il venu se mêler des affaires de Balford et discuter avec la police comme s'il était avocat à la Cour ?

Cette question — et la rage qui tenaillait Emily de s'être laissé damer le pion par lui — la fit retourner dare dare à son bureau. Elle venait de se rappeler que, depuis plus de quarante-huit heures, elle avait demandé au service de renseignements un dossier sur ce Paki inconnu au bataillon, surgi à Balford par un bel après-midi. Ils avaient eu largement le temps de contacter le SO11 à Londres et d'obtenir des infos — si, bien sûr, ce monsieur Azhar s'était déjà trouvé dans le collimateur de la police.

Le plateau de son bureau croulait sous divers dossiers, documents et rapports. Il lui fallut une bonne dizaine de minutes pour faire le tri. Toujours rien sur cet Azhar. Zut ! Elle voulait en savoir plus sur lui, apprendre quelque chose qu'elle pourrait utiliser contre lui lors de leurs joutes verbales, même un fait mineur, un petit secret de rien dont la révélation par elle-même ou Barbara signalerait à ce guguesse qu'il n'avait pas trop intérêt à la ramener en présence de la police. Le genre de détail juteux qui lui rabattrait le caquet une fois pour toutes et permettrait à Emily de reprendre les rênes de l'affaire. Quelque chose qu'elle leur balancerait au moment voulu pour rappeler aux Pakistanais que le seul maître à bord, c'était elle.

Elle décrocha son téléphone et appela le SO11.

Emily était au téléphone quand Barbara la rejoignit. Au ton de sa voix, il était évident qu'elle était en pleine conversation privée. Elle était assise, la main sur le front, le combiné niché dans le creux de l'épaule.

— Je t'assure, je pourrais faire ça deux fois ce soir. Voire trois... si tu insistes...

Elle eut un petit rire de gorge — de ces glousse-ments qui ponctuent les conversations entre amants. Non, songea Barbara, peu de chance qu'elle soit en train de parler avec son supérieur.

— A quelle heure ? fit Emily. Hmmmm... Ça devrait pouvoir s'arranger. Mais tu ne crois pas qu'elle va se poser des questions ? Personne ne fait pisser son chien pendant trois heures, Gary...

Elle écouta la réponse de son Gary d'amour et repartit à rire.

Barbara s'apprêta à ressortir du bureau mais, relevant la tête, Emily la vit et lui fit signe qu'elle allait mettre un terme à sa conversation.

— Bon, d'accord, dit-elle. Dix heures et demie. Et n'oublie pas les capotes, cette fois.

Elle raccrocha, pas gênée pour deux sous.

— Alors, qu'est-ce que tu leur as dit ? lui demanda-t-elle.

Barbara la regardait, rouge comme une tomate. Emily, quant à elle, était de nouveau concentrée sur le travail. Rien dans son expression ne permettait de penser qu'elle venait de convenir d'un rendez-vous avec un homme marié pour une partie de jambes en l'air. Sans doute celui-là même qu'elle avait envoyé sur les roses le dimanche soir. Elle ne semblait pas plus émue que si elle venait de prendre rendez-vous chez son dentiste pour un détartrage.

Emily, lisant dans les pensées de Barbara avec une acuité diabolique, lui dit :

— Clopes, alcool, ulcères, migraines, maladies psychosomatiques ou baise... choisis ton poison, Bab. J'ai choisi le mien.

— Oh ouais, bien sûr, fit Barbara en haussant les épaules d'un air de dire qu'elle-même faisait partie des nanas qui n'hésitaient jamais à coucher pour faire tomber leur stress.

La vérité, c'est qu'elle mourait d'envie d'en griller une, pas de s'en faire un. Son désir de nicotine la faisait frissonner, du bout des doigts à la pointe des cils — et ce bien qu'elle ait fumé trois cigarettes et demie pendant son entretien avec Azhar et son cousin.

— Du moment que ça marche... reprit-elle.

— Pour moi, ça court, dit Emily avec un petit rire et en se passant les doigts dans les cheveux.

Des serviettes en papier mouillées recouvraient sa lampe de bureau éteinte. Elle en prit une et se frotta la nuque.

— Ce temps, je te jure ! J'ai l'impression d'être à New Dehli pendant la saison sèche. Tu y es déjà allée ? Non ? T'as raison. Garde ton fric. C'est la zone, là-bas. Alors, qu'est-ce que tu leur as raconté ?

Barbara lui fit son rapport. Elle avait dit aux Pakistanais que la police avait trouvé le coffre de banque de Querashi et pris connaissance de son contenu ; que le professeur Siddiqi avait confirmé la traduction qu'Azhar avait faite du passage du Coran ; qu'on faisait des recherches à partir des appels téléphoniques passés et reçus par Querashi à son hôtel ; et qu'elles avaient un suspect — outre Kumhar —, lui aussi en garde à vue pour être interrogé.

— Réaction de Malik ? demanda Emily.

— Il a essayé d'en savoir plus.

Doux euphémisme. En fait, Muhannad avait exigé de connaître la nationalité et l'identité du deuxième suspect, avait voulu savoir ce qu'on avait trouvé dans le coffre bancaire de Querashi, ce qu'elle entendait par « faire des recherches à partir des appels téléphoniques de Querashi », et exigé d'être mis en contact avec le professeur Siddiqi pour s'assurer que celui-ci avait bien compris qu'il s'agissait d'une enquête criminelle.

— C'est pas vrai, il se prend pour qui ? s'écria Emily. Qu'est-ce que tu lui as répondu ?

— En fait, Azhar a répondu pour moi.

Et il l'avait fait avec son aplomb habituel, qui lui venait sans doute d'avoir dû, plus d'une fois, traiter avec la police et de sa parfaite connaissance du code civil. Depuis deux mois qu'elle le connaissait, elle avait toujours pensé à lui comme « le prof de fac » ou « le père d'Hadiyyah ». Mais qu'était-il d'autre ? se demandait-elle à présent. Qu'en était-il de ce qu'elle ignorait de lui ?

— Tu l'aimes bien, ce type, hein ? fit Emily. Cet Azhar. Pourquoi ?

Barbara savait qu'elle aurait dû répondre un truc du genre : « Je le connais, on est voisins et j'aime bien sa gamine... »

— Oh, se contenta-t-elle de dire, je ne sais pas... comme ça... j'ai l'impression que c'est un mec bien, il me fait l'effet de vouloir tout autant que nous connaître la vérité sur ce meurtre...

Emily rit, sceptique.

— Ne mise pas trop gros là-dessus, Bab. S'il est copain comme cochon avec Muhannad, tu peux être sûre que ce n'est pas la vérité qui l'intéresse. Ou n'aurais-tu pas saisi les implications de notre petite discussion avec Azhar, Malik et Kumhar ?

— Les implications ?

— Tu as vu la réaction de Kumhar quand les deux Pakis sont entrés dans la pièce ? Comment tu l'interprètes ?

— Kumhar était à cran. C'est la première fois que je vois quelqu'un d'aussi paniqué en garde à vue. Où veux-tu en venir ?

— Il y a un lien entre ces trois zigotos. Dès que Kumhar a vu les deux autres, c'est tout juste s'il n'a pas chié dans son froc...

— Tu penses qu'il les connaissait ?

— Azhar, peut-être pas. Mais je suis sûre, archi-sûre, qu'il connaissait Malik. Il tremblait si fort qu'on aurait pu l'utiliser comme shaker pour les Martini-cocktails de James Bond. Et ça n'avait rien à voir avec le fait qu'il soit au poste, tu peux me croire.

Barbara perçut la conviction d'Emily et y réagit avec prudence :

— Mais, Emy, dit-elle, tu vois bien sa situation. Il est en garde à vue, soupçonné de meurtre, dans un pays étranger où le peu d'anglais qu'il connaît ne lui permettrait pas de dépasser les limites de la ville s'il essayait de foutre le camp. Tu ne crois pas que ce sont des raisons suffisantes pour...

— Si ! fit Emily avec impatience. D'accord. Il ne connaît pas trois mots d'anglais. Alors, qu'est-ce qu'il est venu faire à Clacton ? Et surtout, comment y est-il venu ? On ne parle pas d'une ville grouillante de Pakis. On parle d'une ville où il a suffi qu'on dise au vendeur de journaux qu'on en cherchait un pour qu'il nous indique tout de suite ce Mr Kumhar !...

— Et alors ?

— Ces gens-là ont l'esprit grégaire, Bab. Alors, que fait Kumhar à Clacton, quand le gros de sa communauté s'est implanté à Balford ?

Barbara faillit lui rétorquer qu'Azhar vivait à Londres alors qu'il avait de la famille — elle venait de l'apprendre — ailleurs dans le pays ; qu'à Londres le gros de la communauté pakistanaise était concentré autour de Southall et de Hounslow, ce qui n'empêchait pas Azhar d'habiter à Chalk Farm et de travailler à Bloomsbury. Que fallait-il en conclure ? avait-elle envie de demander. Mais elle préféra ne rien dire, de peur de compromettre sa participation à l'enquête.

— Tu as entendu Honigman, insista Emily.

Kumhar était tranquille jusqu'à l'arrivée des deux autres. Qu'est-ce que tu dis de ça ?

Rien, songea Barbara. C'était le genre de considérations qu'on pouvait tordre dans tous les sens et interpréter à sa guise. Elle faillit rappeler à Emily les paroles de Muhannad : les deux hommes n'étaient pas rentrés seuls dans la pièce. Mais discutailler autour d'une simple impression lui parut superflu pour le moment — voire explosif. Elle préféra changer d'angle d'attaque :

— Si Kumhar connaît Malik, comme tu le crois, ce serait sur quelle base ?

— Un trafic quelconque, tu peux en être sûre, dit Emily. De ceux que Muhannad organisait quand il était ado : des trucs douteux suffisamment emberlificotés pour qu'on ne remonte pas jusqu'à lui. Les petits délits d'un adolescent auront cédé la place à des infractions plus graves...

— Quel genre ?

— Comment veux-tu que je le sache ! Casses, trafic de voitures, pornographie, prostitution, drogue, achats d'armes aux pays de l'Est, terrorisme. Je n'en sais foutre rien, mais je peux te dire une chose : il y a de l'argent là-dessous. Sinon, comment expliquer la super bagnole de Muhannad ? Sa Rolex ? Ses fringues ? Ses bijoux ?

— Emy, son père possède une des entreprises les plus prospères de la ville. Les Malik roulent sur l'or. Et je suppose que les beaux-parents de Muhannad ont donné une belle dot. Pourquoi ne frimerait-il pas, si c'est son truc ?

— Justement, ce n'est pas leur façon de faire, à ces gens-là. Quand ils ont du fric, soit ils le réinvestissent dans leur commerce, soit ils l'envoient au Pakistan, soit ils s'en servent pour payer l'entrée d'autres membres de leur famille en Angleterre, soit ils économisent pour monter la dot de leur fille. Mais crois-moi, ils ne le claquent jamais en voitures de collection ou en fringues. Ja-mais ! (Emily jeta son essuie-main dans la corbeille à papier.) Malik a les mains sales, Bab, je t'assure. A seize ans, c'était déjà une crapule, et la seule différence depuis cette époque, c'est qu'il a fait monter les enchères. Il se sert de sa Jum'a comme d'une couverture. Il se pose en défenseur de son peuple, mais en vérité, c'est le genre à trancher la gorge de sa mère si ça pouvait lui servir à mettre un diamant de plus sur sa chevalière...

Bagnoles de collection, diamants, Rolex... Barbara aurait volontiers fait don d'un de ses poumons contre une clope dès l'instant où elle était entrée dans le bureau d'Emily. Elle sentait ses nerfs à fleur de peau. Ce n'étaient pas tant les paroles d'Emily qui la mettaient mal à l'aise, plutôt la passion — une passion dangereuse — qu'elle percevait derrière ses propos. Elle connaissait cette route pour l'avoir empruntée déjà, elle aussi : le boulevard des Préjugés. Il menait à une destination vers laquelle aucun bon flic ne devrait jamais s'engager. Et Emily Barlow était un bon flic. Un des meilleurs.

Barbara chercha un moyen de remettre les choses en ordre :

— Attends, dit-elle. On a aussi Trevor Ruddock, qui a un trou d'une heure et demie dans son emploi du temps de vendredi soir. J'ai fait prendre ses empreintes digitales pour qu'elles soient comparées avec celles relevées dans la bagnole de Querashi. J'ai envoyé au labo le matériel qu'il utilise pour fabriquer ses araignées. Alors, on le libère et on ne s'occupe plus que de Muhannad ? J'ai trouvé du fil de fer dans la chambre de Ruddock, Emy. Toute une bobine.

Emily ne dit rien, les yeux fixés sur le tableau gribouillé d'annotations. Des téléphones sonnaient dans les bureaux voisins, et quelqu'un cria :

— Putain, arrête de déconner !

Comme tu dis, songea Barbara. Allez, Emy. Ne me laisse pas tomber, merde !

— Il faut qu'on épluche les registres des plaintes, décréta Emily. A Clacton et ici. Histoire de voir les affaires en cours non résolues.

Barbara fut désappointée.

— Si Muhannad est mêlé à une grosse affaire, tu crois vraiment qu'on en trouvera trace dans ces registres ?

— On en trouvera trace quelque part, crois-moi, rétorqua Emily. Mais pour ça, il faut commencer à chercher...

— Et Trevor ? Qu'est-ce qu'on en fait ?

— On le relâche.

— On le relâche ! s'écria Barbara en enfonçant ses ongles dans la chair de ses avant-bras. Mais, Emy, on pourrait très bien le mettre en garde à vue, comme Kumhar ! Le laisser mijoter jusqu'à demain après-midi en l'interrogeant tous les quarts d'heure. Il nous cache quelque chose, je t'assure, et tant que nous ne saurons pas...

— Relâche-le, Barbara, répéta Emily d'une voix calme.

— On n'a même pas encore eu le résultat de la comparaison des empreintes ! Ni ceux du labo concernant le fil de fer ! Et Rachel m'a dit que...

— Trevor Ruddock ne va pas partir en cavale, Bab. Il sait que tout ce qu'il a à faire, c'est de fermer sa gueule. On n'a rien de concret contre lui. Alors, on le relâche en attendant les conclusions du labo et, entre-temps, on s'occupe des Pakis.

— Comment ?

Emily énonça son plan de bataille. Les fichiers de la police de Balford et ceux des communes environnantes révéleraient s'il se passait quoi que ce soit de louche en rapport avec Muhannad ; le contenu du coffre de banque de Querashi devrait être passé au peigne fin ; un agent se rendrait aux bureaux de l'agence World Wide Tours de Harwich avec une photo de Querashi ; on montrerait un Polaroid de Kumhar aux personnes résidant aux alentours du Nez — et, tant qu'on y était, au personnel de la World Wide Tours, au cas où.

— J'ai une réunion avec l'équipe dans moins de cinq minutes, conclut Emily. (Elle se leva, indiquant clairement que, pour elle, la discussion était close.) Je vais distribuer les tâches pour demain. Il y en a une dont tu aimerais te charger, Bab ?

Le message était clair comme de l'eau de roche : c'était l'inspecteur-chef Emily Barlow qui dirigeait cette enquête, pas le sergent Barbara Havers. Trevor Ruddock serait relâché d'ici une demi-heure. L'équipe concentrerait ses efforts sur les Pakista-

623

nais. Sur *un* Pakistanais. Sur un Pakistanais ayant un excellent alibi.

— Je me charge de la World Wide Tours, dit Barbara. Une virée en bagnole jusqu'à Harwich me fera le plus grand bien.

Barbara aperçut la Thunderbird bleu turquoise au moment où elle engageait sa Mini dans le parking de la Maison-Brûlée, une heure et demie plus tard. Ligne aérodynamique, carrosserie rutilante, elle ne passait pas inaperçue parmi les Escort, Opel et autres Vauxhall poussiéreuses qui l'entouraient. La superbe décapotable donnait l'impression d'être astiquée tous les jours. Ses enjoliveurs brillaient, ses chromes scintillaient. Elle aurait pu servir de salle d'opération tant elle paraissait aseptisée. Elle était garée tout au bout de la rangée de voitures, à cheval sur deux places de parking, comme pour éviter de se faire rayer par un véhicule de condition inférieure. Barbara envisagea de sortir le tube de rouge à lèvres qu'elle venait d'acheter et de taguer ÉGOÏSTE sur le pare-brise du mastodonte, mais elle se contenta de lui balancer une injure bien sentie et coinça sa Mini dans une petite place qu'elle dénicha derrière l'hôtel, dans les odeurs des poubelles de la cuisine.

Muhannad Malik était donc là, sans doute en train de mettre au point une stratégie avec Azhar après que sa demande d'avoir accès à toutes les pièces à conviction eut été rejetée. Il n'avait pas dû apprécier. Particulièrement quand son cousin l'avait informé que rien n'obligeait la police à les tenir au courant des progrès de l'enquête, et encore

624

moins à leur faire part des preuves qu'elle détenait. Muhannad, l'air pincé, n'avait pas riposté, mais avait dirigé ses flèches contre Barbara. Elle imaginait sans mal l'accueil qu'il allait lui réserver si elle tombait sur lui. Ce qu'elle espérait éviter de toute son âme.

La combinaison des volutes de fumée de cigarettes et des bribes de conversations en sourdine signala à Barbara que les résidants de l'hôtel avaient investi le bar pour l'apéritif et l'examen rituel du menu quotidien. Le fait que celui-ci soit aussi immuable que la marée — porc, poulet, carrelet, steak — ne semblait pas émousser leur désir de le parcourir chaque jour avec autant de concentration que des exégètes la Bible. Barbara les aperçut quand elle tourna vers l'escalier. Une douche, pour commencer, se dit-elle. Ensuite, une bière et deux doigts de whisky.

— Barbara ! Barbara !

Un bruit de course sur le parquet suivit l'appel de son prénom. Hadiyyah, sur son trente et un dans une robe en soie soleil couchant, l'avait aperçue à travers la vitre du bar et s'était élancée à sa poursuite. Barbara hésita, grimaça. Elle qui avait espéré éviter une rencontre avec Muhannad Malik, c'était réussi ! Azhar n'avait pas été assez rapide pour retenir sa fille. Il se leva, mais la gamine était déjà au milieu de la salle. Elle portait au bras un grand sac à bandoulière blanc en croissant de lune qui touchait presque terre.

— Viens voir, Barbara ! lui cria Hadiyyah. Mon cousin est avec nous. Il s'appelle Muhannad. Il a vingt-six ans, il est marié, il a deux petits garçons qui sont encore des bébés. Je me rappelle plus leurs noms, mais bon, je m'en souviendrai quand je les connaîtrai...

— Il faut que je monte dans ma chambre, lui répondit Barbara.

Elle détourna la tête, espérant contre toute évidence que cela la rendrait invisible du bar.

— Allez ! fit Hadiyyah. Ça ne te prendra qu'une minute ! J'ai envie que tu fasses sa connaissance ! Je lui ai demandé s'il voulait dîner avec nous, mais il m'a dit que sa femme l'attendait chez lui. Et son père et sa mère aussi. Et il a une sœur ! (Elle poussa un soupir de plaisir, les yeux brillants.) Tu te rends compte, Barbara ? Avant ce soir, je ne savais même pas que j'avais une famille, à part Papa et Maman. Et il est vachement sympa, mon cousin. Tu veux bien venir le voir ? Allez...

Azhar apparut dans l'encadrement de la porte du bar. Derrière lui, Muhannad s'était levé d'un fauteuil bridge au cuir fatigué placé face à la fenêtre. Il tenait un verre à la main. Il le vida et le posa sur une table proche de lui.

Barbara regarda Taymullah Azhar d'un air de dire : « Qu'est-ce qu'on fait ? »

Mais Hadiyyah avait déjà pris Barbara par la main, et le mensonge qui commençait à prendre corps dans sa tête et selon lequel ils auraient fait connaissance en dégustant les chefs-d'œuvre culinaires de la Maison-Brûlée fut tué dans l'œuf par les paroles de la gamine :

— Toi aussi, tu pensais comme moi qu'on n'avait pas de famille, hein, Barbara ? J'espère qu'ils viendront nous voir à Londres de temps en temps. Le week-end. On pourrait les inviter à un de nos barbecues, hein, qu'est-ce que t'en dis ?

Bien sûr, faillit dire Barbara. Je suis sûre que ton cousin Muhannad serait ravi que le sergent Havers lui fasse griller quelques kebabs...

— Cousin ! Cousin ! piaillait Hadiyyah. Viens que je te présente ma copine Barbara ! Elle habite à Londres. Nous, on est au rez-de-chaussée, comme je t'ai dit, et elle, elle habite dans une jolie petite maison au fond du jardin. On a fait sa connaissance parce que son frigo, il a été livré chez nous au lieu de chez elle ! P'pa l'a porté chez elle après. Même que sa chemise était toute tachée. On a pu la ravoir, mais il la porte plus pour aller à l'université...

Muhannad les rejoignit. Hadiyyah lui prit la main, tenant toujours Barbara de l'autre. Elle avait l'air aussi heureuse qu'une entremetteuse venant de conclure une union.

Muhannad paraissait réfléchir à toute allure, comme si son cerveau était un ordinateur qui triait et classait une banque de données. Barbara imagina sans peine le titre des documents : *Trahison, Secret, Machination...*

— Comme c'est sympathique de faire la connaissance d'une de tes amies, dit-il à Hadiyyah tout en regardant Azhar. Tu la connais depuis longtemps ?

— Oh, des semaines et des semaines et des semaines ! exulta Hadiyyah. On va s'acheter des glaces dans Chalk Farm Road, on va au cinéma, et elle est même venue pour mon anniversaire ! Des fois, on va voir sa maman à Greenford. On s'amuse bien toutes les deux, hein, Barbara ?

— Quelle coïncidence, alors, que vous vous retrouviez dans le même hôtel à Balford-le-Nez ! fit Muhannad d'un air entendu.

— Hadiyyah, dit Azhar, Barbara vient de rentrer à l'hôtel et, apparemment, tu l'empêches de monter dans sa chambre. Si tu...

— On lui avait dit qu'on venait dans l'Essex, tu vois, expliqua Hadiyyah à son cousin. Il le fallait, parce que je lui avais laissé un message sur son répondeur pour lui dire que je lui offrais une glace et je ne voulais pas qu'elle croie que j'avais oublié. Alors, je suis allée chez elle pour la prévenir qu'on partait, puis Papa est arrivé et il lui a dit qu'on allait au bord de la mer. Sauf que Papa, il m'avait pas dit que toi tu y habitais, cousin Muhannad. Il m'a fait la surprise. Voilà, comme ça, tu connais mon amie Barbara et elle te connaît...

— Bon, dit Azhar, maintenant que les présentations sont faites...

— Mais peut-être pas aussi tôt qu'elles auraient dû l'être... fit Muhannad.

— Ecoutez, Mr Malik... intervint Barbara.

Elle se tut : Basil Treves avait surgi du bar, l'air toujours aussi affairé. Il tenait dans une main les commandes pour le dîner et sifflotait comme à son habitude. À la vue de Barbara et des Pakistanais, il s'arrêta net sur la cinquième note de la chanson-titre de *La Mélodie du bonheur*.

— Ah, sergent Havers, dit-il. Il y a eu un coup de téléphone pour vous. Trois, en fait, mais tous de la même personne. Un homme. (Il jaugea Muhannad et Azhar puis ajouta mystérieusement, avec un air d'autosuffisance destiné sans doute à affirmer sa position de compatriote, coenquêteur et bras droit de la détective de Scotland Yard :) Vous savez, sergent? Notre petit souci allemand? Il a laissé deux numéros : son personnel et celui de sa ligne directe à son travail. Je les ai mis dans votre casier. Si vous attendez une minute...

Et il s'éloigna à pas pressés pour aller chercher les fameux messages.

— Cousin, dit alors Muhannad, nous reparlerons de tout cela plus tard, j'espère. Bonne nuit, Hadiyyah. C'est... (Ses traits s'adoucirent, il lui caressa les cheveux et lui déposa un baiser sur le sommet de la tête.) C'est une grande joie pour moi de te connaître enfin.

— Tu reviendras, dis? Je pourrai rencontrer ta femme et tes deux petits garçons?

— Bien sûr, lui répondit Muhannad en souriant. Bientôt.

Il prit congé et Azhar — après un rapide coup d'œil à Barbara — le suivit à l'extérieur.

— Muhannad, un instant! lui cria-t-il d'une voix pressante en arrivant à la porte.

Barbara se demanda quelle explication il allait bien pouvoir donner à son cousin. D'où qu'on la regarde, la situation était un sacré pataquès.

— Voi-làààà, fit Basil Treves, resurgissant, messages au bout des doigts. Un monsieur très courtois au téléphone. C'est étonnant, pour un Allemand. Vous dînez ici, sergent?

Elle lui répondit par l'affirmative et Hadiyyah s'écria tout de go :

— Avec nous! Avec nous!

Treves ne parut pas plus enchanté à cette perspective qu'il ne l'avait été lors du petit déjeuner du lundi, quand Barbara avait allégrement franchi la barrière invisible que l'hôtelier érigeait entre ses clients blancs et les autres. Il tapota Hadiyyah sur la tête en la regardant avec cette bienveillance tendue qu'on réserve à un matou quand on est allergique aux poils de chat.

— Oui, oui, lui dit-il. Si elle en a envie. Elle peut s'asseoir à n'importe quelle table, ma petite.

— Super, super, super !

Rassurée, Hadiyyah s'éloigna en sautillant. Quelques instants plus tard, Barbara la vit en grande conversation avec Mrs Porter au bar de l'hôtel.

— C'était la police, dit Treves sur le ton de la confidence en désignant les messages que Barbara avait en main. Je ne voulais pas le dire devant... les deux autres. On n'est jamais trop prudent avec les étrangers, vous savez...

— Oui, dit Barbara, réprimant son envie de le gifler et de lui écraser les orteils.

Elle préféra monter dans sa chambre. Il y régnait une chaleur infernale. Barbara sentit ses glandes sudoripares se mettre à fonctionner à plein régime. Elle jeta son fourre-tout sur un des lits jumeaux et s'affala sur l'autre pour lire ses messages. Tous avaient été laissés par un dénommé Helmut Kreuzhage. Il avait appelé à trois heures, puis à cinq et enfin à six heures et quart. Barbara consulta sa montre et décida d'essayer d'abord de le joindre à son bureau. Elle composa le numéro et s'éventa avec le plateau en plastique qu'elle avait pris sous la théière en étain.

— *Hier ist Kriminalhauptkommisar Kreuzhage.*

Bingo, se dit-elle. Elle se présenta en anglais, en détachant bien chaque syllabe, repensant à Ingrid et à sa piètre maîtrise de l'anglais. Son interlocuteur se mit immédiatement à son diapason.

— Ah oui, sergent Havers, dit-il. C'est avec moi que Mr Haytham Querashi a parlé quand il a téléphoné à Hambourg.

Il s'exprimait sans accent, d'une voix agréable et mélodieuse — tellement loin du cliché véhiculé par le cinéma d'après-guerre que ça avait dû rendre Basil Treves à moitié dingue, songea Barbara.

— Formidable, dit-elle.

Elle le remercia de l'avoir rappelée et lui résuma les raisons pour lesquelles elle avait cherché à le joindre. Il claqua la langue au bout du fil quand elle parla du piège tendu à Querashi et de sa chute fatale au bas de la falaise.

— En consultant la liste des coups de fil qu'il avait passés de l'hôtel, je me suis aperçue qu'il avait téléphoné plusieurs fois à Hambourg. On vérifie toutes les pistes possibles. J'espère que vous pourrez nous aider.

— Je crains de ne pas pouvoir faire grand-chose pour vous, lui répondit Kreuzhage.

— Vous vous rappelez de ce que Querashi vous a dit ? Il vous a téléphoné plus d'une fois.

— Oh, *ja,* je m'en souviens parfaitement. Il voulait nous communiquer des renseignements sur certaines activités qui se passaient à une adresse à Wandsbek, selon lui.

— À Wandsbek ?

— *Ja.* Un quartier à l'ouest de la ville.

— Quel genre d'activités ?

— C'est là que ce monsieur était un peu vague. Il a juste dit qu'elles étaient illégales et qu'elles concernaient Hambourg, et le port de Parkeston en Angleterre.

Barbara se sentit des fourmis dans les doigts. Putain, Emily aurait-elle raison, finalement ?

— On pense à de la contrebande, dit-elle.

Kreuzhage fut pris d'une toux grasse. Un frère clopeur, se dit Barbara, mais encore plus intoxiqué qu'elle. Il éloigna le combiné de son visage et Barbara l'entendit cracher. Elle frissonna et se fit le serment d'arrêter le tabac.

— Je ne me limiterais pas à cette conclusion, lui dit l'Allemand.

— Pourquoi ?

— Parce qu'au début j'ai pensé la même chose que vous, et j'ai conseillé à ce monsieur de téléphoner au Davidwache an der Reeperbahn — c'est notre police maritime, ici, à Hambourg. C'est elle qui se charge des affaires de contrebande, vous comprenez. Mais, apparemment, il n'était pas du tout disposé à le faire. Il ne voulait pas en entendre parler, ce qui m'a fait penser qu'il ne s'agissait pas du tout d'une affaire de contrebande.

— Que vous a-t-il dit, exactement ?

— Qu'il avait des informations sur une activité illégale ayant cours à une adresse à Hambourg — qui s'est révélée être dans le quartier de Wandsbek.

— Oskarstrasse 15 ? demanda Barbara.

— Je suppose que vous avez trouvé l'adresse dans ses affaires. *Ja,* c'est bien ça. On est allés voir, mais on n'a rien repéré.

— Vous pensez que c'était une fausse piste ou qu'il a pu se tromper de ville ?

— Pas moyen de le savoir avec certitude, lui répondit Kreuzhage. Il avait peut-être raison au sujet de certaines activités illégales, mais Oskarstrasse 15 est une tour de quatre-vingts appartements. Nous ne pouvons pas faire des perquisitions sur de vagues soupçons d'un monsieur qui nous téléphone de l'étranger.

— De vagues soupçons ?

— Mr Querashi n'avait aucune preuve à nous fournir, sergent Havers. En tout cas, aucune dont il m'ait fait part. Mais sur la foi de ses convictions, j'ai quand même fait surveiller l'immeuble de près pendant deux jours. Vu son emplacement, il a été facile à mes hommes de se faire discrets. Mais je n'ai pas assez d'effectifs pour organiser des... comment dites-vous déjà... des plaques ?

— Des planques, fit Barbara.

— Ah, *ja*, c'est ça. Je n'ai ni les hommes ni les moyens financiers d'organiser des planques assez longtemps pour déterminer si, vraiment, il se passe des choses illégales à cette adresse. Surtout vu le peu d'éléments que je possède...

Logique, songea Barbara. Débouler en nombre chez les gens devait être passé de mode en Allemagne depuis la fin de la guerre.

— Klaus Reuchlein, fit-elle, se rappelant soudain ce nom.

— *Ja... ?* fit Kreuzhage, attendant la suite.

— Il habite à Hambourg. Je n'ai pas son adresse, mais j'ai son numéro de téléphone. Je me demandais si, par hasard, il n'habiterait pas au 15 Oskarstrasse.

— Ça peut se vérifier, dit Kreuzhage. Mais je ne pourrai pas faire plus...

Il avait au moins la politesse de paraître le regretter. Il poursuivit en lui expliquant — sur le ton lugubre d'un homme n'ignorant rien des vices de ses semblables — qu'il y avait bon nombre d'activités illégales qui pouvaient avoir lieu via la mer du Nord entre l'Allemagne et l'Angleterre : prostitution, contrefaçons, trafic d'armes, terrorisme, espionnage industriel, trafic de fonds, d'objets d'art... En homme avisé, le policier ne limitait pas ses soupçons à la contrebande.

— J'ai essayé d'expliquer tout ça à Mr Querashi, conclut-il, pour qu'il comprenne combien notre tâche est rude. Il m'assurait qu'une perquisition au 15 Oskarstrasse nous fournirait suffisamment d'informations pour procéder à des interpellations. Mais Mr Querashi n'avait jamais mis les pieds à cette adresse. (Il poussa un soupir.) Une perquisition ? Parfois, les gens ne comprennent pas ce que nous, policiers, pouvons ou ne pouvons pas faire selon les termes de la loi.

C'était bien vrai. Barbara songea aux séries policières dans lesquelles les flics arrachent des aveux à des suspects qui passent immanquablement de l'arrogance à la soumission dans les soixante minutes du format télévisuel. Elle murmura son approbation et demanda à Kreuzhage s'il pouvait vérifier l'emploi du temps de Klaus Reuchlein.

— Je lui ai laissé un message sur son répondeur, dit-elle, mais je doute fort qu'il me rappelle.

Kreuzhage lui assura qu'il ferait de son mieux, et ils raccrochèrent. Barbara resta un moment assise sur le lit, laissant la hideuse courtepointe s'imbiber d'un peu de la sueur de ses cuisses. Une fois qu'elle eut rassemblé assez d'énergie, elle se leva et alla se mettre sous la douche — trop vannée pour chantonner son habituel pot-pourri de vieux standards du rock.

20

Après le dîner, Barbara avait accepté d'aller faire un tour sur la jetée pour faire plaisir à Hadiyyah.

« Oh, si, viens avec nous, Barbara ! avait insisté la fillette. On va à la jetée, Papa et moi. Elle peut venir, hein, Papa ? Hein ? Ce sera plus rigolo avec elle... »

Elle s'était tournée vers son père, se dévissant le cou. Azhar avait écouté sa supplique sans broncher. Ils étaient les derniers dans la salle à manger et finissaient à la hâte leurs « sorbets du jour » — citron, ce soir — avant que ceux-ci ne soient plus qu'une flaque aqueuse au fond des coupes. Hadiyyah, dans son enthousiasme, faisait de grands gestes avec sa cuillère, envoyant des gouttelettes citronnées sur la nappe.

Barbara aurait préféré rester tranquillement assise sur la pelouse qui surplombait la mer. Se mêler aux estivants malodorants venus sur la jetée pour le plaisir de se couvrir d'une nouvelle couche de sueur, elle s'en serait volontiers passée. Mais Azhar lui avait paru préoccupé pendant tout le repas. Il avait laissé sa fille babiller à sa guise, et cette attitude lui ressemblait si peu que Barbara ne pouvait que la relier à la réaction de Muhannad plus tôt dans la soirée et à ce que les deux hommes s'étaient dit dans le parking juste avant son départ. Aussi avait-elle décidé de tenir compagnie à Azhar et à sa fille, ne serait-ce que pour essayer de savoir ce qui s'était passé entre son cousin et lui.

Et voilà pourquoi elle se retrouvait à dix heures du soir sur la jetée, bringuebalée par la foule des touristes bronzés, les narines agressées par un mélange d'odeurs de lotions, de sueur, de friture, de hamburgers et de pop-corn. Le vacarme était encore plus assourdissant que de jour car les forains faisaient des pieds et des mains pour attirer les chalands à l'approche de la fermeture, s'époumonaient à qui mieux mieux pour convaincre les badauds de dégommer des cibles, de monter dans la grande roue, de tirer à la carabine, donnaient de la voix pour dominer la musique des manèges, les tintements, les coups de sifflet, les sons de cloche et les bruits d'explosion des jeux vidéo de la Rotonde.

C'est là qu'Hadiyyah les entraîna, les tenant chacun par la main.

— C'est rigolo ! Ce qu'on s'amuse ! claironnait-elle, ne semblant pas tenir compte du fait que son père et son amie n'avaient pas ouvert la bouche depuis leur départ de l'hôtel.

De part et d'autre d'eux, une foule chatoyante malmenait des jeux vidéo et des flippers. Des gosses couraient entre les machines à sous en criant et en riant aux éclats. Une bande d'ados conduisaient des voitures de course virtuelles sous l'œil enamouré et les cris admiratifs de leurs petites copines. Des femmes plus âgées, assises côte à côte devant un stand, jouaient à la loterie, à l'écoute des numéros que claironnait un clown dont le maquillage faisait les frais de la chaleur implacable. Barbara remarqua qu'il n'y avait pas un seul Pakistanais dans la Rotonde.

De son côté, Hadiyyah semblait sur un nuage, indifférente à tout : aux bruits, aux odeurs, à la température, à la cohue — au fait d'être l'un des deux seuls représentants présents d'une minorité ethnique. Elle lâcha la main de son père et celle de Barbara, pirouetta et dansa d'un pied sur l'autre.

— La pêche miraculeuse, Papa ! piailla-t-elle. La pêche miraculeuse !

Et la voilà partie à toute allure vers son jeu préféré. Quand ils la rattrapèrent, elle avait le nez collé à la paroi de la vitrine pleine d'animaux en peluche : cochons roses, vaches tachetées, girafes, lions et éléphants.

— Oh, P'pa, s'écria-t-elle en pointant un doigt, tu peux m'attraper une girafe ? Mon père est très fort pour la pêche miraculeuse, Barbara. Tu vas voir. (Elle tira son père par la manche.) Et quand t'auras gagné la girafe pour moi, tu gagneras autre chose pour Barbara. D'accord ? Un éléphant. Comme celui que tu avais gagné pour Maman. Tu te souviens, même que je l'avais crevé. C'était pas ma faute, Barbara. J'avais que cinq ans et je jouais au vétérinaire. Il fallait qu'il se fasse opérer, mais il a perdu toute la mousse qu'il avait à l'intérieur. Maman s'est mise dans une colère ! Elle a crié, crié. Hein, Papa ?

Azhar ne répondit pas, se concentrant pour piocher une des girafes. Sa façon de jouer ne surprit pas Barbara : il y mettait autant de sérieux que dans tout ce qu'il faisait. Il échoua une première fois, puis une deuxième. Mais ni sa fille ni lui ne perdirent espoir.

— C'étaient des essais, dit Hadiyyah à Barbara. D'abord, on essaie, et ensuite, on réussit, hein, P'pa ?

Azhar ne se laissa pas distraire. Pour son troisième essai, il fit vivement pivoter la petite grue, ouvrit la benne juste à temps et piocha la girafe tant convoitée par sa fille. Hadiyyah poussa un cri de joie et serra le petit animal en peluche dans ses bras comme si c'était le cadeau qu'elle attendait depuis sa naissance.

— Oh, merci, merci ! s'écria-t-elle en sautant au cou de son père. Je la garderai en souvenir de mes vacances à Balford. Dis, P'pa, tu veux bien essayer d'attraper un éléphant pour Barbara ?

— Une autre fois, ma petite, dit vivement Barbara que l'idée de recevoir un cadeau d'Azhar mettait bizarrement mal à l'aise. On ne va pas dépenser tous nos sous à un seul jeu, hein ? Et si on se faisait une partie de flipper ? Ou un tour de manège ?

Le visage d'Hadiyyah s'illumina. Elle partit comme une flèche, fendant la foule jusqu'à la porte de la salle des flippers. Au passage, elle se heurta à un groupe de jeunes qui entouraient un simulateur de course vidéo. Tout se passa très vite : en une seconde, Hadiyyah fut happée par le groupe d'ados ; l'instant d'après, elle était par terre. L'un des jeunes éclata de rire dans le vacarme ambiant. Barbara fonça vers le groupe sans réfléchir.

— Font chier, ces Pakis, dit une voix.

— Hé, mate sa robe !

— C'est pourtant pas une soirée déguisée !

— Elle s'imagine qu'elle va être présentée à la reine ?

Barbara empoigna le premier type qui lui tomba sous la main par le col de son tee-shirt mouillé de sueur. Elle tira dessus violemment au point que leurs têtes se touchèrent presque.

— Ma petite copine a dû trébucher sur quelque chose, dit-elle. Je suis sûre que l'un de vous va l'aider à se relever...

— Va te faire enculer, connasse, lui répondit l'ado.

On ne pouvait être plus clair.

— Répète un peu pour voir, fit-elle.

— Barbara, dit Azhar dans son dos, de son ton sempiternellement raisonnable.

Devant elle, Hadiyyah se relevait tant bien que mal, entourée de Doc Martens, d'espadrilles et de tennis. Sa robe en soie était tachée de poussière et décousue sous son bras. Elle regarda autour d'elle, éberluée, ne comprenant pas ce qui lui était arrivé.

Barbara tordit un peu plus le tee-shirt du mec.

— Réfléchis encore, petit branleur, lui dit-elle d'une voix très calme. Je viens de te dire que mon amie a besoin que tu l'aides.

— Envoie-la chier, Sean, dit une voix sur la gauche de Barbara. Ils sont deux, on est dix.

— Exact, fit Barbara en s'adressant à Sean, tout sourire. Mais je suis sûre qu'aucun de vous n'a... (de sa main libre, elle fouilla dans son sac et en sortit sa carte de police)... ça ! (Elle l'ouvrit et la mit

640

sous le nez de Sean, si près qu'il ne pouvait même pas la lire.) Aide-la à se relever !

— J'y ai rien fait, moi !

— Barbara, répéta Azhar.

Du coin de l'œil, elle le vit s'approcher de sa fille.

— Laissez-la ! lui dit-elle. Un de ces minus... (autre torsion du tee-shirt)... crève d'envie de montrer ce que c'est qu'un vrai gentleman. Pas vrai, Sean ? Parce que si aucun de ces minus... (et retorsion violente du tee-shirt)... ne s'en donne la peine, tous autant qu'ils sont, ils vont devoir appeler leurs papa et maman pour les prévenir qu'ils passent la nuit au poste !

Azhar ignora les paroles de Barbara et aida Hadiyyah à se remettre debout. Les ados s'étaient écartés pour lui faire de la place.

— Tu ne t'es pas fait mal, Hadiyyah ?

Il ramassa la girafe par terre et la lui tendit.

— Oh, non ! gémit-elle. Elle est tout abîmée, Papa.

Sans lâcher Sean, Barbara lorgna la girafe. Elle était pleine de ketchup, et sa tête aplatie par quelqu'un qui lui avait marché dessus.

Un des garçons, hors du champ de vision de Barbara, ricana. Avant qu'elle puisse réagir, Azhar rassura sa fille :

— Ça peut s'arranger facilement, lui dit-il, en homme conscient que tant d'autres choses dans la vie sont irréparables.

Il posa les mains sur les épaules de sa fille et la guida loin du groupe. En voyant la mine défaite d'Hadiyyah, Barbara dut se retenir pour ne pas

641

donner un coup de boule à Sean, agrémenté d'un coup de genou dans les roubignolles. Elle le lâcha et s'essuya les mains sur son jean.

— Vous êtes vraiment des taches, de vous attaquer à une fillette de huit ans! Et si vous alliez arroser ça ailleurs, bande de nazes?

Elle les repoussa et suivit Azhar et Hadiyyah à l'extérieur de la Rotonde. Tout d'abord, elle ne les vit pas, noyés dans la foule des badauds. Elle était cernée par une multitude de pantalons de cuir noir, d'éclats de diamant en piercing dans la narine et au bout du téton, de colliers de chien et de chaînes. Elle eut l'impression de débouler dans une soirée SM.

Puis elle les aperçut, sur sa droite, qui se dirigeaient vers la partie de la jetée à ciel ouvert.

— ... manifestation de leur peur, disait Azhar à sa fille. Les gens ont peur de ce qu'ils ne comprennent pas, Hadiyyah. La peur est souvent à l'origine de leurs actes.

— Je ne leur aurais pas fait mal, répondit Hadiyyah. Je suis trop petite.

— Ah, mais ils n'ont pas peur qu'on leur fasse mal, *khushi*. Ce qui leur fait peur, c'est d'être obligés de nous connaître. Ah, voilà Barbara. On continue la balade? Permettre à des inconnus de nous empêcher de nous amuser serait tout à fait déplacé.

Hadiyyah releva la tête. Barbara sentit son cœur se serrer : une telle tristesse se lisait sur le visage de l'enfant.

— Regarde, ces avions nous appellent, lui dit-elle, en rajoutant dans la bonne humeur. (Elle désignait un manège non loin d'eux, où de minuscules coucous montaient et descendaient autour d'un axe central.) Qu'est-ce que tu en dis ?

Hadiyyah regarda le manège un moment puis tendit sa girafe à son père et redressa les épaules.

— J'adore les avions.

Certains manèges — comme les Jeep miniatures, le petit train, les hélicoptères et les avions — étaient réservés aux enfants. D'autres étaient conçus pour accueillir aussi les adultes, et sur ceux-là Barbara et Azhar firent des tours avec Hadiyyah, passant des tasses à thé à la grande roue et au grand huit, s'étourdissant pour oublier leur déception et leur découragement. Ce ne fut que lorsque Hadiyyah insista pour faire trois tours de suite sur le manège des bateaux à voile — « j'ai mon ventre qui fait houp la houp » — que Barbara put parler à Azhar.

— Désolée pour ce qui vient de se passer, lui dit-elle au moment où il lui offrait une cigarette. (Il lui donna du feu et alluma la sienne.) Quelle poisse ! Pendant ses vacances, en plus !...

— J'aimerais lui épargner ces souffrances-là, dit Azhar. (Il regardait sa fille et rit de la voir rire parce que son ventre faisait « houp la houp » sur les fausses vagues qui secouaient son petit navire.) Mais c'est le souhait de tous les parents, vous me direz. Un désir légitime mais impossible à réaliser. (Il porta sa cigarette à ses lèvres sans quitter sa fille des yeux.) Merci quand même.

— Pour ?

— Pour être venue à son aide. C'est sympa.

— Nom d'un chien, Azhar ! C'est normal,

merde ! Je l'aime beaucoup. Je l'adore. Qu'est-ce que vous vouliez que je fasse d'autre ? Si je m'étais écoutée, on ne serait pas partis comme trois pauvres bougres qui n'ont que ce qu'ils méritent sur cette terre. Vous pouvez me croire !...

— Je suis heureux de vous connaître, sergent Havers, lui dit Azhar en se tournant vers elle.

Barbara devint rouge comme une pivoine.

— Ouais, bon... fit-elle.

Plutôt gênée, elle se mit à tirer goulûment sur sa cigarette tout en faisant mine de scruter la rangée de cabines de plage à peine éclairées par des réverbères faussement anciens. En dépit de la tiédeur de la nuit, toutes étaient fermées. Leurs locataires étaient rentrés à leur hôtel ou dans leur villa.

— Oh, et désolée pour ce qui s'est passé à l'hôtel avec Muhannad, Azhar, ajouta-t-elle. J'ai bien vu sa Thunderbird en arrivant dans le parking, mais je pensais pouvoir monter dans ma chambre, ni vu ni connu. J'avais une envie folle de me doucher ! J'aurais peut-être mieux fait d'aller me poser dans un pub...

— Mon cousin aurait fini par savoir que nous nous connaissons, c'était inévitable. J'aurais dû le lui dire tout de suite. Comme je ne l'ai pas fait, il s'interroge sur mon engagement vis-à-vis de notre communauté. Et je le comprends, remarquez.

— Il avait l'air furax en partant. Qu'est-ce que vous lui avez dit ?

— Ce que vous m'aviez dit vous-même, répondit Azhar. Que vous aviez été appelée par l'inspecteur Barlow, et que vous aviez été aussi étonnée que moi qu'on se retrouve chacun dans un camp différent sur cette affaire.

Barbara sentait le regard d'Azhar fixé sur elle. Ses joues lui brûlaient. Elle était ravie de l'ombre renvoyée par le manège, qui la protégeait de l'examen minutieux auquel se livrait Azhar, comme à son habitude. Elle fut submergée par une envie irrépressible de lui dire la vérité. Sauf qu'elle ne savait pas vraiment en quoi elle consistait ; en fait, elle avait l'impression qu'elle lui échappait de plus en plus ces derniers jours. Et elle aurait été bien en peine de dire à quel moment elle avait perdu le fil. Elle avait envie de lui offrir quelque chose pour compenser ses mensonges, mais, comme il l'avait dit lui-même, ils étaient dans deux camps opposés.

— Comment Muhannad a-t-il réagi ? demanda-t-elle.

— Il a piqué une colère, répondit Azhar en faisant tomber la cendre de sa cigarette. Il est du genre à voir des ennemis partout, alors il a conclu que la prudence que je lui conseille depuis mon arrivée est le signe de ma duplicité. Il se sent trahi par un des siens, ce qui va rendre nos rapports difficiles pendant un moment. Je le comprends, remarquez. Le mensonge est un péché qu'on pardonne difficilement en amitié.

Barbara eut l'impression d'entendre la voix de sa conscience. Afin d'étouffer son sentiment de culpabilité et son désir ardent d'être pardonnée, elle dit :

— Vous n'avez pas menti intentionnellement, Azhar. En fait, vous ne lui avez même pas menti du tout, bordel ! Il ne vous a jamais demandé si on se

connaissait, n'est-ce pas ? Vous n'aviez aucune raison d'aller lui raconter ça, aucune !

— Un point de vue que Muhannad ne partage
pas, dit Azhar. (Il la regarda d'un air navré.) Je
crains que mon rôle auprès de mon cousin ne
touche à sa fin. Ainsi que le vôtre auprès de l'inspecteur Barlow...

— Oh, putain, ne me dites pas que Muhannad
va aller raconter à Emily ce qui se passe entre
nous ! (Elle se sentit de nouveau rougir.) Enfin, je
veux dire, heu... pas entre nous/*entre* nous, mais
qu'on se connaît, quoi...

— Je n'ai aucun moyen de savoir ce que
Muhannad dira ou ne dira pas, Barbara, lui répondit-il avec un sourire. Il garde ses idées pour lui,
vous savez. Avant ce week-end, ça faisait dix ans
que je ne l'avais pas vu, mais il était déjà comme
ça quand il était gosse...

Garder ses idées pour soi, songea Barbara. Elle
repensa à l'entretien qu'ils avaient eu l'après-midi
même avec Fahd Kumhar.

— Azhar, dit-elle, la réunion d'aujourd'hui, au
poste...

Il jeta sa cigarette par terre et l'écrasa sous son
talon. Derrière eux, le tour de manège se finissait.
Hadiyyah voulut en faire un autre. Son père
acquiesça, acheta un ticket au forain et regarda sa
fille repartir sur les flots.

— La réunion ? dit-il.

— Avec Fahd Kumhar. Si Muhannad est aussi
secret que vous le dites, pensez-vous qu'il y ait une
chance qu'il connaisse Kumhar et ne l'ait pas dit ?

Azhar, immédiatement sur la défensive, sombra

dans le mutisme. Barbara regretta que Muhannad ne soit pas là, tant l'expression d'Azhar montrait clairement envers qui allait sa loyauté.

— Si je vous demande ça, dit-elle, c'est que la réaction de Kumhar était tellement disproportionnée... Vous voir aurait dû le calmer, alors que ça n'a pas du tout été le cas. Il s'est mis dans un état pas possible !

— Ah, fit Azhar. C'est un problème de classe sociale. La consternation, la servilité, l'angoisse, tout ça vient de notre culture. Quand Mr Kumhar a entendu le nom de mon cousin, il l'a immédiatement apparenté à un milieu social plus élevé que le sien. Le nom de Kumhar appartient à la caste que nous appelons *Kami,* celle des ouvriers et des artisans ; celui de mon cousin — Malik — renvoie à celle des grands propriétaires terriens.

— Vous voulez dire qu'il bégayait comme ça à cause d'un nom de famille ? fit Barbara, incrédule. C'est pas possible, Azhar. On est en Angleterre, merde, pas au Pakistan !

— Justement. La réaction de Mr Kumhar est comparable à la gêne que ressentirait un Anglais en présence d'un de ses compatriotes dont l'élocution, le vocabulaire révéleraient son appartenance à un autre milieu...

Oh, fait chier, cette finesse d'esprit et cette logique étaient insupportables, à la fin !

— Excusez-moi, dit une voix derrière eux.

Ils se retournèrent et se trouvèrent face à une fillette aux cheveux blonds qui lui arrivaient à la taille. Elle se tenait immobile, un peu gauche, à côté d'une poubelle archipleine. Elle avait à la

647

main une girafe identique à celle qu'Azhar avait gagnée pour sa fille. En petite jupe et en espadrilles, elle dansouillait d'un pied sur l'autre, mal à l'aise. Son regard passait alternativement d'Azhar à Barbara.

— Je vous cherchais partout, dit-elle. J'étais avec eux. Je veux dire, dans la Rotonde, quand la petite fille... (Elle baissa la tête et examina la girafe.) Vous voudrez bien la lui donner? Je ne voudrais pas qu'elle pense que... C'est des nuls, ceux-là. C'est comme ça. C'est des nuls...

Elle s'avança vers eux, fourra la girafe dans les mains d'Azhar, eut un sourire fugace et repartit vers ses compagnons. Azhar la regarda s'éloigner et dit quelque chose à voix basse.

— Hein? fit Barbara.

— « Ne te laisse point affliger par leur conduite, répéta-t-il dans un sourire. Leurs injures ne peuvent atteindre Allah... »

La nouvelle girafe fit le bonheur d'Hadiyyah. Elle la tenait serrée contre son cœur, tête calée sous le menton. Elle refusa toutefois d'abandonner sa première girafe qu'elle tenait dans son autre main.

— Ce n'est pas de sa faute si elle est pleine de ketchup, dit-elle comme si la petite peluche était une amie à elle. On la lavera, hein, Papa? Et si tout le ketchup ne s'en va pas, on dira que c'est parce qu'elle a échappé à un lion quand elle était petite...

Ah, l'optimisme foncier des gosses! songea Barbara.

Ils passèrent encore une heure à se divertir, s'égarant dans le labyrinthe, s'attardant à l'exposition holographique, essayant de marquer le plus de paniers possible à un jeu de basket, tentant leur chance au tir à l'arc, choisissant un motif à imprimer sur leurs tee-shirts-souvenirs. Hadiyyah opta pour un tournesol, Azhar un train à vapeur — même si Barbara avait du mal à l'imaginer portant autre chose que ses chemises en lin immaculées —, et Barbara un œuf écrasé au pied d'un muret et surmonté de la légende en arc de cercle « Humpty-Dumpty a le teint brouillé ».

Hadiyyah soupira d'aise tandis qu'ils se dirigeaient vers la sortie. Les stands fermaient les uns après les autres. Du coup, le vacarme s'était assourdi et la foule des badauds avait considérablement diminué. Il restait surtout des garçons et des filles qui mettaient autant d'ardeur à rechercher les coins d'ombre qu'ils en avaient mis à s'amuser aux diverses attractions. Ici et là, un couple enlacé était adossé à la rambarde. Certains regardaient les lumières de Balford qui scintillaient en éventail le long de la plage ; d'autres écoutaient le bruit des vagues contre les piliers au-dessous d'eux ; d'autres encore n'étaient là que pour eux-mêmes et le plaisir d'avoir un corps serré contre le leur.

— C'est le plus bel endroit du monde, décréta Hadiyyah, rêveuse. Quand je serai grande, je viendrai passer toutes mes vacances ici. Et tu viendras avec moi, Barbara, d'accord ? Parce qu'on se verra toute notre vie. Papa viendra avec nous, bien sûr, hein, P'pa ? Et Maman aussi. Et le prochain éléphant que Papa gagnera pour Maman, j'le déchirerai pas. (Elle poussa un autre soupir. Elle avait du mal à garder les yeux ouverts.) Faut qu'on achète des cartes postales, P'pa. Il faut qu'on en envoie une à Maman...

Elle trébucha de fatigue. Azhar lui ôta les girafes des mains et les tendit à Barbara. Puis il prit sa fille dans ses bras.

— J'peux marcher, protesta Hadiyyah d'une voix endormie. J'suis pas fatiguée. Pas du tout du tout.

Azhar l'embrassa sur la tempe. Il resta un moment immobile, tenant sa fille serrée contre lui. En l'observant, Barbara se sentit envahie par un sentiment sur lequel elle ne tenait pas particulièrement à mettre un nom. Elle farfouilla dans le sac en plastique qui contenait leurs tee-shirts, histoire de faire de la place aux deux girafes. En cet instant, elle sentit le défaut dans sa cuirasse de dérision et de cynisme. Là, sur cette jetée, en compagnie d'un père et de son enfant, elle repensa aux choix de vie qu'elle avait faits pour elle-même.

Comme elle n'était pas femme à se laisser détruire par de tels états d'âme, elle se mit immédiatement en quête d'autres sujets de réflexion. Elle n'eut pas à chercher bien loin : Trevor Ruddock sortait de la Rotonde encore illuminée et s'avançait dans leur direction.

Il portait une salopette bleu ciel — un accoutrement tellement anachronique sur lui que Barbara comprit que ce devait être la tenue réglementaire des employés qui nettoient la jetée après la fermeture. Mais ce ne fut pas la salopette qui lui fit regarder Trevor à deux fois — c'était sa tenue de travail après tout, et il avait été relâché de sa garde à vue quelques heures plus tôt, donc sa présence aux

Attractions Shaw n'avait rien de surprenant. En revanche, le sac à dos qu'il portait à l'épaule, plein à craquer, détonnait dans sa panoplie du parfait agent d'entretien.

Comme ses yeux ne s'étaient pas encore habitués à l'obscurité, il n'avait pas vu Barbara. Il gagna une cabane à côté du portique d'entrée. Il déverrouilla la porte et disparut à l'intérieur. Comme Azhar repartait vers la sortie, Barbara lui posa une main sur le bras.

— Une seconde, dit-elle.

Il suivit son regard, ne vit rien de particulier et la regarda, perplexe.

— Qu'est-ce que... ?

— Juste un petit truc que j'aimerais vérifier.

Cette cabane, après tout, était l'endroit idéal pour planquer des marchandises de contrebande. Et, apparemment, Trevor Ruddock avait plus d'un joujou dans sa hotte. Balford étant très proche de Harwich et de Parkeston... Ce serait idiot de laisser passer cette occasion.

Trevor émergea de la cabane — mais sans son sac à dos. Il poussait un lourd chariot avec balais, brosses, seaux, pelles à poussière, aspirateur de jardinier, et tout un assortiment de bidons, bouteilles et boîtes. L'entretien des Attractions Shaw, c'est du sérieux, songea Barbara. Elle se demanda si le sac à dos ne contenait pas tout bêtement des produits ménagers. C'était une possibilité. Il n'y avait pas trente-six moyens de le savoir.

Trevor prit la direction de la pointe de la jetée. Il avait sans doute l'intention de commencer son petit ménage à partir du futur restaurant de la Rotonde.

Barbara ne fit ni une ni deux. Elle prit Azhar par le coude et l'entraîna vers la cabane. Elle essaya d'ouvrir la porte que Trevor avait tirée en sortant. C'était son jour de chance : elle n'était pas fermée à clé. Elle entra.

— Faites le guet, Azhar.

— Le guet ? fit Azhar, faisant passer sa fille d'un bras à l'autre. Mais à quoi vous jouez, Barbara ?

— Je vérifie quelque chose, dit-elle. J'en ai pour une minute.

Elle ne le voyait pas, mais il ne fit pas d'autre commentaire et elle en conclut qu'il acceptait et la préviendrait si quiconque venait dans leur direction. Elle repensa à ce que lui avait dit Helmut Kreuzhage : Haytham Querashi m'a téléphoné pour me signaler une activité illicite entre Hambourg et les ports de la côte britannique les plus proches. Elle ne pouvait s'empêcher de penser à un trafic de drogue — le plus évident car le plus lucratif —, même si le *Kriminalhauptkommisar* Kreuzhage ne l'avait pas encouragée dans cette voie. Oui, ça peut rapporter gros — surtout le trafic d'héroïne —, mais la contrebande ne se limite pas aux stupéfiants. On peut aussi envisager du matériel pornographique, des bijoux volés, des explosifs, des armes de poing — toutes choses transportables dans un sac à dos planqué dans une cabane sur une jetée, celle de Balford, par exemple...

Elle regarda autour d'elle mais ne vit pas le sac à dos. Elle commença à fouiller, uniquement éclairée par la lumière qui entrait par l'entrebâillement de la porte. C'était peu mais suffisant pour ses yeux, qui

652

s'habituaient progressivement à l'obscurité. La cabane était dotée d'une série de placards qu'elle passa en revue prestement. Rien à l'intérieur, à part cinq pots de peinture, des pinceaux, des rouleaux, des bleus de travail, des chiffons et des produits ménagers. Sur le sol, deux caisses et un coffre. Les caisses contenaient divers outils — clés à molette, tournevis, pinces, marteaux, clous, vis, scie —, rien d'autre. Barbara s'approcha du coffre. Elle souleva le couvercle, qui grinça un max. On a dû l'entendre jusqu'à Clacton, songea-t-elle. Il contenait le sac à dos — ce genre de sac de montagne au cadre en alu que les étudiants prennent quand ils partent courir le vaste monde.

Brûlant d'impatience, certaine d'être sur le point de faire une découverte, Barbara souleva le sac, le posa par terre, l'ouvrit fébrilement, vida son contenu sur le sol... et en fut quitte pour ses illusions. Il ne contenait qu'un fatras d'objets plus inutiles les uns que les autres : salières en forme de phare, de pêcheur, d'ancre et de baleine ; un set de table en plastique ; deux poupées Barbie crasseuses ; trois jeux de cartes encore sous plastique ; un mug commémorant l'éphémère mariage du duc et de la duchesse d'York ; un taxi londonien miniature auquel il manquait une roue ; deux paires de lunettes de soleil pour enfants ; une boîte de nougats pas entamée ; deux raquettes de ping-pong, avec un filet et une boîte de balles pour compléter le jeu.

Et merde, songea Barbara. Le plantage total.

— Barbara ! murmura Azhar de l'extérieur. Un type se dirige par ici. Il vient de la fête foraine.

Elle remit pêle-mêle tous ces trésors dans le sac. Azhar l'appela de nouveau, d'une voix plus pressante.

— J'arrive, j'arrive ! chuchota-t-elle.

Elle remit le sac à dos dans le coffre et rejoignit Azhar. Ils s'éloignèrent vers la rambarde, où l'ombre était plus dense, près du manège des petits bateaux. Le nouveau venu se dirigea vers la cabane, s'approcha de la porte sans hésitation, jeta des regards furtifs alentour et entra.

Barbara l'avait reconnu tout de suite. Charlie Ruddock, le frère cadet de Trevor.

— Qui est-ce ? demanda Azhar. Vous le connaissez ?

La tête sur l'épaule de son père, Hadiyyah dormait à poings fermés. Elle murmura des paroles inintelligibles, comme en réponse à la question qu'il venait de poser.

— Il s'appelle Charlie Ruddock, répondit Barbara.

— Pourquoi est-ce qu'on reste ? Et qu'est-ce que vous cherchiez dans cette cabane ?

— Je ne sais pas, répondit-elle. (Devant son air sceptique, elle poursuivit :) C'est la vérité, Azhar. Je ne sais pas. C'est ça qui fait chier dans cette affaire. C'est peut-être un crime raciste, comme vous voulez que ça le soit...

— Comme *je* veux ? Ah non, Barbara. Je...

— Bon, d'accord, d'accord. Comme *certains* voudraient que ça le soit. Mais je pense que c'est tout autre chose...

— Quoi ? demanda Azhar. (Et devant sa répugnance évidente à lui révéler ses informations, il ajouta :) Vous ne voulez pas m'en dire plus, c'est ça ?

Elle fut sauvée par le gong. Charlie Ruddock ressortit de la cabane harnaché du sac à dos et s'éloigna. De plus en plus curieux, songea Barbara. À quoi ça rime, tout ça ?

— Venez, souffla Barbara à Azhar.

Les lumières s'étaient éteintes sur les attractions. Quelques couples d'amoureux cherchaient toujours des coins d'ombre ; des parents sonnaient le rassemblement aux oreilles d'enfants récalcitrants. Les musiques s'étaient tues, les odeurs envolées. Les forains préparaient les stands et les manèges pour le lendemain.

Avec si peu de badauds — et tous se dirigeant vers la sortie —, filer un jeune homme portant un gros sac à dos était un jeu d'enfant. Barbara s'acheminait vers le bord de mer, Azhar à ses côtés, en méditant sur ce qu'elle avait vu et entendu au cours de la soirée.

Haytham Querashi avait affirmé qu'il se passait quelque chose d'illégal entre l'Allemagne et l'Angleterre. Étant donné qu'il avait téléphoné à la police de Hambourg, il était donc logique d'en conclure qu'il pensait que ces activités illicites partaient de cette ville. Et les ferries qui appareillaient de Hambourg arrivaient au port de Parkeston, près de Harwich. Mais Barbara n'en savait pas plus sur l'existence réelle d'un trafic entre ces deux pays, ni sur l'identité de ceux qui y étaient mêlés. Et elle n'était pas certaine non plus que cela ait à voir avec la mise à sac de la Nissan de Querashi.

L'état de sa bagnole faisait penser à un trafic,

c'est sûr. Mais si trafic il y avait, Querashi y était-il mêlé ? Ou bien cet homme de foi, que ses convictions religieuses très fortes avaient poussé à téléphoner au Pakistan pour discuter du sens d'un verset du Coran, avait-il cherché à alerter les autorités sur une pratique illicite ? Et quoi que Querashi ait découvert, que venait faire Trevor Ruddock dans le tableau ? Et son frère Charlie ?

Barbara connaissait déjà la réponse de Muhannad Malik — et peut-être d'Azhar — à cette question : les Ruddock sont des Blancs. Mais ce soir, la scène dont elle avait été témoin lui confirmait ce qu'elle avait toujours pensé concernant le racisme. Les ados qu'elle avait vus agresser Hadiyyah, la petite fille qui avait tenté de réparer leur faute illustraient à eux seuls le comportement humain dans son ensemble et confirmaient les convictions de Barbara : certains de ses compatriotes étaient xénophobes ; d'autres, non.

Mais quelle conclusion en tirer par rapport au meurtre de Querashi, se demanda-t-elle, lorsque les seuls suspects sans alibi sont justement des Blancs ?

Devant eux, Charlie Ruddock, arrivé à la plage, s'était arrêté. Barbara et Azhar firent de même et l'observèrent. Il enfourcha une vieille bicyclette rongée par la rouille. Un peu plus loin, les propriétaires de la Homardière baissaient le rideau de fer. Non loin de là, Ballons & Bonbons de Balford avait lui aussi fermé pour la nuit. Les cabines de plage qui s'étiraient en gradins le long de la promenade au sud de ces deux commerces évoquaient un village abandonné. Le seul bruit audible était celui des vagues qui s'en venaient battre la grève.

— Ce garçon est mêlé à quelque chose, c'est ça ? demanda Azhar. Quelque chose qui a à voir avec le meurtre ?

— Je ne sais pas, Azhar, répondit Barbara en toute sincérité. (Ils regardèrent Charlie Ruddock partir vers le Nez.) Il est mêlé à quelque chose, ça me semble évident. Mais quoi... ? Je n'en sais rien, je le jure.

— C'est le sergent de Scotland Yard ou Barbara qui dit ça ? demanda Azhar d'une voix tranquille.

Elle se tourna vers lui, laissant Ruddock disparaître dans la nuit.

— Je ne fais aucune différence entre les deux, dit-elle.

Azhar hocha la tête et releva sa fille dans ses bras.

— Justement. Il y en a peut-être une.

21

Le lendemain matin à dix heures, Barbara roulait sur la route de Harwich. Peu après son réveil, elle avait téléphoné à Emily chez elle pour la mettre au courant de sa conversation téléphonique avec le *Kriminalhauptkommisar* de Hambourg, et lui dire qu'elle avait vu les frères Ruddock sur la jetée la veille au soir. Elle passa sous silence le fait qu'elle était en compagnie de Taymullah Azhar et de sa fille, persuadée qu'une explication sur sa relation avec Azhar ne servirait qu'à voiler le peu de lumière qui commençait à poindre sur cette enquête.

De toute façon, Emily ne s'intéressa qu'au coup de fil passé à Kreuzhage. À sa voix, elle paraissait reposée, réveillée, fraîche comme une rose. Quoi qu'elle ait fait avec son fameux Gary pour se dé-stresser après le boulot, ça avait marché.

« Un trafic ? fit-elle. À Hambourg ? Bravo, Bab. Je t'avais dit que Muhannad trempait dans des affaires louches. Au moins, là, on est sur une piste...

— Oui... fit Barbara avec circonspection, mais

Querashi n'a pu fournir aucune preuve à Kreuzhage de l'existence réelle d'un trafic. Et il n'a donné aucun nom. La surveillance du 15 Oskarstrasse n'a rien amené, Emy. Ses hommes n'ont rien vu d'illégal, rien de rien.

— Muhannad sait effacer ses traces. Ça fait des années qu'il magouille. On sait que l'assassin de Querashi a su se couvrir en vrai pro. La question est : dans quoi trempe Muhannad ? contrebande ? prostitution ? escroquerie ? quoi ?

— Kreuzhage n'en a pas la moindre idée. Ses recherches ne lui ont pas permis de réunir assez d'éléments pour ouvrir une enquête. Je vais te dire ce que je pense : il n'y a aucune preuve matérielle de ce pseudo-trafic avec l'Allemagne...

— Alors, il faut qu'on la trouve ! l'interrompit Emily. Je te signale que la fabrique des Malik serait une plaque tournante idéale pour ce genre de plans, de la contrefaçon en tout genre jusqu'au terrorisme. Notre preuve, Bab, c'est là qu'on la trouvera. La fabrique fait des expéditions par bateau au moins une fois par semaine. Qui sait ce qu'ils mettent dans leurs caisses, avec les pots de moutarde et de confiture, hmm ?

— Mais les Malik ne sont pas les seules personnes que Querashi connaissait, Emy, alors il n'y a aucune raison de les soupçonner plus que d'autres dans cette affaire de Hambourg, non ? Trevor Ruddock aussi bossait à la fabrique. Et n'oublie pas que c'est dans sa chambre que j'ai trouvé une bobine de fil de fer. Et puis, il y a l'amant de Querashi — si jamais on le dégotte, celui-là...

— Barbara, quoi qu'on trouve, ça nous conduira à Muhannad... »

Tout en roulant vers Harwich, Barbara repensait à cette conversation. Elle reconnaissait que le raisonnement d'Emily était logique et ses remarques pertinentes. Et que tout ça menait tout droit à Muhannad. Ce qui la gênait, c'était la célérité avec laquelle Emily avait sauté sur cette piste qu'elle ne voulait plus lâcher. Elle avait évacué le comportement pour le moins bizarre des Ruddock par un simple : « Oh, des pilleurs de poubelles, ceux-là », puis mentionné l'attaque cérébrale de la grand-mère de Theo comme si cet événement malheureux innocentait le jeune homme.

« Je fais envoyer chercher le professeur Siddiqi à Londres, avait-elle ajouté. Il servira d'interprète quand je réinterrogerai Kumhar.

— Tu ne crois pas qu'on gagnerait du temps en demandant à Mr Azhar d'assurer la traduction ? avait demandé Barbara. On pourrait le faire venir sans Muhannad... »

Emily eut un petit rire méprisant.

« Pas question que Muhannad ou son mystérieux cousin s'approchent de près ou de loin de notre seul lien tangible avec la vérité, Bab ! Je ne veux pas courir le risque de tout foutre en l'air. Kumhar sait quelque chose sur la fabrique, j'en suis sûre. Muhannad est le directeur des ventes, et c'est lui qui chapeaute les expéditions. Où places-tu ce petit détail dans le tableau, Bab ? »

L'inspecteur Lynley aurait dit qu'Emily « marchait à l'intuition » ; qu'elle s'appuyait trop sur les impressions nées de sa longue expérience, et sur sa certitude absolue de savoir ce qui se passait dans la tête des suspects pendant les interrogatoires, au fur et à mesure que les preuves s'accumulaient. Barbara avait appris à ses dépens qu'il ne fallait négliger aucune des sensations qu'on éprouvait quand on participait à une enquête criminelle, et sa conversation avec Emily la laissait sur une mauvaise impression. Elle analysa son malaise à la loupe, tel un chercheur tentant de percer les secrets d'un corps étranger. Effectivement, si Muhannad Malik était le pivot d'un trafic quelconque, il avait un sérieux mobile pour tuer Querashi si ce dernier avait tenté de tirer la sonnette d'alarme. Mais cette possibilité ne devait en aucun cas faire oublier les soupçons qui pesaient sur Theo Shaw et Trevor Ruddock qui, eux aussi, avaient des raisons d'éliminer Querashi — et pas d'alibi. Pourtant, c'était exactement ce qui se passait dans la tête d'Emily. À cette pensée, le malaise de Barbara se cristallisa autour d'une simple et abominable question : Emily « marchait » — elle à l'intuition ou à autre chose ?

L'inspecteur Kreuzhage l'avait dit lui-même : il n'avait aucune preuve de rien. Alors, sur quoi s'appuyait Emily pour tirer ses conclusions ?

Barbara se remémora la réussite facile de son amie lors des trois stages qu'elles avaient suivis à Maidstone ; elle la revit recevant l'accolade de leurs formateurs sous le regard admiratif de ses collègues. Barbara n'avait aucun doute alors : Emily Barlow était cent coudées au-dessus du flic moyen. Elle n'était pas simplement douée : elle était géniale. Sa promotion au grade d'inspecteur-chef à trente-sept ans le confirmait. Alors, songea-t-elle, pourquoi est-ce que je mets en doute ses capacités aujourd'hui ?

Son partenariat de longue date avec l'inspecteur Lynley avait appris à Barbara à examiner les faits, bien sûr, mais aussi à s'interroger sur les raisons qui pouvaient vous pousser à orienter vos soupçons vers untel ou untel. Et c'est justement ce qu'elle faisait tandis qu'elle roulait entre des champs de blé, sur la route de Harwich. Cette fois, elle se demandait d'où lui venait la gêne qu'elle ressentait. Elle en arriva à une conclusion qui ne lui plut guère : c'était peut-être elle qui posait problème dans cette enquête. Est-ce que trouver le coupable parmi les Pakistanais ennuierait beaucoup le sergent Havers ? Éprouverait-elle le même malaise à l'idée que Muhannad Malik soit un escroc ou un mac si Taymullah Azhar et son adorable fillette ne gravitaient pas à la périphérie de l'enquête ?

Cette idée la choqua. Elle se serait volontiers passée de ça. Elle renonça à spéculer sur qui avait l'esprit clair et qui l'esprit brumeux, et surtout, elle n'eut plus envie de s'interroger sur la nature exacte des sentiments qu'elle éprouvait pour Azhar et Hadiyyah.

Elle entra dans Harwich, bien décidée à rassembler des informations en toute objectivité. Elle suivit la grand-rue qui serpentait jusqu'à la mer et trouva l'agence World Wide Tours coincée entre une sandwicherie et un marchand de vin qui affichait une promotion sur l'*amontillado*.

L'agence consistait en une vaste salle divisée en trois bureaux que se partageaient deux femmes et un homme. Décoration élégante, mais d'une autre époque : papier peint pseudo-William Morris et gravures fin de siècle représentant des familles en villégiature. Tout le mobilier était en acajou massif. Cinq gros palmiers se dressaient dans des pots, et des fougères gigantesques pendaient du plafond où un ventilateur brassait l'air et leurs frondes. L'ensemble dégageait un air victorien en diable, qui donna envie à Barbara de tout passer au lance-flammes.

Une des femmes lui demanda ce qu'elle désirait. L'autre était en pleine conversation téléphonique. Quant à leur collègue masculin, il scrutait l'écran de son ordinateur, en murmurant d'un ton plaintif : « Lufthansa, grouille-toi... »

Barbara présenta sa carte de police et sut, par la grâce d'un badge nominatif, qu'elle parlait à une certaine Edwina.

— La police ? s'étonna celle-ci en portant la main à sa gorge, comme si elle s'attendait à être inculpée pour « exercice d'activité professionnelle dans bureau de mauvais goût digne d'un roman de Charles Dickens ». L'homme — Rudi, dixit son badge — pianota sur le clavier de son ordinateur et fit pivoter son fauteuil dans leur direction. Il fit écho à Edwina et leur collègue — Jen — s'empressa de conclure sa conversation téléphonique, raccrocha et s'agrippa aux bras de son fauteuil comme si elle craignait brusquement d'être assise sur un siège éjectable. L'arrivée d'un représentant de la loi fait immanquablement remonter à la surface les sentiments de culpabilité des uns et des autres, se dit Barbara.

— Ouais, c'est bien ça, police, répéta-t-elle. New Scotland Yard.

— Sco-tland Yard? fit Rudi. Vous venez de Londres? J'espère qu'il n'y a pas de problème...

Faut voir, songea Barbara. Il parlait avec l'accent allemand, le con.

Elle pouvait presque entendre l'inspecteur Lynley répéter, de sa voix affûtée dans les écoles chicos d'Angleterre, l'article un du credo du bon flic : dans une affaire criminelle, il n'y a jamais de coïncidences. Barbara jaugea le jeune énergumène. Aussi rond qu'un tonnelet, cheveux roux coupés en brosse, pas l'air de quelqu'un qui aurait récemment pris part à un meurtre. Mais, bon, il faut se garder de juger à la mine...

Elle pêcha les photos dans son fourre-tout et montra d'abord celle de Querashi.

— Vous avez déjà vu cet homme? demanda-t-elle.

Edwina se pencha sur la photo que Barbara avait posée sur son bureau, bientôt rejointe par ses collègues qui vinrent l'encadrer pour faire de même. Le trio examina la photo en silence. Au plafond, les frondes des fougères bruissaient sous les caresses du ventilateur. Au bout d'une petite minute, Rudi se décida à parler, s'adressant à ses collègues plutôt qu'à Barbara :

— Ce type est venu se renseigner pour des billets d'avion, non?

— J'sais pas trop, dit Edwina avec un air de doute.

— Mais si, confirma Jen. Si, si. Je me souviens de lui. C'est moi qui l'ai servi, Eddie. Tu t'étais absentée à ce moment-là. (Elle regarda Barbara dans les yeux.) Il est venu... oh, ça doit faire trois semaines, hein, Rudi ? Je ne peux pas vous dire exactement.

— Mais vous vous souvenez de lui ? dit Barbara.

— Oui, oui, très bien. Il faut dire qu'on n'a pas tant de...

— Nous avons très peu d'Asiatiques à Harwich, acheva Rudolph, avec son accent à couper au couteau.

— Et vous-même, vous êtes de... ? demanda Barbara, sur un ton encourageant, bien qu'elle fût presque sûre de la réponse.

— De Hambourg, dit-il.

Voyez-vous ça.

— Je suis originaire de Hambourg, reprit Rudi, mais j'habite ici depuis sept ans.

— Hmm hmm, fit Barbara. Cet homme s'appelle Haytham Querashi. J'enquête sur son assassinat. Il a été tué la semaine dernière à Balford-le-Nez. Vous dites qu'il est venu se renseigner pour des billets d'avion ? C'est-à-dire ?

À leur crédit, tous trois eurent l'air aussi surpris et horrifiés en entendant le mot « assassinat ». Ils réexaminèrent la photographie de Querashi comme si c'était une relique. Ce fut Jen qui répondit. Il était venu se renseigner pour acheter des billets d'avion pour sa famille, car il souhaitait la faire venir en Angleterre — ses parents, ses frères et sœurs, tout le monde. Il voulait qu'ils s'installent ici définitivement.

665

— Vous avez une agence au Pakistan ? demanda Barbara. À Karachi, c'est bien ça ?

— Oui, et à Hong Kong, Istanbul, New Dehli, Vancouver, New York et Kingston, énuméra Edwina avec fierté. Nous sommes spécialisés dans les voyages à l'étranger et l'immigration. Nous avons des experts dans tous nos bureaux.

C'était sans doute pour cette raison que ce monsieur avait choisi la World Wide Tours, plutôt qu'une petite agence de voyages de Balford, attesta Jen. Il avait voulu tout savoir sur les conditions requises pour l'immigration de ses proches. Contrairement à la plupart de leurs concurrents, la WTT avait une réputation internationâââle — « dont nous ne sommes pas peu fiers », crut-elle bon de préciser — pour son réseau de contacts avec des juristes du monde entier spécialistes des questions d'immigration.

— Royaume-Uni, Union européenne, États-Unis, dit-elle. Nous sommes l'agence de voyages des gens qui voyagent. Nous sommes là pour faciliter leurs déplacements.

Et patati et patata, songea Barbara. Cette fille était une pub vivante.

Adieu la théorie selon laquelle Querashi aurait pu vouloir quitter le pays avant son mariage. Tout au contraire, il semblait qu'il ait eu la ferme intention d'épouser Sahlah et qu'il se préparait à faire venir sa famille du Pakistan.

Barbara sortit de son sac le Polaroid de Fahd Kumhar. Le résultat fut différent. Aucun des trois ne l'avait jamais vu. Barbara les observa de près, à l'affût d'un signe qui pourrait lui faire penser que l'un ou l'autre mentait. Mais non. Pas un ne cilla.

Et merde, se dit-elle. Elle les remercia de leur aide et ressortit dans la grand-rue. Il était onze heures et elle était déjà trempée de sueur. En plus, elle crevait de soif. Elle entra dans un pub sur le trottoir d'en face, le Fouette-Cocher, et réussit à convaincre le serveur de mettre cinq glaçons dans un verre avant d'y verser de la limonade. Elle se dirigea vers une table près de la vitre — non sans emporter un paquet de chips —, se laissa choir sur un tabouret et alluma une cigarette, bien décidée à profiter de sa « pause de onze heures ».

Elle avait grignoté la moitié du paquet de chips, bu les deux tiers de son verre et fini sa clope quand elle vit Rudi sortir de la World Wide Tours. Il regarda à droite et à gauche à plusieurs reprises, avec la nervosité et la prudence excessive du piéton étranger qui ne s'habitue pas à la circulation anglaise — ou de celui qui a quelque chose à se reprocher. Barbara opta pour la deuxième possibilité, siffla le reste de sa limonade et sortit en abandonnant son paquet de chips sur la table.

Une fois dehors, elle le vit qui ouvrait la portière d'une Renault garée au coin de la rue. Sa Mini était un peu plus loin. Tandis que Rudi démarrait et se coulait dans la circulation, Barbara piqua un sprint jusqu'à sa voiture et, quelques instants plus tard, elle lui collait au train.

Son départ de l'agence pouvait avoir des tas d'explications, bien sûr : un rendez-vous chez le dentiste, un cinq à sept matinal, un déjeuner professionnel... Mais qu'il se tire tout juste après sa visite parut à Barbara une trop grande coïncidence pour qu'elle se refuse le luxe d'une petite filature.

Elle le suivit de loin. Il sortit de la ville par la A120. Il roulait sans se soucier de la limitation de vitesse et il la conduisit tout droit à Parkeston, à quatre ou cinq kilomètres de l'agence de voyages. Il ne prit pas la direction du port, mais tourna avant, sur la route de la zone industrielle. Barbara ne pouvait pas prendre le risque de s'y engager. Elle se gara sur le bas-côté de la route et regarda la Renault s'arrêter à la hauteur d'un entrepôt en tôle. Elle aurait cédé volontiers son exemplaire dédicacé de *Volupté sauvage* contre une paire de jumelles. Elle était trop loin pour lire la raison sociale au-dessus de l'entrée du bâtiment.

Contrairement aux entrepôts voisins, celui-ci était fermé et paraissait inoccupé. Mais quand Rudi frappa à la porte, on vint lui ouvrir. Barbara espérait voir quelque chose, mais en fut quitte pour dégouliner de sueur dans sa voiture bouillante pendant le quart d'heure — un siècle, lui sembla-t-il — qui s'écoula avant que Rudi ressorte : aucun sachet d'héroïne dans les mains, pas de faux billets dépassant de ses poches, pas de cassettes pédophiles, pas d'armes, pas d'explosifs. Et personne avec lui. Il repartait de l'entrepôt comme il y était venu.

Barbara savait qu'il la verrait si elle restait là. Elle remit le contact et repartit sur la A120 en se disant qu'elle ferait demi-tour plus loin et reviendrait observer l'entrepôt de plus près, une fois que Rudi aurait quitté les lieux. Tandis qu'elle cherchait un endroit pour faire son demi-tour, elle vit un manoir en contrebas de la route, au bout d'une allée en fer à cheval. Ecrit sur un panneau en lettres gothiques : « LE CASTEL — *Hôtel Restaurant* ». Elle se souvint du dépliant publicitaire trouvé dans la chambre de Querashi. Sans hésiter, elle se gara au parking de l'hôtel, se disant que le hasard allait peut-être lui permettre de faire d'une pierre deux coups.

Le professeur Siddiqi n'était pas du tout comme Emily l'avait imaginé. Elle s'était attendue à voir arriver un homme plutôt âgé, la peau café-au-lait, les cheveux noirs coiffés en arrière, les yeux charbonneux. L'homme que l'agent Hesketh était allé chercher à Londres était presque blond, avait les yeux gris et la peau suffisamment claire pour passer pour un Occidental. Agé d'une trentaine d'années, il était petit — plus petit qu'elle — et avait la carrure d'un lutteur amateur.

Il lui sourit tandis que, le premier effet de surprise passé, elle affichait un air d'indifférence. Il lui tendit la main en lui disant :

— Eh oui, on ne sort pas tous du même moule, inspecteur Barlow !...

Elle n'apprécia pas d'avoir été aussi facilement percée à jour. Elle ignora cette remarque et lui serra la main en disant, sur un ton assez brusque :

— C'est gentil à vous d'être venu. Vous désirez boire quelque chose ou bien voulez-vous qu'on commence tout de suite l'interrogatoire de Mr Kumhar ?

Il demanda un jus de pamplemousse que Belinda Warner alla lui chercher. Emily lui expliqua la situation et ce qu'on attendait de lui.

— Je vais enregistrer l'interrogatoire dans son intégralité, lui dit-elle pour conclure. Mes questions en anglais, leur traduction par vous, les réponses de Mr Kumhar et la traduction que vous en ferez.

— Oh, vous pouvez compter sur mon intégrité, dit Siddiqi, qui l'avait vue venir. Mais comme vous ne me connaissez pas, je trouve tout naturel que vous vous assuriez un moyen de contrôle.

Une fois la procédure clairement établie, Emily le conduisit auprès de son compatriote. La nuit qu'il avait passée au poste n'avait pas profité à Kumhar. Il avait l'air encore plus angoissé que la veille. Il était trempé de sueur et l'odeur qu'il dégageait suggérait qu'il s'était souillé.

Siddiqi le jaugea et se tourna vers Emily.

— Où cet homme a-t-il passé la nuit ? demanda-t-il. Et qu'est-ce que vous lui avez fait ?

Encore un fana des films pro-irlandais, se dit Emily avec lassitude. Des effets néfastes de Guildford et Birmingham sur la réputation de la police...

— Il a passé la nuit dans une cellule que vous aurez tout le loisir d'inspecter, professeur. Et nous ne lui avons *rien* fait, à part lui servir un dîner hier soir et un petit déjeuner ce matin — les repas sont les seules tortures infligées dans les prisons, de nos jours. Seulement, il fait chaud dans ces cellules, très chaud, aussi chaud que partout en ville, bon sang ! Il vous confirmera tout ça, vous n'avez qu'à le lui demander.

— C'est ce que je vais faire, répondit Siddiqi.

Et il bombarda Kumhar de questions qu'il ne prit pas la peine de traduire. Pour la première fois depuis qu'il était au poste, Kumhar perdit son

670

expression de lapin traqué. Il tendit les mains vers Siddiqi comme si on venait de lui lancer une bouée de sauvetage. C'était un geste de supplication. Siddiqi le prit comme tel, car il serra les mains de Kumhar dans les siennes et le guida jusqu'à la table, au centre de la pièce. Il lui parla de nouveau et, cette fois, traduisit pour Emily.

— Je lui ai dit que j'étais là pour traduire vos questions et ses réponses, dit-il. Que vous n'aviez aucune mauvaise intention à son égard. J'espère que c'est la vérité, inspecteur?

Mais qu'est-ce que ces gens ont dans le ciboulot?! s'énerva Emily. Ils voient de l'injustice, des préjugés et de la brutalité partout! Elle ne se donna même pas la peine de répondre et enclencha le magnétophone. Elle énonça la date, l'heure et l'identité des personnes présentes.

— Mr Kumhar, dit-elle, nous sommes tombés sur votre nom en examinant les affaires d'un certain Haytham Querashi, qui a été assassiné. Pouvez-vous nous expliquer pourquoi Mr Querashi avait votre nom?

Elle s'attendait à un remake de la litanie de la veille, à un chapelet de dénégations. Eh bien, non. Kumhar regarda fixement Siddiqi qui lui traduisait la question et répondit longuement sans le quitter des yeux. Siddiqi l'écoutait et opinait du bonnet. À un moment, il arrêta le monologue de Kumhar d'un geste et lui posa une question. Puis il se tourna vers Emily.

— Il a rencontré Mr Querashi à la sortie de Weeley, sur la A133. Mr Kumhar faisait du stop et Mr Querashi s'est arrêté. C'était il y a environ un mois. Mr Kumhar travaille comme ouvrier agricole, passant d'une ferme à l'autre dans tout le comté. Il trouve qu'il est sous-payé et est mécontent de ses conditions de travail, alors il a décidé de chercher un autre emploi.

Emily réfléchit un moment puis demanda :

— Pourquoi ne m'a-t-il pas dit ça hier ? Pourquoi a-t-il nié connaître Mr Querashi ?

Siddiqi se retourna vers Kumhar qui le regardait comme un chiot avide de plaire à son maître. Avant même que Siddiqi ait fini de traduire la question, il répondit, s'adressant à Emily cette fois.

— « Quand vous m'avez dit que Querashi avait été assassiné, traduisit Siddiqi, j'ai eu peur que vous ne pensiez que j'étais mêlé à ça. J'ai menti pour me protéger, pour ne pas être soupçonné. Je suis un étranger, ici, et je souhaite ne rien faire qui pourrait compromettre ma situation dans ce pays. Comprenez, s'il vous plaît, combien je regrette de vous avoir menti. Mr Querashi a été très bon pour moi et j'ai trahi sa bonté en ne vous disant pas tout de suite la vérité... »

Emily se fit la remarque que la sueur qui recouvrait la peau de Kumhar lui donnait l'air d'avoir été enduit d'huile de cuisine. Ainsi, il lui avait bel et bien menti, la veille. Restait à déterminer s'il ne continuait pas à lui mentir.

— Est-ce que Mr Querashi savait que vous étiez à la recherche d'un emploi ? demanda-t-elle.

Kumhar répondit que oui. Il avait parlé à Mr Querashi de ses problèmes d'ordre professionnel. En fait, leur discussion en voiture avait surtout tourné autour de cela.

— Mr Querashi vous a-t-il proposé du travail ?

Kumhar parut étonné. Un travail ? fit-il. Non, non, pas du tout. Mr Querashi l'avait juste déposé devant chez lui.

— En vous donnant un chèque de 400 livres ? acheva Emily.

Siddiqi haussa le sourcil, mais traduisit sans faire de commentaire.

Il était exact que Querashi lui avait donné de l'argent. Cet homme était la bonté même, et Mr Kumhar appelait les choses par leur nom : c'était un don, pas un prêt. Mais le Coran et les cinq piliers de l'islam ne recommandaient-ils pas le paiement de la *zakat* aux nécessiteux ?

— C'est quoi, la « *zakat* » ? fit Emily.

— L'aumône, lui répondit Siddiqi. (Kumhar le regarda avec anxiété, comme chaque fois qu'il passait de l'ourdou à l'anglais. Il le fixait avec l'air de quelqu'un qui faisait de gros efforts pour comprendre chaque mot qui était dit.) Les musulmans ont le devoir de veiller au bien-être des membres de leur communauté. Nous venons en aide aux indigents.

— Donc, en donnant 400 livres à Mr Kumhar, Mr Querashi ne faisait que son devoir de croyant ?

— Exactement, répondit Siddiqi.

— Il ne lui achetait pas quelque chose ?

— Que voulez-vous que cet homme ait à vendre ? fit Siddiqi en désignant Kumhar.

— Son silence, peut-être. Mr Kumhar passe beaucoup de temps aux alentours de la place du marché de Clacton. Demandez-lui s'il lui est arrivé de voir Mr Querashi par là-bas ?

Siddiqi la regarda un petit moment comme s'il essayait de comprendre le sens caché de sa question. Puis il se tourna vers Kumhar et traduisit.

Kumhar secoua énergiquement la tête. Emily n'eut pas besoin des services de Siddiqi pour comprendre : non, pas une seule fois, et lui-même n'était jamais allé place du marché.

— Mr Querashi était directeur de production dans une fabrique du coin, dit-elle. Il aurait pu proposer du travail à Mr Kumhar. Pourtant, ce monsieur déclare que cette question ne s'est jamais posée entre eux. Souhaiterait-il revenir sur cette déclaration ?

Kumhar répondit par la négative. Mr Querashi n'avait été pour lui qu'un bienfaiteur qu'Allah lui avait envoyé dans Sa miséricorde. Mais ils avaient un point commun : tous deux souhaitaient faire venir leur famille du Pakistan. Même si dans le cas de Querashi, il s'agissait de ses parents et de ses frères et sœurs, et, dans son cas à lui, de sa femme et de ses deux enfants, ils poursuivaient le même but et c'est pourquoi ils s'étaient sans doute sentis plus liés que deux inconnus se rencontrant sur une route.

— Mais est-ce qu'un emploi à temps complet ne vous aurait pas été plus utile que 400 livres pour faire venir votre famille en Angleterre ? demanda Emily. Combien de temps dure une telle somme en comparaison avec ce que vous auriez pu gagner en étant embauché aux Moutardes Malik ?

Kumhar haussa les épaules. Il ne savait pas pourquoi Mr Querashi ne lui avait pas proposé du travail.

— Pour Mr Querashi, Mr Kumhar était un homme croisé au hasard de sa route, commenta Siddiqi. Il a fait son devoir envers lui. Rien ne l'obligeait à faire plus.

— Moi, il me semble qu'un homme qui était « la bonté même » aurait pensé à assurer l'avenir à long terme de Mr Kumhar, et pas seulement à lui donner la pièce.

— Nous ne pouvons pas savoir quelles étaient ses intentions envers lui, fit remarquer Siddiqi. Nous ne pouvons que tenter d'interpréter ses actes. Sa mort, malheureusement, nous empêche d'avoir des certitudes.

Et c'est bien pratique, hein ? songea Emily.

— Est-ce que Mr Querashi vous a fait des avances, Mr Kumhar ? demanda-t-elle.

Siddiqi la considéra, accusant le coup de ce brusque changement de sujet.

— Est-ce que vous voulez parler de... ? fit-il.

— Je pense avoir été assez claire, non ? Certains renseignements nous font penser que Mr Querashi était homosexuel. Je me demande si l'argent qu'il a donné à Mr Kumhar n'était pas le prix de certains... services...

Kumhar écouta attentivement la traduction de la question d'Emily, prit un air consterné et s'empressa de répondre, horrifié : non, non, non. Mr Querashi était un homme bon. Un homme juste. Il n'aurait pas pu souiller son corps, son esprit, son âme d'une telle façon. C'était impossible. C'était un péché contre Allah.

— Où étiez-vous vendredi soir, Mr Kumhar ?

Chez lui, à Clacton. Mrs Kersey — sa si généreuse hôtesse — le confirmerait à l'inspecteur Barlow.

— Fin de l'interrogatoire, dit Emily.

Elle coupa le magnétophone et Kumhar s'adressa à Siddiqi en parlant à toute allure.

— Minute ! s'écria Emily.

— Il veut juste savoir s'il peut rentrer chez lui, dit Siddiqi. Il est — et c'est bien compréhensible, inspecteur — pressé de quitter le poste de police...

Emily se demanda si elle avait des chances de tirer d'autres infos de ce Pakistanais en le remettant à mijoter dans la cellule qui se trouvait derrière la salle de musculation. En le cuisinant deux ou trois autres fois, peut-être pourrait-elle lui arracher un détail qui la mènerait plus près de l'assassin ? Mais si elle faisait ça, elle courait le risque d'irriter la communauté pakistanaise et de la faire redescendre dans la rue. Elle pesa le pour et le contre et, finalement, alla ouvrir la porte. L'agent Honigman attendait dans le couloir.

— Ramène Mr Kumhar à la salle d'entraînement, dit-elle. Fais-lui prendre une douche et fais-lui apporter des vêtements propres. Qu'on lui serve à déjeuner. Et dis à Hesketh qu'il peut raccompagner le professeur Siddiqi à Londres. (Elle se retourna vers Siddiqi et Kumhar.) Mr Kumhar, je n'en ai pas fini avec vous, alors interdiction de quitter la région. Si jamais vous vous enfuyez, je me lance personnellement à vos trousses et je vous ramène ici par la peau des fesses, compris ?

Siddiqi la regarda avec un petit air amusé et lui dit :

— Je pense qu'il est superflu que je traduise. Il a l'air d'avoir reçu le message.

Emily remonta à son bureau. Ça faisait belle lurette que, pour ses enquêtes, elle avait appris à se fier à son instinct. Et son instinct lui criait que Fahd Kumhar en savait plus long qu'il ne voulait bien le dire.

Au diable la loi et l'abolition de la torture, fulminait-elle. La police n'avait plus guère de marge de manœuvre de nos jours. Au Moyen Age, on aurait fait subir à cette vermine le supplice du chevalet pendant quelques minutes, et ça lui aurait délié la langue. En l'occurrence, il allait sortir en gardant ses petits secrets pour lui, en la laissant avec un mal de tête pas possible et des crampes musculaires à hurler. Putain ! Y avait de quoi devenir dingue ! Et le pire, c'est qu'en quelques minutes d'interrogatoire Fahd Kumhar avait anéanti les bienfaits des soins ardents que Gary lui avait prodigués pendant quatre heures la veille au soir. Ce qui lui donnait envie de tordre le cou au premier qu'elle croiserait sur sa route. Ce qui lui donnait envie de...

— Chef ?

— Quoi ? fit Emily. Quoi ? Qu'est-ce qu'il y a ?

Belinda Warner hésitait à la porte. Elle tenait un très long fax dans une main et une feuille de papier dans l'autre. Elle avait l'air consternée et risqua un regard dans le bureau d'Emily pour voir la raison de sa mauvaise humeur.

— Excuse, dit Emily, en poussant un soupir. Alors, qu'est-ce qu'il y a ?

— Des bonnes nouvelles, chef.

— Ça ne me fera pas de mal...

Rassurée, l'agent la rejoignit.

— Elles viennent de Londres, dit-elle. Du SO4 et du SO11. On a une réponse positive pour les empreintes relevées dans la Nissan. Et un rapport sur l'autre Pakistanais, Taymullah Azhar.

Le Castel n'avait rien d'un château. Il faisait plutôt penser à un fortin doté de balcons et non de créneaux. Sa façade était monochrome — pierre, brique et plâtre crème —, mais cette monotonie extérieure était largement compensée par la décoration intérieure. Le hall était un festival de couleurs tournant autour du rose : plafond fuchsia bordé d'une corniche rose pâle, papier peint à rayures rose bonbon, moquette bordeaux à motif de jacinthes. Barbara crut pénétrer à l'intérieur d'un berlingot géant.

Le réceptionniste, un homme d'âge moyen en jaquette, la regarda venir vers lui d'un œil dubitatif. La plaque qui trônait sur le comptoir signalait qu'il se prénommait Curtis. Son accueil donnait à penser qu'il l'avait maintes fois répété chez lui devant sa glace : d'abord, sourire léger jusqu'à ce que leurs regards se croisent ; puis sourire plus large dévoilant lentement la dentition ; puis tête légèrement penchée sur le côté, en prenant l'air serviable ; et enfin, main qui attrape un crayon, au cas où. Quand, avec toute la courtoisie de circonstance, il lui demanda ce qu'il pouvait faire pour elle, Barbara lui mit sa carte de police sous le nez. Le sourire se figea ; le crayon retomba ; la tête se redressa. Il passa de Curtis-à-votre-service à Curtis-sur-ses-gardes.

Barbara posa les photos de Querashi et de Kumhar côte à côte sur le comptoir.

— Ce type-là s'est fait tuer sur le Nez la semaine dernière, dit-elle, laconique. Et celui-ci est en garde à vue. Leur tête vous dit quelque chose ?

Curtis se détendit un brin et regarda attentivement les photographies. Barbara remarqua une pile de dépliants publicitaires dans un présentoir. Elle en prit un : la copie conforme de celui retrouvé dans la chambre de Querashi. Il y en avait d'autres. Barbara les passa en revue. Le Castel tentait de déjouer la crise en proposant à sa clientèle des tarifs réduits pour des week-ends organisés, des soirées animées, des dégustations de vins, et autres Spécial Noël, Spécial Jour de l'An, Spécial Saint-Valentin, Spécial Pâques.

— Oui, dit Curtis dans un souffle. Oh oui, oui, oui.

Barbara le regarda. Il tenait la photo de Querashi entre le pouce et l'index.

— Oui, oui, reprit-il. Je me le rappelle très bien, en fait, parce que c'est la première fois que je voyais un Pakistanais au « Cuir et Folles ».

— Pardon ? fit Barbara. Cuir et quoi ?

Curtis farfouilla dans la pile de brochures et en tendit une à Barbara. Sa couverture, entièrement noire, était barrée d'une diagonale en dentelle. Dans le triangle supérieur le mot « Cuir », et dans le triangle inférieur le mot « Folles ». C'était un carton d'invitation pour une soirée que l'hôtel organisait une fois par mois. Les photos des soirées précédentes ne laissaient planer aucun doute sur la clientèle ciblée.

Un point pour Trevor Ruddock, songea Barbara.

— C'est une soirée gay? demanda-t-elle à Curtis. Pas vraiment le genre de distractions qu'on s'attend à trouver à la campagne, non?

— Les temps sont difficiles, lui rétorqua Curtis sur un ton pragmatique. Un commerce qui ferme sa porte à des bénéfices potentiels risque de la fermer définitivement.

Pas faux, se dit Barbara. Basil Treves devrait réfléchir à la question quand il ferait son bilan en fin d'exercice.

— Et vous avez vu Querashi à une de ces soirées? demanda-t-elle.

— Celle du mois dernier, j'en suis sûr. Comme je vous le disais, on voit très peu d'Asiatiques à ce genre de sauteries. Ni dans cette partie du monde, d'ailleurs. Alors, je l'ai remarqué tout de suite.

— Et vous êtes sûr qu'il est venu pour la soirée? Pas pour dîner ou prendre un verre au bar?

— Sûr et certain, sergent. Oh, il n'était pas en dragqueen, évidemment — il ne m'a pas paru du genre à porter des falbalas —, mais aucun doute quant au but de sa visite...

— Draguer un mec?

— Oh, non, non. Il était accompagné. Et son ami n'avait pas l'air d'un garçon qui se serait laissé planter là.

— Il avait rendez-vous avec lui, c'est ça?

— Je le suppose.

Elle tenait la première confirmation des dires de Trevor Ruddock quant à la sexualité de Querashi — mais confirmer un témoignage ne signifiait pas pour autant innocenter le témoin.

680

— A quoi ressemblait le type qui était avec Querashi ? demanda-t-elle.

Curtis lui fournit une description vague et inutile, dans laquelle tout ce qui concernait cet homme était moyen : sa taille, sa corpulence, son poids. Autant chercher une aiguille dans une meule de foin. A un détail près, toutefois. Quand Barbara demanda si le copain de Querashi portait des tatouages, notamment une araignée dans le cou, Curtis fut catégorique : non, non, non.

— Ah ça, j'en suis sûr, insista-t-il. Quand je vois un tatouage, je ne l'oublie jamais, ça me fait presque tourner de l'œil. J'ai la phobie des piqûres. Si un jour je devais donner mon sang, je serais dans tous mes états, moi !

— Oui, je comprends, dit Barbara.

— C'est fou ce que les gens font subir à leur corps au nom de la mode, soupira-t-il. (Il frissonna. Tout à coup, il leva l'index et dit :) Ah, mais si, attendez, ça me revient ! Ce type avait un anneau en piercing dans le sourcil, sergent. Et aux oreilles aussi. Pas un, pensez donc ! Au moins quatre de chaque côté !

Ah, voilà ce qu'elle cherchait : l'anneau en piercing confirmait le témoignage de Trevor Ruddock. Donc, elle tenait au moins une partie de la vérité : Querashi était bel et bien homo.

Elle remercia Curtis pour son aide précieuse et repartit en direction de sa Mini. Elle s'arrêta à l'ombre d'un charme, pêcha son paquet de clopes et en grilla une en songeant aux conclusions qu'elle pouvait tirer de ce qu'elle venait d'apprendre. Azhar lui avait dit que, pour un musulman, l'homosexualité était un péché mortel qui entraînait le bannissement. Par conséquent, il y avait largement de quoi ne pas sortir du placard si on était gay ET musulman. La découverte de ce secret pourrait-elle être la cause de la mort de Querashi ? Il va de soi que les Malik auraient considéré comme un affront le fait que Querashi se serve de son mariage avec Sahlah pour couvrir sa double vie. Mais de là à le tuer ? N'aurait-ce pas été une vengeance plus douce que de tout raconter à sa famille et de lui laisser le choix du châtiment ? Et si son homosexualité était la clé de l'énigme, que venait faire Kumhar dans tout ça ? Et les coups de fil de Querashi en Allemagne et au Pakistan ? Et ses discussions avec le mollah et le mufti ? Et l'adresse à Hambourg ? Et les papiers dans son coffre de banque ?

Barbara tira une dernière taffe et regagna sa voiture. Avec tout ça, elle avait oublié Rudi et sa visite à l'entrepôt. Autant qu'elle aille y jeter un coup d'œil, pendant qu'elle était dans les parages.

Moins de cinq minutes plus tard, elle était de retour à la zone industrielle. Elle s'assura que la Renault de Rudi n'était plus en vue et s'engagea sur la route des entrepôts. Tous étaient bicolores : tôle ondulée verdâtre pour les murs, tôle ondulée grise pour les toits. Accolé à chacun d'entre eux : un petit bureau de réception en brique de couleur. Il n'y avait pas un seul arbre en vue ; la chaleur irradiait des constructions avec une intensité qui leur donnait un faux air de mirages. Malgré tout ça, l'entrepôt dans lequel Rudi était entré, au bout de la rangée, était complètement fermé : sa porte immense verrouillée, ses hautes fenêtres condam-

nées — ce qui détonnait par rapport aux autres bâtiments, dont les portes et fenêtres étaient grandes
ouvertes sur une brise hypothétique.

Barbara gara sa Mini à bonne distance de l'entrepôt de Rudi, à côté d'une rangée de poubelles
rouge et blanc contre lesquelles des touffes de mauvaise herbe se pressaient, assoiffées. Elle s'épongea
le front avec le poignet, se maudit d'être partie de
la Maison-Brûlée sans prendre une bouteille d'eau,
reconnut qu'elle avait été idiote de fumer une cigarette — ce qui n'avait fait qu'augmenter sa soif —
et ouvrit sa portière.

La zone industrielle était composée de deux
allées perpendiculaires bordées d'entrepôts. Sa
proximité du port de Parkeston en faisait l'endroit
idéal pour stocker des marchandises avant leur
chargement. Des enseignes fanées par le soleil indiquaient le contenu des hangars : fournitures électro-
niques, électroménager, porcelaine et cristal, mobilier, matériel de bureau. L'entrepôt en question
avait un label moins tape-à-l'œil : Barbara dut che-
miner une dizaine de mètres sous un soleil de
plomb avant d'atteindre le bureau de réception et
de pouvoir lire, sur une petite pancarte accrochée
au-dessus de la porte, « Orient-Imports — Meubles
de Qualité ».

Bon, songea-t-elle, donnant en imagination un
coup de chapeau à l'inspecteur Lynley. Elle
l'entendait lui dire, avec son air bon enfant : « Eh
bien, vous y voilà, sergent ! » Après tout, les coïncidences, dans les affaires criminelles, ça n'existait
pas. Soit Rudi avait quitté l'agence de la World
Wide Tours parce qu'il s'était découvert une pas-

sion soudaine pour les meubles orientaux et n'avait pas résisté au désir de reconcevoir la déco de son studio, soit il en savait plus long qu'il n'en avait dit. Il n'y avait qu'un moyen d'en avoir le cœur net.

La porte du bureau était fermée. Barbara frappa d'une main légère. Personne ne venant ouvrir, elle colla son visage à la vitre sale et plissa les yeux. Elle distingua quelques signes évidents d'une présence récente : sur un bureau, les composantes d'un déjeuner — pain, bout de fromage, tranches de jambon, pomme. Fallait-il connaître un code pour être admis à l'intérieur du bâtiment ? Par la vitre, elle vit la porte de communication avec l'entrepôt s'ouvrir. Un homme portant lunettes — si maigre qu'il avait dû faire un nœud à sa ceinture — entra dans le bureau et referma la porte avec soin. De l'index, il repoussa ses lunettes sur le haut de son nez et vint lui ouvrir. Il mesurait environ un mètre quatre-vingts, mais sa posture le faisait paraître plus petit.

— Je suis vraiment désolé, dit-il, aimable. Quand je suis derrière, je préfère fermer à clé.

Tiens, un autre Allemand, songea Barbara, reconnaissant son accent. Il portait une tenue décontractée : pantalon en cotonnade, tee-shirt blanc, chaussures de sport — pas de chaussettes. Il était châtain clair, et son visage hâlé était orné d'une moustache en brosse.

— Sergent Havers, Scotland Yard, dit-elle.

Il se rembrunit, regarda la carte qu'elle lui présentait et, quand il releva la tête, son expression avait trouvé le juste milieu entre la candeur et l'inquiétude. Il ne fit aucun commentaire et ne posa aucune question. Il la laissa venir, profitant de son silence pour se faire un sandwich au jambon qu'il mordit à belles dents. Il le tenait comme un gros cigare.

Barbara avait souvent constaté que la plupart des gens ne supportaient pas que le silence s'éternise entre eux et des policiers. Mais cet Allemand n'avait pas l'air gêné pour deux sous. Elle sortit les photos d'Haytham Querashi et de Fahd Kumhar et les lui montra. Il les examina en mordant de nouveau dans son sandwich.

— Celui-là, je l'ai vu, dit-il en montrant Querashi. Celui-là, non.

Il s'exprimait avec un accent nettement plus prononcé que Rudi.

— Et où l'avez-vous vu ? lui demanda-t-elle.

Il posa un bout de fromage sur une tranche de pain.

— Dans le journal. Il a été tué, c'est ça ? J'ai vu sa photo dans le numéro de samedi ou dimanche, je sais plus.

Il mordit dans sa tartine de fromage et mâcha consciencieusement. Il n'avait pas prévu de quoi boire pour faire descendre son en-cas, mais ça ne semblait pas le gêner malgré la chaleur. A le regarder bâfrer, Barbara n'en eut que plus envie d'un verre d'eau glacée.

— Et avant l'article dans le journal ? demanda-t-elle.

— Si je l'ai vu avant ? Non. Pourquoi vous me demandez ça ?

— On a retrouvé un bon de chargement de chez

vous dans ses affaires. Dans son coffre, à sa banque.

L'Allemand cessa sa mastication.

— Bizarre, dit-il. Vraiment bizarre... Je peux ?

Il prit la photo de Querashi. Jolis doigts, constata Barbara. Ongles manucurés.

— Placer des documents dans son coffre semble indiquer qu'ils ont une certaine importance, dit Barbara. Sinon, ça n'aurait pas de sens de les mettre sous clé.

— Ah oui, c'est sûr, c'est sûr. Mais un connaissement, on le range parmi ses papiers importants, pour garder la trace de l'achat. Si ce monsieur a acheté des marchandises qu'on n'avait pas encore en stock, alors il...

— Ce connaissement était vierge, à part l'en-tête.

L'homme secoua la tête, perplexe.

— Alors, là, j'peux pas vous dire... fit-il. Peut-être que c'est quelqu'un qui le lui avait donné ? On importe des pays d'Orient, et s'il avait envie de nous acheter quelque chose plus tard...

Il haussa les épaules et fit la moue — mimique universelle signifiant : « Comment savoir ? »

Barbara réfléchit aux diverses possibilités. Ce que disait ce type n'était pas idiot — mais, au mieux, expliquait tout juste que Querashi ait été en possession de ce document. Quant à savoir pourquoi il avait pris la peine de le mettre dans son coffre, c'était une autre histoire.

— Oui, fit-elle. Vous avez sans doute raison. Vous permettez que je fasse un tour pendant que je suis là ? J'avais envie de changer mon mobilier justement...

L'homme acquiesça tout en prenant une autre bouchée de fromage. Il ouvrit un tiroir de son bureau et en sortit un cahier à spirale, puis un deuxième, et un troisième. Il les ouvrit d'une main tout en roulant une autre tranche de jambon de l'autre. Barbara vit qu'il s'agissait de catalogues vantant aussi bien des chambres à coucher que des ustensiles de cuisine et des lampes.

— Vous n'avez pas de meubles en stock ? demanda-t-elle.

Sinon, pourquoi diable avoir un entrepôt ?

— Oh, si, lui répondit-il. Nos ventes en gros. Nos arrivées par bateau.

— Parfait. Je peux les voir ? Je ne peux pas me décider sur photo.

— On n'a pas grand-chose en stock en ce moment, dit-il, mal à l'aise pour la première fois depuis l'arrivée de Barbara. Si vous pouvez revenir... samedi prochain, disons ?

— Oh, rien qu'un coup d'œil, dit Barbara sur un ton léger. Juste pour me faire une idée de la taille des meubles avant de me décider...

Il ne parut pas convaincu, mais il dit, comme à regret :

— Si la poussière vous ennuie pas, ni le fait que les toilettes soient bouchées...

Elle lui assura que ça ne la gênait pas le moins du monde et franchit la porte de communication derrière lui.

Elle ne savait pas trop à quoi elle s'attendait, mais ce qu'elle vit dans les entrailles de l'entrepôt n'avait rien d'un plateau de *snuff movies*[1], ni de films porno. Ça ne ressemblait pas non plus à un dépôt d'armes, plutôt au stock d'un revendeur de meubles : canapés, tables de salle à manger, fauteuils, lampes et bois de lit s'étageaient sur trois niveaux. Et comme son compagnon le lui avait dit, il n'y avait pas grand-chose en ce moment. Tout était recouvert de housses en plastique noires de poussière ; de là à penser que c'était autre chose que des meubles qu'elle avait sous les yeux, il y avait un pas que même l'imagination la plus débridée n'aurait pu franchir.

Au sujet des toilettes aussi, il lui avait dit la vérité. Il flottait dans l'entrepôt une odeur fétide, comme si un régiment entier était venu s'y soulager. Barbara aperçut l'origine de cette infection par l'entrebâillement d'une porte au fond de la pièce : une cuvette avait débordé et inondé le sol sur quatre ou cinq mètres. Son compagnon surprit son regard.

— J'ai appelé le plombier trois fois depuis avant-hier, lui dit-il. En vain, comme vous voyez. Je suis désolé. C'est très désagréable.

Il s'empressa d'aller fermer la porte en prenant soin de contourner la flaque d'eaux usées. Il eut un rire gêné en voyant une couverture et un oreiller trempé près d'une rangée de classeurs métalliques, d'un côté de la porte des toilettes. Il ramassa la couverture, la plia avec soin et la posa sur le clas-

1. Films dans lesquels un acteur est réellement assassiné. *(N.d.T.)*

seur le plus proche. Quant à l'oreiller, il le jeta dans une poubelle, devant un mur de placards.

Il rejoignit Barbara et, sortant un couteau suisse de sa poche, lui dit :

— Nos canapés sont de la meilleure qualité. Le capitonnage est entièrement fait main. Vous pouvez choisir de la laine, de la soie, du...

— Ouais, fit Barbara. Je vois ça. Ils sont très bien. Pas la peine de les découvrir.

— Vous n'avez pas envie de voir ?

— J'ai vu. Merci.

Elle avait surtout vu qu'il n'y avait rien à voir.

L'entrepôt était doté d'une large porte qui coulissait sur des rails, permettant l'accès aux camions dont les va-et-vient, sur un espace rectangulaire vide allant de la porte au fond du bâtiment, avaient laissé des taches d'huile sur le sol en ciment, tels des continents flottant sur un océan gris souris.

Elle s'avança dans cette direction, faisant celle qui examine les meubles sous leur chrysalide de plastique. L'entrepôt n'avait pas d'aération ; une vraie fournaise. Barbara sentit la sueur dans son dos, entre ses seins, sur son ventre.

— Quelle chaleur... dit-elle. Ce n'est pas mauvais pour les meubles ? Ça ne les dessèche pas trop ?

— Nos meubles viennent d'Orient, où le climat est bien moins tempéré qu'en Angleterre, vous savez. Cette chaleur, c'est du pipi de chat en comparaison.

— Mouais. Vous devez avoir raison...

Elle s'accroupit pour examiner les taches d'huile sur le sol. Quatre étaient anciennes, recouvertes de

689

mini-monticules de poussière. Trois autres étaient plus récentes. Sur l'une d'elles se trouvait comme dessinée l'empreinte très nette d'un pied nu — d'un homme, vu la taille. Quand Barbara se releva, elle se rendit compte que l'Allemand l'observait d'un air intrigué.

— Quelque chose ne va pas ? lui demanda-t-il.

Du pouce, elle désigna les taches d'huile.

— Vous devriez nettoyer ça. Par sécurité. Quelqu'un peut glisser et se casser une jambe — un homme qui court pieds nus par exemple...

— Oui, c'est sûr, dit-il. C'est sûr.

Elle n'avait aucune raison de s'attarder, hormis sa conviction de passer à côté de quelque chose. Elle aurait tout donné pour savoir ce qu'elle cherchait, mais s'il y avait, quelque part dans cet entrepôt, une preuve qu'il s'y passait des choses louches, elle ne la voyait pas. Pourtant, la crampe qu'elle ressentait dans la région de l'estomac l'avertissait qu'il y avait autre chose. Mais pourquoi se laisserait-elle guider par son instinct, alors qu'elle reprochait à Emily de le faire trop souvent ? L'intuition, c'est bien joli, se dit-elle, mais à un moment il faut qu'elle soit étayée par des preuves.

Rudi est parti de la World Wide Tours à peine quelques minutes après mon départ, récapitula-t-elle. Pour venir directement ici. Dans cet entrepôt. Si ces faits-là ne veulent rien dire, alors sur quoi se baser ?

Elle soupira en se demandant si, en fait d'intuition, sa crampe d'estomac ne venait pas de sa frustration d'avoir dû abandonner un tiers de son paquet de chips dans le pub de Harwich. Il criait

690

famine ! Elle fouilla dans son fourre-tout et sortit son calepin. Elle griffonna le numéro de téléphone de la Maison-Brûlée, arracha la page et la tendit à l'Allemand en lui disant de l'appeler si jamais il se souvenait de quoi que ce soit qui pourrait expliquer comment un bon de chargement d'Orient-Imports avait pu finir dans le coffre de la victime d'un assassinat.

Il examina le numéro de téléphone d'un air très sérieux, plia la feuille en quatre et la glissa dans la poche de son pantalon.

— Bon, dit-il. Si vous en avez assez vu...

Sans attendre de réponse, il fit un signe poli en direction du bureau. Barbara l'y suivit, puis sacrifia à la routine : elle le remercia pour son aide, lui rappela la gravité de la situation et lui souligna l'importance d'une coopération totale avec la police.

— Je comprends, sergent, dit-il. Je fouille dans ma mémoire pour essayer de faire un lien entre cet homme et nous, je vous assure.

En parlant de lien... songea Barbara. Elle ajusta son sac sur son épaule de façon à en répartir le poids et dit :

— Votre accent... vous êtes autrichien ? De Vienne ? De Salzbourg ?

— Oh, je vous en prie, se récria-t-il, vexé, une main sur le cœur. Je suis allemand.

— Ah. Désolée. Ce n'est pas évident. Vous êtes d'où ?

— De Hambourg.

Tiens donc.

— Et comment vous appelez-vous ? Je vous demande ça pour mon rapport.

— Je comprends. Reuchlein. (Il épela obligeamment.) Klaus Reuchlein.

Quelque part, dans un coin de sa tête, Barbara entendit l'inspecteur Lynley rire sous cape.

22

— Kreuzhage m'a dit que Reuchlein louait deux apparts au 15 Oskarstrasse, conclut Barbara. Il n'y a que des studios dans cet immeuble. Ceux qui ont assez de fric en louent deux : un leur sert de chambre et l'autre de salon. Donc, en soi, ce n'est pas forcément suspect, même si Querashi a pu trouver ça bizarre. Au Pakistan, la majorité des gens vivent « modestement », comme dit Kreuzhage.

— Et il est sûr que c'est bien Klaus Reuchlein ? « Klaus », pas un autre prénom ?

— Sûr et certain. (Barbara goûta le jus de carotte qu'Emily lui avait offert à son arrivée au poste, où elle était venue pour faire le point sur l'enquête. Elle réprima une grimace. Pas étonnant que les végétariens soient si maigres, songea-t-elle. Ils ne mangent et ne boivent que des trucs qui ne leur donnent pas envie de recommencer.) Il m'a dit qu'un de ses hommes avait vu le bail. Alors, à moins qu'il y ait autant de Klaus Reuchlein en Allemagne que de John Smith chez nous, c'est le même mec.

Emily acquiesça. Elle regarda la liste des missions sur le tableau. Elles étaient numérotées et réparties par inspecteur. Ils avaient commencé cinq jours plus tôt par la mission M1. Barbara vit qu'ils en étaient à la M320.

— Le piège se referme sur lui, dit Emily. Je le sens, Bab. Cette histoire de Reuchlein va nous permettre de coincer notre Monsieur Grande-Gueule. Ce n'est pas de nous que son peuple doit être protégé, mais de lui...

Barbara avait fait un crochet par son hôtel avant de venir au poste. Elle y avait trouvé un message du *Kriminalhauptkommisar* disant qu'il avait obtenu des renseignements « sur l'affaire de Hambourg qui intéresse le sergent ». Elle l'avait rappelé sur-le-champ tout en mordant dans le sandwich au fromage que lui avait monté Basil Treves — elle avait dû faire appel à toute sa ruse pour le décourager le plus gentiment possible de s'attarder sur le seuil de sa chambre, histoire d'écouter sa conversation.

Kreuzhage avait confirmé les soupçons de Barbara : l'adresse de Hambourg correspondait bien au numéro appelé par Querashi peu avant sa mort. Barbara, tout comme Emily avant elle, avait alors eu la certitude qu'elles approchaient de la vérité. Mais en corrélant cette conviction avec ce qu'elle avait vu à Orient-Imports — à savoir, rien de spécial à part une couverture et un oreiller —, elle se retrouvait avec tout un tas de questions sans réponses. Son intuition lui soufflait que tous les nouveaux éléments découverts dans la journée étaient liés — si ce n'est au meurtre de Querashi, du moins entre eux. Mais comment ?

— J'ai vérifié les plaintes, chef, dit Belinda Warner en entrant en coup de vent. J'ai fait la liste de tout ce qui est un peu louche. Vous voulez ça maintenant ou à la réunion de travail de cet après-midi ?

Pour toute réponse, Emily tendit la main.

— Voilà peut-être la corde pour le pendre, fit-elle.

Le document — un listing informatique de plusieurs pages — énumérait les crimes et délits signalés à la police de Balford depuis le début de l'année. L'agent Warner avait surligné en jaune ceux qui lui avaient paru louches. Emily les lut à haute voix. Six voitures volées depuis janvier — une par mois et toutes retrouvées sur le bord de mer, entre l'île de Horsey et le parcours de golf de Clacton ; des lapins morts déposés sur le seuil de la maîtresse d'école ; quatre incendies criminels — deux concernant des poubelles qui avaient été sorties pour le ramassage, un dans un blockhaus au bord du Wade, et un dans le cimetière de l'église Saint-Jean, où une crypte avait été profanée et couverte de graffiti ; cinq cabines de plage forcées ; vingt-sept résidences privées cambriolées ; la destruction du distributeur de monnaie d'un lavomatic ; vol de la caisse d'un vendeur de plats chinois ; vol à l'arrachée sur la jetée ; vol de trois Zodiac à la location de bateaux de la marina de Balford — dont l'un retrouvé à marée basse au sud de l'île de Skipper et les deux autres, moteur en miettes, au milieu du Wade.

Emily reposa le listing avec une moue dégoûtée.

— Si Charlie Spencer surveillait autant ses

Zodiac qu'il surveille les pronostics des courses hippiques, il ne porterait pas plainte une fois par semaine !...

Barbara, de son côté, faisait un recoupement entre ce qu'elle avait appris, la veille et dans la journée, et les délits qu'Emily venait d'énumérer. Elle se demanda comment elle avait pu ne pas y penser plus tôt. Rachel Winfield lui avait dit la vérité, mais elle n'avait pas su en tirer les conclusions.

— Des cabines de plage forcées, Emy ? fit-elle. Qu'est-ce qui a été volé ?

Emily la regarda.

— Oh, Bab, tu ne penses pas sérieusement que ces larcins ont à voir avec ce que nous cherchons...

— Peut-être pas avec le meurtre de Querashi, admit Barbara, mais je crois que ça nous concerne. Qu'est-ce qui a été volé ?

Emily parcourut le listing de plus près et eut un geste de dénégation.

— Oh, des salières, des poivrières... Que des babioles ! Qui voudrait d'une broderie ? D'un jeu de badminton ? Je peux comprendre qu'on vole un radiateur électrique — ça peut servir ou se revendre —, mais ça : la photo de la grand-maman en train de radoter sous son parasol ?

— Justement, Emy ! s'exclama Barbara. Toute cette camelote peut se revendre dans les brocantes ! C'est ce genre de merdes que les Ruddock déménageaient hier après-midi, et c'est ça que j'ai trouvé dans le sac à dos de Trevor Ruddock hier soir ! Voilà ce qu'il a fait après avoir quitté Rachel Winfield et avant de prendre son travail le soir du

696

meurtre : il est allé cambrioler les cabines de plage pour arrondir les fins de mois de la famille.

— Ce qui, si tu as raison...

— Je suis prête à le parier !

— ... le met hors de cause. (Emily se pencha avidement sur le listing.) Mais qu'est-ce qui peut concerner Malik dans tout ça, bordel ?

Son téléphone sonna et elle étouffa un juron. Elle décrocha tout en continuant d'éplucher le listing.

— Barlow, j'écoute... Ah, super, Frank. Amène-le pour interrogatoire. On te rejoint. (Elle raccrocha et jeta le listing sur son bureau.) On a finalement trouvé à qui appartiennent les empreintes relevées dans la Nissan de Querashi. L'agent Eyre vient de nous ramener le gus.

Le « gus » était enfermé dans la cellule que Fahd Kumhar avait occupée la veille. En le voyant, Barbara comprit tout de suite qu'ils avaient trouvé l'amant putatif de Querashi. Il collait parfaitement à la description qui en avait été faite : un homme mince, cheveux blonds coupés en brosse, anneau d'or en piercing dans le sourcil, et plusieurs boucles d'oreilles — anneaux, éclats de diamant, et même une épingle à nourrice. Son tee-shirt étriqué, aux manches coupées, révélait un tatouage sur un biceps. A première vue, Barbara crut qu'il s'agissait d'un gros lis au-dessous duquel on lisait « Fais-toi une fleur », mais en y regardant de plus près, elle se rendit compte que l'étamine n'était autre qu'un phallus. Charmant, songea-t-elle. Elle avait toujours eu un faible pour la subtilité.

— Mr Cliff Hegarty, dit Emily en refermant la

porte. C'est gentil à vous d'être venu répondre à quelques questions.

— J'ai pas vraiment eu le choix, dit-il avec un sourire radieux. (Barbara remarqua qu'il avait des dents parfaitement alignées et d'une blancheur éclatante.) Deux de vos gars se sont pointés et m'ont demandé si « ça ne me dérangerait pas » de les suivre au poste. J'ai toujours aimé la façon dont les flics vous font croire que vous pouvez refuser les « services » qu'ils vous demandent...

Emily n'y alla pas par quatre chemins. Elle lui dit qu'on avait trouvé ses empreintes dans la voiture d'Haytham Querashi, la victime d'un assassinat. Sa voiture avait été abandonnée sur le lieu du crime. Mr Hegarty pouvait-il expliquer leur présence dans la voiture de la victime ?

Hegarty croisa les bras — un geste qui déploya son tatouage dans toute sa force.

— Je peux exiger de téléphoner à un avocat, dit-il.

— Oui, vous pouvez, lui répondit Emily. Mais comme je ne vous ai pas encore inculpé, cette demande m'étonne.

— Je n'ai pas dit que j'avais besoin d'un avocat. Et je n'ai pas dit que j'en demandais un. J'ai dit que je pouvais en exiger un.

— Où voulez-vous en venir, au juste ?

Il s'humecta les lèvres d'un rapide coup de langue. Un vrai lézard.

— Oh, je peux vous dire ce que vous voulez savoir, fit-il. Et je vais le faire. Mais vous devez me garantir que mon nom ne sera pas divulgué par la presse.

— Je n'ai pas pour habitude de garantir quoi que ce soit à qui que ce soit, fit Emily en s'asseyant en face de lui. Et étant donné que vos empreintes ont été retrouvées sur le lieu d'un crime, vous n'êtes pas vraiment en position d'avoir des exigences...

— Dans ce cas, je ne dirai rien.

— Mr Hegarty, intervint Barbara, l'identification de vos empreintes nous vient du SO4 de Londres. Vous connaissez la musique : une identification à Londres, ça veut dire que vous êtes fiché. Faut-il vous souligner en rouge que c'est un peu craignos pour un voyou connu des services de police d'avoir ses empreintes sur le lieu d'un crime ?

— Je n'ai jamais fait de mal à personne, dit Hegarty sur la défensive. Ni à Londres ni ailleurs. Et je ne suis pas un voyou. Ce que j'ai fait, je l'ai fait avec des adultes consentants. Le truc, c'est que je me faisais payer. Et que j'étais mineur. Si vous, les flics, vous passiez plus de temps à enrayer la vraie criminalité qu'à emmerder des petits branleurs qui essaient de gagner quelques livres en se servant de leur corps comme les mineurs ou les terrassiers se servent du leur, alors il ferait peut-être bon vivre dans ce pays.

Emily ne s'appesantit pas sur la pertinence de la comparaison entre ouvriers et prostitués masculins.

— Ce n'est pas un avocat qui va empêcher que votre nom paraisse dans les journaux, dit-elle. Et je ne peux pas vous garantir qu'un scribouillard du *Standard* ne sera pas posté sur le perron quand

699

vous le franchirez. Mais plus vite vous le franchirez, moins il y aura de risques...

Il réfléchit à la question, s'humectant une fois de plus les lèvres. Son biceps se contracta et le lis phallique tendit le col de manière très suggestive.

— Bon, d'accord, dit-il. Je vis avec un mec depuis un moment. Quatre ans, pour être précis. Je préférerais qu'il ne soit pas mis au courant... de ce que je vais vous raconter. Il le soupçonne, mais il n'en est pas sûr. Et c'est très bien comme ça.

Emily consulta un mémo qu'elle avait pris à la réception en descendant.

— Vous avez une entreprise, à ce que je vois, dit-elle.

— Ouais, mais je ne me vois pas dire à Gerry que vous m'avez interrogé sur les « Distractions ». Déjà qu'il n'aime pas que je gagne ma vie comme ça. Il n'arrête pas de me dire que je devrais faire quelque chose de plus légal — selon ses critères —, alors s'il apprend que j'ai eu des emmerdes avec les flics dans le passé...

— Et je vois que cette entreprise est située à Balford, dans la zone industrielle, poursuivit Emily, imperturbable. Où se trouve aussi la fabrique Malik. Et où travaillait Mr Querashi. Nous interrogeons tous les directeurs d'entreprise de la zone industrielle au cours de notre enquête. Cela vous suffit-il, Mr Hegarty ?

Il poussa un soupir, renonçant à protester davantage. Il avait reçu le message.

— Ouais, dit-il. Ça me suffit. D'accord.

— Bien, fit Emily en enclenchant son magnétophone. Pour commencer, dites-nous comment vous avez connu Mr Querashi — car nous avons raison de supposer que vous le connaissiez, n'est-ce pas ?

— Ouais. Je le connaissais.

Ils s'étaient rencontrés au marché de Clacton. Cliff avait pris l'habitude d'aller là-bas après le boulot. Pour faire ses courses et « glander », comme il disait. Ça finit par devenir tellement barbant d'être avec le même mec tous les jours de la semaine. Alors, s'amuser un peu, ça trompait l'ennui. Voilà, c'était tout. Juste de l'amusement. Il avait vu Querashi qui regardait de faux carrés Hermès. Il n'avait pas trop fait attention à lui — « En général, je préfère la viande blanche » —, mais Querashi avait tourné la tête et l'avait regardé.

— Je l'avais déjà vu à la fabrique Malik, dit Hegarty, mais on ne s'était jamais parlé. Là, j'ai vite compris qu'il me matait. Alors, je suis allé aux toilettes. Il m'a suivi. Et c'est comme ça que ça a commencé.

Le coup de foudre, en somme, songea Barbara. Très romantique...

Il avait pensé que ce serait juste une baise sans lendemain.

C'était ce qu'il recherchait — et ce qu'il trouvait en général, quand il allait draguer au marché de Clacton. Mais Querashi ne l'avait pas entendu de cette oreille. Lui, il voulait une liaison, régulière à défaut d'être officielle. Et le fait que Cliff soit déjà maqué servait ses buts.

— Il m'a dit qu'il était fiancé à la fille Malik, raconta Hegarty, mais que ce serait un mariage blanc qui l'arrangeait, elle, autant que lui.

— Comment ça ? demanda Emily. La fille Malik est lesbienne ?

— Non, elle est en cloque, dit Hegarty. Du moins, c'est ce qu'Hayth m'a dit...

Oh, putain, songea Barbara.

— Mr Querashi en était certain ? demanda-t-elle.

— Elle le lui avait dit elle-même. Dès qu'ils se sont rencontrés. Il avait trouvé ça chouette. Il aurait pu la sauter, mais ç'aurait été une corvée pour lui. Alors, s'ils pouvaient faire passer le gosse comme étant le sien, c'était encore mieux. On aurait pensé qu'il avait fait son devoir conjugal dès la nuit de noces et, si le gosse était un garçon, il aurait été tranquille comme Baptiste. Plus besoin de s'enqui-quiner avec Bobonne...

— Et il aurait continué à vous fréquenter...

— Ouais, c'était l'idée. Et ça me convenait à moi aussi, parce que, comme je vous l'ai dit, vu que j'ai un petit ami régulier... ça me permettait d'avoir un à-côté. C'était pas toujours Gerry, Gerry, Gerry...

Emily poursuivit son interrogatoire tandis que Barbara réfléchissait à toute allure. Le mot « enceinte » revenait en boucle dans sa tête. Si Sah-lah Malik attendait un enfant et si Querashi n'était pas le père, ça ne pouvait être qu'un seul autre homme. « La vie commence aujourd'hui » prenait un sens nouveau. Tout comme le fait que Theo Shaw n'avait pas d'alibi pour le soir du crime. Il lui aurait suffi de gagner la pointe nord du Nez en cruiser, en partant de la marina de Balford et en passant par le chenal, et de monter à pied jusqu'à l'endroit où Querashi avait trouvé la mort. La question était de savoir s'il avait pu partir de la marina sans être vu.

— On se retrouvait au blockhaus sur la plage, expliquait Hegarty. C'était l'endroit le plus sûr. Hayth avait une maison en ville — où il devait s'installer une fois marié —, mais on ne pouvait pas y aller parce que Gerry y travaille tard le soir. Il la retape.

— Et c'est les soirs où il y travaillait que vous rencontriez Querashi ? demanda Emily.

— Ouais.

Ils ne pouvaient pas se voir à l'hôtel de la Maison-Brûlée, de crainte que Basil Treves — « ce bande-mou de Treves », pour reprendre l'expression d'Hegarty — n'aille raconter ça à Akram Malik, avec qui il siégeait au conseil municipal. Ils ne pouvaient pas se retrouver à Jaywick Sands parce que tout le monde se connaissait là-bas et que la chose aurait pu revenir aux oreilles de Gerry — qui n'était pas du genre à tolérer que son petit ami le trompe.

— Avec le sida, tout ça, ajouta Hegarty comme pour expliquer l'attitude incompréhensible de Gerry.

Alors, ils se retrouvaient au blockhaus. Et c'est là qu'il l'attendait le soir de sa mort.

— J'ai tout vu, dit-il. (Son regard se voila comme il revivait la scène.) Il faisait nuit. J'ai vu les phares de sa voiture quand il est arrivé sur le parking au bord de la falaise. Il s'est avancé jusqu'à l'escalier, il a tourné la tête comme s'il avait entendu quelque chose...

Après, il avait commencé à descendre. Il avait trébuché sur la cinquième ou sixième marche. Et il avait roulé sur lui-même jusqu'au pied de la falaise.

— J'étais tétanisé, dit Hegarty, blême. Je ne savais pas quoi faire. Je n'arrivais pas à croire ce qui venait d'arriver... J'attendais, je me disais : il va se relever, c'est pas possible... il va s'épousseter, se marrer, un peu gêné... et c'est alors que j'ai vu l'autre...

— Qui ? demanda vivement Emily.

— ... caché derrière des ajoncs au sommet de la falaise.

Hegarty décrivit ce qu'il avait vu : une silhouette vêtue de noir sortant de derrière les ajoncs, descendant quelques marches, détachant quelque chose de chaque côté et filant.

— C'est là que j'ai compris que quelqu'un l'avait tué, conclut-il.

Rachel parapha le bas de chaque page, à l'endroit que Mr Dobson lui désignait. Il faisait si chaud dans le bureau que ses cuisses collaient à la chaise et que des gouttes de sueur tombaient sur les documents comme des larmes. Pourtant, elle n'avait pas du tout envie de pleurer. Surtout pas aujourd'hui.

Elle avait profité de sa pause-déjeuner pour aller aux Bonbonnières de la Falaise à bicyclette. Elle avait pédalé comme une furie sans se soucier de la chaleur, de la circulation, des piétons, tant elle tenait à arriver aux Bonbonnières avant que quelqu'un d'autre se porte acquéreur du dernier appartement. Elle avait tellement le moral qu'elle

704

ne s'était même pas donné la peine de détourner la tête sous les regards curieux des inconnus croisés en route. Elle n'en avait cure. Ils pouvaient bien la regarder bouche bée, l'avenir lui souriait.

Elle croyait sincèrement à ce qu'elle avait dit à Sahlah la veille. Theo Shaw lui reviendrait. Il ne la laisserait pas tomber. Ce n'était pas dans sa nature d'abandonner un être cher, surtout quand il avait besoin de lui.

Mais elle avait compté sans Agatha.

Le matin même, dix minutes avant l'ouverture du magasin, Rachel avait appris que Mrs Shaw avait fait une autre attaque. L'état de santé de la vieille dame était sur toutes les lèvres dans la grand-rue. Rachel et Connie n'avaient pas même fini de faire la vitrine que Mr Unsworth, le libraire, avait surgi en leur demandant si elles voulaient bien signer une carte postale géante.

« C'est à quel sujet ? » avait demandé Connie.

La carte, qui représentait un gros lapin blanc, était plus indiquée pour souhaiter de joyeuses Pâques à un gosse que des vœux de prompt rétablissement à une vieille dame à l'article de la mort.

La question de Connie avait suffi à lancer Mr Unsworth dans le récit détaillé de « l'attaque d'apoplexie », comme il disait, de Mrs Shaw. Ça lui ressemblait bien. Entre deux clients, il dévorait les encyclopédies médicales, et il avait pris un plaisir évident à émailler son compte rendu de termes savants inconnus, il le savait bien, de ses interlocutrices. Mais lorsque Connie — impressionnée par son vocabulaire mais indifférente à tout ce qui ne concernait pas la danse ou son commerce —

705

l'avait remis à sa place par un « Alfie, qu'est-ce que tu baragouines, là ? On a du boulot ! », Mr Unsworth avait changé de registre et enchaîné sur le mode Monsieur Scoop :

« Un plomb a encore pété dans le cerveau d'Agatha Shaw, avait-il dit. C'est arrivé hier. Mary Ellis était avec elle. Elle est hospitalisée. En réa. »

En quelques minutes, il avait donné tous les détails, dont le plus important était le pronostic des médecins. Connie savait ce que l'état de santé de la vieille dame impliquait pour la rénovation de Balford — un projet qui avait le soutien de tous les commerçants de la grand-rue ; et Rachel savait ce qu'il impliquait pour l'avenir de Theo. Autant elle avait pensé qu'il ferait son devoir envers Sahlah en des circonstances normales, autant elle doutait qu'il soit prêt à assumer un mariage et une paternité en plein drame familial.

Et Mr Unsworth — qui le tenait de Mr Hodge, le boulanger, qui lui-même l'avait appris par Mrs Barrigan, la tante paternelle de Mary Ellis — ne leur avait pas caché que l'état actuel de Mrs Shaw constituait un vrai drame familial. Oui, oui, elle vivrait. Et si, à cette annonce, Rachel avait cru que Theo serait donc en mesure d'assumer ses responsabilités envers Sahlah, la suite lui avait fait voir les choses différemment. Mr Unsworth avait parlé de « soins intensifs », de « rééducation », de « piété filiale », de « bonne étoile » et avait fini en disant : « Heureusement qu'il lui reste son petit-fils ! » Alors, Rachel avait compris que même si Theo se sentait responsable de Sahlah, il y avait de grandes chances qu'il se sente encore plus responsable de sa grand-mère.

Toute la matinée, Rachel avait surveillé la pendule. Elle était trop en bisbille avec sa mère ces derniers temps pour lui demander la permission de quitter plus tôt, mais, à midi pile, elle avait enfourché sa bicyclette et pédalé avec autant d'ardeur qu'un coureur du Tour de France.

— Formidable, dit Mr Dobson tandis qu'elle signait la dernière page du contrat. (Il le prit et l'agita dans les airs comme pour faire sécher l'encre.) For-mi-da-ble. Vous ne regretterez pas cet achat, miss Winfield. Excellent investissement, ces appartements. Dans cinq ans, ils vaudront le double. Vous avez eu une idée de génie de choper le dernier avant que quelqu'un ne vous le fauche sous le nez, c'est moi qui vous le dis. Mais vous m'avez l'air d'une fille intelligente qui ne s'en laisse pas conter, hein ?

Il continua à blablater au sujet des sociétés immobilières et des conseillers financiers des banques du coin, mais elle l'écoutait d'une oreille distraite, se contentant d'acquiescer en souriant. Elle libella le chèque pour le premier versement en n'ayant qu'une envie : en finir avec ce monsieur le plus rapidement possible, de façon à courir aux Moutardes Malik proposer son aide à Sahlah avant qu'elle apprenne la mauvaise nouvelle concernant Mrs Shaw. Aucun doute qu'elle aussi y verrait un obstacle majeur à son union avec Theo. Impossible de savoir dans quel désespoir elle sombrerait ! Et comme c'est dans cet état-là qu'on est le plus à même de prendre des décisions hâtives, irréfléchies, il fallait absolument qu'elle soit auprès de Sahlah pour l'empêcher de commettre l'irréparable.

Malgré sa hâte, Rachel ne put résister à la tentation de s'attarder quelques minutes pour refaire le tour de l'appartement. Elle avait beau savoir qu'elle y habiterait bientôt — qu'*elles* y habiteraient bientôt —, cela lui semblait complètement irréel, et la seule façon de se persuader que son rêve s'était réalisé était encore de passer d'une pièce à l'autre, d'ouvrir les placards, d'admirer la vue.

Mr Dobson lui tendit la clé en lui servant du « bien sûr, bien sûr » et du « naturellement, chère mademoiselle[1] », tout en la fixant du regard en frétillant des sourcils et en lui faisant un grand sourire pour bien lui montrer qu'il n'était pas le moins du monde gêné par son physique. D'habitude, elle l'aurait remis sèchement à sa place, mais aujourd'hui elle se sentait d'humeur magnanime et elle alla même jusqu'à repousser ses cheveux en arrière pour montrer l'étendue du désastre. Elle referma la main sur la clé, remercia Mr Dobson et se dirigea vers le numéro 22.

Elle en eut vite fait le tour : deux chambres, une salle de bains, un salon, une cuisine. L'appartement était au rez-de-chaussée. Le salon s'ouvrait sur une terrasse minuscule qui surplombait la mer. C'est là qu'elles s'assiéraient tranquillement, le soir, songea Rachel. Avec le bébé. En regardant par la fenêtre du salon, elle se complut à imaginer la scène. Le

1. En français dans le texte (*N.d.T.*)

dupattā de Sahlah gonflé par la brise marine ; sa robe à elle ondoyant gracieusement au moment où elle se lève de sa chaise pour remonter la couverture sur le bébé endormi ; les paroles tendres qu'elle lui murmure en lui retirant son pouce minuscule de la bouche ; la peau douce de sa joue sous sa caresse ; la main qu'elle lui passe tendrement dans les cheveux... de quelle couleur, ses cheveux ? Theo était blond, Sahlah brune. Leur enfant serait donc châtain foncé, et la couleur de sa peau serait une combinaison du teint clair de Theo et du teint mat de Sahlah.

Rachel était à la fois enchantée et émue par ce miracle de la vie que Theo et Sahlah avaient fait à eux deux. En cet instant, elle se rendit compte qu'il lui tardait de voir ce miracle réalisé. Elle comprit alors à quel point elle était bonne et continuerait à l'être envers Sahlah Malik. Elle était plus qu'une amie pour elle. Elle était un fortifiant. En la prenant à doses quotidiennes jusqu'à son accouchement, Sahlah ne pouvait que se sentir plus forte, plus heureuse et plus optimiste pour l'avenir. Et tout — absolument tout — finirait par s'arranger pour Sahlah : avec Theo, avec ses parents et, surtout, avec elle.

Rachel s'accrocha à cette certitude qui lui procura une joie infinie. Oh, elle devait courir à la fabrique partager tout ça avec Sahlah. Elle regrettait de ne pas avoir des ailes !

La traversée de la ville à bicyclette était épuisante sous le soleil de plomb, mais Rachel ne s'en souciait pas. Elle pédalait avec énergie le long du bord de mer, s'arrêtant de temps en temps pour boire de l'eau tiédasse au goulot de sa gourde. Elle ne pensait pas du tout à son inconfort ; elle ne pensait qu'à Sahlah et à l'avenir.

Quelle chambre allait choisir Sahlah ? Celle sur cour était plus grande, mais l'autre donnait sur la mer. Le bruit des vagues bercerait le bébé — et Sahlah aussi, dans les moments où la maternité pèserait trop lourd sur ses épaules. Est-ce que Sahlah voudrait faire la cuisine pour eux trois ? Sa religion imposait certaines restrictions culinaires, mais Rachel n'était pas difficile ; elle s'adapterait sans problème. Donc, Sahlah se chargerait de la cuisine. De plus, si Rachel allait être celle qui gagnait le pain du ménage, Sahlah tiendrait sans doute à préparer les repas, tout comme sa mère le faisait pour son père. Bon, évidemment, Rachel n'allait jouer le père de personne, et encore moins celui du bébé de Sahlah ! C'était Theo, le père. C'était lui qui assumerait ce rôle un jour. Il prendrait ses responsabilités quand sa grand-mère se serait rétablie.

« Les médecins ont dit qu'elle pouvait encore vivre des années, leur avait dit Mr Unsworth. Un vrai cuirassé, cette femme. Ah, il y en a peu des comme elle. Et c'est tant mieux pour nous, hein ? Elle ne mourra pas tant que Balford ne sera pas ressuscité. Tu verras, Connie. Les choses vont s'arranger. »

Et comment ! songea Rachel. Tout finissait toujours par s'arranger ! Elle tourna à gauche dans la zone industrielle, à l'extrémité nord de la ville, tenaillée par le besoin de déverser son bonheur comme un baume sur les blessures à vif de Sahlah. Elle descendit de bicyclette, la cala contre une benne à moitié pleine qui dégageait des relents de vinaigre, de jus de pomme et de fruits pourris et que survolait une nuée de moucherons. Rachel agita les bras pour chasser ces importuns, but une dernière gorgée d'eau, redressa les épaules et se dirigea vers la porte de la fabrique.

Avant qu'elle l'atteigne, celle-ci s'ouvrit comme si on l'attendait, et Sahlah en sortit, suivie de près par son père. Il n'était pas vêtu de la tenue blanche qu'il portait habituellement quand il travaillait dans la cuisine expérimentale, mais, aux yeux de Rachel, comme un mufti : chemise et cravate bleues, pantalon gris et mocassins cirés. Ils vont déjeuner, songea Rachel. Elle espérait que les nouvelles qu'elle apportait au sujet d'Agatha Shaw ne couperaient pas l'appétit à Sahlah. Mais là encore, peu importait. Elle était porteuse d'autres nouvelles, qui avaient de quoi le lui aiguiser.

Sahlah arborait un de ses colliers les plus beaux et, quand elle vit Rachel, elle y porta la main, comme si c'était un talisman. Combien de fois lui ai-je vu faire ce geste ? songea Rachel. Chez elle, c'était signe d'anxiété. Rachel se précipita vers elle.

— Bonjour, bonjour ! cria-t-elle gaiement. Une chaleur abominable, hein ? Quand est-ce que ça va se rafraîchir, à votre avis ? Cette nappe de brouillard est à l'horizon depuis des lustres. Ce qu'il faudrait, c'est que le vent se lève pour la chasser et la chaleur tomberait. Tu as une minute, Sahlah ? B'jour, Mr Malik !

Akram Malik lui souhaita le bonjour avec raideur, comme à son habitude, comme s'il s'adressait à la reine — et sans la dévisager ni détourner les yeux un chouïa trop vite comme les autres, ce qui était une des raisons pour lesquelles Rachel l'aimait bien.

— Je vais chercher la voiture, dit-il à sa fille. Reste avec Rachel pendant ce temps-là.

Quand il se fut éloigné, Rachel se tourna vers Sahlah et, sous l'impulsion du moment, lui sauta au cou.

— C'est fait, Sahlah ! lui chuchota-t-elle à l'oreille. Ça y est, c'est fait ! Tout est réglé !

Elle sentit alors son amie se détendre sous son étreinte. Sahlah lâcha son collier et regarda Rachel.

— Merci, dit-elle avec ferveur. (Elle prit la main de Rachel et l'éleva jusqu'à son visage, comme si elle voulait y déposer un baiser.) Oh, merci ! Je ne pouvais pas croire que tu m'avais abandonnée, Rachel !...

— Je ne ferais jamais ça. Je te l'ai dit mille fois. On est amies à la vie à la mort, nous deux. Dès que j'ai appris pour Mrs Shaw, j'ai su ce que tu allais ressentir, alors je suis sortie et je m'en suis occupée. Tu es au courant pour elle ?

— Son attaque ? Oui. Un des conseillers municipaux a appelé Papa pour le lui dire. On va à l'hôpital pour lui souhaiter un prompt rétablissement.

Theo y sera sans doute, se dit Rachel. Elle ressentit un pincement au cœur sans pouvoir en déterminer la cause.

— C'est vraiment très chouette de la part de ton père, dit-elle en prenant sur elle. Mais il est comme ça, hein ? Et c'est pourquoi je suis sûre que...

— J'ai dit à mon père qu'on ne nous laisserait

sans doute pas entrer dans sa chambre, l'interrompit Sahlah, mais il m'a dit que ça n'avait aucune importance, que nous allons à l'hôpital pour apporter notre soutien à Theo, qu'il nous a généreusement aidés quand il a fallu informatiser la fabrique et que nous devons être présents maintenant qu'il traverse cette épreuve, que nous devons lui témoigner notre amitié. Pour lui, c'est la forme anglaise du *lenā-denā*.

— Theo en sera touché, dit Rachel. En tout cas, même si ce qui arrive à sa grand-mère l'empêche de faire son devoir envers toi, Sahlah, il se souviendra que tu as eu la gentillesse de venir la voir à l'hôpital. Comme ça, quand elle ira mieux, vous pourrez être ensemble, Theo et toi, et il assumera son rôle de père. Tu verras !

A ces mots, Sahlah lâcha la main de son amie.

— Son rôle de père ? répéta-t-elle.

Ses doigts se refermèrent une fois de plus sur son pendentif, la touche finale d'un de ses colliers les moins réussis : un agrégat calcaire qui était en fait — selon l'explication de Sahlah — un fossile trouvé sur le Nez. Rachel ne l'avait jamais beaucoup aimé et avait été ravie que Sahlah ne le mette pas en vente au magasin. Ce pendentif est beaucoup trop gros, songea-t-elle. Les femmes n'ont pas envie de porter à leur cou un collier aussi lourd qu'une conscience coupable.

— Oui, bien sûr, répondit-elle. Évidemment, vu les ennuis qu'il a en ce moment, il ne peut pas voir les choses très clairement. C'est pour ça que j'ai agi très vite, sans t'en parler. Dès que j'ai su pour Mrs Shaw, j'ai compris que tu ne pourrais pas compter sur Theo tant qu'elle ne serait pas sur pied. Mais il te reviendra, Sahlah, crois-moi. En attendant, tu as besoin de quelqu'un à tes côtés pour t'aider à t'occuper du bébé, et ce quelqu'un, c'est moi. Alors, je suis allée aux Bonbonnières de...

— Rachel, arrête ! dit Sahlah d'une voix calme. (Sa main qui tenait le pendentif s'était mise à trembler.) Tu disais que... que c'était fait... Rachel ? Tu ne parlais pas de...? Des renseignements que...?

— Je te parle de l'appartement ! s'écria Rachel, toute à son bonheur. Je viens de signer ! Je voulais que tu sois la première au courant ! Mrs Shaw va avoir besoin de quelqu'un qui s'occupe d'elle, tu comprends. Il lui faut des « soins constants », à ce qu'il paraît. Et tu connais Theo : il va se dévouer pour la soigner jusqu'à ce qu'elle soit rétablie. Ce qui veut dire qu'il ne t'épousera pas tout de suite. Il pourrait, c'est sûr, mais moi, je pense plutôt qu'il ne le fera pas. Et toi ? C'est sa grand-mère, c'est elle qui l'a élevé. Il voudra d'abord faire son devoir envers elle. Alors, j'ai acheté l'appart pour que tu aies un endroit avec le bébé en attendant que Theo se rende compte qu'il a des devoirs envers toi. Envers vous deux, en fait...

Sahlah ferma les yeux comme si la lumière du soleil était devenue trop aveuglante. Au bout de l'allée, Akram apparut au volant de sa BMW. Rachel se demanda si elle devait lui annoncer qu'elle venait d'acheter un appartement. Puis elle se dit qu'il valait mieux que ce soit Sahlah qui lui en parle.

— Tu vas devoir attendre un mois ou un peu plus avant que tout soit réglé, dit-elle à son amie.

Avec la banque, pour le prêt, tu sais. On pourra en profiter pour regarder des meubles et acheter des draps, des trucs comme ça. Theo pourra venir avec nous, s'il veut. Comme ça, vous pourrez choisir tout ce qui vous sera utile pour plus tard, quand vous vivrez ensemble. Tu vois comme tout s'arrange ?

Sahlah acquiesça.

— Oui, murmura-t-elle. Je vois.

Rachel était aux anges.

— Super. Su-per ! Quand veux-tu qu'on commence à faire du shopping ? Il y a des boutiques pas mal à Clacton, mais peut-être qu'on trouvera des choses mieux à Colchester. Qu'est-ce que tu en penses ?

— Comme tu veux, Rachel. C'est toi qui décides. Je te laisse juge.

— Tu vois les choses comme moi, maintenant, et tu ne le regretteras pas, dit Rachel avec confiance. (Elle pencha la tête vers son amie tandis qu'Akram arrêtait la voiture à quelques mètres et attendait que sa fille le rejoigne.) Tu pourras le dire à Theo quand tu le verras. Plus personne n'est sous pression. Tout le monde peut agir comme il convient.

Sahlah se détourna pour partir vers la voiture. Rachel l'arrêta par le bras pour lui dire une dernière chose :

— Téléphone-moi quand tu voudras qu'on aille faire les boutiques, d'accord ? Il faut d'abord que tu annonces la nouvelle à ta famille, et je comprends qu'il te faille un peu de temps. Mais dès que tu es prête, on va se choisir des meubles. Pour nous trois. D'accord, Sahlah?

Sahlah posa enfin les yeux sur elle. Elle avait le regard vague, comme si ses pensées l'avaient entraînée à des milliers de kilomètres de là. C'est normal, songea Rachel. Il y a tant de choses à prévoir.

— Tu me téléphones? répéta-t-elle.

— Compte sur moi.

— Si je ne faisais rien, je savais qu'on prendrait ça pour un accident, poursuivait Hegarty.

— Donc, vous avez déplacé le corps et vandalisé sa voiture, dit Barbara. De cette façon, la police comprendrait qu'il s'agissait d'un meurtre.

— C'est tout ce que j'ai trouvé, répondit-il en toute franchise. J'pouvais pas aller raconter tout ça. Gerry l'aurait su et... c'est pas que je ne l'aime *pas,* voyez. C'est juste que, des fois, l'idée d'être avec le même mec jusqu'à la fin de mes jours... Merde, ça donne l'impression d'être condamné à perpète, si vous voyez ce que je veux dire.

— Comment savez-vous que Gerry n'était pas déjà au courant? demanda Barbara.

Voilà qui mettait un autre suspect anglais aux côtés de Theo Shaw. Elle évita le regard d'Emily.

— Qu'est-ce que...? fit Hegarty, voyant tout de suite où elle voulait en venir. Non, ce n'était pas Gerry que j'ai vu sur la falaise. J'en suis sûr. Il n'était pas au courant, pour Hayth et moi. Il soupçonnait qu'il se passait quelque chose, mais il ne savait pas. De toute façon, il n'aurait pas buté Hayth, il m'aurait foutu dehors.

— La silhouette que vous avez vue sur la falaise, intervint Emily, c'était celle d'un homme ou d'une femme ?

Il répondit qu'il ne le savait pas. Il faisait trop sombre et le blockhaus était trop loin de la falaise. Alors, côté âge, sexe, race... il ne pouvait pas dire.

— Et cette personne n'est pas descendue sur la plage pour vérifier que Querashi était bien mort ?

Non. Elle avait filé en longeant la falaise en direction de la baie de Pennyhole.

Ce qui, songea Barbara, étayait sa thèse d'un assassin venu en bateau.

— Est-ce que vous avez entendu le moteur d'un bateau ? lui demanda-t-elle.

Il n'avait rien entendu à part les battements précipités de son cœur. Il avait attendu cinq minutes à côté du blockhaus en essayant de se ressaisir, de réfléchir à ce qu'il devait faire. Il était dans un tel état qu'il n'aurait même pas entendu une explosion nucléaire. Il lui avait fallu au moins un quart d'heure pour reprendre ses esprits et faire ce qui devait être fait, puis il s'était tiré.

— Le seul bateau que j'aie entendu, c'est le mien, dit-il.

— Quoi ? fit Emily.

— J'allais là-bas en bateau. Gerry a un bateau à moteur, on s'en sert surtout le week-end. Je le prenais toujours pour aller retrouver Hayth. Je longeais la côte depuis Jaywick Sands, c'est plus rapide — et plus excitant aussi. Et ça fait pas de mal de s'exciter avant, voyez...

Ainsi donc, c'était ce bateau-là qui avait été entendu aux alentours du Nez le soir du crime. Barbara se demanda si elles n'étaient pas revenues à la case départ.

— Pendant que vous attendiez Querashi, dit-elle, est-ce que vous avez entendu quelque chose ? Un autre bateau ?

Non. De toute façon, la personne qui se trouvait au sommet de la falaise devait être arrivée avant lui. Le piège était déjà tendu à l'arrivée d'Haytham car personne ne s'était approché de l'escalier avant sa chute.

— Un témoin a déclaré avoir vu quelqu'un correspondant à votre signalement au Castel en compagnie de Mr Querashi lors d'une soirée appelée...

Emily se tourna vers Barbara.

— « Cuir et Folles », dit celle-ci.

— C'est ça. Or ce témoignage ne concorde pas avec ce que vous nous avez dit, Mr Hegarty. Pourquoi cette sortie « officielle » avec lui, vous qui teniez tant à ce que votre petit ami n'apprenne pas votre liaison ?

— Gerry ne sort pas dans le milieu, répondit Hegarty. Il ne fréquente pas les boîtes, et cet hôtel est à trois quarts d'heure de voiture de Jaywick ou de Clacton. Je ne pensais pas tomber sur quelqu'un qui me connaissait et qui aurait pu aller tout raconter à Gerry. Et puis, Gerry travaillait en ville ce soir-là, alors je savais qu'il ne s'apercevrait pas de mon absence. On ne risquait rien au Castel, Hayth et moi...

A ces mots toutefois, il fronça les sourcils.

— Oui ? fit Emily vivement.

— Non, je me disais que... mais bon, il ne nous

a pas vus, alors. Et Haytham ne risquait pas d'aller lui dire ce qui se passait entre nous.

— De qui parlez-vous, Mr Hegarty?

— De Muhannad.

— Muhannad Malik?

— Ouais. On l'a vu au Castel.

Mon Dieu, songea Barbara. Comme si l'affaire n'était pas assez compliquée comme ça!

— Muhannad Malik est gay lui aussi? demanda-t-elle.

Hegarty pouffa de rire en tripotant l'épingle à nourrice accrochée au lobe de son oreille.

— Il n'était pas *dans* l'hôtel, non. On l'a vu en sortant. Il est passé devant en bagnole. Il a traversé le carrefour et pris à droite en direction de Harwich. Il était une heure du matin et Haytham s'est demandé ce que son futur beau-frère venait faire dans cette partie du monde en pleine nuit. Alors, on l'a suivi.

La main d'Emily se crispa sur le stylo qu'elle avait en main.

— Et où est-il allé? demanda-t-elle d'une voix neutre.

A la zone industrielle, à l'entrée de Parkeston. Il était entré dans un des entrepôts, en était ressorti environ une demi-heure plus tard, et était reparti.

— Et vous êtes sûr qu'il s'agissait bien de Muhannad Malik? insista Emily.

Aussi sûr que deux et deux font quatre. Il était au volant de sa Thunderbird bleu turquoise, et c'était le seul à avoir une bagnole comme ça dans tout l'Essex.

— Mais quand il est reparti, précisa Hegarty, il

n'a pas repris sa bagnole. Il est sorti de l'entrepôt au volant d'un camion et c'est là qu'on l'a lâché.

— Vous ne l'avez pas suivi ?

— Hayth n'a pas voulu prendre ce risque. Qu'on ait vu Muhannad, c'était pas grave, mais si lui nous voyait...

— Et tout ça s'est passé quand exactement ?

— Le mois dernier.

— Mr Querashi vous en a reparlé ensuite ?

Hegarty fit non de la tête.

A voir Emily insister de la sorte, Barbara devinait qu'elle était décidée à creuser de ce côté-là. Mais suivre la piste de Muhannad Malik à tout prix, c'était en ignorer une autre, que Hegarty venait de leur fournir. Pour l'heure, elle rangea dans un coin de sa tête l'information qui avait fait démarrer son imagination au quart de tour. « En cloque », avait-il dit. Voilà qui mettait un autre suspect sur les rangs.

— Ce Gerry, dit-elle. C'est Gerry DeVitt ?

Hegarty, qui s'était décontracté depuis leur arrivée, paraissant tirer un grand plaisir de son quart d'heure de célébrité dans l'enquête, fut tout de suite sur le qui-vive.

— Oui, et alors ? fit-il. Vous ne croyez quand même pas que Gerry... ? Écoutez, je vous l'ai déjà dit. Il n'était pas au courant, pour Hayth et moi. Et c'est pour ça que j'ai pas tout raconté tout de suite.

— C'est vous qui le dites, souligna Barbara.

— Il travaillait à la maison d'Hayth ce soir-là, insista Hegarty. Demandez à n'importe quel habitant de la Première Avenue. Ils auront entendu le bruit des travaux. Et je vous ai déjà dit comment il aurait réagi s'il avait su : il m'aurait largué. Il n'aurait pas cherché à se venger sur Hayth. Ce n'est pas son genre.

— En général, fit Emily, le meurtre, ce n'est le genre de personne, Mr Hegarty.

Elle mit un terme à l'interrogatoire en précisant l'heure avant de couper le magnétophone.

— Nous vous reconvoquerons, dit-elle en se levant.

— Ne m'appelez pas chez moi, dit-il. Et, s'il vous plaît, ne venez pas à Jaywick.

— Merci de votre coopération, lui répondit Emily. L'agent Eyre va vous raccompagner à votre travail.

Barbara suivit Emily dans le couloir où, à voix basse et sèche, celle-ci lui révéla que, avec ou sans mobile, Gerry DeVitt n'avait pas supplanté son suspect numéro un.

— Quoi que Muhannad trafique, dit-elle, il stocke les marchandises à la fabrique et il les expédie par bateau avec les commandes courantes. Il connaît les dates de chargement, ça fait partie de son boulot. Tout ce qu'il doit faire, c'est s'organiser pour faire partir ses propres envois avec ceux de la fabrique. Je veux qu'on la fouille de fond en comble.

Barbara, quant à elle, estimait qu'il était plutôt difficile de mettre de côté le témoignage d'Hegarty. Trente minutes d'interrogatoire avaient soulevé des dizaines de questions — dont aucune n'avait pour réponse Muhannad Malik.

En se dirigeant vers l'escalier, Barbara vit Azhar à la réception en train de parler avec l'agent de service. Il tourna la tête et les aperçut. En le voyant, Emily glissa à l'oreille de Barbara :

— Ah, le Petit Père de son Peuple qui nous est venu de Londres pour nous montrer ce qu'est un bon musulman !... (Elle s'arrêta derrière le comptoir de la réception et, s'adressant à Azhar, lui dit :) C'est un peu tôt pour notre réunion, vous ne trouvez pas ? Le sergent Havers ne sera libre qu'en fin d'après-midi.

— Je ne suis pas venu pour ça, mais pour prendre les affaires de Mr Kumhar et le ramener chez lui, répondit Azhar. Sa garde à vue de vingt-quatre heures arrive à son terme, comme vous n'êtes pas sans le savoir.

— Ce que je sais, répliqua Emily, c'est que Mr Kumhar ne vous a pas embauché comme chauffeur. Alors, en attendant ce jour, il sera raccompagné chez lui par un de mes hommes.

Le regard d'Azhar glissa sur Barbara. Au ton d'Emily, il parut se rendre compte qu'un profond changement avait eu lieu dans l'enquête. L'inspecteur Barlow ne semblait plus craindre un soulèvement de la communauté pakistanaise. Elle était moins encline à faire des concessions.

Emily ne laissa pas à Azhar le temps de répondre. Elle se détourna, héla un de ses hommes et lui dit :

— Billy, si Mr Kumhar a déjeuné et fait sa toilette, raccompagne-le chez lui. Tu me ramènes son permis de séjour et son passeport. Je ne veux pas qu'il nous file entre les doigts tant qu'on a encore des questions à lui poser.

Azhar reçut le message. Emily s'engagea dans l'escalier, Barbara à sa suite.

— Même si Muhannad est derrière tout ça, dit Barbara en choisissant ses mots, tu ne penses quand même pas qu'Azhar... que Mr Azhar... est impliqué, Emy ? Il vient de Londres. Il n'était même pas au courant du meurtre avant de venir ici.

— On ne sait rien sur ce qu'il sait ou ne sait pas. Il a débarqué en se posant en expert juridique. Si ça se trouve, c'est lui le cerveau. Où était-il, lui, vendredi soir, Bab ?

Barbara était bien placée pour le savoir, étant donné que, de la fenêtre de son petit pavillon, elle avait regardé Azhar et sa fille faire griller des kebabs sur la pelouse derrière chez eux. Mais elle pouvait difficilement éclairer la lanterne d'Emily.

— Sauf que... dit-elle, il a toujours joué francjeu lors de nos réunions...

Emily eut un rire sardonique.

— Ah, pour jouer franc-jeu, il joue franc-jeu, dit-elle. Il a une femme et deux gosses qu'il a abandonnés à Hounslow pour se mettre à la colle avec une radasse du nom d'Angela Weston. Une Anglaise. Il lui a fait un moutard, et elle l'a plaqué. Dieu sait avec combien de femmes il s'envoie en l'air pendant son temps libre. Il a dû semer des bâtards dans tout le pays, celui-là ! A part ça, Bab, il joue franc-jeu !

Barbara s'arrêta net.

— Quoi ? fit-elle. Mais comment... ?

Emily se retourna vers elle.

— Comment je le sais ? C'est simple : j'ai demandé ses antécédents quand j'ai eu la réponse pour les empreintes d'Hegarty. (Son regard devint perçant — un peu trop au goût de Barbara.) Et alors, Bab ? Qu'est-ce que ces infos sur Azhar changent au problème ? A part le fait qu'elles confirment ce que je pense depuis longtemps : on ne peut faire confiance à aucun de ces jobards.

Barbara réfléchit, mais sans s'attarder sur la vraie réponse à la question.

— Ça ne change rien, dit-elle. Absolument rien.

— Parfait, fit Emily. Revenons-en à Muhannad.

23

— Allez donc prendre une tasse de thé, Mr Shaw. Je suis de garde, le bureau des infirmières est juste à côté de la chambre. Si elle bouge, les appareils vont biper et je les entendrai.

— Oh, ça va. Je ne veux pas...

— On ne discute pas, jeune homme ! Vous avez une mine de papier mâché. Vous êtes resté ici la moitié de la nuit, et vous n'aiderez personne si vous ne commencez pas par vous ménager !

Agatha reconnut la voix de l'infirmière de jour, Mrs Jacobs. Elle n'avait même pas à ouvrir les yeux pour savoir qu'elle parlait à son petit-fils — et c'était tout aussi bien, car les ouvrir lui demandait trop d'effort. De plus, elle n'avait envie de voir personne, n'avait pas besoin de lire la commisération sur leur visage. Elle ne savait que trop l'image qu'elle donnait : celle d'une vieille femme moribonde, la peau toute fripée d'un côté, la jambe gauche inutilisable, la main gauche aussi raide que les serres d'un oiseau mort, la moitié du visage paralysée, avec cette bave dégoûtante qui lui dégoulinait sur le menton. Elle ne savait que trop

725

ce que Theo et l'infirmière voyaient. Oh, Dieu, elle le savait !

— Bon, d'accord, Mrs Jacobs, dit Theo à l'infirmière.

C'est vrai qu'il a l'air fatigué, songea Agatha. Epuisé, même. A cette pensée, elle sentit la panique lui contracter les poumons au point de rendre sa respiration difficile. Lui est-il arrivé quelque chose ? se demanda-t-elle fébrilement. Elle n'avait pas envisagé cette possibilité. Et s'il tombait malade ? ou avait un accident ? Que deviendrait-elle alors ?

A l'odeur de son eau de toilette, elle devina qu'il s'approchait d'elle. Le matelas de son lit d'hôpital s'enfonça légèrement comme Theo s'appuyait dessus.

— Mamie ? chuchota-t-il. Je descends à la cafétéria. Je n'en ai pas pour longtemps, ne t'inquiète pas.

— Prenez le temps de faire un vrai repas, lui dit l'infirmière d'une voix autoritaire. Si je vous revois ici dans moins d'une heure, je vous mets dehors, jeune homme !

— Quel tyran, hein, Mamie ? dit Theo, amusé. (Agatha sentit ses lèvres sèches sur son front.) Je reviens dans une heure et une minute. Reposez-vous bien.

Me reposer ? se répéta Agatha, n'en croyant pas ses oreilles. Comment voulait-il qu'elle se repose ? Quand elle fermait les yeux, tout ce qu'elle voyait en imagination, c'était le spectacle hideux qu'elle donnait aux autres : l'enveloppe difforme de la femme dynamique qu'elle avait été... impotente...

paralysée... sous cathéter... dépendante. Et quand elle essayait de chasser cette image pour imaginer l'avenir, elle voyait ce qu'elle avait toujours méprisé lorsqu'elle passait en voiture sur la Promenade de Balford : l'enfilade des maisons de retraite, où des vieillards cacochymes abandonnés de leur famille marchaient en titubant, appuyés sur leur canne ou leur déambulateur, le dos voûté, la colonne vertébrale tassée — comme le point d'interrogation ponctuant la question que personne n'avait le courage de poser. Ils avançaient en traînant la patte, telle une horde de handicapés mis au ban de la société. Autrefois, elle s'était dit qu'elle préférerait se tuer plutôt qu'en être réduite à finir sa vie comme ça. Maintenant, elle ne voulait surtout pas mourir. Elle voulait récupérer ses forces. Et elle savait que, pour ça, elle avait besoin de Theo.

— Ah, ah, ma petite dame, mon petit doigt me dit que vous êtes pleinement réveillée derrière ces yeux clos, dit Mrs Jacobs en se penchant au-dessus du lit.

Elle portait un déodorant pour homme, entêtant. Sa transpiration avait une odeur épicée. Elle lissa les cheveux d'Agatha, puis les démêla avec un peigne qui se coinça dans un nœud. Elle tira puis renonça.

— Votre petit-fils est adorable, Mrs Shaw. Un amour. Il faudrait que je lui présente ma fille. Theo est célibataire, non ? Je vais dire à ma fille de venir boire le thé avec moi pendant ma pause, un de ces jours. Je suis sûre qu'ils s'entendraient bien, Donna et lui. Qu'est-ce que vous en dites ? Ça ne vous ferait pas plaisir d'avoir une gentille belle-fille,

Mrs Shaw ? Elle pourrait vous aider à vous remettre, Donna...

Certainement pas ! songea Agatha. Une petite grue à la cervelle grosse comme un pois chiche qui mettrait le grappin sur mon Theo ? Elle avait bien besoin de ça ! Non, ce qu'il lui fallait, c'était sortir de cet endroit au plus vite et se retrouver chez elle, au calme, pour pouvoir récupérer et livrer bataille contre le mal. Ici, le calme était une denrée rare ; c'étaient sans arrêt des palpations, des prises de sang, des piqûres, des paroles d'encouragement ! Elle ne voulait rien de tout cela. Et surtout pas de pitié ! Elle détestait l'idée d'en inspirer. Elle-même n'en avait jamais éprouvé pour personne, alors qu'on n'en éprouve pas pour elle ! Elle aimait mieux inspirer du dégoût — ce qu'elle-même ressentait envers ces vieux débris qui erraient sur la promenade, tout juste bons à sucrer les fraises — que se retrouver tétraplégique, le genre de personne de qui l'on parle mais à qui l'on n'adresse plus la parole. Le dégoût impliquait la peur et l'horreur — sentiments dont elle avait toujours su tirer parti —, la pitié impliquait la supériorité de l'autre — ce qu'elle n'avait jamais connu de toute sa vie. Alors, ce n'est pas maintenant qu'elle connaîtrait ! Si elle permettait à quiconque d'avoir de l'ascendant sur elle, elle était fichue. Adieu ses projets d'avenir pour Balford ! Rien ne resterait d'Agatha Shaw au jour de sa mort que les quelques souvenirs que son petit-fils aurait d'elle et qu'il choisirait — le moment venu, bien sûr — de transmettre à ses descendants. Mais pouvait-elle compter sur Theo pour rester fidèle à sa mémoire ? Il aurait d'autres responsabilités. Alors, si elle voulait que sa mémoire se perpétue, que sa vie prenne un sens avant qu'il ne soit trop tard, elle allait devoir tirer les ficelles elle-même. Et c'était justement ce à quoi elle s'employait quand cette attaque de malheur était survenue, faisant tomber à l'eau tous ses beaux projets.

Si elle n'y prenait garde, ce mal léché de Malik avancerait ses pions, tout comme il l'avait fait quand le siège qu'elle occupait au conseil s'était retrouvé vacant, s'y logeant en bon bernard-l'ermite qu'il était. Jusqu'où irait-il, maintenant qu'elle avait fait une autre attaque ? Ce n'est plus seulement un parc Falak Dedar que Balford aurait si Akram Malik parvenait à concrétiser ses projets ; il y aurait sous peu un minaret sur la place du marché, une horrible mosquée à la place de leur jolie église Saint-Jean et des restaurants indiens empestant le tandoori à tous les coins de rues ! Alors, ce serait le début de la vraie invasion : des hordes de Pakistanais flanqués de leur progéniture pouilleuse — chômeurs pour moitié, clandestins pour l'autre —, polluant la culture et les traditions de ceux chez qui ils avaient choisi de s'incruster.

« Ils veulent une vie meilleure, Mamie », lui disait Theo. Mais elle n'était pas dupe de cette justification aussi philanthropique que fausse. Ce qu'ils voulaient, c'était vivre comme elle ! Comme les Anglais ! Et ils étaient prêts à tout pour y arriver !

Surtout Akram, songea-t-elle. Ce misérable, ce butor, ce Tartuffe ! Ah, il savait s'y prendre pour embobiner son monde avec ses beaux discours sur l'amitié, la fraternité ! Il jouait même le rôle de grand conciliateur avec sa ridicule Confrérie des Gentlemen. Mais Agatha n'était pas de ceux qui se laissent berner par de belles paroles et des actes symboliques, subterfuges destinés à faire croire aux moutons de Panurge de Balford qu'ils ne risquaient rien à venir paître dans les pâturages alors même que les loups guettaient alentour.

Elle allait lui montrer qu'elle n'était pas née de la dernière pluie ! Elle se relèverait de son lit d'hôpital, comme Lazare d'entre les morts, et écraserait Akram Malik de toute sa force recouvrée.

Agatha se rendit compte que l'infirmière était partie. Le parfum épicé s'était dissipé, cédant la place à une odeur de médicaments, de plastique, et à celle de ses sécrétions corporelles.

Elle ouvrit les yeux. Le matelas de son lit électrique était surélevé de façon qu'elle ait le buste légèrement relevé — un progrès par rapport aux heures qui avaient suivi son attaque. A ce moment-là, elle n'avait rien d'autre à regarder que les dalles acoustiques du plafond. Désormais — même si l'infirmière était partie sans en monter le son —, elle pouvait au moins regarder la télévision. Un film. Une scène dans laquelle un époux-trop-beau-pour-être-vrai et dans tous ses états poussait sa femme énorme mais néanmoins extrêmement belle dans un fauteuil roulant en direction de la maternité. Ça devait être une comédie. Agatha le devina au jeu grossier des acteurs et à leurs mimiques exagérées. Quelle idée saugrenue, vraiment ! Aucune de ses amies n'avait jamais trouvé qu'accoucher soit une partie de rigolade.

Avec effort, elle réussit à tourner très légèrement la tête. Elle put voir, par la fenêtre, un bout de ciel d'un bleu aussi vif que celui de la queue d'une mésange, qui lui rappela que la chaleur n'avait pas cédé d'un pouce. Elle ne sentait pas les effets de la température extérieure, l'hôpital étant l'un des rares bâtiments, à trente kilomètres à la ronde, à avoir l'air conditionné. Elle en aurait été ravie... si seulement elle était venue rendre visite à quelqu'un qui aurait mérité d'être cloué au lit ! Elle pouvait citer vingt personnes dans ce cas-là ! Si ce n'est plus. Elle commença à égrener des noms. Le temps passa tandis qu'elle gratifiait chacun d'un tourment particulier. Tant et si bien qu'elle ne se rendit pas tout de suite compte d'une présence dans la chambre. Une toux discrète lui signala qu'elle avait un visiteur.

— Non, ne bougez pas, Mrs Shaw, dit une voix calme.

Elle entendit des pas qui s'approchaient du lit, le contournaient et elle se retrouva face à face avec le démon : Akram Malik.

Elle émit une suite de sons inintelligibles censés vouloir dire : « Qu'est-ce que vous voulez ? Sortez ! Sortez tout de suite ! Je ne tolérerai pas votre componction doucereuse », mais que son aphasie réduisait à une sorte de bouillie vocale.

Akram la regardait intensément. Il évalue les dégâts, songea Agatha. Il se demande combien de temps il me reste à vivre. Moi dans la tombe, il aurait les coudées franches et pourrait mettre ses plans infâmes à exécution. Elle dit : « Ce n'est pas encore pour aujourd'hui, monsieur le basané.

Alors, épargnez-moi votre sympathie d'opérette. Vous éprouvez autant de compassion que j'en éprouverais pour vous si vous étiez à ma place ! » De sa bouche ne sortit qu'un salmigondis de sons incompréhensibles.

Akram regarda autour de lui et s'éloigna, sortant de son champ de vision. Agatha fut prise de panique : et s'il la débranchait ? Il revint avec une chaise et s'assit. Elle vit qu'il tenait un bouquet de fleurs. Il le posa sur la table, à côté du lit, et sortit de sa poche un petit livre relié de cuir. Il le posa sur ses genoux mais ne l'ouvrit pas. Il baissa la tête et se mit à murmurer une kyrielle de phrases dans le jargon de son pays.

Que fait donc Theo ? songea Agatha, au désespoir. Pourquoi n'est-il pas ici pour m'épargner de devoir supporter ça ? Akram Malik parlait très bas mais Agatha ne s'y trompait pas : il devait être en train de lui jeter un sort. Il faisait de la magie noire, du vaudou — Dieu sait comment ils appelaient ça chez eux ! Elle n'en pouvait plus. « Arrêtez de blablater ! Et sortez tout de suite ! » dit-elle. Mais il ne la comprenait pas plus qu'elle ne le comprenait. Pour toute réponse, il tendit une main brune et la posa sur le lit, comme pour lui accorder une bénédiction dont elle n'avait que faire.

Il finit par relever la tête et se remit à parler. Cette fois, elle le comprit parfaitement. Et sa voix était si envoûtante qu'elle ne put faire autrement que le regarder dans les yeux. Avec les serpents, pensa-t-elle, c'est comme ça : ils vous hypnotisent de leur regard d'acier puis vous tuent. Pourtant, elle ne détourna pas la tête.

— J'ai appris vos ennuis de santé ce matin, Mrs Shaw. Ma fille Sahlah et moi avons tenu à vous rendre visite. Elle attend dans le couloir. (Il retira sa main du lit et la posa sur le livre sur ses genoux. Il sourit et poursuivit :) J'avais pensé vous lire un passage du livre saint. Je ne trouve pas toujours les mots pour mes prières. Mais en vous voyant, ils me sont venus sans effort. A une époque, je me serais posé des questions et interrogé sur le sens de tout cela. Mais depuis longtemps, je sais que... les voies d'Allah sont impénétrables.

Qu'est-ce qu'il raconte ? songea Agatha. Il est venu se réjouir, cela ne fait aucun doute, alors qu'il se réjouisse et qu'il s'en aille !

— Votre petit-fils m'a énormément aidé l'an passé. Vous êtes sans doute au courant. Et je me suis longtemps demandé ce que je pourrais faire en retour...

— Theo ? dit-elle. Pas Theo. Pas mon Theo ! Ne lui faites pas de mal, sale type !

Il parut interpréter cette bouillie sonore comme une demande de clarification.

— Il a fait entrer les Moutardes Malik dans le présent et l'avenir grâce à l'informatique, dit-il. Et il a été le premier, à mes côtés, à s'investir dans la Confrérie des Gentlemen. Ses conceptions ne sont pas très éloignées des miennes. Et votre épreuve va me permettre de pouvoir enfin lui retourner son geste d'amitié.

Votre épreuve, se répéta Agatha. Alors, elle sut avec certitude quelles étaient ses intentions. Pour lui, le moment était venu de fondre sur elle comme un oiseau de proie. Il l'avait épiée et avait attendu son heure : celle où elle serait le plus vulnérable.

Au diable sa jubilation, songea-t-elle. Au diable ses manières obséquieuses et mielleuses. Au diable ses airs de saint. Et surtout au diable...

— Je connais depuis longtemps votre rêve de réaménager notre ville, de lui rendre sa beauté d'antan, reprit-il. Je sais que vous devez craindre de ne pas le voir se réaliser...

Il avança sa main vers le lit et la posa sur la sienne, cette fois. Pas sur sa main encore valide, sinon elle l'aurait reprise bien vite. Qu'il est malin, se dit-elle avec amertume. Il souligne mes infirmités juste avant d'exposer ses plans pour me détruire.

— Je tenais à vous dire que Theo aura tout mon soutien, Mrs Shaw, poursuivit-il. Le réaménagement de Balford-le-Nez se fera comme vous l'avez souhaité. Selon vos plans et dans le moindre détail. Votre petit-fils et moi ferons renaître la ville. Voilà ce que j'étais venu vous dire. Reposez-vous maintenant et reprenez des forces pour que vous puissiez vivre de longues années parmi nous.

Et alors, il se pencha et posa un baiser sur sa main déformée, sa main affreuse, sa main estropiée.

Et comme elle n'avait pas de mots pour répondre, Agatha se demanda comment elle allait bien pouvoir s'y prendre pour obtenir qu'on la lui lave.

Barbara faisait tous ses efforts pour rester concentrée sur l'enquête, mais ses pensées la ramenaient inexorablement vers Londres, Chalk Farm, Eton Villas — et plus précisément vers le rez-de-chaussée d'une demeure edwardienne, à la façade jaune et réaménagée en appartements.

Sur le coup, elle s'était dit qu'il devait y avoir erreur. Soit il y avait deux Taymullah Azhar à Londres, soit les infos transmises par le SO11 étaient inexactes, incomplètes, voire totalement farfelues. Mais quand elle-même avait eu le rapport entre les mains — elle l'avait demandé à Emily, l'air de rien, dès qu'elles étaient arrivées dans son bureau —, elle avait bien été obligée d'admettre que le portrait faxé de Londres correspondait en bien des points à ce qu'elle savait déjà de Taymullah Azhar.

Il y était identifié comme professeur de microbiologie, et son engagement au sein d'une association londonienne d'aide juridique pour les Asiatiques expliquait les connaissances en matière de droit dont il avait fait preuve ces derniers jours. Le Azhar du rapport devait bel et bien être celui qu'elle connaissait. Ce qui remettait beaucoup de choses en question le concernant — entre autres, sa participation à l'enquête.

Elle avait eu une superenvie de cloper. Et pendant qu'Emily râlait de devoir encore passer un coup de fil à son supérieur, Barbara avait foncé aux toilettes où elle en avait grillé une, tirant sur sa clope comme un plongeur sous-marin sur l'embout de sa bouteille d'air comprimé. Soudain, des tas de choses concernant Azhar et sa fille prenaient un sens : le goûter d'anniversaire des huit ans d'Hadiyyah, où Barbara avait été la seule invitée ;

une mère officiellement partie au Canada, mais qui ne prenait jamais la peine d'envoyer une carte postale ; un père qui ne prononçait jamais le mot « épouse » et ne parlait jamais de la mère de sa fille, à moins qu'on ne l'y oblige ; nulle trace qu'une femme ait vécu là récemment — pas de lime à ongles, pas de vieux vernis, pas de sac à main oublié, pas de nécessaire à couture, pas de boîte à ouvrage, pas de *Vogue,* pas le moindre *Elle,* aucun reste d'un passe-temps qu'elle aurait pu avoir, comme l'aquarelle ou l'art floral. Angela Weston, la mère d'Hadiyyah, a-t-elle jamais habité à Eton Villas ? se demanda Barbara. Et, dans ce cas, combien de temps encore Azhar compte-t-il faire croire à sa fille que « Maman est partie en vacances » alors qu'il semblerait plutôt que « Maman-s'est-fait-la-malle-une-fois-pour-toutes » ?

Barbara s'approcha de la fenêtre des lavabos et regarda le parking. Bill Honigman escortait Fahd Kumhar, lavé et rasé de frais, jusqu'à une voiture de police. Azhar s'approcha d'eux et adressa la parole à Kumhar. Honigman lui fit signe de dégager et poussa Kumhar à l'arrière de la voiture. Azhar regagna la sienne et, quand Honigman démarra, il le suivit. Apparemment, il allait raccompagner Kumhar chez lui, comme promis.

Un homme de parole, songea Barbara. Mais devait-on croire à sa parole ?

En repensant aux réponses qu'il lui avait faites quand elle l'avait interrogé sur son peuple, elle constata combien elles s'appliquaient à lui-même. Il avait été banni par sa famille, comme Querashi

736

l'aurait été s'il avait vécu son homosexualité au grand jour ; sa fille avait été rejetée, et ils vivaient seuls, repliés sur eux-mêmes. Pas étonnant qu'il ne comprenne que trop bien ce qu'être banni voulait dire.

Barbara réfléchit à tout cela avec le plus d'objectivité possible — mais sans s'attarder sur ce qu'elle venait d'apprendre sur Azhar. Ils n'étaient pas amis, après tout. Bon, d'accord, elle aimait beaucoup sa fille, mais de là à dire qu'elle jouait un rôle dans sa vie à lui... Non, ce n'était pas le cas.

Alors, elle ne voyait vraiment pas pourquoi elle se sentait trahie d'avoir appris qu'il avait abandonné une femme et deux enfants. Peut-être, se dit-elle, que je ressens ce que ressentirait Hadiyyah si jamais elle l'apprenait.

Oui. Ça devait être ça.

La porte des toilettes s'ouvrit sur Emily qui se précipita sur un des lavabos. Barbara s'empressa d'écraser sa clope contre la semelle de sa basket et jeta le mégot par la fenêtre.

Emily plissa les narines.

— Oh, Bab, ne me dis pas que tu donnes toujours dans la fumette ! s'écria-t-elle.

— On ne peut pas être toutes accro à la même chose, répliqua Barbara.

Emily ouvrit le robinet et mouilla un essuie-mains en papier qu'elle s'appliqua sur la nuque, indifférente à l'eau qui lui dégoulinait dans le dos et imbibait son débardeur.

— Ferguson, dit-elle (elle prononça le nom de son supérieur comme s'il lui écorchait la bouche), a son entretien pour sa nomination éventuelle au poste de préfet de police dans trois jours, et il espère une arrestation dans l'affaire Querashi avant cette date, merci beaucoup ! Il n'a pas levé le petit doigt pour faire progresser l'enquête, à moins que me menacer de me mettre dans les pattes son Howard Presley à la noix et me harceler quotidiennement pour connaître le moindre de mes mouvements soit sa façon à lui de me donner un coup de main ! Et il sera le premier à se faire applaudir si on arrête quelqu'un sans effusion de sang. Fait chier ! Je méprise ce mec !

Elle se mouilla les doigts, les passa dans ses cheveux, puis se tourna vers Barbara et lui annonça que le moment était venu de faire une descente à la fabrique Malik. Elle avait demandé un mandat de perquisition, que le juge lui avait accordé en un temps record. Apparemment, il était aussi pressé que Ferguson de conclure cette affaire avant qu'une autre manif soit organisée.

En dehors de la conviction d'Emily que la fabrique Malik était la plaque tournante d'un trafic, il y avait un autre élément que Barbara souhaitait creuser. Elle ne pouvait occulter le fait que Sahlah Malik était enceinte et les conséquences que cela pouvait avoir dans cette affaire.

— On pourra faire un crochet par la marina, Emy ?

Emily vérifia l'heure à sa montre.

— Pourquoi ? demanda-t-elle. Les Malik n'ont pas de bateau, alors pour ce qui est de ta théorie selon laquelle l'assassin serait allé au Nez par la mer...

— Mais Theo Shaw en a un. Et Sahlah est

738

enceinte. Et c'est à Theo qu'elle a offert le bracelet. Il a un mobile, Emy, avec un grand M, quelles que soient les magouilles de Muhannad avec Orient-Imports.

Et contrairement à Muhannad, Theo Shaw n'a pas d'alibi, faillit-elle ajouter. Mais elle tint sa langue : Emily avait beau vouloir à tout prix coincer Muhannad, elle savait de quoi il retournait.

— Bon, d'accord, fit l'inspecteur-chef après quelques instants de réflexion. On va vérifier de ce côté-là.

Elles partirent dans une Ford banalisée. Au moment où elles tournaient dans la grand-rue, elles aperçurent Rachel Winfield qui venait de la mer et se dirigeait, à bout de souffle, vers la bijouterie. On aurait pu croire qu'elle avait passé la matinée à s'entraîner pour l'épreuve de cyclisme féminin des prochains jeux Olympiques. Elle s'arrêta pour reprendre sa respiration à côté du panneau indiquant la marina de Balford vers le nord, et leur fit signe de la main quand la Ford passa à sa hauteur. Si elle avait quelque chose à se reprocher, elle n'en laissait rien paraître.

La marina de Balford était à un peu plus d'un kilomètre après la grand-rue. Elle jouxtait un petit square dont le côté opposé donnait sur Alfred Terrace, où vivotait la famille Ruddock. Pour y accéder, on passait devant le lac des Marées, un terrain de camping et, enfin, la masse circulaire de la tour Martello, qui avait servi à défendre la côte pendant les guerres napoléoniennes. La route se terminait à la marina : une suite de huit pontons auxquels des bateaux à voile et des yachts étaient amarrés, dans les eaux tranquilles de la baie. A l'extrémité nord, un petit bureau était accolé à un bâtiment en brique qui abritait des toilettes et des douches. Emily roula dans cette direction et se gara à côté d'une rangée de kayaks, sous une vieille enseigne qui proclamait « Location de Bateaux ». Le propriétaire de ce commerce faisait également office de capitaine du port — un poste à responsabilités limitées, vu la taille dudit port.

Emily et Barbara interrompirent le dénommé Charlie Spencer en plein épluchage des pronostics des courses dans le journal.

— Vous avez arrêté quelqu'un ? demanda-t-il en relevant la tête et en voyant le badge de police qu'Emily lui mettait sous le nez. Je ne vais pas passer toutes les nuits ici armé d'une carabine, vous savez. A quoi sert l'argent des contribuables si on ne peut pas avoir un coup de main des flics du coin, hein ?

— Soyez plus vigilant, Mr Spencer, lui dit Emily. J'espère que vous ne partez pas de chez vous sans fermer votre porte à clé.

— J'ai un chien de garde, rétorqua-t-il.

— Alors, il vous en faut un autre pour garder vos rafiots.

— Lequel de ces bateaux appartient aux Shaw ? demanda Barbara en les montrant du doigt.

Il y avait peu de monde en dépit de l'heure et de la chaleur propices aux sorties en mer.

— *La Bagarreuse,* répondit-il. Le plus gros, au bout du ponton 6. Les Shaw devraient pas le laisser là, mais c'est plus pratique pour eux et ils paient rubis sur l'ongle, alors de quoi je me plaindrais, hein ?

Elles voulurent savoir pourquoi *La Bagarreuse* ne devrait pas être à quai à la marina de Balford.

— C'est la marée, le problème, répondit-il.

Et de leur expliquer que ceux qui voulaient avoir un bateau aussi gros avaient intérêt à l'amarrer à un endroit moins dépendant de la marée. A marée haute, pas de problème ; mais, à marée basse, la quille s'enlisait dans la vase, ce qui n'était pas bon étant donné que la cabine et le moteur pesaient sur l'infrastructure.

— Ça vous rallonge pas la vie d'un bateau, ça, dit-il.

Et côté marée, vendredi soir ? voulut savoir Barbara. Entre dix heures et minuit, par exemple...

Charlie posa son journal et consulta une brochure à côté de la caisse.

— Basse.

Ni *La Bagarreuse* ni les autres gros bateaux de plaisance n'avaient pu sortir de la marina vendredi soir.

— Faut au moins deux mètres cinquante d'eau pour que ces bateaux puissent manœuvrer, dit-il. Bon, maintenant, pour ce qui est de ma plainte, inspecteur...

Et il enchaîna sur l'efficacité des chiens de garde bien dressés. Barbara les laissa à leur discussion et se dirigea vers le ponton 6. *La Bagarreuse* était facile à repérer. C'était le bateau le plus imposant. Sa coque était d'un blanc étincelant, ses boiseries et ses chromes recouverts par une toile de protection bleue. En voyant le yacht, Barbara se rendit compte

741

que, même à marée haute, il était impossible que Theo Shaw ou n'importe qui d'autre ait pu l'amarrer près de la côte ; de plus, mouiller l'ancre au large du Nez aurait impliqué de gagner la côte à la nage — et il y avait peu de chance que quelqu'un parti pour commettre un meurtre commence sa sortie par une baignade.

Elle reprit le chemin du bureau en examinant les autres bateaux au passage. En dépit de sa petitesse, la marina servait de port d'attache à toutes sortes de bateaux : à moteur, de pêche, et même un chouette Hawk 31 — hissé hors de l'eau au treuil —, qui avait pour nom *Le Magicien-des-Mers* et aurait été plus à sa place sur une côte de Floride ou à Monaco.

Non loin du bureau, Barbara vit les bateaux que louait Charlie. Outre les bateaux à moteur et les kayaks sur cale, dix canoës et huit Zodiac pneumatiques reposaient sur le ponton. Deux de ces derniers étaient occupés par des mouettes. Leurs consœurs tournoyaient dans les airs en criant.

En regardant les Zodiac, Barbara repensa à la liste d'infractions communiquée par Belinda Warner. Sur le coup, elle avait relevé la série de vols dans les cabines de plage et fait le lien avec le trou dans l'emploi du temps de Trevor Ruddock la nuit du meurtre. Et voilà que cette liste lui permettait maintenant de faire un autre rapprochement.

Elle s'avança sur le ponton étroit et examina les Zodiac. Ils étaient tous munis d'une paire de rames, mais on pouvait aussi leur adapter un moteur. L'un d'eux était déjà à l'eau. Quand Barbara tourna la clé du démarreur, elle découvrit que le moteur était électrique et non à essence, et par conséquent silencieux. Elle examina les hélices plongées dans l'eau. Elles descendaient à moins d'un mètre de profondeur.

— Bien sûr, murmura-t-elle en faisant le lien qui s'imposait. Évidemment.

Elle releva la tête comme le ponton tanguait sous des pas. Emily venait vers elle, une main en visière. A son expression, Barbara devina qu'elle en était arrivée à la même conclusion qu'elle.

— C'était quoi, la plainte, déjà? lui demanda-t-elle.

— Trois Zodiac volés sans qu'il s'en rende compte. Tous retrouvés plus tard dans le Wade.

— Emy, est-ce que ce serait très risqué de piquer un Zodiac la nuit, de manœuvrer en eaux peu profondes et de le ramener avant le matin, ni vu ni connu? Je n'ai pas l'impression que la surveillance de Charlie soit vraiment étanche, non?

— C'est le moins qu'on puisse dire. (Emily regarda vers le nord.) Le chenal de Balford est juste de l'autre côté de cette bande de terre, là où il y a les cabanes de pêche, tu vois? Même à marée basse, il y aurait assez d'eau pour qu'un canot pneumatique puisse quitter la marina et naviguer dans le chenal.

— Où mène-t-il?

— Tout droit à l'ouest du Nez.

— Donc, quelqu'un aurait pu remonter le chenal en Zodiac, contourner la pointe nord du Nez, accoster côté est et marcher vers le sud jusqu'à l'escalier...

Barbara suivit la direction du regard d'Emily. De

743

l'autre côté de la petite crique de la marina, une série de champs cultivés s'élevait jusqu'au dos d'une propriété. Les cheminées du bâtiment principal étaient nettement visibles. Un sentier partait de la propriété, à la lisière des champs, vers l'est, et, arrivé à la baie, bifurquait vers le sud et longeait la côte.

— Qui habite cette grande maison avec toutes ces cheminées ? demanda Barbara.

— C'est le Manoir. La propriété des Shaw.

— Bingo, murmura Barbara.

— Encore trop tôt pour dire qu'on a décroché le gros lot, contra Emily. Allons voir de quoi il retourne à la fabrique Malik avant que quelqu'un ne prévienne Muhannad de notre visite. Si Herr Reuchlein ne l'a pas déjà fait...

Sahlah, dans le couloir de l'hôpital, gardait les yeux fixés sur la porte de la chambre de Mrs Shaw. L'infirmière avait spécifié qu'une seule personne à la fois était autorisée à la visiter, et Sahlah avait été ravie de cette consigne qui lui évitait de se retrouver face à la grand-mère de Theo. En même temps, elle se sentait très coupable d'éprouver un tel soulagement. Mrs Shaw était gravement malade — à en juger par l'appareillage que Sahlah avait aperçu quand son père était entré dans la chambre. Les principes de sa religion lui commandaient de répondre d'une façon ou d'une autre aux besoins de la vieille dame. Ceux qui croient et font le bien, dit le Coran, iront dans les luxuriants jardins du Paradis. Et que pouvait-elle faire de mieux que de rendre visite à une malade, surtout quand celle-ci avait le visage de l'ennemi ?

Theo ne lui avait jamais dit ouvertement que sa grand-mère méprisait la communauté pakistanaise. L'aversion que la vieille dame nourrissait à l'égard des immigrés était restée dans le non-dit, au même titre que le mariage arrangé de Sahlah — et les avait séparés aussi sûrement.

Au fond d'elle-même, Sahlah avait toujours su que leur amour était voué à l'échec. Tradition, religion et culture avaient uni leurs forces pour les séparer. Mais, au début, Sahlah avait été tentée de trouver un responsable au fait qu'elle ne pouvait vivre avec Theo ; et il était facile de détourner les phrases du Coran, d'y lire une justification de ce qui venait d'arriver à la grand-mère de Theo. *Tout le bien qui t'arrive, ô homme, te vient d'Allah ; tout le mal qui t'arrive te vient de toi-même.* Sahlah pouvait toujours se dire que l'état actuel de Mrs Shaw était le prix qu'elle payait pour le mépris et les préjugés qu'elle cultivait en elle et encourageait chez les autres, elle savait aussi que ces versets du Coran pouvaient s'appliquer à elle-même. Car il lui était arrivé malheur, tout comme il était arrivé malheur à la grand-mère de Theo. Et pour elle aussi, son malheur résultait de son égoïsme et de ses erreurs de jugement.

Elle ne voulait plus y penser. Elle voulait oublier les circonstances de ce malheur et ne plus réfléchir au moyen qu'elle emploierait pour y remédier. En réalité, elle ne savait pas ce qu'elle allait faire. Elle ne savait même pas par où commencer — alors même qu'elle était assise dans un hôpital, où ce genre d'intervention avait lieu tous les jours !

Pendant une brève seconde, quand Rachel lui avait dit « Ça y est, c'est fait », elle s'était sentie si libérée, si légère, qu'elle s'était crue en état d'apesanteur. Mais quand elle avait compris que son amie parlait de l'appartement qu'elle venait d'acheter et dans lequel Sahlah savait qu'elle-même ne s'installerait jamais, le désespoir s'était de nouveau abattu sur elle. Seule Rachel aurait pu éviter que ce péché contre Dieu et contre sa famille éclate au grand jour ; seule Rachel aurait pu l'aider à l'effacer dans le plus grand secret et avec un minimum de risques. Désormais, elle allait devoir se débrouiller toute seule.

— Sahlah ? Sahlah !

Elle sursauta en entendant murmurer son prénom comme si souvent les soirs où il était venu l'attendre dans le champ de poiriers. Theo était à côté d'elle, une boîte de Coca perlée de condensation dans une main. Machinalement, Sahlah porta une main à son pendentif, autant pour qu'il ne le voie pas que pour le serrer entre ses doigts comme un talisman. Mais Theo reconnut le fossile et dut tirer certaines conclusions du fait qu'elle le portait au cou, car il vint s'asseoir à côté d'elle. Il posa son Coca par terre. Sahlah suivit son geste des yeux et laissa son regard fixé sur la boîte en alu.

— Rachel m'a mis au courant, Sahlah, dit-il. Elle pense que...

— Je sais ce qu'elle pense, chuchota Sahlah.

Elle avait envie de dire à Theo de partir, ou du moins de retourner de l'autre côté du couloir et de faire comme si leur conversation n'avait d'autre sujet que l'état de santé de sa grand-mère. Elle jouerait l'amie venue aux nouvelles, et lui la remercierait de sa sollicitude. Mais elle fut grisée de le sentir si près d'elle après tant de semaines d'éloignement. Son cœur réclamait plus, toujours plus, même si sa raison lui soufflait de ne rien demander.

— Comment as-tu pu faire ça ? demanda-t-il. Je retourne cette question dans ma tête depuis que je lui ai parlé.

— Je t'en prie, Theo. Ça ne sert à rien d'en parler.

— A rien ? répéta-t-il, amer. Je t'aimais, Sahlah, et tu disais que tu m'aimais aussi.

La boîte de Coca devint floue devant les yeux de Sahlah. Elle cligna des paupières et baissa la tête. Autour d'eux, la vie de l'hôpital suivait son cours : des aides soignantes passaient à pas rapides en poussant des chariots, des médecins faisaient leur visite, des infirmières apportaient des médicaments. Mais Theo et elle étaient aussi éloignés de tout cela que s'ils étaient enfermés dans une cage de verre.

— Ce que je veux savoir, reprit Theo, c'est combien de temps il t'a fallu pour te rendre compte que tu aimais Querashi et pas moi ? une journée ? une semaine ? deux ? Ou peut-être que ce n'est pas ce qui s'est passé puisque, comme tu me le disais toi-même, chez vous, on n'a pas besoin d'être amoureux l'un de l'autre pour se marier. C'est bien ça ?

Sahlah sentait son sang battre à ses tempes. Elle n'avait aucun moyen de lui expliquer — la vérité ne pouvait franchir ses lèvres.

— Je voudrais aussi savoir comment et où ça s'est passé. Tu pardonneras ma curiosité, mais tu comprendras que depuis six semaines je n'ai pu penser à rien d'autre : comment et où s'est passé ce qui ne s'est jamais passé entre nous. Oh, ça aurait pu. Ça a failli, même, sur l'île, tu te rappelles ? Et dans ton verger, le jour où ton frère...

— Theo, dit Sahlah. Je t'en prie. Ne nous fais pas ça.

— Il n'y a plus de « nous ». Je l'ai cru. Même après l'arrivée de Querashi. Je te croyais quand tu me disais que ça ne changerait rien. J'ai porté ce bracelet à la con... (Sahlah se raidit à ces paroles, et s'aperçut qu'il ne le portait plus)... et je n'arrêtais pas de me dire : elle sait qu'elle peut refuser et que son père n'a aucun moyen de l'obliger à se marier contre son gré. Son père est pakistanais, oui, mais il est anglais aussi. Peut-être même plus anglais qu'elle. Mais les jours passaient, les semaines, et Querashi était toujours là. Il restait et ton père l'a amené à la Confrérie en le présentant comme son fils. « Dans quelques semaines, il fera partie de la famille, m'a-t-il dit. Il épouse notre Sahlah. » Et j'ai dû l'écouter, présenter mes meilleurs vœux de bonheur, alors que je n'avais qu'une envie, c'était de...

— Non !

Elle ne pouvait pas supporter de le lui entendre dire. Et s'il prenait son refus de l'écouter davantage pour l'aveu qu'elle ne l'aimait plus, c'était aussi bien.

— Je vais te raconter comment c'était, pour moi, poursuivit Theo d'une voix tendue et amère.

748

La journée, ça allait encore. J'arrivais à oublier en m'abrutissant de travail. Mais la nuit, je ne pouvais penser à rien d'autre qu'à toi. J'avais perdu le sommeil et l'appétit, mais je tenais le coup parce que je me disais : elle va tout dire à son père ce soir, Querashi va partir, et alors on aura le temps pour nous, le temps et la possibilité de se marier...

— On n'a eu ni l'un ni l'autre. J'ai essayé de te le dire. Tu n'as pas voulu me croire.

— Et toi ? Que voulais-tu, Sahlah ? Pourquoi venais-tu me rejoindre dans le verger, toutes ces nuits ?

— Je ne peux pas l'expliquer, murmura-t-elle, au désespoir.

— C'est ça le problème, avec les jeux. Personne n'est fichu d'en expliquer les règles...

— Je ne jouais pas, Theo. Je pensais ce que je disais. J'étais sincère.

— Bon, très bien. Et je suppose que tu l'étais aussi avec Haytham Querashi ?

Il fit mine de se lever. Elle l'arrêta en posant sa main sur la peau nue de son avant-bras.

— Aide-moi, lui dit-elle, se décidant enfin à le regarder.

Elle avait presque oublié le bleu-vert de ses yeux, le grain de beauté au coin de sa bouche, le mouvement de ses cheveux blonds. Surprise de le sentir tout à coup aussi près d'elle et effrayée par la réaction de son corps au simple contact de sa peau, elle sut qu'elle ferait mieux de le lâcher, mais ne le put pas. Pas avant qu'il ait dit oui. Il était sa seule chance.

— Rachel ne veut pas, dit-elle. Je t'en prie, Theo. Aide-moi.

— A te débarrasser du gosse de Querashi, tu veux dire ? Pourquoi ?

— Parce que mes parents...

Oh, comment lui expliquer ?

— Quoi, tes parents ? Oh, ton père sera furax, ça c'est sûr, quand il apprendra que tu es enceinte, mais si c'est un garçon, il s'en remettra. Tu n'as qu'à lui dire que Querashi et toi, vous aviez tellement envie l'un de l'autre que vous n'avez pas pu attendre le mariage...

Au-delà de l'injustice cruelle de ses paroles — même si elles étaient nées de sa souffrance —, leur brutalité même la força à dire la vérité :

— Ce n'est pas l'enfant de Querashi, dit-elle, lui lâchant le bras. J'étais déjà enceinte de deux mois quand il est arrivé à Balford.

Theo la dévisagea, stupéfait, scrutant son visage défait dans l'espoir d'y lire ce qui s'était passé.

— Qu'est-ce que... ? dit-il au bout d'un moment. (La question mourut sur ses lèvres. Il ne put que répéter :) Sahlah, mais qu'est-ce que... ?

— J'ai besoin de ton aide, dit-elle. Je t'en supplie.

— Qui est le père ? demanda-t-il. Si ce n'est pas Haytham, Sahlah, qui est-ce ?

— Je t'en prie, Theo, aide-moi à faire ce qui doit être fait. A qui puis-je téléphoner ? A quelle clinique ? Pas à Balford, je ne peux pas prendre ce risque. Mais à Clacton... ? Il doit bien y avoir une possibilité, à Clacton... quelqu'un qui puisse m'aider. Discrètement et rapidement, de façon que

750

mes parents n'apprennent jamais rien... parce que s'ils le découvrent, ça les tuera. Crois-moi. Ça les tuera, Theo. Et pas seulement eux.

— Qui d'autre ?

— Je t'en prie.

— Sahlah. (Il lui agrippa le bras et le serra très fort, comme s'il avait senti, à sa voix, tout ce qu'elle ne pouvait se résoudre à dire.) Que s'est-il passé, cette nuit-là ? Dis-le-moi. Que s'est-il passé ?

Il lui avait dit : « Tu vas payer. Comme toutes les putains. »

— C'est de ma faute, dit-elle en éclatant en sanglots, parce que je me moquais de ce qu'il pourrait penser... parce que je lui ai dit que je t'aimais...

— Oh, mon Dieu ! murmura-t-il tandis que sa main lâchait son bras.

La porte de la chambre d'Agatha Shaw s'ouvrit et le père de Sahlah sortit dans le couloir en la refermant sans bruit. Il parut très étonné de voir sa fille et Theo Shaw en pleine conversation. Son visage s'éclaira très vite, peut-être parce qu'il crut que Sahlah travaillait à mériter sa place dans les jardins luxuriants du Paradis.

— Ah, Theo, dit-il. Je suis très heureux de ne pas partir sans vous avoir vu. Je viens de parler à votre grand-mère, et je lui ai donné ma parole — d'ami et de conseiller municipal — que ses projets de réaménagement de Balford verraient le jour tels qu'elle les a conçus, sans être modifiés d'un iota.

Theo se leva, imité par Sahlah. Elle baissa la tête par modestie — mais aussi pour cacher son trouble à son père.

— Je vous remercie, Mr Malik, dit Theo. C'est très gentil à vous. Ma grand-mère appréciera votre générosité.

— Bien, dit Akram. Nous y allons, Sahlah ?

Sahlah acquiesça. Elle lança un regard fugace à Theo. Le jeune homme était pâle, et son regard passait d'Akram à Sahlah comme s'il essayait vainement de trouver quelque chose à dire. Il était maintenant son seul espoir, et comme chaque fois qu'elle avait espéré, en amour et en amitié, on lui faussait compagnie.

— J'ai été ravie de parler avec toi, Theo, dit-elle. J'espère que ta grand-mère se remettra vite.

— Merci, lui répondit-il avec raideur.

Sahlah sentit son père la prendre par le bras et l'entraîner vers l'ascenseur au bout du couloir. Elle avait l'impression que chaque pas l'éloignait de son salut. Puis Theo parla.

— Mr Malik !

Akram s'arrêta, se retourna. Theo les rejoignit.

— Je me demandais si... dit-il. J'espère ne pas vous paraître déplacé... je ne sais pas trop ce qu'il convient de faire ou de ne pas faire en ces circonstances, mais... verriez-vous un inconvénient à ce que j'invite Sahlah à déjeuner la semaine prochaine ? Il y a une... une exposition de bijoux à Green Lodge — là où se tient l'université d'été, vous savez —, et comme Sahlah en fabrique, je me disais que ça lui ferait peut-être plaisir d'y aller...

Akram réfléchit à la question. Il considéra sa fille comme pour mesurer son désir de faire cette escapade.

— Vous êtes un ami de la famille, Theo, dit-il.

Je n'y vois aucune objection, si Sahlah a envie d'y aller, évidemment. Qu'en dis-tu, Sahlah?

Elle releva la tête.

— Green Lodge, dit-elle. Où est-ce, Theo?

— A Clacton, répondit-il, sur un ton aussi neutre que possible.

24

Yumn se massa la nuque, poussa du pied son cageot et avança dans la rangée que sa belle-mère lui avait assignée dans son détestable potager. L'œil mauvais, elle observait Wardah qui, à deux rangs d'elle, cueillait ses piments avec la dévotion qu'une jeune épouse mettrait à servir son mari. Elle souhaita que tous les malheurs du monde s'abattent sur la vieille dame, de l'insolation à la peste bubonique. Il faisait une chaleur tropicale ! Et pour faire honneur à ce record de température — qualifié d'historique au journal de midi sur la BBC —, les moucherons et les moustiques s'en donnaient à cœur joie. Ils ne se contentaient plus de virevolter autour des tomates, des poivrons, des oignons et des haricots, mais tournoyaient autour de la tête de Yumn en satellites malintentionnés et atterrissaient sur son visage en sueur. Elle gesticulait, furibarde, espérant chasser ces importuns en direction de sa belle-mère.

Ce supplice était un affront de plus que Wardah lui faisait subir. N'importe quelle belle-mère aurait montré de la gratitude envers une bru qui lui avait offert deux petits-fils en un laps de temps aussi court et si vite après son mariage ; aurait insisté pour que Yumn se repose sous le noyer, à l'orée du jardin, où, en ce moment même, ses deux enfants — ses deux garçons — faisaient rouler leurs camions miniatures le long d'une route imaginaire entre les racines du vieil arbre. N'importe quelle belle-mère aurait insisté pour que sa bru, au seuil d'une troisième grossesse, ne sorte pas au soleil — pas même pour se reposer et encore moins pour jardiner. Ce dur labeur n'est pas fait pour une femme encore capable d'enfanter, songea Yumn. Mais essayez d'aller dire ça à Wardah, Wardah la Fortiche, qui, lorsqu'elle attendait Muhannad, passait ses journées à laver les vitres et à faire la cuisine et le ménage pour son cher époux et en était encore à récurer les sols quelques minutes avant d'aller s'accroupir dans le cellier pour accoucher. Non. Wardah Malik était de celles pour qui quarante degrés à l'ombre n'étaient rien, au même titre que la réglementation sur l'arrosage.

Tout bon citoyen se plie aux restrictions d'eau. Mais Wardah Malik, elle, avait semé autant que les années précédentes. L'usage des tourniquets étant interdit, elle utilisait deux brocs. Pendant qu'elle en remplissait un au robinet extérieur à côté de la porte de la cuisine, elle donnait l'autre à Yumn pour qu'elle aille arroser. Mais avant cet exercice quotidien, il fallait tailler, biner, arracher et cueillir — ce qu'elles étaient justement en train de faire. Et Wardah comptait sur Yumn. Qu'elle aille rôtir en enfer pour l'éternité !

Yumn savait ce qui se cachait derrière les exigences de Wardah à son égard (cuisine, lessive, jardinage...). Elle voulait la punir de faire si facilement ce qu'elle-même avait eu tant de mal à faire. Il n'avait pas fallu longtemps à Yumn pour découvrir qu'Akram avait attendu dix ans que Wardah donne enfin naissance à Muhannad, et six autres années pour qu'elle lui fasse une fille! Seize années d'efforts pour deux enfants seulement! En seize ans, Yumn pourrait faire une dizaine d'enfants à Muhannad, elle le savait bien; et surtout des garçons. Wardah Malik se rendait compte de la supériorité de sa belle-fille, et ce n'était qu'en la traitant en esclave qu'elle pouvait asseoir sa suprématie.

Qu'elle soit maudite, qu'elle soit dévorée par les rats, qu'elle soit condamnée à souffrir du froid et de la faim jusqu'à la fin des siècles, songea Yumn en frappant de sa binette la terre dure comme une brique. Elle visa une motte au pied d'un plant de tomates, et elle planta son outil dans la terre en imaginant que c'étaient les fesses de Wardah.

Vlan, dans le derrière de la vieille bique! Vlan, vlan, la vieille peau hurle de douleur. Yumn rigole. Vlan, vlan, vlan, le dos de la vieille est en sang! Vlan, vlan, vlan, vlan, Wardah s'écroule par terre. VLANVLANVLANVLAN, elle implore sa pitié, bras tendus. Elle la supplie d'arrêter. Elle est à sa merci! VLANVLANVLANVLANVLAN, Yumn sait que l'heure de sa victoire a sonné! Au tour de la belle-mère, enfin sans défense, d'être soumise à la volonté de la belle-fille qui a pouvoir de vie et de mort sur elle, qui...

— Yumn! Arrête ça tout de suite! Mais arrête!

Les cris de Wardah se glissèrent dans son rêve éveillé, la ramenant brusquement à la réalité. Son cœur battait la chamade. La sueur gouttait de son menton sur son *qamīs*. Le manche de sa binette collait, tant ses paumes étaient moites. Ses pieds dans les sandales étaient recouverts de la terre qu'elle avait retournée dans sa rage. Elle était entourée d'un nuage de poussière dont les particules formaient comme un voile de gaze sur son visage et ses vêtements trempés.

— Mais qu'est-ce que tu fabriques ? s'écria Wardah. Bougre d'idiote ! Regarde ce que tu as fait !

Yumn se rendit compte alors qu'elle avait saccagé quatre des plants de tomates auxquels sa belle-mère tenait tant. Ils gisaient sur le sol, tels des arbres abattus par la foudre. Et leurs fruits n'étaient plus qu'un grossier coulis.

Wardah jeta ses sécateurs et s'avança avec colère vers sa belle-fille.

— Tu ne sais donc rien faire ? lui cria-t-elle. Qu'est-ce qu'on peut te demander que tu ne détruirais pas ?

Yumn la regarda, sentant son visage se crisper.

— Tu es une écervelée, une paresseuse et une égoïste ! poursuivit Wardah. Crois-moi, Yumn, si ton père ne nous avait pas grassement payés pour se débarrasser de toi, tu serais toujours chez tes parents, à faire le malheur de ta mère et non pas le mien !

C'était le discours le plus long qu'ait jamais adressé Wardah à sa belle-fille. Yumn fut la première étonnée d'entendre sa belle-mère, si réservée d'ordinaire, faire une telle tirade. Mais sa surprise céda bien vite la place à l'envie de la frapper. Personne ne devait lui parler sur ce ton. On ne s'adressait à la femme de Muhannad qu'avec respect, soumission et sollicitude. Reprenant ses esprits, Yumn s'apprêtait à répondre, mais Wardah la devança.

— Nettoie-moi tout ça, dit-elle. Va mettre ces plants sur le tas de compost. Et tout de suite ! Avant que je ne fasse quelque chose que je pourrais regretter !...

— Je ne suis pas votre bonne, dit Yumn en jetant sa binette à terre.

— Encore heureux. Si tu l'étais, je t'aurais renvoyée depuis longtemps. Ramasse ta binette et fais ce que je te dis.

— Je vais m'occuper de mes enfants.

Yumn se détourna et s'éloigna en direction du noyer où ses deux garçonnets — indifférents à l'altercation entre leur mère et leur grand-mère — faisaient rouler leurs camions à toute vitesse au pied de l'arbre.

— Certainement pas ! Tu feras ce que je te dirai. Remets-toi au travail tout de suite !

— Mes enfants ont besoin de moi. (Et Yumn cria à leur adresse :) Vous voulez que Maman vienne jouer avec vous, mes amours ?

Les petits tournèrent la tête vers elle.

— Anas, Bishr, rentrez à la maison ! leur ordonna Wardah.

Les enfants hésitaient, perplexes.

— *Ammī-gee* va jouer avec ses fils, d'accord ? fit Yumn. Alors, on va jouer à quoi ? Et si on allait se promener jusque chez Mr Howard pour acheter des glaces ? Qu'est-ce que vous en dites, mes chéris ?

Le visage des enfants s'illumina à cette proposition.

— Anas, répéta Wardah, tu as entendu ce que j'ai dit. Rentre à la maison avec ton frère. Tout de suite.

L'aîné prit son petit frère par la main et ils filèrent en courant vers la porte de la cuisine. Yumn se tourna vers sa belle-mère.

— Vieille mégère ! lui cria-t-elle. Comment oses-tu donner des ordres à mes enfants et...

La gifle s'abattit sur elle avec tant de force et de soudaineté que Yumn en demeura sans voix. Elle en oublia qui elle était et où elle se trouvait. En un instant, elle redevint l'adolescente qui se faisait injurier et battre par son père parce qu'il ne pourrait pas lui trouver un mari s'il ne payait pas une dot dix fois supérieure à ce qu'elle valait. Elle se rebella. Elle attrapa Wardah par son *dupattā,* qui glissa de sa tête sur ses épaules, et elle tira sauvagement sur l'étoffe pour obliger la vieille femme à mettre un genou à terre.

— Jamais ! hurla-t-elle. Jamais, jamais... moi qui ai donné deux garçons à ton fils...

Et une fois que Wardah fut à genoux devant elle, Yumn la poussa par les épaules pour qu'elle tombe par terre. Et elle commença à donner des coups de pied : à la terre fraîchement retournée, aux plants repiqués depuis peu, à Wardah. Elle jetait de tous côtés les tomates écrasées en hurlant :

— Je vaux dix femmes... je suis fertile... désirée

par un homme... alors que toi... tu... toi qui dis que les autres ne sont bonnes à rien, tu...

Emportée par sa fureur, elle n'entendit pas les cris derrière elle. Elle ne se rendit compte que quelqu'un était entré dans le jardin que lorsqu'on la prit par le bras et qu'on la tira loin de sa belle-mère, recroquevillée sur elle-même par terre.

— Chienne ! Chienne ! Tu es devenue folle ?

La voix était si pleine de rage qu'elle ne reconnut pas tout de suite celle de son mari. Muhannad la poussa violemment sur le côté et courut vers sa mère.

— *Ammī, Ammī,* tu vas bien ? Elle t'a fait mal ?

— Si *moi* je lui ai fait mal ? se récria Yumn. (Son *dupattā* avait glissé de ses épaules, ses cheveux étaient ébouriffés, le bas de son *qamīs* déchiré.) C'est elle qui m'a frappée ! Pour rien. Ce vieux chameau...

— Tais-toi ! lui cria Muhannad. Je verrai ça avec toi plus tard.

— Muni ! Elle a giflé ta femme ! Et pourquoi ? Parce qu'elle est jalouse. Elle...

Muhannad bondit sur ses pieds. Ses yeux brûlaient d'un feu que Yumn ne leur avait jamais vu. Elle changea de ton.

— Tu permettrais que quelqu'un frappe ta femme ? demanda-t-elle sur un ton affligé. Qui que ce soit ?

Il lui lança un regard chargé de tant de haine qu'elle eut un mouvement de recul. Il se retourna vers sa mère et l'aida à se relever en la réconfortant et en époussetant tendrement ses vêtements.

Yumn se détourna et rentra dans la maison. Anas

et Bishr étaient tapis dans un coin de la cuisine, derrière la table. Elle ne s'arrêta même pas pour apaiser leurs craintes. Elle monta directement à la salle de bains. Ses mains tremblaient autant que si elle avait eu la maladie de Parkinson, et elle avait l'impression que ses jambes n'allaient plus pouvoir la porter. La sueur plaquait ses vêtements à son corps. De la terre s'était incrustée dans sa peau. Le jus des tomates y avait laissé comme des traînées de sang. Elle s'en moquait. Elle avait eu raison. Peu importe ce qu'elle avait fait. Elle avait eu raison de le faire. Un coup d'œil à la marque laissée par la gifle de Wardah sur sa joue le lui confirma.

Elle se rinça le visage, les bras, les mains, s'essuya avec une serviette et examina son reflet dans le miroir. Elle constata que la marque de la gifle s'était estompée. Elle la raviva en se donnant de petites tapes et en se pinçotant la joue jusqu'à ce que la peau soit écarlate. Puis elle se dirigea vers la chambre qu'elle partageait avec Muhannad. Dans le couloir, elle l'entendit, en bas, qui parlait avec sa mère. Wardah avait retrouvé son ton obséquieux de femme soumise qu'elle réservait à son fils ou à son époux. Quant à la voix de Muhannad... Yumn prêta l'oreille. Elle fronça les sourcils, songeuse. Elle n'avait jamais entendu une telle douceur dans sa voix, même dans leurs moments privilégiés, même la première fois qu'il avait posé les yeux sur leurs nouveau-nés.

Elle saisit quelques mots. *Ammī-jahn... plus jamais... ne voulait pas... la chaleur... s'excusera... demandera pardon...*

Des excuses ? Demander pardon ? Yumn traversa

le couloir et entra dans la chambre. Elle claqua la porte si fort que les carreaux vibrèrent. Qu'ils essaient donc de me forcer à présenter des excuses ! Elle se gifla de nouveau. Elle se griffa la joue jusqu'au sang. Il verrait comment sa chère maman traitait sa femme !

Quand Muhannad entra dans la chambre, elle avait refait sa tresse. Rien d'autre. Elle était assise à la coiffeuse où la lumière mettait en évidence les traces des coups qu'elle avait reçus.

— Comment voulais-tu que je réagisse quand ta mère m'a agressée ? demanda-t-elle avant qu'il ait pu dire quoi que ce soit. Je devais la laisser me tuer ?

— Tais-toi, lui ordonna Muhannad.

Il alla vers la commode et fit ce qu'il n'avait jamais fait dans la maison paternelle : il alluma une cigarette. Il s'accouda au plateau du meuble, dos à Yumn, et fuma. Il était rentré de la fabrique avant midi, exceptionnellement, mais, plutôt que de déjeuner avec les femmes et les enfants, il avait passé plusieurs heures au téléphone, parlant d'une voix étouffée. Apparemment, il était toujours préoccupé par son travail. Or rien n'aurait dû le préoccuper autant que ce que sa femme avait subi. Yumn profita qu'il ait le dos tourné pour se pincer la joue. Elle serra si fort que les larmes lui vinrent aux yeux. Il verrait comme on l'avait maltraitée !

— Regarde-moi, Muni, dit-elle. Regarde ce que ta mère m'a fait et dis-moi si je n'aurais pas dû me défendre !...

— Je t'ai dit de te taire. Tais-toi. Tais... toi.

— Regarde-moi d'abord ! fit-elle en haussant le

ton. Je lui ai manqué de respect, mais que voulais-tu que je fasse ? Elle me voulait du mal ! Il fallait bien que je protège l'enfant que je porte peut-être en ce moment même !...

L'allusion à celui de ses dons qu'elle chérissait le plus fit réagir Muhannad comme elle l'espérait : il se retourna vers elle. Un rapide coup d'œil dans le miroir permit à Yumn de vérifier que la peau de sa joue était bel et bien marbrée et sanguinolente.

— J'ai un peu abîmé ses tomates, dit-elle, ce qui est compréhensible par cette chaleur, et elle a commencé à me taper dessus. Dans mon état... (Elle croisa les mains sur son ventre en un geste éloquent.) Est-ce que j'aurais dû la laisser donner libre cours à sa rage et à sa jalousie jusqu'à ce que...

— La jalousie ? l'interrompit Muhannad d'une voix sèche. Ma mère n'est pas plus jalouse de toi que...

— Pas de moi, Muni. De toi. De nous. Des enfants que nous avons et de ceux que nous aurons. J'enfante alors qu'elle n'en est plus capable, et elle me le fait payer en me traitant comme une moins-que-rien !

Muhannad l'observait de l'autre bout de la pièce. Il voit bien que je dis la vérité, c'est sûr, songea-t-elle. Sur mon visage. Sur mon corps. Ce corps qui lui a donné les fils qu'il désirait ; vite et sans effort. Ce corps peu attrayant, ce corps qu'il valait mieux cacher sous des vêtements traditionnels ; mais qu'importe : Yumn possédait la qualité que tout homme recherchait chez une épouse, et Muhannad ferait tout pour la préserver.

— Que puis-je faire ? répéta Yumn en baissant les yeux avec humilité. Dis-le-moi, Muni, et je te promets que je le ferai.

Elle sut qu'elle avait gagné quand il s'approcha d'elle et lui caressa les cheveux. Elle sut qu'une fois qu'ils se seraient donnés l'un à l'autre comme deux époux le devaient, il irait trouver sa mère et lui signifierait qu'elle ne devait plus rien exiger de sa femme, la mère de ses enfants. Il enroula sa tresse autour de son poignet et elle sut alors qu'il allait lui tirer la tête en arrière et chercher sa bouche et la prendre dans la chaleur terrible de ce terrible jour. Et qu'ensuite...

Il lui tira violemment la tête en arrière.

— Muni ! cria-t-elle. Tu me fais mal !

Il se pencha sur elle et examina sa joue.

— Tu vois ce qu'elle m'a fait ? dit Yumn sur un ton geignard.

Il lui prit les doigts et, passant un ongle sous l'un des siens, il en extirpa un petit bout de peau sanguinolent. Il eut une moue de dégoût, rejeta sa main sur le côté et lâcha sa tresse si brusquement que Yumn serait tombée à la renverse si elle ne s'était pas rattrapée aux jambes de son époux. Il se dégagea.

— Tu es irrécupérable, lui dit-il. Tout ce qu'on te demande, c'est de cohabiter en paix avec mes parents. Et tu n'en es même pas capable.

— Moi ? C'est moi qui suis une incapable ?

— Va présenter des excuses à ma mère. Tout de suite.

— Jamais. Elle m'a frappée. Elle a osé lever la main sur ta femme.

— Ma femme... (il prononça le mot avec un sourire méprisant) méritait d'être frappée. Tu as de la chance qu'elle ne l'ait pas fait plus tôt.

— Qu'est-ce que tu racontes ? Je devrais être battue ? Humiliée ? Traitée comme un chien ?

— Si tu crois pouvoir être dispensée des devoirs que tu as envers ma mère sous prétexte que tu m'as fait deux enfants, tu te trompes. Tu fais ce qu'elle te dit de faire. Et ce que je te dis de faire. Et tu vas commencer par bouger ta graisse et aller lui demander pardon...

— Jamais !

— Et ensuite, tu iras réparer les dégâts que tu as faits dans le jardin.

— Je vais partir !

Muhannad éclata d'un rire mauvais.

— Vas-y ! dit-il. Pourquoi les femmes s'imaginent-elles que la maternité leur donne des droits sur les autres ? Faut pas être bien maligne pour se faire engrosser, Yumn. Tu crois qu'on va t'aduler pour quelque chose qui n'est pas plus difficile que d'aller pisser ? Allez, retourne travailler et fais pas chier !...

Il gagna la porte à grandes enjambées. Yumn était tétanisée. Elle avait chaud et froid en même temps. Il était son mari. Il n'avait pas le droit de... à elle... elle qui allait lui donner un autre fils qui, en ce moment même peut-être, vivait en elle... Et Muhannad l'aimait, l'adorait, la vénérait pour les fils qu'elle lui avait donnés, pour la femme qu'elle était... Il ne pouvait pas la quitter... Pas maintenant, pas comme ça, pas sous l'emprise de la colère. Peut-être avait-il envie de se tourner vers une autre

ou même de... Non ! Elle ne laisserait pas faire ça.
Elle ne resterait pas la cible de sa rage !

— Je... je fais mon devoir, bredouilla-t-elle.
Envers toi et envers ta famille. Et ma seule
récompense, c'est d'être méprisée par tes parents et
par ta sœur. Ils sont méchants avec moi. Et pourquoi ? Parce que je dis ce que j'ai sur le cœur. Parce
que je suis comme je suis. Parce que je ne me
donne pas des airs de sainte-nitouche. Parce que je
ne joue pas à la petite vierge effarouchée à son
papa, moi ! Vierge ? Han ! D'ici quelques semaines,
elle ne pourra plus cacher la vérité, sous sa *gha-
rara* ! Et alors, on verra bien laquelle fait son
devoir !

A la porte, Muhannad fit volte-face.

— De quoi tu parles ?

Yumn se sentit soulagée puis envahie par un sentiment de triomphe. Elle avait réussi à éloigner la
crise qui les avait menacés.

— Tu as très bien compris ce que je viens de
dire. Ta chère sœur est enceinte. Et vous vous en
seriez tous aperçus, si vous étiez moins occupés à
me surveiller sans arrêt au cas où je ferais un geste
qui justifierait qu'on me batte !

Le regard de Muhannad se voila. Les muscles de
son bras se contractèrent. Yumn se retint de sourire. Au tour de la petite Sahlah chérie de recevoir
le bâton ! Quatre plants de tomates, ce n'était rien
face à un tel scandale.

Muhannad ouvrit la porte si violemment que le
battant rebondit contre le mur et le cogna à
l'épaule. Il ne broncha pas.

— Où vas-tu ? demanda Yumn.

Il était parti sans répondre et dévalait l'escalier quatre à quatre. Quelques instants plus tard, Yumn entendit le vrombissement du moteur de la Thunderbird. Les gravillons de l'allée crépitèrent. Yumn s'approcha de la fenêtre et vit la voiture foncer vers le bas de la rue.

Hou là, songea-t-elle en s'autorisant enfin à sourire. La pauvre petite Sahlah va passer un sale quart d'heure !

Elle alla refermer la porte de la chambre.

Ce qu'il fait chaud, songea-t-elle en s'étirant. Une femme fertile devait prendre garde de ne pas trop s'exposer au soleil. Elle allait faire une longue sieste et, ensuite seulement, elle irait voir où en étaient les tomates de Belle-Maman.

— Mais Emy, dit Barbara, les trois conditions sont réunies, non ? Mobile, possibilité, et on sait maintenant qu'il en a eu le moyen... Combien de temps lui aurait-il fallu pour aller à pied de chez lui jusqu'à la marina ? Un quart d'heure ? Vingt minutes ? Ce n'est rien ! Et le sentier qui va du Manoir à la plage est si bien entretenu qu'il n'a même pas eu besoin d'une torche électrique ! Ce qui expliquerait pourquoi on n'a pas trouvé un seul témoin qui ait vu quelqu'un aux alentours du Nez ce soir-là...

— Sauf Cliff Hegarty, rétorqua Emily en faisant démarrer la Ford.

— Exact. Et il nous a servi Theo Shaw et la grossesse de la fille Malik sur un plateau.

Emily sortit du parking de la marina en marche arrière et repartit vers Balford pleins gaz.

— Theo Shaw n'est pas le seul à avoir pu venir à la marina et « emprunter » un Zodiac, Bab. Tu oublies Orient-Imports, la World Wide Tours, Klaus Reuchlein et Hambourg. Ou bien est-ce que tu considères que tous les éléments qui relient Querashi au trafic de Muhannad ne seraient que des coïncidences ? Ses coups de fil à l'appart de Reuchlein à Hambourg ? Le bon de chargement d'Orient-Imports retrouvé dans son coffre ? La visite nocturne de Muhannad à cet entrepôt ? Tout ça, on le bazarde, Bab ?

— A supposer que Muhannad fasse vraiment un trafic, la reprit Barbara.

— Partir d'un entrepôt au volant d'un camion à une heure du matin, ça ne peut que confirmer qu'il est mêlé à quelque chose de louche ! Crois-moi, Bab, je le connais...

Emily leva le pied en entrant dans Balford et freina au coin de la grand-rue pour laisser traverser une petite famille qui, pliants, draps de bain, seaux en plastique et pelles sous le bras, regagnait ses pénates après une journée à la plage. Barbara la suivit du regard mais resta concentrée sur l'affaire. Elle n'avait aucun argument rationnel à opposer à la logique d'Emily. Elle n'avait pas tort : les coïncidences étaient trop nombreuses pour n'être que de simples coïncidences. Mais elle ne pouvait pas non plus nier le fait que, depuis le début, Theo Shaw avait un mobile pour tuer Querashi, alors que Muhannad Malik — en dépit de son caractère belliqueux — n'en avait aucun.

Barbara se garda toutefois de discuter du bien-fondé d'une perquisition à la fabrique Malik plutôt que d'une expédition à la jetée. Malgré son désir d'explorer la piste offerte par la proximité du Manoir et de la marina, elle savait très bien que ni Emily ni elle n'avaient de preuve tangible contre quiconque. Sans témoin oculaire — Hegarty n'avait pu décrire qu'une ombre aperçue au sommet de la falaise — et avec, comme seul élément concret, une liste de mystérieux appels téléphoniques et un embrouillamini d'éléments plus ou moins liés à l'affaire, leur dernier espoir d'aboutir à l'arrestation du coupable consistait à déterrer un détail révélateur qui accuserait formellement l'un des suspects ou à espérer que quelqu'un se coupe pendant un interrogatoire.

Alors, autant mettre à profit le mandat de perquisition obtenu par Emily, songea Barbara. Peut-être la fabrique allait-elle leur réserver une surprise qui les mènerait tout droit à l'assassin, après tout ? Une visite aux Attractions Shaw, ce serait retourner en terrain connu, réentendre ce qu'elles avaient déjà entendu — même si elles pouvaient toujours se dire qu'elles l'écouteraient d'une oreille plus attentive.

Pourtant, elle s'obstina :

— Le bracelet disait : « La vie commence aujourd'hui. » Il avait peut-être l'intention de l'épouser, puis Querashi s'est mis en travers de sa route.

— Theo Shaw, épouser Sahlah Malik ? fit Emily, incrédule. Ça ne risque pas. Sa grand-mère l'aurait déshérité. Non, l'arrivée de Querashi a arrangé Shaw. Elle lui a permis de larguer la fille Malik sans faire de vagues. Il avait toutes les raisons de vouloir que Querashi reste en vie.

Elles filaient maintenant le long du front de mer, laissant derrière elles cyclistes, piétons et adeptes du skating tandis qu'elles tournaient vers l'intérieur des terres à hauteur du bureau des gardes-côtes et suivaient Hall Lane vers Nez Park Road.

Emily s'engagea dans la zone industrielle.

— Ah, voilà les garçons.

Par les « garçons », Emily entendait huit membres de la brigade qu'elle avait fait biper par Belinda Warner avec pour instruction de leur dire d'interrompre leur activité en cours, quelle qu'elle soit, et de foncer à la fabrique Malik pour une perquisition. Ils se baladaient autour du bâtiment en fumant, luttant contre la canicule à grand renfort de boîtes de Coca et de bouteilles d'eau. Ils rejoignirent Emily et Barbara à la Ford — les fumeurs ayant eu la prudence d'écraser leur mégot sous leur talon.

Emily leur dit d'attendre ses ordres et entra dans la fabrique. Barbara la suivit. L'hôtesse d'accueil n'était pas Sahlah Malik, mais une femme d'âge moyen en costume traditionnel. A la vue du mandat de perquisition qu'Emily lui présentait, elle bredouilla quelques mots et disparut dans le bureau contigu. Quelques instants plus tard, Ian Armstrong arrivait, suivi à distance respectueuse par la réceptionniste de remplacement.

— Inspecteur, sergent, dit Armstrong en les saluant tour à tour. (Il enfonça la main dans la poche-poitrine de son veston, en tira un mouchoir froissé et s'épongea le front.) Mr Malik n'est pas ici. Il est allé rendre visite à Mrs Shaw, à l'hôpital.

770

Une attaque, paraît-il. Que puis-je pour vous ? Kawthar m'a dit que vous demandiez...

— Ce n'est pas une demande, l'interrompit Emily en lui tendant le mandat.

Armstrong ravala sa salive.

— Oh, mon Dieu, fit-il. Et Mr Malik qui n'est pas là, alors je crains que je ne puisse pas vous autoriser à...

— Nous nous passerons de votre autorisation, Mr Armstrong, lui dit Emily. Faites sortir tout le personnel dans la cour, je vous prie.

— Mais nous sommes en train de faire les mélanges, rétorqua Armstrong d'une voix faiblarde, comme s'il savait que toute protestation serait inutile mais ne pouvait s'empêcher d'en faire une. C'est l'étape la plus délicate de la fabrication. Nous travaillons sur une nouvelle sauce et Mr Malik a été très ferme, on ne peut pas... (Il se racla la gorge.) Vous pouvez peut-être nous accorder une petite demi-heure ?...

Pour toute réponse, Emily gagna la porte et cria à ses hommes restés dehors :

— Allez-y !

— Mais... mais... fit Armstrong en se tordant les mains et en jetant des regards implorants à Barbara. Vous pourriez quand même me dire... m'expliquer ce que... Qu'est-ce que vous cherchez, exactement ? C'est moi le responsable en l'absence des Malik...

— Muhannad n'est pas là non plus ? demanda Emily.

— Oh, bien sûr que si... enfin, il était là tout à l'heure... Je suppose que... qu'il est parti déjeuner...

Armstrong, à l'agonie, lança un regard désespéré

771

vers la porte. Les hommes d'Emily déboulèrent dans le hall. Elle avait choisi les plus baraqués, sachant que l'intimidation joue pour une grande part dans la réussite d'une perquisition. Après un regard à cette équipe de choc, Ian Armstrong parut se faire une raison.

— Bon, fit-il.

— Faites sortir tout le personnel, Mr Armstrong, répéta Emily.

Tandis que les employés se rassemblaient sur le parking devant l'entrée de la fabrique, les policiers se dispersèrent dans le bâtiment, investissant les bureaux administratifs, le service expédition, la zone de production et le magasin, en quête de marchandises de contrebande en attente d'être expédiées de la fabrique : drogue, matériel pornographique, armes, explosifs, faux billets, bijoux ou autres.

La perquisition battait son plein quand le portable d'Emily sonna. Barbara et elle étaient au magasin, en train de fouiller dans des caisses empilées sur le quai de chargement et prêtes pour l'expédition. Dès la première sonnerie, Emily arracha le téléphone de sa ceinture et, sans doute énervée de n'avoir encore rien trouvé, brailla son nom dans le combiné.

— Barlow, j'écoute !... Ouais... Oh, tu fais chier, Billy, je suis en plein boum. Qu'est-ce qui se passe ?... Oui, c'est ce que j'ai demandé et c'est ce que je veux. Ce type a l'intention de s'enfuir, et si on le perd de vue, c'est ce qu'il fera... Il *quoi* ? Tu as regardé partout ?... Oui, je l'entends baragouiner. Qu'est-ce qu'il raconte ?... *Volé ?* Hier ? Conneries !

772

Ramène-le au poste. Tout de suite... Je m'en fous, il n'a qu'à pisser dans son froc. Je veux l'avoir sous la main.

Elle coupa la communication d'un geste sec et regarda Barbara.

— Kumhar, lui dit-elle.

— Un problème ?

— Évidemment, bordel ! J'avais demandé à Honigman de le ramener chez lui et de lui confisquer ses papiers, passeport, permis de séjour, permis de travail...

— Pour éviter qu'il s'enfuie au cas où tu voudrais le réinterroger, je sais, fit Barbara. Et ?...

— Et apparemment, cette vermine prétend qu'on les lui a volés pendant qu'il était au poste hier !

Elle refixa son portable à sa ceinture.

Barbara réfléchissait.

— Querashi avait mis ses papiers dans son coffre de banque, Emy, dit-elle. Tu crois qu'il y a un rapport ? Et si c'est le cas, quel lien avec la fabrique ?

— Je n'en sais rien, dit Emily, mais j'ai bien l'intention de le découvrir. Continue la fouille, Bab. Et si Muhannad se pointe, tu me l'amènes au poste.

— Et s'il ne se pointe pas ?

— Tu vas chez lui. Tu le traques. Tu le débusques. Et tu lui passes les menottes !

Après que les flics l'eurent ramené à la zone industrielle, Cliff Hegarty décida de s'accorder un après-midi de congé. Il recouvrit d'un plastique la dernière création des « Distractions » — un puzzle représentant une femme à la poitrine généreuse en compagnie d'un éléphanteau dans une pose aussi fascinante qu'invraisemblable —, puis rangea ses outils dans un tiroir métallique. Il balaya la sciure fine, essuya le haut de ses vitrines de présentation, vida et lava les mugs et verrouilla sa porte tout en sifflotant, content de lui.

Il avait fait de son mieux pour mettre la police sur la piste de l'assassin d'Haytham. C'est vrai, il n'était pas allé trouver les flics dès le vendredi soir, mais il était sûr qu'il l'aurait fait en d'autres circonstances. Il n'avait pas seulement pensé à lui, mais à Haytham aussi. S'il avait raconté que Hayth était allé au Nez pour se faire un mec, bonjour sa réputation ! Inutile de le noircir après sa mort, voilà ce qu'il avait pensé.

Et puis, il y avait Gerry. Quel intérêt de mettre le feu aux poudres quand on pouvait l'éviter ? Gerry parlait sans arrêt de fidélité, comme s'il était intimement persuadé que c'était le premier devoir dans un couple. En fait, il avait surtout une trouille bleue de choper le sida. Il faisait le test au moins trois fois par an et, pour lui, baiser avec le même mec jusqu'à la fin de ses jours était la clé de la survie. S'il apprenait que Cliff s'était envoyé en l'air avec Haytham Querashi, ça le rendrait fou d'inquiétude et il serait foutu de développer les symptômes d'une maladie qu'il n'aurait même pas. De toute façon, Haytham avait toujours pris ses précautions. Se faire sauter par lui était tellement prophylactique que Cliff avait parfois rêvé d'organiser un rodéo à trois, histoire de pimenter la sauce.

774

Oh, c'était juste un fantasme. Mais il y avait eu des fois... quand Hayth bataillait avec son préso dix secondes de trop... Bref, tout ça, c'est du passé, songea Cliff en s'installant au volant de sa voiture. De l'autre côté de l'allée défoncée, il vit six voitures de police dans la cour de la fabrique de moutardes, et il remercia le ciel que la police en ait fini avec lui. Il allait rentrer à la maison et oublier tout ça. Il s'en était fallu de peu, et il serait vraiment le dernier des abrutis s'il ne voyait pas dans les événements de ces derniers jours un signe du Très-Haut comme quoi il devait tourner la page et fissa !

Il traversa Balford en sifflotant, fila le long du front de mer puis remonta la grand-rue. Les choses s'arrangeaient. Avec l'histoire d'Haytham derrière lui et ses nouvelles résolutions, il se savait prêt désormais à se consacrer exclusivement à Gerry. Ils avaient connu une mauvaise passe, ce n'était pas plus compliqué que ça.

Il avait dû employer toute son énergie et faire appel à toute sa ruse pour convaincre Gerry que ses soupçons n'étaient pas fondés. Il lui avait fait le numéro de la colère, de la dignité offensée, et quand son amant avait parlé de faire le test du sida, Cliff était carrément monté sur ses grands chevaux pour bien montrer à quel point le sous-entendu de son ami le blessait.

« Oh, tu ne vas pas recommencer, Gerry ? lui avait-il dit ce matin-là dans la cuisine. Je ne te trompe pas, d'accord ? Nom de Dieu, mais est-ce que tu imagines ce que je ressens...

— Tu te crois immunisé contre le HIV ? (Toujours la voix de la raison, Gerry !) Mais ce n'est pas vrai. Tu as déjà vu quelqu'un mourir du sida ? Ou bien est-ce que tu sors toujours du cinéma avant la fin du film ?

— Tu es sourd ou quoi, mec ? Je viens de te dire que je suis fidèle ! Si tu ne me crois pas, j'aimerais bien savoir pourquoi.

— Je ne suis pas idiot, Cliff. Je travaille la journée à la jetée, et le soir en ville. Tu veux bien me dire ce que tu fais pendant que je ne suis pas là ? »

Cliff avait eu l'impression que son sang se glaçait dans ses veines, tant Gerry, sans le savoir, était dans le vrai. Mais il s'était vite repris.

« Et toi, tu veux bien me dire à quoi tu joues ? Où veux-tu en venir ? Accouche, Gerry. »

En posant cette question, il avait calculé les risques. D'expérience, Cliff savait qu'il valait mieux bluffer quand on n'avait pas la moindre idée du jeu de l'adversaire. En l'occurrence, il connaissait la nature des soupçons de Gerry, et le seul moyen qu'il avait de le convaincre qu'ils étaient sans fondement était de le forcer à les dire pour mieux les contre-carrer par un numéro de vertu offensée.

« Vas-y, avait-il insisté. Je t'écoute.

— Bon, très bien. Tu sors les soirs où je travaille. Et on fait l'amour beaucoup moins souvent. Je connais le truc, Cliff. T'as un amant.

— Tu fais chier ! J'y crois pas ! Tu voudrais quoi ? Que je reste ici à attendre que tu rentres à la maison ? Mais je ne pourrais pas. Je finirais par grimper aux murs, moi ! Alors, je sors. Je me balade. Je vais faire un tour en bagnole. Je vais boire un pot au Mourir de Plaisir. Ou je prépare une commande exceptionnelle à l'atelier. Tu veux des preuves ? Tu veux que je demande à la barmaid de me faire un petit mot ? Et que dirais-tu d'installer une pointeuse aux Distractions pour que tu puisses contrôler mes entrées et sorties ? »

Ce coup de gueule fut du plus bel effet. Gerry baissa d'un ton — changement subtil qui indiqua à Cliff qu'il était sur la bonne voie.

« Tout ce que je veux dire, c'est qu'il vaut mieux qu'on fasse le test. Il vaut mieux connaître la vérité qu'être condamné à mort sans le savoir... »

L'intuition de Cliff lui avait dicté de ne pas relâcher la pression s'il voulait avoir raison des soupçons de Gerry.

« Super ! fit-il. Eh bien, va faire le test si ça te chante, mais ne me demande pas de le faire. Moi, je n'en ai pas besoin parce que je-ne-te-trompe-pas, bordel ! Mais si tu commences à passer mon emploi du temps au peigne fin, je peux faire pareil avec toi. Facile ! Tu peux me croire. (Il haussa le ton.) Tu passes toutes tes journées sur la jetée, et la moitié de tes nuits à retaper la maison d'un mec en ville — si c'est ce que tu fais vraiment, d'ailleurs...

— Minute. Qu'est-ce que tu veux dire par là ? On a besoin de fric et, pour autant que je sache, il n'y a qu'un seul moyen d'en gagner !

— Bon, d'accord ! Crève-toi au boulot, si c'est ça, mais ne me demande pas de faire pareil. J'ai besoin de respirer, moi. Alors, si chaque fois que je me détends, tu t'imagines que je vais draguer dans les pissotières...

— Tu vas à Clacton les jours de marché, Cliff.

— Putain, c'est pas vrai ! Ça, c'est la meilleure !

Où veux-tu que j'aille faire le marché ailleurs qu'au marché ?

— Oui, mais c'est tenter le diable. Et je te connais, pour ce qui est de résister à la tentation...

— Et si on parlait de l'endroit où on s'est connus, justement ? (Gerry rougit. Cliff comprit qu'il était sur le point de porter le coup fatal de cette joute verbale.) Tu te souviens de moi ? Je suis le pédé que tu as rencontré dans les chiottes de la place du marché à Clacton, à l'époque où tu pensais plus à te faire tout ce qui passait qu'à "prendre tes précautions"...

— C'est le passé, s'était défendu Gerry.

— Justement, parlons-en, du passé. Toi aussi, tu as eu ton époque drague : mater les mecs, les suivre dans les toilettes et tirer un coup sans même se soucier de savoir comment ils s'appellent. Seulement moi, je n'agite pas cette époque sous ton nez quand tu fais quelque chose que je n'apprécie pas. Et je ne lance pas une inquisition quand tu t'arrêtes cinq minutes place du marché pour prendre une laitue ! Si c'est bien la seule chose que tu prends d'ailleurs...

— Hé, attends, là...

— Non, toi tu attends ! L'infidélité, ça te concerne aussi. Tu passes plus de nuits dehors que moi, je te signale !

— Je te l'ai dit : je travaille.

— Ouais, ouais.

— Et tu connais mon point de vue sur la fidélité.

— Ton point de vue théorique, oui. Mais des fois, il y a de sacrées différences entre ce que les mecs disent et ce qu'ils font. Tu sais ça aussi bien que moi, Gerry. »

La discussion en était restée là. Battu sur son propre terrain, Gerry avait fini par demander à Cliff de l'excuser de l'avoir soupçonné. Cliff avait tout d'abord refusé.

« J'sais pas, Gerry, avait-il dit d'un air sombre. Comment vivre en harmonie tous les deux — comme tu prétends le souhaiter —, si on se dispute sans arrêt comme ça ?

— Oublions ça, avait dit Gerry. C'est la chaleur qui me met à cran... je ne sais plus trop où j'en suis... »

Savoir où on en est, c'est ça l'important, finalement, se disait Cliff en fonçant sur la route de campagne entre Great Holland et Clacton, où le blé dépérissait sous un soleil de plomb. Il comprit alors que Gerry et lui devaient se consacrer l'un à l'autre. Exclusivement. On a tous des prises de conscience dans la vie, songea-t-il. Le tout, c'est d'en tirer les conclusions.

Désormais, il serait cent pour cent fidèle. Gerry DeVitt était un mec bien, après tout. Il avait un bon métier, une baraque au bord de la mer, un bateau, une moto. Cliff aurait pu tomber plus mal. Les plans galères, il avait déjà donné ! Et si Gerry était parfois un peu chiant, si sa méticulosité, sa maniaquerie étaient, certains jours, lourdes à supporter, s'il était pot de colle au point de donner envie de l'envoyer valser dans un autre fuseau horaire... tout ça n'était-il pas de peu de poids comparé à ce qu'il avait à offrir par ailleurs ?

A Clacton, Cliff s'engagea sur le bord de mer. Il

avait toujours détesté cette ligne droite : une enfilade de vieux bâtiments minables agglutinés le long de la plage, une vingtaine de vieux hôtels et de maisons de retraite décrépies. Ah, ce qu'il pouvait détester voir tous ces viocs avancer cahin-caha, incapables de parler d'autre chose que de leur passé puisqu'ils n'avaient plus d'avenir ! Chaque fois qu'il arrivait à hauteur du premier hospice, il appuyait sur le champignon de sa vieille Deux-Chevaux et son regard se détournait vers l'étendue gris-vert de la mer du Nord.

Et aujourd'hui, c'était pire que d'habitude. La chaleur avait fait sortir tous les vieux de leurs tanières. Ils se promenaient par groupes. Un vrai festival de têtes branlantes, de jambes flageolantes, de mains tremblotantes, de crânes chauves, de cheveux bleutés et de varices pétant de santé. Et comme, évidemment, ça ne roulait pas, Cliff put profiter tout son soûl du spectacle, il ne manquait plus que le sous-titre : « Ça vous pend au nez ! »

Agacé, il tambourina sur le volant tout en les regardant crapahuter. Loin devant, il aperçut le gyrophare d'une ambulance. Non, deux. Trois ? Sans doute un camion qui avait fauché un groupe du troisième âge. Super ! il allait rester coincé ici pendant que l'équipe médicale ferait le tri entre ceux qui avaient les deux pieds dans la tombe et ceux qui n'en avaient qu'un ! Pourquoi s'obstiner à vivre quand on ne vivait plus rien ?

Merde. Ça bouchonnait. Et il avait une de ces soifs ! S'il mordait sur le trottoir avec deux roues, il pourrait rouler jusqu'à Queensway et, de là, tourner vers le centre-ville. Il mit son idée en pratique. Il klaxonna pour libérer la voie, et il en fut quitte pour quelques poings levés, une pomme jetée sur lui et quelques cris de protestation. Il répondit aux insultes en brandissant son majeur, arriva à Queensway et s'éloigna du front de mer.

Voilà qui est mieux, songea-t-il. Il coupa par la ville. Il reprendrait par le bord de mer juste après la jetée de Clacton, d'où il ne serait plus qu'à un saut de puce de Jaywick Sands.

Tout en roulant, il réfléchit à ce que Gerry et lui pourraient faire pour arroser sa conversion à la fidélité. Evidemment, impossible de lui dire ce qu'ils fêteraient puisqu'il avait poussé des cris de vierge effarouchée quand Gerry l'avait accusé de lui être infidèle. Il allait devoir trouver une raison bidon pour l'inviter au restau, mais... après un bon gueuleton, il savait bien comment faire oublier à Gerry DeVitt les soupçons qu'il avait pu nourrir à son égard.

Il se faufila dans la circulation de Holland Road, puis tourna vers l'ouest en direction de la ligne de chemin de fer. Après le passage à niveau, il roulerait pleins gaz jusqu'à Oxford Road qui le ramènerait en bord de mer. Le paysage était sinistre dans le coin — rien que des usines et deux ou trois terrains de jeux aux pelouses jaunies —, mais ça valait toujours mieux que le spectacle des vieilles peaux le long de la plage.

Bon, songea-t-il tout en roulant, un bras passé par la vitre et une main sur le volant. Que dire à Gerry pour justifier la petite fête ? une grosse commande aux Distractions ? l'héritage d'un oncle d'Amérique? un anniversaire quelconque? Ah ouais, pas mal, ça. Mais l'anniversaire de quoi?

Cliff cogita. Quand Gerry et lui s'étaient-ils rencontrés? Il avait déjà dû faire un effort pour se rappeler l'année, alors le mois et le jour! Et comme ils avaient consommé tout de suite, il ne pouvait pas proposer de fêter cette étape capitale. Cliff était venu habiter avec Gerry en mars — non, le vent soufflait du feu de Dieu ce jour-là, alors ça devait être en février... sauf que ça ne collait pas, parce qu'il faisait un froid de canard en février et il se voyait mal s'envoyant en l'air dans les toilettes de la place du marché par un temps pareil. Il avait quand même des principes — entre autres : ne jamais se geler les burnes même pour se faire un mec, si bien foutu soit-il. Étant donné qu'il avait rencontré Gerry à la pissotière de Clacton, qu'ils avaient concrétisé sur place et commencé à vivre ensemble très peu de temps après... alors, ça n'avait pas dû se passer en mars. Putain, mais qu'est-ce qui m'arrive? se demanda Cliff. Gerry avait une mémoire d'éléphant, lui.

Cliff soupira. C'était bien ça, le problème, avec Gerry. Il se souvenait de tout dans les moindres détails. Si seulement il lui arrivait de temps en temps d'avoir un petit trou de mémoire — comme ne plus savoir qui était venu à telle occasion et à quelle heure —, Cliff ne serait pas en train de se creuser la cervelle pour trouver quelque chose à fêter! Moralité, son idée de marquer le coup ne lui souriait plus. Après tout, si Gerry faisait un peu plus confiance à son physique, Cliff n'en serait pas à faire des pieds et des mains pour le rassurer de ce côté-là. C'était un des problèmes avec Gerry : il fallait tout le temps être sur le qui-vive ! Il suffisait d'une parole de travers, ou de ne pas avoir envie au même moment que lui, et, tout à coup, toute la relation était examinée à la loupe !

Cliff tourna à gauche dans Oxford Road, un peu plus en rogne contre son amant. La route suivait la ligne de chemin de fer, séparée d'elle par des industries aussi sinistres que les autres. En regardant les briques noires de suie, Cliff se dit que c'était exactement comme ça qu'il se sentait face à Gerry : sale, comme s'il était quelqu'un d'impur, alors que Gerry, lui, serait pur comme le cristal. Tu parles ! songea Cliff avec dédain. On a tous nos points faibles, et Gerry a les siens. Si ça se trouvait, il avait aussi ses petits extras. Cliff l'en croyait bien capable.

A la jonction de Carnarvon Road et de Wellesley Road — qui menaient toutes deux au bord de mer —, Cliff s'arrêta : non qu'il hésitât sur la direction à prendre, c'était plutôt qu'il réfléchissait à ce qui s'était joué pour lui ces derniers jours.

D'accord, Gerry avait été un peu pénible, mais il faut dire qu'il n'avait pas tort. D'un autre côté, Gerry était toujours pénible. Il ne savait pas rester cool. Et quand il ne trouvait rien à lui reprocher — rien qui nécessiterait une explication TOUT DE SUITE —, il le collait, cherchant à se faire rassurer, à s'entendre dire qu'il l'aimait et n'aimait que lui, pour toujours, à jamais... Merde ! Il y avait des jours où il avait l'impression de vivre avec une nana ! C'était sans arrêt des silences éloquents qu'il était censé interpréter comme ceci ou comme cela, des soupirs languissants signifiant Dieu sait quoi, des bisous dans le cou en guise de préliminaires, et — ça, c'était le pire et ça le rendait dingue ! — sa queue en érection contre lui le matin, qui se rappelait à son bon souvenir !...

Ah, ce qu'il détestait cette manière qu'avait Gerry de lui rappeler ce qu'il attendait de lui ! C'était comme s'il lui posait sans arrêt la même question à laquelle il devait répondre sur-le-champ et sans se tromper. Parfois, quand Gerry le sollicitait de la sorte, il avait envie de le baffer, de gueuler : Tu veux quelque chose, chéri ? Alors, dis-le, pour une fois, bordel !

Mais Gerry ne disait jamais les choses directement. Sauf quand il faisait une scène. Et ça — plus que tout le reste —, ça le faisait vraiment chier ! Ça lui donnait envie de frapper, de tout casser.

Il se rendit compte que, sans réfléchir, il était arrivé à la place du marché et s'était garé au bord du trottoir. Hou là, songea-t-il. Minute, mec. Il agrippa le volant et regarda devant lui. Depuis sa dernière visite, des fanions bleus, rouges et blancs avaient été accrochés au-dessus de la place. Tous convergeaient vers un petit bâtiment en brique assez bas, comme pour attirer l'attention de tous les clients du marché sur les toilettes publiques, où l'inscription « HOMMES » tremblotait sous la chaleur.

Cliff déglutit. Dieu, ce qu'il avait soif ! Il pouvait toujours acheter une bouteille d'eau, ou un jus de fruit, ou un Coca. Et tant qu'il y était, plutôt que d'aller courir d'un magasin à un autre, autant faire les courses ici ; il trouverait tous les produits frais sur place. Et il devait absolument se dégotter un truc à boire avant de repartir. Il ouvrit sa portière, la referma d'un coup de pied et se dirigea d'un bon pas vers la place. Il acheta une bouteille d'eau et la but d'un trait au goulot. Il chercha des yeux une poubelle pour la jeter et c'est alors qu'il remarqua que Plucky faisait une promo sur ses cravates, écharpes et mouchoirs. Tiens, et s'il faisait un cadeau à Gerry ? Il ne serait pas obligé de lui dire où il l'avait acheté.

Il s'approcha de l'étal où des écharpes en soie aux couleurs vives étaient accrochées sur un fil par des pinces à linge et disposées avec art en dégradés de couleurs. Cliff les passa en revue. Il aimait sentir le tissu lui glisser entre les doigts. Il eut envie d'y enfouir son visage car il lui semblait que par cette chaleur elles le rafraîchiraient autant qu'un torrent de montagne.

— Mignon, hein ? dit quelqu'un sur sa droite.

Devant un carton plein de mouchoirs se tenait un mec en tee-shirt hyper-moulant et hyper-échancré qui révélait des épaules et des pectoraux très développés. Putain, canon, songea Cliff. Super-baraque. Il suffisait qu'il mate le mec, lui réponde un truc du genre : « Super-mignon, ouais », et lui fasse un large sourire sans le quitter des yeux pour qu'il comprenne qu'il n'était pas contre.

Le mec portait un short si court et si moulant que Cliff eut un mouvement de tout le corps en réaction à ce que cette tenue lui révélait. Faut que j'achète des légumes pour le dîner, se remémora-t-il. Et une salade. Et des patates. Pour le dîner avec Gerry. Pour fêter l'unité, la fidélité, la vie de couple.

Sauf qu'il ne pouvait détacher les yeux de ce mec. Il était bronzé et ses muscles luisaient sous le soleil de l'après-midi. On aurait dit une sculpture vivante. Putain, se dit Cliff, pourquoi Gerry n'est pas comme ça?

Le mec attendait qu'il lui réponde. Comme s'il sentait l'hésitation de Cliff, il lui sourit.

— Il fait vachement chaud aujourd'hui, hein? dit-il. Remarque, moi, j'aime quand c'est chaud. Pas toi?

Putain, songea Cliff. Putain de putain de putain!

Oh, et puis basta! Gerry serait toujours accro, toujours demandeur, toujours à examiner son emploi du temps à la loupe et à le bombarder de questions. Pourquoi ne pouvait-il pas lui faire confiance? Il ne voyait donc pas à quoi il le poussait?

Cliff lança un coup d'œil en direction des toilettes et regarda de nouveau le mec.

— Pour moi, c'est jamais trop chaud, dit-il.

Sur ce, de sa démarche la plus nonchalante, il se dirigea vers la pissotière.

25

Une autre altercation avec un des deux Pakistanais, voilà ce qu'Emily voulait éviter à tout prix. Or, quand l'agent Honigman débarqua avec Fahd Kumhar, tremblant comme une feuille, pour un nouvel interrogatoire en règle, elle vit le cousin de Muhannad Malik sur leurs talons. Devant Emily, Kumhar se mit à baragouiner, comme la veille. Honigman le prit sous une aisselle, lui tordit un peu le bras et lui gueula de la fermer, ce qui n'eut pas l'effet escompté. Emily donna l'ordre de le boucler en attendant qu'elle puisse s'occuper de lui. Et Taymullah Azhar lui tomba sur le poil.

Emily n'était pas d'humeur. A son retour au poste, elle avait eu droit à un autre coup de fil de Ferguson, qui voulait connaître les résultats de la perquisition à la fabrique Malik. Il fut presque aussi ravi qu'elle en apprenant que ça n'avait rien donné. Son principal souci, évidemment, n'était pas tant le meurtre d'Haytham Querashi que son entretien pour sa nomination au poste de sous-préfet : toutes ses questions étaient sous-tendues par le fait que son passage devant le jury allait avoir lieu dans moins de quarante-huit heures et qu'il voulait y arriver en annonçant que le meurtre de Balford avait été élucidé.

« Barlow, putain, mais qu'est-ce que vous foutez ? avait-il beuglé. Les seules nouvelles que j'aie de votre clique de merde, c'est que vous tournez en rond ! Vous connaissez la procédure, ou je dois vous la rappeler ? Si vous ne pouvez pas me garantir une arrestation pour demain matin, je vous envoie Presley ! »

Il s'attendait sans doute à ce qu'Emily se mette à trembler de peur, et lui sorte n'importe quel coupable de son chapeau dans le but de lui permettre de négocier au mieux sa promotion. Mais elle était trop furibarde pour rentrer dans son jeu. Elle ne regrettait qu'une chose : ne pas pouvoir naviguer sur les ondes téléphoniques pour aller botter le cul du cher commissaire.

« Eh bien, envoyez-moi Presley ! lui avait-elle rétorqué. Et une dizaine d'inspecteurs avec lui, si vous pensez que ça peut redorer votre blason auprès de la commission ! Mais lâchez-moi les baskets, d'accord ? »

Elle raccrocha.

C'est à ce moment-là que Belinda Warner lui avait annoncé la mauvaise nouvelle : un des Pakistanais était à la réception et insistait pour la voir. Et c'est ainsi qu'elle se retrouva face à Taymullah Azhar.

Il l'informa qu'il avait suivi Honigman qui ramenait Kumhar à Clacton et qu'étant donné qu'il ne faisait pas confiance à la police en général, et à la brigade criminelle de Balford en particulier, il s'était posté devant la pension de Kumhar pour attendre le départ de l'agent de police. Il voulait vérifier l'état mental et physique de son compatriote. Et c'est alors qu'il avait vu Honigman ressortir de la pension, toujours avec Kumhar. Il les avait suivis jusqu'ici.

— Mr Kumhar était en larmes, dit-il à Emily. Il est évident qu'il est à bout. Vous conviendrez qu'il est primordial qu'il soit informé de...

— Mr Azhar, le coupa Emily, Fahd Kumhar est entré dans le pays illégalement. Vous n'êtes pas sans savoir ce que cela implique pour ses droits ?...

Azhar parut alarmé par ce revirement soudain.

— Êtes-vous en train de me dire que sa détention n'a rien à voir avec le meurtre de Mr Querashi ?

— Je vous répète ce que je viens de vous dire : il n'est pas touriste, il n'est pas en vacances, il n'est pas étudiant, et il n'est pas marié à une Britannique. Il n'a pas le droit d'être dans ce pays.

— Je vois, dit Azhar. (N'étant pas du genre à baisser les bras aussi facilement, il s'empressa d'ajouter :) Et comment comptez-vous lui expliquer tout ça ?

Qu'il aille se faire foutre, ce connard ! songea Emily. Il la fixait, attendant calmement qu'elle lui fasse la seule réponse possible puisque Kumhar ne parlait pas un traître mot d'anglais. Elle se maudit d'avoir demandé qu'on raccompagne le professeur Siddiqi à Londres. Il était inutile qu'elle essaie de joindre l'agent Hesketh sur son portable. Ils devaient être arrivés à Wanstead, et si elle lui donnait l'ordre de faire demi-tour et de ramener Siddiqi, cela prendrait au moins deux heures, ce qu'elle ne pouvait se permettre. C'était exactement là-dessus que pariait Taymullah Azhar.

Elle repensa à ce qu'elle avait appris à son sujet grâce au rapport du SO11. Rien de bien grave : adultère et abandon du domicile conjugal. Ça ne le présentait pas sous un jour très flatteur, mais ça n'en faisait pas l'ennemi public numéro un pour autant — ou alors ils seraient nombreux derrière les barreaux, du prince de Galles aux poivrots du coin. De plus, comme Barbara le lui avait fait remarquer, il n'était pas directement impliqué dans cette affaire ; rien de ce qu'Emily avait lu sur lui ne lui permettait de penser qu'il trempait dans les magouilles de son cousin. Et même si c'était le cas, quelle marge de manœuvre avait-elle, entre faire revenir Siddiqi — et perdre du temps — et tenter d'aboutir à la vérité sans attendre ? Aucune.

— Bien, fit-elle, suivez-moi. Mais à la moindre erreur, Mr Azhar, je vous inculpe pour complicité.

— Complicité de quoi ? dit Azhar.

— Oh, je crois que vous connaissez la réponse à votre question.

Le quartier des Avenues était situé à l'opposé de la zone industrielle, à proximité du golf de Balford. On pouvait s'y rendre par plusieurs itinéraires. Barbara choisit de passer par le front de mer. Elle était accompagnée par un des inspecteurs les plus costauds parmi ceux qui avaient perquisitionné la fabrique, un dénommé Reg Park, qui avait pris le volant. Il avait la tête du type qui ne demandait qu'à faire danser le quadrille à quiconque hésiterait à se lancer dans la ronde. Barbara ne s'attendait pas à ce que Muhannad Malik saute au plafond quand elle lui demanderait de l'accompagner au poste histoire de tailler une bavette avec l'inspecteur-chef Barlow. Même s'il y avait passé plusieurs heures ces derniers jours, elle ne doutait pas qu'il préférerait y venir de son plein gré. La présence de l'agent Park à ses côtés était l'assurance que Malik coopérerait.

Elle gardait l'œil ouvert, à l'affût de la Thunderbird bleu turquoise. Muhannad ne s'était pas montré pendant la perquisition de la fabrique. Il n'avait pas téléphoné non plus, et personne ne savait où il était. Ian Armstrong ne trouvait pas cela curieux. Quand Barbara l'avait interrogé sur ce point, il lui avait répondu que le directeur des ventes s'absentait souvent plusieurs heures d'affilée. Il y avait même des fois où on ne le voyait pas de plusieurs jours. Il devait assister à des colloques, organiser des salons, rencontrer des publicistes. Il était plus utile à l'extérieur qu'à l'intérieur de la fabrique.

C'est donc à l'extérieur que Barbara le cherchait. Il pouvait être en rendez-vous professionnel, certes ; mais un coup de fil de l'agence de la World Wide Tours avait pu aussi l'envoyer sur les routes pour régler un autre genre d'affaires.

Aucun signe de la voiture turquoise pendant le trajet. Et quand Park passa au pas devant l'imposante maison à pignons des Malik, Barbara constata que la Thunderbird n'était pas dans l'allée non plus. Elle lui demanda tout de même de se garer. Le fait que la bagnole de Muhannad ne soit pas là ne voulait pas nécessairement dire que lui-même était absent.

— On va tenter le coup, dit-elle à Park. Et soyez

prêt à ceinturer le bonhomme si jamais il est là, d'accord ?

Park la regarda comme si devoir jouer les gros bras serait le couronnement de sa journée. Il émit une espèce de grognement simiesque et la suivit dans l'allée gravillonnée bordée de plates-bandes de lavande, de lychnis et de phlox en pleine floraison.

Barbara ne vit aucune ombre derrière les fenêtres du rez-de-chaussée et de l'étage, mais quand elle tira sur la sonnette, on vint ouvrir le judas : une découpe carrée et grillagée dans le panneau en chêne de la porte. Barbara eut l'impression d'être arrivée dans un cloître — sentiment renforcé par la silhouette qu'elle distingua par le judas : celle d'une femme voilée.

Barbara brandit sa carte de police devant l'ouverture en se présentant.

— J'aimerais dire un mot à Muhannad Malik, s'il vous plaît.

Le judas fut prestement refermé. Un verrou fut tiré. La porte s'ouvrit. Park et elle se retrouvèrent face à une femme d'âge moyen qui se tenait dans l'ombre. Elle portait une robe longue, une tunique à manches longues fermée jusqu'au menton, et un foulard qui lui recouvrait la tête et les épaules, d'un bleu si foncé qu'il en paraissait noir dans la faible clarté de l'entrée.

— Que lui voulez-vous, à mon fils ? demanda-t-elle.

— Oh, vous êtes Mrs Malik ? fit Barbara. Nous pouvons entrer, s'il vous plaît ?

La femme parut peser le pour et le contre. Son

regard passa de Barbara à son compagnon, qu'elle dévisagea longuement.

— Muhannad n'est pas ici, finit-elle par dire.

— Mr Armstrong nous a dit que votre fils est rentré chez lui pour déjeuner et n'est pas revenu à la fabrique depuis.

— Il est passé ici, oui, mais il est reparti. Il y a une heure. Peut-être un peu plus.

— Vous n'en êtes pas sûre ? Vous savez où il est allé ? Nous pouvons entrer, s'il vous plaît ?

Mrs Malik regarda de nouveau l'agent Park, et resserra son foulard autour de son cou. A ce geste, Barbara comprit que cette femme pakistanaise n'avait jamais fait entrer un homme occidental sous son toit en l'absence de son époux.

— L'agent Park attendra dans le jardin, ajouta-t-elle. Il admirera vos jolies fleurs, pas vrai, Reg ?

L'agent marmonna quelque chose et descendit du perron en lançant à Barbara :

— Vous criez s'il y a quelque chose, d'accord ?

Il lui fit un signe de tête entendu et s'éloigna.

— Merci, lui répondit-elle, en lui indiquant d'un geste tout aussi entendu les plates-bandes de fleurs derrière eux.

Une fois que Park se fut éloigné, Mrs Malik s'effaça pour laisser entrer Barbara. Celle-ci ne se fit pas prier et, à l'invite de son hôtesse, passa dans une pièce à sa gauche qui servait de salon. Barbara s'arrêta au centre de la pièce et se retourna vers Mrs Malik. Le sol était recouvert d'une moquette aux couleurs vives. Barbara remarqua qu'il n'y avait aucun tableau aux murs, mais des tapisseries sur lesquelles étaient brodés des versets du Coran sur fond doré. Sur le manteau de la cheminée étaient posées des photographies. Barbara s'en approcha pour les examiner. Sur l'une, elle reconnut Muhannad en compagnie de sa femme enceinte jusqu'aux dents ; sur une autre, Sahlah et Haytham Querashi posant sur le seuil d'une maison à colombages ; les autres étaient celles de deux petits garçons, soit seuls, soit ensemble, dans diverses poses, en couches ou harnachés contre le froid.

— Ce sont vos petits-fils ? demanda Barbara, en se retournant vers Mrs Malik.

Elle s'aperçut que celle-ci n'était pas entrée dans la pièce, mais l'observait depuis le pas de la porte, restant dans l'ombre, comme si elle avait quelque chose à cacher ou, pour le moins, était sur ses gardes. Barbara se dit alors qu'elle n'avait que la parole de cette femme au sujet de l'absence de Muhannad. Elle fut aussitôt sur le qui-vive.

— Où est votre fils, Mrs Malik ? demanda-t-elle. Il est toujours ici ?

— Non, je vous ai dit, non.

Comme si un changement d'attitude confirmerait ses dires, elle rejoignit Barbara, rajustant son foulard une fois encore. A la lumière, Barbara se rendit compte que la main avec laquelle Mrs Malik tenait son foulard était écorchée et couverte de bleus. Elle leva les yeux et s'aperçut qu'elle était aussi marquée au visage.

— Que vous est-il arrivé ? lui demanda-t-elle. On vous a battue ?

— Oh, non, voyons. Je suis tombée dans le jardin. Je me suis accrochée à quelque chose et...

Comme pour justifier ses paroles, elle lui montra une partie de sa robe qui était déchirée et sale.

— Personne ne se blesse comme ça en tombant par terre, lui fit remarquer Barbara.

— Moi, oui, hélas ! lui répliqua Mrs Malik. Comme je vous disais, mon fils n'est pas là. Mais je suppose qu'il rentrera pour aider sa femme à faire manger les petits. Si vous voulez repasser ce soir, Muhannad se fera un plaisir de...

— Ne parlez pas au nom de Muhannad, dit une voix de femme.

Barbara fit volte-face et constata que la femme de Muhannad était descendue. Elle aussi portait des traces de coups sur le visage et des griffures sur les joues. Ces deux-là se sont battues, en conclut Barbara, qui était bien placée pour savoir que les hommes, eux, se battent à coups de poing. Elle jaugea Mrs Malik d'un air dubitatif en se demandant comment elle pourrait tirer parti des relations qui existaient entre ces deux femmes.

— Seule son épouse parle en son nom, dit la plus jeune des deux femmes.

Voilà, se dit Barbara, qui pourrait bien être un mal pour un bien.

— Il dit qu'on lui a volé ses papiers, traduisit Taymullah Azhar. Qu'ils étaient dans sa commode hier, et que, cet après-midi, quand il a voulu les donner à l'agent de police, ils n'y étaient plus.

Emily était debout, cette fois, dans la pièce exiguë qui faisait office de salle d'interrogatoire. Son magnétophone était posé sur la table. Une fois qu'elle l'eut enclenché, elle était allée se camper à côté de la porte et n'en avait pas bougé. Ainsi, elle pouvait regarder Fahd Kumhar de haut ; autant lui faire comprendre qui détenait le pouvoir.

Taymullah Azhar était assis en bout de table, Kumhar à sa droite. Jusqu'à présent Azhar ne lui avait dit, semblait-il, que ce qu'Emily avait bien voulu qu'il lui dise. L'interrogatoire avait commencé par une litanie de Kumhar qu'ils avaient trouvé, en entrant dans la salle, recroquevillé par terre dans un coin, telle une souris qui sait qu'un coup de patte fatal va lui tomber dessus d'une seconde à l'autre. Il avait regardé derrière Emily et Azhar, comme s'il s'attendait à ce qu'ils soient accompagnés, et quand il eut compris que ses inquisiteurs seraient ces duettistes, il s'était lancé dans son baragouin.

Emily avait exigé de savoir ce qu'il disait.

Azhar l'avait écouté attentivement pendant quelques secondes, puis avait dit :

— Il récite des extraits du Coran. Il dit que parmi le peuple d'Al-Madinah se trouvent des hypocrites que Mahomet ne connaît pas. Il dit qu'ils seront châtiés et maudits.

— Dites-lui d'abréger.

Azhar s'adressa gentiment à Kumhar, qui continua dans la même veine.

— « D'autres ont reconnu leurs fautes. Même si leurs actions n'ont pas toujours été bonnes, Allah saura se montrer miséricordieux envers eux. Parce qu'Allah... »

— On a déjà eu droit à ça hier ! l'interrompit Emily. On ne va pas jouer à la prière tous les jours. Dites à Mr Kumhar que je veux savoir ce qu'il fait dans ce pays sans papiers. Et Querashi savait-il qu'il était ici illégalement ?

Ce à quoi Kumhar lui répondit — avec l'aide d'Azhar — qu'on lui avait volé ses papiers entre hier après-midi, quand on l'avait emmené au poste, et aujourd'hui.

— C'est du baratin, dit Emily. L'agent Honigman vient de m'informer que tous les autres locataires de Mrs Kersey sont anglais. Aucun d'eux n'a besoin d'un permis de séjour. La porte d'entrée de la pension est toujours fermée à clé, et la fenêtre de la chambre de Mr Kumhar est à plus de trois mètres cinquante du sol et ne donne pas sur la rue. Alors, comment explique-t-il qu'on ait pu lui piquer ses papiers dans sa chambre et surtout pourquoi ?

— Il ne peut pas expliquer comment ça s'est passé, dit Azhar après avoir écouté attentivement la réponse de Kumhar. Mais il dit que ces documents ont de la valeur car ils peuvent être vendus au marché noir à des pauvres gens qui veulent pouvoir profiter des possibilités d'emplois et des meilleures conditions de vie qu'offre ce pays.

— Bon, fit Emily en scrutant le Pakistanais d'un air songeur. (Ses mains moites laissaient des marques humides sur la table.) Dites-lui qu'il n'a pas de soucis à se faire pour ses papiers. On se fera un plaisir de lui demander des duplicatas à Londres. Il y a quelques années, ça aurait été plus difficile, bien sûr, mais grâce à l'informatisation des services, on va pouvoir déterminer s'il est entré légalement dans ce pays. Il nous faciliterait le travail, cependant, en nous disant par où il est arrivé. Heathrow ? Gatwick ?

Kumhar écouta la traduction d'Azhar et déglutit. Emily persista dans cette voie :

— Évidemment, nous devons connaître le type de visa qu'on lui a volé. Sinon, nous ne pourrons pas obtenir de duplicata. Demandez-lui à quel titre il est venu ici. Visite à un proche ? Vacances ? Pour travailler ? Ou en tant qu'étudiant ? Pour suivre un traitement médical ? Sauf qu'il ne donne pas l'impression d'être assez riche pour ça, non ?

Kumhar se tortilla sur sa chaise en écoutant la traduction d'Azhar. Il ne répondit pas directement.

— « Allah réserve les feux de l'enfer aux hypocrites et aux incroyants, traduisit Azhar. Allah les maudit et ils seront livrés au feu éternel... »

Encore des prières, bordel ! songea Emily. S'il s'imagine qu'elles vont le sortir de ce mauvais pas, il est encore plus naïf qu'il ne paraît !

— Mr Azhar, dit-elle, dites à cet homme...

— Vous permettez que j'essaie quelque chose ? l'interrompit Azhar en la regardant avec franchise.

— Quoi ? fit Emily, méfiante.

— Une... prière, comme vous dites.

— Si vous m'en dites le sens.

— Bien sûr. (Il se tourna vers Kumhar et s'adressa à lui en traduisant au fur et à mesure :) « Triomphants sont ceux qui se repentent envers Allah, ceux qui Le servent, ceux qui louent Son nom... ceux qui recommandent le bien et interdisent le mal et ceux qui ne franchissent pas les limites... »

— Bon, le duo de bondieuseries, ça suffit ! s'énerva Emily.

— Permettez-moi de lui dire une dernière chose, dit Azhar. Que cela ne sert à rien de se cacher dans un labyrinthe de mensonges car on s'y égare facilement.

— Allez-y, mais ajoutez une chose : on a assez ri. Soit il dit la vérité, soit on le fout dans le premier avion en partance pour Karachi. Au choix.

Azhar transmit l'information. Les yeux de Kumhar s'embuèrent de larmes. Il se mordilla les lèvres. Et déversa un torrent de paroles.

— Qu'est-ce qu'il raconte ? demanda Emily, comme Azhar ne traduisait pas simultanément.

— Il dit qu'il ne veut pas mourir, finit par dire Azhar d'une voix lente. Qu'il demande la protection de la police. En gros, il dit la même chose qu'hier : « Je ne suis personne. Je ne suis rien. Protégez-moi, s'il vous plaît. Je n'ai pas d'amis dans ce pays. Et je ne veux pas finir comme l'autre. »

— Ah ! fit Emily, savourant sa victoire. Donc, il sait quelque chose sur la mort de Querashi ?

— Apparemment, répondit Azhar.

Barbara se dit que le moment était bien choisi pour mettre en pratique la sacro-sainte règle : diviser pour mieux régner. Soit Mrs Malik ignorait vraiment où était son fils, soit elle ne désirait pas le dire à la police. De son côté, la femme de Muhannad semblait très désireuse de prouver que son mari et elle ne se cachaient rien et que chacun devançait les pensées de l'autre. Il y avait de fortes chances qu'en voulant prouver qu'elle tenait une place importante dans la vie de Muhannad elle révèle des informations intéressantes. Mais pour en arriver là, Barbara devait commencer par séparer les deux femmes. La tâche lui fut facilitée de façon tout à fait inattendue, car l'épouse de Muhannad lui proposa de continuer cette conversation en tête à tête.

— Les époux se disent des choses qui ne doivent pas forcément revenir aux oreilles des belles-mères, dit-elle à Barbara sur un ton suffisant. Étant donné que je suis la femme de Muhannad et la mère de ses enfants...

— Oui, je comprends, l'interrompit Barbara, désireuse de s'épargner une tirade identique à celle que la jeune femme lui avait faite la première fois qu'elle l'avait vue. (Yumn avait beau être musulmane, elle devenait carrément biblique quand il s'agissait de jouer au petit jeu des procréateurs et des procréés.) On peut s'isoler où ?

Yumn lui proposa de monter à l'étage. Elle devait donner le bain aux fils de Muhannad avant de boire le thé avec lui. Elles pourraient bavarder pendant ce temps-là. Le sergent ne le regretterait pas : le spectacle des fils nus de Muhannad la comblerait de joie.

Ouais, songea Barbara. Je meurs d'impatience.

— Yumn, dit Mrs Malik, tu ne veux pas que Sahlah leur donne le bain, aujourd'hui ?

Elle parla d'une voix si posée que le sous-entendu de sa remarque pouvait facilement passer inaperçu pour qui n'était pas habitué à de telles subtilités. Et ce fut sans surprise que Barbara entendit Yumn répondre, sur un ton qui indiquait clairement que ce ne serait qu'en lui fendant le crâne à coups de hache qu'on aurait une chance de lui enfoncer quelque chose dans la tête :

— Elle n'aura qu'à leur faire la lecture ce soir, *Sus-jahn*. S'ils ne sont pas trop fatigués, évidemment. Et si elle choisit une histoire qui ne donne pas de cauchemars à Anas. (Elle se tourna vers Barbara :) Venez.

Barbara gravit l'escalier à la suite de cette femme aux hanches larges qui babillait avec insouciance.

— C'est fou ce que les gens peuvent s'imaginer, disait-elle. Ma belle-mère, tenez. A l'entendre, elle est l'artère qui fait battre le cœur de mon époux. C'est malheureux, hein ? Il est son seul fils — elle n'a pu avoir que deux enfants, vous comprenez, mon Muni et sa sœur —, alors elle s'accroche à lui plus que de raison.

— Ah oui ? fit Barbara. J'aurais plutôt cru qu'elle était plus proche de Sahlah. Étant toutes deux des femmes...

— Sahlah ? dit Yumn en pouffant. Qui voudrait être proche de cette moins-que-rien ? Venez, mes fils sont ici.

Elle la précéda dans une chambre où deux petits garçons jouaient par terre. Le plus jeune était en couche-culotte et le plus grand était complètement nu — apparemment, ses vêtements servaient à baliser la route que suivaient les camions que son frère et lui poussaient.

— Anas, Bishr, dit Yumn d'une voix chantante. Venez voir *Ammī-gee*. C'est l'heure du bain !

Les petits garçons continuèrent à jouer.

— Et après, je vous donnerai des Twister, mes chéris...

L'argument porta. Ils abandonnèrent leurs jouets et laissèrent leur mère les prendre dans ses bras.

— Par ici, dit Yumn à Barbara qui la suivit jusqu'à la salle de bains.

801

Yumn fit couler quelques centimètres d'eau dans la baignoire, y déposa ses deux bambins et leur jeta des canards en plastique jaune, deux bateaux à voile et quatre éponges. Elle versa une quantité généreuse de savon liquide et tendit les éponges aux enfants pour qu'ils fassent joujou avec.

— Le bain doit être un jeu, expliqua-t-elle à Barbara en reculant pour admirer ses rejetons qui s'éclaboussaient à qui mieux mieux. Votre tatie ne fait que vous frotter, frotter, frotter, hein, mes amours ? Elle est embêtante, Tatie, hein ? Ce n'est pas comme avec votre *ammī-gee*. Vous voulez qu'on joue aux bateaux ? Vous voulez d'autres canards ? C'est votre *ammī-gee* que vous préférez, hein ?

Les petits étaient trop occupés à se jeter les éponges à la figure pour lui accorder beaucoup d'attention. Elle leur ébouriffa les cheveux et, après un soupir d'aise, elle se tourna vers Barbara et lui dit :

— Ils sont ma fierté. Et celle de leur père. Ils seront exactement comme lui : de vrais hommes.

— Oui, on voit qu'ils lui ressemblent.

— C'est vrai ? (Yumn s'écarta de la baignoire et admira ses fils comme s'ils étaient des œuvres d'art.) Oui... Ah, Anas a les yeux de son père. Et Bishr... (elle gloussa)... eh bien, disons que d'ici quelques années, Bishr aura autre chose de son père ! Hein, tu seras un étalon pour ta femme, un jour, Bishr ?

— Mrs Malik, dit Barbara en revenant à ses moutons, je suis venue pour voir votre mari. Pouvez-vous me dire où il se trouve ?

— Mais qu'est-ce que vous lui voulez, à mon Muni ? (Elle se pencha au-dessus de la baignoire et fit courir l'éponge sur le dos de Bishr.) Ne me dites pas qu'il a encore eu une contravention !

— J'aimerais lui poser quelques questions.

— Sur quoi ? Il s'est passé quelque chose ?

Barbara fronça les sourcils, étonnée. Cette femme ne pouvait pas être à côté de la plaque à ce point-là !

— Haytham Querashi... commença-t-elle.

— Oh, ça ! Mais que voulez-vous que Muni vous dise sur Haytham Querashi ? Il le connaissait à peine. Vous devriez plutôt aller poser des questions à Sahlah.

— Ah oui ?

Yumn tordit l'éponge pour faire couler du savon sur les épaules d'Anas.

— Oui, bien sûr, fit-elle. Sahlah s'apprêtait à faire quelque chose de pas joli-joli. Haytham, Dieu sait comment, a découvert ce que c'était et ils ont eu des mots. Et les mots peuvent avoir des conséquences... poussent parfois les gens à... c'est triste, quand on y pense, vous ne trouvez pas ? Alors, mes chéris, on fait joujou avec les petits bateaux ?

Elle fit des vagues entre les jambes des enfants. Les bateaux en plastique roulèrent et tanguèrent. Les petits garçons rirent aux éclats et frappèrent l'eau de leurs poings.

— Pas joli-joli ? C'est-à-dire ? demanda Barbara.

— Elle s'occupait la nuit. Quand elle croyait que tout le monde dormait dans la maison, elle se trouvait des choses à faire, notre petite Sahlah. Elle sortait. Et il y avait des soirs où quelqu'un la rejoignait dans sa chambre. Elle s'imaginait que personne ne s'en rendait compte, mais ce qu'elle ne sait pas, c'est que lorsque mon Muni sort le soir, je ne me rendors pas tant qu'il n'est pas revenu se coucher auprès de moi. Et j'ai l'oreille fine. Très fine. N'est-ce pas, mes amours ? (Elle chatouilla ses gamins sur le ventre. Du coup, Anas l'éclaboussa. Elle rit gaiement et lui rendit la pareille.) Et le lit de notre petite Sahlah fait *couic, couic, couic,* n'est-ce pas, mes amours ? (Et de les éclabousser encore.) Tatie a le sommeil agité certaines nuits, hein ? Et son lit a fait *couic, couic, couic* si fort que même Haytham l'aura entendu lui aussi, hein, les garçons ? Et Sahlah et lui ont eu des mots et des mots et des mots...

Quelle vipère, songea Barbara. Elle mériterait qu'on lui file une mandale — Barbara était sûre qu'elle trouverait facilement un volontaire dans cette maisonnée. En attendant, elle pouvait toujours aller à la pêche.

— Avez-vous un tchador, Mrs Malik ? demanda-t-elle.

Les mains de Yumn s'immobilisèrent sur l'eau.

— Un tchador ? répéta-t-elle. C'est curieux, pourquoi me demandez-vous ça ?

— Vous portez surtout des vêtements traditionnels, alors je me posais la question. Vous sortez de temps en temps ? Pour aller chez des amis le soir ? ou boire le café au bar d'un hôtel ? Vous mettez un tchador ? On en voit à Londres, mais ici, c'est assez rare...

Yumn prit un seau en plastique posé par terre, tourna la manette de vidange de la baignoire et ouvrit le robinet. Elle remplit le seau d'eau et la versa sur ses fils qui se mirent à pousser des cris et à se tortiller comme des chiots. Elle les rinça, les essuya, les enveloppa dans des draps de bain et alors seulement elle se tourna vers Barbara et lui dit :

— Venez.

Elle ne retourna pas dans la chambre des enfants mais continua jusqu'au bout du couloir. Elle ouvrit une porte et fit signe à Barbara d'entrer. Elle se retrouva dans une petite chambre. Un lit à une place se trouvait contre le mur, une commode et un bureau étaient placés dos à dos. La fenêtre donnait sur un jardin clos par un mur de brique troué d'un portail qui s'ouvrait sur un verger bien entretenu.

— C'est dans ce lit-là, dit Yumn, comme si elle montrait le lieu du crime. Et Haytham savait ce qui s'y passait.

Barbara se détourna de la fenêtre, s'apprêtant à dire : « Et nous savons toutes deux comment il l'a su », quand elle remarqua que la table qui se trouvait contre le mur opposé au lit paraissait servir d'établi. Elle s'en approcha avec curiosité.

— Vous imaginez ce qu'Haytham a ressenti en apprenant que sa bien-aimée — que son père lui avait présentée comme vierge — ne valait pas mieux qu'une... bah, le mot serait peut-être fort, mais pas encore assez...

— Hmm, fit Barbara.

Elle vit trois commodes miniatures en plastique qui contenaient des perles, des pièces de monnaie, des coquillages, des pierres, des cristaux de pyrite et autres petites babioles.

— Ce sont les femmes qui assurent la pérennité

de notre culture, continuait Yumn. Notre rôle ne se limite pas à être épouses et mères, mais aussi à incarner la vertu pour nos filles.

— Oui, je comprends, dit Barbara.

A côté des commodes étaient alignés une kyrielle d'outils : de minuscules clés plates, un tube de glu et deux pinces coupantes.

— Et quand une femme manque à son devoir, c'est une honte pour elle-même, pour son époux et pour ses parents. Elle risque le bannissement. Sahlah le savait. Elle savait ce qui l'attendait une fois qu'Haytham aurait rompu ses fiançailles et expliqué pourquoi.

— J'ai compris, oui, dit Barbara.

À côté des outils, elle vit une rangée de grosses bobines.

— Aucun homme n'aurait voulu d'elle après ça, reprit Yumn. Si elle n'avait pas été chassée de la famille, elle y serait restée prisonnière, esclave de tous...

— Il faut que je parle à votre mari, Mrs Malik, dit Barbara en mettant la main sur le trésor qu'elle venait de découvrir.

Au milieu des bobines de ficelle et de fil doré, elle en avait repéré une, de fil de fer très fin. Assez solide toutefois pour faire tomber un homme dans la nuit du haut d'une falaise.

Bingo ! songea-t-elle. Bon Dieu ! Barlow-la-Bête avait raison depuis le début !

Emily dut les autoriser tous les deux à fumer. C'était le seul moyen qu'elle avait trouvé pour que Kumhar se détende et crache le morceau. Elle avait du mal à respirer, ses yeux lui picotaient et une douleur sourde commençait à cogner dans sa tête, mais elle endura la fumée des Benson & Hedges. Ce ne fut qu'à la troisième cigarette que la vérité se décida enfin à franchir les lèvres de Kumhar. Avant ça, il avait prétendu avoir passé la douane à Heathrow. Puis ce fut à Gatwick. Mais, incapable de donner le numéro du vol, le nom de la compagnie aérienne, ni sa date d'entrée dans le pays, il fut bientôt acculé à dire la vérité. Azhar traduisait sans faire de commentaire, mais la tristesse envahissait son regard au fur et à mesure des révélations de Kumhar. Emily était loin de prendre son chagrin pour argent comptant : elle connaissait assez ces Pakis pour savoir qu'ils étaient des acteurs-nés.

Certaines personnes vous aident, commença Kumhar. Quand on veut émigrer, il y a des gens au Pakistan qui connaissent des façons de diminuer le temps d'attente, qui vous fournissent des papiers en règle... Contre de l'argent, naturellement.

— Qu'entend-il par « papiers en règle » ? demanda Emily.

Kumhar éluda la question. Au début, il avait espéré pouvoir venir légalement dans ce merveilleux pays. Il avait tout essayé. Il avait cherché des mécènes. Il s'était même proposé comme parti possible à des parents qui cherchaient à marier leur fille — il n'aurait pas hésité à devenir bigame, mais il faut dire que la polygamie est non seulement légale au Pakistan, mais tout à fait courante pour un homme ayant les moyens d'entretenir plusieurs épouses. Pour l'instant, il n'avait pas les moyens, mais un jour...

— Qu'il m'épargne ses digressions ethnologiques, fit Emily à Azhar.

Oui, bien sûr. Donc, voyant qu'il n'arrivait pas à partir pour l'Angleterre légalement, son beau-père lui avait indiqué une agence de voyages à Karachi spécialisée dans... ils appelaient ça « assistance pour les problèmes d'immigration ». Ils avaient des bureaux dans le monde entier.

— Dans tous les points d'entrée et de sortie du territoire, dit Emily en se souvenant des villes que lui avait citées Barbara.

Probablement, dit Kumhar. Il était allé dans cette agence de Karachi et, pour un certain tarif, son problème avait été réglé.

— Il est entré en Angleterre clandestinement, dit Emily.

Enfin, pas directement en Angleterre. Il n'avait pas assez d'argent pour ça ; pour venir directement, il lui aurait fallu payer 5 000 livres pour un passeport britannique, un permis de conduire et une carte d'assurance maladie. Seuls les très riches pouvaient s'offrir ça ! Ce qu'il avait réussi à économiser en cinq années de dur labeur ne lui avait permis de se payer qu'un passage par voie de terre jusqu'en Allemagne.

— Jusqu'à Hambourg, dit Emily.

Là encore, il ne répondit pas. Une fois en Allemagne, il avait attendu — caché dans un appartement sûr — de pouvoir passer en Angleterre, où — le moment venu et s'il faisait un effort suffisant de son côté, lui avait-on dit — on lui remettrait les documents nécessaires pour qu'il puisse rester dans le pays.

— Vous êtes entré ici par le port de Parkeston, lui dit Emily. Comment ?

En ferry, à l'arrière d'un camion. Les immigrés sont cachés au milieu de marchandises expédiées d'Europe : pneus de voiture, blé, maïs, pommes de terre, vêtements, pièces de moteur. Peu importe. Tout ce qu'il faut trouver, c'est un chauffeur prêt à prendre ce risque contre une très grosse compensation.

— Et vos papiers ?

Là, Kumhar se remit à bafouiller. Apparemment, il n'avait pas envie d'en dire plus. Azhar et lui se lancèrent dans un échange rapide qu'Emily interrompit bien vite :

— Suffit ! dit-elle. Traduisez. Tout de suite.

Azhar se tourna vers elle, l'air grave.

— C'est plus ou moins ce qu'il nous a déjà dit. Il a peur d'en dire plus.

— Alors, je vais le dire pour lui, fit Emily. Muhannad Malik est impliqué dans toute cette affaire. Il fait rentrer des clandestins dans le pays et leur confisque leurs faux papiers. Traduisez, Mr Azhar. (Voyant qu'il n'obtempérait pas, elle répéta, d'une voix glaciale :) Tra-dui-sez ! Vous vouliez participer à cet interrogatoire, alors allons jusqu'au bout. Traduisez-lui ce que je viens de dire.

Azhar s'exécuta, mais comme à regret. Évidemment, songea Emily, il aurait préféré courir prévenir son cousin. Ces gens-là se serrent les coudes, et se rassemblent comme des mouches à merde au-dessus d'une bouse. Mais il ne partirait pas avant qu'elle ait eu le fin mot de l'affaire et, d'ici là, Muhannad Malik serait sous les verrous.

Une fois qu'Azhar eut fini sa traduction, Kumhar éclata en sanglots. Oui, c'est vrai, dit-il. A son arrivée en Angleterre, on les avait amenés dans un entrepôt, ses compagnons de voyage et lui. Là, ils avaient vu un Allemand et deux Pakistanais.

— Muhannad Malik... fit Emily. Qui était l'autre ?

Il ne le savait pas. Tout ce qu'il pouvait dire, c'est qu'il portait beaucoup d'or — une montre, des bagues — et qu'il parlait l'ourdou couramment. Il ne venait pas souvent à l'entrepôt, mais les deux autres le respectaient beaucoup.

— Rakin Khan, dit Emily.

Kumhar ne connaissait pas le nom de ces hommes. Il n'avait appris celui de Mr Malik que parce qu'eux-mêmes... (là, il montra du doigt Emily et Azhar)... l'avaient prononcé pendant l'interrogatoire de la veille. Avant, il ne connaissait Mr Malik que sous le nom de « Maître ».

— Charmant sobriquet, murmura Emily. Nul doute qu'il se le soit donné lui-même.

Kumhar poursuivit son récit. On leur avait dit que des arrangements avaient été pris pour qu'ils travaillent jusqu'à ce qu'ils aient gagné assez d'argent pour payer leurs papiers.

— Quel genre de travail ?

Certains allaient dans des fermes, d'autres dans des usines. Partout où on avait besoin de main-d'œuvre. Un camion venait les chercher la nuit, les emmenait sur leur lieu de travail et les ramenait une fois qu'ils avaient fini. Ça pouvait être le soir même, ou au bout de plusieurs jours. Mr Malik et les deux autres prenaient leur salaire. Une fois que les papiers étaient payés, on les donnait à l'immigré et on l'autorisait à partir.

Sauf que, durant les trois mois pendant lesquels Kumhar avait trimé pour éponger sa dette, aucun immigré n'était parti. Du moins pas avec des papiers en règle. Pas un seul d'entre eux. D'autres immigrés étaient arrivés, mais aucun ne gagnait jamais assez pour payer le prix de sa liberté. Il y avait eu de plus en plus de travail avec le ramassage des fruits et légumes, mais ce n'était jamais suffisant pour honorer leur dette.

Un véritable réseau, se dit Emily. Les clandestins sont embauchés dans des fermes ou des usines qui les sous-paient, et leur maigre salaire est versé à leur transporteur qui se sucre au passage et ne leur donne que ce qu'il veut bien leur donner. Les clandestins voient dans ce système un moyen de résoudre leurs problèmes d'immigration, mais la justice, elle, a un autre mot pour ça : esclavage.

Ils étaient coincés, dit Kumhar. Ils avaient le choix entre continuer à travailler en espérant finir par obtenir leurs papiers, ou s'enfuir à Londres pour se fondre dans la communauté pakistanaise en espérant échapper aux contrôles de police.

Emily en avait assez entendu. Ils étaient tous impliqués : le clan Malik et Querashi. Un moyen d'enrichissement classique. Querashi avait compris la magouille le soir où il avait vu Muhannad au Castel, et il avait voulu qu'une part de ce gâteau soit ajoutée à la dot de Sahlah. Il s'était fait jeter. Nul doute qu'il avait voulu utiliser Kumhar comme moyen de pression auprès des Malik. Bien vu. Il avait compté sur la cupidité atavique des Malik et le fait qu'il monnaye son silence était dans la logique des choses : il allait bientôt faire partie de la famille, après tout. Il méritait autant que Muhannad de profiter de la poule aux œufs d'or.

Eh bien, Muhannad allait pouvoir dire adieu à sa bagnole de collection, à sa Rolex, à ses bottes en peau de serpent, à son rubis et à ses chaînettes en or. Il n'aurait plus besoin de tout ça là où on l'enverrait. Et voilà qui grillerait définitivement Akram Malik au sein de sa communauté. Et tous les Pakistanais à Balford. La plupart d'entre eux bossaient pour lui et, quand la fabrique fermerait après la mise en examen des Malik, ils devraient aller chercher du travail ailleurs. Du moins, ceux qui étaient là légalement.

Ainsi, elle ne s'était pas plantée en perquisitionnant la fabrique de moutardes. Simplement, ce n'étaient pas des marchandises de contrebande qu'il fallait chercher, mais des gens.

Elle avait du pain sur la planche. Il fallait mettre le SO1 sur le coup, lancer une enquête internationale pour déterminer l'ampleur de l'organisation, puis informer les services d'immigration afin qu'ils fassent le nécessaire pour rapatrier les immigrés clandestins. Certains d'entre eux devraient rester pour témoigner contre Muhannad et sa famille au procès, bien sûr. Peut-être contre un droit d'asile ? C'était une possibilité.

— Autre chose, dit-elle à Azhar. Comment Mr Kumhar a-t-il fait la connaissance de Mr Querashi ?

Il était venu un jour sur son lieu de travail, expliqua Kumhar. Il avait surgi dans le champ de pêchers au moment de la pause-déjeuner en disant qu'il cherchait quelqu'un pour l'aider à mettre fin à leur esclavage. Il promettait la sécurité et un nouveau départ dans ce pays. Kumhar était un des huit hommes qui s'étaient portés volontaires. C'est lui qui avait été choisi et il était parti avec Mr Querashi l'après-midi même. Querashi l'avait conduit à Clacton, installé chez Mrs Kersey, et lui avait donné un chèque pour qu'il puisse envoyer de l'argent à sa famille au Pakistan et en signe de ses bonnes intentions vis-à-vis d'eux tous.

C'est ça, songea Emily, en ricanant intérieurement. Autrement dit, une autre forme d'esclavage, avec Kumhar en épée de Damoclès que Querashi pouvait agiter au-dessus de la tête des Malik. Kumhar était trop bête pour s'en être rendu compte.

Elle devait remonter à son bureau pour savoir si Barbara avait mis la main sur Muhannad, mais elle ne pouvait pas se permettre de laisser Azhar alerter les Malik. Elle pouvait le mettre en garde à vue comme complice, mais elle courait le risque qu'il exige une assistance juridique et lui mette des bâtons dans les roues. Autant lui demander de rester auprès de Kumhar en lui donnant l'impression qu'il agissait pour le bien de toutes les parties.

— Je vais avoir besoin de la déposition de Mr Kumhar, dit-elle. Puis-je vous demander de rester auprès de lui pendant qu'il l'écrit puis de m'en faire une traduction ?

Voilà qui devrait lui prendre au moins deux heures.

Kumhar se mit à parler à toute allure. Il alluma une autre cigarette d'une main tremblante.

— Qu'est-ce qu'il dit ? demanda Emily.

— Il veut savoir s'il aura ses papiers maintenant qu'il vous a dit la vérité.

Azhar la regardait avec une expression de défi qui l'agaça.

— Dites-lui que tout vient à point à qui sait attendre, répondit-elle.

Sur ce, elle partit à la recherche du sergent Havers.

Yumn remarqua l'intérêt de Barbara pour le passe-temps de Sahlah.

— Elle fait des bijoux, lui dit-elle. Du moins, c'est le nom qu'elle leur donne. Moi, j'appelle ça une excuse pour ne pas faire son devoir.

Elle rejoignit Barbara, sortit deux tiroirs de la commode et versa pièces de monnaie et perles d'ambre sur le bureau. Elle assit Anas sur la chaise. Se prenant de passion pour les bijoux de sa tante, il ouvrit un autre tiroir et renversa son contenu sur le bureau. Il rit en voyant tous ces petits objets aux couleurs vives rebondir et rouler devant lui. Il prit deux autres tiroirs et les renversa en riant aux éclats, mélangeant sans vergogne ce que Sahlah avait classé par taille, couleur et matière. Une longue soirée de rangement en perspective !

Yumn ne fit rien pour arrêter son fils qui, sur sa lancée, vida tous les tiroirs. Elle sourit avec indulgence et lui ébouriffa les cheveux.

— Ça te plaît, toutes ces couleurs, hein, mon joli ? roucoula-t-elle. Tu peux reconnaître les couleurs pour ton *ammī-gee* ? Ça, c'est rouge, Anas. Tu vois ?

Barbara, elle, commençait effectivement à voir rouge.

— Mrs Malik, dit-elle, j'aimerais dire un mot à votre mari. Où puis-je le trouver ?

— Mais pourquoi voulez-vous parler à mon Muni ? Je viens de vous dire qu'il...

— Je sais ce que vous m'avez dit. Mais il y a un ou deux points que j'aimerais éclaircir avec lui au sujet de la mort de Mr Querashi.

Yumn cessa de caresser les cheveux de son fils et se retourna vers Barbara.

— Je vous ai dit qu'il n'avait rien à voir avec la mort d'Haytham. C'est à Sahlah que vous devriez parler, pas à son frère !

— Écoutez...

— C'est vous qui devriez écouter ! fit Yumn, haussant le ton. (La colère lui avait rosi les joues. La tigresse pointait sous la gentille mère au foyer.) Je vous ai dit que Sahlah et Haytham avaient eu des mots. Je vous ai dit qu'elle recevait la nuit. Étant donné que vous êtes de la police, je pense que vous devez être capable d'en tirer les conclusions qui s'imposent, non ? Mon Muni est un homme. Vous n'avez pas besoin d'aller l'embêter avec ça.

— Bien, fit Barbara. Je vous remercie. Je m'en vais. Ne me raccompagnez pas. Je trouverai sans vous.

Yumn dut percevoir un double sens aux paroles de Barbara, car elle dit, avec insistance :

— Vous n'avez pas besoin d'aller l'embêter avec ça !

Barbara sortit dans le couloir.

— Elle vous a mise dans sa poche, hein ? cria

Yumn dans son dos. Comme les autres. Vous dites deux mots à cette chienne et vous croyez parler à une biche ! Si douce. Si gentille. Elle ne ferait pas de mal à une mouche, elle ! Alors, vous l'oubliez, et elle passe à travers les mailles du filet ! (Barbara s'engagea dans l'escalier.) Elle s'en sort à tous les coups, cette petite putain ! Parce que c'est une putain ! Elle le fait monter dans sa chambre, entrer dans son lit, et elle prétend être ce qu'elle n'est pas ! Vierge. Respectueuse. Pieuse. Bonne !...

Barbara avait atteint la porte. Au moment où elle posait la main sur la poignée, Yumn lui cria, du palier de l'étage :

— Il était avec moi !

Barbara arrêta son geste et se retourna, se rendant compte de ce que Yumn venait de lui dire.

— Pardon ? fit-elle.

Portant son plus jeune fils, Yumn descendait l'escalier. La rougeur de ses joues s'était réduite à deux médaillons sur ses pommettes. Son œil vagabond lui donnait un air de démente.

— Je vous dis ce que vous dira Muhannad, dit-elle. Je vous épargne la peine de devoir le trouver. C'est ce que vous voulez savoir, non ?

— De quoi parlez-vous ?

— Si vous pensez que Muhannad est mêlé au meurtre d'Haytham, c'est impossible ! Il était avec moi, vendredi soir. Ici. Dans notre chambre. Au lit. Avec moi !...

— Vendredi soir ? répéta Barbara. Vous en êtes sûre ? Il n'est pas sorti ? A aucun moment ? Il ne vous a pas dit, par exemple, qu'il devait aller voir un copain à lui ?

— Je suis bien placée pour savoir quand mon mari est avec moi, non ? Je vous dis qu'il était ici. Avec moi. Dans cette maison. Vendredi soir. Et il n'est pas sorti.

Formidable, songea Barbara. Elle n'aurait pu rêver d'une dénonciation plus limpide.

26

Impossible de faire taire les voix dans sa tête. Elles semblaient venir de toutes les directions à la fois. Au début, il s'était dit qu'il saurait quelle décision prendre si, du moins, il réussissait à les réduire au silence. Quand il s'était rendu compte que rien ne les ferait taire — à part se suicider, ce qui ne faisait pas partie de ses projets —, il comprit qu'il n'avait plus qu'à prendre son mal en patience et laisser ces voix lui ronger l'âme.

Reuchlein lui avait téléphoné à la fabrique juste après que cette connasse de Scotland Yard eut quitté l'entrepôt. « Avorté, Malik », avait-il dit simplement — ce qui signifiait que le nouvel arrivage attendu pour le jour même, d'une valeur d'au moins 20 000 livres s'il pouvait les faire travailler assez longtemps sans qu'ils mettent les bouts, ne devait en aucun cas être réceptionné lorsqu'il arriverait au port, ne devait pas être livré à l'entrepôt, ni dispersé chez les fermiers du Kent qui avaient déjà versé une avance pour cette main-d'œuvre. Au lieu de ça, les nouveaux arrivants seraient abandonnés sur le quai et ils se débrouilleraient pour aller à

Londres ou à Birmingham, ou dans une autre grande ville où ils pourraient passer inaperçus. S'ils ne se faisaient pas choper par les flics avant d'atteindre leur destination, ils se fondraient dans la population et fermeraient leur gueule sur la façon dont ils étaient entrés dans le pays. Inutile de parler, si c'est pour risquer de se faire expulser. Quant aux travailleurs déjà sur place, eh bien, quand ils verraient que personne ne venait les chercher, ils improviseraient.

« Avorté », ça signifiait que Reuchlein était reparti pour Hambourg et que tous les documents concernant les services proposés par la World Wide Tours étaient passés à la déchiqueteuse. Et que lui-même devait agir vite avant que le monde tel qu'il le connaissait depuis vingt-six ans ne s'ouvre sous ses pieds.

Il était parti en trombe de la fabrique. Était rentré chez lui. Avait commencé à mettre le plan prévu à exécution. Haytham était mort — Dieu soit loué —, et il n'y avait aucun risque que Kumhar crache le morceau. S'il parlait, c'était l'expulsion immédiate — d'autant plus que son protecteur n'était plus de ce monde.

Là-dessus, Yumn — cette grosse vache qu'il était bien obligé d'appeler son « épouse » — s'était disputée avec sa mère et il avait dû régler ça. C'est alors qu'il avait appris pour Sahlah.

Il l'avait maudite, cette traînée. C'était de sa faute aussi, s'il en était arrivé là. A quoi elle s'attendait en faisant la pute avec un Occidental ? au pardon ? à de la compréhension ? au consentement ? à quoi ? Elle s'était laissé caresser par des mains sales, impures, corrompues. Elle avait cherché la bouche de ce Blanc. Elle avait baisé avec ce connard de Shaw au pied d'un poirier et elle s'attendait à quoi ? A ce que lui — son frère aîné, son maître — fasse celui qui n'avait pas vu ? qui n'avait pas entendu leurs soupirs et leurs gémissements de plaisir ? qui n'avait pas senti l'odeur de leur sueur ? qui n'avait pas vu la main de Shaw passer sous la chemise de nuit de sa sœur et remonter, remonter, remonter le long de sa jambe ?

Alors oui, il l'avait empoignée et traînée dans la maison. Oui, il l'avait prise, parce que c'était tout ce qu'elle méritait, parce qu'elle était une putain et qu'elle devait payer comme paient toutes les putains ! Et une fois, ce n'était pas encore assez pour lui faire comprendre qu'il était le maître de son destin. « Une parole de moi et tu es morte », lui avait-il dit. Et il n'avait même pas eu besoin de lui plaquer une main sur la bouche pour étouffer ses cris, contrairement à ce qu'il avait cru. Elle ne savait que trop qu'elle devait payer pour le péché qu'elle avait commis.

Après sa discussion avec Yumn, il avait cherché Sahlah comme un fou. Il savait que c'était la dernière chose qu'il aurait dû faire, mais c'était plus fort que lui. Il se sentait fiévreux. Ses yeux lui piquaient, son cœur battait à tout rompre, et les voix de tous lui martelaient la tête.

Avorté, Malik.

Est-ce qu'on doit me traiter comme un chien ?

On ne peut rien en tirer, mon fils. Elle n'a aucune...

820

*Les policiers sont venus fouiller la fabrique. Ils
ont demandé à te voir.*

Avorté, Malik.

Regarde-moi, Muni. Regarde ce que ta mère...

*Et tout à coup, elle a saccagé les tomates. Je ne
comprends pas pourquoi...*

Avorté, Malik.

... la petite vierge à son papa.

Avorté.

*Vierge ? Elle ? D'ici quelques semaines, elle ne
pourra plus cacher...*

*Ils n'ont pas dit ce qu'ils cherchaient. Mais ils
avaient un mandat de perquisition. Ils me l'ont
montré.*

Ta sœurette est enceinte.

Avorté. Avorté.

Sahlah n'allait rien dire. Elle n'oserait pas
l'accuser. Sinon, ce serait la fin pour elle, car alors
on saurait la vérité sur sa liaison avec Shaw. Parce
que lui, son frère, il raconterait tout. Lui aussi
accuserait. Lui aussi dirait ce qui s'était passé dans
le verger et il laisserait à ses parents le soin d'imaginer la suite. Croiraient-ils la parole d'une fille qui
les trahissait en sortant de la maison en catimini, la
nuit, pour rejoindre un homme ? Une fille qui se
comportait comme une vulgaire traînée ? Qui dira
la vérité à leurs yeux ? un fils qui fait son devoir
envers sa femme, ses enfants, ses parents ; ou une
fille qui vit dans le mensonge ?

Sahlah savait bien ce qu'il dirait si elle parlait. Et
qui leurs parents croiraient. Alors, non : elle ne
dirait rien, elle n'accuserait personne.

Il était parti à sa recherche. Mais elle n'était ni à

la fabrique, ni à la bijouterie de sa copine, Elephant Woman, ni au parc Falak Dedar, ni sur la jetée. C'était là qu'il avait appris, pour Mrs Shaw. Il avait foncé à l'hôpital et y était arrivé juste au moment où le trio en sortait. Son père, sa sœur et Shaw. Et le regard que Sahlah et son amant avaient échangé au moment où ce dernier lui ouvrait la portière de la voiture lui avait appris ce qu'il voulait savoir. Elle avait parlé. Cette petite salope avait tout raconté à Shaw.

Il avait fait demi-tour avant qu'ils ne le voient. Et les voix de repartir de plus belle.

Avorté, Malik.

Qu'est-ce que tu voulais que je fasse, Muni ?

Pour le moment, Mr Kumhar n'a pas souhaité informer quiconque...

Quand un d'entre nous meurt, ce n'est pas à toi de t'occuper de sa résurrection, Muhannad.

— ... a été trouvé mort sur le Nez.

— Je travaille avec nos compatriotes à Londres, je les conseille quand ils ont des problèmes avec...

Avorté, Malik.

Muhannad, je te présente ma copine Barbara. Elle habite à Londres.

Celui dont tu nous parles est mort pour nous. Tu n'aurais pas dû le faire venir sous notre toit.

On va s'acheter des glaces dans Chalk Farm Road et on va au cinéma et elle est même venue à mon anniversaire. Des fois, on va rendre visite à sa maman à...

Avorté, Malik.

On lui a dit qu'on allait dans l'Essex. Sauf que

Papa, il m'avait pas dit que tu habitais ici, Muhannad.

Avorté. Avorté.

Tu reviendras ? J'aimerais bien connaître ta femme et tes petits garçons. Tu reviendras ?

Et c'est là — au moment où il s'y attendait le moins — qu'il trouva la réponse à toutes ses questions. La réponse qui fit taire les voix dans sa tête et le calma.

Et le fit rouler à tombeau ouvert en direction de l'hôtel de la Maison-Brûlée.

— Super ! s'écria Emily, avec un sourire radieux. Bravo, Bab ! For-mi-da-ble !

Elle appela Belinda Warner, qui déboula dans le bureau illico.

Barbara exultait. La tête de Muhannad leur avait été apportée sur un plateau, telle celle de Jean Baptiste à Salomé sans même qu'elles aient eu à danser. Et par son idiote de femme, qui plus est !

Emily donna ses consignes. L'agent qui exploitait la piste de Colchester — il écumait les rues autour du domicile de Rakin Khan dans l'espoir de trouver quelqu'un qui pourrait soit corroborer l'alibi de Muhannad pour la soirée du vendredi, soit le pulvériser définitivement — devait revenir ventre à terre. Les agents restés à la fabrique Malik pour éplucher le dossier de tous les employés et vérifier que leurs papiers étaient en règle devaient laisser tomber pour le moment. Les gars qui bossaient sur les cambriolages des cabines de plage devaient remettre ça à plus tard. Toute l'équipe devait se mettre à la recherche de Muhannad Malik.

« Personne n'a le don d'ubiquité, avait dit Barbara, au comble de la jubilation. Il a oublié de raconter son alibi à sa femme. Et elle vient de lui en fournir un autre ! On a fini par lever le gibier, Emy ! Il ne nous reste plus qu'à le canarder !... »

Pour le moment, elle observait l'inspecteur-chef Barlow dans l'expression de toute sa gloire. Emily passait des coups de fil, échafaudait un plan de bataille, donnait des ordres à ses hommes avec un calme olympien qui contrastait avec la surexcitation qu'elle devait forcément ressentir. Elle avait eu raison depuis le début, bon sang ! Elle avait tout de suite senti que Muhannad avait quelque chose à cacher, et combien ses cris d'orfraie de soi-disant défenseur de son peuple sonnaient faux ! Il est temps qu'on arrête ce saligaud, songea-t-elle.

Des agents furent envoyés dans tous les azimuts : au quartier des Avenues, au conseil municipal, au parc Falak Dedar, à la Jum'a. D'autres furent dépêchés à Parkeston, au cas où leur gibier aurait détalé en direction d'Orient-Imports. Le signalement de Malik fut faxé aux commissariats des communes environnantes, avec le numéro d'immatriculation de sa Thunderbird. On appela le *Tendring Standard* pour réserver un encadré à la une du numéro du lendemain en vue d'y publier la photo de Muhannad s'ils ne l'avaient pas coincé d'ici là.

Le poste était en effervescence. Il tournait comme une grande roue bien huilée dont Emily Barlow était le moyeu. C'était dans ces moments-là qu'elle était la meilleure. Barbara n'avait pas oublié sa capacité à prendre rapidement les bonnes décisions et à déployer ses effectifs de façon qu'ils soient le plus efficaces possible. Elle l'avait vue à l'œuvre pendant leur stage à Maidenstone, où il n'y avait pas d'autre enjeu que les félicitations de l'instructeur et l'admiration des collègues. Là, l'enjeu était de taille — la paix sociale dans la commune où elle travaillait —, et elle était le calme personnifié. Seule sa façon de balancer sèchement ses ordres trahissait sa tension et sa détermination.

— Ils étaient tous dans le coup, dit-elle à Barbara en avalant une gorgée d'eau minérale au goulot. Querashi aussi. C'est clair ! Il a voulu sa part du gâteau, Muhannad ne l'a pas entendu de cette oreille, et Querashi a fait un vol plané jusqu'au pied de la falaise. (Elle but une autre gorgée d'eau. Son visage était luisant de sueur.) Ça a été un jeu d'enfant, Bab. Malik est toujours par monts et par vaux : ses réunions à sa Jum'a, ses rendez-vous avec Reuchlein, ses livraisons de clandestins à travers tout le pays...

— Sans parler des déplacements qu'il fait pour la fabrique, ajouta Barbara. Ian Armstrong m'en a parlé.

— Donc, qu'il sorte telle ou telle nuit ne surprend personne chez lui. Il a très bien pu surveiller Querashi, voir qu'il rejoignait fréquemment quelqu'un au Nez — sans se douter qu'il s'agissait d'Hegarty d'ailleurs —, et choisir son moment pour le buter. Avec une demi-douzaine d'alibis pour chacune de ses virées nocturnes.

— Et ensuite, dit Barbara, il descend dans la rue à la tête de son peuple pour réclamer justice... L'innocent aux mains pleines, quoi !

— Désireux de se faire passer pour un bon musulman qui ne souhaite qu'une chose : que jaillisse la vérité.

— Mais pourquoi te harcelait-il pour que tu trouves qui a tué Querashi, si c'est lui le meurtrier ?

— C'est justement le raisonnement qu'il voulait que je tienne, Bab ! Sauf que je ne suis pas tombée dans le panneau. Pas une seconde.

Elle gagna la fenêtre où la taie d'oreiller faisait toujours office de rideau. Elle la tira d'un coup sec et se pencha au-dehors pour regarder la rue.

— C'est le pire moment, dit-elle. Celui que j'aime le moins.

L'attente, songea Barbara. Quand il faut rester en retrait pour mieux diriger ses troupes au fur et à mesure que les infos arrivent. C'était l'inconvénient du grade d'inspecteur-chef. Emily ne pouvait pas être tout le temps sur le terrain. Il arrivait un moment où elle devait savoir déléguer et faire confiance à l'efficacité et à l'opiniâtreté de ses hommes.

— Chef ?

Emily fit volte-face. Belinda Warner se tenait dans l'encadrement de la porte.

— Du nouveau ? demanda-t-elle.

— C'est le Pakistanais. Il est revenu. Il...

— Quel Paki ?

— Le type, vous savez. Mr Azhar. Il est à la réception, il demande à vous parler. A vous ou au sergent. Il dit que le sergent suffira. La réception m'a dit qu'il était dans tous ses états.

— Qu'est-ce qu'il fout à la réception ? dit Emily. Il est censé être dans la cellule avec Fahd

Kumhar. J'avais donné des ordres pour... (Elle blêmit.) Oh, putain !

— Quoi ? fit Barbara en bondissant sur ses pieds. (L'idée qu'Azhar, si impassible d'habitude, soit dans tous ses états l'affola.) Que se passe-t-il ?

— Je voulais qu'il ne quitte pas le poste, dit Emily, qu'il reste avec Kumhar tant qu'on n'avait pas mis la main sur son cousin. Mais j'ai oublié de prévenir la réception !

— Qu'est-ce que vous... ? fit Belinda, attendant les ordres.

— Je m'en occupe ! aboya Emily.

Elle fonça dans le couloir et descendit l'escalier au pas de charge, Barbara sur les talons. Taymullah Azhar faisait les cent pas devant la réception.

— Barbara ! s'écria-t-il en la voyant. (Tout effort de dissimulation s'était envolé dans la panique. Son visage était décomposé.) Hadiyyah a disparu, Barbara ! Il l'a enlevée.

— Oh, mon Dieu, fit Barbara. Azhar, ce n'est pas possible ! Vous en êtes sûr ?

— Quand j'en ai eu fini ici, je suis rentré à l'hôtel. Mr Treves m'a tout raconté. Elle était avec Mrs Porter — elle l'a reconnu, elle m'avait vu avec lui l'autre soir, au bar, vous vous rappelez ? Elle a pensé que c'était convenu entre nous.

Il était à deux doigts de l'apoplexie. Instinctivement, Barbara lui passa un bras autour des épaules.

— On va la récupérer, lui dit-elle en resserrant son étreinte. Ne vous en faites pas, Azhar, on va vous la ramener. Je vous le promets.

— Mais qu'est-ce qui se passe, bordel ? tonna Emily.

— Hadiyyah est sa fille. Elle a huit ans. Muhannad l'a enlevée. Elle l'a suivi sans se méfier.

— Elle sait qu'elle ne doit pas suivre un inconnu, dit Azhar. Elle le sait ! Je lui avais dit. Je lui avais dit !

— Oui, mais Muhannad n'est pas un inconnu, lui rappela Barbara. Et elle lui a dit qu'elle avait envie de connaître sa femme et ses enfants, vous vous rappelez, Azhar ? Vous l'avez entendue comme moi. Vous n'avez aucune raison de penser...

Elle avait besoin de le déculpabiliser. Mais comment faire ? Que dire ? C'était sa fille.

— Mais qu'est-ce que c'est que cette histoire ? demanda Emily.

— Je viens de te dire qu'Hadiyyah est sa...

— J'en ai rien à battre, d'Hadi-je-ne-sais-quoi ! Tu connais ces gens, Bab ? Et si oui, tu peux me dire combien tu en connais, exactement ?

Barbara comprit son erreur. Elle résidait dans le bras qu'elle avait passé autour des épaules d'Azhar ; dans la réponse qu'elle venait de faire et qui prouvait qu'elle en savait sur lui plus long qu'elle ne l'avait dit. Elle chercha désespérément une échappatoire, mais elle ne put penser à rien, à part la vérité.

— Mrs Porter l'a entendu demander à Hadiyyah si elle voulait faire une promenade en mer, reprit Azhar. « Tu aimes la mer ? Tu veux qu'on parte à l'aventure ? » Oh, Barbara, il l'a enlevée, il va...

— Oh, putain, en bateau ! s'exclama Barbara.

Elle regarda Emily. Il n'était plus temps de s'expliquer ni de s'excuser. Elle savait où Muhannad Malik était parti. Elle avait compris ce qu'il avait en tête.

— Il a pris un bateau à la marina de Balford ! fit-elle. Hadiyyah s'imagine qu'il va lui faire faire une promenade sur la mer du Nord, mais il part pour l'Europe. Forcément. C'est dingue, mais c'est ce qu'il compte faire. C'est logique. A cause de Hambourg. De Reuchlein. Il a pris Hadiyyah en otage pour être sûr qu'on ne tentera pas de l'arrêter. Il faut qu'on envoie la gendarmerie maritime à ses trousses, Emy !

Emily ne lui répondit pas, mais ce que Barbara lut sur son visage n'avait rien à voir avec l'urgence de se lancer à la poursuite d'un assassin parti en mer, mais plutôt avec la prise de conscience du double jeu que Barbara avait joué depuis son arrivée à Balford.

— Emy, dit Barbara, impatiente de franchir le cap. Je connais Azhar et Hadiyyah de Londres. Un point, c'est tout. Je t'en prie, Emy...

— Si je m'attendais à ça ! fit Emily en la fusillant du regard. Venant de toi, surtout !

— Barbara, dit Azhar d'une voix suppliante.

— Avant d'arriver à Balford, j'ignorais que c'était toi qui étais chargée de cette enquête, dit Barbara.

— Que ce soit moi ou non, ton attitude est contraire à nos règles déontologiques.

— Oui, je sais, je sais. (Dans son trouble, elle chercha quelque chose à dire pour pousser l'inspecteur-chef Barlow à passer à l'action.) Je voulais leur éviter d'avoir des ennuis. J'étais inquiète pour eux.

— Et tu t'es servie de moi, c'est ça ?

— J'ai eu tort, j'aurais dû t'en parler. Fais un rapport à ton supérieur si tu veux, mais plus tard. PLUS TARD !

— Je vous en supplie, dit Azhar.

— Comme attitude non professionnelle, ça se pose là, Havers ! poursuivit Emily, comme si elle n'avait pas entendu l'appel de Barbara.

— Oui, j'ai compris, ce n'est pas professionnel, d'accord ! Mais ce n'est pas le problème pour le moment. Si tu veux Muhannad, il faut que tu appelles la gendarmerie maritime...

Emily ne dit rien.

— Oh, bordel, Emy ! s'écria Barbara. On parle de quoi, là ? d'un meurtre ou de ta susceptibilité ?

L'argument était bas, et Barbara s'en voulut d'y avoir eu recours. Mais il porta. Le regard d'Emily passa de Barbara à Azhar, puis elle prit le taureau par les cornes.

— Inutile de mettre la maritime sur le coup.

Elle tourna les talons et fila vers l'arrière du poste.

— Venez, dit Barbara à Azhar en le prenant par la main.

Emily s'arrêta devant une pièce emplie d'ordinateurs et de matériel de transmission.

— Contactez l'inspecteur Fogarty, lança-t-elle. Envoyez la BI à la marina de Balford. Notre homme est parti en mer et a pris un otage. Dites à Fogarty que je veux un Glock 17 et un MP5.

Alors, Barbara comprit pourquoi Emily s'était opposée à l'intervention des gardes-côtes : ils n'étaient pas armés. Elle venait de faire appel à la brigade d'intervention.

Oh, merde, songea Barbara. Elle s'efforça de chasser de son esprit la vision d'Hadiyyah prise entre deux feux.

— Qu'est-ce qu'elle... ? commença Azhar.

— Elle part à sa poursuite, lui répondit Barbara. Et on l'accompagne.

C'était encore ce qu'elle avait de mieux à faire pour éviter que le pire n'arrive à sa petite copine londonienne.

Emily traversa la salle de musculation au pas de course, suivie de Barbara et d'Azhar. Une fois dans la cour arrière, elle sauta au volant d'une voiture de police et mit en route le gyrophare. Barbara et Azhar montèrent à bord.

— Lui reste ici, dit Emily. (Elle se tourna vers Azhar.) Descendez. (Voyant qu'il n'obtempérait pas, elle dit, avec hargne :) Je viens de vous dire de descendre de cette voiture, bordel de merde ! Exécution ! J'en ai marre de vous ! De vous tous ! Des-cen-dez-de-cet-te-ba-gno-le !

Azhar regarda Barbara. Elle ne savait pas trop ce qu'il attendait d'elle, et de toute façon elle n'avait plus guère de marge de manœuvre. Autant faire des concessions.

— On va vous la ramener, Azhar. Restez ici.

— Je vous en supplie, dit-il, laissez-moi venir. Elle est toute ma vie.

Emily le regarda avec mépris.

— Allez raconter ça à Bobonne et ses gosses à Hounslow, dit-elle. Je suis sûre qu'ils seront ravis de l'apprendre. Bon, alors, maintenant, vous descendez avant que j'appelle un agent pour vous donner un coup de main...

Barbara se retourna vers lui.

— Azhar, lui dit-elle. Moi aussi, j'aime Hadiyyah. Je vais vous la ramener. Attendez-nous ici.

A contrecœur, comme si ça lui coûtait toutes ses forces, il descendit de voiture. A peine eut-il refermé la portière qu'Emily appuya à fond sur le champignon. Elle fonça hors du parking et, une fois dans la rue, mit la sirène en marche.

— Mais quelle idée t'est passée par la tête, Bab ? s'écria-t-elle. Quel genre de flic es-tu ?

Elle remonta Martello Road à toute allure. Dans la grand-rue, la circulation était bloquée. Emily tourna à droite sur les chapeaux de roues et fonça en direction de la mer.

— Combien de fois as-tu eu l'occasion de me dire la vérité depuis quatre jours ? Dix, douze fois ?

— Je voulais te le dire, mais...

— Oh, tais-toi. Plus la peine de te justifier...

— J'aurais dû t'en parler quand tu m'as demandé de servir de médiatrice. Mais tu aurais fait machine arrière, et je n'aurais plus été au courant de rien. J'étais inquiète pour eux. Azhar est prof de fac. Je m'étais imaginé qu'il serait complètement paumé...

— Il en sait aussi long que moi, oui ! fit Emily, sarcastique.

Elle tourna dans Mill Lane. Une camionnette de livraison garée trop loin du trottoir l'obligea à se déporter pour éviter le véhicule et le chauffeur qui chargeait des cartons sur un diable. Elle mordit sur le trottoir en poussant un juron, renversant une poubelle et une bicyclette au passage. Barbara s'agrippa au tableau de bord tandis qu'Emily, d'un coup de volant, se remettait sur la chaussée.

— Je ne savais pas qu'il travaillait pour une association d'aide juridique pendant ses heures de loisir, dit Barbara. Pour moi, c'était mon voisin. Je savais qu'il venait ici, oui, c'est vrai ; mais il ignorait que je l'avais suivi. J'aime bien sa gamine, Emy. C'est une copine.

— Tu as une copine de huit ans ? Oh, je t'en prie, épargne-moi ce genre de conneries !

— Emy...

— Bon, tu la fermes maintenant, d'accord ?

Elles arrivèrent à la marina pour la deuxième fois de la journée. Emily prit un porte-voix dans le coffre de la voiture et elles piquèrent un sprint jusqu'à la location de bateaux. Charlie Spencer leur confirma que Muhannad Malik était parti en bateau à moteur.

— Un bon petit diesel pour une longue balade, dit-il. Il était avec une petite fille. Il m'a dit que c'était sa cousine. C'est la première fois qu'elle montait dans un bateau. Elle flippait un peu, faut dire.

D'après Charlie, Muhannad avait quarante minutes d'avance sur elles. S'il était parti en bateau de pêche, il quitterait à peine la baie de Pennyhole pour la mer du Nord. Mais comme son embarcation avait bien plus de puissance qu'un bateau de pêche, ben, elles allaient devoir prendre une vraie fusée si elles voulaient avoir une chance de le rattraper. Emily vit ce qui ferait l'affaire briller sous le soleil au-dessus du ponton, là où Charlie l'avait treuillé hors de l'eau.

— Je vais prendre *Le Magicien-des-Mers,* dit-elle.

Charlie déglutit.

— Heu, attendez, fit-il. Je ne sais pas si...

— Moi, je sais. Tout ce que je vous demande, c'est de le remettre à l'eau et de me donner les clés. Vous avez loué un bateau à un assassin qui détient une enfant en otage. Alors, vous mettez *Le Magicien-des-Mers* à la baille illico et vous me passez vos jumelles...

Charlie la regarda, bouche bée, et lui tendit les clés. Le temps qu'il accompagne Emily et Barbara au bout du ponton et remette le Hawk 31 à la mer, la brigade d'intervention déboulait dans le parking, gyrophares et sirènes à plein régime.

L'inspecteur Fogarty courut vers elles, un pistolet dans une main, une carabine dans l'autre.

— Aide-moi, Mike, lui dit Emily en sautant à bord.

Elle défit la bâche de protection du cockpit, la jeta sur son épaule et enfonça la clé dans le démarreur. Le temps que Fogarty descende dans la cabine pour dénicher les cartes nautiques, Emily faisait ronfler le moteur.

Le bateau était amarré proue vers la terre. Emily manœuvra en marche arrière dans un nuage de gaz d'échappement. Charlie arpentait l'étroit ponton en se mordillant l'index.

— Prenez-en bien soin, bon sang de bois ! cria-t-il. C'est tout ce que j'ai, c'est toute ma vie, et ça n'a pas de prix !

Barbara frissonna. *Toute ma vie.* Au moment où elle réentendait Azhar prononcer ces paroles, elle vit sa Golf entrer dans le parking de la marina. Il se gara n'importe comment, sortit de sa voiture sans refermer la portière et courut jusqu'au ponton. Il ne tenta pas de sauter à bord, mais il ne quitta pas Barbara des yeux tandis qu'Emily dirigeait le bateau vers les eaux plus profondes du Twizzle, affluent qui prenait sa source dans le chenal de Balford et arrosait les marais maritimes à l'est du port.

Ne vous en faites pas, lui dit Barbara intérieurement. Je vous la ramènerai, Azhar. Je vous le promets. Il ne lui arrivera rien de mal.

Mais Barbara était assez au fait des pratiques criminelles pour savoir que rien ne pouvait garantir la sécurité de quiconque quand on poussait un assassin dans ses derniers retranchements. Et le fait que Muhannad Malik n'ait eu aucun scrupule à réduire certains de ses compatriotes en esclavage tout en se posant comme ardent défenseur de leur cause laissait présager qu'il n'hésiterait pas à mettre en danger la vie d'une fillette de huit ans.

Barbara fit le V de la victoire à Azhar puis, tournant le dos à la marina, fit face à l'affluent qui les conduirait à la mer.

La vitesse maximale autorisée était de cinq nœuds, mais Emily n'en avait cure. En cette fin d'après-midi, les bateaux à touristes qui rentraient au port rendaient leur progression périlleuse. Emily mit ses lunettes de soleil nerveusement, s'arc-bouta sur ses jambes et poussa les gaz.

— Allume la radio, dit-elle à Fogarty. Contacte le commissariat, donne-leur notre position.

Demande si on peut nous envoyer un hélico pour le repérer.

— Tout de suite.

Fogarty posa ses armes sur le siège en skaï. Il leva et abaissa plusieurs interrupteurs sur la console, égrenant dans le micro une ribambelle de lettres et de chiffres cryptés. Puis il se tut, attendant que grésille une réponse.

Barbara rejoignit Emily à l'avant. Debout côte à côte, elles avaient ainsi une meilleure visibilité de la surface de l'eau. Barbara prit les jumelles et se les passa au cou.

— Il me faut la direction pour l'Allemagne, dit Emily en interrompant Fogarty toujours en train de hurler dans la radio sans résultat. Celle de l'embouchure de l'Elbe. Trouve-moi ça.

Il monta le son de la radio, lâcha le micro et se plongea dans la lecture des cartes.

— Tu penses que c'est là qu'il va essayer d'aller ? cria Barbara par-dessus le bruit du moteur.

— C'est logique. Il a des complices à Hambourg. Il aura besoin de papiers et d'une planque jusqu'à ce qu'il puisse retourner au Pakistan ou Dieu sait où.

— Y a des bancs de sable dans la baie, dit Fogarty. Surveillez les balises. Après, maintenez le cap zéro-six-zéro degrés.

Il poussa les cartes de côté.

— C'est quoi, ça ?

— Le cap, chef ! cria Fogarty, reprenant la radio. Zéro-six-zéro !

— Le quoi ?

— Le cap! répéta Fogarty. (Il la regarda, sidéré.) Vous ne naviguez pas?

— Je rame, oui! Gary navigue. Bon, qu'est-ce que ça veut dire, zéro-six-zéro?

— Vous vous réglez sur zéro-six-zéro là-dessus, dit-il en frappant sur la boussole du plat de la main. S'il se dirige vers Hambourg, c'est le cap à suivre pendant la première partie du trajet.

Emily acquiesça et poussa un peu plus le moteur, envoyant des gerbes d'écume de chaque côté du chenal. La face ouest du Nez était à leur droite; des îles s'échelonnaient sur l'étendue marécageuse du Wade, à leur gauche. La marée était haute. Emily se maintenait au centre du chenal, fonçant le plus vite qu'elle le pouvait malgré la navigation en cours. Quand elles virent les balises qui signalaient l'endroit où le Twizzle s'élargissait pour devenir Hamford Water, l'accès à la mer, Emily accéléra. La proue du bateau se souleva, puis frappa l'eau. Fogarty faillit perdre l'équilibre et Barbara s'agrippa à la main courante. *Le Magicien-des-Mers* s'élança pleins gaz dans Hamford Water.

La baie de Pennyhole et la mer du Nord béaient devant elles, immensité vert lichen brodée d'écume. La proue du *Magicien-des-Mers* se dressa au-dessus de l'eau puis retomba avec une force telle qu'elle réveilla la douleur dans les côtes de Barbara. Une brûlure lui déchira la poitrine et lui provoqua un haut-le-cœur.

Bon Dieu, songea-t-elle, il ne manquerait plus que je dégueule...

Elle saisit ses jumelles et enfourcha son siège, se calant contre le dossier tandis que le bateau rebondissait sur les flots. Fogarty retourna passer ses messages radio, criant pour couvrir le rugissement du moteur.

Le vent les fouettait. L'écume les éclaboussait. Emily contourna la pointe du Nez et accéléra encore. *Le Magicien-des-Mers* fonçait à travers la baie, passant non loin de deux skieurs nautiques qui, dans son sillage, tombèrent à l'eau comme deux soldats de plomb.

Fogarty, accroupi dans le cockpit, continuait à gueuler dans le micro de la radio. Barbara scrutait l'horizon. Fogarty réussit enfin à joindre quelqu'un à terre. Elle n'entendit pas ce qu'il disait ni ce qu'on lui répondait, mais elle frissonna en l'entendant crier à Emily :

— Pas possible, chef ! L'hélico est pris pour des exercices à Southend-on-Sea ! Par les RG !

— Quoi ? cria Emily. Fait chier ! Qu'est-ce qu'ils foutent là-bas ?

— Des exercices antiterroristes. C'était prévu depuis six mois. Ils vont le contacter, mais ils ne peuvent garantir qu'il arrivera ici à temps. Vous voulez la gendarmerie maritime ?

— A quoi bon ? Tu crois que Malik va se rendre bien gentiment parce qu'ils vont aborder son bateau ?

— Alors, il ne nous reste plus qu'à espérer que l'hélico arrive à temps. Je leur donne notre position !

Emily accéléra encore. Fogarty fut déséquilibré. La carabine tomba du siège. Emily jeta un regard aux armes.

— Donne-moi le pistolet ! cria-t-elle à Fogarty.

Elle mit l'étui en bandoulière, gardant une main sur le volant.

— Tu vois quelque chose ? demanda-t-elle à Barbara.

Barbara scrutait toujours l'horizon. Au nord, des ferries s'étiraient des ports de Harwich et de Felixstone en direction du continent. Au sud, la jetée de Balford, sous le soleil couchant, renvoyait de longues ombres sur la surface de la mer. Derrière, les triangles colorés des planches à voile s'échelonnaient tout le long de la plage. Et devant... devant, il n'y avait que la surface lisse de la mer à l'infini avec, en suspension à l'horizon, le voile de brume que Barbara voyait depuis son arrivée à Balford.

Il y avait d'autres bateaux. Au cœur de l'été, même en fin de journée, il y avait toujours des bateaux au large. Mais elle ne savait pas lequel elle cherchait, si ce n'est un bateau allant dans la même direction que le leur.

— Rien, Emy, dit-elle.

— Continue à regarder.

Emily poussa *Le Magicien-des-Mers,* qui réagit en levant sa proue haut au-dessus des flots et en retombant avec une force renouvelée. Barbara gémit de douleur. L'inspecteur Lynley ne serait pas ravi-ravi de la façon dont je passe mes vacances, songea-t-elle. Le bateau se souleva, retomba, se souleva encore.

Des mouettes tournoyaient au-dessus d'elles. D'autres, qui se laissaient porter par les vagues, s'envolèrent en voyant le bateau foncer sur elles, leurs cris de colère noyés dans le vrombissement du moteur.

Pendant quarante minutes, Emily ne décéléra pas. *Le Magicien-des-Mers* dépassa des voiliers et des catamarans, des bateaux de pêche chargés de leurs prises du jour, et s'approcha de la longue écharpe de brume qui, depuis des jours et des jours, promettait à la côte de l'Essex des températures plus clémentes.

Barbara gardait les jumelles braquées droit devant elle. Si elles ne rattrapaient pas Muhannad avant d'avoir atteint ce voile de brume, le fait que leur bateau soit plus rapide que le sien ne leur servirait pas à grand-chose. Muhannad pourrait toujours manœuvrer plus habilement qu'elles et disparaître dans la brume, se dit Barbara. S'il est bien parti dans cette direction-là. Il avait très bien pu longer la côte. Il pouvait avoir décidé de se replier ailleurs qu'à Hambourg, avoir toujours eu un autre plan en tête au cas où son réseau serait découvert. D'un revers de bras, elle essuya son visage mouillé de sueur et d'eau salée. Depuis son arrivée, c'était la première fois qu'elle ne crevait pas de chaud.

Fogarty avait rampé jusqu'à la poupe où la carabine avait glissé. Il vérifia qu'elle n'avait subi aucun dommage et régla le tir — en automatique, sans doute, se dit Barbara. Elle se rappelait avoir appris en stage que cette arme avait une portée de tir d'une centaine de mètres. Elle eut des aigreurs d'estomac rien qu'à l'idée que Fogarty allait peut-être s'en servir. Cent mètres... il y avait autant de risque qu'il touche Hadiyyah que Muhannad. Elle qui n'était pas croyante, elle pria le ciel qu'une balle tirée en l'air persuade Muhannad que la police était prête à tout pour l'arrêter. Elle n'imagi-

840

nait pas qu'il puisse se rendre pour une autre raison.

Elle reprit sa surveillance. Ne te déconcentre pas, se dit-elle. Mais elle ne pouvait s'empêcher de revoir Hadiyyah courir tresses au vent, ou en équilibre sur une jambe, tel un flamant, en train de se gratter le mollet gauche de son pied droit, ou se concentrant pour comprendre les mystères d'un répondeur téléphonique, ou affichant bravement un air radieux à son goûter d'anniversaire où il n'y avait qu'une invitée, ou encore dansant de bonheur en découvrant qu'elle avait une famille, elle qui pensait qu'elle n'en avait pas.

Muhannad lui avait dit qu'ils se reverraient. Elle avait dû être folle de joie en le voyant revenir si vite. Barbara déglutit et s'efforça de chasser ces pensées. Elle était chargée de surveiller, de le repérer, de...

— Là! cria-t-elle. Putain, il est là!

Le bateau, tel un trait au crayon à l'horizon, approchait de la nappe de brume. Il disparaissait, réapparaissait, ballotté par la houle. Il suivait le même cap que le leur.

— Où ça? hurla Emily.

— Droit devant! cria Barbara. Fonce. Fonce! Il va atteindre le brouillard...

Emily poussait toujours le bateau. Barbara, les jumelles braquées sur l'autre embarcation, rapportait ce qu'elle voyait en criant. Il était évident que Muhannad ne s'était pas encore rendu compte que la police était à ses trousses. Mais il n'allait sans doute pas tarder à s'en apercevoir car il n'y avait aucun moyen de diminuer le bruit du moteur de leur bateau. Quand il l'entendrait, il comprendrait que l'assaut était imminent. Et qui sait alors ce qu'il ferait ?

Fogarty remonta sur le pont, carabine en main.

— Vous n'avez quand même pas l'intention de vous en servir ? lui dit Barbara.

— Sûr, j'aimerais mieux pas, lui répondit-il.

Il lui fut très sympathique, tout à coup.

Tout autour d'eux, la mer étalait son immensité vert-bleu.

Les bateaux de plaisance étaient loin derrière eux. Leurs seuls compagnons étaient les lointains ferries qui faisaient route pour la Hollande, l'Allemagne et la Suède.

— On est toujours sur lui ? cria Emily. Ou je dois changer de cap ?

Barbara ajusta les jumelles en grimaçant comme les soubresauts du bateau réveillaient une nouvelle fois sa douleur dans les côtes.

— Plus à gauche ! cria-t-elle. Et plus vite, bon sang !

L'autre bateau ne semblait plus qu'à quelques centimètres du rideau de brume. Emily vira à bâbord.

— Ça y est, je le vois ! cria-t-elle un instant plus tard. Je le vois !

Barbara abaissa les jumelles tandis qu'Emily poussait *Le Magicien-des-Mers* pleins gaz, se rapprochant de leur cible.

Elles n'étaient plus qu'à cent cinquante mètres de Muhannad lorsque celui-ci se rendit compte qu'il était poursuivi. Alors qu'il était sur la crête d'une vague, il regarda par-dessus son épaule et les vit. Il se crispa sur le volant et reporta son attention sur le brouillard, son seul salut, puisqu'il savait qu'il ne pouvait augmenter sa vitesse. Son bateau fendait les flots. L'eau passait par-dessus le pont en éclaboussures écumeuses. Ses cheveux, qui pour une fois n'étaient pas coiffés en catogan, volaient au vent. Et à côté de lui, si proche que, de loin, on aurait dit qu'ils ne formaient qu'une seule et même personne, se tenait Hadiyyah, qui s'accrochait à son cousin en le tenant par la ceinture.

Pas idiot, ce Muhannad, songea Barbara. Il la gardait tout contre lui.

Le Magicien-des-Mers se propulsa en avant, à l'assaut des vagues, fendant l'écume. Quand Emily arriva à une quarantaine de mètres du bateau, elle décéléra et prit le porte-voix.

— Arrêtez, Malik ! cria-t-elle. Vous ne pouvez pas nous échapper !

Il continua sa route.

— Ne faites pas l'idiot ! Arrêtez-vous. Vous êtes foutu !

Pas de réaction.

— Putain, fit Emily en éloignant le porte-voix. Très bien, mon salaud, si c'est ce que tu veux, pas de problème !

Elle remit pleins gaz et fonça vers le bateau, s'en approchant jusqu'à une vingtaine de mètres cette fois.

— Malik ! hurla-t-elle dans le porte-voix. Arrêtez-vous ! Police ! On est armés ! Vous êtes cuit !

Pour toute réponse, il vira sur bâbord, s'éloignant du pan de brume. Ce changement de direction soudain plaqua Hadiyyah contre lui. Il la soulева par la taille.

— Lâchez cette gamine ! lui cria Emily.

Horrifiée, Barbara comprit soudain que telle était bien l'intention de Malik. Elle n'eut que le temps de voir le visage terrifié d'Hadiyyah quand Muhannad la posa sur le bord du bateau et la poussa à l'eau.

— Oh, non ! hurla Barbara.

Muhannad reprit le volant et fit virer le bateau en direction de la nappe de brouillard, abandonnant sa cousine à son sort.

Emily mit les gaz. En un dixième de seconde qui lui parut durer une éternité, Barbara se rendit compte qu'elle avait l'intention de le poursuivre.

— Emily ! cria-t-elle. La gamine ! ?...

Épouvantée, Barbara scrutait la mer houleuse et finit par apercevoir une tête qui apparaissait et disparaissait à la surface des flots, des bras qui battaient l'eau. Elle coula. Refit surface.

— Chef ! cria Fogarty.

— Vos gueules ! fit Emily. On le tient !

— Mais elle va se noyer !

— On le tient, je vous dis !

L'enfant disparut de nouveau, refit surface, agitant les bras, paniquée.

— Bon sang, Emy ! cria Barbara en la prenant par le bras. Fais demi-tour ! Hadiyyah va se noyer !

Emily se dégagea et poussa le bateau.

— Il veut nous avoir ! cria-t-elle. C'est pour ça qu'il a fait ça. Lancez-lui une bouée !

— On ne peut pas, elle est trop loin ! Elle se sera noyée avant de l'atteindre !

Fogarty posa la carabine et se déchaussa. Quand Emily le vit sur le bord du bateau, prêt à plonger, elle lui cria :

— Reste ici ! J'ai besoin de toi !

— Mais, chef...

— Tu m'as entendue, non ? C'est un ordre, Mike !

— Emily, je t'en prie ! hurla Barbara.

Ils étaient déjà trop loin de la fillette pour que Fogarty la rejoigne à la nage. S'il tentait le coup et si Barbara plongeait avec lui, ils n'auraient pas le temps de l'atteindre avant qu'elle se noie, et risquaient même de se noyer eux aussi.

— Emily ! Arrête ! hurla Barbara. Fais demi-tour !

— Pour la gosse d'un sale Paki, ça ne risque pas !

La gosse d'un sale Paki. Un sale Paki.

Dans l'eau, Hadiyyah se débattait et, une fois de plus, disparut sous les flots.

Barbara n'y tint plus. Elle s'empara de la carabine et visa Emily.

— Fais demi-tour ! cria-t-elle. Demi-tour, Emily ! Ou je t'envoie tout droit en enfer !

Emily porta vivement une main à son pistolet, prête à dégainer. Ses doigts se refermèrent sur la crosse.

— Non, chef, faites pas ça ! cria Fogarty.

Barbara vit sa vie, sa carrière et son avenir défiler à toute allure devant ses yeux. Elle appuya sur la détente.

27

Emily s'écroula. Barbara abaissa le canon de la carabine mais, contrairement à ce qu'elle aurait cru, elle ne vit pas le débardeur de l'inspecteur-chef plein de sang. Elle l'avait ratée.

Fogarty s'élança vers Emily et la redressa sur son siège.

— Elle a raison, chef ! lui cria-t-il. Elle a raison !

Barbara prit les commandes du bateau.

Elle ne savait pas combien de temps s'était écoulé. Des siècles, lui semblait-il. Elle fit virer le bateau à une vitesse telle qu'il faillit chavirer. Pendant que Fogarty désarmait Emily, elle scrutait fiévreusement la surface de l'eau.

Oh, non, non, songeait-elle. Oh, mon Dieu, je vous en supplie ! Pas ça, merde !

Ce fut alors qu'elle vit Hadiyyah à une quarantaine de mètres à tribord. Sauf qu'elle ne se débattait plus. Elle flottait, petit corps porté par la mer.

— Mike ! cria-t-elle. Elle est là !

Elle mit les gaz. Fogarty plongea dès qu'ils furent assez près de la fillette. Barbara coupa le moteur et jeta les bouées de sauvetage à l'eau, où elles flottèrent comme de grosses guimauves. Et elle pria.

Peu importait que sa peau soit brune, que sa mère l'ait abandonnée, que son père lui fasse croire depuis huit ans qu'ils étaient seuls au monde. Ce qui comptait, c'était elle : Hadiyyah, une petite fille joyeuse, innocente et pleine de vie.

Fogarty l'atteignit. Hadiyyah flottait sur le ventre. Il la retourna, lui passa un avant-bras sous le menton et nagea vers le bateau.

La vision de Barbara était brouillée par ses larmes. Elle se retourna vers Emily.

— Mais qu'est-ce qui t'a pris ? hurla-t-elle. Putain, mais qu'est-ce qui s'est passé dans ta tête ? Elle a huit ans, bon sang ! Huit ans !

Emily, toujours assise, se retourna vers Barbara. Elle leva une main comme pour repousser ses accusations, puis serra le poing, les yeux mi-clos.

— Ce n'est pas qu'une gosse de Paki ! reprit Barbara. Ce n'est pas une enfant « jetable » ! C'est un être humain !

Fogarty hissa Hadiyyah à bord.

— Oh, mon Dieu, murmura Barbara.

Tandis que Fogarty, à bout de souffle, remontait dans le bateau, Barbara étendit Hadiyyah par terre et, sans attendre, commença le bouche-à-bouche. Elle pratiqua un massage cardiaque, les yeux rivés sur le visage de l'enfant. Ses côtes lui faisaient mal à hurler. Chaque inspiration lui déchirait les poumons. Elle gémit de douleur, toussa, frappant la poitrine d'Hadiyyah du plat de la main.

— Pousse-toi, lui dit Emily dans le creux de l'oreille.

847

— Non ! dit Barbara, posant sa bouche sur celle d'Hadiyyah.

— Arrête, pousse-toi de là, je vais m'en occuper.

Barbara l'ignora. Fogarty, haletant, la prit doucement par le bras et lui dit :

— Laissez faire l'inspecteur, sergent. Elle saura.

Barbara céda et laissa Emily secourir l'enfant. Et Emily agit comme l'inspecteur-chef Barlow l'avait toujours fait : avec promptitude et efficacité.

Hadiyyah exhala un profond soupir, toussa. Emily la fit rouler sur le côté, son corps eut un soubresaut et elle vomit un mélange d'eau salée et de bile sur le pont du précieux Hawk 31 de Charlie Spencer.

Elle battit des paupières, puis regarda autour d'elle, sonnée. Elle reprenait connaissance et se rendit compte que trois adultes étaient penchés sur elle. Son regard passa d'Emily à Fogarty pour se poser enfin sur Barbara. Elle lui adressa un sourire radieux.

— Y a mon ventre qui a fait houp la houp !

Il faisait nuit quand elles arrivèrent à Balford, pourtant la marina était inondée de lumière. Et grouillante de monde. A peine *Le Magicien-des-Mers* eut-il quitté le Twizzle pour le chenal de Balford que Barbara vit une foule de gens agglutinés autour du poste d'amarrage du Hawk 31, avec à leur tête un homme dont le crâne lisse comme un œuf luisait sous l'éclairage violent du ponton.

Emily était aux commandes. Barbara tenait Hadiyyah serrée contre elle, emmitouflée dans une couverture moisie.

— Qu'est-ce qui se passe ? demanda-t-elle.

— Ferguson, dit Emily. Il a prévenu la presse, ce con...

Des photographes brandissaient déjà leurs appareils ; des journalistes ouvraient leur calepin et préparaient leurs magnétophones ; une camionnette du journal du soir d'ITV était sur place. Tout ce petit monde emboîta le pas au commissaire Ferguson et s'éparpilla sur les pontons à l'approche du *Magicien-des-Mers*. Emily coupa le moteur et le bateau se laissa porter au fil de l'eau jusqu'à son point d'ancrage.

Des cris s'élevèrent. Des flashes crépitèrent. Un cameraman se faufila à travers la foule.

— Où est-il, bon sang de bon soir ? brailla Ferguson.

— Mes sièèèèèges ! gémit Charlie Spencer. Mes sièges ! Mais qu'est-ce que vous avez fabriqué ?

Dix journalistes criaient d'une seule voix :

— Une déclaration, s'il vous plaît !

Et tout le monde fouillait des yeux le bateau, en quête de celui dont on avait annoncé l'arrivée pieds et poings liés, tête baissée sous le poids du repentir, juste à temps pour éviter une nouvelle flambée de violence. Or il brillait par son absence. Tout ce qu'ils avaient à se mettre sous la dent, c'était une petite fille transie de froid qui s'accrochait à Barbara jusqu'à ce qu'un homme à la peau brune pousse trois agents et deux ados curieux et se précipite vers elle.

— Papa ! s'écria Hadiyyah.

Azhar la souleva dans ses bras et la serra comme s'il retrouvait sa raison de vivre.

849

— Merci, Barbara, dit-il avec ferveur. Merci !

Pendant les heures qui suivirent, Belinda Warner fut préposée à la machine à café. Il y avait beaucoup de choses à régler.

Il fallut tout d'abord affronter le commissaire Ferguson. Emily le vit à huis clos. Aux oreilles de Barbara, leur conversation semblait un hybride de combat d'ours et de débat virulent sur la condition de la femme dans la police. Accusations, reproches, imprécations résonnaient derrière la porte close. En gros, le commissaire Ferguson sommait Emily de lui dire ce qu'il allait bien pouvoir faire comme rapport à ses supérieurs — « un plantage monumental, Barlow ! » — et Emily lui répondait qu'il pouvait rapporter ce qu'il voulait à qui bon lui semblait, du moment qu'il allait faire ça plus loin, afin qu'elle puisse reprendre son travail. Leur discussion prit fin lorsque Ferguson sortit en trombe du bureau en criant à Emily qu'elle pouvait aussi se préparer à passer en conseil de discipline, ce à quoi elle répondit qu'il pouvait quant à lui préparer sa défense car elle comptait bien porter plainte pour harcèlement et incompétence s'il continuait à l'empêcher de bosser !

Barbara attendait, mal à l'aise, avec le reste de l'équipe dans la salle de réunion contiguë. Elle savait que la carrière de l'inspecteur-chef Barlow était entre ses mains — et la sienne entre celles d'Emily. Elles n'avaient pas reparlé des circonstances dans lesquelles Barbara avait pris les commandes du *Magicien-des-Mers*. Fogarty non plus n'avait pas dit un mot sur le sujet. A leur retour à la marina, il avait repris ses armes et était reparti vers le véhicule de la brigade d'intervention en leur lançant : « Chef, sergent, beau travail ! », laissant à Barbara la nette impression que, si quelque chose devait être dit sur cette course-poursuite en mer, ce ne serait pas par lui.

Barbara, quant à elle, ne savait trop que faire. Elle n'était plus très sûre de ce qui s'était passé, encore sous le choc de ce qu'elle avait appris sur Emily Barlow — et sur elle-même — en ces quelques jours à Balford.

Ces hordes de Pakis... qui hurlent comme des loups-garous...

Un de ces mariages préfabriqués faits maison...

Depuis le début de l'enquête, elle avait eu la réalité devant les yeux, mais son admiration sans bornes pour l'inspecteur-chef Barlow l'avait aveuglée. Maintenant, la déontologie exigeait qu'elle fasse un rapport sur le comportement d'Emily. Seulement, si elle faisait ça, elle pouvait être sûre que l'inspecteur-chef porterait des accusations bien plus graves à son endroit : insubordination et tentative de meurtre. On ne tire pas sur son supérieur en espérant que ça passera comme une lettre à la poste !

Quand Emily rejoignit l'équipe, son expression ne trahissait rien de ses intentions. Elle entra dans la pièce avec un air très pro et, à sa façon de donner ses ordres, Barbara comprit qu'elle pensait exclusivement boulot et non distribution de mauvais points.

Interpol devait être mis sur le coup. La brigade criminelle de Balford allait le contacter via la police de Londres. La demande était simple : pas d'enquête de la *Bundeskriminalamt* allemande ; une simple arrestation — si tant est qu'on pouvait parler de simplicité dès qu'un autre pays était impliqué. Mais Interpol allait devoir fournir des rapports à l'Allemagne, aussi Emily désigna-t-elle des volontaires pour les rédiger. D'autres furent chargés de travailler sur les procédures d'expulsion ; d'autres encore de réunir du matériel pour l'attaché de presse ; et d'autres, enfin, de rassembler tous les éléments du dossier — comptes rendus d'activité, transcriptions d'interrogatoires, rapports du médecin légiste — pour qu'ils soient transmis au ministère public dès que Muhannad Malik serait arrêté. Sur ce, Belinda Warner entra en poussant sa table roulante chargée de nouvelles tasses de café et informa Emily que Mr Azhar demandait à la voir ainsi que le sergent.

A la marina, Azhar s'était éclipsé, sa fille dans les bras. Il s'était frayé un passage dans la foule des curieux serrés comme des sardines sur le ponton, sans répondre aux questions des journalistes, sans tourner la tête vers les photographes qui le hélaient pour lui voler un gros plan destiné à la une des journaux du lendemain. Il avait installé Hadiyyah dans sa voiture et était parti, laissant la police se débrouiller avec les médias.

— Fais-le monter dans mon bureau, lui dit Emily. (Se tournant enfin vers Barbara, elle ajouta :) Le sergent Havers et moi l'y attendrons.

Le sergent Havers et moi. Barbara regarda Emily à la dérobée, se demandant ce que ces paroles pouvaient bien cacher. Mais Emily avait un air impénétrable. Elle tourna les talons et sortit de la salle de réunion. Barbara la suivit, dans l'expectative.

— Comment va-t-elle ? demanda Barbara à Azhar quand il arriva dans le bureau.

— Très bien, dit-il. Mr Treves a été assez bon pour lui faire une soupe. Elle a mangé, pris un bain, et je l'ai mise au lit. Elle a été vue par un médecin. Mrs Porter reste auprès d'elle jusqu'à mon retour. (Il sourit à Barbara.) Elle a voulu dormir avec la girafe. Celle qui est abîmée. « La pauvre, a-t-elle dit, elle ne se rend pas compte qu'elle est mal barrée... »

— On ne s'en rend jamais compte, fit Barbara.

Azhar la dévisagea un long moment puis hocha lentement la tête avant de se tourner vers Emily.

— Inspecteur, je ne sais absolument pas ce que le sergent Havers vous a dit sur nos relations, mais je ne voudrais pas que vous vous mépreniez sur l'intérêt qu'elle porte à ma famille. Nous sommes voisins à Londres. Et elle a eu la gentillesse d'accueillir ma fille à bras ouverts en... (il hésita, détourna les yeux)... l'absence de sa mère. Voilà. Nos rapports se bornent à cela. Elle ne savait pas que je venais ici pour aider ma famille dans le cadre d'une affaire criminelle. Et elle ne savait pas non plus que mon expérience ne se limite pas simplement à mon travail à l'université. Quand vous lui avez demandé de venir vous aider pour votre enquête, elle n'avait pas du tout idée que...

— Je quoi ? l'interrompit Emily. J'ai fait quoi ?

— Vous lui avez téléphoné pour lui demander de venir vous aider, non ?

Barbara ferma les yeux. Comme sac de nœuds, ça se posait un peu là !

— Azhar, dit-elle en rouvrant les yeux. Ce n'est pas exactement comme ça que ça s'est passé. Je vous ai menti à tous les deux. Si je suis venue à Balford, c'est pour vous.

Azhar prit un air si abasourdi que Barbara aurait préféré rentrer sous terre plutôt que de devoir fournir de plus amples explications. Mais elle ne pouvait plus reculer :

— Je voulais vous éviter de vous laisser déborder. Je pensais que si j'étais là, je pourrais vous épargner des ennuis, à Hadiyyah et vous. Bon, pour ce qui est d'Hadiyyah, c'est raté. Je me suis complètement plantée...

— Pas tout à fait, dit Emily. C'est grâce à toi qu'on est sorties en mer. Et c'est bien là qu'il fallait aller pour découvrir la vérité...

Barbara la regarda, surprise et immensément soulagée. Il n'y aurait donc pas de rapport. Ce qui était arrivé en mer était passé aux oubliettes. Les paroles d'Emily démontraient qu'elle avait tiré la leçon de ce malheureux événement.

Il y eut un moment de silence, uniquement ponctué par les échos de l'équipe qui rassemblait les informations, s'apprêtant à travailler toute la soirée, voire toute la nuit, avec l'enthousiasme de ceux qui savent qu'une tâche épuisante touche à sa fin.

Emily se tourna vers Azhar.

— Tant que nous n'avons pas interrogé Malik, lui dit-elle, nous ne pouvons qu'esquisser ce qui s'est passé. Et vous pouvez nous y aider, Mr Azhar. D'après ce que j'ai compris, Querashi a appris par hasard que Muhannad s'occupait d'un réseau d'immigration clandestine. Il a voulu être dans le coup. Il a menacé de tout révéler si on ne lui donnait pas une part du gâteau. Muhannad a essayé de gagner du temps. Querashi s'est mis Kumhar dans la poche en lui disant que son but était de mettre fin à ce réseau. Il a mis Kumhar au chaud à Clacton dans l'idée de s'en servir comme moyen de pression pour faire cracher Malik. Mais les choses n'ont pas évolué comme prévu. Il s'est entêté et...

— Ça ne tient pas, dit Azhar en secouant la tête.

Emily se raidit.

Chassez le naturel... songea Barbara.

— Après ce que Kumhar nous a appris sur Muhannad, dit-elle, il est évident qu'il est mêlé à ce meurtre. Cet homme a jeté votre fille à la mer !

— Je ne dis pas que mon cousin est innocent. Je dis qu'il est impensable que Mr Querashi ait eu l'attitude que vous lui prêtez.

— C'est-à-dire ? fit Emily avec hauteur.

— C'est-à-dire qu'il ait pu nier ses principes religieux à ce point. (Azhar montra une chaise.) Je peux ? Je suis plus fatigué que je n'aurais cru...

Emily acquiesça. Tous trois s'assirent. Barbara avait une fois de plus une furieuse envie de fumer et elle se dit qu'Azhar aussi, car il porta une main à la poche-poitrine de sa chemise comme pour en sortir ses cigarettes. Ils allaient devoir se contenter du paquet de Mentos que Barbara dénicha au fond de son sac. Elle lui en offrit un. Il accepta avec un sourire reconnaissant.

— Mr Querashi avait mis un verset du Coran

entre crochets, expliqua Azhar à Emily. Un verset qui parle de la défense des faibles...

— Oui, je sais, le coupa Emily. Celui que nous a traduit Siddiqi.

Sans s'offusquer, Azhar poursuivit. Comme le sergent Havers pouvait le confirmer, Querashi avait passé plusieurs coups de téléphone au Pakistan dans les jours qui avaient précédé sa mort. Dont l'un à un mollah pour se faire expliquer ce qu'il fallait entendre par « faible ».

— Quel rapport avec le crime ? demanda Emily.

« Faible », comme « désemparé », répondit Azhar. Sans force ni existence. Un terme qui pouvait parfaitement s'appliquer à un homme seul arrivé depuis peu dans ce pays et qui se retrouvait piégé dans un esclavage qui semblait ne jamais devoir finir.

Emily hocha la tête, sceptique.

Il avait aussi appelé un mufti, poursuivit Azhar. Un spécialiste du droit. Il cherchait une réponse à une seule question : un musulman coupable d'un péché mortel est-il toujours un musulman ?

— Le sergent Havers m'a déjà raconté tout ça, Mr Azhar, lui fit remarquer Emily.

— Dans ce cas, vous savez qu'on ne peut pas se dire musulman et vivre à l'encontre des principes de l'islam. Et c'est ce que fait Muhannad. Et ce à quoi Haytham souhaitait mettre un terme.

— Ne peut-on en dire autant de Querashi ? intervint Barbara. Que faites-vous de son homosexualité ? Vous disiez que c'est interdit. Il a très bien pu appeler le mufti pour lui parler de son salut et non de celui de Muhannad...

— C'est possible, admit Azhar, mais si l'on considère ce qu'il a fait d'autre, c'est peu probable.

— Si Hegarty nous a dit la vérité, dit Emily à Barbara, Querashi, islam ou pas islam, comptait mener une double vie après son mariage. Le salut de son âme ne semblait pas trop le préoccuper...

— La sexualité est une force puissante, admit Azhar, qui balaie parfois nos convictions personnelles et religieuses. On peut tout risquer à cause d'elle. Notre âme. Notre vie. Tout ce qu'on a et tout ce qu'on est.

Barbara croisa son regard. Elle pensa à Angela Weston.

Était-ce là ce qu'il avait connu avec elle ?

— Mon oncle, poursuivit Azhar, est un saint homme. Il est impossible qu'il soit au courant du trafic de Muhannad, et je suis sûr qu'une fouille complète de la fabrique et un contrôle des papiers de tous les employés vous le confirmeraient.

— Vous ne pensez quand même pas que Muhannad est seul dans le coup ! ? fit Emily. Vous avez entendu Kumhar. D'autres sont impliqués. Il a vu trois hommes, et rien ne dit qu'ils ne sont pas plus nombreux...

— Pas mon oncle. Muhannad a des complices en Allemagne, et ici, c'est certain. Je ne mets pas en cause la parole de Mr Kumhar. Ce trafic dure peut-être depuis des années.

— Muhannad l'a peut-être concocté quand il était étudiant, Emy, suggéra Barbara.

— Oui, avec Rakin Khan, son copain de fac, dit Emily. Monsieur Propre ! ...

— Et je te fiche mon billet qu'une enquête sur le

passé de Reuchlein nous apprendra que ces trois hommes se connaissaient, ajouta Barbara.

Azhar hocha la tête.

— Possible, dit-il. En tout cas, quelle que soit l'origine de ce trafic, Haytham Querashi l'a découvert.

— Avec Hegarty, fit remarquer Barbara. Le soir où ils sont sortis au Castel.

— En tant que musulman, Haytham avait le devoir de tenter d'y mettre fin, expliqua Azhar. Il a prévenu Muhannad qu'il y perdrait l'immortalité de son âme. Et pour la pire des raisons : la cupidité.

— Et que faites-vous de l'immortalité de l'âme de Querashi dans tout ça ? insista Barbara.

— Je suppose qu'il avait déjà réglé cette question avec lui-même, lui répondit-il. Il est facile d'excuser sa luxure à ses propres yeux. On appelle ça l'amour, l'âme sœur, le destin. On se raconte qu'on a trouvé ce qu'on cherchait, qu'on répond aux exigences du cœur dictées par un dieu qui stimule des désirs réclamant d'être satisfaits. Aucun d'entre nous n'est à l'abri de ce genre d'aveuglement. Haytham aura vu un péché plus grand que le sien en celui de Muhannad. Son péché n'engageait que lui seul. On peut tous faire le bien dans un domaine, et mal agir dans un autre. Les assassins aiment leur mère ; les violeurs ne font pas de mal à leur chien ; les poseurs de bombes font sauter des magasins et rentrent chanter des berceuses à leurs enfants. Haytham Querashi a très bien pu faire tout ce qui était en son pouvoir pour améliorer le sort des malheureux exploités par Muhannad tout en continuant à vivre dans le péché dans un domaine

858

de sa vie qu'il jugeait secondaire. Muhannad aussi faisait ça : d'un côté, il montait la Jum'a, et, de l'autre, un réseau d'immigration clandestine.

— La Jum'a lui servait de couverture, dit Emily. Il a été obligé de réclamer une enquête sur le meurtre de Querashi à cause de son association. S'il ne l'avait pas fait, tout le monde se serait posé des questions.

— Si Querashi voulait mettre un terme aux agissements de Muhannad, pourquoi n'est-il pas allé prévenir la police, tout simplement ? demanda Barbara. Il aurait obtenu ce qu'il voulait...

— Oui, mais dans ce cas-là Muhannad aurait été arrêté et serait allé en prison. Je suppose que Querashi n'avait pas envie de ça. Il cherchait plutôt à négocier un compromis avec, dans sa manche, l'atout Fahd Kumhar. Si Muhannad avait renoncé à son trafic, Querashi n'aurait rien dit. Sinon, il aurait amené Kumhar à la police. Je suppose que c'était ça, son idée. Une idée qui lui a coûté la vie.

Mobile, moyen et possibilité. Les trois conditions étaient réunies. Il ne leur manquait plus que le meurtrier.

Azhar se leva. Il voulait retourner à l'hôtel. Hadiyyah dormait paisiblement quand il était parti et il ne voulait pas qu'elle se réveille et ne le trouve pas à ses côtés.

Il les salua d'un signe de tête et gagna la porte. Au moment de sortir, il se retourna et dit :

— Avec tout ça, j'allais oublier pourquoi je suis venu. Inspecteur Barlow, j'ai autre chose à vous dire...

Emily prit un air méfiant et se raidit.

859

— Oui ?

— Merci. Vous auriez pu continuer à poursuivre Muhannad, mais vous avez préféré sauver ma fille.

Emily lui adressa un signe de tête plutôt sec et détourna le regard vers les classeurs métalliques le long des murs. Azhar quitta la pièce.

Emily semblait à bout de forces. La gratitude mal placée d'Azhar n'avait pu qu'ajouter un poids supplémentaire sur la conscience de l'inspecteur-chef Barlow. Et leur équipée en haute mer lui avait révélé les traits les plus vils de son caractère. Une expérience qui ne se fait jamais sans douleur, pensa Barbara.

« Le travail nous fait tous progresser, sergent, lui avait dit plus d'une fois l'inspecteur Lynley. Sinon, autant déchirer notre carte de police et retourner dans le civil. »

— Emy, dit Barbara dans l'espoir de dissiper son malaise, on se plante tous à un moment ou à un autre. Nos erreurs doivent...

— Je n'appelle pas ça une erreur, la coupa Emily.

— Tu n'avais pas l'intention de la laisser se noyer. Tu n'as pas réfléchi, c'est tout. Et puis, tu nous as dit de lui jeter des bouées. Sauf que tu ne te rendais pas compte qu'elle n'aurait pas pu les attraper. C'est comme ça que ça s'est passé. C'est tout.

Emily détourna les yeux des classeurs métalliques et posa un regard froid sur Barbara.

— Qui est ton supérieur hiérarchique ?

— Mon... quoi ? Ben, toi, Emy.

— Pas ici, à Londres. Qui est-ce ?

— L'inspecteur-chef Lynley.

— Non, pas Lynley. Au-dessus de lui, qui est-ce ?

— Le commissaire Webberly.

— Tu peux épeler ? fit Emily en prenant un crayon.

Barbara frissonna. Elle épela le nom de Webberly. Emily notait.

— Emy, fit Barbara, à quoi tu joues ?

— A faire respecter la discipline. En langage clair : à te montrer ce que ça coûte de tirer sur son supérieur et d'entraver le cours d'une enquête. Par ta faute, un assassin est en fuite, il va échapper à la justice. Tu vas en payer le prix.

Barbara était abasourdie.

— Mais... Emily... tu disais que...

Sa phrase mourut sur ses lèvres. Qu'avait-elle dit, au juste ? « C'est grâce à toi qu'on est sorties en mer, et c'est bien là qu'il fallait aller pour découvrir la vérité. » Emily lui signifiait maintenant de quelle vérité elle avait voulu parler.

Barbara n'avait pas compris sur le coup !

— Tu comptes me dénoncer ? s'enquit-elle d'une voix blanche.

— Et comment !

Emily notait toujours, faisant encore une fois la démonstration des qualités que Barbara avait tant admirées chez elle.

Compétence. Efficacité. Détermination. Elle avait gravi les échelons de la hiérarchie par goût du pouvoir. Et sans faire de sentiment. Comment ai-je pu imaginer que je serais l'exception qui confirme la règle ? se demanda Barbara.

861

Elle eut envie de se défendre, mais l'énergie lui manqua.

De toute façon, l'expression glaciale d'Emily lui indiquait clairement que ça ne servirait à rien.

— Tu m'étonneras toujours, Emy. Allez, fais ton devoir.

— Chef ?

Un agent se tenait sur le seuil du bureau, un message téléphonique en main.

— Qu'est-ce qu'il y a, Doug ? demanda Emily. Si c'est encore cet enfoiré de Ferguson...

— Non, chef. On a eu un appel de Colchester. On l'a reçu vers huit heures, apparemment, mais on vient de me donner le message il y a tout juste dix minutes.

— De quoi s'agit-il ?

— Je viens de rappeler au numéro qu'on avait laissé. Par acquit de conscience, voyez. Comme c'est moi qui suis allé à Colchester, l'autre jour, pour vérifier l'alibi de Malik...

— Abrège, Doug !

Il tiqua.

— Ben, j'y suis retourné aujourd'hui, quand on cherchait à retrouver sa trace...

Barbara fut aussitôt sur le qui-vive. L'agent de police avait l'air inquiet du messager qui craint pour sa tête après lecture du billet.

— Tous les voisins de Rakin Khan n'étaient pas à leur domicile quand je suis passé l'autre jour, alors j'ai laissé ma carte. D'où le coup de fil d'aujourd'hui...

— Doug, fit Emily, exaspérée, épargne-moi les détails ! Va droit au but ou sors de mon bureau !

862

Doug se racla la gorge.

— Malik était là-bas, chef.

— Quoi ? Qu'est-ce que tu racontes ? Il ne pouvait pas être à Colchester. Je l'ai poursuivi en mer !

— Je ne parle pas d'aujourd'hui, chef, mais de vendredi soir. Malik était bien chez Rakin Khan le soir du meurtre.

— Quoi ? s'écria Emily en laissant tomber son crayon. C'est pas possible !

— C'est un certain Fred Medosch qui a appelé, dit-il. Il est représentant, il bouge pas mal. Il loue un studio dans la maison juste en face de chez Khan. Il n'y était pas quand je suis passé chez lui la première fois, ni quand j'y suis retourné aujourd'hui... (Il prit un temps.) Mais il était chez lui vendredi soir, chef. Et il est sûr d'avoir vu Malik. Il était dix heures et quart. Il était chez Khan, avec un autre type. Blond, lunettes rondes, le dos un peu voûté.

— Reuchlein, murmura Barbara. Nom de Dieu !

Emily était blanche comme un linge.

— Impossible, dit-elle dans un souffle.

— La fenêtre de son studio est juste en face de celle de la salle à manger de Khan, chef. Et il faisait si chaud ce soir-là que leurs fenêtres étaient ouvertes. Malik était là-bas.

Medosch m'en a donné un signalement très détaillé. Il essayait de dormir et ceux d'en face faisaient du bruit. Il a regardé par la fenêtre pour voir d'où ça venait. C'est là qu'il l'a vu. J'ai appelé le commissariat de Colchester. Ils envoient un agent chez lui avec une photo de Malik, juste pour être sûrs. Mais j'ai pensé qu'il fallait que vous sachiez ça... avant que le service de presse diffuse la nouvelle.

— Ce n'est pas possible ! répéta Emily en s'écartant de son bureau. Il ne pouvait pas... Comment a-t-il fait ?

Barbara s'était, elle aussi, posé tout de suite la même question : comment Muhannad Malik avait-il fait pour être à deux endroits à la fois ? La réponse s'imposait d'elle-même : c'était impossible.

— Oh, non ! pesta Emily.

Doug se retira tel un vampire chassé par le lever du soleil. Emily se leva de sa chaise et arpenta la pièce.

— Merde ! fulmina-t-elle.

Barbara repassa dans sa tête tout ce que leur avaient dit Theo Shaw, Rachel Winfield, Sahlah Malik, Ian Armstrong, Trevor Ruddock ; tout ce qu'elles savaient : Sahlah était enceinte, Trevor s'était fait virer, Gerry DeVitt bossait comme un dingue dans la maison de Querashi, Cliff Hegarty avait été l'amant de la victime. Elle repensa aux alibis de chacun, à qui n'en avait pas. Et à la manière dont tous ces éléments s'imbriquaient et s'articulaient. Elle repensa à...

— Nom de Dieu ! s'écria-t-elle en se levant d'un bond. (Elle attrapa son fourre-tout dans le mouvement sans même prendre garde à la douleur qui lui déchira la poitrine tant elle était sidérée par ce qu'elle venait de comprendre.) Oh, mon Dieu, mais bien sûr ! C'est ça ! C'est ça !

— C'est *quoi* ? cria Emily.

— Ce n'est pas lui, Emy ! Ce n'est pas lui qui a

fait le coup. Il a monté le réseau d'immigration clandestine, mais il n'a pas fait le coup, Emy ! Tu ne vois donc pas...

— Ah, ne joue pas à ce petit jeu avec moi, dit Emily d'une voix tranchante. Si tu espères échapper au conseil de discipline en voulant faire croire que Malik n'est pas le meurtrier...

— Allez vous faire foutre, inspecteur Barlow ! Tu veux le vrai coupable ou non ?

— Cette fois, tu dépasses les bornes !

— Bon, eh bien, tu ajouteras ça à ton rapport ! Mais si tu veux connaître la vérité sur cette affaire, suis-moi !

Comme elles avaient le temps, elles n'utilisèrent ni la sirène ni le gyrophare. Tandis qu'elles remontaient Martello Road, puis Crescent Road, où la maison d'Emily était blottie dans l'obscurité, puis contournaient la gare, Barbara s'expliqua. Et Emily repoussa ses arguments, discuta, lui opposant les raisons pour lesquelles, selon elle, ses conclusions étaient fausses.

Barbara persista dans son opinion. Elles avaient eu tous les éléments depuis le début : le mobile, le moyen et la possibilité. Mais elles avaient été incapables de les voir, aveuglées par leurs idées préconçues sur le genre de femme qui se soumet à un mariage arrangé. Elle était docile, s'en remettait aux autres pour tout — à son père d'abord, puis à son époux, et à ses frères aînés si elle en avait —, en un mot elle était incapable de prendre la moindre initiative.

— C'est bien ce qu'on a pensé, non ? demanda Barbara.

Emily l'écoutait, la bouche pincée. Elles s'engagèrent dans Woodberry Way et passèrent devant l'alignement d'hôtels qui faisaient face aux maisons mitoyennes délabrées d'un des plus anciens quartiers de la ville.

Barbara poursuivit. A cause de leurs différences de culture, les Occidentaux s'imaginent que les Orientales sont comme les branches des saules pleureurs : le jouet des vents qui soufflent sur l'arbre. Mais ce que les Occidentaux négligent, c'est que les branches du saule sont faites pour résister aux vents. Qu'il souffle ! Que la tempête fasse rage ! Les branches ploient mais ne rompent pas.

— On est allées au plus évident, dit-elle. C'était logique, après tout. On a cherché à savoir si Querashi avait des ennemis ; s'il y avait des gens qui auraient pu lui en vouloir. Et on en a trouvé ! Trevor Ruddock, qu'il avait viré ; Theo Shaw, qui sortait avec Sahlah ; Ian Armstrong, qui a récupéré son boulot à la mort de Querashi ; Muhannad Malik, qui avait le plus à perdre si Querashi racontait ce qu'il savait. On a tout envisagé. Un amant homo. Un mari jaloux. Un maître-chanteur. Mais la question qu'on ne s'est jamais posée, c'est de savoir ce que la disparition de Querashi signifiait sur un plan plus large, pour la vie des autres. On a réfléchi au meurtre uniquement par rapport à sa vie à lui. *Il* gênait quelqu'un. *Il* savait quelque chose qu'il n'aurait jamais dû savoir. *Il* a viré untel. Donc, *il* devait mourir. Ce à quoi on n'a jamais pensé, c'est que son meurtre n'avait peut-être aucun rapport avec lui. On n'a jamais envisagé qu'il pouvait être le moyen justifiant une fin qui n'avait rien à voir avec ce que, en bonnes Occidentales, on n'avait aucune chance de comprendre...

Emily secoua la tête, l'air buté.

— Tu te la joues, dit-elle.

Elles traversaient le quartier petit-bourgeois qui marquait la frontière entre le vieux Balford et la nouvelle ville, entre les villas edwardiennes délabrées auxquelles Agatha Shaw avait espéré redonner leur gloire passée et les luxueux pavillons bâtis dans des styles architecturaux inspirés du passé : manoir de style Tudor, pavillons de chasse dix-huitième, résidences d'été victoriennes, façades palladiennes.

— Non, s'obstina Barbara. Regarde-nous. Réfléchis à notre mode de pensée. On n'a jamais cherché à savoir si elle avait un alibi. Ni elle ni les autres. Et pourquoi ? Parce qu'elles sont pakistanaises ; parce qu'à nos yeux elles se laissent dominer par l'homme, que c'est lui qui décide de leur destin et détermine leur avenir. Elles acceptent de se voiler. Elles font la cuisine, le ménage. Des courbettes. Elles ne se plaignent jamais. Elles n'ont, croyons-nous, aucune vie personnelle ; elles ne prennent, croyons-nous, aucune décision. Mais, Emily, si on se trompait ?

Emily tourna à droite dans la Deuxième Avenue. Barbara lui indiqua où se trouvait la maison. De la lumière brûlait dans les pièces du rez-de-chaussée. Les Malik avaient dû apprendre que Muhannad s'était enfui, soit par un membre du conseil municipal, soit par les journalistes qui n'avaient sans doute pas manqué de leur téléphoner pour avoir leurs réactions à chaud.

Emily se gara, scruta la façade de la maison un long moment, puis se tourna vers Barbara.

— On n'a pas l'ombre d'une preuve de ce que tu avances, dit-elle. Qu'est-ce que tu comptes faire, exactement ?

Bonne question, songea Barbara. Elle l'envisagea sous divers angles, et notamment à la lumière du rapport qu'Emily comptait faire. Elle avait le choix : soit elle laissait Emily se débrouiller toute seule, soit elle dépassait ses instincts les plus vils qui lui soufflaient de se venger, et elle assumait ses responsabilités. Soit elle lui rendait coup pour coup, soit elle lui sauvait la mise. Ça ne dépendait que d'elle.

Évidemment, elle mourait d'envie de prendre sa revanche. Mais ses années de collaboration avec l'inspecteur Lynley, à Londres, lui avaient appris que l'auteur d'un acte immonde pouvait parfois se racheter.

« Vous pourriez apprendre beaucoup en travaillant au côté de Lynley », lui avait prédit le commissaire Webberly. Ces paroles ne lui avaient jamais paru aussi vraies qu'en cet instant, et elles lui apportèrent la réponse à la question d'Emily.

— On va faire ce que tu disais tout à l'heure, Emily : la leur jouer. Et alors, on verra bien si le renard sort de son terrier.

Emily réfléchit et, après un signe de tête un peu sec, ouvrit sa portière d'un coup d'épaule.

Ce fut Akram Malik qui leur ouvrit. Il avait pris un coup de vieux depuis qu'elles l'avaient vu à la fabrique. Son regard passa de l'une à l'autre puis il dit, d'une voix morne et résignée :

— Je vous en prie, ne dites rien, inspecteur Barlow. Il ne peut pas être plus mort qu'il ne l'est déjà pour moi.

Barbara ressentit un élan de compassion pour cet homme.

— Votre fils n'est pas mort, Mr Malik, répondit Emily. Pour ce que j'en sais, il est en route pour l'Allemagne. Nous essayons de l'arrêter, sinon nous demanderons son extradition. Il passera en jugement et fera de la prison. Mais nous ne sommes pas ici pour parler de lui.

— En ce cas...

Il s'essuya le visage de la main et contempla sa paume humide de sueur. La nuit était aussi chaude que la journée. Et pas une de leurs fenêtres n'était ouverte.

— On peut entrer ? demanda Barbara. Nous aimerions dire un mot à votre famille. A tout le monde.

Akram s'effaça et elles le suivirent jusqu'au salon. Sa femme s'y trouvait, penchée sur sa tapisserie. En y regardant de plus près, Barbara se rendit compte qu'elle brodait un verset du Coran sur un tissu doré identique à ceux qui étaient aux murs. Sahlah feuilletait un album de photos posé sur la table basse en verre. Elle en retira une photographie. D'autres étaient posées à ses pieds sur le tapis persan. Sur toutes, son frère avait été soigneusement découpé. Il ne faisait plus partie de la famille. Barbara en eut la chair de poule.

Elle s'approcha de la cheminée où elle avait vu

les photos de Muhannad, de sa femme et de ses enfants. Celle de Muhannad et de Yumn était toujours là, épargnée — pour l'instant — par les ciseaux de Sahlah. Barbara s'en empara et remarqua un détail qui lui avait échappé : l'endroit où la photo avait été prise. A la marina de Balford. Le couple posait devant les Zodiac de Charlie Spencer, un panier de pique-nique à ses pieds.

— Yumn est ici, je suppose, Mr Malik ? demanda-t-elle. Vous pouvez lui demander de descendre ? Nous aimerions parler avec vous tous.

Akram et Wardah échangèrent un regard inquiet, comme si cette requête annonçait d'autres horribles nouvelles.

— Tu veux que j'aille la chercher, *Abhy-jahn* ? demanda Sahlah à son père avec un air de patience infinie.

— Excusez-moi, dit Akram à Barbara, mais je ne vois pas pourquoi Yumn devrait supporter une autre épreuve ce soir. Elle est devenue veuve ; ses enfants ont perdu leur père. Son univers a été réduit en miettes. Alors, si vous avez quelque chose à dire à ma belle-fille, je me vois obligé de vous demander ce que c'est, pour juger si elle est en mesure de l'entendre.

— C'est hors de question, lui rétorqua Barbara. Allez la chercher ou l'inspecteur Barlow et moi-même nous verrons dans l'obligation d'attendre ici aussi longtemps qu'elle ne sera pas descendue. (Et elle ajouta, car elle compatissait à sa douleur et à son désarroi :) Je suis navrée.

Elle le sentait pris entre deux feux. Sa culture lui dictait de protéger les siens ; son mode de vie d'adoption, de faire ce qu'il convenait de faire en pareil cas, à savoir accéder à une demande des autorités.

L'influence occidentale l'emporta. Akram soupira. Il fit un signe de tête à Sahlah, qui posa ses ciseaux sur la table basse, referma l'album de photos et quitta la pièce. Quelques instants plus tard, elles l'entendirent monter l'escalier.

Barbara se tourna vers Emily. Dans son regard, elle lut : Ne va pas t'imaginer que ça change quoi que ce soit à ce que je t'ai dit. Ta carrière est finie.

Fais ce que tu veux, songea Barbara. Et, pour la première fois depuis qu'elle travaillait aux côtés d'Emily Barlow, elle se sentit libre.

Akram et Wardah attendaient, mal à l'aise. Akram ramassa les photos amputées de Muhannad et les jeta dans la cheminée. Sa femme planta son aiguille dans sa tapisserie, posa son canevas et croisa les mains sur ses genoux.

Puis Yumn descendit l'escalier dans le sillage de Sahlah, protestant haut et fort :

— Qu'est-ce que je vais devoir encore supporter ? glapit-elle. Qu'est-ce qu'elles veulent me dire ? Mon Muni n'a rien fait ! Elles l'ont poussé à s'enfuir parce qu'elles le détestent. Ils nous détestent tous ! Lequel d'entre nous sera le suivant ?

— Elles veulent juste nous parler, Yumn, lui répondit Sahlah de sa voix douce.

— Bon, si je dois supporter ça, je veux au moins boire du thé ! Va m'en chercher ! Et je veux du vrai sucre, pas le truc chimique que vous achetez en pharmacie ! Compris ? Où tu vas, Sahlah ? Je viens de te dire que je voulais du thé !

Sahlah entra au salon, le visage impassible, suivie de Yumn qui piaillait :

— Je t'ordonne de... Je suis la femme de ton frère ! Tu as des devoirs envers moi ! (Ses yeux se posèrent sur Emily et Barbara.) Qu'est-ce que vous me voulez encore ? Quelle autre torture voulez-vous m'infliger ? Vous l'avez chassé loin de sa famille ! Et pourquoi ? Parce que vous êtes jalouses ! Vous êtes dévorées de jalousie. Vous êtes des femmes sans homme, et vous ne pouvez pas supporter que j'en aie un. Et pas n'importe lequel, mais un homme, un vrai, un...

— Asseyez-vous, fit Barbara, lui coupant le sifflet.

Yumn lança un regard à son beau-père, attendant qu'il remette à sa place cette femme qui osait lui manquer de respect. Cette étrangère n'a pas à me donner des ordres, pouvait-on lire sur son visage. Mais Akram n'intervint pas.

Avec un air de dignité offensée, elle marcha jusqu'à un fauteuil et s'y assit, en faisant celle qui ne voyait pas l'album de photos et la paire de ciseaux posés sur la table. Barbara jeta un coup d'œil à Akram, car elle venait de comprendre que s'il avait jeté les photos dans la cheminée, c'était pour épargner à sa belle-fille la vision de la première cérémonie du bannissement de Muhannad.

Sahlah retourna s'asseoir sur le canapé. Akram prit un autre fauteuil. Barbara s'accouda au manteau de la cheminée et Emily s'approcha d'une des fenêtres avec l'air d'avoir envie de l'ouvrir toute grande. L'atmosphère était confinée, dans la pièce.

Barbara avait conscience que, dès lors, l'enquête

allait se jouer sur un coup de dés. Elle prit une profonde inspiration et les lança.

— Mr Malik, dit-elle, pouvez-vous, vous-même ou votre épouse, nous dire où se trouvait votre fils vendredi soir ?

Akram fronça les sourcils.

— Je ne comprends pas pourquoi vous me posez cette question. A moins que vous ne soyez venues sous notre toit pour le plaisir de nous tourmenter ?

Les trois femmes ne dirent rien, l'attention fixée sur Akram. Soudain, Sahlah prit les ciseaux.

— Bien, fit Barbara. Puisque vous pensiez que Muhannad était innocent jusqu'à ce qu'il prenne la fuite cet après-midi, c'est que vous deviez avoir des raisons pour ça, non ? Entre autres, vous savez peut-être où il était vendredi soir au moment du meurtre... Je n'ai pas raison ?

— Mon Muni était... commença Yumn.

— Je préférerais que ce soit son père qui me le dise, l'interrompit Barbara.

— Mon fils n'était pas ici, répondit Akram d'une voix posée. Je m'en rappelle très bien car...

— *Abhy!* s'écria Yumn. Vous devez confondre...

— Laissez-le finir, fit Emily.

— Je le confirme, intervint Wardah. Muhannad est allé à Colchester, vendredi soir. Il va dîner là-bas une fois par mois, chez un ancien camarade d'université. Rakin Khan.

— Mais non, *Sus* ! fit Yumn d'une voix haut perchée. Muni n'est pas allé à Colchester, vendredi soir ! Ça devait être jeudi. Vous êtes troublés à cause de ce qui est arrivé à Haytham...

Wardah parut perplexe. Elle se tourna vers son mari comme pour quémander un conseil. Lentement, le regard de Sahlah glissa sur l'assistance.

— Vous confondez ! insista Yumn. Ça se comprend, avec tout ce qui s'est passé...

— Non, dit Wardah. Je m'en souviens parfaitement, Yumn. Il est allé à Colchester. Il nous a téléphoné de la fabrique avant de partir. Il était inquiet à cause d'Anas. Il craignait qu'il fasse d'autres cauchemars, et il m'a demandé de changer la composition de son goûter. Il pensait que ce qu'il avait mangé y était peut-être pour quelque chose.

— Oui, dit Yumn, mais c'était jeudi, parce que c'est dans la nuit de mercredi à jeudi qu'Anas a fait son premier cauchemar !

— C'était vendredi, dit Wardah. J'en suis sûre parce que j'avais fait les courses, et je les fais toujours le vendredi. Tu le sais aussi bien que moi, puisque tu m'as aidée à les ranger et que c'est toi qui as décroché quand Muni a appelé !

— Non, non, non ! dit-elle en secouant frénétiquement la tête. (Son regard passa de Wardah à Akram pour se poser sur Barbara, à qui elle s'adressa :) Il n'était pas à Colchester, vendredi soir ! Il était avec moi. Ici. On était dans notre chambre, alors ma belle-mère n'aura pas fait attention. Mais *Abhy* nous a vus. (Elle se tourna vers Akram.) Vous nous avez parlé...

Akram, l'air grave, ne dit rien.

— Sahlah ! fit Yumn. *Bahin,* toi, tu sais qu'il était ici. Je lui ai demandé d'aller te chercher. Il est allé dans ta chambre pour te dire de...

— Non, Yumn, c'est toi qui te trompes, dit Sahlah d'une voix toujours aussi douce, comme si elle enrobait de sucre glace chaque mot qu'elle prononçait. Muni n'était pas ici vendredi soir, et... (Elle hésita. Elle avait l'air peinée, comme si elle comprenait soudain que ce qu'elle s'apprêtait à dire allait bouleverser la vie de deux enfants innocents :) Et toi non plus, Yumn, tu n'étais pas là.

— Bien sûr que si ! s'écria Yumn. Mais qu'est-ce que tu racontes, espèce d'idiote !

— Anas a fait un cauchemar, cette nuit-là, dit Sahlah. Je suis allée dans sa chambre. Il criait et Bishr s'était mis à pleurer. Je me suis dit : « Où est Yumn ? Pourquoi ne vient-elle pas ? Elle ne peut pas avoir le sommeil aussi lourd. Comment se fait-il qu'elle n'entende pas les pleurs de ses enfants ? » Sur le moment, j'ai même pensé, je t'avoue, que tu avais la flemme de te lever. Mais tu n'as jamais la flemme, quand il s'agit de tes fils. Jamais.

— Petite peste ! cria Yumn en se levant d'un bond. J'exige que tu dises que j'étais ici ! Je suis la femme de ton frère ! Je t'ordonne de dire que j'étais ici ! Tu dois m'obéir !

Et voilà, songea Barbara. Le mobile. Profondément enfoui dans une culture qu'elle connaissait si peu, il avait failli passer inaperçu. Maintenant, elle le voyait. Elle comprenait comment tout s'était échafaudé dans l'esprit d'une femme qui ne pouvait, pour plaire à sa belle-famille, que se prévaloir de l'importance de sa dot et de son aptitude à procréer.

— Sahlah n'aurait plus eu à vous obéir si elle avait épousé Haytham Querashi, dit-elle. Je me trompe ? C'est vous qui auriez dû obéir : à votre mari, à votre belle-mère, à tout le monde, à vos fils au final.

Yumn refusa de l'admettre.

— *Sus !* dit-elle en se tournant vers Wardah. (A Akram :) *Abhy !* (Aux deux :) La mère de vos petits-fils !...

Le visage d'Akram se ferma. Barbara frémit, se rendant compte qu'en cet instant Yumn avait tout simplement cessé d'exister pour son beau-père.

Wardah reprit sa tapisserie. Sahlah rouvrit l'album de photos, en prit une et découpa le visage de Yumn. Personne ne dit mot tandis que son image, séparée du groupe familial, flottait dans l'air un moment avant d'atterrir sur le tapis, aux pieds de Sahlah.

— Je suis... dit Yumn d'une voix hachée, la... mère... (son regard affolé passait de l'un à l'autre)... des fils de Muhannad ! Vous tous, écoutez-moi ! Vous me devez obéissance !

Emily traversa la pièce et empoigna Yumn.

— Venez vous habiller, lui dit-elle en l'entraînant vers la porte.

Yumn jeta alors un regard en arrière et cria à Sahlah :

— Sale petite putain ! Dans ta chambre. Dans ton lit. Je vous entendais, Sahlah ! Je sais ce que tu vaux !

Barbara lança un coup d'œil discret aux parents de Sahlah, retenant son souffle en attendant leur réaction. A leur expression, elle comprit qu'ils n'ajoutaient pas foi aux accusations de Yumn. Cette femme qui leur avait déjà menti cherchait encore à leur nuire.

28

Il était plus de minuit quand Barbara rentra à l'hôtel de la Maison-Brûlée. Elle était vannée, mais pas au point de ne pas sentir le timide souffle de brise de mer qui lui caressa la joue au moment où elle descendit de sa Mini. Elle grimaça quand sa cage thoracique se rappela à son souvenir, reproche douloureux contre les mauvais traitements qu'elle lui avait fait subir durant toute cette journée. Elle resta un moment immobile dans le parking, respirant l'air marin et espérant que ses propriétés curatives proverbiales accéléreraient son rétablissement.

Sous le halo argenté d'un réverbère, elle aperçut les premières volutes de brouillard — attendu depuis si longtemps — qui arrivaient enfin sur la côte. Hourra, songea-t-elle à la vue de ces fragiles plumetis vaporeux. Jamais la perspective d'un bon été anglais, bien humide et bien monotone, ne lui avait fait autant plaisir.

Son sac à l'épaule, elle se traîna jusqu'à la porte de l'hôtel. Elle se sentait écrasée sous le poids de cette affaire, même si c'était elle qui l'avait élucidée — ou bien à cause de cela peut-être ? Elle n'eut pas à chercher bien loin pour trouver la raison de son abattement. Il lui suffisait de repenser à ce qu'elle venait de voir et d'entendre.

Ce qu'elle avait vu, c'était l'expression d'Akram et de Wardah Malik devant la gravité du crime commis par leur fils bien-aimé à l'encontre de son peuple. Il avait incarné l'avenir pour eux, celui de leur lignée dont chaque génération devait réussir mieux que la précédente. Il avait été la première pierre de leur vie ; il aurait dû être leur bâton de vieillesse. Tout cela n'était plus. Tous les espoirs mis en leur fils unique étaient anéantis. Et ce drame familial avait tourné à l'ignominie, avec l'arrestation de leur belle-fille pour le meurtre d'Haytham Querashi.

Ce qu'elle avait entendu, c'était la réponse que lui avait faite Sahlah de sa voix douce quand, hors de la présence de ses parents, elle lui avait demandé ce qu'elle comptait faire... à tous les niveaux. Ça ne la regardait pas, bien entendu, mais, après avoir vu tant de vies gâchées par la cupidité d'un homme et le désir ardent d'une femme de conserver sa supériorité sur une autre, Barbara avait eu envie d'entendre que quelque chose de bien allait jaillir de tout ce mal. « Je vais rester auprès de mes parents », lui avait répondu Sahlah, d'une voix si calme et si assurée qu'il était évident que rien ne pourrait la faire changer d'avis. « Ils n'ont plus que moi, et les petits auront besoin de moi, eux aussi. » Et *toi,* Sahlah, avait songé Barbara, de quoi as-tu besoin ? Mais elle n'avait pas osé formuler cette question, qui, elle l'avait compris, ne se posait pas pour une femme de cette culture.

Elle soupira : chaque fois qu'elle se décarcassait pour essayer de mieux connaître ses semblables, il se passait quelque chose qui lui coupait l'herbe sous le pied ! Et ces derniers jours, on pouvait dire que la pelouse avait été tondue à ras ! Elle avait commencé son séjour en tombant en admiration devant une diva de la police, et elle le finissait en étant bien obligée de reconnaître qu'Emily était un colosse aux pieds d'argile, pas très différente, au bout du compte, de la femme qu'elles venaient d'arrêter pour meurtre : toutes deux étaient animées d'un même désir de domination — stérile et destructeur. L'une s'était servie d'un fil de fer ; l'autre se servait de son pouvoir. Dans les deux cas, le résultat était le même : elles obtenaient ce qu'elles voulaient, mais à quel prix !

La porte de l'hôtel s'ouvrit avant que Barbara ait eu le temps de poser la main sur la poignée. Elle sursauta. Il n'y avait pas de lumière au rez-de-chaussée et, dans la pénombre, elle n'avait pas remarqué que quelqu'un avait attendu son retour, assis dans la vieille bergère à côté de l'entrée.

Oh, non, songea Barbara. Pas Treves ! La perspective de devoir refaire un numéro à la James Bond avec l'hôtelier était au-dessus de ses forces. Elle aperçut alors le reflet d'une chemise blanche impeccablement repassée.

— Mr Treves refusait catégoriquement de laisser la porte ouverte pour vous, lui dit Azhar. Je lui ai proposé de vous attendre et de fermer moi-même. Cette idée ne lui plaisait pas trop, mais je suppose qu'il ne savait pas comment refuser sans m'offenser ouvertement — ce qui l'aurait changé de sa manière indirecte. Vous pariez combien qu'il comptera ses petites cuillères en argent demain matin ?

— Et en votre présence, bien sûr, dit Barbara en riant.

— Bien sûr, fit Azhar en refermant la porte. (Il tourna la clé dans la serrure.) Venez.

Il la précéda dans le hall obscur, alluma une petite lampe à côté de la cheminée et passa derrière le bar. Il versa un doigt de whisky dans un verre et le tendit à Barbara. Il se servit un Schweppes au citron et la rejoignit à une des tables. Il y posa son paquet de cigarettes en l'invitant à se servir.

Elle lui raconta tout, de A jusqu'à Z. Sans rien omettre. Ni sur Cliff Hegarty, ni sur Trevor Ruddock, ni sur Rachel Winfield, ni sur Sahlah Malik. Elle lui expliqua le rôle de Theo Shaw dans cette histoire. Et celui de Ian Armstrong. Elle dit sur qui s'étaient portés leurs premiers soupçons, les fausses pistes qu'Emily et elle avaient suivies et par quelles péripéties elles étaient passées avant de finir dans le salon des Malik, où elles avaient procédé à l'arrestation de celle qu'à aucun moment elles n'avaient soupçonnée d'être l'auteur du crime.

— Yumn ? répéta Azhar, éberlué. Barbara, comment est-ce possible ?

Barbara lui expliqua que Yumn était allée voir Querashi à l'hôtel. Elle était venue en tchador — par souci de bienséance ou pour ne pas être reconnue. Elle était sortie de la maison des Malik à l'insu de tous. Un examen minutieux de la topographie de la maison, notamment de l'emplacement de l'allée et du garage par rapport aux chambres de l'étage, permettait de comprendre qu'elle avait pu très facilement partir en voiture sans se faire remarquer, pour peu que Sahlah ait été occupée à fabriquer ses bijoux, et Akram et Wardah à prier au salon. En surveillant Haytham Querashi, elle s'était rendu compte qu'il allait régulièrement au Nez. Le soir du meurtre, elle avait pris un Zodiac à la marina, contourné le promontoire jusqu'au côté est, marché jusqu'à l'escalier et tendu le fil de fer qui allait envoyer Querashi dans l'autre monde.

— On savait dès le départ que ça pouvait être une femme, dit Barbara. Mais on n'aurait jamais pensé à Yumn.

— Mais pourquoi l'a-t-elle tué ? demanda Azhar.

Barbara lui expliqua que Yumn s'était débarrassée de Querashi pour garder Sahlah sous sa coupe, à sa botte. Azhar eut l'air sceptique. Il alluma une cigarette et tira une bouffée.

— L'arrestation de Yumn repose sur cette conviction ? demanda-t-il.

— Et sur le témoignage des Malik. Ils s'accordent à dire qu'elle n'était pas à la maison le soir du meurtre, Azhar, alors qu'elle affirme qu'elle était dans sa chambre avec Muhannad qui, c'est confirmé, se trouvait à ce moment-là à Colchester, à plusieurs kilomètres de là.

— Pour un bon avocat, le témoignage de la famille sera facile à démolir. Il pourra invoquer une confusion de dates, une certaine animosité envers une belle-fille au caractère difficile, un désir de protéger celui qui, aux yeux de la défense, sera peut-être le véritable assassin : un homme qui a eu l'heureuse idée de s'enfuir en Europe. Et même si Muhannad est extradé vers l'Angleterre, il sera jugé pour fraude douanière, et la peine de prison qu'il encourra sera beaucoup plus courte que s'il était condamné pour meurtre avec préméditation. Enfin, tout ça, c'est ce que va peut-être chercher à prouver la défense dans le but de démontrer que les Malik ont des raisons de vouloir que quelqu'un d'autre que leur fils soit jugé coupable...

— Mais ils l'ont renié, de toute façon.

— C'est vrai, dit Azhar, mais, en Occident, quels jurés peuvent comprendre les conséquences d'un tel bannissement ?

Il la regarda dans les yeux. Elle comprit. Le moment était venu pour lui de raconter sa propre histoire. Il lui parla de sa femme à Hounslow ; des deux enfants qu'il lui avait laissés en partant ; de sa rencontre avec la mère d'Hadiyyah ; des forces en lui qui avaient fait passer sa vie de famille au second plan au profit d'un amour interdit.

Le cœur a ses raisons que la raison ignore, songea Barbara. Elle s'était toujours demandé si le cœur n'avait pas bon dos, tout de même.

Pourtant, si Azhar avait refusé de suivre la voie de l'amour, Khalidah Hadiyyah n'existerait pas. En faisant passer sa passion avant son devoir, peut-être avait-il fait le bon choix ? Qui pouvait savoir ?

— Elle ne va jamais revenir du Canada, n'est-ce pas ? se décida à demander Barbara. A supposer qu'elle soit vraiment partie là-bas.

— Elle ne reviendra pas, admit Azhar.

— Pourquoi avoir dit le contraire à Hadiyyah ? Pourquoi la laisser s'accrocher à cet espoir ?

— Parce que, moi aussi, j'ai espéré. Quand on aime, tout paraît possible, quelles que soient les différences de caractère ou de culture. Parce que, de tous nos sentiments, c'est l'espoir qui met le plus de temps à mourir.

— Elle vous manque, hein ? fit Barbara.

— A chaque heure du jour. Mais ça passera. Comme tout.

Il écrasa sa cigarette dans le cendrier, et Barbara termina son whisky irlandais. Elle en aurait bien pris un deuxième, mais elle se dit que ce n'était sûrement pas une bonne idée. Être pompette ne clarifierait pas les choses. Est-ce à dire que quelque chose aurait besoin d'être clarifié ? songea-t-elle. Oh, on verra ça plus tard. Demain. La semaine prochaine. Le mois prochain. L'année prochaine ! Ce soir, elle était trop crevée pour s'aventurer dans le labyrinthe de sa psyché et tenter de mettre un nom sur ce qu'elle ressentait.

Elle se leva, s'étira, grimaça de douleur.

— Ouais, fit-elle. Bah, je suppose qu'avec le temps tout finit par se tasser.

— Ou alors, on meurt sans avoir rien compris à sa vie, dit Azhar.

Il adoucit ses paroles en les ponctuant d'un sourire désabusé et chaleureux à la fois. Il lui offrait son amitié.

Barbara se demanda fugacement si elle avait envie d'accepter, de se lancer dans l'inconnu, de prendre le risque d'engager son cœur — encore lui ! — à ses risques et périls. Alors, elle se rendit compte que son cœur, arbitre suprême, était déjà bien engagé; l'était, en fait, depuis le jour où elle avait fait la connaissance de la fille de cet homme. Et qu'y avait-il donc de si terrifiant à l'idée de faire monter un passager de plus à bord du navire — déjà pas mal chargé — de sa vie ?

Ils sortirent du salon et s'engagèrent dans l'escalier plongé dans l'obscurité. Ils ne reparlèrent qu'une fois arrivés devant la porte de la chambre de Barbara. Ce fut Azhar qui rompit le silence :

— Vous prenez le petit déjeuner avec nous demain matin, sergent Havers ? Hadiyyah y tient particulièrement.

Comme elle ne répondait pas tout de suite — elle imaginait, avec une joie dénuée de toute culpabilité, la tête que ferait Basil Treves en la voyant attablée une fois encore avec les Pakistanais, au mépris de sa politique d'égalité dans la différence —, il ajouta :

— Et, moi aussi, j'y tiens.

Barbara lui sourit.

— Avec plaisir.

Elle était sincère. Et tant pis si ça compliquait un peu son présent et, qui sait, son avenir.

REMERCIEMENTS

En tant qu'Américaine, écrire sur la situation des Pakistanais en Grande-Bretagne est un pari énorme que je n'aurais jamais osé tenter sans l'aide des personnes suivantes.

Tout d'abord, Kay Ghafoor, dont l'enthousiasme pour ce projet m'a permis de jeter les bases de ce roman.

Comme toujours, mes sources policières. Je remercie l'inspecteur-chef Pip Lane pour les renseignements qu'il m'a fournis dans tous les domaines, depuis les brigades d'intervention jusqu'à Interpol. Et pour m'avoir mise en contact avec les forces de police de l'Essex. Je remercie, pour leur aide précieuse, l'officier de renseignements Ray Chrystal, de Clacton, l'inspecteur Roger Cattermole, et Gary Elliot, de New Scotland Yard.

Sans oublier William Tullberg, Carol Irving, de Crabtree and Evelyn, qui m'a aidée à trouver une entreprise familiale qui convienne, Sam Llewelyn et Bruce Lack pour les détails nautiques, Sue Fletcher — mon éditrice chez Hodder Stoughton — pour son soutien, son aide, et la formidable Bettina Jamani.

En Allemagne, je remercie Veronika Kreuzhage et Christine Kruttschnitt pour leurs renseignements sur les procédures policières et leurs informations sur Hambourg.

Aux États-Unis, je remercie le Dr Tom Ruben et le Dr H.M. Upton pour, une fois encore, m'avoir éclairée sur les questions médicales.

Je remercie Cindy Murphy, mon assistante, pour avoir maintenu notre bateau à flot à Huntington Beach. Et les élèves de mon atelier d'écriture pour m'avoir poussée à m'interroger sur mon approche de ce roman : Patricia Fogarty, Barbara Fryer, Tom Fields, April Jackson, Chris Eyre, Tim Polmanteer, Elaine Medosch. Carolyn Honigman, Reggie Park, Patty Smiley et Patrick Kersey.

Et je remercie, pour leur merveilleuse amitié et leur formidable soutien : Lana Schlemmer, Karen Bohan, Gordon Globus, Gay Hartell-Lloyd, Carolyn et Bill Honigman, Bonnie SirKegian, Joan et Colin Randall, Georgia Ann Treadaway, Gunilla Sondell, Marilyn Schulz, Marilyn Mitchell, Sheila Hillinger, Virginia Westover-Weiner, Chris Eyre, Dorothy Bodenberg et Alan Bardsley.

Je suis ô combien redevable à Kate Miciak, mon excellente éditrice de chez Bantam, et à tous ceux qui ont participé à la création de cet ouvrage. Et enfin — et surtout ! — à mes agents de chez William Morris — Robert Gottlieb, Stephanie Cabot et

Marcy Posner —, que je remercie pour le dévoue-
ment sans faille avec lequel ils me soutiennent dans
mon travail et assurent la promotion de mes romans
aux États-Unis et à travers le monde.

Marc Nouel. — Qu'il je l'ai cru pour le duc, mais moi sans faille avec Kobel ils m'ont menti qu'il n'a aucun lieu en sa promotion et il nous connais dès cette fin, est inventent le truand...

www.pocket.fr
Le site qui se lit comme un bon livre

Informer
Toute l'actualité de Pocket,
les dernières parutions
collection par collection,
les auteurs, des articles,
des interviews,
des exclusivités.

Découvrir
Des 1ers chapitres
et extraits à lire.

**Choisissez vos livres
selon vos envies :**
thriller, policier,
roman, terroir,
science-fiction...

POCKET

Il y a toujours un Pocket à découvrir
sur www.pocket.fr

Impression réalisée sur Presse Offset par

BRODARD & TAUPIN

GROUPE CPI

28129 – La Flèche (Sarthe), le 13-03-2005
Dépôt légal : mai 1999
Suite du premier tirage : mars 2005

POCKET – 12, avenue d'Italie - 75627 Paris cedex 13
Tél. : 01.44.16.05.00

Imprimé en France